# Tausend Jahre Österreich

## Eine biographische Chronik

◆

Band 1:
Von den Babenbergern
bis zum Wiener Kongress

Band 2:
Vom Biedermeier bis zur
Gründung der modernen Parteien

Band 3:
Der Parlamentarismus
und die beiden Republiken

Herausgegeben von
Professor Walter Pollak

Die Mitarbeiter des zweiten Bandes:

*Prof. Friedrich Achleitner, Wien; Dr. Johann Christoph Allmayer-Beck, Wien; Prof. Dr. Ernst Bernleithner, Wien; Veronika Birke, Wien; Maurice J. E. Brown, Marlborough, England; Dr. Felix Czeike, Wien; Prof. Erich Dolezal, Wien; Univ.-Prof. Dr. Herbert W. Duda, Wien; Univ.-Prof. Dr. Konradin Ferrari d'Occhieppo, Wien; Hofrat Univ.-Prof. Dr. Rupert Feuchtmüller, Wien; Dr. Heinz Fidelsberger, Wien; 1. Vizegouverneur Dr. Walter Fremuth, Wien; Doz. Dr. Alfred Gisel, Wien; Dr. Franz Grasberger, Wien; Dr. Alois Großschopf, Linz; Univ.-Prof. Dr. Wilmont Haacke, Göttingen; Univ.-Ass. Dr. Ernst Hanisch, Salzburg; Prof. Dr. Jürgen Hein, Köln; Dr. Friedrich Heller, Wien; Dr. Johann Hüttner, Wien, Leo Jahn-Dietrichstein, Wien; Dipl.-Ing. Reinhard Keimel, Wien; Prof. Rudolf Klein, Wien; Dr. Ernst Köller, Graz †; Dr. Walter Lingenhöle, Bregenz; Univ.-Prof. Dr. Otto R. Lutterotti, Innsbruck; Dipl.-Ing. Gerhard Maresch, Wien; Dr. Edith Marktl-Futter, Wien; Hofrat Dipl.-Ing. Rudolf Niederhuemer, Wien; Prof. Dr. Fritz Novotny, Wien; Hofrat Univ.-Prof. Dr. Leopold Nowak, Wien; Dr. August Obermayer, Dunedin, Neuseeland; Dr. Jörn Oremus, Wien; Dr. Margarete Poch-Kalous, Wien; Univ.-Prof. Dr. Joseph Pritz, St. Pölten—Wien; Prof. Riki Raab, Wien; Prof. Dr. Franz Hieronymus Riedl, Innsbruck; Univ.-Doz. Dr. Harald Riedl, Wien; Dr. Ottokar Rokitansky, Wien; Univ.-Doz. Dr. Helmut Rumpler, Wien; Univ.-Prof. Dr. Ulrich Schöndorfer, Wien; Univ.-Prof. Dr. Herbert Seidler, Wien; Dr. Hans Seper, Wien; Univ.-Prof. Dr. Rudolf Strasser, Linz; Prof. Franz Taucher, Wien; Dr. Christoph Thienen-Adlerflycht, Graz; Univ.-Prof. Dr. Renate Wagner-Rieger, Wien; Univ.-Prof. Dr. Walter Weiss, Salzburg; Erik G. Wickenburg, Wien; Prof. Kurt Wöss, Linz; Dr. Helmut Wyklicky, Wien; Dr. Rainer Zitta, Wien.*

# Tausend Jahre Österreich

## Eine biographische Chronik in drei Bänden

◆

Herausgegeben von
Professor Walter Pollak

Band 2:
Vom Biedermeier bis zur Gründung
der modernen Parteien

Genehmigte Lizenzausgabe

Umschlag-Gestaltung: Bine Cordes, Weyarn
Herstellung: Peter Karg-Cordes, Weyarn
Druck und Bindung: Wiener Verlag GmbH, Himberg
ISBN 3-929626-29-2

# Vorwort

*Der zweite Band des Werkes »Tausend Jahre Österreich — Eine biographische Chronik« behandelt die Zeit vom Wiener Kongreß bis zum Vorabend der Gründung der modernen Parteien. In diesem relativ knappen Zeitraum von kaum acht Jahrzehnten drängte sich jene Fülle von Ereignissen zusammen, die einerseits großartige künstlerische und wissenschaftliche Leistungen zeitigten, aus denen ein euphorischer Lebensoptimismus seine Rechtfertigung ableitete, während andererseits sich die Anzeichen mehrten, daß der Vielvölkerstaat auf das Nationalitätenproblem und die soziale Frage keine zeitgemäße Antwort finden konnte, die seine Existenz hätte gewährleisten können. Die Diskrepanz zwischen den außenpolitischen Ansprüchen einer Großmacht und der innenpolitischen Schwäche der Monarchie wurde immer größer.*

*Der Sieg über Napoleon hatte die geistigen und politischen Strömungen, die von der Französischen Revolution ausgegangen waren, nicht unterbinden können. Das System der Heiligen Allianz, das vom Wiener Kongreß begründet wurde, sollte der Bewahrung der traditionellen Ordnung dienen, vermochte sich aber nur mit den Mitteln des Polizeistaates durchzusetzen. Die Revolution von 1848 beseitigte dieses System. Es war typisch für diese Revolution, daß sie keine wirklich große Persönlichkeit hervorgebracht hatte, obwohl die Probleme, die sie aufs Tapet brachte, weiterwirkten, bis in unsere Zeit. Das Jahrzehnt des Neoabsolutismus, das auf die Revolution folgte, stellte die absolute Monarchie wieder her, ließ aber bereits innerhalb der konservativen Kräfte Strömungen erkennen, die versuchten, den Problemen der Zeit aufgeschlossener zu begegnen. Der großbürgerliche Liberalismus leitete schließlich die Entwicklung des Parlamentarismus ein, entband geistige und wirtschaftliche Kräfte zu ungewöhnlichen Schöpfungen, versagte aber ebenfalls vor den grundlegenden Problemen der Zeit und des Reiches.*

*Die Vorstellung, dieses Reich als das Ganze einander sinnvoll ergänzender Teile zu sehen, war schon bei den Vormärz-Schriftstellern lebendig. Der tschechische Historiker Palacky hatte gesagt, dieses Reich müßte erfunden werden, wenn es nicht schon bestünde. Vor allem als die »Einheit« verloren war, wurden dem Verlust wehmütige Gedanken gewidmet; die Erinnerung drohte den Sachverhalt zu verklären. Im faktischen Sinne war diese Einheit fragwürdig, gründete sie doch nur auf dem einigenden Band der Dynastie. Als die Dynastie mit fortschreitender Aufweichung des Absolutismus und der feudalen Strukturen, mit dem Aufbruch der demokratisch-parlamentarischen Formen an Bedeutung verlor, mußte auch ihr Symbolcharakter für die Einheit des Reiches verblassen. Die Teile begannen vom Ganzen fortzustreben. In diesem Sinne war der Ausgleich zwischen Österreich und Ungarn von 1867 der eigentliche Todesstoß für die Vorstellung von der Einheit des Reiches, ein halbes Jahrhundert, ehe es tatsächlich zugrunde ging. Das hätte vielleicht nicht so sein müssen, wenn es sich um einen ersten Schritt zu einem grundsätzlichen Föderalisierungsprogramm gehandelt hätte. Aber die Fiktion von der Einheit wurde in der cisleithanischen Reichshälfte aufrechterhalten.*

*Der erste Teil des dramatischen Prozesses, der schließlich unter dem Druck von außen zum Zerfall führte, spielt in dem Zeitraum, der in diesem Band behandelt wird. Daraus ergibt sich auch unsere Kapiteleinteilung. Sein Ende ist nicht punktuell zu fixieren. Es wird von Ereignissen markiert, wie etwa dem Wiener Börsenkrach von 1873, der Okkupation Bosniens und der Herzegowina von 1878, der Beendigung der deutschliberalen Ära im Jahre 1879 und der beginnenden Parteienbildung, zunächst innerhalb der liberalen Bewegung, im Jahre 1882.*

*Ebenso wie im ersten, findet der Leser in diesem Band im Namensregister alle Persönlichkeiten, die im Zusammenhang erwähnt werden, auch wenn ihnen kein eigener Artikel gewidmet ist. Es empfiehlt sich also, eine bestimmte Persönlichkeit vor allem im Namensregister, nicht aber im Inhaltsverzeichnis zu suchen. Bei den wichtigsten Persönlichkeiten sind im Register Literaturangaben angeführt, die den interessierten Leser weiterführen sollen.*

*Walter Pollak*

*Inhaltsverzeichnis*

# *Biedermeier und Vormärz*

VON WALTER POLLAK

Zwischen dem Wiener Kongreß und dem Ausbruch des Ersten Weltkrieges lag jenes Jahrhundert, das von denen, über die die Katastrophe des Krieges hereinbrach, als Jahrhundert des Friedens empfunden wurde. Gemessen an den Waffengängen gegen die Französische Revolution und gegen Napoleon, die mehr als zwei Jahrzehnte Europa in Atem gehalten hatten, folgten nur kurzfristige Auseinandersetzungen, die man auch dann nicht für schicksalhafte Ereignisse ansah, wenn sie, wie der österreichisch-preußische oder der deutsch-französische Krieg, von größter politischer Tragweite waren. Das Grollen des herannahenden Unheils wurde übertönt von der stürmischen industriellen Entwicklung, von den glänzenden Leistungen der Wissenschaft und dem Zauber einer reichen künstlerischen und kulturellen Entfaltung. Die Zeitgenossen wurden nicht gewahr, daß sich die Agonie der habsburgischen Monarchie vorbereitete, die nur noch von euphorischen Zuständen gelegentlich unterbrochen wurde. Von daher gesehen ist dieses Jahrhundert eine Einheit; markante Ereignisse bieten sich zwar dem Chronisten als Merkmale übersichtlicher Darstellung an, aber die Grenzen bleiben fließend, was sowohl für das Geschehen wie auch für die Akteure gilt. Dieses Jahrhundert der Todesahnung wurde für die Donaumonarchie gleichzeitig das ihrer strahlendsten Lebensäußerung.

Das erste Drittel dieses Zeitraumes trägt den Stempel des gleichen Mannes, der politisch der eigentliche Überwinder *Napoleons* gewesen ist: *Metternich*. Doch wie anders stellt sich sein Bild nun dem Chronisten dar. Der souveräne Meister des diplomatischen Metiers, der Virtuose der politischen Schachzüge und des geistreichen Gesprächs wird nun zur Symbolfigur eines Systems der Reaktion, der geistigen Bevormundung nicht nur seines eigenen Volkes, sondern des ganzen Kontinents. Er hat, nach seinen eigenen Worten, das Chaos heraufkommen sehen und war entschlossen, die alte Ordnung zu bewahren; nach seiner Auffassung kündigte sich noch nichts Neues an, was die Legitimität hätte ersetzen können. Er hat als Botschafter in Paris die Begleiterscheinungen, die jeder Revolution eigentümlich sind, erlebt: den Aufstand des Pöbels, das unartikulierte Geschrei der Straße. Er habe, so sagen seine Biographen, dieses Erlebnis niemals vergessen können, es sei für sein ganzes Leben mitbestimmend geblieben. Hinter jedem Verlangen nach Neuerung sah er die Grimasse der Revolution, wie sie sich ihm dargeboten hatte. Er mußte also notwendig mit den neuen Strömungen der Zeit zusammenstoßen. Denn das konservative Europa hatte zwar die Revolution auf den Schlachtfeldern besiegen, aber ihre geistige Ausstrahlung nicht beseitigen können. Die deutsche Jugend, die gegen den Imperator gekämpft hatte, verband in ihren

Vorstellungen auf eigentümliche Weise die Sehnsucht nach der deutschen Einheit, nach der Wiederherstellung des Reiches, mit der Idee von Freiheit, Gleichheit und Brüderlichkeit.

Es war ein Kompromiß, der sich der politischen Notwendigkeit unterwarf, als am 8. Juni 1815 die deutschen Bundesakte unterzeichnet wurden; 35 souveräne Fürsten und vier freie Städte bildeten den Deutschen Bund, dem auch drei ausländische Mächte angehörten: England für Hannover, die Niederlande für Luxemburg, Dänemark für Holstein. Im Artikel 13 der Bundesakte wurde eine landständische Verfassung in Aussicht gestellt.

Weder bei der Eröffnung des Deutschen Bundestages am 5. November 1816 noch später war von der landständischen Verfassung die Rede. Im Gegenteil. Die Ermordung des Schriftstellers und russischen Staatsrates *Kotzebue* durch den Studenten *Sand,* der dem radikalen Flügel der Deutschen Burschenschaft angehörte, und der Anschlag auf den nassauischen Regierungspräsidenten *von Ibell* wurden als Signale des Umsturzes gedeutet und gaben Metternich den Vorwand, auf dem Karlsbader Kongreß, der vom Juni bis Ende August 1819 tagte, jene Beschlüsse durchzusetzen, die zu Leitthesen des Systems bis zur Revolution wurden. Strenge Beaufsichtigung der Universitäten; Verbot aller studentischen Verbindungen, insbesondere der Deutschen Burschenschaft; die Schaffung einer »Zentralen Untersuchungskommission in Mainz« und die Einführung einer strengen Zensur für alle Druckschriften waren die wesentlichen Bestandteile der Karlsbader Beschlüsse. Vom Bundestag für fünf Jahre einstimmig angenommen, wurden sie 1824 auf unbestimmte Zeit verlängert.

Es gab jedoch graduelle Abstufungen in diesem System der Pressionen. Vor allem das Großherzogtum Baden ließ die Zügel zuweilen locker; nirgends aber wurde es so konsequent und die ganze Zeit über gehandhabt wie in Österreich. Die Ernennung Metternichs zum Staatsminister am 25. Mai 1821 war der Ausdruck seines engen Vertrauensverhältnisses zu *Kaiser Franz I.* Wenn es überhaupt noch möglich gewesen wäre, hat dies seinen Einfluß und seine Macht noch verstärkt. Die im Jahre 1826 vorgenommene Ernennung des *Grafen Kolowrat* zum dirigierenden Staats- und Konferenzminister, mit weitgehendem Einfluß auf die innere Verwaltung und auf das Finanzwesen, blieb ohne wesentliche Auswirkung auf das System, obwohl Kolowrat ein Mann von gewisser Liberalität war und sich im Gegensatz zu Metternich befand. Manche Historiker rätseln noch heute, ob es gerechtfertigt sei, den Namen Metternichs als Synonym für das System zu setzen; ob nicht der Präsident der Zensur-Hofstelle *Sedlnitzky* und sogar der Kaiser selbst die eigentlichen Verantwortlichen für die penible und kleinliche Handhabung der Zensur waren. *Srbik* meint, Kleinlichkeit hätte nicht zu diesem Mann gepaßt, der sich vor allem für die Außenpolitik, für die größeren Zusammenhänge, nicht aber für kleinliche Details interessierte. Daran mag manches zutreffend sein. Seine Macht und sein Einfluß waren jedoch so groß, daß es nicht möglich gewesen wäre, das System gegen seinen Willen zu praktizieren, und schließlich war er es, der es außerhalb Österreichs durchgesetzt hat. Letztlich bleibt er also für das System verantwortlich, und es trägt zu Recht seinen Namen.

Als Metternich die Nachricht vom Ausbruch der Pariser Julirevolution von 1830 erhielt, rief er aus: »Die Arbeit meines ganzen Lebens ist zerstört!« Dies kann in doppeltem Sinne verstanden werden. Die siegreiche Revolution hatte *König Karl X.*, der versucht hatte, die Opposition auszuschalten und die Pressefreiheit aufzuheben, in die Emigration nach London gejagt. Das problematische Bürgerkönigtum *Ludwig Philipp von Orleans'* wählte die Trikolore der großen Revolution als Staatsfahne. In Übereinstimmung mit dem Volk, das der Erinnerung an und der Hoffnung auf Größe nicht entraten konnte, wurde damit jene Entwicklung eingeleitet, die ihren Höhepunkt mit der Überführung des Leichnams Napoleons in den Pariser Invalidendom erreichte. Hier sah sich Metternich einer anderen Art von Kontinuität und Legitimität gegenüber, als er sie verstand. Der Korse, den er überwunden hatte, war nun als Toter zur Symbolfigur geworden. Was nützte es, daß der französische Ministerpräsident *Guizot* sich Metternich näherte, weil er den sozialen Aufruhr gegen das Bürgerkönigtum fürchten mußte, das die Interessen des Großbürgertums repräsentierte. Die Pariser Radikalen bekannten offen, daß sie nicht sosehr die politische Änderung als vielmehr den sozialen Umsturz im Auge hatten und daß sie eine Ordnung anstrebten, in der die Lasten und die Wohltaten der Gesellschaft gleichmäßig verteilt wären, also die vollständige Verwirklichung der Herrschaft der Gleichheit.

Dieser Geist, der nun neuerlich von Paris her durch Europa wehte, ließ auch das Metternichsche System nicht unberührt. Der Frankfurter Wachensturm vom 3. April 1833 war zwar ein dilettantischer Versuch der Auflehnung mit untauglichen Mitteln, aber er war ein Signal dafür, daß sich der Untergrund nicht bändigen ließ. Die konservativen Mächte der Heiligen Allianz sahen die Gefahr und fanden sich im August 1833 in Münchengrätz zur Konferenz zusammen, wo Österreich, Preußen und Rußland gemeinsames Vorgehen gegen die Umsturzbewegung berieten und sich des gegenseitigen Beistandes versicherten. Eine geheime Ministerkonferenz, die von Jänner bis Juni 1834 in Wien tagte, war gegen die Stände gerichtet, die verschiedentlich auf ihre Rechte pochten, wodurch sich die Fürstengewalt bedroht fühlte; sie brachte aber auch eine weitere Verschärfung der Zensurbestimmungen.

Als am 2. März 1835 Kaiser Franz I. starb, folgte ihm sein Sohn *Ferdinand* auf den Thron, obwohl sein physisches und geistiges Unvermögen bekannt und unbestritten war. Die Regierung wurde von der Staatskonferenz ausgeübt, der neben Metternich und Kolowrat die beiden unbedeutenden *Erzherzoge Ludwig* und *Franz Karl* angehörten. Die Beiziehung der beiden populären und begabten Brüder des Kaisers, der *Erzherzoge Karl* und *Johann*, hatte Metternich zu verhindern gewußt. In Übereinstimmung mit dem testamentarischen Rat des verstorbenen Kaisers an seinen Sohn, keinen Änderungen zuzustimmen, vermochte Metternich das Heft in der Hand zu behalten. Der Gegensatz zwischen Metternich und Kolowrat führte zuweilen zu Schwierigkeiten, komplizierte manchmal die Herbeiführung von Entscheidungen, konnte aber den Einfluß Metternichs nicht beeinträchtigen.

Das Ziel des Metternichschen Systems war es, in der Ordnung der europäischen Staatenwelt den status quo aufrechtzuerhalten. Schon zu Ende des Jahres 1820 hatten sich Österreich, Preußen und Rußland beim Kongreß in Troppau verpflichtet, gegen revolutionäre Umtriebe in Spanien, Portugal und Italien vorzugehen. Beim Kongreß in Laibach 1821 ließ sich Österreich seine bewaffnete Intervention in Italien von den großen Mächten legitimieren, wobei durch den Einspruch Frankreichs und Englands zum erstenmal sichtbar wurde, daß die Metternichschen Prinzipien nicht unwidersprochen blieben. England protestierte auch gegen den Beschluß der französischen Intervention in Spanien, der auf dem Kongreß zu Verona 1822 gefaßt worden war. Immer deutlicher wurde die Wandlung der Rolle Metternichs vom Kutscher zum Gendarmen Europas.

Es mutet tragisch an, daß diesem Mann, der einst Meister der Handhabung des außenpolitischen Metiers war, nun auch der Erfolg auf diesem Gebiet versagt blieb. Sicher nicht ohne Zusammenhang mit der in Gang befindlichen Emanzipation der südamerikanischen Staaten von ihren europäischen Mutterländern hatten die Mächte der Heiligen Allianz versucht, die Vereinigten Staaten für einen engeren Akkord zu interessieren. Die am 2. Dezember 1823 verkündete Monroe-Doktrin gab eine unmißverständliche Antwort, nicht nur mit der Verkündung des Prinzips »Amerika den Amerikanern«, sondern vielmehr auch mit der eindeutigen Feststellung, daß jeder Versuch, das System der Heiligen Allianz auf irgendeinen Teil der amerikanischen Hemisphäre auszudehnen, von den USA als »eine Gefährdung unseres Friedens und unserer Sicherheit« angesehen werden müßte. Amerika lag weit, jenseits des großen Wassers, und die unmittelbare Auswirkung dieses Schrittes blieb zunächst gering. Aber es hatte sich neuerlich als Hort der Freiheit ausgewiesen, was ohne Zweifel nicht ohne Wirkung auf die unzähligen Auswanderer blieb, die den Staub des alten Kontinents von ihren Füßen schüttelten, nicht sosehr weil sie die »unbegrenzten materiellen Möglichkeiten«, sondern die Freiheit suchten.

Wichtiger war, daß sich Österreich durch seine Legitimitäts-Auffassung damals von wichtigen Entscheidungen in Südosteuropa ausschloß, was nicht ohne Wirkung für die Zukunft bleiben konnte. Als auf der Londoner Konferenz vom 3. Februar 1830 die Unabhängigkeit Griechenlands vom Osmanischen Reich statuiert wurde, fehlte Österreich am Verhandlungstisch. Nach Metternichs Auffassung war der Sultan in das Legitimitätsprinzip einzubeziehen, eine Schmälerung seiner Macht also nicht statthaft. Die Veränderungen, entgegen dem Prinzip der Erhaltung des status quo, waren nicht aufzuhalten; 1830 hatte Belgien seine Unabhängigkeit erklärt, und selbst im

Bereich der Heiligen Allianz siegten der Egoismus und die Machtpolitik der Großen: 1832 wurde das Großherzogtum Warschau, bis dahin in Personalunion mit Rußland verbunden, dem Zarenreich einverleibt. Österreich folgte diesem Beispiel am Vorabend der Revolution, als es am 15. April 1846 sich den Freistaat Krakau einverleibte, nachdem ein Aufstand im Februar niedergeschlagen worden war. Österreich genügte seiner Gendarmenpflicht in Europa, als es militärisch intervenierte, weil ein Aufstand in Rom auch auf Parma und Modena übergegriffen hatte. Der mögliche Interessengegensatz zu Rußland, vor allem gegenüber der Türkei und bei den anstehenden Fragen in Südosteuropa, begann sich abzuzeichnen.

Trotz alledem wäre es verfehlt, in Metternich nur den Reaktionär zu sehen, der an den Zeitströmungen blind vorbeiging und sich mit aller Kraft gegen sie stellte. Es gibt zumindest einen Grund, der Metternichs Haltung verständlich macht: Die österreichische Großmacht war aus einzelnen Teilen zusammengefügt, die erkämpft und erheiratet worden waren. Sie war ein Werk der habsburgischen Dynastie. Außer der Pragmatischen Sanktion, in der sich die Teile verpflichtet hatten, die Gemeinschaft nicht zu verlassen, gab es kein staatsrechtliches Band unter ihnen. Versuche, wie etwa der *Josephs II.*, die Staatsmacht zu konzentrieren, den Staat zu vereinheitlichen, blieben ohne Erfolg. Die Krone als Symbol der Dynastie blieb das einigende Band. Es handelte sich also um ein kompliziertes Gebilde, in dem viele Antagonismen verschiedenartiger Länder- und Standesrechte wirkten. Die Komplikationen wurden vertieft und verstärkt durch den vielvölkischen Charakter des Reiches. Nun war durch die deutsche Romantik, vor allem durch die Ideen *Herders* und die Wiedererweckung der nationalen Literaturen, jener Prozeß eingeleitet worden, der die Sprachen aus dem Dornröschenschlaf der Dialekte, der Umgangssprache des kleinen Mannes, erlöste und zu Kultursprachen machte. Von der Sprache her entwickelte sich ein neues Selbstverständnis der Völker. Die nationale Bewegung, als existentieller Bestandteil der revolutionären Bewegung, empfing von der Sprache wesentliche Impulse.

Mit dieser Zeiterscheinung hatte sich Metternich auseinanderzusetzen. Er erkannte die Sprengkraft des neuen Nationalismus, der für den Vielvölkerstaat tödlich sein mußte. Und *Grillparzer* formulierte diese Erkenntnis in dem bitteren Satz, der Weg von der Humanität würde über die Nationalität zur Bestialität führen. Ein Konzept für die Bereinigung der nationalen Frage bot die Revolution nicht an, was auch die Revolutionstage des Jahres 1848 erhärtet haben. Was bestenfalls angeboten wurde, waren ausgeklügelte Verfassungsentwürfe, die zwar gut gemeint, aber nicht imstande waren, die dynamisch aus dem Volk aufbrechenden Emotionen zu zügeln. Was also blieb Metternich anderes übrig, als sich um der Erhaltung des Reiches willen gegen das Neue zu stellen?

Schon 1818 war in Prag ein Nationalmuseum als Zentrum der tschechischen Geistigkeit gegründet worden. 1830 folgte die Gründung des »Komitees zur wissenschaftlichen Pflege der böhmischen Sprache und Literatur«, das sich vor allem auf die Mitwirkung des böhmischen Hochadels stützen konnte; von hier aus nahm der berühmte tschechische Historiker *František Palacky* seinen Weg. Auch in Ungarn war die Belebung der magyarischen Sprache wesentliches Element der Entwicklung; hier aber verband sich damit auch ein gesellschaftlicher Prozeß: war bewußtes Magyarentum bisher Sache des niederen Adels gewesen, so sollte es nun zu einer Sache des ganzen Volkes werden. Auf den führenden *Grafen Stephan Széchényi* ging die Gründung einer national-literarischen Akademie zurück, in der Männer wie *Eötvös, Petöfi* und *Arany* wirkten, die einen bleibenden Rang in der magyarischen Literatur behielten. Der italienische Nationalismus wurde weniger von sprachlichen Impulsen befruchtet als vielmehr von dem Erlebnis der napoleonischen Zeit. Die territoriale Einigung der Apenninenhalbinsel, die Verwaltung nach französischem Vorbild und die Einführung des Code Napoleon mit seiner Gleichheit vor dem Gesetz, der Gewährleistung der persönlichen Freiheit, der Religionsfreiheit und der Rechtseinheit waren die Elemente, die für das italienische Einheitsstreben die Grundlage bildeten. Die italienische Bewegung wurde von liberalen Intellektuellen getragen, die häufig in den Untergrund der Geheimbünde auswichen. Seit 1807 bestand der Geheimbund »Carbonaria«. Jetzt gründete *Giuseppe Mazzini* den Geheimbund »Junges Italien«. Das »Risorgimento« war zu jener Zeit eine auf die Freiheit und Einheit Italiens gerichtete geistige, aber weniger denn je eine einheitlich programmierte politische Bewegung. Mit dem liberal gesinnten *Papst Pius IX.*, der 1846 den päpstlichen Stuhl bestieg, verlor das konservative System, zumindest was die politischen Vorgänge in Italien betraf, die Stütze der Kirche.

Der Zustand der geistigen Enge und der mangelnden Kommunikation mit dem übrigen Europa mußte sich auch auf die wirtschaftliche Entwicklung auswirken. Ein gewerbliches Privilegiensystem und mangelndes Verständnis für Einzelleistungen hemmten die Entfaltung persönlicher Initiativen. Beispielhaft sei nur auf *Madersperger* und *Ressel* hingewiesen, deren bedeutende Erfindungen ohne Würdigung blieben. Es war nicht etwa so, daß nichts geleistet wurde; aber es fehlte der Wirtschaft das weitreichende Konzept, die bewußte Mobilisierung aller schöpferischen und kommerziellen Kräfte. Der Ausgangspunkt für die Wirtschaft war nach den Napoleonischen Kriegen denkbar ungünstig; vor allem war die Währung zerrüttet. Bei der Gründung der Österreichischen Nationalbank im Jahre 1816 war der Gulden in seinem Auslandswert auf 20 Kreuzer, also um zwei Drittel abgesunken. Das für die Wirtschaft wesentliche Verkehrsnetz wurde, gemessen an den Verhältnissen in den konkurrierenden Industriestaaten, bescheiden ausgebaut: 1829 wurde die Donau-Dampfschiffahrtsgesellschaft gegründet, 1832 folgte die Pferdebahn Linz—Budweis, 1836 der Österreichische Lloyd und 1837 die Kaiser-Ferdinand-Nordbahn. In jenen Jahren wurde die Grundlage für die Entwicklung der Eisen- und Stahlindustrie in Böhmen, Niederösterreich und der Steiermark gelegt. Nur dort, wo starke Persönlichkeiten am Werke waren, konnte ein großer Wurf gelingen. Ein Beispiel dafür war *Johann Nepomuk Reithoffer*, dem zwischen 1824 und 1831 mehrere Patente für die Herstellung von Kautschuk verliehen wurden und der damit zum Begründer der Kautschukindustrie in Österreich wurde.

Wie sehr aber die österreichische Wirtschaft nachhinkte, zeigt der Produktionsvergleich mit dem Gebiet des Deutschen Bundes und Englands. In der Zeit zwischen 1840 und 1850 stieg der Einsatz von Dampfmaschinen in PS in Österreich von 30.000 auf 580.000, im Bundesgebiet von 40.000 auf 600.000, in England aber von 600.000 auf 19 Millionen; die Eisenbahnkilometer vermehrten sich in Österreich von 114 auf 2800, im Bundesgebiet von 549 auf 8298 und in England von 1348 auf 18.500; die Steinkohlenförderung stieg in Österreich von 0,5 auf 2 Millionen Tonnen, im Bundesgebiet von 4 auf 8 und in England von 32 auf 65; die Roheisenproduktion stieg in Österreich von 150.000 Tonnen auf 225.000, im Bundesgebiet von 143.000 auf 325.000 und in England von 1,42 Millionen auf 3 Millionen. Das jährliche Volkseinkommen Österreichs betrug 600 Millionen Gulden, was dem Jahreswert der englischen Baumwollproduktion entsprach. Die wirtschaftliche Entwicklung entsprach nicht der politischen Bedeutung des Reiches.

Mehr noch als diese Zahlen verdeutlicht die Isolierung Österreichs seine wirtschaftliche Schwäche. Als 1833 auf Initiative Preußens der Deutsche Zollverein gegründet wurde, blieb Österreich davon ausgeschlossen, weil es nicht gewillt war, von seinem Schutzzollsystem abzugehen. Hierin ist auch ein weiteres frühes Anzeichen für das beginnende Übergewicht Preußens im Kampf mit Österreich um den Vorrang im Deutschen Bund zu sehen.

Gewissermaßen im Schatten dieses Metternichschen Systems erblühte mit dem Biedermeier eine der liebenswürdigsten und feinsinnigsten Kulturepochen. Es ist kaum übertrieben, wenn man diese reiche geistige und künstlerische Entfaltung als Folge und Frucht einer Art innerer Emigration bezeichnet. Die Menschen, ohne jedes Mitspracherecht, ausgeschlossen von der Mitwirkung an den öffentlichen Angelegenheiten und der Gestaltung der gesellschaftlichen Verhältnisse, zogen sich ganz auf sich selbst zurück, auf den innersten Kreis der Familie und der mitmenschlich-freundschaftlichen Beziehungen. Das harmlos heitere Gesellschaftsspiel, der empfindsame literarische Salon, die Pflege der Hausmusik bildeten die Grundlage eines weitverzweigten, tiefverwurzelten kulturellen Lebens. Die Wohnkultur des Biedermeiers befruchtete das Handwerk zu formvollendeter Leistung. Wien, seit *Haydn* und *Mozart* ein Mekka der Musik, übte durch *Beethoven* und *Schubert* eine ungewöhnliche Anziehungskraft aus. Der Badenser *Konradin Kreutzer* lebte zeitweilig hier und schrieb die Musik zu *Raimunds Verschwender;* der Preuße *Otto Nicolai* wirkte hier mehrere Jahre als Kapellmeister und begründete 1841 die Philharmonischen Konzerte. *Josef Lanner* und *Johann Strauß-Vater* gaben diesem kultivierten Bürgertum mit dem Wiener Walzer jene besinnlich-heiteren Melodien, in denen Volks- und Kunstmusik eine untrennbare Symbiose eingehen.

Mit *Franz Grillparzer* als Mensch und Dichter tritt uns exemplarisch das Österreichische gegenüber. Vor dem Hintergrund des josephinischen Erbes ist er die profilierteste Gestalt jenes seltsamen Typus, in dem sich Konservatismus und Liberalität vereinigen. Sein ganzes Leben lang ringt er um das Prinzip der Ordnung, das sich wie ein roter Faden durch sein Werk hindurchzieht. So wurde er zum Antagonisten der tödlichen, gewalttätigen Ordnung des Metternichschen Systems. Sucht man nach einer verbindlichen Aussage — nach einer österreichischen Philosophie —, man wird sie in den Werken Grillparzers, Raimunds und *Nestroys* finden. *Adalbert Stifter,* der aus Südböhmen auf den Spuren seines Landsmannes *Simon Sechter,* des späteren Lehrers *Anton Bruckners,* nach Wien gekommen war, gab dieser Zeit mit seinem Sanften Gesetz den ethischen Maßstab, erfüllt von dem Wissen um ihre inneren tragischen Spannungen. Und überall, vor allem in der scharfen Satire Nestroys, aber auch bei den weniger bedeutenden, wie *Bauernfeld* oder *Bäuerle,* bricht die Gesellschaftskritik durch; immer wieder ist es gerade die Rücksichtnahme auf die Zensur, die den Dichtern delikate und geistreiche Formulierungen für ihre kritischen Sentenzen abzwingt. Aus Tirol kommen unter anderem die Lyriker *Johann Senn* und *Hermann Gilm; Johannes Schuler* wird zu einem Mittelpunkt des geistigen Vormärz in Innsbruck. Aus Oberösterreich wird mit *Franz Stelzhamer* Österreich der bedeutendste Mundartdichter geschenkt. Diese Namen stehen nur stellvertretend für viele, die das reiche geistige Leben der damaligen Kronländer dokumentieren. Mit dem Religionsphilosophen *Anton Günther* wird von Wien aus die Emanzipation der Kirche vom Josephinismus eingeleitet.

Während bei *Moritz von Schwind* die Malerei ganz vom romantischen Geist durchdrungen ist, sind die sozialkritischen Themen nicht nur bei *Waldmüller,* sondern auch bei Malern wie *Josef Danhauser* oder *Peter Fendi* zeittypisch. Der Mensch und die Landschaft werden von der Malerei des Biedermeiers auf eine besonders innige Art wiederentdeckt, wobei die Versenkung in das Detail ein hervorstechendes Merkmal ist. Für die Portraitmalerei sind hier besonders *Josef Kriehuber* und *Friedrich Amerling* zu nennen; mit *Moritz Daffinger* erreicht die Miniaturmalerei einen seltenen Höhepunkt. In zahlreichen Bildern der Maler des Biedermeiers können wir das heiter-besinnliche und verinnerlichte Leben jener Zeit überzeugend nacherleben.

Das Biedermeier überlebte das Metternichsche System. Es setzte die Maßstäbe für bürgerliche Kultur und bürgerliche Sitte, selbst dann noch weiterwirkend, als das Großbürgertum im Rausch der Gründerzeit sich von diesen Maximen entfernte. Es war eine Kultur und Lebensart, die jenseits der Gärung der Zeit ganz aus der mitmenschlichen Kommunikation existierte, wenn auch seine wachsten und besten Köpfe die Zeichen der Zeit nicht übersahen.

Es waren nicht viele, die sich die Welt eroberten, darunter aber eine be-

*Franz Grillparzer; Aquarell von Moritz Michael Daffinger, 1827*

merkenswerte Frau: *Ida Pfeiffer.* Sie unternahm mehrere Weltreisen in den Orient, nach Südamerika und Südostasien; von überall brachte sie wertvolles ethnologisches und zoologisches Material mit. Eine der bedeutendsten unter diesen weltläufigen Persönlichkeiten war der Historiker und Orientalist *Anton Graf Prokesch-Osten,* dessen Werke das österreichische Interesse wieder auf den Orient lenkten.

Biedermeier und Vormärz gehen nahtlos ineinander über. Einer unter den Tausenden, die die Freiheit jenseits des Ozeans suchten, war *Karl Anton Postl,* der dem Prager Kreuzherrnstift entfloh und als *Charles Sealsfield* zum klassischen Schilderer des Amerika seiner Zeit wurde. 1828 veröffentlichte er seine kritische Schrift *Austria as it is* und wurde damit zum Vorläufer und zum Beispiel für die kritischen Schriftsteller des Vormärz. Im letzten Jahrzehnt vor der Revolution unterliefen diese die Zensur und veröffentlichten vor allem in Hamburg und in Leipzig ihre kritischen Werke über die Zustände in Österreich.

## *Josef Freiherr von Hammer-Purgstall*

VON HERBERT W. DUDA

Josef Freiherr von Hammer-Purgstall ist der Begründer der modernen islamwissenschaftlichen Studien in Österreich. Die besonderen politischen, wirtschaftlichen und kulturellen Beziehungen Österreichs zu den Ländern des Islams, vor allem zum Osmanischen Reich, legten eine eingehende Beschäftigung nahe. Hammer-Purgstall hat der österreichischen Orientalistik die Bahn vorgezeichnet: sich mit der Trias der islamischen Kultursprachen, dem Arabischen, Persischen und Türkischen, und den in ihnen niedergelegten wissenschaftlichen und literarischen Werken zu beschäftigen. Auch die Gründung der Österreichischen Akademie der Wissenschaften im Jahre 1847 ist auf Hammer-Purgstalls unermüdliche Bemühung zurückzuführen.

Josef von Hammer wurde als Sohn des späteren k. k. Gubernialrates und Staatsgüteradministrators *Josef Edler von Hammer* und dessen Frau *Marianne, geb. Schnabel,* am 9. Juni 1774 in Graz geboren. 1784 kam er nach Wien, wo *Maria Theresia* im Jahre 1753 die Orientalische Akademie nach dem Vorbild der unter *Ludwig XIV.* von *Colbert* in Paris geschaffenen École des Jeunes de Langues gegründet hatte. Mit dieser Orientalischen Akademie zu Wien ist für immer der Name ihres bedeutendsten Schülers Josef von Hammer, später Josef Freiherr von Hammer-Purgstall, verknüpft, der ihr von 1789 bis 1799 angehörte. Mit fünfzehn Jahren trat er in diese Anstalt ein, die neben den üblichen Fächern der höheren humanistischen Schulen eine intensive Ausbildung auf dem Gebiete des Arabischen, Persischen und Türkischen vermittelte, wobei aus den gegebenen politischen und wirtschaftlichen Gründen das Studium des Türkischen im Vordergrunde stand. Das Türkische der klassischen Literatur und der Staatskorrespondenz des alten Osmanischen Reiches war durch das arabische und persische Sprachgut angereichert und durch den literarischen Geschmack des arabisch-persischen Kulturkreises in einem Ausmaß geprägt worden, daß neben dem Türkischen auch die Pflege der arabischen und persischen Sprache und Literatur einbezogen werden mußte. Daß Hammer die Sprachen und Kulturen des Hochislams in der empfänglichsten Zeit seines Lebens nahegebracht wurden, zeitigte in seiner späteren wissenschaftlichen und literarischen Tätigkeit überreich Früchte, wovon sein Lebenswerk Zeugnis ablegt.

Nachdem er an der Orientalischen Akademie seine Studien vollendet hatte, begann er seine Laufbahn als sogenannter Sprachknabe im Stabe der österreichischen Gesandtschaft zu Konstantinopel, damals Internuntiatur geheißen. Der österreichische Internuntius *P. Freiherr von Herbert-Rathkeal* entsandte ihn im Jahre 1800 auf eine Reise in die Levante und nach Ägypten. Die politischen Ereignisse verhinderten jedoch die Durchführung. Hammer gelangte zu der vor Ägypten kreuzenden englischen Flotte und wurde auf dem Flaggschiff »Tiger« Gast des Kommodore *Sir Sidney Smith*, dem er bei der Erledigung der türkischen Korrespondenz behilflich war. Diese Tätigkeit gewann ihm einflußreiche Förderer in England, wo er hierauf bis 1802 blieb.

Im Mai 1802 wurde er als Legationssekretär an die österreichische Internuntiatur nach Konstantinopel und im Jahre 1806 als österreichischer Generalkonsul (Agent) in der Moldau mit dem Sitz in Jassy entsandt, von wo er 1807 nach Wien zurückberufen wurde. Seine Tätigkeit in der Staatskanzlei ließ ihm genügend Zeit, seinen wissenschaftlichen und literarischen Neigungen nachzugehen. Im Franzosenjahr 1809 wurde er von der sich von Wien absetzenden Staatskanzlei sozusagen in Wien vergessen. Dieser Umstand hat viele Hunderte der im Besitz Österreichs befindlichen orientalischen Handschriften gerettet, da Hammer durch seine Anwesenheit und durch seine persönliche Bekanntschaft mit dem berühmten französischen Orientalisten *Sylvestre de Sacy* die Belange der österreichischen Handschriftensammlungen vertreten konnte. Es gelang ihm sogar 1810 durch persönliche Rücksprache in Paris, zweihundert orientalische Handschriften wieder nach Wien zu bringen. 1811 wurde er Wirkl. Staatskanzleirat und Hofdolmetsch. Er heiratete im Jahre 1816 *Karoline von Henikstein* (1797—1844), die ihm fünf Kinder schenkte. 1817 wurde er zum Hofrat ernannt und 1825 in den Ritterstand erhoben. Die 1835 kinderlos verstorbene *Gräfin Johanna-Anna Purgstall*, mit der ihn langjährige Freundschaft verbunden hatte, hatte ihn zum Erben von Schloß und Gut Hainfeld in der Steiermark eingesetzt, worauf er im gleichen Jahr in den Freiherrnstand erhoben wurde. Er führte hinfort den Namen Josef Freiherr von Hammer-Purgstall.

Schon seit dem Jahre 1810 bewegte ihn der Gedanke an die Gründung einer Akademie der Wissenschaften zu Wien. Widerstand höchster Kreise und widrige Umstände verzögerten die Gründung und Errichtung bis zum Jahre 1847. Am 27. Juni 1847 wurde Hammer-Purgstall zum ersten Präsidenten der Akademie gewählt, ein Beweis für seine führende Rolle im österreichischen Geistesleben. In seiner Festrede bei der ersten feierlichen Sitzung am 2. Feburar 1848 hob er hervor, daß die Akademie die Dichter nicht ausschließe. So sehen wir unter anderen in den Reihen der Mitglieder die Dichter *Grillparzer, Bauernfeld, Uhland.* Hammer war bis zum 14. Juli 1849 Präsident der Akademie, deren Mitglied er bis zu seinem Lebensende am 23. November 1856 verblieb. Ein fesselndes Bild seines Lebens und seiner Zeit vermittelt die Autobiographie *Erinnerungen aus meinem Leben* (Wien 1940).

Ein bemerkenswertes Ereignis in der europäischen Wissenschaftsgeschichte ist die Gründung der Zeitschrift *Mines de l'Orient* durch Hammer-Purgstall. Im Jahre 1809 erschien in Wien unter diesem Titel der erste Band der Zeitschrift, die wohl im Zuge der politischen Verhältnisse vom dritten Bande an unter dem Haupttitel *Fundgruben des Orients* herauskam. Man findet in den Foliobänden dieser Zeitschrift, von der bis 1819 insgesamt sechs Bände erschienen, viele Beiträge ausländischer Orientalisten und Orientliebhaber, nicht zuletzt sehr zahlreiche Beiträge Hammer-Purgstalls selbst. Diese *Fundgruben* spiegeln auch seine künstlerisch-ästhetischen Interessen wider und enthalten nicht nur wissenschaftliche Beiträge. Hammer-Purgstalls literarische Tätigkeit ist sehr vielfältig.

Als bedeutender Beitrag zur Geschichte der deutschen Dichtung ist die für seine Zeit meisterliche Leistung seiner ersten vollständigen poetischen Übersetzung (1812/1813) des *Diwans* des persischen Dichters *Hafis* (gest. 1390 n. Chr.) zu nennen. Diese Hafis-Übersetzung hat im lyrischen Schaffen *Goethes* eine große Rolle gespielt, so wie Goethe auch fruchtbare Anregung aus den *Fundgruben des Orients* gewonnen und mit viel Gewinn Hammer-Purgstalls *Geschichte der schönen Redekünste Persiens* (1818) studiert hat. Mit diesem kurzen Hinweis auf die Beziehungen zwischen Hammer-Purgstall und Goethe kann nur ein kleiner Ausschnitt seines Wirkens im Rahmen der europäischen Kultur gegeben werden.

Seine größte und bisher in vieler Beziehung noch nicht übertroffene Leistung liegt aber auf dem Gebiete der Wissenschaft. Ausgerüstet mit einer umfassenden philologischen Vorbildung und begabt mit ungewöhnlicher Energie, konnte er ein gewaltiges wissenschaftliches Werk schaffen, das die Geschichte, Archäologie, Topographie, Literaturgeschichte, Bibliographie und Philologie der islamischen Welt des Vorderen Orients umfaßt. Er hat die Rolle der Mongolen im Nahen Osten in weitausholender Betrachtungsweise zu zeichnen verstanden — es seien in diesem Zusammenhang seine Bücher *Geschichte der Ilchane* (1842/1843), *Geschichte der Goldenen Horde in Kiptschak* (1840) und die Edition und Übersetzung des persischen Historikers *Wassâf* (1856) erwähnt. Mit der *Geschichte der Assasinen* (1818), dieser extrem schiitischen religiösen und politischen Gemeinschaft, hat er besonderes Interesse hervorgerufen. Auf dem Gipfel seines Schaffens steht seine *Geschichte des Osmanischen Reiches* (10 Bände 1827—1835; 2. Auflage 4 Bände 1834/35), die auch ins Französische, Italienische und Türkische übersetzt ist und, um eine Bibliographie vermehrt, im Jahre 1960 in Graz als photomechanischer Neudruck erschienen ist.

In diesen Forschungsbereich gehören auch *Des Osmanischen Reiches Staatsverfassung und Staatsverwaltung* (1815), *Geschichte der Chane der Krim unter osmanischer Herrschaft* (1856) und die unter dem Titel *Rumeli und Bosna* (1812) erschienene Übersetzung eines Werkes des türkischen Gelehrten *Hadschi Chalîfa,* der für die Balkangeschichte zur osmanischen Zeit wichtigen geographischen Beschreibung.

Hammers Darstellung der türkischen Geschichte mag heute vielfach überholt und der Ergänzung und Berichtigung bedürftig sein, doch sind besonders die genannten Arbeiten geeignet, der gelehrten Welt viele Anregungen zu weiterer Arbeit und nicht zuletzt eine Menge unschätzbaren Materials zu liefern. Von diesem Aspekt aus mögen seine Arbeiten über arabische, persische und türkische Literatur heute vielfach in den Hintergrund der wissenschaftlichen Betrachtung getreten sein. Aber vor dem Gesamtwerk Hammer-Purgstalls, das große und kleine, wichtigere und unwichtigere Ergebnisse seines Forschens zeigt, leuchtet umsomehr die bedeutende wissenschaftliche Persönlichkeit dieses Mannes auf, der nicht nur Österreich, sondern der Welt gehört und über den der Historiker *Fallmerayer* in seinem Nachruf sagt: »Was sonst im Laufe vieler Generationen und nur mit der Gesamtkraft ganzer Nationen verrichtet wird, hat Hammer-Purgstall innerhalb der engen Schranken eines Menschenlebens für sich allein zustande gebracht. Könnten sich die Sitten so weit verfeinern, daß für die Größe der Menschen die geistige Tat und die sittliche Kraft, nicht die Summe des vergossenen Blutes und der aufgehäuften Ruinen den Maßstab geben, so würde der Hingeschiedene in den Augen der spätesten Nachwelt ein Heros, einer der größten Eroberer und Wohltäter des menschlichen Geschlechtes sein ...«

## *Jakob Philipp Fallmerayer*

VON FRANZ HIERONYMUS RIEDL

»Wie sich in Europa die Szene so plötzlich verwandelt hat!« Mit diesem Satz beginnt *Jakob Philipp Fallmerayer* seinen als *Fragment eines Fragmentaristen* erschienenen, noch im politischen Exil in St. Gallen 1850 geschriebenen Aufsatz *Zar, Byzanz und Okzident,* in dem er Sätze erschreckender Voraussicht von der russischen Herrschaft über die alte Welt schreibt: »Das große

Österreich wird dann in die Kreise des neuen Weltreiches gezogen werden, und zugleich aller Regierungssorgen über Galizien, Ungarn und Zubehör, früher als es denkt, enthoben sein. Das eigentliche Preußen dagegen, das altpolnische Lehen, kehrt wieder in das frühere Dienstverhältnis zurück, und Danzig mit Graudenz und Thorn werden Grenzfestungen eines Reiches sein, größer und furchtbarer als je eines nach dem Fall der Römerwelt die Sonne beschienen.«

In den sieben Jahrzehnten zwischen dem Aufstieg *Napoleons I.* und dem Einwirken *Napoleons III.* auf Europas Politik verlief das Leben von Jakob Philipp Fallmerayer in dem Spannungsfeld von Aufklärung und Liberalismus, Revolution und Restauration, Romantik und Konservativismus, Idealismus und Realismus. Er war ein Mensch von tiefer humanistischer, polyglotter Bildung mit vielseitigen Interessen und wirkte als Historiker und Schriftsteller, als Gelehrter und Politiker; vor allem aber war er ein Meister der deutschen Sprache. Er verstand es, die Wesenheit und den Gegensatz von Abend- und Morgenland offenbar zu machen und im Blick auf Byzanz und Rußland den Gegensatz zwischen Freiheit und Despotie im kühn gedeuteten Geschichtsbild zu zeigen. Es ist seltsam: im 16. Jahrhundert entdeckte im Auftrag *Maximilians I. Sigmund von Herberstein*, ein krainischer Adeliger, Rußland für Europa; vor der Mitte des 19. Jahrhunderts enträtselte ein Südtiroler, was Rußland ist und wohin seine politische Absicht zielt.

Jakob Philipp Fallmerayer wurde am 10. Dezember 1790 als viertes unter neun Kindern im Baumgartnerhof zu Tschötsch, nahe von Brixen, geboren. Hier hütete der Knabe das Vieh, und dabei tat sich ihm die Schönheit der Heimat auf. Die Familie übersiedelte 1801 nach Brixen, und 1803 kam der aufgeweckte Knabe an die bischöfliche Domschule, wo er eine vorzügliche humanistische Bildung erhielt und sein Interesse für die griechische Sprache und für Geschichte geweckt wurde.

Fallmerayer wollte Theologie studieren, aber 1807 war von Bayern das Brixner Priesterseminar aufgehoben worden, und so begab er sich 1809 nach Salzburg. Der spätere Abt von St. Peter *Albert Nagnzaun* weckte seinen Eifer für die orientalischen Sprachen, und der Student nützte die Bildungsmöglichkeiten der Salzachstadt. Als 1810 die Hochschule in Salzburg aufgehoben wurde, wollte Fallmerayer in Kremsmünster in den Benediktinerorden eintreten, 1811 erwog er nach Wien an die Orientalische Akademie zu gehen. Aber Bayern ließ ihn nicht über die Grenze, und so wandte er sich 1812 nach Landshut und oblag vornehmlich klassischen, sprachlichen und historischen Studien. Sein Freiheitstrieb führte ihn 1813 für fünf Jahre zum bayrischen Militär. Im Gefecht bei Hanau zeichnete er sich aus, nützte dann den Aufenthalt in Frankreich zur Vervollkommnung im Französischen und Spanischen, und seine Lindauer Garnisonszeit vertrieb der Unterleutnant sich mit dem Studium des Neugriechischen, Persischen und Türkischen. 1818 nahm er seinen Abschied als Soldat und wurde zuerst in Augsburg und dann in Landshut Lehrer. In seiner Landshuter Zeit begann Fallmerayer wissenschaftlich zu arbeiten und erregte sofort die Aufmerksamkeit der gelehrten Welt.

Noch hatte Fallmerayer den Orient nicht gesehen, und doch erschienen schon jetzt seine die byzantinische Geschichte befruchtenden und die griechische Frage aufrührenden Werke: *Geschichte des Kaisertums Trapezunt,* 1824 preisgekrönt von der Akademie der Wissenschaften in Kopenhagen, und *Geschichte der Halbinsel Morea während des Mittelalters,* 1830. Damals, im Zeitalter des Philhellenismus, versuchte Fallmerayer den Nachweis, daß die Neugriechen nicht die unmittelbaren, unvermischten Nachkommen der alten Hellenen sind, sondern stark von den zur Wiederbevölkerung eingewanderten Slawen und Albanern mitgeprägt wurden. Der begeisterte Griechenfreund Fallmerayer erkannte die starken Völkerverschiebungen seit dem frühen Mittelalter und durchleuchtete die byzantinischen Quellen, die manche Beweise für die Unterschiedlichkeit von Alt- und Neugriechen erbrachten. Aber befremdete damals schon die Auffassung: »Die Erkenntnis dieser Dinge ist von großer Bedeutung, jetzt, wo die Herrschaft über das menschliche Geschlecht von den lateinischen und germanischen Völkern zu weichen und auf die große Nation der Slawen überzugehen scheint«, so war man angesichts des griechischen Freiheitskampfes und in Erwartung eines Bayernprinzen als Griechenkönig geradezu beleidigt von diesen Thesen, und Fallmerayer hatte sich mit beiden Schriften viele Sympathien verscherzt.

Hatte er für seine Werke vornehmlich in München, Wien und Venedig Material gesammelt, so lernte er 1831 bis 1848 auf Reisen den Orient gründlich kennen. Als Reisebegleiter des russischen Generals *Alexander Graf Ostermann-Tolstoj* unternahm er 1831 bis 1834 seine erste Orientreise. Heimgekehrt, fand er sich als Professor zu Landshut pensioniert, aber 1835 wurde er zum ordentlichen Mitglied der historischen Klasse der bayerischen Akademie der Wissenschaften gewählt (später auch von den Akademien in Wien, Budapest und Agram, während Tübingen ihn zum Dr. h. c. ernannte, und der Sultan ihm den Nischan-Orden verlieh). Bis zu seiner zweiten Orientreise setzte er seine Forscherarbeit fort und hielt Vorträge, publizierte in gelehrten Anzeigern und begann 1839 seine Artikel für die *Augsburger Allgemeine Zeitung* zu schreiben. Die zweite Orientreise führte ihn 1840 bis 1842 die Donau abwärts bis Trapezunt, Konstantinopel, auf den Berg Athos, nach Griechenland und über Venedig und Brixen nach München, wo er sich in den kommenden Jahren der Gunst des Kronprinzen erfreute. In den Jahren 1847 und 1848 unternahm er seine dritte Orientreise. Auf der Rückreise erfuhr er in Smyrna, daß er als Nachfolger des verstorbenen *Josef von Görres* zum Professor für Geschichte an die Universität München berufen worden war.

Mitte April 1848 wieder in München, wo sich mit der Professur alte Hoffnungen zu erfüllen schienen, wurde der Tiroler Fallmerayer am 28. April von den Münchnern als Parlamentsmitglied für Frankfurt gewählt. Der Eintritt in die Politik war nicht glückhaft, und nachdem Fallmerayer mit dem Rumpfparlament nach Stuttgart gegangen war, blieb ihm nur der Weg ins Exil in die Schweiz, wo er bis zur Erlassung der Amnestie blieb. Dann kehrte er im April 1850 nach München zurück, wo ihm die Professur abgenommen worden war. Auch in seinem letzten Lebensjahrzehnt reiste er viel, studierte, publizierte und konnte noch seine dreibändigen *Gesammelten Werke* druckreif abschließen. Geselligkeit mit vielen Freunden verschönte seine letzten Jahre, in denen Wehmut seine Grundstimmung war. In der Nacht zum 26. April 1861 starb er in München. Vier Tage zuvor schrieb er als letzte Tagebuchnotiz: »Fahle Sonne — — —« Dies ist der äußere Ablauf seines reichen Lebens.

Nach den beiden historischen Werken über Trapezunt und Morea erschienen seine seit 1839 für die *Augsburger Allgemeine Zeitung* geschriebenen aufsehenerregenden Berichte zusammengefaßt als *Fragmente aus dem Orient* 1845 und *Neue Fragmente aus dem Orient* 1861. Mit diesen Publikationen ist Fallmerayer zu einem Klassiker der Byzantinistik, der Orientalistik und der Rußlandkunde geworden. Seine frühen Arbeiten hatten — ohne daß er im Orient gewesen war — die Erkenntnis von der Verwobenheit byzantinischen und russischen Wesens mit einer erstaunlichen Intuition kundgetan. Auf seinen Reisen erlebte er dann die Realität von Byzanz als ein dem Abendland entgegengesetztes und doch verbundenes geistiges, religiöses und staatliches Gebilde. Er umriß die Eigenart von Trapezunt als späten Ausdruck byzantinisch-griechischen Wesens im Morgenland, von Konstantinopel—Byzanz—Istanbul als sinnbildlichen Erben versunkener Ordnung und Macht, den Berg Athos als Seele des geheimnisvollen Machtbereichs, von Griechenland als anspruchsvollen, ungeeigneten Nachfolger und von Rußland als den tatsächlich entscheidenden Faktor im Schicksal west-östlicher Spannung Europas.

*Friedrich Hebbel* nannte Fallmerayer »eine der wenigen echten dramatischen Personen der Literatur«. Unter den Tirolern seiner Generation, die im geistigen und politischen Leben damaliger Zeit überragende Leistungen setzten, steht er in scharf geprägter Eigenart als freigeistiger, aber von innerlicher christlicher Religiosität erfüllter Kämpfer gegen Engherzigkeit und Unduldsamkeit. Als Politiker ist er ein Verfechter deutscher Einheit und der Freiheit gegen jede Form der Tyrannei. Seine bescheiden *Konzepte* und *Fragmente* genannten Aufsätze sind geschichtliche Betrachtungen, auch heute noch spannend zu lesen. Der ernste Geschichtsschreiber war zugleich einer der größten deutschen Zeitungsleute. Es zeichnete ihn zuverlässiges Wissen, staatsmännischer Blick, souveräne Schau über Zeiträume und Ereignisse, Gabe der Charakterisierung der Menschen und Schilderung der Landschaften und eine Wortkraft und Stilkunst höchsten Ranges aus.

Fallmerayers Bedeutung liegt darin, daß mit seinen Schriften in Deutschland erstmals die entscheidende Wichtigkeit der mittleren und neueren Geschichte des Nahen Orients, des Balkans und Rußlands für die politische und geistige Entwicklung Gesamteuropas erkannt wurde und er sie, wie gleichzeitig der Wiener Orientalist *Josef von Hammer-Purgstall* und der österreichische Diplomat *Anton von Prokesch-Osten*, bekanntzumachen suchte. Seine Studien über die Wandlung des griechischen Volkselements dienten anspornend der Erforschung des Griechen-, Slawen- und Albanertums, allerdings wurde seine Slawisierungstheorie von der Forschung auf das richtige Maß zurückgeführt. Fallmerayer ist die bis heute gültige erregende Darstellung des Phänomens Athos und der byzantinischen Orthodoxie zu verdanken. Er sah eine schicksalhafte Spaltung Europas in einen aktiven, fortschrittlichen Westen und einen in sich verharrenden, despotischen Osten, aber auch die gemeinsame Wurzel der beiden Lebenstypen im Christentum der mittelalterlichen Welt. Nachdenklich betrachtete er die Fragwürdigkeit westlichen Fortschritts und westlicher Zivilisation. Fallmerayer sagte entscheidende Auseinandersetzungen zwischen Ost und West voraus, und aus dem persönlichen Erlebnis des Ostens strömte seine Einsicht in die gefährliche Spannung zwischen den beiden so wesensverschiedenen Mentalitäten. Er wies auf den lebensgesetzlichen Drang der im Moskowitertum verkörperten slawischen Vormacht und die dadurch bedingte Teilung Europas in zwei getrennte Lager hin, auf die Vollstreckung europäischen Schicksals durch das byzantinische Rußland. Er stellte die wichtigsten Mächte Europas in Beziehung zu Rußland, er sah die Fülle der Gegensätze im europäischen Spannungsfeld, vor allem den Gegensatz zwischen Freiheit und Despotie. Er war überzeugt von der Macht und Unabänderlichkeit geschichtlicher Gesetze, und aus ihrer klaren Erfassung wachsen die Größe seines Geschichtsbildes und die Kühnheit seiner wahrhaft visionären Deutungen.

## *Anton Günther*

VON JOSEPH PRITZ

*Anton Günther* ist ein typischer Repräsentant des christlichen Geistes im 19. Jahrhundert. Er wurde als Kind einer ärmlichen Familie im nordböhmischen Lindau am 17. November 1783 geboren, Verwandte und die hilfsbereiten Klosterschulen der Piaristen zu Haida und der Augustinermönche zu Leitmeritz ermöglichten ihm aber die Gymnasialbildung.

1803 zog er an die Universität nach Prag, wo er im philosophischen Kurs den jungen Religionsphilosophen *Bernhard Bolzano* hörte. Den Lebensunterhalt sicherte er sich durch Annahme von Erzieherstellen. Nach der Philosophie studierte er Jus, nicht Theologie, wie es seine Eltern gewünscht hatten. Neben dem dreijährigen Jusstudium galt sein besonderes Interesse der Religionsphilosophie. Am Glauben seiner Kindheit irre geworden, bewegte ihn die

Frage einer rationalen und historischen Begründung des Christentums. Er vertiefte sich deshalb in die Werke *Herders, Kants, Fichtes* und *Schellings.* 1810 übersiedelte er nach Wien, wo die entscheidenden Entschlüsse seines Lebens und die grundlegenden Ideen seines philosophisch-theologischen Systems reiften.

Als Erzieher im Hause des Fürsten *Bretzenheim-Regetz* war er so weit der materiellen Sorgen enthoben, daß er ungehindert den Fragen und Zweifeln seines Geistes nachgehen konnte. Auf die Bibel aufmerksam gemacht, fing ihm »ein Licht zu strahlen« an. Er erkannte die Unzulänglichkeit der menschlichen Vernunft und die Bedeutung der christlichen Offenbarung. Bestimmend für seinen Glaubensweg wurde die Begegnung mit *Klemens Maria Hofbauer,* in dessen Kreis er wegen seiner geistigen Unruhe bald der »Augustinus« genannt wurde. Neben *Adam Müller,* durch den er auf den Unterschied zwischen Begriff und Idee aufmerksam gemacht und zur romantisch-organischen Gesellschaftsauffassung hingeführt wurde, lernte er auch *Friedrich Schlegel* kennen, mit dem ihn die Kritik an der pantheistischen Zeitphilosophie und das Bestreben verbanden, den herrschenden Zwiespalt zwischen Glauben und Wissen zu überwinden. Kannte er durch die Auseinandersetzung mit dem deutschen Idealismus, nun auch mit *Hegel,* die philosophischen Probleme, so begann er jetzt das Theologiestudium in Wien, das er schließlich im ungarischen Raab, wohin er 1819 als Erzieher seinem Zögling Ferdinand Bretzenheim gefolgt war, abschloß.

1821 ließ er sich zum Priester weihen, und ein Jahr später glaubte er sogar in den Jesuitenorden eintreten zu sollen. Das Ordensnoviziat in Galizien 1822 bis 1824 führte ihn aber zur Einsicht, daß er zum gebundenen Ordensleben nicht berufen sei. Auch in der Seelsorge sah er nicht seine Aufgabe. Nach Wien zurückgekehrt, nahm er den früheren Plan, sich ganz der Philosophie und Theologie zu widmen, wieder auf. Die Metropole Österreichs wurde seine zweite Heimat.

Seit 1818 schrieb er als Rezensent, der die Hand am Puls der Zeit hielt, in den *Wiener Jahrbüchern der Literatur* Abhandlungen, die sogleich Aufsehen erregten. Die Stellung als Erzieher Bretzenheims und hernach auch *Friedrich Schwarzenbergs,* des späteren Erzbischofs von Salzburg und Prag, dem er philosophischen Unterricht erteilte, und die Berufung zum staatlichen Zensor für philosophische und juridische Schriften sicherten seinen Lebensunterhalt und damit die Voraussetzung für ein privates Gelehrtenleben. Für seine eigenen Publikationen hatte er als Zensor in einer Zeit der geistigen Bevormundung und Überwachung durch den Staat freie Bahn und für andere philosophische Schriftsteller die Möglichkeit, die Zulassung ihrer Arbeiten durchzusetzen. Sehr bald wurde er für viele, die sich in der Metternichschen Ära nach der Freiheit des Denkens und Glaubens sehnten, zum Mittelpunkt. Die ungewöhnlich spekulative Begabung, die weitreichende Kenntnis der Philosophie und der geistigen Probleme der Zeit, der Mut zu selbständigem

es ein Buch, das, durch die Zeit herausgefordert und einem großen Bedürfnis entgegenkommend, verdient, ihm tief in die Augen zu sehen und nach seiner Seele zu fragen. Der Reihe nach folgten bis 1843 sieben weitere Werke, die den ersten Systementwurf ausführten und eine Auseinandersetzung mit der zeitgenössischen Philosophie und Theologie darstellten. Nach 1848 rundeten umfangreiche Abhandlungen die Lehre ab. Die beiden letzten Bücher, von denen das eine posthum erschien, waren nur noch Antworten an seine Kritiker.

Um das Jahr 1850 stand Günther auf dem Zenit seines Schaffens. Das geschlossene Lehrsystem hatte viele im In- und Ausland in den Bann geschlagen. Bald rührten sich aber auch Gegner, die in Günthers Ablehnung der Scholastik und in seiner Ansicht, daß der Schlüssel für die Lösung der philosophischen und theologischen Probleme im Menschen selbst, und zwar in seinem recht verstandenen Selbst- und Ichbewußtsein liege, eine Gefahr für den Glauben und die Kirche sahen, weil so der Mensch und sein Selbstverständnis zum Maß des Christentums gemacht würden. 1852 wurde unter Führung des Kölner *Erzbischofs Geissel* und unter Mithilfe des Wiener *Kardinals Rauscher* von deutschen und einigen österreichischen Theologen der Kampf entfesselt, der sich über einige Jahre erstreckte und schließlich trotz energischer Interventionen des *Kardinals Schwarzenberg* 1857 zur römischen Verurteilung der Lehre Günthers und zur Indizierung sämtlicher Werke führte. Dessenungeachtet erwies der Papst selbst dem großen Denker immer wieder seine Sympathie. Günther unterwarf sich »laudabiliter«, wie der Papst glücklich hinzufügte, jedoch nach einem heroischen seelischen Kampf. Seine Forderung, daß das Christentum und die Kirche mit den geistigen Strömungen der Zeit konfrontiert, die Offenbarung mit dem Menschen und seiner Vernunft in Beziehung gesetzt und der christliche Glaube anthropologisch bewahrheitet werden müssen, behielt weiterhin ihre Gültigkeit. Und daß der Schlüssel zur Lösung der Fragen im Selbst- und Ichbewußtsein des Menschen liege, blieb seine Überzeugung bis zum Tod am 8. Februar 1863.

Die Verurteilung Günthers ist bedauerlich. Die Erkenntnisse dieses größten »christlichen« Philosophen Österreichs erweisen sich gerade in unserer Zeit wieder als brauchbar und fruchtbringend. Was z. B. das 2. Vatikanische Konzil über die Kirche, ihr Verhältnis zu Welt und Wissenschaft, über den Menschen und Christen aussagt und was anschließend die Theologie heute an Fragen behandelt, ist mitunter bis aufs Wort deutlich durch Günther verkündet worden. Ihm ging es um das wissenschaftliche Verständnis des Glaubens, die »ideelle Einsicht« in die Offenbarung, die »ideelle Rekonstruktion des Christentums«, wobei er sich bewußt war, daß alle Auflösungen am Ende neue Rätsel aufgeben. Der Mensch ist nach Günther das »Vereinwesen« von Natur und Geist und deshalb Individuum und Gattungswesen zugleich. Seine Beziehung zur Welt ist durch die Bezeichnung Weltkompendium, Mikrokosmos und kosmische Mitte charakterisiert. Schließlich sind auch die Gottesidee, das Zugleich von Immanenz und Transzendenz, die Synthese von Wissen und Glauben im Menschen grundgelegt. In Christus dem Gott-Menschen aber sind sie notorisch und exemplarisch verwirklicht. Wie sich der Mensch versteht, so versteht er die Welt, so versteht er Gott. Im Selbst- und Ichbewußtsein manifestiert sich das Ich als synthetisches von Natur und Geist, in ihm gibt sich die Welt als Nichtich kund, und mit ihm ist auch der Gedanke des alles endliche Sein setzenden Gottes verbunden. So sind die Welt- und Gottesidee in der Ichidee verwurzelt. Im Menschen ist wie der relative Dualismus zwischen Natur und Geist so der absolute Dualismus zwischen Welt und Gott dialektisch vermittelt und offenbar. Von der anthropologischen Selbst- und Ichbewußtseinsanalyse ausgehend, betrieb Günther Philosophie und Theologie, durchleuchtete die Schöpfung (Kreationstheorie) und die Offenbarung (Inkarnationstheorie), setzte sich mit der Wissenschaft und Philosophie seiner Zeit auseinander, führte den Kampf gegen den monistischen Pantheismus, den er für den eigentlichen Feind des Christentums hielt, und gegen den Materialismus, Atheismus und Kommunismus, von dem er bereits 1849 sagte, daß er die »Reaktion des Pauperismus gegen den Absolutismus der Geld- und Grundaristokratie« sei und in Verbindung mit dem Atheismus zum »allgemeinen Weltenbrand« sich entwickeln werde.

Das Verdienst Günthers bleibt es, die von vielen begehrte und von wenigen versuchte Lösung des ins neuzeitliche Bildungsleben eingedrungenen Zwiespaltes zwischen Wissen und Glauben erfolgreich angebahnt zu haben.

## *Franz Grillparzer*

VON HERBERT SEIDLER

Mit *Franz Grillparzer* erreicht die österreichische Dramenkunst Höhe und weltliterarischen Rang.

Grillparzer wurde in Wien am 15. Jänner 1791 geboren und starb dort am 21. Jänner 1872. Abgesehen von einigen Auslandsreisen, blieb er immer in Wien. Von 1813 bis 1856 war er im österreichischen Staatsdienst, seit 1832 als Direktor des Hofkammerarchivs. Er war schriftstellerisch sehr fruchtbar, sein Werk umfaßt: viele Studien zu allen Gebieten des Geisteslebens, besonders zur Literatur, und hier vor allem über das spanische Drama; selbstbiographische Schriften; zwei bedeutende Novellen *Das Kloster bei Sendomir* und *Der arme Spielmann*, Lyrik, Epigrammatik und Satiren, vor allem aber Dramen.

Eine Unzahl von Plänen und Bruchstücken, vier kleine Lustspiele und ein Opernlibretto *Melusina* (1823) stehen neben den großen vollendeten Dramen; an manchen von ihnen hat er viele Jahre gearbeitet. (Im folgenden steht in Klammern das Vollendungsjahr.) Die ersten vier zeigen eine besonders düstere Tragik. In ihnen ringt er in Auseinandersetzung mit der Wiener Oper, dem Wiener Volksstück und dem klassischen deutschen Drama um seine eigene Kunstform: *Blanka von Kastilien* (1810), *Die Ahnfrau* (1816), *Sappho* (1817), *Das Goldene Vließ* (1820). In den beiden folgenden Geschichtsdramen erscheint die Tragik gedämpft: *König Ottokars Glück und Ende* (1823), *Ein treuer Diener seines Herrn* (1826).

Die nächsten drei Dramen zeigen in voller Entfaltung seine ganze Eigenart: das Trauerspiel *Des Meeres und der Liebe Wellen* (1829), das dramatische Märchen *Der Traum ein Leben* (1830), das Lustspiel *Weh dem, der lügt!* (1837). Nach dem Mißerfolg des Lustspiels zieht sich Grillparzer von der Öffentlichkeit zurück, nur noch das Fragment *Esther* (bis 1848) kam auf die Bühne. Die drei bedeutenden Spätdramen, alles Trauerspiele, etwa zwischen 1848 und 1850 vollendet, wurden erst nach seinem Tod veröffentlicht und aufgeführt: *Libussa, Ein Bruderzwist in Habsburg, Die Jüdin von Toledo.*

Ein Grundzug von Grillparzers Dramatik, der uns von außen her den Zugang zu seiner Kunst öffnet, ist die Betonung der künstlerischen Lebendigkeit. Auch in der Theorie fordert er Bilder, Gestalt, Handlung, nicht Idee. Verbildlichung ist ihm also die vordringliche künstlerische Aufgabe. Dabei erarbeitet er sich mit der Zeit bestimmte Grundbilder, z. B. das Herausstellen von Gegenwelten bis in alle Einzelheiten. Die Verbildlichung zeigt sich vor allem daran, daß das Schaubare in seiner Dramenkunst eine besondere Rolle spielt. Schon die Bühnenbilder stellen symbolische Gegensätze heraus: Schloß — Hütte, Hell- und Dunkel-Szenen, wilde und edle Landschaften. Schaubare Vorgänge gestalten entscheidende Phasen im dramatischen Ablauf. Auch Gegenstände gewinnen symbolische Bedeutung, etwa der Mantel als Zeichen der Würde, sein Ablegen bedeutet demnach Ablegen der Würde, Bloßstellung, Enthüllung tieferer Schichten. Türme sind Räume der Einsamkeit und der stillen Betrachtung. Wichtig und häufig sind die Gebärden in Grillparzers Dramen, etwa als Eindringen in eine fremde Welt oder als Enthüllen, endlich als Heraufdringen des Innern in mannigfacher Art. So muß Ottokar von Rudolf kniend die Lehen nehmen und empfindet das als Entehrung, das Bild verfolgt ihn unheimlich, aber am Schluß konzentriert sich in der Gebärde des Kniens vor der Leiche Margaretens und vor dem Tod vor Gott Reue und Umkehr Ottokars. Dieses starke Vordringen des Schaubaren und dessen Bedeutung in der dramatischen Komposition deckt ein erstes Mal Grillparzers Verbundenheit mit der Wiener Theaterentwicklung und den verschiedenen Formen des Bühnenspiels in Wien auf.

Der künstlerische Bau von Grillparzers Dramen ist durch zwei sich in eigenartiger Weise verbindende Gegentendenzen gekennzeichnet. Die eine Tendenz ist die der Verbreiterung. Die Handlung setzt meist sehr scharf ein. Dann folgen gern Großszenen, deren Ausgestaltung Grillparzer besonders liegt. Das Kennzeichnende aber ist die Verbreiterung, die dadurch entsteht, daß alle Handlungsansätze psychologisch voll ausgespielt werden. Dabei gelingen dem Dichter eindringliche Analysen des Menschen bis in dessen unbewußte Bereiche. Grillparzer wird hier zum Vorläufer einer künstlerischen Menschengestaltung, die alle Schichten des Menschen umgreift. Damit aber entsteht zugleich die Gefahr, daß der dramatische Zug zerfließt, die Spannung erlahmt.

Grillparzer war sich dessen bewußt, und dieser Gefahr setzt er die andre Tendenz entgegen, die des schließenden Baus. Dem dient vor allem die häufig anzutreffende Rahmung. Im Lustspiel *Weh dem, der lügt!* gibt der Bischof dem Küchenjungen den Auftrag, seinen Neffen ohne Lüge aus dem Feindesland zu befreien, das wird im Binnenteil durchgeführt und am Schluß rückblickend beurteilt. Das ist nur ein Beispiel von vielen. Grillparzer verwendet dieses Mittel aber nicht eintönig, sondern in vielen Variationen und Spielarten. Mittel der Rahmung sind ihm das Bühnenbild, das Motiv der Aufgabenstellung und große rahmende Reden. Von hier aus ließen sich Brücken zum spanischen Theater, zum Jesuitenstück und zum Wiener Zauberstück schlagen. Schon durch solche Rahmung, aber auch sonst gewinnt der Schluß in Grillparzers Dramen einen besondern Sinn. Grillparzers Dramen heben je einen exemplarischen Fall aus dem fortstrebenden Leben heraus. Daraus ergeben sich zwei Funktionen des Schlusses, die in Spannung zueinander stehn: Andeuten des Weitergehens des Lebens, etwa in der Besitzergreifung Österreichs durch die Habsburger am Schluß des *Ottokar,* und daneben Schließung und Beendigung dieses einen exemplarischen Falls; das gelingt besonders durch den Rahmenschluß. Grillparzers Formwille schafft so immer geschlossene Gebilde und fängt das Verfließen auf.

Die Frage nach der Dramatik in Grillparzers Werken führt zu den entscheidenden Einsichten in seine dichterische Kunst und deren Eigenart. Vorab fällt, besonders gegenüber *Schiller* und *Kleist,* die Stille und Verhaltenheit in vielen seiner Dramen auf; ich weise besonders auf den *Treuen Diener,* die *Hero*-Tragödie, das *Esther*-Fragment und die *Jüdin von Toledo.* Dazu kommt, daß Grillparzer nicht sosehr die schroffen Übergänge liebt als vielmehr die feinen, oft beinahe unscheinbaren. Grillparzer bevorzugt in der Menschengestaltung nicht sosehr die klare Entscheidung in einem Entweder-Oder als vielmehr die reichen Nuancen eines Sowohl-Als-auch: das Verschweben, die Ambivalenz in menschlichen Charakteren ziehen ihn an und finden meisterhafte Gestaltung. Geschichtlich ist diese verhaltene Kunst schwebender Übergänge und der Mehrwertigkeit von Erscheinungen mannigfach verflochten. Hier wirkt noch die Haltung des österreichischen Barocks nach, die immer wieder bestimmt ist durch die dauernde Spannung von Sein und Schein, zugleich aber zeigt sich hier schon die künstlerische Auswirkung des Positivismus mit seiner fortschreitenden Analyse des Reichtums von seelischen Erscheinungen. In Grillparzer finden wir zugleich einen Vorläufer des Nuancenreichtums der Wiener Literatur um 1900.

Ein Dramatiker ist vor allem der Dichter, der die Welt als ein Geflecht von unüberbrückbaren und nie versöhnbaren Gegensätzen faßt, die Welt ist für ihn gekennzeichnet durch ihre Urgespaltenheit. In Grillparzers Dramen zeigt sich diese Urgespaltenheit in mannigfacher Weise: Bau, Sprache, Menschen- und Weltbild sind dadurch eindeutig bestimmt.

Die Dramatik des Aufbaus lebt grundsätzlich von der Entgegensetzung zweier Welten. Diese Entgegensetzung zweier Welten in Grillparzers Dramen wird vor allem in der Figurenkonstellation deutlich. Von der Antithetik der verschiedenen Figurengruppen lebt ein Gutteil der Dramatik. Bricht eine Figur aus ihrer Welt aus wie Medea aus der Welt von Kolchis, führt das zu Entfremdung und Scheitern des Menschen. Aber die Dramatik der Komposition läßt sich bis in Einzelzüge erkennen, sie ist bestimmend für die ganze Struktur eines Dramas: Rahmen- und Binnenteil der Dramen, die durch Rahmentechnik bestimmt sind, stehen stimmungs- und gehaltmäßig in Gegensatz zueinander; so der schlichte Rahmen gegenüber dem wirren und bewegten Binnenteil in *Der Traum ein Leben.* Die Durchführung der Handlung zeigt einen rhythmischen Wechsel von Breite und Raffung, vor allem sind die Teile, in denen die Handlung einen entschiedenen Schritt nach vorne tut, immer sehr knapp gestaltet. Grillparzer gelingt durch solche Antithetik in der Handlungsführung beinahe Unmögliches, so etwa in der dramatischen Gestaltung der Müdigkeit Heros im vierten Aufzug von *Des Meeres und der Liebe Wellen:* der Versonnenheit Heros steht das lebhafte Temperament einer Zwischenszene gegenüber, ihrem Einschlafen am Schluß das Herannahen des Sturms und das Erlöschen der Lampe: Leanders Tod ist besiegelt.

Zu wenig beachtet wird immer noch die Dramatik in der Sprachkunst Grillparzers. In dreifacher Weise ist sie durch starke Gegensätzlichkeiten bestimmt:

Einmal lebt in Grillparzers Dramen vielfach noch die durch Jahrhunderte tradierte Metaphernwelt weiter, die letztlich auf die Spätantike zurückgeht; daneben aber entfaltet die Sprache schon reiche Möglichkeiten für die Gestaltung der seelischen Differenziertheit des modernen Menschen.

Zum anderen gestaltet Grillparzer auch Kulturgegensätze in der Sprache, d. h., die Entgegenstellung verschiedener Welten wirkt sich bis in die Sprache aus.

Und schließlich stehen in der Dialogführung zwei entgegengesetzte Möglichkeiten einander gegenüber: knappe, stoßhafte, heftige Dialoge in Augenblicken von Handlungsstößen und breite Dialoge in Augenblicken der Besinnung und Überschau. Solche breite Dialoge wachsen sich häufig zu großen Reden aus. Solche Prunkreden erwachsen aus der Haltung der Besinnung und Kontemplation und aus einer besondern Konzentration aller seelischen Kräfte; das geschieht entweder im lyrischen Ausschwingen oder in weltanschaulichen Bekenntnissen. In diesen Reden verdichten sich alle Stilkräfte der Sprache; zugleich aber kann man in ihnen eine Entwicklung zur knappen, gedrängtesten Satzführung beobachten; so stehen sich in ihnen Breite und

Costüme Bilder zur Theaterzeitung. No. 17.
Schoeller del.
And. Geiger sc.
Hr. Raimund und Hr. Fischer.
Valentin. Flottwel.
Zu haben in Wien, im Bureau der Theaterzeitung, Wollzeil No. 780, 2t Stk.

*Ferdinand Raimund, »Der Verschwender«; Szenenbild mit F. Raimund in der Rolle des Valentin und Karl Wilhelm Fischer als Julius Flottwell. Kolorierter Kupferstich von Andreas Geiger nach einem Aquarell von Johann Christian Schoeller, 1834*

Knappheit gegenüber, wie sie selbst auch immer wieder den knappen und heftigen Handlungsstößen entgegengestellt sind: ein Urgegensatz sprachlicher Gestaltungsmöglichkeiten tut sich hier auf, in der Sprache selbst wird die Urgespaltenheit der Welt lebendig. Diese Prunkreden in Grillparzers Dramen entsprechen geschichtlich den Bravourarien in den Opern und den Liedern und Couplets in den Volksstücken, in denen sich die Kunst des Sängers und Schauspielers zeigen konnte, die aber zugleich Augenblicke der Besinnung und höhern Betrachtung aus dem Handlungsverlauf aussparen wie etwa der Chor in der altgriechischen Tragödie. Grillparzer greift dieses Element der Wiener Theatertradition auf, löst es aber von der Musik und führt es in die reine Sprachkunst über. Hier wird deutlich: aus dem opernhaften Allkunstwerk des Barocks und aus dem Volksstück erwächst bei Grillparzer das rein aus den Sprachkräften gespeiste Hochstildrama.

In diesen bisher angedeuteten künstlerischen Eigenarten und Möglichkeiten des Grillparzerschen Dramas wird das dramatische Welt- und Menschenbild des Dichters Gestalt und damit erst dichterische Wirklichkeit. So stehn sich schon zwei entgegengesetzte Wirklichkeitssichten in seinen Dramen gegenüber: die Wirklichkeit als spontanes Geschehen, das erweislos und einfach da ist, und die Wirklichkeit als kausaler Ablauf, vom Willen des Menschen gelenkt. Letztlich ließen sich auch diese beiden Gegensätze auf jenen von göttlicher und menschlicher Seinsordnung zurückführen, der für Grillparzer entscheidend ist. Trotz des Liberalismus und der modernen Ambivalenzen ist die göttliche Seinsordnung das im Weltall Bestimmende in Grillparzers Dramen und besonders in den sprachlichen Bildern spürbar. Ihr steht die Unvollkommenheit und Begrenztheit menschlicher Seinsordnung in der geschichtlichen Welt gegenüber. Ihr Gegensatz ist die Wurzel der Tragik in Grillparzers Dramen. Denn die göttliche Ordnung will auch die Menschenwelt durchformen, aber bei ihrem Eintritt in diese wird sie anfällig und getrübt. Der Mensch aber strebt der göttlichen Ordnung zu, verfehlt sie aber in der Schuldhaftigkeit seines Handelns.

Im Staatsbild der Dramen Grillparzers wirkt sich diese Tragik besonders deutlich aus: Der Staat sollte die heile göttliche Ordnung im Menschenbereich stiften, er gerät aber in die Trübung und Hinfälligkeit des Irdischen. In diesem Gegensatz von göttlicher und menschlicher Seinsordnung bleibt auch der Gegensatz von Sein und Schein eingeschlossen, der als altes Barockmotiv über Grillparzer hinaus bis in die österreichische Dramatik des 20. Jahrhunderts weiterwirkt. Damit verbindet sich das alte Welttheatermotiv: die Auffassung, daß die Weltgeschichte ein Spiel vor Gott dem Herrn sei — ein Spiel — nicht mehr. Auch dieses Motiv ersteht in manchen Stücken Grillparzers in neuer und eigenartiger Variation.

Auch das Bild vom Menschen in Grillparzers Dramen ist weitgehend durch Gegensatzspannungen bestimmt. So steht die Menschenwelt der göttlichen Seinsordnung gegenüber. Sehr wichtig ist aber weiter die Spannung zwischen den Tiefenschichten des Gefühlsbereichs und dem rationalen Bereich des klaren Bewußtseins. Sie wird vor allem spürbar im Verhältnis der Gebärden, die aus den Tiefenschichten wachsen, zu den sprachlichen Äußerungen, die aus dem klaren Bewußtsein erfließen. Endlich wohl das Wichtigste im Menschenbild Grillparzers: das Verhältnis der beiden Grundhaltungen des Handelns und des Betrachtens. Handeln ist Pflicht im irdischen Dasein, im Handeln strebt der Mensch oft zu den Bereichen des Göttlichen; aber Handeln führt immer in Schuld und Versagen, ist oft zum Scheitern verurteilt. Betrachtung in der Konzentration der seelischen Kräfte, also höchste Sammlung, ist der einzige Weg, der den Menschen wirklich dem Göttlichen öffnet. Aber diese Haltung führt den Menschen doch wieder ab von den Pflichten des Irdischen und vom Handeln, auch sie kann also schuldhaft werden. Im Gegensatz von Rahmenteilen und Binnenstück wird die Antithetik beider Haltungen oft Gestalt; und ebenso in der Gegenüberstellung von knappen Handlungsstößen und den Prunkreden, in denen sich die Betrachtung sprachlich am intensivsten ausformt.

Zusammenfassend also: in der reichen künstlerischen Gestaltung der Urgespaltenheit wird erst der Gegensatz zwischen göttlicher und menschlicher Seinsordnung und seine tiefe Tragik im Drama wirklich. Und als eigentliche dichterische Wirklichkeit erscheint in den Werken Grillparzers die unaufhebbare Spannung von Handeln und Betrachten.

Grillparzer ist einer der größten deutschen Dramatiker in der Reihe von *Lessing* bis *Hebbel*, die den großen weltliterarischen Beitrag der Deutschen zum Drama des Abendlandes bildet. Aber er ist innerhalb dieses Zeitraums in einmaliger Weise durch folgende Züge geprägt: er ist völlig eingebettet in die große geschlossene Theatertradition Österreichs, die schon im späten Mittelalter einsetzt und bis zur Gegenwart reicht. Die barocke Theaterkunst, die Oper und das Volksstück sind ihre großen Leistungen. Sie sind von einer Geisteshaltung bestimmt, die vor allem im katholischen Süden zu finden ist; sie bejaht die Welt als göttliche Schöpfung und fügt den Menschen völlig in sie ein. Mit Grillparzer erreicht diese Tradition ihre Höhe in der Ausprägung eines sprachlichen Hochstildramas. Aber ohne diese Tradition als Hintergrund ist Grillparzers dramatisches Werk nicht zu verstehen.

Anregungen der großen Dramatik des Abendlands, besonders der Spanier des 17. Jahrhunderts und der deutschen Dramatik der Goethezeit hat Grillparzer völlig in seine Kunstform eingeschmolzen.

Es zeigen sich in Grillparzers Dramen bereits moderne Züge seit dem Positivismus und der psychologischen Differenzierung des Menschenbildes, die Künftiges vorwegnehmen.

Er ist zugleich typisch für die Restaurationszeit, die Vorgänge in der Menschenwelt zugleich als spontanes Geschehen und als kausal bestimmtes Handeln sieht. So verwirklicht sich in seinen Kunstwerken eine ungeheure Spannweite: Süden und Norden, Barock und Moderne treffen hier zusammen.

Solche Spannweite birgt für die Kunst die Gefahr des Zerbrechens oder bloßen Epigonentums.

Grillparzer vollbringt es trotz mancher, eben daraus sich ergebender Schwächen, diese kulturelle und geschichtliche Spannweite in der vollendeten Ganzheit seiner dramatischen Kunstwerke zu umfassen und in dauernde Gestalt zu bannen.

## *Ferdinand Raimund*

VON AUGUST OBERMAYER

Die von der Spielweise der englischen Komödianten und dem Typenarsenal der Commedia dell'arte entscheidend bestimmte Wiener Volkskomödie zeigte an der Wende vom 18. zum 19. Jahrhundert eine gewisse Krise; mangels origineller Einfälle überwogen übergroße Derbheit, Drastik, Frivolität und Zoten. Durch *Ferdinand Raimund* wurde das Wiener Volksstück von diesem Ballast gereinigt, auf seine absolute Höhe und zugleich zu seinem Abschluß geführt.

Der am 1. Juni 1790 in Wien-Mariahilf als Sohn eines Drechslermeisters geborene Ferdinand Raimund, der im Gegensatz zu *Grillparzer* und *Nestroy* keine höhere Bildung genoß, trat nach dem frühen Tod seiner Eltern (Mutter 1802, Vater 1804) bei einem Zuckerbäcker als Lehrling ein. Sein Meister besaß das Recht, während der Spielpausen im Burgtheater Erfrischungen zu verkaufen, was in den Tätigkeitsbereich der Lehrlinge fiel. Abend für Abend bot der junge Ferdinand, dessen Theaterleidenschaft schon früh erwacht war, als »Numero« Backwerk feil, wobei er von den Darbietungen des berühmten Theaters täglich aufs neue gebannt wurde. Als sein Meister 1808 dieses Privileg verlor, brannte Raimund durch und schloß sich verschiedenen Schauspielgruppen in Preßburg, Steinamanger und Prag an. 1814 bekam er ein Engagement am Theater in der Josefstadt, dessen Direktor damals der berühmte Lokaldichter *Alois Gleich* war. Sein großer Traum, ein gefeierter Tragöde zu werden, ging nicht in Erfüllung, sein komisches Talent aber verkannte er anfangs gänzlich. So wurde auch seine zweite Rolle in der Josefstadt, der Franz Moor in *Schillers Die Räuber,* nicht zuletzt wegen seiner kümmerlichen äußeren Erscheinung und seines Sprachfehlers sowie wegen seiner sklavischen Nachahmung berühmter Vorbilder ein Mißerfolg.

1817 fand er ein Engagement am Theater in der Leopoldstadt, wo er ab 1821 auch Regie führte und von 1828 bis 1830 als künstlerischer Direktor tätig war. 1830 spielte er dann — nun bereits als gefeierter und vergötterter Komiker — im Theater an der Wien, der dritten Pflegestätte des Wiener Volkstheaters.

In der Folge hatte er kein fixes Engagement, sondern gastierte an verschiedenen Bühnen Österreichs, Deutschlands, Böhmens und Mährens. Sein hypochondrisches und schizophrenes Gemüt machte den Umgang mit ihm sehr schwierig, seine Beziehungen zu Frauen nahmen oft groteske Formen an. Seine große Liebe, *Toni Wagner*, die ihn bis an sein Lebensende begleitete, war ihm eine Quelle höchster Entrückung, aber wegen ihrer krankhaften Eifersucht auch die Ursache tiefster Zerknirschung. Als er im August 1836 auf seinem Landgut in Gutenstein von seinem Hund gebissen wurde, bildete er sich ein, von der Tollwut angesteckt zu sein, und brach mit Toni überstürzt nach Wien auf. Ein Unwetter zwang sie, in Pottenstein zu übernachten, wo er sich in der Nacht durch einen Kopfschuß töten wollte. Er traf so unglücklich, daß er noch einige Tage lebte; er starb am 5. September 1836. Das Leben von Wiens größtem Komiker hatte tragisch geendet.

Raimunds schriftstellerische Entwicklung begann damit, daß er die Theaterreden des Direktors, die Ankündigungen und Danksagen an das Publikum enthielten, konzipierte. Er war hier an ein feststehendes, überliefertes Schema gebunden, das er durch Späße auflockerte. Als nächstes ging er daran, die Stücke anderer Autoren, vor allem aber seine Rollen, zu bearbeiten. Die gefeierten Lokalautoren *Meisl, Gleich* und *Bäuerle* bemühten sich gleichermaßen um Raimund, schrieben Stücke für ihn und hatten auch gegen seine Änderungen nichts einzuwenden. Sehr früh schon fühlte Raimund den Tiefstand der Volkskomödie, die blutleere, aber immer noch verbindliche Tradition des Zauberstückes und bemühte sich — vorerst durch Bearbeitungen —, das Niveau der Stücke zu heben, das Volk von der Bühne herab zu bilden, der frivolen Zote echten Humor entgegenzustellen. Sein wachsender Ruhm als Schauspieler gestattete ihm hier immer größere Freiheiten. »Es ist zum Verzweifeln«, schrieb er 1821, »was man für Schmierereien lesen muß.« Für 1823 sollte ihm Meisl sein Benefizstück schreiben; es war an eine dramatische Bearbeitung von *Einsiedels* Märchen *Die Prinzessin mit der langen Nase* gedacht, das *Wieland* in seine Sammlung *Dschinnistan* aufgenommen hatte. Als das Stück fertig vorlag, bezeichnete es Raimund als einen »elenden Schmarrn« und ging selbst daran, die Vorlage zu bearbeiten. Daraus wurde sein Erstling *Der Barometermacher auf der Zauberinsel. Zauberposse mit Gesang und Tanz in zwei Aufzügen als Parodie des Märchens: Prinz Tutu.* Das Stück erlebte am 18. Dezember 1823 mit Raimund in der Rolle des Barometermachers Quecksilber im Theater in der Leopoldstadt seine Uraufführung. Wie der Titel sagt, entwickelt sich das Stück aus der Parodie. Es steht durchaus in der Tradition der Wiener Zauberposse. Die psychologische Motivation ist noch recht mangelhaft, die Zaubergaben werden voraussetzungslos verliehen, die Welt der Geister und das Diesseits stehen nebeneinander, die Handlung ist schlicht, und dennoch steht der *Barometermacher* weit über der damals üblichen Produktion. Die Abkehr von der Zote, Ansätze eines Durchbruchs zum Humor, die im Gegensatz zur Zauberwelt realistische Darstellung des Irdischen lassen hier bereits Raimunds Eigenart aufleuchten.

Fast genau nach einem Jahr, am 17. Dezember 1824, erlebte sein zweites Stück — er selbst spielte die Rolle des Florian Waschblau — die Uraufführung im Theater in der Leopoldstadt: *Der Diamant des Geisterkönigs. Zauberspiel in zwei Aufzügen.* Als Vorlage diente die *Geschichte des Prinzen Seyn Alasnam und des Königs der Geister* aus *1001 Nacht,* die bereits von *Gozzi* dramatisiert worden war. Auch dieses Stück entwickelt sich aus der Parodie und zeigt in der Abweichung vom Original — die Keuschheitsprobe wurde bei Raimund zu einer Wahrheitsprobe — Raimunds Animosität gegen sexuelle Dinge und gleichzeitig auch einen gewissen Wahrheitsfanatismus als Reaktion auf die Regierungspraxis des Metternichschen Polizeistaates. Irreales und reales Geschehen stehen einander nicht mehr so ausschließlich entgegen wie im *Barometermacher.* Der treue Diener, Florian Waschblau, ein Hanswurst ohne Derbheit und Zoten, pfiffig, gefräßig, naiv, grundehrlich und aufrecht, zeigt sich bereits als Vorstufe des Valentin im *Verschwender.* Die Liebe erscheint als hohe sittliche Macht, die den Wert des Menschen bestimmt. Somit steht auch dieses Drama mit seinen moralischen Allegorien im Dienste der dramatischen Erziehungsabsichten Raimunds. Vor allem wird die Frau aus der ihr in der Wiener Posse zugemessenen Rolle als »böses Weib« herausgehoben; sie hat sittlichen und veredelnden Einfluß.

Nach diesen dramatischen Fingerübungen, die aber durchaus Beachtung verdienen, schreitet die künstlerische Entwicklung Raimunds weiter: Mit seinem nächsten Drama, das am 10. November 1826 im Leopoldstädter Theater mit Raimund in der Rolle des Fortunatus Wurzel die Uraufführung erlebte, beginnt seine Unabhängigkeit von stofflichen Vorlagen. *Das Mädchen aus der Feenwelt oder Der Bauer als Millionär* hat den Untertitel *Romantisches Original-Zaubermärchen mit Gesang in drei Aufzügen.* »Original-Zaubermärchen« besagt, daß es sich bei dem Stoff um Raimunds Erfindung und nicht um eine Bearbeitung handelt. Der Doppeltitel — ein barockes Rudiment — weist schon auf die zwei Daseinsbereiche hin, die in dem Stück berührt werden: die Feenwelt und die irdische Welt. Es ist das erste Reifewerk Raimunds und zeigt schon ganz deutlich seine künstlerischen Eigenarten: Die straffe Exposition, die sich überhaupt als Stärke Raimunds erweist, ist hier schon meisterhaft durchgeführt; die Feenwelt wird nun bewußt als Folie zur Menschenwelt eingesetzt, der Deus-ex-machina-Charakter der früheren Stücke ist ihr weitgehend genommen, beide Welten sind ineinander verwoben. Erstmals greift Raimund in seiner Menschengestaltung über den Wiener Raum hinaus in das Alpenland und zeigt in Fortunatus Wurzel eine jener Bauerntypen, die sich durch die Kriegsereignisse bereichert haben und nun diesen rasch erworbenen Reichtum sittlich nicht kompensieren können. Hier setzt deutlich Zeitkritik ein, die den Realismus der kommenden Jahre vorwegnimmt. Mit der Gestalt des Fortunatus Wurzel gelingt Raimund ein entscheidender Schritt von der drastisch-infantilen Hanswurstkomik in die gemüthaften Bereiche des Humors. Die weltberühmt gewordenen Liedeinlagen dieses Stückes, zu denen Raimund auch selbst die Musik schrieb, *Brüderlein fein* und das *Aschenlied*, trugen nicht zuletzt zum großen Erfolg des Stückes bei. Hier wird Raimunds Anliegen — ein Charakteristikum der österreichischen Dramatik überhaupt — besonders deutlich: die Einordnung des Menschen in einen großen Seinsplan, in dem er einen bestimmten Platz einnimmt, den er ohne schwere Gefährdung seines Daseins nicht verlassen kann.

Mit seinem nächsten Stück, das schon vor der Uraufführung des *Mädchens aus der Feenwelt* fertig war, aber sehr lange von ihm zurückgehalten wurde, versuchte er, die Welt der Antike und die Welt des Wiener Volkstheaters in eine echte und nicht bloß parodistische Beziehung zu setzen. Am 8. Jänner 1828 kam es dann zur Uraufführung der *Gefesselten Phantasie. Original-Zauberspiel in zwei Aufzügen* im Theater in der Leopoldstadt mit Raimund in der Rolle des Harfenisten Nachtigall. Es ist ein Stück um die Seinsweise und Seinsordnung der Kunst, das wegen seines ernsten Hintergrundes nicht ins Leopoldstädter Lachtheater passen wollte und daher auch keinen großen Erfolg hatte. Es ist ein Beispiel dafür, daß Raimunds Ambitionen über das Volkstheater hinausgingen. Er wollte nicht bloß Komödienschreiber sein, er strebte zur hohen Tragödie des Burgtheaters. *Die gefesselte Phantasie* nimmt hier eine eigenartige Zwitterstellung ein und hinterläßt einen etwas gekünstelten Eindruck. Raimund wußte das und scheute sich lange, dieses Stück auf die Bühne zu bringen. Vor der *Phantasie*, am 25. September 1827, ließ er im Theater an der Wien *Moisasurs Zauberfluch. Original-Zauberspiel in zwei Aufzügen* aufführen. Er war sich vollkommen darüber im klaren, daß dieser Versuch eines Vorstoßes ins tragische Weltanschauungsdrama in der Leopoldstadt unmöglich aufzuführen war, und wählte daher das Theater an der Wien. Es ist sein einziges Stück, bei dessen Uraufführung er nicht selbst mitspielte. Obwohl auch hier deutliche Elemente des Volkstheaters vorhanden sind, liegt es ebenfalls auf der neuen Produktionslinie Raimunds: vom Lachtheater weg zum Burgtheater-Stil.

Besonders hervorzuheben an diesem Stück sind die realistische Darstellung des reichen Protzenbauern Gluthahn, die damit verbundene Sozialkritik und die Technik des Aneinander-Vorbeiredens (Gluthahn — Trautel). Raimund nimmt mit diesem Stück einen neuen Problemkreis in sein dramatisches Schaffen auf: die Relation von Liebe und Tod als Wesensbestimmung des Menschen.

Mit dem nächsten Stück gelingt Raimund ein genialer Wurf. Die Bemühungen um die hohe Tragödie bewirkten einen gewissen Reifungsprozeß in ihm, sodaß er, als er wieder zum Volkstheater zurückkehrte, dieses auf neue Höhen hob. Am 17. Oktober 1828 ging im Theater in der Leopoldstadt das Drama *Der Alpenkönig und der Menschenfeind. Romantisch-komisches Original-Zauberspiel in zwei Aufzügen* mit Raimund in der Rolle des Rappelkopf über die Bühne. Er hat sich diese Rolle auf den Leib geschrieben.

Die seelischen Vorgänge in Rappelkopf werden gleichsam auf die Bühne projiziert, sodaß — lange vor Freud — beinahe eine psychiatrische Analyse vor uns entsteht. In diesem Stück sind alle Kunstmittel, die Raimund zu Gebote standen, voll eingesetzt. Es ist ein Vorstoß in moderne Individualität, da Rappelkopf nicht durch Zaubermittel, sondern durch Gegenüberstellung geheilt wird. Der *Alpenkönig* ist Raimunds geschlossenstes und wohl auch erfolgreichstes Drama, das auch die Zustimmung von *Goethe* und Grillparzer fand. Dieses Stück wurzelt zwar in der Wiener Tradition, geht aber weit über sie hinaus. Es ist ein weltgültiges Drama, in dem das Wiener Volkstheater auf eine einmalige und nie mehr erreichte Höhe gelangte.

Nach diesem durchschlagenden Erfolg — Raimund war nicht nur in Wien eine Zelebrität, sondern auch weit über die Grenzen Österreichs hinaus bekannt — folgt ein weiterer Ausbruchsversuch aus dem Genre des Volkstheaters. *Die unheilbringende Krone oder Herrscher ohne Reich, Held ohne Mut, Schönheit ohne Jugend. Original tragisch-komisches Zauberspiel in zwei Aufzügen* erlebte am 4. Dezember 1829 im Theater in der Leopoldstadt mit Raimund als Simplizius Zitternadel die Uraufführung. Es ist der letzte Versuch Raimunds, in die Kunst des Tragischen vorzustoßen. Der barocke Sprach- und Bilderapparat wird hier nicht parodiert, sondern ernst genommen; wodurch das Stück schematisch und blutleer wirkte. Posse und Allegorie stehen unverbunden nebeneinander, barockes Pathos und vorstädtischer Witz konnten nicht überzeugend verbunden werden.

Mit seinem letzten Stück kehrt Raimund wieder zum Volkstheater zurück. Am 20. Februar 1834 erlebte *Der Verschwender. Original-Zaubermärchen in drei Aufzügen* im Theater in der Josefstadt mit Raimund als Valentin seine Uraufführung. Dieses Stück ist dem *Alpenkönig* ebenbürtig. Als Spiel vom reichen Mann steht es einerseits in der seit dem Mittelalter wirkenden europäischen Tradition dieses Stoffes und zeigt auf der anderen Seite in meisterhafter Weise Raimunds Kunst, den Humor als seelische Kraft des Überwindens einzusetzen. Valentin, dessen Ahnherr zweifelsohne Hanswurst ist, macht eine innere Entwicklung mit und überwindet damit die Hanswursttype. Soziologisch interessant ist, daß hier erstmals in der Wiener Tradition eine Dienerfigur nicht bloße Begleitfigur, sondern gleichrangiger Faktor innerhalb des dramatischen Kräftespiels ist.

Raimunds Weltbild, der Theodizeegedanke, der Gedanke von der heilen Ordnung der Welt, wird mit den Mitteln des Volkstheaters, das in Wien ein mächtiges barockes Erbe aufweist, dargestellt. Der Handlungsverlauf ist mehr von der Gnade als von der Vernunft bestimmt, der Mensch tappt in Irrtümer und wird durch Verkennen zum Erkennen geführt. Die antike Mythologie als Symbol des Urgewaltigen erscheint oft mit volkstümlichen Elementen verquickt in parodistischer Schau. Die Dramen sind geschlossene Gebilde, die immer mit der Erfüllung der eingangs gestellten Bedingungen ihr Ende finden. Besonders charakteristisch für Raimunds Kunst sind die straffe Exposition, die Technik der Szenenverdichtung, die vor allem durch die präzise Herausarbeitung der Kernszenen (z. B. Abschied der Jugend) deutlich wird. Die künstlerische Funktion der eingestreuten Couplets ist einerseits die Vorstellung der neuen Figur (wie bei der barocken Auftrittsarie) und anderseits die Schaffung einer bestimmten Grundstimmung.

Besonders hervorzuheben ist, daß Raimunds Dramen keine reinen Sprechdramen sind, die nur von der Wirkung der Sprache leben, sondern daß in seinen Stücken alle Kräfte des Theaters eingesetzt und wichtig sind. Die Sprache ist nur ein Element in diesem Zusammenspiel des Schau- und Hörbaren, das sogar häufig dem Mimus untergeordnet ist. Mimus, Geste, Bühnenbild, Kostüm, Tanz, Musik und Sprache sind für Raimunds Dramenkunst von außerordentlicher Bedeutung. Sie ist alles in allem ein Übergang von der allegorischen Weltbühne zur Gestaltung des Inneren und der Nöte des Menschen, also ein Übergang vom Barock zur Moderne. Die Wiener Volkstheatertradition ist in der Dramatik Raimunds, die die Welt als Ganzes zur Schau und niemals in Frage stellt, zum echten Kunstwerk geläutert, an einen Höhepunkt geführt, der — das ist die Tragik Raimunds — zu seiner Zeit beinahe schon unzeitgemäß war. Raimunds größter Rivale, Nestroy, entsprach mit seiner Art, die Welt in Frage zu stellen, viel mehr der neuen Zeit. Mit Raimund wird ein Zeitalter theatralischer Naivität und weitgehender sozialer Sprachlosigkeit in Österreich zu Grabe getragen.

## *Johann Nestroy*
VON JÜRGEN HEIN

*Johann Nepomuk Nestroy*, am 7. Dezember 1801 in Wien geboren, schon zu Lebzeiten mit *Aristophanes*, *Shakespeare* und *Schopenhauer* verglichen, war mit den Worten von *Karl Kraus*, seinem Wiederentdecker im 20. Jahrhundert, »kein österreichischer Dialektdichter, sondern ein deutscher Satiriker«. Diese zweifellos überspitzte und verkürzende Formel sollte Nestroy vor seinen ihn verharmlosenden Interpreten in Schutz nehmen, sie darf aber anderseits auch nicht dazu verführen, in Nestroy nur den Zeit-, Gesellschafts- und Sprachkritiker zu sehen; dafür ist sein Werk (über 80 Stücke) zu vielschichtig und auch zu artistisch. Seine Stücke sind zwar ein Spiegel der Zeit und Gesellschaft des vor- und nachmärzlichen Österreich, leben aber zugleich aus einer Spannung von Spiel und Satire, Artistik und Realismus, die auch noch heute aktualisiert werden kann, wie zahllose Aufführungen im deutschen Sprachraum ebenso beweisen wie die englischsprachigen Bearbeitungen *Thornton Wilders* oder *Friedrich Dürrenmatt*, der — mit seinen eigenen Worten — »als eine Art bewußter Nestroy« gesehen werden will.

Wenn auch Nestroys Komödien immer im Zusammenhang mit dem Nährboden der Tradition des Wiener Volkstheaters von *Stranitzky* bis zu *Raimund* gesehen werden müssen, so verkennt man doch die Eigenleistung des Dramatikers, wenn man in ihm zu sehr die »literarische Lokalgröße« und den letzten Vollender der satirischen Richtung der Wiener Volkskomödie sieht und seine Stücke nur vom traditionellen Bestand der Motive, Figuren und Handlungsmodelle her interpretiert. Umgekehrt wird man den Komödien ebensowenig gerecht, wenn man sie ganz von den Bedingungen ihrer Entstehung löst.

Vielfach wird Nestroy auch in Polarität zu Ferdinand Raimund gesehen, als Zerstörer und Parodist des von Raimund ausgeprägten humorvoll-phantastischen Märchen- und Volksstücks. Beide, Raimund und Nestroy, stehen in der gleichen Tradition und kommen zu verschiedenen, jeweils spezifisch intentions- und zeitadäquaten Ausformungen der Wiener Volkskomödie.

Beide versuchen in der Einheit von Schauspieler, Stückeschreiber, Regisseur und Theaterdirektor das Volkstheater in Auseinandersetzung mit den verschiedenen Faktoren des gesellschaftlichen Aufbruchs und wirtschaftlichen Wandels neu zu formen und zu erhalten. Und beide prägen, Nestroy mehr noch als Raimund, indem sie die Entlastungs-, Befreiungs- wie Unterhaltungsfunktion der Komik mit der kritischen Funktion komischer Sprach- und Figurengestaltung verbinden, jene Formen des Volksstücks, die *Joseph von Eichendorff* und *Gottfried Keller* als Vorboten einer neuen politischen Komödie bezeichnet haben, auf die sich später *Ödön von Horváth* beruft und die in gewisser Weise schon wesentliche Strukturlinien des »neuen Volksstücks« der Gegenwart vorwegnehmen.

Johann Nestroy, bürgerlicher Herkunft, in dessen Leben die Einheit von Biographie und Theaterwelt eine große Rolle spielt, entdeckt schon bald nach seiner Immatrikulation an der juristischen Fakultät der Universität Wien (1820) mit der Leidenschaft zum Theater seine schöne Baßbaritonstimme. 1822 debütiert er in der Rolle des Sarastro in *Mozart-Schikaneders Zauberflöte* am k. k. Hoftheater am Kärntnertor. Einhellig wird von der Kritik jene Verbindung von Spiel und Gesang gelobt, die den schauspielerischen Stil Nestroys, aber auch die dramaturgische Struktur seiner Stücke bis zu seinem Lebensende bestimmen sollte. Ein Engagement am Deutschen Theater in Amsterdam (1823—1825) bringt seinem Spieltrieb mit über zweihundert Rollen reiche Entfaltungsmöglichkeit; die Rollenerfahrungen aller Sparten des Musik- und Sprechtheaters kommen dem späteren Stückeschreiber bei der Figurenkonzeption seiner Komödie zugute. Um diese Zeit schreibt er sein erstes Stück, *Friedrich, Prinz von Korsika,* ein romantisches Trauerspiel, sein einziges Trauerspiel überhaupt, das auf die Nachwelt wie eine unbewußte Parodie wirkt, aber schon die Fähigkeit, Situationen zu gestalten, ahnen läßt.

Wie eine Parodie und ein Stück, das sich aus dem Leben auf die Theaterbühne verirrt hat, wirkt auch Nestroys Verhältnis zu den Frauen. 1823 heiratet er *Wilhelmine von Nespiesni,* die ihn 1827 wegen eines anderen Mannes verläßt; 1828 verbindet er sich mit der Schauspielerin *Marie Weiler,* die er auf Grund der Ehegesetze aber nicht heiraten kann; 1845 läßt er seine ehemalige Gattin entmündigen. Zeit seines Lebens schwankt Nestroy zwischen dem soliden bürgerlichen Eheleben und galanten Abenteuern, die er nach einer Dramaturgie ablaufen läßt, die der seiner Stücke ganz ähnlich ist, welche gerade die Verlogenheit des bürgerlichen Liebes- und Ehelebens in immer neuen Variationen darstellen. In einem Aphorismus aus dem Nachlaß behauptet Nestroy sogar: »Diese mit dem Namen Heirat bekleidete offizielle Orgie hat eine beschimpfende Unlauterkeit.«

Zwischen 1825 und 1830, Nestroy spielt in dieser Zeit in Brünn, Preßburg und Graz, singt er alle großen Rollen seines Opernfachs, wechselt aber immer stärker schon ins Lokalstück mit seinen Dialektrollen über. Er erkennt seine karikaturistische Kraft und die Lust am Extemporieren, die er zeitlebens nicht mehr verlieren wird, wie zahlreiche Auseinandersetzungen mit der Zensur sowie Geld- und Gefängnisstrafen beweisen. Die Rolle des *Zettelträgers Papp* (1827) in seiner gleichnamigen Erstlingskomödie bot Nestroy Anlaß für seine parodierend-extemporierende Darstellungsweise. Ein wesentlicher Zug seines Schaffens als Schauspieler und Stückeschreiber wird hier schon deutlich: Rollen, Figuren, Stoffe und Situationen gleichsam nur als »Zitate« aufzufassen, die dem Publikum in einer besonderen Sprech-, Sing- und Spielweise neu zu interpretieren sind. Zunächst stieß diese neue komische Darstellungsweise freilich bei Kritik und Publikum auf Ablehnung.

Als Nestroy 1829 auf den Wiener Vorstadtbühnen erscheint, hatte man sich dort gerade an die gegenüber der Kongreßzeit-Posse subtileren Formen der Komik Raimunds gewöhnt, während sich Inhalt und Umfang der »Volkskomik« inzwischen weiter wandelten. *Friedrich Schlögl* beschreibt in seinen Erinnerungen *Vom Wiener Volkstheater* das Erscheinen Nestroys so: »Da ergoß sich urplötzlich über die Stadt der spezifischen Sorglosigkeit und ›Gemütlichkeit‹ ein Schwefelregen von infernalischem Witz, eine Sturmflut ätzender Lauge brauste heran, ein Wirbelwind dialektischer Bravouraden erfaßte sie...« Und der Burgschauspieler *Costenoble* notiert in sein Tagebuch: »Wie komisch Nestroy auch zuweilen wird — er kann das Unheimliche nicht verdrängen, welches den Zuhörer beschleicht.« *Friedrich Theodor Vischer* urteilt: »Er verfügt über ein Gebiet von Tönen und Bewegungen, wo für ein richtiges Gefühl der Ekel, das Erbrechen beginnt.« Nestroys neue Komik, bei der einem das Lachen im Halse steckenblieb, war alles andere als harmlos, was in seinem Sinne soviel wie »geistlos« bedeutete; in der Posse *Unverhofft* (1845) läßt er den Unterschied zwischen »harmlos« und »geistlos« so definieren: »Wenigstens kein großer Unterschied, denn nur der geistlose Mensch kann den Harm übersehen, der überall durch die fadenscheinige Gemütlichkeit durchblickt.« Nestroys herausfordernder, aggressiver Stil, durch eine oft pessimistische Satire getönt (»Ich glaube von jedem Menschen das Schlechteste, selbst von mir, und ich hab mich noch selten getäuscht.«), fand ungeachtet der moralischen Entrüstungen einiger Zeitgenossen bald ein begeistertes Publikum, das den theatralischen Stilwandel auf den Wiener Vorstadtbühnen vom parodistischen Zauberspiel zur satirisch-kritischen Posse erkannt hatte. Bezeichnend für das anfängliche Schwanken der Kritik zwischen Bewunderung und Verdammung sind auch die Urteile *Friedrich Hebbels,* der Nestroy einmal »Genius der Gemeinheit« nennt und von den »Augiasställen« spricht, die er hinterlasse, auf der anderen Seite aber ausruft: »Sicher wird ein Kunstverständiger für einen einzigen Nestroyschen Witz de première qualité eine Million gewöhnlicher Jamben hingeben.«

Zu den harten Bedingungen des schon damals entwickelten kommerziellen Theaters wurde Nestroy 1831 von dem als »Ausbeuter« verschrienen Theaterdirektor *Carl* als Schauspieler und Theaterautor an das Theater an der Wien verpflichtet, wo er jährlich zwei neue Stücke abzuliefern hatte. Nach dem Tode Carls übernahm Nestroy von 1854 bis 1860 die Geschicke und Geschäfte des Theaters und wirkte in der den Spielplan prägenden Einheit von Schauspieler, Stückeschreiber, Regisseur und Theaterdirektor. 1860 gibt er seine Abschiedsvorstellung in Wien. Doch kehrt er noch 1861 und 1862 von Graz, wo er seinen Lebensabend verbringt, zu Gastspielen zurück. Wenige Wochen vor seinem Tod (am 25. Mai 1862 in Graz) steht er in Graz zum letztenmal auf der Bühne. In den Jahren 1841 bis 1847 begeisterte er bei Gastspielreisen auch das Publikum in Berlin, Breslau, Frankfurt, Hamburg, Mainz, München, Prag, Wiesbaden und legte so den Grundstein für seine weit über Wien und Österreich hinaus in den deutschen Sprachraum reichende Wirkung.

Wie als Schauspieler erreicht Nestroy auch als Bühnenautor um 1830 seinen Durchbruch bei Publikum und Theaterkritik. Er beginnt mit der Auflösung des aus der Tradition überkommenen Zauberapparates, indem er ihn parodiert. Er hält noch an der Gattung des Besserungsstückes fest, um das Anachronistische des Zauberspiels in diesem selbst zu zeigen und den Vorgang einer Besserung zu enthüllen, die gar nicht mehr möglich ist. Nestroy hat diese Haltung in einem Aphorismus so ausgedrückt: »Mir war der verlorene Sohn immer verächtlich, aber nicht deswegen, weil er ein Schweinehirt war, sondern weil er wieder nach Haus gekommen ist.«

Neben den Stücken *Die Verbannung aus dem Zauberreiche* (1828), *Der Tod am Hochzeitstage* (1829) und *Die Gleichheit der Jahre* (1834) ist *Der böse Geist Lumpazivagabundus* (1833) das gelungenste, bekannteste und bis heute am meisten gespielte Werk der Zauberspielphase in Nestroys Schaffen; zwischen 1833 und 1881 wurde das Stück über eintausendmal gespielt. Einen zweiten Schwerpunkt der ersten Phase, die etwa von 1827 bis 1839 reicht, bilden die frühen Parodien, z. B. *Nagerl und Handschuh* (1832), *Robert der Teuxel* (1833), *Weder Lorbeerbaum noch Bettelstab* (1835), *Die verhängnisvolle Faschingsnacht* (1839), in denen er mit der Satire auf das zeitgenössische Literatur- und Operntheater zugleich Kritik am Kulturbetrieb wie am Publikumsgeschmack übte.

Zum dritten fallen in diese Zeit Stücke wie *Zu ebener Erde und erster Stock* (1835), *Die beiden Nachtwandler* (1836), *Eine Wohnung ist zu vermieten in der Stadt* (1837), *Das Haus der Temperamente* (1837), in denen Nestroy schon zu der ihm eigenen Form der Posse und des Volksstücks findet. Hier zeigt sich — oft auch szenisch — die zweigeteilte dramatische Welt Nestroys, in der Heraufgekommene und Heruntergekommene einander gegenüberstehen. Das erzieherische Volksstück liegt ihm nicht, vielmehr verbindet er auf der Grundlage des alten Handlungsschemas der Commedia dell'arte mit seinen Verwicklungs- und Lösungsmöglichkeiten Spiel und Satire, Fiktion und Wirklichkeitsbeziehung und trägt so dem Unterhaltungsanspruch wie der sozialkritischen Intention seiner Stücke Rechnung. Dies geschieht vor allem durch die vielseitigen Funktionen der Sprache im Werk Nestroys. Sein »Dialekt ist Kunstmittel, nicht Krücke« (Karl Kraus), ist jeweils — vor allem in der Spannung zum Hoch- und Bühnendeutsch — Ausdruck bestimmter gesellschaftlicher Schichten bzw. Ansprüche, bestimmt die Sprach- und Spielkompetenz der Figuren. Nestroy erkennt als einer der ersten die gesellschaftliche Bedeutung der Sprache im Volksstück als Instrument der Demaskierung wie der Selbstbehauptung.

Die zweite Phase in Nestroys dramatischem Schaffen reicht von 1840 bis 1849. Sie ist einmal gekennzeichnet durch die noch stärkere sprachliche und dramaturgische Ausformung der parodistischen und satirischen Posse mit Gesang, darin besonders der Couplets, zum anderen durch den gesellschaftlichen Umbruch, der in den Ereignissen des Revolutionsjahres 1848 seinen Höhepunkt findet. Nestroy fängt in den Komödien dieser Zeit, in *Der Färber und sein Zwillingsbruder* (1840), *Der Talisman* (1840), *Das Mädl aus der Vorstadt* (1842), *Einen Jux will er sich machen* (1842), *Liebesgeschichten und Heiratssachen* (1843), *Der Zerrissene* (1844), kritisch seine gesellschaftliche Umwelt der Bürger und Spießer mit ihren Handlungsmotiven und Vorurteilen, überzogenen Ansprüchen und tatsächlichen Leistungen ein und entwickelt sich — besonders in den Stücken zwischen 1846 und 1849 — zum politischen Satiriker. In *Der Unbedeutende* (1846) und *Der Schützling* (1847) schreibt er sozialkritische Volksstücke, die wesentliche Motive des Jahres 1848 bereits ankündigen. *Freiheit in Krähwinkel* (1848), *Lady und Schneider*, *Höllenangst*, *Der alte Mann mit der jungen Frau* (alle 1849) beweisen das gesellschaftspolitische Engagement des Satirikers Nestroy, der in Revolution und Reaktion mehreren Seiten gerecht werden will, was ihm später als Gesinnungslosigkeit ausgelegt wird. Die Allseitigkeit der Nestroyschen Satire verbot das Beharren auf einem einzigen Standpunkt, zumal die Revolutionsbegeisterung viele Zeitgenossen daran hinderte, auch in der Zeit der Reaktion einen klaren Kopf zu behalten. Nestroy behielt den klaren Kopf des Satirikers auch in der von den Ereignissen der Revolution mitgefärbten Parodie

*Judith und Holofernes* (1849), einer Travestierung der *Hebbel*schen *Judith*, in der er Zeitkritik mit Literatursatire verbindet.

Die Stücke der letzten Phase (1850 bis 1862) sind — sieht man von *Verwickelte Geschichte* (1850), *Frühere Verhältnisse* (1862), *Häuptling Abendwind* (1862) ab — weniger satirisch-aggressiv, sie wirken eher resignierend, von Humor bis zu bitterem Pessimismus getönt, z. B. *Mein Freund* (1851), *Kampl* (1852) und vor allem die Stücke, in denen Nestroy seine Theaterwelt selbst auf die Bühne bringt, wie *Alles will den Propheten sehen* (1854), *Theaterg'schichten* (1854), *Umsonst* (1857). Mit seinen letzten Stücken, den Einaktern *Frühere Verhältnisse* und *Häuptling Abendwind*, beweist Nestroy noch einmal seine nicht erloschene satirische Kraft, die keines großen stofflichen Vorwands mehr bedarf, um wirken zu können. In seinem letzten Stück, der Bearbeitung einer Operette *Jacques Offenbachs*, zeigt er sich zudem als Beherrscher der satirischen Operette, die schon in den fünfziger Jahren des 19. Jahrhunderts das Volks- und Lokalstück langsam aus den Spielplänen verdrängt. Wie Nestroy zwischen 1840 und 1845 der Überflutung der Theater mit französischen Vaudevilles durch die Ausprägung seiner satirischen Posse mit Gesang Herr wurde, bewältigt er auch am Ende seines Schaffens die Gefahr, die durch die Operette drohte. Die satirische Durchdringung und Neuformung der Vorlagen schützte den Spielplan vor nichtssagenden »Eintagsfliegen«.

Für fast alle Possen Nestroys wurden fremde Vorlagen ausgemacht. Nestroy ist — nach Karl Kraus — »umso schöpferischer, wo er den fremden Stoff zum eigenen Werk erhebt«, er nimmt die fremden Schablonen, um — vor allem auch vor der Zensur — seinen Inhalt zu verstecken, macht mit den Mitteln der Unterhaltung sozial- und zeitkritisches Theater. Ein Aphorismus aus dem Nachlaß mag das besondere, durch Spiel und Satire geprägte Verfahren Nestroys unter dem Diktat von Zensur und Publikumsgeschmack erläutern: »Ich schüttelte den Kopf, und das ist alles, was ich unter so bewandten Umständen tun konnte, und ich tat es bedeutend.« Der Satiriker »schüttelt den Kopf«, er mißbilligt aufs schärfste menschliche, gesellschaftliche und politische Verkehrtheiten; er zeigt mit seiner Negation auf die Unzulänglichkeit der dargestellten Welt und ihrer Menschen, mehr kann er nicht tun in einer Zeit, die eine offen und schärfer zugreifende Satire nicht erlaubt. »Unter so bewandten Umständen« schüttelt daher der Satiriker »bedeutend« den Kopf, d. h., er zieht sich hinter eine scheinbar harmonische Possenwelt zurück, funktioniert aber deren Motive und Formen der Komik zu satirischer Aussage um: er deutet sein »Modell« als die satirisch zu vernichtende politische und soziale Wirklichkeit.

Traditionelle Spielwelt, in der alles »gut ausgeht«, und über den Horizont der Stücke in die Wirklichkeit reichende Satire werden in den Possen Nestroys miteinander verbunden. Eine wesentliche Rolle spielen dabei die Couplets, die durch ihren reflektierenden Charakter zur Überhöhung bzw. Relativierung der spielerischen Komödienhandlung beitragen. Die starke ästhetische Wirkung der Couplets unterstützt zwar die satirische Aussage, das Liedhafte dient aber zugleich als »Verpackung« jeder Schärfe, die dem Gleichgewicht der Spielsituation abträglich sein kann. Nach *Schopenhauer* muß »sich das Lustspiel beeilen, im Zeitpunkt der Freude den Vorhang fallen zu lassen, damit wir nicht sehen, was nachkommt«. In Nestroys Stücken fällt der Vorhang auf dem Theater zur rechten Zeit, die Satire aber zeigt weiter auf die Wirklichkeit.

## *Adalbert Stifter*

VON ALOIS GROSSSCHOPF

Als *Adalbert Stifter* am 23. Oktober 1805 zur Welt kam, war sein Geburtsort Oberplan durchaus nicht ein verträumtes Nest im Sinne eines landschaftlichen Kleinodes ohne jede höhere geistige Ansprache. Von Oberplan über Friedberg und tief hinein ins Mühlviertel spannte sich ein ganzes Netz geistiger Betriebsamkeit. Es war eine herrliche, befriedete, von einem künstlerischen Hauche angewehte Welt, in die Adalbert Stifter eintrat und die ihn in seiner Jugend umgab. In einzelnen Märkten und Städten des Böhmerwaldes herrschte ein bemerkenswertes kulturelles Leben, vergleichbar etwa mit den Bestrebungen der heutigen Erwachsenenbildung.

Das große pädagogische Erlebnis in Kremsmünster, wo Stifter die Schule besuchte, war, neben einer Anzahl hervorragender Lehrer, Stifters engerer Landsmann, der im südböhmischen Kaplitz geborene Pater *Placidus Hall.* Er war Stifters Lehrer in der Grammatik (Latein) und ein Vorbild in jeder Beziehung, umfassend gebildet und ein hervorragender Pädagoge. Wer Placidus Hall zum Lateinlehrer hatte, der trug wegen seiner besonderen Lateinkenntnisse zeitlebens den Ehrennamen »Placidaner«. Placidus, der »Sanftmütige«, legte in Stifter den Keim zum »Sanften Gesetz«, das später die großartige Antwort für den Spötter *Friedrich Hebbel* werden sollte, der Stifter den Dichter der Käfer und Butterblumen nannte. Stifter antwortete in seiner Weise. Er nennt in der Vorrede zu den *Bunten Steinen* seinen Widersacher mit keinem Wort, legt aber sein dichterisches und menschliches Bekenntnis unter anderem in folgenden Worten nieder: »Das Wehen der Luft, das Rieseln des Wassers, das Grünen der Erde, das Glänzen des Himmels, das Schimmern der Gestirne halte ich für groß; das prächtig einherziehende Gewitter, den Blitz, welcher Häuser spaltet, den Sturm, der die Brandung treibt, den feuerspeienden Berg, das Erdbeben, welches Länder verschüttet, halte ich nicht für größer als obige Erscheinungen, ja ich halte sie für kleiner, weil sie nur Wirkungen viel höherer Gesetze sind, sie kommen auf einzelnen Stellen vor und sind die Ergebnisse einseitiger Ursachen. Die Kraft, welche die Milch im

Töpfchen der armen Frau emporschwellen und übergehen macht, ist es auch, die die Lava in dem feuerspeienden Berge emportreibt und auf den Flächen der Berge hinabgleiten läßt. Nur augenfälliger sind diese Erscheinungen und reißen den Blick des Unkundigen und Unaufmerksamen mehr an sich, während der Geisteszug des Forschers vorzüglich auf das Ganze und Allgemeine geht und nur in ihm allein Großartigkeit zu erkennen vermag, weil es allein das Welterhaltende ist ...«

Diese Worte haben ihren Ursprung in seinen eigenen Anlagen, in der Güte von Stifters Mutter, in der Poesie seiner Großmutter Ursula, in der Behütung durch seinen Großvater *Franz Friepeß*, in der weisen Führung des sanftmütigen Hall. Sein Weltbild und sein Weltgefühl wurden schließlich wissenschaftlich ergänzt und untermauert durch seinen Physiklehrer an der Wiener Universität, den Landsmann *Andreas Baumgartner.*

Es ist sicher kein Zufall, daß der große Lehrer Stifters, Placidus Hall, gerade bei den Benediktinern eintrat, die seinem Wesen am besten entsprachen. Die Benediktiner leben nach dem Wahlspruch »ora et labora!«, »bete und arbeite!«. Daraus ergab sich im Wandel der Zeiten das Maß der Dinge, die Hinwendung zur Kunst und Literatur. Toleranz, Selbstbeherrschung, Arbeit, tätig sein, strengste Pflichterfüllung und die Schau nach innen gehören zu den Wesenheiten der Benediktiner. Wenn auch Stifter nie im Internat des Gymnasiums lebte, so hat er doch so viel von seinen Lehrern mitbekommen, daß die acht Kremsmünsterer Jahre sein Wesen und sein Weltbild entscheidend bestimmen halfen.

Stifter hat seinem Lieblingslehrer in der Gestalt des Pfarrers in der Erzählung *Kalkstein* ein unsterbliches Denkmal gesetzt. Der große Stifter-Forscher *Moriz Enzinger* hat am Grabe von Placidus Hall in Pfarrkirchen einmal gesagt: »Es ist für einen Schüler eine große Gnade, einen genialen Lehrer zu haben, es ist aber auch für einen Lehrer eine große Gnade, einen genialen Schüler zu haben.«

Im Werke des Dichters machen sich diese Einflüsse geltend, sodaß er später, während er den *Nachsommer* schrieb, in einem Brief an *Louise von Eichendorff* am 23. März 1852 sagen konnte: »Mit Menschen menschlicher sein, mit Höherem das Höhere lieben, an Gottes Schöpfung sich freuen, die fest gegründete Erde nicht verachten, sich immer praktischem Handeln hingeben, es nicht verachten, wie Maria in den *Schwestern* selbst Gemüse zu pflanzen und Gartenbeete zu düngen und doch ein höherer opferfreudiger Mensch zu sein, endlich mit fühlenden geistigen Menschen gleichsam einen unsichtbaren Umgang haben, das war ungefähr die Grundlage meiner Schriften.«

Dieses von Stifter immer wieder erstrebte, in vielem aber nicht erreichte Lebensziel legt er im *Nachsommer* nieder. Dort können seine Gestalten diesen Idealen nachleben. Das ist der Geist von Kremsmünster, aus den Mauern des Stiftes hinausgetragen in eine idealisierte Welt, die der Dichter gleich wieder in der Nähe des Stiftes ansiedelt, in jenem Voralpenland fruchtbarer Felder, in deren Mitte das Rosenhaus steht und in dem Freiherr von Risach, der am Leben zum Weisen Gereifte, in Demut, Arbeit und Beschaulichkeit seine Tage verbringt. Über diesen Mann sollte Stifter in der Reife seiner Jahre an seinen Verlegerfreund *Gustav Heckenast* schreiben: »Die Gestalt des alten Mannes, in die der Nachsommer gelegt ist, soll Ihnen gefallen. Er war ein bedeutender Staatsmann, aber seine Kräfte waren ursprünglich schaffende, er mußte sie unterdrücken und erst nach seiner Staatslaufbahn, in seiner Muße, machen sie sich gelten und umblühen den Herbst dieses Menschen und zeigen, welch ein Sommer hätte sein können, wenn einer gewesen wäre. Auch sein Herz findet die schönsten Blüten erst im Alter und an diesen Blumen entzünden sich andere, die jung ins Unbestimmte und Regellose gewachsen wären und die, ohne selber groß zu sein, durch seine Größe, die sich erst wie in einem Nachsommer zeigt, doch groß werden ...« Dieser Freiherr von Risach ist niemand anderer als Stifters Landsmann *Andreas Baumgartner,* der auch, wie Stifter, nach Wien zog, wegen seines Fleißes und seiner Talente gefördert wurde und Stifters Lehrer an der Universität war. Baumgartner war mehrfach Minister verschiedener Ressorts und wurde wegen seiner Verdienste in den Freiherrnstand erhoben.

Es ist ein weiter und spannungsreicher Bogen, der sich von der Jugend in Kremsmünster zu den späten Jahren der Arbeit am *Nachsommer* spannt.

Das große Erlebnis in Wien, in geistiger Schau, ist Andreas Baumgartner, der das »Sanfte Gesetz«, das Stifter von Jugend an bewußt vom Böhmerwald her über Kremsmünster in sich trug, in den physikalischen Vorlesungen wissenschaftlich untermauert hat. Baumgartner sagt: »Groß und klein ist ein Ding nur im Vergleiche mit einem anderen und es kann dasselbe einem Vergleichsobjekte gegenüber groß, einem anderen gegenüber klein erscheinen; absolut groß ist nur das Größte, absolut klein nur das Kleinste ... Es ist schon am Eingange bemerkt worden, daß wir uns bei der Betrachtung des Großen und Kleinen nicht auf das beschränken sollen, was lang, breit und hoch ist, sondern auch das in den Bereich unserer Aufmerksamkeit zu ziehen gedenken, was, wenn auch klein im Raume, im großen Drama der Natur eine bedeutende Rolle spielt.« Vergleichen wir den Beginn der Ausführungen Baumgartners mit den Worten Stifters, so ist der Ursprung seiner Vorrede zu den *Bunten Steinen* schon im Äußerlichen unverkennbar.

Wien, die alte Kaiserstadt, bringt Anregungen für den aufgeschlossenen Hauslehrer des *Fürsten Metternich* und anderer Familien des Wiener Hochadels in Hülle und Fülle. Stifter fühlt sich zunächst als Maler berufen, er stellt aus, bereist das Salzkammergut und kehrt mit reicher Ernte zurück. Durch einen Zufall wird der heimlich schreibende Hauslehrer und Maler Stifter über Nacht zu einem berühmten Schriftsteller. Nach den ersten Erfolgen des *Kondor* und der *Feldblumen* kehrt er zu seinem Ursprung, dem Böhmerwald, zurück und macht ihn durch seine Werke berühmt.

*Jakob Philipp Fallmerayer; anonyme Lithographie nach einem Gemälde von Josef Erler*

*Josef Freiherr von Hammer-Purgstall; Lithographie nach eigener Zeichnung von Adolf Dauthage, 1853*

*Johann Nestroy, »Freiheit in Krähwinkel«; Szenenbild zum 3. Akt mit den Schauspielern Alois Grois, Johann Nestroy als Metternich und Wenzel Scholz; Aquarell von Johann Christian Schoeller, 1848*

*Therese Krones in einer ihrer frühesten Rollen als Madame Purzl in der Lokalposse »Die Kreuzerkomödie«; anonyme Kreidelithographie, um 1820*

Das »Sanfte Gesetz«, das Wissen um das Große im scheinbar Kleinen, läßt ihn niemals mehr los. Sind in der Einleitung zu den *Bunten Steinen* dieses Wissen und diese Antwort auf Hebbel wohldosiert und verhalten streitbar, so erkennen wir im Kapitel *Die Altertümer* in der *Mappe meines Urgroßvaters* die dichterische Inkarnation seines im »Sanften Gesetz« beschlossenen Weltbildes. Er spricht dort von dem alten Trödel, der längst seiner Funktion entkleidet war und trotzdem von der Mutter aufbewahrt wurde. Der Dichter haucht diesen alten Dingen Leben ein, indem er ihrer Geschichte nachgeht. Er sagt: »Es ist etwas Rührendes in diesen stummen unklaren Erzählern der unbekannten Geschichte eines solchen Hauses. Welches Wehe und welche Freude liegt doch in dieser ungelesenen Geschichte begraben und bleibt begraben. Das blondgelockte Kind und die neugeborene Fliege, die daneben im Sonnengolde spielt, und die letzten Glieder einer langen unbekannten Reihe, oder auch die ersten einer vielleicht noch längeren, noch unbekannteren; und doch ist diese Reihe eine Verwandtschaft und Liebe, und wie einsam steht der Einzelne mitten in dieser Reihe ...« Und dann kommt ein Satz, der zu den tiefsten Aussprüchen Stifters zählt, ein Satz, der sein dichterisches Glaubensbekenntnis umschließt, aus dem heraus sein Weltbild zu verstehen ist, das, vom »Sanften Gesetz« ausgehend, nirgendwo anders als in der reinen Liebe enden kann: »Und wie bedeutungslos ist diese Geschichte; sie geht nur zum Großvater zurück und erzählt oft nichts als Kindstaufen, Hochzeiten, Begräbnisse, Versorgung der Nachkommen — aber welch ein unfaßbares Maß von Liebe und Schmerz liegt in dieser Bedeutungslosigkeit! In der anderen, g r o ß e n Geschichte vermag auch nicht mehr liegen, ja sie ist sogar nur das entfärbte Gesamtbild dieser kleinen, in welchem man die Liebe ausgelassen und das Blutvergießen aufgezeichnet hat. Allein der große, goldene Strom der Liebe, der in den Jahrtausenden bis zu uns herabgeronnen, durch die unzählbaren Mutterherzen, durch Bräute, Väter, Geschwister, Freunde, ist die Regel, und seine Aufmerkung ward vergessen; das andere, der Haß, ist die Ausnahme und ist in tausend Büchern aufgeschrieben worden.« Wie ein roter Faden zieht sich diese Erkenntnis durch das Gesamtwerk, freilich vielfach variiert und abgestuft, aber niemals abgeschwächt oder eines Effektes wegen verleugnet.

So reift Stifter zum großen Dichter heran, im Geschrei und Getriebe des Tages von den meisten verkannt und auch von wenigen verstanden.

Stifter ist in seiner Bedeutung nicht nur als Dichter, sondern auch als Pädagoge, Maler, Denkmalpfleger und politischer Schriftsteller zu verstehen. In seinen frühen Dichtungen ist das Malerauge Voraussetzung für eine Gesamtschau und Darstellung der Dinge und Menschen. Aus seinem Weltgesetz heraus stellt er fertige Menschen in den Rahmen seiner dichterischen Visionen. Er hat sich in Wien noch als Maler gefühlt, ausgestellt und nach Aufträgen ge-

*Adalbert Stifter; Ölgemälde von Alois Raimund Hein, um 1916*

schaffen. Das Salzkammergut erobert er sich mit dem Pinsel und dem Malerauge. Da er keine Kunstakademie besucht hat — selbst in Kremsmünster war Zeichnen Freigegenstand —, rang er zeitlebens mit dem rein Handwerklichen. Aber das Wort konnte ihm zu jenen Bildern verhelfen, die der Pinsel nicht zuwege gebracht hätte. So schichtet und schiebt sich die Technik der einen Kunstsparte in die andere hinein.

Stifter ist ein Dichter der Ordnung. Seine Gestalten stehen festgefügt und fertig im Raum. Stifter schafft nicht Gestalten wie sie sind, sondern wie sie sein sollen. Sein pädagogisches Denken und Tun hat sehr viel gemeinsam mit seiner Dichtung, und das »Sanfte Gesetz« waltet hier und da. Ist doch auch der *Nachsommer* sehr oft als Bildungsroman bezeichnet worden. Stifter ist nicht, wie behauptet wurde, ein reaktionärer Schulrat gewesen; die neuesten Forschungen und die in Linz verwahrten Schulakten beweisen, daß er in seiner Einsicht und Vorausschau ein nach heutigen Begriffen moderner Schulmann gewesen ist.

Stifter hatte die Fähigkeit, das scheinbar Kleine groß zu sehen und selbst das Partikelchen in der Ordnung des Weltganzen zu beachten. Die ihm nachgesagte Langatmigkeit seiner Erzählweise ist das Instrument eines großen Dichters, der, dem enteilenden Augenblick abhold, Zeit hat auf seinem Weg in die Unendlichkeit. Diese »Langatmigkeit« hat den Zeitgenossen zunächst auch den Zugang zum »Witiko« verwehrt, der nach jahrelanger Vorarbeit von 1865 bis 1867 in drei Bänden erschienen ist. Das politische Credo Stifters: Handeln nach den Maximen der Vernunft und hoher Ethik, ist durchaus dem »Sanften Gesetz« zutiefst verwandt. Das Völkerschicksal sieht er, wie er in einem Brief an Heckenast schreibt, als die »Abwicklung eines riesigen Gesetzes . . ., das wir in bezug auf uns das Sittengesetz nennen«.

Zurückkommend auf das »Sanfte Gesetz«, sei Stifters Bekenntnis zum Menschentum und zu seiner Ordnung der Dinge im Weltganzen ein Satz hingestellt, der, gekeltert nach einem Leben voll Schmerz und innerer Kämpfe, seiner Gattin Amalie in einem Brief vom 31. Dezember 1848 gesagt wurde: »Reichtum, Ansehen, Macht, alles ist unbedeutend und nichtig gegen die Größe des Herzens — das Herz allein ist das einzige Kleinod auf der Welt!«

Kaum ein Ereignis in der deutschen Dichtungsgeschichte hat die zuständige Forschung so sehr beschäftigt wie das Sterben Adalbert Stifters.

Viele Stifter-Freunde sträuben sich, einen Freitod anzunehmen, da sie, aus dem hohen Ethos des Werkes schließend, den Menschen Stifter zu einem Idealbild formten und daher keinen sinnvollen Zusammenhang zwischen diesem und dem Selbstmord finden können.

Das Geheimnis um die letzten Stunden Stifters wird nie völlig geklärt werden können. Fest steht, daß sich Stifter eine Wunde am Halse beigebracht hat, jedoch nicht an den Folgen des Schnittes gestorben ist. Angesichts von Stifters Leistungen als Dichter, Maler, Pädagoge und Denkmalpfleger erscheint die Debatte müßig.

# *Charles Sealsfield*

VON WALTER WEISS

Der »Dichter beider Hemisphären« ist einer der bedeutendsten amerikanischen Schriftsteller des 19. Jahrhunderts und zugleich ein Epiker österreichischer Herkunft, den *August Sauer* und nach ihm *Josef Nadler* neben *Stifter* gestellt und so in die österreichische Literatur zu integrieren versucht haben. Als *Sealsfields* Schriften 1827 bis 1832 hervortraten und 1843 bis 1846 unvollständig in den 18teiligen *Gesammelten Werken* vereinigt wurden, da wirkten sie zunächst vor allem durch ihre stoffliche Aktualität: Sie erschlossen den Deutschen Amerika, besonders den Südwesten der jungen Vereinigten Staaten, die damals sowohl die Phantasie als auch praktisches Interesse auf sich zogen. Das Unbehagen an den politisch-gesellschaftlichen Zuständen im Restaurationseuropa begünstigte den Exotismus, eine neue Form des Rousseauismus, der die Phantasie befreite, ihr ferne und weite Räume eröffnete und ihr zugleich ursprungsnahe Landschaften, Menschen und Zustände nahebrachte. Dies geschah nun aber bei Sealsfield nicht in phantastischer Form, sondern mit dem Anspruch auf Wirklichkeitstreue. Auf diese Weise konnte zugleich mit der Einbildungskraft das Bedürfnis nach Information über ein bevorzugtes Ziel der Auswanderung befriedigt werden. Sealsfields Bücher entsprachen diesem zweifachen Zeitbedürfnis genau.

Sie verfolgten aber noch eine weitere Absicht, die der Vorspruch zum ersten Teil der *Lebensbilder aus der westlichen Hemisphäre* verkündet: »Der zum Bewußtseyn ihrer Kraft und Würde erwachten deutschen Nation sind diese Bilder des häuslichen und öffentlichen Lebens freier Bürger eines stammesverwandten, weltgeschichtlich groß werdenden Staates als Spiegel zur Selbstbeschauung hochachtungsvoll gewidmet.« Der »Dichter beider Hemisphären« wollte also nicht nur die Phantasie der Deutschen nach Amerika entführen und sie über Amerika informieren, sondern er wollte auf Restaurationseuropa zurückwirken, indem er den Deutschen bzw. den Österreichern Gelegenheit gab, ihre heimischen Zustände mit den amerikanischen zu vergleichen und politische Folgerungen daraus zu ziehen. Sealsfield verstand sich als Vermittler in beiden Richtungen.

Um zu begreifen, wie er zu dieser Rolle kam, empfiehlt sich ein Blick auf sein Leben. *Eduard Castle* hat es in einem zweibändigen Werk unter dem Titel *Der große Unbekannte* (1952, 1955) dokumentiert, untersucht und dargestellt: Charles Sealsfield war, wie sich nach seinem Tod erst im Jahre 1864 herausstellte, das Pseudonym für den geborenen Österreicher Karl Postl. Er war 1793 in Poppitz bei Znaim in Mähren geboren und später Angehöriger des Kreuzherrn-Ordens zu Prag geworden. 1823 war er dem Orden und dem Metternich-Staat entflohen und hatte sich nach Amerika begeben. Wohl ließ er sich nach einigen Jahren wieder in Europa, bei Solothurn in der Schweiz (einer Republik!), nieder, doch blieb, wie seine Bücher und Briefe zeigen, bis zu seinem Lebensende »Americanism« der Brennspiegel, »der alle seine Geistesstrahlen aufsog«. Die Rekonstruktion seines bewegten Lebens ist der Forschung bis heute nicht völlig geglückt. Wir begegnen ihm in verschiedenen Rollen als Journalist, als politischer Emissär im Dienste der Nachkommen Napoleons und des Präsidenten Jackson sowie als Grundbesitzer. Bei seiner Flucht genoß er offenbar Freimaurer-Unterstützung. Als Sekretär des Ordensgroßmeisters hatte er sich geistig emanzipiert und war in ein kritisches Verhältnis zu Staat und Kirche geraten. Mag auch enttäuschter Ehrgeiz den letzten Anstoß zur Flucht gegeben haben, die geistige Entwicklung des Schriftstellers Sealsfield reicht in die Zeit des Ordensmannes Postl zurück.

Mit seinen ersten zwei Büchern setzt Sealsfield-Postl eine Opposition, die von nun an sein ganzes Werk durchzieht und auch strukturell prägt: *Die Vereinigten Staaten von Nordamerika nach ihren politischen, religiösen und gesellschaftlichen Verhältnissen dargestellt* (1827); *Austria as it is* (1828). Das republikanische Amerika und seine demokratischen Lebensformen, das ist, bei aller scharfsichtigen Kritik im einzelnen, sein Hochbild; Österreich und mit ihm das ganze monarchisch-hierarchische Europa, das ist, bei allen Differenzierungen der keineswegs bloß polemischen Reiseberichtfiktion in der Art der Jungdeutschen, sein negatives Gegenbild, das als Kontrast zum echten Amerika in seinem Werk ständig präsent bleibt und immer wieder aufgerufen wird.

Sealsfields Stil bereitet den Betrachtern Schwierigkeiten. Man lobt stereotyp seine zugleich realistischen und poetisch beschwingten Naturschilderungen, seine kräftige und oft humorige Zeichnung eigenartiger Individuen und gesellschaftlicher, rassischer, nationaler Typen (Hinterwäldler, Kapitalisten, Adelige; Weiße, Neger, Indianer, Mischlinge; Amerikaner, Deutsche, Franzosen, Spanier usw.). Man diskutiert allenfalls über den Grad seiner Wirklichkeitstreue. Man tadelt seine oft nur dürftigen Handlungsrahmen (Reisefiktion) und auf der anderen Seite seine Vorliebe für »verschachtelte« Handlungsgefüge, die die überquellende Fülle farbiger Schilderungen, Episoden, Dialoge und eine Masse erzählerisch mangelhaft begründeter und eingebauter Informationen und weitschweifiger Reflexionen nur mehr oder weniger gewaltsam zusammenhalten. Belehrung und Tendenz kommen der poetischen Fiktion immer wieder in die Quere. Charaktere werden als Mittel zum Zweck eingesetzt und nach Bedarf rücksichtslos manipuliert. Sealsfields Hang zur Typisierung wirke sich besonders schädlich bei den meist undifferenziert im empfindsam-enthusiastischen Stil dargestellten Frauengestalten aus, die fast beliebig gegeneinander austauschbar sind. Stoff, Tendenz und literarische Form scheinen also zu keiner Synthese zu finden. Die verwendeten Koordinaten: Junges Deutschland — Exotismus — (poetischer) Realismus — Literatur des österreichischen Vormärz auf barocker Grundlage — Nähe zu Stifter, zu *Scott*, zu *Cooper (The last of the Mohicans)*, zu *Chateaubriand (Atala, René)* befriedigen alle nicht recht. Tatsächlich kann man in Sealsfields Schaffen ein bestimmendes Zentrum der Sinngebung und Gestaltung erkennen, das im Großen wie im Kleinen wirksam ist. Es hängt untrennbar mit seinem Amerika-Bild zusammen.

Zwei Typen des Romans und der Erzählung, auf die er immer wieder zurückkommt, sind beide auf den Amerikanismus bezogen. Der erste ist der *Annäherungstyp.* Er zeigt Analogien zum Entwicklungs- und Bildungsroman. Ein Fremder, ein Neuling, ein Nicht-Amerikaner oder doch ein Vertreter des europanahen Ostens begegnet der eigentlichen amerikanischen Welt, ihrer Natur, ihren Menschen und meist einem hervorragenden Repräsentanten des Amerikanismus. Am Anfang stehen Fremdheit, kritische Distanz, Nichtverstehen, Spannung; dann folgt die allmähliche Annäherung des Fremden im Verständnis und im Gefühl. Sie endet mit seiner tätigen Identifizierung, die oft durch eine Heirat besiegelt wird. Der Leser macht den Prozeß der Annäherung mit, dafür sorgt die Art der Darbietung, in der die Perspektive des Fremden durch die Selbstdarstellung der neuen Welt in Dialog und Handlung korrigiert und abgelöst wird.

Der zweite Typ ist der *Kontrasttyp.* Er rückt Gegenwelten des Amerikanismus in den Vordergrund, sei es in Europa (England, Deutschland), sei es in Amerika, besonders in dem trotz aller republikanischen Revolutionen im Kern noch hierarchisch-aristokratisch-katholischen Mexiko. Aber auch die europanahe Welt der Kapitalisten und »Would-be«-Aristokraten der Neu-England-Staaten gehört zum Teil hierher. Diese Gegenwelten stehen in Opposition zum eigentlichen Amerika, zu seiner Natur, seinen Menschen, seiner Gesellschaft und Staatsform, zu seinem Glauben. Echte Amerikaner, die in sie hineingeraten, werden zwar oft vorübergehend verwirrt und gebannt, finden aber wieder zu sich selbst, das heißt zu ihrem Amerikanertum, zurück, oder sie bewähren sich von Anfang an als Antipoden, als eine Art Engel des Fortschritts und der Freiheit. Neben den Vertretern der Gegenwelt hat also auch im Kontrasttyp der repräsentative Amerikaner seinen festen Platz. Statt der für den Annäherungstyp charakteristischen fortschreitenden Integration ins Amerikanische breitet sich hier meist ein verwirrendes Chaos von Szenen und Impressionen als adäquater Spiegel dieser Welt aus. Sie wird zuletzt aus der Perspektive des Amerikaners gesehen und beurteilt.

Dem *Annäherungstyp* gehören zum Beispiel an *Der Legitime und die Republikaner, Nathan, der Squatter, Die Prärie am Jacinto,* die Kernerzählung des *Kajütenbuchs,* der Schlußteil der unvollendeten *Deutsch-amerikanischen Wahlverwandtschaften,* mit dem Titel *Der Deutsche in Amerika.* Dem *Kontrasttyp* gehören an *Der Virey und die Aristokraten oder Mexiko im Jahre 1812, Süden und Norden, Morton oder Die große Tour,* Teile des *Kajütenbuchs* und der *Deutsch-amerikanischen Wahlverwandtschaften.* Eine Synthese beider Typen hat Sealsfield in den *Deutsch-amerikanischen Wahlverwandtschaften* und im *Kajütenbuch* versucht, das heute als einziges Werk dieses Autors in weiteren Kreisen bekannt ist.

Mit dem *Annäherungstyp* und dem *Kontrasttyp* stehen bestimmte konstitutive Züge von Sealsfields Werk in engem Zusammenhang. So zum Beispiel die Diskussion; sie erfüllt den doppelten Zweck der Darstellung der Demokratie und der Erziehung des Lesers zur Demokratie. Weiter die Vielstimmigkeit, die Vielfalt der Sprechweisen, die den Leser »mit dem Tone und der Sprechart der großen Republik ... vertraut macht und ihn gewissermaßen mit ihren Worten sprechen lehrt«. Weiter die Schlüsselfigur des »Repräsentanten«, der »ein wahres Juste Milieu ... den Kern des werdenden Staates: das solid-amerikanische Bürgertum« in einer merkwürdigen Verbindung von demokratischen und aristokratischen Zügen darstellt. Diese Repräsentanten gleichen einander in ihrem Äußeren wie in ihrer Denkweise (Philosophie des Amerikanismus) und in ihrem Verhalten. Sie sind Aristokraten nicht in dem Sinne, daß sie sich vom Volk absondern, sondern dadurch, daß sie die Wesenszüge der amerikanischen Gesellschaft freier, autonomer Bürger in höchster, mythischer Steigerung zeigen.

In alldem wird ein übergreifendes Erzählkonzept Sealsfields sichtbar, das er in Vorreden und Briefen direkt ausspricht: der »nazionale oder höhere Volksroman«. Statt des früheren Romanhelden, der Hauptperson, um die sich die anderen »herumreihten«, »ist hier der Held ... das ganze Volk«. Sein öffentliches wie sein privates Leben »seine materiellen politischen religiösen Beziehungen« »treten an die Stelle der Abenteuer«, die so wie auch die Liebesszenen »nur gelegentlich als Folie« angewandt werden. Gegenstand und Form gehen in diesen Überlegungen eine enge Verbindung ein: »Der Verfasser, der auf seinen mehrmaligen Reisen nach dem Südwesten der Union mit der Entwicklung und dem Fortschreiten derselben von Osten nach Westen vertraut geworden, hatte nämlich ... den Gedanken gefaßt, diesen Civilisationsprozeß in Skizzen und Bildern darzustellen«. Ihm sei klargeworden, daß dafür »der bisherige Familien-historische Roman« nicht mehr passe, »daß für ein Land mit so öffentlichem Leben auch ein diesem entsprechender Roman« geschaffen werden müsse.

Mit diesem Konzept und seiner sicher nicht vollkommenen Realisierung hat Sealsfield-Postl einen frühen gewichtigen Beitrag zur Theorie und Praxis des Gesellschaftsromans in der deutschen Literatur geleistet. Weiter nimmt er — neben *Lenau* — einen wichtigen Platz in der Literatur des »anderen« Österreich ein, die sich gegen den »habsburgischen Mythos« stellt oder sich ihm entzieht. Wer darauf verzichtet, diese Literatur in das Gesamtbild der österreichischen einzubeziehen, tut dies um den Preis der Verengung.

# *Nikolaus Lenau*

VON WALTER WEISS

*Nikolaus Lenau* wurde von Zeitgenossen und besonders von Zeitgenossinnen überschwenglich gepriesen, von den »Gebildeten« bis an die Schwelle der Gegenwart gekannt und geliebt, von Gelehrten um die Wende vom 19. zum 20. Jahrhundert respektvoll ediert (*Castle* 1910—1923) und studiert. Später unterlag er einer fortschreitenden Abwertung und Verdrängung aus dem Bewußtsein der Jüngeren. Er gilt heute vielen als veraltet. In jüngster Zeit erfährt er vorerst eine Deutungsrenaissance: im Zusammenhang mit der neuerwachten Diskussion um die Literatur der Restaurationszeit sowie um die Literatur des alten Österreich und seiner Nachfolgestaaten. Das Spannungsfeld von West und Ost wirkt dabei anregend.

Lenau ist vor allem durch seine lyrischen Gedichte bekannt. Er gilt — allerdings nicht unbestritten — als bedeutendster österreichischer Lyriker des 19. Jahrhunderts, neben *Grillparzer* als dem bedeutendsten Dramatiker und *Stifter* als dem bedeutendsten Epiker. Seine epischen und dramatischen Gedichte *(Faust, Savonarola, Johann Žižka, Die Albigenser, Don Juan)* ziehen neuerdings die Aufmerksamkeit der Deuter auf sich, nachdem sie lange eine Aschenbrödelrolle gespielt haben.

Bei unverkennbaren Zusammenhängen mit dem Göttinger Hain, der Romantik und den Jungdeutschen zeigen Lenaus Dichtung und Sprache Eigenprägung: Trotz der Mannigfaltigkeit gelegentlich verwendeter Vers- und Gedichtformen bevorzugt Lenau eindeutig Gedichte mit vierhebigen gereimten Vierzeilern ohne freie Füllung. Zu diesem unkomplizierten Leittypus paßt, daß Lenau den Vorrang des »poetischen Gedankens« betont und seine Gedichte nicht so sehr musikalisch-assoziativ, sondern eher logisch baut. Und dies, obwohl man seine Musikalität immer wieder hervorgehoben hat. Seine Gedichte fügen sich weniger in die Tradition des romantischen Liedes als in die ältere Verbindung von Denken und Empfinden. Das Element der Rhetorik und Reflexion in ihnen darf nicht unterschätzt werden. Wohl erinnert manches, wie zum Beispiel der berühmte *Postillion,* an *Eichendorff:* »Lieblich war die Maiennacht, / Silberwölklein flogen, / Ob der holden Frühlingspracht / Freudig hingezogen.« Im ganzen gesehen treten jedoch solche lieblichen Töne und idyllischen Szenen zurück hinter dem Pathos, der Klage, dem Trotz: *(Die drei Zigeuner)* »Aber sie boten trotzig frei / Spott den Erdengeschicken. / Dreifach haben sie mir gezeigt / wenn das Leben uns nachtet, / wie man's verraucht, verschläft, vergeigt, / und es dreimal verachtet.« Nicht die liebliche Maienidylle ist für Lenaus Werk besonders charakteristisch, sondern eher heroische Landschaften wie die Pußta, die Alpen, das Meer, der Urwald; die Kälte, die Trauer, der Verfall, die Einsamkeit des Herbstes: *(Ein Herbstabend)* »Wildgänse auf der Flucht vor winterlichem Schauder. / Sie jagen hinter sich den Herbst mit raschen Flügeln, / sie lassen scheu zurück das Sterben auf den Hügeln.« *(Einsamkeit)* »Der Wind ist fremd, du kannst ihn nicht umfassen, / der Stein ist tot ...«; oder der Sturm, das Gewitter.

Der Neigung der Zeit zum Gedichtzyklus folgte Lenau mit Maßen (zum Beispiel *Schilflieder, Waldlieder).* Seine epischen und dramatischen Gedichte zeigen die Gattungsunsicherheit und den Stilpluralismus, die für die »Restaurationsliteratur« bezeichnend sind. Sie stellen eine damals beliebte vorrealistische Form im Übergang von der Poesie zur Prosa dar (vgl. dazu *Heine, Droste-Hülshoff).* Auffallend ist Lenaus Stoffwahl (Faust, Savonarola, Johann Zižka, die Albigenser, Don Juan); handelt es sich bei den Helden doch durchwegs um Ketzer und Rebellen. Wie anders nehmen sich daneben die Helden der Legitimität wie zum Beispiel Rudolf I., Rudolf II. und der treue Diener Bankban bei Grillparzer aus! Lenaus Faust begeht Selbstmord in Verzweiflung. Savonarola stirbt mit der Hoffnung auf einen neuen Geistesfrühling. *Die Albigenser* enden mit einer oft zitierten Schlußfanfare auf die »goldnen Strahlen« »der Freiheit«, die eine Verbindung von den Albigensern über die Hussiten und Luther bis hin zu »den Stürmen der Bastille« herstellt und mit den letzten Worten »und so weiter« Zukunftsperspektiven aufreißt. Auf der anderen Seite steht der dargestellte »traurige Destruktionsprozeß« des Religionskriegs, zu dem Lenau schrieb: »Dort kämpfte Wahn gegen Wahn, das Ergebnis war nicht Lebenswandel, sondern eigentlicher Tod.« Ähnlich zwiespältig bietet der *Don Juan* auf der einen Seite ein rauschhaftes Bekenntnis zur erotischen All-Liebe, »die weder Himmel noch Hölle kennt, allein im Diesseits zu Hause ist« (Dietze), auf der anderen Seite wird dieser Lebensrausch abgelöst durch die Erfahrung des Lebensschwundes, des totalen Verlöschens und Erkaltens: »Es war ein schöner Sturm, der mich getrieben. / Er hat vertobt, und Stille ist geblieben ... / — der Brennstoff ist verzehrt, / und kalt und dunkel ward es auf dem Herd.«

Hier wird ein Grundzug von Lenaus Dichtung sichtbar, der sich auf verschiedenen Ebenen manifestiert: die nicht synthetisierte Spannung. Sie wurde zum Beispiel in der Verssprache (*Skreb:* Spannung zwischen Musikalität und Rhetorik), in der Bildlichkeit (*Neumann:* Problematik des gebrochenen Bildes), in der Motivik *(Martens),* im Wortschatz wie im Ideenrhythmus *(Weiss:* Spannung zwischen einem wild-lauten und einem still-leisen »Ton«) nachgewiesen. Diese prägende Stilspannung, die sich nicht selten zum Stilbruch verschärft, ist nicht nur Lenaus persönliche Eigenart oder gar Schwäche, sondern zeittypisch. Dies zeigt etwa ein vergleichender Blick hinüber zu Droste-Hülshoff.

Dem Charakter von Lenaus Dichtung entspricht ein spannungsvoll-unstetes Leben. Es hat oft zu einseitig biographischen Erklärungen seines Werks verführt: Seine Geburt (1802) stand im Zeichen einer unharmonischen Ehe. Nach dem frühen Tod des Vaters (1807) belasteten ihn Spannungen zwischen der Mutter und den Großeltern, die ihn während der Studienzeit auch äußerlich zwischen seinem Geburtsland Ungarn und Wien bzw. Stockerau hin und her zogen und wohl mit den Grund für sein oppositionelles Verhältnis zum Metternich-Staat legten. Mehrmals wechselte er sein Studium (deutsches Recht, ungarisches Recht, Ökonomie, Philosophie, Medizin), bis er es, durch das großelterliche Erbe finanziell unabhängig geworden, ganz aufgab. Die Folge seiner Liebesbegegnungen begann mit einer herben Enttäuschung *(Berta Hauer)* und führte über vergebliche Harmonisierungsversuche *(Lotte Gmelin, Sophie Schwab)* hin zu der entscheidenden Bindung an *Sophie Löwenthal,* die Frau eines Freundes, aus der es dann nur mehr mißglückte Lösungsversuche gab *(Karoline Unger, Marie Behrends).* Lenaus Korrespondenz mit Sophie zeigt seine Möglichkeiten als Prosaist. Zwischen Sophie in Wien und Württemberg, dem Sitz seiner schwäbischen Dichterfreunde und seines Verlegers *Cotta,* wechselte er von 1831 an immer hastiger hin und her. Dazwischen lag der gescheiterte Abstecher nach Amerika (1832/1833). 1844 fiel er in geistige Umnachtung.

Früh hatte er den für jene Zeit selbstverständlichen Glauben verloren. Seine fortgesetzten philosophisch-religiösen Sinngebungsversuche führten ihn nacheinander zu *Spinoza, Schelling,* zur katholischen Religionsphilosophie eines *Franz von Baader* und anderer, zur Geschichtsphilosophie *Hegels.* Sie bewegen sich zwischen den Polen Immanenz und Transzendenz, Betonung und Aufgabe des Individuums, Verzweiflung und Fortschrittsvision. Die Diskussion darüber, ob sie schließlich einfach abbrachen oder ob sie ihn zu einer befreienden Lösung geführt haben, ist offen und ideologisch belastet. (Deschner, Martens — Turóczi — Trostler).

Der politische Aspekt von Lenaus Schaffen ist lange unterschätzt oder doch zuwenig mit dem ästhetischen zusammengesehen worden: Nicht nur schrieb er unter einem Pseudonym (»Lenau« aus Niembsch von Streh-»lenau«), nicht nur stieß er mit der Zensur zusammen und pochte dabei auf sein Ungartum, nicht nur wendete er sich in manchen Gedichten satirisch gegen den Metternich-Staat und seine Fundamente (zum Beispiel *Am Grabe eines Ministers, Des Teufels Lied vom Aristokraten, An einem Grabe, Veränderte Welt).* Viel zentraler ist die Beobachtung, daß seine Helden keine Helden der Legitimität sind, sondern vielmehr Rebellen, Ketzer, Revolutionäre, Außenseiter und Gegner des weltlichen wie des geistlichen Obrigkeitsstaates: Faust, Savonarola, Zižka, die Albigenser, Rakoczy *(Die Heideschenke), Der Räuber vom Bakony,* die Polen der Polenlieder. Lenaus Ruf nach Freiheit ist politisch und künstlerisch zugleich gemeint. Auch seine lyrische Eroberung der Pußta ist nicht ohne politische Akzente.

Die einfachen Formeln für Lenau, wie zum Beispiel Sänger der interessanten Schwermut, Weltschmerzler, »forciertes Talent«, pathologischer Fall, Spiegel einer zerrissenen Zeit, existentiell Verzweifelter, Pessimist bzw. Nihilist, zutiefst gesunder und positiver Fortschrittsmann in kranker Zeit und Umgebung, werden der erwähnten nicht synthetisierten Spannung nicht gerecht, die sein Werk trägt. Sie ist weder bloß individuell in seiner Person noch bloß überindividuell in seiner Umwelt begründet. Man stilisiert und verengt das Bild der österreichischen Literatur unzulässig, wenn man Lenau als unösterreichisch abstempelt und ausschließt: »Aus angeborener Natur und verfehlter Erziehung hatte er keine Kraft, das Schicksal zweier Vaterländer und zweier Kulturen, wie andere, zu bewältigen und zu seinem Glück zu machen« *(Nadler: Literaturgeschichte Österreichs).* Lenau gehört neben *Sealsfield* (Postl) zu den Schlüsselgestalten einer »anderen« österreichischen Literatur, die sich fixierten Leitbildern wie der übernationalen Harmonie, der statisch-hierarchischen Ordnung, der undialektischen, sanften Kontinuität nicht fügen.

## *Karoline Pichler*

VON ERIK G. WICKENBURG

Es fällt nicht ganz leicht, zu entscheiden, auf welchem Gebiete die Wiener Schriftstellerin der Kongreß- und Vorbiedermeierzeit, *Karoline Pichler,* am bedeutendsten war. Soll es ihr Wirken in dem schon von ihrer Mutter, *Frau von Greiner,* begründeten Salon gewesen sein, wo sich die Geisteswelt nicht nur Wiens versammelte und einen echt österreichischen Treffpunkt fand, der weit verschieden war von der Geziertheit französischer Salons oder der geistigen Überlastung deutscher »Zusammenkünfte«? Hat sie ihren verdienten Ort in der Literaturgeschichte durch die vaterländischen Balladen, die in der Napoleonszeit eine Periode geistiger Wiederaufrüstung, welche, von Österreich ausgehend, das Reich erfaßte, einleiteten und unter anderm von Dichtern wie *Friedrich Schlegel, Theodor Körner, Franz Castelli* und *Heinrich von Collin* bestritten wurde? Oder sind es ihre zahlreichen historischen Romane gewesen, deren erster, *Die Grafen von Hohenberg,* schon 1811, deren bester, *Die Belagerung Wiens 1683,* im Jahre 1824, deren letzter, *Elisabeth von Guttenstein,* 1835 erschienen ist?

Für die heutige Zeit läßt sich die Frage ganz einfach beantworten: So wichtig das Wirken dieser Frau in ihrer Zeit, so umfassend ihr Erfolg, so groß ihr Name damals auch im Ausland war, heute haben für uns alle diese Dinge vorwiegend lokalhistorische Bedeutung. Was wir als eigentlichen Schatz von ihr bewahren, sind die *Denkwürdigkeiten aus meinem Leben,* eine Art ausgeweiteten Tagebuchs, welche 1844 nach ihrem Tode veröffentlicht wurden.

»Dem Ende einer langen Reise nahe, deren letztes Ziel undurchdringliche Wolkenschleier noch vor dem Blicke verbergen, steht der Wanderer athemholend still, überdenkt den weiten Raum, welchen er schon zurückgelegt, den kleinen Rest, welcher noch zu durchlaufen ist, erwartet diesen, er mag nun länger oder kürzer sein, vertrauensvoll aus Gottes Hand, und erlaubt sich, die einzelnen Punkte jener langen Bahn, vom Anfang her, so getreu es sein Gedächtnis gestatte, sich zurückzurufen.« So beginnt die Autobiographie Karoline Pichlers, *Denkwürdigkeiten aus meinem Leben* genannt, und beweist, daß auch diese Schriftstellerin das Geheimnis des ersten Satzes gekannt haben muß, der den Schreibenden so viel Kopfzerbrechen macht, weil hier der Ton angeschlagen ist für alle folgenden Passagen.

Es scheint, als habe Karoline Pichler überhaupt manches vom Metier des Schreibens als Lehre mitbekommen. Ihr literarisch anspruchsvollstes Werk hat den Mut zur leidigen und hier doch wieder legitimen Briefform, indem die Autorin in weiser Einsicht in ihre eigenen Grenzen für ihren *Agathokles* diejenige Art der Mitteilung wählt, die sich dem Neuling zuallererst anbietet. Agathokles, im Jahre 300 n. Chr. lebend, wird zum Gegenstande eines vielfältigen Briefwechsels. Jedoch scheut sich die Autorin nicht, an passenden Stellen auf ihre Quellen *(Seneca, De Providentia)* hinzuweisen und damit nicht nur ihren schriftstellerischen Anstand zu beweisen, sondern auch unbewußt ein Zeugnis für ihre erstaunliche Bildung beizubringen, die übrigens in den bürgerlichen Kreisen jener Zeit nicht überraschend gewesen sein mag: bedenke man nur, daß Frauen die flammendsten Anhängerinnen *Jean Pauls* waren, dem heute nur wirklich gebildete Leser noch gewachsen sind.

Man betrieb in diesen Familien alle erdenklichen Künste mit jenem lobenswerten Dilettantismus, der nicht dazu verführt, sich selbst gleich für einen Meister zu halten, der jedoch die Konstruktion des Genialischen für den laienhaft Arbeitenden erst wirklich transparent macht. Daß sie sich dann auf die literarischen Künste warf, lag außerhalb dieser allgemeinen noblen Zerstreuung; sie hatte eben mit zwölf Jahren schon einem Gedicht das Leben geschenkt und kehrte immer wieder zu ihrer ersten Liebe zurück.

Außer *Lorenz Leopold Haschka*, dem Verfasser des *Gott erhalte*, unterrichteten noch eine Reihe bedeutender Schulmänner die junge Karoline von Greiner, und der Verkehr im Hause konnte mit Namen wie *Grillparzer*, *Mozart*, *Haydn*, *Schubert*, *Metastasio*, *Sonnenfels*, *Hormayr*, *Hammer* und vielen anderen aufwarten, die alle getreu und etwas bieder in den Memoiren geschildert, sehr menschlich beurteilt, und zwar mit Respekt, aber beileibe nicht als Wundertiere vorgeführt werden. Die Autorin hält mit ihrer Meinung über die exzentrische Madame *Staël* nicht zurück, der sie nicht ohne ein kleines Mißbehagen begegnet ist; sie erzählt, wie diese große Dame in den Kreis des bürgerlichen Salons trat, während die zahlreich anwesenden neugierigen Bürgerinnen an groben Strümpfen strickten. Grillparzers flüchtiges und scheues Wesen wird in den Memoiren ebenso sichtbar wie seine Grenzenlosigkeit; einen gesellschaftlichen Fauxpas aber vergibt man auch dem Genie nicht. Mozart und Haydn, so heißt es einmal ganz hausbacken, »waren Menschen, in deren persönlichem Umgange sich durchaus keine andere hervorragende Geisteskraft und beinahe keinerlei Art von Geistesbildung, von wissenschaftlicher oder höherer Richtung, zeigte. Alltägliche Sinnesart, platte Scherze, und bei dem Ersten ein leichtsinniges Leben, war alles, wodurch sie sich im Umgange kund gaben, und welche Tiefen, welche Welten von Phantasie, Harmonie, Melodie und Gefühl lagen doch in dieser unscheinbaren Hülle verborgen«.

Ein so schlichtes Urteil dankt die Autorin wohl ihrer Abkunft. Von ihrer Mutter sagt sie, daß diese Kammerfrau der *Maria Theresia* war und ihren Dienst auch »in Rücksicht des Putztisches« ausübte, eine nette Umschreibung für eine gewiß nicht entehrende Tätigkeit. Immerhin war ihre Mutter, eine Doppelwaise, daneben auch Vorleserin in lateinischer Sprache. Was wiederum ein Licht auf den Bildungsgrad damaliger Kaiserinnen wirft. Die Vorleserin wurde einige Jahre später mit dem Hofsekretär von Greiner verheiratet, am 7. September 1769 wurde Karoline geboren. Reizende Züge aus dem Alltag Maria Theresias stehen am Anfang von Frau Pichlers Memoiren: Die Erinnerung an ein blaues Sofa, auf dem die kleine Karoline neben der Herrscherin sitzen durfte, der redliche Witwenschmerz der Kaiserin, der nie versiegte, ihr legendenumwobener Tod. Im Hause des zum Hofrat ernannten Herrn von Greiner entstand ein erster literarischer Salon, aber ohne falschen ästhetischen Anspruch, aus Liebe zur musischen Betätigung geboren. Man dichtete, malte, komponierte, musizierte, der Hausvater nahm abends ein Buch zur Hand und las den Seinen aus den Neuerscheinungen vor, wenn nicht ein Kreis von Amateurschauspielern sich zusammenfand, um ein neues Stück einzustudieren, oder ein Verein junger Leute sich gegenseitig Themen aufgab, deren Beantwortung anonym vorgenommen und sehr kritisch durchgesprochen wurde. Bei solcher Gelegenheit lernte Karoline, für damalige Verhältnisse nicht mehr ganz jung, den noch am Anfang einer Beamtenkarriere stehenden *Andreas Pichler* kennen, der die Siebenundzwanzigjährige heimführte.

Daß Andreas Pichler keine größere Rolle im öffentlichen Leben spielte, bedeutete das Verbleiben in der bürgerlichen Sphäre, für deren genaue Schilderung wir Späteren so überaus dankbar sind. Immer wieder wird da ein Zeitbild gemalt, wird vor allem dasjenige anschaulich gemacht, was man bei historischen Werken so selten erfährt: das Persönliche und Private, keineswegs jedoch eine Aufdeckung von Intimitäten. Von solchen Dingen spricht Karoline Pichler zwar manchmal ganz ungeniert, niemals aber in enthüllender Absicht. Man erfährt da, wie die Zopfmode abkommt, und was das für den einzelnen für eine Umwälzung war; den völligen inneren Wandel zu Zeiten des pedantisch liberalen *Kaisers Joseph II.*, der seinen Stolz darin suchte, was immer über seine eigene Person gesagt oder geflüstert wurde, ungeahndet gedeihen zu lassen; der Auftritt einer Dame im fleischfarbenen Trikot — alles wird getreulich notiert. Einmal führt Karoline Pichler aus, wie man damals angefangen habe, »Kinder und junge Leute mehr an Luft und Witterung zu gewöhnen«, und von ihrem Dasein im elterlichen Haus entwirft sie ein verlockendes Bild. Es »gestaltete sich um diese Zeit sehr angenehm, wie denn überhaupt in ganz Wien damals ein fröhlicher, für jedes Schöne empfänglicher, für jeden Genuß offener Sinn herrschte ... Im Lande der Phäaken, wie uns die sehr mäßigen Norddeutschen nennen, die sich indeß, wenn sie in Wien sind, unsere Schnitzl und Rostbratl trefflich schmecken lassen, auch ganze Abhandlungen darüber ihren Reisebüchern einverleiben«.

Noch in den jungen Jahren ihrer Ehe erlernte sie, nur um die fremden Schriftsteller »genießen zu können«, Latein, Französisch, Italienisch und Englisch. Ihre eigene Produktion setzte ernsthaft mit *Gleichnissen* ein, die sie ohne viel Absicht, wie manches andere auch, zu Papier brachte. Ihr Mann fand die Arbeiten und übergab sie nach einer wohlwollenden Durchsicht der Öffentlichkeit. Sechzig erkleckliche Bände machen später die gesammelten Schriften aus, Romane, Novellen, Gedichte, Idyllen, Essays und Dramen; sie drangen nach zeitgenössischen Urteilen »in alle Länder der Erde« — aus welcher geographischen Zerstreuung sich am Ende erklären mag, daß heute kaum mehr viel davon aufzuspüren ist.

Für uns bleiben die *Denkwürdigkeiten* am aufschlußreichsten, mit ihrem reichen Inventar, der überaus zahlreichen und teils recht prominenten Personnage und dem Bild mehrerer Epochen. Das Phänomen, daß große politische Ereignisse auch auf die künstlerische Produktion zurückwirken, kommt einmal fast entschuldigend zur Sprache: »Das folgende Jahr 1809 war zu stürmisch für mein Vaterland, und daher zu schmerzlich für mich, als daß es irgendetwas von Bedeutung in mir hätte hervorbringen können« — so meint die Dichterin; aber gerade das Bild, das sie uns von *Napoleon* liefert, die Begegnung mit dem unscheinbaren »Usurpator« im Theater, sein Einzug in Schönbrunn, gehören zu den lebendigsten Kapiteln.

»Im Schönbrunner Theater, welches sehr niedlich und wohlgebaut ist, angekommen«, erzählt sie, »fanden wir die Galerien mit lauter französischer Generalität in strahlenden Uniformen besetzt. Man wartete auf den Kaiser Napoleon. Nachdem dies eine feine Weile gedauert und mir Zeit gelassen hatte, einen vergleichenden Rückblick auf unseren väterlichen Monarchen zu werfen, der stets die Ordnung selbst war und nie das Publikum warten ließ, erschallte plötzlich gegen 8 Uhr ein gäher und lauter Trommelwirbel, und ich konnte abermals nicht umhin, dies unfreundliche Getöse mit dem unheimlichen Gerolle zu vergleichen, womit bei uns eine Feuersbrunst, folglich ein Unglück, angekündigt zu werden pflegt ... Da war er nun, der Erderschütterer, der Mensch, der an allen Thronen Europas gerüttelt, manchen schon umgestürzt, manchen seiner besten Grundfesten beraubt hat! Im Ganzen war seine Erscheinung nicht ansprechend. Zu klein und stämmig, um für gut gewachsen zu gelten, hatte seine Gestalt auch nichts Edles oder Imposantes. Seine Züge — Augen, Stirn, Nase, Mund — waren regelmäßig, das Kinn besonders schön, ganz antik aufgebogen. Aber diese edlen Lineamente verloren durch die breite Fleischmasse des allzuvollen Gesichts, die sie umgab, und nicht einmal durch einen Backen- oder andern Bart begränzt wurde, den größten Teil ihres Adels. So bekam das Ganze — Gesicht und Figur zusammen — nach meinem Gefühl etwas Gemeines, und ich bedauerte, daß ich die Idee der tiefen und düstern Züge auf dem Kupferstiche von Arcole gegen dieses wohlgenährte Prälatenantlitz vertauschen mußte.«

Der große Vorzug dieser Memoiren und ihre Unterscheidung gegen die üblichen Aufzeichnungen aus der Gesellschaft ist zugleich ein Hemmnis für die künstlerische Konzeption; daß die Autorin immer zunächst Hausfrau und Bürgerin bleibt und ihren Bildungsanspruch durch keine schöpferische Kühnheit trüben läßt; daß sie niemals in Gefahr gerät. Wir können immer sicher sein, daß die Grenzen gewahrt bleiben und Überraschungen zum schlechten Ton gehören würden. Wie die Autorin ein gutes Wissen vom schriftstellerischen Metier gehabt haben muß, so mag ihr dies auch wieder hinderlich gewesen sein, über die Wohlanständigkeit des literarischen Vortrags auch nur im geringsten hinauszugehen. Ihr Tonfall erinnert manchmal an klassische Vorbilder und oft genug an den späteren *Stifter:* aber was in diesem innerlich an chaotischer Unbill vorgegangen ist und immer unter seinem milden Zuspruch spürbar bleibt, das zeigt hier — in einer strengen Form, die nichts zu bändigen braucht — die Hohlheit des Beginnens. Ungefährdet in ihrem Innern und wohlbewahrt im Äußern — trotz ihrem Leben in einer fürwahr großen Zeit —, ist Karoline Pichler dann vierundsiebzigjährig, am 9. Juli 1843, an der letzten Station ihrer Reise angekommen, geliebt, geehrt, pünktlich und treu.

## *Josef Schreyvogel*

VON RAINER ZITTA

*Josef Schreyvogel* wurde am 27. März 1768 als Sohn eines Wiener Holzhändlers und Tischlermeisters geboren. Er besuchte das Piaristengymnasium, studierte ohne besondere Lust Jus. Seine geistige Heimatluft war die josephinische Aufklärung. Literarische Ambitionen, Beschäftigung mit *Lessing* und wahrscheinlich *Wieland,* Theaterliebe, die besonders auch dem spielfreudigen Wiener Volkstheater galt, trafen mit politischem Interesse zusammen. Das alles wurde im geselligen Kreis von *Sonnenfels* angeregt. Ein frühes Trauerspiel, *Die eiserne Maske,* wandte sich gegen Despotismus, Aufsätze in der *Österreichischen Monatsschrift* griffen an, was reaktionär und antiliberal schien.

1794 sah sich der junge Autor veranlaßt, Verdächtigungen und Nachstellungen auszuweichen. Er reiste nach Weimar und Jena, wo er nicht nur gute Aufnahme, sondern auch die Grundlagen seiner philosophischen Weltsicht fand: in der Lektüre *Kants,* dessen Wert- und Pflichtauffassung ihm fortan ethische Richtschnur blieben. Nur zum kritisch verehrten *Goethe* konnte der Wiener keinen rechten Zugang finden. Schreyvogels Lustspiel *Die Witwe* wurde von *Schiller* sehr günstig beurteilt und in die *Neue Thalia* aufgenommen. In *Wielands Neuem teutschen Merkur* veröffentlichte Schreyvogel Bruchstücke seines Romans *Der deutsche Lovelace,* der nie zu Ende geschrieben wurde.

Die Erkrankung seiner Mutter bewog Schreyvogel, 1797 nach Wien zurückzukehren. Die Ungebundenheit des bisherigen Lebens schien ihm der Fortsetzung wert und wurde ihm ermöglicht, da ihm seine Mutter ein beträchtliches Vermögen hinterließ. Seine Pläne allerdings gediehen nicht zum Erfolg: Die Übernahme der *Wiener Zeitung* scheiterte am Mißtrauen der Behörden, das *Kunst- und Industrie-Comptoir,* ein Musikalien- und Landkartenverlag, dessen Gesellschafter er wurde, schloß mit dem vollständigen geschäftlichen Zusammenbruch. Auch das *Sonntagsblatt,* Schreyvogels Gründung und ästhetisches Sprachrohr, konnte die finanziell bedrängten Jahre nicht überstehen. Von 1802 bis 1804 war Schreyvogel im Burgtheater als literarischer Sekretär tätig, doch befriedigte ihn die Arbeit nicht. Zeitweise amtierte er als Zensor, auch noch während seiner zweiten Burgtheaterzeit, die 1814 mit der Ernennung zum Vice-Direktor des Theaters an der Wien und Präsidial-Sekretär und Kanzlei-Direktor der Hoftheater einsetzte und danach unter Änderungen der Titel und Aufgaben bis 1832 dauerte. Im Gegensatz zu früheren Vorgesetzten, die ihm einigermaßen freie Hand gelassen hatten, war seit 1826 Oberstkämmerer *Graf Rudolf Czernin* Direktor, ein geltungssüchtiger Mann, der die Vorschläge und Ratschläge des fachkundigen Untergebenen gerne übersah und schließlich mit der Begründung, Schreyvogel sei wegen Kränklichkeit und Individualität zur Erfüllung seiner Aufgaben ungeeignet, dessen Pensionierung erreichte. Am 28. Juli 1832 starb Schreyvogel an Cholera.

Was Schreyvogel nach Jahren der Vernachlässigung und finanzieller Schwierigkeiten für das Burgtheater und damit beispielgebend für das europäische Theater getan hat, läßt sich folgendermaßen kurz zusammenfassen: Er zeigte, wie man dramaturgisches Verständnis und Können auf die Übersetzung und Bearbeitung von Stücken anwenden konnte. Bis dahin waren fremdsprachige Stücke häufig nach dem Wunsch von Schauspielern zugerichtet worden, während Schreyvogel vom Sinn des Stückes ausging und eigene Zutaten nach Möglichkeit vermied. Er gestaltete einen Spielplan, der nicht dem Tage allein diente, sondern Bleibendes aus alter und neuer Dramenliteratur in einem echten Repertoire vereinigte. Er öffnete in dramaturgischer Beratung wie theatralischer Darbietung *Franz Grillparzer* den Zugang zur deutschen Bühne. Er paßte vorhandene Schauspieler den Spielplanerfordernissen an und gewann hervorragende Kräfte, die erstmals einen Ensemblestil verwirklichen konnten. Dieser sogenannte »Realidealismus« war als Stil beseelter Natürlichkeit und gehobener Konversation zur Bühnenverwirklichung besonders der Stücke Grillparzers erforderlich.

Im Rückblick mag das Schreyvogelsche Lebenswerk klar geplant und folgerichtig aufgebaut aussehen. Doch aus Schreyvogels Tagebuchaufzeichnungen (1810 bis 1823), aus Berichten anderer Personen und aus der Kenntnis der äußeren Umstände der Zeit läßt sich dies als Fehlauffassung erweisen. Schreyvogel hatte es schwer und machte es sich nicht leicht. Was er schuf, kam nicht aus einem Guß zustande, wenn auch das meiste an Ansichten, Erkenntnissen und Möglichkeiten in den Jugendjahren vorgeprägt wurde.

Bei der Darstellung von Schreyvogels Burgtheaterleistung ergibt sich ein Ansatzpunkt im Vergleich mit Lessing, dem ersten deutschen Dramaturgen. Grillparzers Grabspruch für Schreyvogel enthält den Satz: »Stand jemand Lessing nahe, so war er's.« Der wesentliche Unterschied zu Lessing dürfte darin liegen, daß dieser wohl an Hand von Stücken und Aufführungen seine Grundsätze für das Schauspiel entwickelte, aber nicht wie Schreyvogel seine Beobachtungen und Schlüsse selbst auf die Bühnenarbeit übertragen konnte.

Schreyvogel war der Ansicht, daß Leser und Zuschauer sehr verschiedene Standpunkte hätten und daß deshalb wenige dramatische Werke ohne Änderung auf die Bühne gebracht werden könnten. Auf der Bühne zählten nur der Zusammenhang der Szenen und die dramatische Steigerung. Die Handlung einer Tragödie sei für Stück und Aufführung wichtiger als die Charaktere. In diesem Sinne achtete Schreyvogel bei seinen Klassikerbearbeitungen besonders darauf, breite, verzweigte Handlungsstränge zu straffen und den szenischen Aufbau zu verknappen. Unter Umständen müßten auch gute Szenen entfallen, wenn sie den Zuschauer aufhielten. Wesentlich für die Tragödie sei die Umkehr des Helden, nicht der tragische Schluß. So ließ Schreyvogel den *König Lear* mit versöhnlichem Schluß spielen und erleichterte damit gleichzeitig dem Publikum den Weg zu *Shakespeare*.

Schreyvogel schätzte die Werke Goethes; die der Jugendjahre wegen ihres dramatischen Atems, die stärker mit Reflexion befrachteten der späteren Zeit ihrer unübertrefflich poetischen Art wegen, meinte aber, sie seien für die Bühne nicht unmittelbar geeignet. Goethe hätte nach Schreyvogels Ansicht die Verbindung zu einem großen Theater und weltstädtischen Publikum gebraucht. Auch bei Schiller liebte Schreyvogel das Dramatische, tadelte aber, etwa am *Don Carlos*, die schwankende Handlungsführung.

Der romantischen Vorstellung vom Gesamtkunstwerk entsprach bei Schreyvogel verwandtes Empfinden; er wies der Musik bedeutende Aufgaben im Aufführungsganzen zu. Übrigens findet man bei Schreyvogel auch die Genievorstellung der Gestaltung des eigenen Lebens als eines Kunstwerks.

Für *Kleist* eroberte Schreyvogel vom Burgtheater aus die deutsche Bühne. Der Österreicher aber dankt ihm noch mehr die Hilfe, die er *Grillparzer* leistete. Sie begann bei der *Ahnfrau*, die zuerst im Theater an der Wien mit Kräften des Burgtheaters zum Erfolg geführt wurde. *König Ottokars Glück und Ende*, zunächst von der Zensur verboten, erhielt schließlich vom Kaiser selbst die Freigabe. Umgekehrt wollte der Kaiser das Drama *Ein treuer Diener seines Herrn* kaufen, um weitere Aufführungen zu verhindern. Das Stück war jedoch schon an andere Bühnen verschickt worden und damit der Unterdrükkung bereits entzogen.

*Charles Sealsfield; Stich von August Weger*

*Nikolaus Lenau; Stahlstich von Carl Mahlknecht nach einem Gemälde von Andreas Staub*

*Vorhergehende Seite: »Die drei Zigeuner«; Gemälde von Alois Schoenn nach dem gleichnamigen Gedicht von Nikolaus Lenau, um 1860*

*Josef Schreyvogel; Lithographie nach eigener Zeichnung von Josef Mukarowsky*

*Karoline Pichler; Stich von David Weiss nach einer Zeichnung von Leopold Pöhacker*

*Folgende Seite: Fanny Elßler; Foto Krziwanek, 1883*

Wenn man von Schreyvogels Welttheaterspielplan spricht, muß angemerkt werden, daß die antiken Klassiker fehlten. Die französischen Klassiker erschienen Schreyvogel zu frostig für den deutschen Geschmack. *Calderon* fand sein reges Interesse und *Shakespeare* beste Pflege.

Auch Schreyvogels Ansichten über das Lustspiel drückten sich praktisch im Spielplan aus. Über *Kotzebue,* dem Schreyvogel Witz, Abwechslungsreichtum und Theatererfahrung bestätigte, war er sich mit dem Publikum einig, was sonst nicht immer der Fall war. Auch bei wertvollen Stücken unterliefen ihm gelegentlich Fehlurteile. Schreyvogel war der Ansicht, es gebe keine deutschen Nationalkomödien, weil unsere Sitten und Torheiten europäisch seien, und riet den deutschsprachigen Autoren, sich lieber an guten ausländischen Beispielen zu orientieren als schlechte Originalstücke zu schreiben. So griff er häufig zu französischen Lustspielen und ihnen nachgearbeiteten Stücken, um die Tageskost fürs Publikum zu beschaffen. Er selbst gewann *Moretos Donna Diana* für die Bühne und setzte *Goldoni,* der auch früher schon zum Burgtheaterrepertoire gehört hatte, auf den Spielplan.

Schreyvogels Einfluß auf Rollenbesetzung und Darstellung war nicht so groß wie sein literarisch-dramaturgischer. Immerhin leitete er Proben und sprach bei wichtigen Stücken mit den Schauspielern über ihre Rollen. Er konnte sich durch sein Wissen Ansehen verschaffen, auch wenn er durch Unbeherrschtheit und Offenheit in manche Auseinandersetzungen geriet und Schauspieler auch gegen ihren Willen in neue Rollenfächer wies. Nach richtigem Grundsatz baute Schreyvogel jüngere Künstler in kleinen Aufgaben auf. Er zeigte den Schauspielern das Leben und die natürlichen Sitten der gebildeten Welt als Vorbilder. Der Weimarer Stil erschien in Wien unnatürlich und steif. Der neue Stil des Burgtheaters wurde erstmals schon an der *Sappho*-Aufführung 1818 deutlich. Bei der *Medea* (1821) wurde dann ein Ansatz zu psychologischer Charakterzeichnung erreicht, was für die Bewältigung von Stücken mit nichtheldischen Helden unbedingt notwendig war. Den zurückgelegten Weg konnte man anläßlich des Gastspiels von *Seydelmann* 1831 ermessen, der noch der Schule des gestenreichen Effektdarstellers *Iffland* zugehörte. Um Schauspieler zu gewinnen, war Schreyvogel schon 1817 mit dem Opernregisseur *Treitschke* nach Deutschland gefahren. Wiederholt gab er Berichte an seine Vorgesetzten über den Stand des Ensembles und die Besetzung einzelner Rollenfächer, notwendige Pensionierungen und Neuengagements. Daß wichtige Engagements trotz Kursschwankungen der österreichischen Währung und trotz der zu befolgenden Aufforderungen des Kaisers zur Sparsamkeit gelangen, war dem wachsenden Ruhme des Burgtheaters zu danken.

1815 hatte der erfolgreiche Dramatiker *Müllner* in einem Brief an Schreyvogel geschrieben: »Solch einen Theatersekretär, wie Sie, habe ich in Israel noch nicht gefunden, Sie sind geboren zum Vermittler des Bundes zwischen der Bühne, dem Publicum und dem Dichter, deren Naturen Sie gleich gründlich zu kennen scheinen.«

## *Therese Krones*

VON EDITH MARKTL-FUTTER

*Therese Krones*, von ihren Zeitgenossen zu Recht als »die genialste weibliche Erscheinung auf den Brettern des Leopoldstädter Theaters, ja des Alt-Wiener Volkstheaters überhaupt« gerühmt, gehört zu den originellsten und eigenständigsten Schauspielerpersönlichkeiten des Alt-Wiener Volkstheaters. Ihr entfesseltes, in tollem Übermut oft sich selbst überschlagendes Spiel war von elementarer komischer Kraft. Es war die Komik des Lustigmachers — wie *Otto Rommel* sie definiert —, die hier zutage trat: »Eine Komik höchst gespannter Lebensfreude und lachenden Übermuts, deren ureigenster Ausdruck Übersteigerung und Übertreibung ist und die vom Burlesk-Skurrilen bis zum Phantastisch-Grotesken reicht.«

Therese Krones wurde am 7. Oktober 1801 als die Tochter des Kürschnermeisters *Joseph Krones* in Freudenthal (Schlesien) geboren. Früh schon lernte sie das unstete und oft sehr entbehrungsreiche Schauspieler-Wanderleben kennen, da ihr Vater seinen Beruf aufgab, mit seiner Frau und seinen Kindern Therese und Joseph eine kleine Truppe gründete und in den Dörfern und kleineren Städten Mährens, Westungarns und Niederösterreichs Theatervorstellungen gab. Selten und immer nur für ganz kurze Zeit gelang es der kleinen Gesellschaft, auch an größeren Theatern unterzukommen, wie 1810 am Leopoldstädter Theater und 1816 am Josefstädter Theater in Wien. 1817 wurde Therese Krones für »Soubretten und muntere, naive Mädchen« nach Ödenburg engagiert, wo sie sich 1819 von ihrem Vater und Bruder trennte und allein nach Agram ging. Nach einem Gastspiel am ständischen Theater in Grätz und einem Engagement in Laibach gastierte sie im Oktober 1821 am Leopoldstädter Theater und wurde sogleich verpflichtet. Dieses Theater besaß damals mit den ersten Lokalschauspielern Wiens, mit *Ferdinand Raimund, Ignaz Schuster, J. Fr. Korntheuer, Katharina Ennöckl, Johanna Huber* und *Louise Gleich-Raimund*, ein Ensemble wie vor und nach ihm kein anderes Volkstheater. Für diesen »Künstlerkreis von Schauspielern erster Größe«, wie Hofschauspieler *Heinrich Anschütz* in seinen *Erinnerungen* schreibt, und zu dem man bald auch Therese Krones zählen mußte, schrieben die wegen ihrer unglaublichen Produktivität die »Großen Drei« genannten Theaterdichter *Adolf Bäuerle, Carl Meisl* und *J. A. Gleich* und zum Teil auch Raimund ihre Lokalpossen, Parodien und Zauberspiele, und ihre Schauspielkunst brachte ihnen vielbejubelte Aufführungen. Das Leopoldstädter Theater erlebte eine neue Glanzzeit.

Das k. k. priv. Theater in der Leopoldstadt, gegründet 1781, war das älteste und beliebteste der drei großen Wiener Vorstadttheater: »Eine kleine finstere, elend construierte Bude«, im Volksmund »Speckkammerl« genannt, war es das Lieblingstheater, das »Lachtheater«, aller Wiener Bevölkerungsschichten. Auch die Aristokratie der Geburt und des Geistes fand sich gerne und regelmäßig hier ein. Die Wiener nannten es auch »Kasperltheater« nach der von dem Schauspieler *Johann Laroche* verkörperten lustigen Figur des Kasperls, dem komischen Mittelpunkt aller hier bis zum Ende des 18. Jahrhundert gespielten Stücke. Fast jede Wandertruppe dieser Zeit hatte ihren Kasperl, aber erst Laroches komische Individualität gab dieser Gestalt feste Umrisse und machte sie zu einem komischen Typus in der Nachfolge des Hanswurst. Durch seine drastische *Vis comica* und seine »gspaßigen« Extempores genoß der Kasperl Laroches eine ungeheure Popularität und Beliebtheit. Auch *Anton Hasenhuts* Thaddädl-Figur, die einen bestimmten Zug der Komik Hanswursts und seiner Nachfahren, nämlich die »Infantilitätskomik«, das Kindlich-Naiv-Ängstliche, als »Spezialität« ausbaute und durch eine helle trompetenhafte Knabenstimme wirkungsvoll unterstützte, konnte Kasperl-Laroche in seiner Vorrangstellung nicht gefährden.

Um die Jahrhundertwende machten sich realistische Tendenzen auch im Alt-Wiener Volkstheater bemerkbar. Die damit verbundene Wendung der Lokalkomik zum Charakteristischen kam vor allem in dem natürlichen, bereits wirklichkeitsgetreu charakterisierenden Spiel des 1801 am Leopoldstädter Theater debütierenden Schauspielers *Ignaz Schuster* zum Durchbruch. Schusters schauspielerische Individualität und seine trockene Komik inspirierten den als Theaterdichter bisher erfolglosen Journalisten Adolf Bäuerle zu der Gestalt des Wiener Parapluimachers Chrisostomus Staberl in dem lokalen Lustspiel *Die Bürger in Wien* (Uraufführung am 23. Oktober 1813), die in Ignaz Schusters Darstellung einen wichtigen Wendepunkt in der Entwicklung der Schauspielkunst des Alt-Wiener Volkstheaters darstellte: Staberl ist der Prototyp menschlicher Unzulänglichkeit. Ignaz Schusters theatergeschichtliche Leistung liegt in der Charakterisierung dieses neuen »tragenden Typus«; erst durch sein naturgetreues, psychologisch wahres Spiel nämlich wurden die überkommenen typologischen Eigenschaften zu einem individuellen Charakterbild geformt. Aber nicht nur in der Lokalposse feierte Schuster darstellerische Triumphe. Seine Darstellungen des parodistisch verwienerten Götterkönigs Jupiter in den »mythologischen Karikaturen« und Travestien gehörten zu den vollendetsten Gestaltungen des Alt-Wiener Volkstheaters. Die von Schuster selbst für diese Parodien komponierten Arien, die er im Falsett sang — Schuster war übrigens ausgebildeter Sänger und gehörte als Baß seit 1806 der k. k. Hofburgkapelle an —, waren natürlich die Glanzpunkte der Darstellung.

Das Tagebuch des Komponisten und Kapellmeisters *Wenzel Müller* gibt ein beredtes Zeugnis vom Zulauf des Adels an den Spielabenden Schusters. Auch die kaiserliche Familie zählte zu seinen Bewunderern, und der Kaiser nahm ihn sogar zu den Kongressen nach Troppau, Aachen und Laibach mit. Solche Ehren blieben Ferdinand Raimund, obwohl er Ignaz Schuster zu Beginn der zwanziger Jahre den Rang als führender Komiker des Leopoldstädter Theaters mit Erfolg streitig machte, versagt. Hatte Ignaz Schuster der

Charakterdarstellung auf dem Alt-Wiener Volkstheater zum Durchbruch verholfen und wurde sie von Ferdinand Raimund verinnerlicht und seelisch vertieft zur Vollendung geführt, so lebte die burleske Typenkomik in Therese Krones' genialem und entfesseltem Spiel, das sich vor allem in ihrer Spätzeit nicht im geringsten mehr um Charakteristik bemühte, noch einmal auf und erreichte einen letzten Höhepunkt.

*Therese Krones* hatte sich 1821 rasch in das Ensemble des Leopoldstädter Theaters eingegliedert und sofort den gemeinsamen Grundton des Leopoldstädter Darstellungsstils gefunden. Trotzdem brachten die ersten drei Jahre der für »muntere naive Mädchen, Soubretten und Singparthien« engagierten Schauspielerin nur kleine Rollen. Man lobte die Frische, Ursprünglichkeit und Grazie ihres »degagierten« Spiels, tadelte aber gleichzeitig immer wieder ihren schlechten Gesang. Voll Ehrgeiz und Eifer begann sie sofort an der Ausbildung ihrer Stimme zu arbeiten, aber auch in späteren Jahren ging die unwiderstehliche Wirkung ihres Gesanges nicht von der Schönheit der Stimme, sondern einzig und allein von der, reich an parodistischen Nuancen, temperamentvollen Art des Vortrages aus. Zu ihrer vollkommenen Entfaltung hätte sie andersgearteter, größerer Rollen bedurft. Der Burgschauspieler *C. L. Costenoble,* ein sehr guter Kenner und einfühlsamer Kritiker der Wiener Lokalschauspieler, notierte im Juni 1822 begeistert von Therese Krones, deren »drollige Art« er ganz »außerordentlich« findet: »Ich wollte eine große Wette wagen, daß wenn diese Krones recht in Tätigkeit gebracht wird, sie manche, die jetzt als Lieblingsgestirn neben ihr glänzt, zu Tode strahlen dürfte mit ihren noch verborgenen Sonnen.«

Aber noch schrieben die »Großen Drei« und ihre weniger bedeutenden Kollegen die weiblichen Hauptrollen ihrer Stücke für drei Schauspielerinnen, von denen jede in ihrem Fach den ersten Platz einnahm: Katharina Ennöckl, Louise Gleich-Raimund und Johanna Huber. Katharina Ennöckl war wohl die vielseitigste und verwendbarste Kraft des Ensembles. Mit ihrem immer wieder gerühmten, dezenten und maßvollen Spiel war sie von größtem Einfluß auf die Verfeinerung des Darstellungsstils lokalkomischer Rollen am Leopoldstädter Theater. Therese Krones' größte Konkurrentin in den ersten Jahren war Louise Gleich-Raimund, die im Besitz aller großen Soubrettenrollen war. Ihre hübsche, vorzüglich ausgebildete Stimme, ihre natürliche Anmut und Bühnenausstrahlung sowie die Unbefangenheit ihres Spiels machten sie zur idealen Interpretin ihres Rollenfaches. Therese Krones' großes Vorbild aber war Johanna Huber, eine der schönsten Schauspielerinnen ihrer Zeit und die vollendetste Charakterdarstellerin des Wiener Volkstheaters, einem Ignaz Schuster durchaus ebenbürtig.

Ihren ersten wirklich großen Erfolg errang Therese Krones als Zilly in Bäuerles komischer Zauberoper *Aline oder Wien in einem anderen Weltteile,* die sie im Februar 1824 als Benefizrolle wählte. Konnte sie auch Louise Gleich-Raimund — besonders in den Gesangspartien der Rolle —

nicht ganz erreichen, so verhalfen ihr »ihre freyere Rollengestaltung« und ihr temperamentvolles Spiel voll von übermütigen Extempores doch zu einem stürmischen Publikumserfolg. Wenige Wochen später gelang ihr als Rosamunde in Bäuerles Feenoper *Lindane oder Die Fee und der Haarbeutelschneider* der künstlerische Durchbruch, obwohl sie in die Rolle erst wenige Tage vor der Premiere für die erkrankte Louise Kupfer einspringen mußte. Mit einemmal war sie der Liebling des Publikums und eines der ersten Mitglieder des Ensembles, gleichwertige Partnerin Ferdinand Raimunds, Ignaz Schusters und des seit 1821 engagierten *J. Fr. Korntheuer,* dem dritten bedeutenden Komiker des Leopoldstädter Theaters, dessen langsames, phlegmatisches Spiel und dessen trockene Komik in einem besonders wirkungsvollen Gegensatz zu Therese Krones' Übermut und Temperament standen.

Seit ihrem überwältigenden Erfolg als Rosamunde stand die Schauspielerin nun fast allabendlich in einer großen Rolle auf der Bühne. Aber erst Ferdinand Raimund bot Therese Krones mit der für sie geschriebenen Rolle der Köchin Mariandl in seinem Zauberspiel *Der Diamant des Geisterkönigs* die Gelegenheit zur Entfaltung ihrer schöpferischen Möglichkeiten. Wie gut sie diese auszunützen verstand, bezeugt uns *Franz Grillparzer* in seinen *Aphoristischen Erinnerungsblättern:* »... niemand würde in dem leicht skizzierten Entwurf der Geliebten des Bedienten Florian jene Naturwahrheit und Grazie erkennen, welche die unnachahmliche Krones in diese Rolle zu legen wußte.« Und Raimund war es auch, der ihr mit der Jugend in seinem Zaubermärchen *Das Mädchen aus der Feenwelt oder Der Bauer als Millionär* 1826 jene Rolle schenkte, in der der ganze Zauber ihrer unwiderstehlichen Persönlichkeit, ihrer Anmut und ihres Charmes zum Ausdruck kam. Ihr »herzpackendes, mit wehmütig schelmischen Frohsinn gesungenes Abschiedslied: ›Brüderlein fein,...‹ übte einen unvergeßlich tiefen« Eindruck aus. Diese Rolle brachte Therese Krones unerhörte Popularität und Beliebtheit, die auch die in der Literatur meist überbewertete »Jaroszinsky-Affäre« im Jahre 1827 — Therese Krones war mit dem Raubmörder *Severin Jaroszinsky,* einem angeblichen Grafen, bekannt — nicht beeinträchtigen konnte.

Den ganzen Reichtum ihrer schauspielerischen Ausdrucksmöglichkeiten aber konnte Therese Krones im Fach der »Karikaturen und komischen Alten«, das vorwiegend alte Jungfern und Xanthippen umfaßte, in den für sie eigens neu bearbeiteten alten Lokalpossen sowie in den Parodien entfalten. So spielte sie, noch nicht vierundzwanzigjährig, mit ungeheurem Erfolg das fünfzigjährige »Fräulein« Julchen von Eisenfeil in einer Bearbeitung von *Kringsteiners* lokalem Lustspiel *Hans in Wien.* Hier und in allen ähnlichen Rollen war, wie der Kritiker *G. M. Saphir* es einmal formulierte, »nichts mehr vom Dichter und Alles von ihr«. Dem ungezügelten, kühn improvisierenden und extemporierenden Spiel der Krones waren hier keine Grenzen mehr gesetzt. Dies gilt auch für ihre Darstellung der Parodien. Besonders bei der Julerl (in *Meisls Julerl, die Putzmacherin,* einer Parodie auf *Spontinis* Oper *Die*

*Vestalin,* 1829) zeigte sich Therese Krones' enge Verwandtschaft mit dem Spaßmacher der frühen Burleske, der mit harmlosem Spaß, Scherz und auch Unsinn in tollem Übermut von der ersten bis zur letzten Szene die Bühne beherrschte.

Nach 1826 übernahm Therese Krones nur mehr selten Soubrettenrollen — eine sehr erfolgreiche Ausnahme aber bildete das Nettchen in dem angeblich von ihr selbst verfaßten Zauberspiel *Sylphide oder Das Seefräulein* im Jahre 1828. Therese Krones werden auch noch zwei weitere Stücke zugeschrieben, die aber nicht so erfolgreich waren. Man kann aber als sicher annehmen, daß nicht Therese Krones, sondern ihr seit 1827 für lokalkomische Rollen an das Leopoldstädter Theater verpflichteter Bruder *Joseph Krones* der Verfasser war.

Therese Krones befand sich am Höhepunkt ihres schauspielerischen Wirkens, als sie im Jänner 1830 das Theater in der Leopoldstadt verließ. Die Gründe für diesen Schritt waren die Geldgier und das künstlerische Unverständnis des damaligen Besitzers des Theaters, des Polen *Rudolf Steinkeller,* der aus Einsparungsgründen bereits Korntheuer und Katharina Ennöckl entlassen hatte und im Juli 1830 auch Schuster kündigte. Im August verließ dann auch Raimund das Leopoldstädter Theater, und mit der Auflösung des Ensembles ging einer der glanzvollsten Abschnitte des Alt-Wiener Volkstheaters zu Ende.

Noch im Jänner 1830 begann Therese Krones ein Gastspiel am Theater an der Wien, aber von den geplanten 24 Gastrollen konnte sie nur mehr 6 zeigen. Ende März brach eine Krankheit — ein schweres chronisches Darmleiden, das Therese Krones jährlich zu längeren Kuraufenthalten in Marienbad und Baden bei Wien zwang — das Gastspiel ab. Am 29. Dezember 1830 starb Therese Krones, »die dazumals lustigste Person von Wien«, wie sie *Ferdinand Ritter von Seyfried* in seiner *Rückschau in das Theaterleben Wiens* (1864) nennt, im Alter von nur 29 Jahren an ihrer schweren Krankheit.

Therese Krones kannte keine festgelegte, durchdachte Rollengestaltung: keine Stellung, Geste oder Nuance ihres Spiels war überlegt oder berechnet. Aus dem Augenblick — ihrer Stimmung und den spontanen Eingebungen folgend — erweckte Therese Krones mit verwegener Kühnheit und genialer Improvisation ihre Rollen jeden Abend zu neuem Leben. »Übermütig und keck bis zur Ekstase«, verblüffte, überwältigte und faszinierte sie das Publikum. Immer wieder schlug sie es in ihren Bann, denn — so erklärt G. M. Saphir die unwiderstehliche Wirkung ihres entfesselten Spiels — »die Krones glänzte nicht, sie strahlte nicht, sie schimmerte nicht — sie stach in die Augen, sie stach in die Ohren, sie stach in die Sinne«.

# *Fanny Elßler*

VON RIKI RAAB

Ein Zauber umhüllt den Namen dieser wohl bedeutendsten Wiener Tänzerin. Er wurde — und blieb — ein Begriff für weibliche Anmut und Schönheit, für beschwingte Grazie, für das Ballett an sich. Im Rampenlicht der Öllampen erstrahlte ihr Künstlertum, dessen Gnade sich mit ihrem körperlichen Sein in schönster Harmonie vereinte. Die Tanzkunst war *Fanny Elßler* innere Berufung, der sie mit starkem Verantwortungsbewußtsein und unermüdlichem Fleiße gedient hat. Wie Facetten eines geschliffenen Edelsteins glänzte ihre Persönlichkeit, keine Eigenschaft war geringer als die andere: Familiensinn ruhte ebenso fest in ihr wie Bescheidenheit, Natürlichkeit, Klugheit, Verläßlichkeit und — der Wiener Humor, der mit einem Auge lacht und dem anderen weint. Alles jedoch war vom Grundton starker Religiosität durchdrungen; nichts wurde ohne ein Gebet begonnen oder beendet. Fanny war ihren Eltern und Verwandten ergeben und unterstellte ihnen ihre eigenen Wünsche. Vom Beginn ihrer Laufbahn bis zur Amerikareise war es ihre Schwester *Therese,* die sie leitete; später, bis an Fannys Lebensende, übernahm diese Rolle ihre Kusine mütterlicherseits, *Katti Prinster.*

Bereits seit drei Generationen der Elßlers war der Genius der Familie *Joseph Haydn,* in dessen Musikkapelle beim *Fürsten Esterházy* in Eisenstadt schon Fannys Großvater angestellt war. Ihr Vater jedoch diente Haydn darüber hinaus auch als Faktotum und Kopist. Haydn nahm ihn auch auf seine beiden Englandreisen (1791, 1794) mit. Haydn war es auch, der später den ersten Kindern Elßlers Pate stand und, als er 1809 starb, seinem Getreuen sechstausend Gulden hinterließ — eine enorme Summe für den äußerst bescheidenen Hausstand.

Von den neun Geschwistern blieben fünf am Leben. Die drei Mädchen *Anna* (1804), *Therese* (1808) und *Fanny* (23. Juni 1810) kamen ins Kinderballett im Theater an der Wien, das dem Wohnhaus nahe gelegen war. Intrigen führten zur Auflösung der vortrefflichen Kindertruppe; Wien war um eine sehr beliebte Sensation ärmer!

Die talentierten kleinen Tänzer und Tänzerinnen wurden im k. k. Kärntnertortheater aufgenommen. So auch die Elßler. Bei Ballettmeister *Aumer* wurden sie dort im französischen Tanzstil unterrichtet und durften bald in dessen Balletten mitwirken. In der italienischen Ballettechnik vervollständigten sich Therese und Fanny in Neapel.

Zurückgekehrt, erkannten die Schwestern, daß im Kärntnertortheater die Beschäftigung ihrem Können nicht entsprach, weshalb sie beschlossen, auf Gastspielreisen zu gehen. Vorerst ans Hoftheater nach Berlin, wo Bruder *Johann* bereits Chordirektor und der ehemalige Kollege vom Kinderballett, *Anton Stullmüller,* erster Solotänzer war. Dieser erste Ausflug war von großem

Erfolg begleitet, zu dem auch nicht wenig die Einladungen in die gesellschaftliche Elite Berlins durch *Rahel von Varnhagen,* der hochgeistigen Freundin, *Friedrich von Gentz'*, beigetragen haben. Zu jener Zeit verschönte Fanny das zur Neige gehende Leben des sie umsorgenden Gentz. Es folgten noch zwei Berliner Gastspiele, dann schloß Therese mit Hamburg, London, Brüssel und Paris Verträge ab. In dieser Metropole des Balletts regierte seit Jahren unumschränkt die berühmte *Marie Taglioni.* Es bedeutete ein Wagnis, die erst im Aufstieg begriffenen Tänzerinnen dieser beliebten Berühmtheit gegenüberzustellen. Das Wagnis gelang, und die Schwestern, insbesondere Fanny, wurden vom Publikum und der Kritik begeistert aufgenommen.

Marie Taglioni und die um sechs Jahre jüngere Fanny Elßler waren die ersten »Gipfelstürmer« des romantischen Balletts: die Taglioni als erste Interpretin des Fußspitzentanzes und die Elßler als Vertreterin des Volkstanzes, den sie in verfeinerter und kunstvoller Form auf der Bühne beheimatete. Zu Fannys Tanz kam noch etwas Wesentliches dazu: ihre Mimik. Noch nie waren die dramatischen Partien in den Balletten zu solch hohem beseelten Ausdruck entwickelt worden wie durch Fanny Elßler. Damit begründete sie ihren Weltruhm!

Therese gab den dringenden Anfragen aus der Neuen Welt nach und schloß für fünfzehn Vorstellungen nach New York ab. Für Fanny allein! Denn sie selbst scheute die Meerfahrt, und außerdem war sie durch einen Heiratsplan gebunden.

So schiffte sich die Terpsichore Europas mutig, mit ihrer Kusine Katti Prinster als Begleiterin, in Boston auf dem Dreimaster »Great Western« (1320 BRT!) nach New York ein. Es war ein mutiges Unternehmen, ein kulturell erst im Aufbau befindliches Land mit der traditionsreichen Ballettkunst erobern zu wollen — sicherlich die graziöseste und charmanteste Eroberung! Fanny Elßler gelang sie im ersten Ansturm am 14. Mai 1840 im New Yorker Parktheater.

Über zwei Jahre dauerte der Siegeszug durch die Vereinigten Staaten von Nordamerika, der nicht allein von unbeschreiblichen Erfolgen begleitet war, sondern auch von ungewöhnlichen Strapazen. Die Elßler kam bis nach Havanna auf der Insel Kuba. Im Hotel gab es zwar keine Fensterscheiben, dafür war aber ein neues, großes Theater da, in dem die Wiener Künstlerin die turbulentesten Erfolge ihres an Enthusiasmus überreichen Lebens hatte.

In New York wurde auf ihre Anregung und kräftige finanzielle Beihilfe ein Pensionsfonds für die Künstler des Parktheaters als erste Institution dieser Art ins Leben gerufen. Fanny gab eigene Vorstellungen für wohltätige Zwecke, u. a. zum Loskauf einer Sklavenfamilie, was 1841 eine ungeheure Sensation war.

Fannys Kunst umspannte das klassische Ballett *(La Sylphide, Giselle)* und den Volkstanz *(Cracovienne, Cachucha).* Beides brachte sie mit beseelter Mimik und temperamentvollem Ausdruck zur Darstellung. Mit Fannys Wirken in Amerika begann die Entwicklung des Theatertanzes in der Neuen Welt.

Nach Europa zurückgekehrt, begeisterte sie als nunmehr berühmteste Tänzerin in erhöhtem Maße die Alte Welt. Obwohl von allen großen Städten hochdotierte Gastspielanträge vorlagen, hielt sie ihrer Vaterstadt die Treue und trat zum erstenmal nach ihrer grandiosen Amerikatournee in Wien auf. Zuerst vor *Kaiser Ferdinand I.* im Schloßtheater zu Schönbrunn und erst dann offiziell bei einer Wohltätigkeitsvorstellung im Kärntnertortheater. Der Jubel kannte keine Grenzen! Fanny konnte noch rasch ihren alten Vater umarmen — ihre Mutter war schon 1832 gestorben —, und schon war sie wieder weg.

Noch acht Jahre fuhr sie kreuz und quer durch Europa und begeisterte durch ihre brillante Kunst, aber auch durch ihre noble und großzügige Art, die Not der Armen zu lindern. Rußland jubelte ihr ebenso zu wie England, Deutschland oder Italien. Wegen der heftigen politischen Spannungen mit Österreich, waren gerade in letzterem Lande ihre Triumphe besonders hoch zu werten gewesen.

Ihr in Amerika erworbenes Vermögen konnte sie noch vermehren und sichern. Dabei dachte sie nur an ihre weitverzweigte Familie; sie selbst zeichnete sich durch Bescheidenheit aus und war mit dem Nötigsten zufrieden. Ihre Klugheit bestimmte sie, im Vollbesitz ihrer künstlerischen Kräfte von der Bühne abzutreten. So beschloß sie, an ihrem einundvierzigsten Geburtstage Abschied zu nehmen. Man bestürmte sie, »ihre Sonne noch weiter am Ballethimmel strahlen zu lassen«. Alles Bitten und Flehen nützte nichts; selbst die gewichtige Stimme *Franz Grillparzers* blieb ungehört.

Im Ballett *Faust* bezauberte sie zum letztenmal ihre Wiener Landsleute, die ihr versicherten »... über all die Gymnastik und gewaltsame Anstrengungen des heutigen Tanzes werden wir Deinen Adel in den Bewegungen nie vergessen ...«

Noch dreißig Jahre lebte Fanny Elßler in bürgerlichem Wohlstand in Wien. Ihr großes Wissen um die Geheimnisse der Mimik und die künstlerische Darstellung gab sie an die Schauspielerinnen ihres geliebten alten Burgtheaters am Michaelerplatz weiter. Eine große Korrespondenz verband sie weiterhin mit den Menschen, die ihr lieb und wert waren. Die Untadeligkeit ihrer Gesinnung drückte sich auch in ihrer Lebensführung aus.

Wie ihr Vater, der letzte Intimus von Joseph Haydn, starb auch Fanny im vierundsiebzigsten Lebensjahr (27. November 1884) in Wien. »Das holdeste Wiener Blut«, wie der Dichter *Adolf Wilbrandt* sie nannte, ein von Gott begnadetes Leben einer auserwählten Künstlerin hatte sich erfüllt!

## *Ludwig van Beethoven*

VON RUDOLF KLEIN

Idealisierungstendenzen vermögen auf die Dauer nicht, dem Mittelmaß den Schein der Größe zu verleihen. Sie sind indessen imstande, Bedeutung und Wesen einer historischen Persönlichkeit zu verbiegen und zu verfälschen. Mißtrauen gegen solche Bestrebungen des 19. Jahrhunderts hat im 20. Jahrhundert dazu geführt, *Beethovens* überragende Gestalt mit dem Apparat nüchterner Wissenschaftlichkeit zu untersuchen, seine ethnologische Herkunft ebenso genau zu überprüfen wie die stilistische Provenienz seiner Musik, ihn soziologisch und philosophisch einzuordnen. Obwohl diese Betrachtungsweise infolge der Überfülle des Materials noch nicht so weit gediehen ist wie etwa bei *Haydn, Mozart, Schubert,* hat sie auch im Falle Beethovens zu wesentlichen Verbesserungen der Einstellung geführt, vor allem zur Distanzierung von Bonmot und Anekdote, von der abscheulichen Vertraulichkeit im Umgang mit dem Genie. Zugleich hat sie freilich auch ihre eigenen Grenzen erkennen lassen, ihre Machtlosigkeit in der Erfassung jener subjektiven Elemente, die der Romantik so teuer waren und gerade deshalb von der Reaktion der Sachlichkeit ignoriert wurden. Nach dieser Periodizität der Methodik sind wir nunmehr wieder an dem Punkt angelangt, wo wir aus historischer Kenntnis und musikalischer Erfahrung bestätigen dürfen: Beethoven war der erste Held der Musikgeschichte.

Was wir von seinem Leben wissen, bestätigt es. Für die frühe Formung seines Charakters mag der Umstand, daß er als ältester der drei Söhne eines Sängers in der kurkölnischen Kapelle von Bonn, der sich nach dem Tode seiner Frau *Maria Magdalena Keverich* (gest. am 17. Juli 1787) mehr und mehr dem Trunke hingab, große Verantwortung zu tragen hatte, mehr bedeutet haben als die flämische Herkunft der väterlichen und die rheinische der mütterlichen Vorfahren. Die relativ angesehene Position, die der junge Ludwig van Beethoven in der Gesellschaft Bonns einnahm, ging jedenfalls nicht so sehr auf die Geltung des Vaters als auf die des Großvaters zurück, der — von Mecheln zugezogen — im Laufe der Jahre zum kurfürstlichen Hofkapellmeister aufrückte. Die Bildung, die der mit größter Wahrscheinlichkeit am 16. Dezember (nur der Tauftag des 17. ist dokumentarisch belegt) des Jahres 1770 geborene Ludwig van Beethoven genoß, entsprach dieser gesellschaftlichen Stellung und seiner Herkunft aus einer Musikerfamilie. Daß er 1789 in die philosophische Fakultät der Universität immatrikulierte, war sicher keine leere Geste, wurde jedoch durch die Ereignisse überholt, die ihn zum Musiker bestimmten.

Die Ausbildung zum Klaviervirtuosen, die ihn schon in Bonn zur Konzertreife brachte, hat dabei, obwohl sie ihm gerade in seiner ersten Wiener Zeit überaus nützlich war, sicher weniger Einfluß auf seine Berufswahl ausgeübt als der Unterricht von *Christian Gottlob Neefe,* einem Schüler von *Johann*

*Adam Hiller* in Leipzig, der ihn mit dem Wohltemperierten Klavier, mit der Musik von *Philipp Emanuel Bach* und mit der von Mozart und Haydn bekannt machte. Als erster erkannte er auch die Genialität seines Schülers, als erster wußte er, daß sie in ihrer Veranlagung zum Wiener Kulturkreis strebte. Die verwandtschaftlichen Verhältnisse des *Kurfürsten Maximilian Franz* — er war ein Bruder von *Joseph II.* und *Leopold II.* — mögen ein übriges getan haben, um Beethoven in die Metropole zu führen. Eine Informationsreise im Jahre 1787 hat ihm die Bekanntschaft, wenn nicht den Unterricht Mozarts vermittelt, aber vor allem die Kenntnis eines Milieus zugetragen, das ihm für seine Zukunft fruchtbringend schien. So entschloß er sich, gefördert durch Bonner Freunde wie die Familie *Breuning* oder den *Grafen Waldstein,* zur Übersiedlung, ein Entschluß, der neuerlich seinen starken Charakter belegt: denn frühe Erfolge in Bonn — er war bereits zweiter Hoforganist und Bratschist im Theaterorchester — hätten ihn auch in seiner Heimat keine Not leiden lassen. Die Großzügigkeit des Kurfürsten, der Beethoven während der ersten beiden Jahre des Wiener Aufenthaltes ein Gehalt zahlte, ermöglichte auch die kurz darauf erfolgte Übersiedlung der beiden Brüder.

Im November 1792 traf Beethoven in Wien ein. Mozart war bereits tot, aber Joseph Haydn, dem Beethoven bei dessen Durchreise in Bonn vorgestellt worden war, akzeptierte ihn als Schüler. Der Unterricht dauerte bis zu Haydns zweiter Reise nach London (Januar 1794) und soll nicht sehr ergiebig gewesen sein. Trotzdem darf der Einfluß des Lehrers nicht unterschätzt werden. In der formalen Anlage der Sonatensätze aus der ersten Wiener Zeit, in der Art, wie sich ein Gedanke an den andern reiht, folgt Beethoven ganz eindeutig dem Vorbild des damals 61jährigen Meisters. Dessen musikalische Denkweise hat jedenfalls weitaus merkbarere Spuren hinterlassen als der zeitweilige Unterricht, den Beethoven bei *Johann Baptist Schenk,* dem Komponisten des *Dorfbarbier,* beim Domkapellmeister von St. Stephan, *Georg Albrechtsberger,* und beim Hofkapellmeister *Antonio Salieri* nahm. Trotzdem ist das Neue, wie es in seinen ersten Wiener Werken, den wahrscheinlich noch auf Bonner Skizzen zurückgehenden *Klaviertrios op. 1* und den drei *Klaviersonaten op. 2* erscheint, faszinierend in seiner Selbständigkeit und geradezu geschichtslosen Präsenz. Dieses für Beethoven so typische Neue ist wohl als Auswirkung seines gestaltenden Willens zu erklären. Auch Haydn, auch Mozart hatten ihren musikalischen Willen, er stand aber stets im Einklang oder zumindest im Verhältnis des Einverständnisses mit dem höheren Willen, der durch das Gebot der Symmetrie manifestiert erschien. Diesem höheren Willen hatte sich der Geist der Klassik ein- und unterzuordnen. Anders Beethoven: er ergreift das Material, er zwingt es zur Form, zu seiner Form. Zwar ist ihm in diesen frühen Werken die Symmetrie noch teuer, aber schon hier ist es seine Symmetrie, Symmetrie, die vom menschlichen Willen umgestaltet wird. Hier schon manifestiert sich der dialektische Gegensatz: auf der einen Seite die verborgene, als Richtschnur wirkende, aber mathematisch geregelte und daher uninteressante Symmetrie des »So müßte es sein«, auf der andern der eingreifende Wille des »So ist es«. Diese Auseinandersetzung macht schon die frühen Werke Beethovens im Wesen anders, so sehr anders als die Werke der Klassik, daß schon hier die Wurzeln der romantischen Musik liegen, die — dem Beispiel Beethovens folgend — auch weiterhin das übergeordnete Gesetz mit dem Willen des Schaffenden konfrontierte, so lange, bis dieser den Sieg davontrug. Diese Dialektik Beethovens erweist sich im übrigen nicht nur auf dem Gebiet der Form: die Harmonik wird gegenüber der seiner Vorgänger reicher, beweglicher, mehrdeutiger und damit ebenfalls dem Willen unterworfen. Und schließlich bedarf der Wille zur Macht auch machtvollerer Ausdrucksmittel, er bedarf dynamischer Akzente, um den Eingriff des subjektiven Elementes entsprechend unterstreichen zu können: Akzente der Lautstärke, Verlagerungen des Rhythmus müssen herangezogen werden, um die Eingriffe des formalen Gestaltens wirksam zu betonen. Die Zeit des Cembalos findet damit ihr Ende: denn nur das Hammerklavier ist imstande, einzelne Töne dynamisch hervorzuheben.

Als Klaviervirtuose hat sich Beethoven in Wien durchgesetzt. Er fand rasch gesellschaftlichen Anschluß an die Aristokratie, die ein reisender Berliner Musiker die »allermusikalischeste, die es vielleicht je gegeben hat« nannte. Die Familien *Lichnowsky, Rasumovsky, Erdödy, Kinsky* und vor allem *Erzherzog Rudolph,* der jüngste Sohn *Kaiser Leopolds,* zählten zu seinen Bewunderern und führten ihm Schüler zu. In ihren Zirkeln ließ sich der junge Künstler hören, vor ihnen demonstrierte er auch sein ungewöhnliches Improvisationstalent auf dem Flügel. Öffentlich trat er zunächst im Rahmen von Wohltätigkeitsveranstaltungen auf. Sein Ruf verbreitete sich so schnell, daß ihn seine Gönner bereits in der ersten Hälfte des Jahres 1796 zu einer Konzertreise animieren konnten. Diese Reise — die einzige, die ihn für längere Zeit von seinem ständigen Aufenthaltsort fernhalten sollte — führte ihn nach Prag, Dresden, Leipzig und Berlin.

Die Stellung Beethovens gegenüber dem Adel, der ihm die größte Förderung zuteil werden ließ, war gleichwohl eine ganz andere, als es noch die Mozarts gewesen war: Es handelte sich nicht mehr um ein Angestelltenverhältnis, sondern um freie Vereinbarungen gleichberechtigter Vertragspartner. Beethoven war ohne Zweifel der erste Musiker, der im Bewußtsein seiner Gaben als Kontrahent der Beschenkten auftrat. Die Ideen der Französischen Revolution, die in ihrer idealen Form ihm teuer waren, mögen ihn in dieser Haltung bestärkt haben; und die Aristokratie war im Bewußtsein ihrer sinkenden Macht sicher konzilianter, als sie es noch zehn Jahre vorher gewesen wäre. Das wachsende kulturelle Bewußtsein des Bürgertums mußte zudem Beethoven, der sich mit seiner Kunst an die Menschheit zu wenden wünschte, deutlich vor Augen führen, daß der Adel nur einen Teil davon darstellte. Von Natur aus gesellig, lag dem jungen Beethoven durchaus daran, in seiner

Umgebung und in seiner Zeit die ihm entsprechende Rolle zu spielen. Der Weg nach innen, den er schließlich einschlug, darf daher durchaus nicht nur als bloße Parallelerscheinung zu seiner fortschreitenden Ertaubung angesehen, er muß vielmehr in ursächlichen Zusammenhang damit gebracht werden. Nach eigenem Bericht dürften die Anfänge der Krankheit in das Jahr 1798 zurückreichen: die beiden nächsten Jahre brachten die für Beethovens künstlerischen Werdegang entscheidenden Werke, die sogenannte *Sonate pathétique*, die ersten *Streichquartette*, die *1. Symphonie*, das *Septett*, das *3. Klavierkonzert* und die *Klaviersonate op. 22.*

Der innere Weg, der zu diesem ersten Höhepunkt führte, ist die Konsequenz des Wunsches nach Einheit in einem dramatischen, dialektischen Geschehen. Als Prototyp dieses musikalischen Geschehens hat der sogenannte Sonatensatz zu gelten, der in einer Instrumentalsonate oder in einer Symphonie meistens an erster Stelle steht. Die aus mehreren Komponenten zusammengesetzte, »komponierte« Musik bietet weite Möglichkeiten des Zusammenhanges: Beispielsweise kann eine Analogie in einem ganz bestimmten Sektor der Musik geschaffen werden, während andere Sektoren schärfstens kontrastieren. Dies schafft die Möglichkeit zu dialektischen Wirkungen. Eine solche Kontrast-Analogie-Methode stellt etwa das Prinzip der Variation dar, bei dem eine im Kern gleichbleibende Melodie durch verschiedene äußere Verzierungen abgeändert wird. Die große Zahl von Variationswerken aus der frühen Wiener Zeit zeigt, wie sehr sich Beethoven mit diesem Prinzip auseinandergesetzt hat. Der Sonatensatz stellt andersgeartete Probleme — hier geht es darum, eine größere Anzahl von äußerlich anscheinend völlig heterogenen musikalischen Gestalten zu einer sinnvollen Einheit zu binden. Kontraste aber treten nur dann als solche in Erscheinung, wenn sie eine gemeinsame Vergleichsbasis besitzen. Beethoven hat diese Vergleichsbasis in einer für ein ganzes Werk verbindlichen Melodie gesehen, in einer meist schon in sich konstruierten Gestalt, die aber schon in den Werken der mittleren Periode nicht als solche in Erscheinung tritt, sondern nur in variativer Abänderung: das bedeutet, daß jedes Thema eines Satzes (vor allem eines Sonatensatzes) Abwandlung eines bestimmten verborgenen und für das ganze Werk verbindlichen Ur-Gedankens ist. Die meisten Sätze Beethovens beschränken sich dabei auf zwei anscheinend diametral entgegengesetzte Themen, die als These und Antithese zu verstehen sind und in einem den ganzen Satz umspannenden Sinne zur Synthese werden. In diesem Sinne spricht man bei Beethoven von einem dialektischen Themen-Dualismus. Diese zur Schaffung des musikalischen Kontrastes von Beethoven entwickelte Form ist zugleich seine bedeutendste geistige Leistung. Daß sie zumindest in einem späteren Stadium reflektiert war, geht aus seinen vielen Skizzen und Studien hervor.

In Werken der mittleren und späten Epoche kompliziert sich seine Methode durch Erweiterung der verborgenen Analogiewirkung mittels kontrapunktischer Spiegelungsprozesse wie Umkehrung und Krebsgang. Der Gedanke des Einheit-Schaffens läßt weiterhin bereits sehr früh alle Themen eines mehrsätzigen Werkes aus derselben Quelle entstehen. Zwei Gefahren beschwört diese Technik herauf: die eine für die Mitwelt, daß sie in der Fülle der Gedanken die verborgene Einheit nicht wahrnimmt — und viele für Beethoven negative Kritiken drücken dies aus; die andere für die Nachwelt, daß sie über den »Konstruktivismus« von Beethovens Werk, fasziniert von der architektonischen Form, den »Inhalt« dieser Musik vergißt, womit keineswegs ein nebuloser literarischer Inhalt gemeint ist, sondern das Verhältnis der Töne zueinander, das in seiner lediglich dem Gefühl komponierbaren und auch nur diesem erfaßbaren Vielfalt das Wesen des Musikalischen ausmacht. Der Fehler, die Form für den Inhalt zu nehmen, ist so allgemein verbreitet, daß er als die primäre Art jedes ästhetischen Mißverständnisses bezeichnet werden kann. Wenn hier — und überhaupt in der Musik — von Form gesprochen wird, so bedeutet das keineswegs, daß eine Feststellung auf diesem Sektor Anspruch auf Erklärung der ästhetischen Wirkung erhebt; vielmehr zeigt sie eine Gesetzmäßigkeit auf, an der die freie Phantasie des schaffenden Geistes gemessen werden kann. Denn nur an der Ordnung läßt sich die Freiheit erkennen.

Mit dem *Septett* und der *1. Symphonie* gewann Beethoven die Sympathie der Wiener. Die Kritik, den Erfolgen nachhinkend, hat ihm später immer wieder den Stil dieser Werke als Muster vorgehalten und bedauert, daß er weiter voranschritt. Aber Beethoven stand ja erst am Anfang. Die ersten zwölf Jahre im neuen Jahrhundert sollten die reichsten seines Schaffens werden, wenn man in gleicher Weise Quantität und Qualität einsetzt. Sie brachten die Reihe der Symphonien bis einschließlich zur achten, das *4. und 5. Klavierkonzert,* das *Violinkonzert,* die *Klaviersonaten von op. 27 bis op. 81a,* die *Violinsonaten von op. 30 bis op. 96,* weitere bedeutende *Kammermusik* und die Oper *Fidelio* neben zahlreichen kleineren Kompositionen.

Das leibliche und das musikalische Leben des Meisters scheinen in dieser Periode wenig aufeinander eingewirkt zu haben. Selbstverständlich gibt es Zeichen gewisser äußerer Abstimmung: wenn Beethoven eine Sonate — die später dem Geiger *Rodolphe Kreutzer* gewidmete Violinsonate — für einen Virtuosen *(George Bridgetower)* schreibt, dann kann dies ein Anlaß zu besonders konzertanter Anlage gewesen sein, gewisse literarische Programme mögen ihn zeitweise beschäftigt haben, wobei er sich aber von primitiver Illustrierung fernhält — der 6. Symphonie, *Pastoral-Symphonie,* läßt er im Programm der ersten Aufführung (22. Dezember 1808) voransetzen: »Mehr Ausdruck der Empfindung als Mahlerey« —, manches Detail einer Komposition kann sogar mit dem Widmungsträger identifiziert werden, wie etwa einiges in der 3. Symphonie, der sogenannten *Eroica,* die ursprünglich »auf Bonaparte« geschrieben wurde, dann aber, als der Republikaner sich als

Diktator erwies, von der engen Bindung an allzu Menschliches befreit wurde. Dies trifft aber alles nicht in tiefere Schichten. Viel bezeichnender ist der Umstand, daß etwa ein Zeugnis von tiefster seelischer Depression wie das berühmte sogenannte *Heiligenstädter Testament* aus dem Jahre 1802, das in Beethovens Nachlaß gefunden wurde, zeitlich mit der Entstehung einer so klaren, unkomplizierten und »freudvollen« Symphonie wie der zweiten in D-Dur zusammenfällt, daß der Jubel des — in den englischsprechenden Ländern ohne äußeren Anlaß, lediglich auf Grund seiner festlichen Haltung als *Emperor-Konzert* bezeichneten — *Es-Dur-Klavierkonzerts* aus dem Jahre 1809 unter dem Donner französischer Kanonen entstand und daß schließlich die Kompositionen des Jahres 1812, in welches die Forschung den im Nachlaß gefundenen, nicht datierten Brief an die »unsterbliche Geliebte« verlegt, keinerlei Handhabe zur Auslegung im Sinne einer seelischen Krise bieten. Es ist ja auch eine bizarre Vorstellung, daß ein Komponist bei Laune sein müsse, wenn er einen Tanz schreibt, und traurig, wenn er an einem Trauermarsch arbeitet. Aber auch für Auswirkungen länger dauernder Depression finden sich keinerlei Anzeichen. Der künstlerische Weg des Meisters hat also, von äußeren Ereignissen unberührt, nach innen geführt, während der Lebensweg seinen eigenen Lauf nahm. Es war ein Weg der Vereinsamung, wie er durch das zunehmende und im Jahre 1822 zur absoluten Taubheit führende Gehörsleiden, aber auch durch die Scheu der Umwelt vor dem Genie gewiesen wurde. Die Liebe einer Frau war dem störrischen und äußerlich wenig attraktiven Meister niemals oder nur für kurze Zeit beschieden, die Verehrung einiger Freunde wurde immer wieder durch sein unbeherrschtes und verbittertes Wesen auf die Probe gestellt, der Umgang mit ihm war durch die Notwendigkeit, in sogenannten »Konversationsheften« (von denen viele erhalten sind) die Fragen schriftlich vorzulegen, schwierig und zeitraubend. Trotzdem setzte sich die Erkenntnis seines Genies durch, freilich nicht so sehr an Hand der Werke, die wir heute als dessen reinsten Ausdruck betrachten, vielmehr auf der Basis der frühen Kompositionen.

Es gehört zu den Ruhmestiteln des österreichischen Adels, trotz der Abnahme seines Einflusses und auch seiner Mittel diesen schrulligen und keineswegs immer liebenswürdigen Komponisten mit Konsequenz über viele Jahre hinweg unterstützt zu haben, und dies auf vielerlei Arten, vor allem dadurch, daß er die Editionen seiner Werke subskribierte und Beethoven Gelegenheit gab, seine Werke aufzuführen. Als Höhepunkt dieser Leistungen hat die Pension zu gelten, die Erzherzog Rudolph, Fürst Kinsky und Fürst Lobkowitz im Jahre 1808 dem Meister ausschrieben, um zu verhindern, daß er eine Berufung nach Kassel annahm. Obwohl der Staatsbankrott von 1812 diese Summe beschnitt, wurde sie Beethoven doch bis zu seinem Tode ausbezahlt. Damit hat die Aristokratie an diesem Meister gutgemacht, was sie an Mozart gesündigt hatte. Jedenfalls ist es nicht zuletzt ihr zuzuschreiben, wenn Beethoven bis an sein Lebensende in Wien blieb. Abgesehen von einigen Reisen in die böhmischen Bäder und nach Martonvásár in Ungarn (auf das Gut der befreundeten Familie *Brunsvik*) hat er die Stadt kaum verlassen. Unruhig zog er von einem Quartier zum andern, die Sommer meistens in Vororten wie Döbling, Heiligenstadt oder Hetzendorf, später in Baden oder Mödling verbringend.

Die Jahre von 1813 bis 1818 sind die am wenigsten ertragreichen in Beethovens Leben. Die durch den Staatsbankrott hervorgerufenen finanziellen Schwierigkeiten zwangen ihn zu Brotarbeiten wie etwa zum Arrangement von schottischen, irischen und walisischen Liedern. Als dann 1815 sein Bruder Karl, der zuletzt Kassier bei der Nationalbank gewesen war, starb, begannen die Sorgen um den damals achtjährigen Neffen Karl, um dessen Vormundschaft ein erbitterter Kampf zwischen ihm und der Witwe entbrannte. Mit verzweifelter Liebe klammerte sich der alternde Meister an die Hoffnung, in dem Neffen einen Sohn zu finden. Das Schicksal wollte es anders. Der Neffe geriet auf die schiefe Bahn, nützte den Onkel aus und brachte ihm in den letzten Jahren seines Lebens nichts als Kummer und Sorgen.

Die große Freude seines Lebens war in jenen Jahren der Erfolg seiner Akademien, der *7. und 8. Symphonie,* der Symphonie *Wellingtons Sieg* und der Oper *Fidelio,* die nach den Fehlschlägen der Jahre 1805 und 1806 nun endlich im Jahre 1814 die verdiente Anerkennung fand. Im Jahre 1804 nach einem Libretto von *Joseph Sonnleithner* (der sich auf ein Theaterstück des französischen Autors *Bouilly* stützte) geschrieben, hat diese einzige Oper Beethovens zweimal im Theater an der Wien Mißerfolg geerntet. Mißerfolge, die einerseits auf die politischen Verhältnisse (Besetzung durch die Franzosen), andrerseits auf die mangelnde Eignung des Librettisten zurückzuführen waren. Acht Jahre ruhte die Partitur im Schreibtisch, bis drei Sänger des Kärntnertortheaters auf die Idee kamen, Beethoven um die Überlassung der Oper für eine Benefizvorstellung zu bitten. Auf seinen Wunsch wurde das Buch von dem Theaterdichter *Friedrich Treitschke* überarbeitet, während er die Musik entsprechend anpaßte und ergänzte. Die Aufführung vom 23. Mai 1814, von Beethoven persönlich dirigiert, aber vom Hauskapellmeister *Umlauf* hinter seinem Rücken gelenkt, machte *Fidelio* zur Festoper des Wiener Kongresses. Sie ist bis heute die Oper der Gattenliebe und der Freiheit geblieben: in ihrer textlichen und dramaturgischen Anlage zeitgebundener als die meisten anderen Werke Beethovens, ist sie durch Beethovens Musik in einer Weise geadelt, daß sie wohl für alle Zeiten Symbol des künstlerischen Ethos sein wird. In der Geschichte der deutschen Oper nimmt sie einen epochemachenden Platz ein: während Mozarts Opern ihre geistige Substanz aus der *Opera buffa* ableiteten, hat Beethoven der *Opera seria* im Zeitalter der Aufklärung die entsprechende Fortsetzung gegeben.

Später hat Beethoven noch verschiedentlich an eine weitere Oper gedacht. Kontakte mit *Franz Grillparzer* mögen vor allem dem Interesse an einem Textbuch gegolten haben. Die Begegnung mit *Goethe* jedoch, die 1812 im

*Adalbert Stifter, »Bergsee in Österreich«; Ölgemälde, 1837*

Kurort Teplitz stattfand, entsprang lediglich der gegenseitigen Wertschätzung. Auf Goethe hat sie tiefen Eindruck gemacht: »Zusammengefaßter, energischer, inniger habe ich noch keinen Künstler gesehen ...«

Die letzten neun Jahre seines Lebens brachten der Welt das Geschenk von Kompositionen, die im Sinne Goethes wohl das »Zusammengefaßteste« darstellen, was die Idee der dramatischen Musik zu geben imstande war: die *Missa solemnis* und die *9. Symphonie* —, Werke, in denen der fundamentale Gegensatz zwischen Vokal- und Instrumentalmusik überwunden erscheint —, die letzten fünf *Klaviersonaten* als Gipfel der musikalischen Dialektik, die letzten *Streichquartette*, in denen die Welt des Kontrapunkts mit dem Kosmos thematischer Entwicklungstechnik verschmilzt. Über das Leben des Meisters in dieser Zeit sind wir durch seinen treuen Famulus *Anton Schindler* unterrichtet, doch sind die äußeren Zeichen der im Alter erreichten Abklärung bei weitem nicht so überzeugend wie die Botschaften der späten Werke. Sie sind damals kaum zum Bewußtsein der Öffentlichkeit gedrungen und wurden in ihrer wahren Bedeutung erst zu einem Zeitpunkt gewürdigt, als sich die kraftvollen Werke des mittleren Schaffensabschnittes längst schon durchgesetzt hatten. Heute erscheinen sie uns als äußerste und logische Konsequenz alles Vorhergegangenen, als Produkte letzter menschlicher Läuterung, denen jeder Rest von Erdenschwere genommen ist, als Musik, in der Ästhetik und Ethos zu untrennbarer Ganzheit verschmolzen sind.

Das Heldenhafte seines Lebens und Schaffens hat in den Spätwerken seinen erschütterndsten Ausdruck gefunden: denn die Einsamkeit hat in Beethoven nicht die Liebe zu den Mitmenschen getötet, sie vielmehr zu letzter geistiger Wahrhaftigkeit sublimiert.

Ludwig van Beethoven starb, wahrscheinlich an den Folgen einer Leberzirrhose, am 26. März 1827. Eine unabsehbare Menschenmenge folgte dem Sarg. Einer der Fackelträger war *Franz Schubert*, selbst schon ein fast Vollendeter, der ein Jahr später an der Seite des Helden seine Ruhestätte finden sollte.

Die Erfassung alles dessen, was Beethoven in seinem Leben geschaffen hatte, ist seitdem zum beglückenden Erlebnis für zahllose Menschen geworden. Seine Größe war von der Art, die der Belastung der unendlichen Wiederkehr standhält.

## *Franz Schubert*

VON MAURICE J. E. BROWN

*Schuberts* Schaffen bildet die Brücke zwischen Klassik und Romantik. Seine ersten Arbeiten fallen noch in *Haydns* Lebenszeit; seine letzten stammen aus dem Jahre 1828, als *Berlioz, Chopin* und *Schumann* bereits für den neuen Geist der Romantik aufgeschlossen waren. Auch ihrem Wesen nach ist Schuberts Musik ein Bindeglied zwischen zwei Epochen. Er ist Klassiker: seine erkorenen Vorbilder waren *Mozart* und *Beethoven,* und alle seine bedeutenderen Instrumentalwerke stimmen mit deren klassischen Gestaltungsprinzipien überein. Er ist auch Romantiker: wie kein schöpferischer Musiker vor ihm wußte er um die Schönheit des musikalischen Klanges an sich.

Schubert ist der einzige große Komponist der Klassik, dessen Geburtsort Wien war. Und Schubert und Wien sind heute nahezu identisch, weil eben das Leben und das geistige Wesen Wiens in seiner Musik so zauberhaft verkörpert sind.

Schubert kam in der Nußdorfer Straße im Nordwesten der Stadt am 31. Jänner 1797 zur Welt. Eine Stiege führt von der Nußdorfer Straße zur Liechtenthaler Kirche hinab, deren szenischer Glanz der Hintergrund war für das erwachende Interesse des Knaben an der Musik. Sein Vater, *Franz Theodor,* Leiter einer nach unseren Vorstellungen räumlich bejammernswert engen Volksschule, unterrichtete seinen Sohn in der Violine, sein Bruder *Ignaz* überwachte sein Klavierspiel, und der Organist der Liechtenthaler Kirche, *Michael Holzer,* lehrte ihn Orgel und Komposition.

In seinem elften Lebensjahr wurde Schubert als Sängerknabe in die Hofkapelle und damit auch als Zögling in das Stadtkonvikt aufgenommen, jene bedeutendste Internatsschule Wiens für Kinder aus bürgerlichen Familien. Dort erhielt er seine allgemeine Schulausbildung. Nichts deutet darauf hin, daß er die anderen Gegenstände der Musik zuliebe vernachlässigte; im Gegenteil, seine Schulzeugnisse sind ausgezeichnet. Seine Musikstudien wurden von *Anton Salieri* überwacht. Schubert verbrachte fünf Jahre im Stadtkonvikt; in jenen Jahren (1808—1813) erhielten die in ihm ruhenden Gaben reichlich Nahrung, und sein Genius begann sich in musikalischen Schöpfungen von erstaunlicher Reichweite und Vielfalt zu offenbaren, in Streichquartetten, Klavierphantasien, Liedern, Kirchenmusik und als Höhepunkt dieser Schülerkompositionen in seiner *Symphonie No. 1 in D-Dur.*

Kein Wunder, daß Salieris Interesse an dem jungen Schubert geweckt wurde und er ihn auf weitere drei oder vier Jahre als Privatschüler annahm; kein Wunder auch, daß einige seiner Studienkameraden, unter ihnen *Josef von Spaun* und *Albert Stadler,* nach der gemeinsamen Schulzeit seine treuen Freunde und Bewunderer blieben. Neben seiner Musikausbildung im Stadtkonvikt erfreute sich Schubert eines regen Musiklebens zu Hause. Im Familienquartett spielte er die Viola, sein Vater das Cello und seine Brüder, *Ignaz* und *Ferdinand,* die zwei Violinen. Für seine Familie komponierte er viele Streichquartette, von denen elf erhalten sind.

Nachdem Schubert das Stadtkonvikt im Oktober 1813 verlassen hatte, verbrachte er ein Jahr als Schüler an der k. k. Normal Hauptschule in der Annagasse. Während dieses Jahres wurde Schuberts erste *Messe in F-Dur* in der Liechtenthaler Kirche mit großem Erfolg aufgeführt; und an einem Oktobertag des gleichen Jahres komponierte er sein erstes großes Lied, *Gretchen am Spinnrade.* In ihm treten zum erstenmal in der Geschichte der Musik alle jene Elemente auf, die Gehalt und Charakter des Liedes ausmachen, Singmelodie, veranschaulichende Begleitung, Echtheit seelischen Ausdruckes, dargestellt mit künstlerischer Vollendung.

Gegen Ende 1814 nahm er einen Hilfslehrerposten in der Schule seines Vaters an und unterrichtete zwei Jahre lang die »Taferlklasse«. Diese zwei Jahre, 1815 und 1816, waren eine eruptive Schaffensperiode, in der ein junger Mensch, besessen von Schaffensdrang, den Kreis der musikalischen Ausdrucksformen ausschreitet und jede in ihren Möglichkeiten erschöpft. Symphonien (darunter die *Symphonie No. 4 in c-Moll, die Tragische,* und die populäre *5. Symphonie in B-Dur),* Opern, Messen und Klavierwerke entströmten seiner Feder und, das Denkwürdigste von allem, nahezu 300 Lieder wurden komponiert. Unter ihnen finden sich Meisterwerke, wie *Erlkönig* und *Rastlose Liebe* und die volkstümlichen Kleinode *Heidenröslein* und *Erster Verlust.* Seine Freunde griffen diese Lieder mit begeistertem Eifer auf, und sie wurden bald einem sich rasch weitenden Kreise von Bewunderern bekannt. Schuberts Vertonungen reichen von Gedichten *Goethes* und *Schillers* bis zu den bescheidenen Verszeilen seiner vertrauten Freunde. Unter diesen war ein junger Student der Rechte, *Franz von Schober,* der Schubert überredete, seinen Lehrerposten aufzugeben. Während der ersten acht Monate des Jahres 1817 genoß Schubert als Gast der Familie Schober ein Leben der Freiheit. Anfang 1817 führte ihn Schober bei *Johann Michael Vogl* ein, einem berühmten Bariton, der sich dem Ende seiner Bühnenlaufbahn näherte. Er wurde einer der hingebungsvollsten Bewunderer des Komponisten, gab glanzvolle Liederabende in den Wiener Salons und verhalf Schuberts Liedern so zu noch weiterem Ruhm. Ein Lied, das Vogl damals wohl gesungen haben mag, war die Vertonung von Schobers Gedicht *An die Musik* (März 1817). In dieser hymnischen Huldigung an die geliebte Kunst vergißt Schubert sein Ich und überläßt sich ganz den Freuden und Tröstungen, die die Musik spendet: seine Melodie hat eine abgeklärte Ruhe, ihre Tonart bleibt ungetrübt von zu bewegten Modulationen. In vollem Gegensatz dazu steht die nicht weniger beliebte *Forelle* (Jänner 1817). Die nie versiegende Anziehungskraft der bezaubernden Melodie, die anschaulich-lebhafte Begleitung mit ihrer Andeutung des dahingleitenden Fisches, der trockene Humor der Worte — alles hat dazu beigetragen, das Lied tief in den Herzen der Musikliebhaber zu verankern. Ein weiteres Lied aus dieser Schaffensperiode ist *Der Tod und das Mädchen*

(Februar 1817). Das feierliche Thema, das der Tod in seiner Anrede an das sterbende Mädchen singt, verwendete Schubert in späteren Jahren noch einmal für den Variationssatz in seinem *d-Moll-Streichquartett.*

Der Zwang der Umstände trieb Schubert dazu, den Posten eines Musiklehrers in der Familie des *Grafen Johann von Esterházy* anzunehmen. Im Sommer 1818 zog er auf dessen Schloß in Zseliz, Ungarn, und unterrichtete die beiden jungen Töchter des Grafen, *Marie* und *Karoline.* Aber der Magnet Wien war zu stark, und als die Familie im Herbst in die Hauptstadt zurückkehrte, brach Schubert die Beziehung ab.

1819 verlebte er in Vogls Gesellschaft einen idyllischen Sommer in Oberösterreich. Während ihres Aufenthaltes in Steyr entstand das *Klavierquintett in A-Dur,* das einen Variationensatz über das Forellenthema einschließt, der dem Quintett seinen Namen gibt. Die *Sonate in A-Dur* (Deutsch-Verzeichnis No. 664) wurde gleichfalls um diese Zeit komponiert.

Nach Wien zurückgekehrt, wohnte er bei seinem Freund *Johann Mayrhofer,* dessen Gedichte Schubert zu einigen seiner großartigsten Lieder anregten: *Memnon, Nachtviolen* und *Der Abendstern* stammen alle von Mayrhofer.

Wie sehr Schubert sich bemühte, in Wien einen Opernerfolg zu erzielen, läßt sich an der Zahl der Opern ermessen, die er während dieser Jahre schuf. Das Singspiel *Die Zwillingsbrüder* und das dreiaktige Melodrama *Die Zauberharfe* wurden 1820 aufgeführt, jenes im Kärntnertortheater und dieses im Theater an der Wien. Keinem von beiden war Erfolg beschieden. Aber in den Wiener Salons eroberte er alle Herzen. Musikabende, die ausschließlich seinen Liedern und seiner Kammermusik gewidmet waren, wurden allmählich unter dem Namen *Schubertiaden* bekannt.

Der persönliche Einsatz von Männern wie *Josef von Sonnleithner* und *Moritz Graf von Dietrichstein* führte schließlich zur Veröffentlichung seiner Lieder. Im April 1821 erschien *Erlkönig* als *op. 1,* ihm folgte noch im gleichen Monat *Gretchen am Spinnrade* als *op. 2.* Zahlreiche weitere Lieder bis zur Opusnummer 8 wurden Ende des Jahres veröffentlicht.

Seine zwei abendfüllenden Opern, *Alfonso und Estrella,* nach einem Text von Schober (1821/1822) und *Fierrabras,* nach einem Text von *Josef Kupelwieser* (1823), wurden von den Wiener Bühnen nicht einmal in Betracht gezogen. Im Herbst 1822 komponierte Schubert die zwei Sätze des unsterblichen Meisterwerkes, der *Unvollendeten,* und bald darauf sein episches Klavierwerk, die *Wandererphantasie;* sie verdankt ihren Namen dem Umstand, daß der langsame Satz auf eine Partie seines Liedes *Der Wanderer* zurückgeht.

Gegen Ende 1822 zog sich Schubert eine Geschlechtskrankheit zu. Er kehrte in sein Vaterhaus zurück, und während der tragischen Monate, die nun folgten, schloß er sich immer enger an seinen Bruder Ferdinand an. 1823 war ein Jahr der Krankheit und ausweglosen Armut, und doch entrang sich jenem düsteren Hintergrund *Die schöne Müllerin,* ein Liederkreis, der Schuberts lyrische Kunst von ihrer liebenswürdigsten Seite zeigt. Im April wurde die witzsprühende und melodienreiche Operette *Die Verschworenen* komponiert; ihr Titel mußte sich wegen Metternichs Zensur die Änderung in *Der häusliche Krieg* gefallen lassen. Im Mai und Juni verbrachte Schubert einige Wochen im Wiener Allgemeinen Krankenhaus. Das Jahr schließt mit seiner Musik zu *Rosamunde.* Das Schauspiel war ein unübersichtliches, in seinem Aufbau mangelhaftes Machwerk von *Helmina von Chézy,* der Verfasserin von *Webers* ebenso mißratener Oper *Euryanthe.* Schuberts Bühnenmusik, wiewohl sie sehr gefiel, reichte nicht aus, das unselige Stück vor einem Fiasko zu bewahren. *Rosamunde* war das letzte seiner Bühnenwerke; Anfang 1824 wandte er sich statt dessen der Kammermusik zu und verfaßte jene drei Meisterwerke, die *Streichquartette in a-Moll* und *d-Moll* und das *Oktett.* Der Untertitel *Der Tod und das Mädchen,* den das *d-Moll-Quartett* erhalten hat, geht darauf zurück, daß der langsame Satz Variationen über das gleichnamige Lied enthält. Noch einmal zwang ihn persönliche Notlage, eine Beschäftigung zu suchen, und im Sommer 1824 ging er mit der Familie Esterházy nach Zseliz. Die wunderbare *Sonate für 4 Hände in C-Dur* (bekannt als das *Grand Duo)* wurde für die beiden jungen Gräfinnen komponiert. Die Behauptung, sie stehe irgendwie mit einer verlorenen Symphonie in Zusammenhang, die in Gastein oder sonstwo komponiert worden sei, entbehrt jeder Grundlage.

Schubert hatte zu jener Zeit einen sehr ausgedehnten Freundeskreis von Dichtern, Malern und Musikern. Unter ihnen stand ihm der junge Maler *Moritz von Schwind* als Freund und Begleiter besonders nahe; ihm verdanken wir zahlreiche Skizzen von Schubertköpfen und bildliche Darstellungen der musikalischen Veranstaltungen seines Kreises.

Im Frühling 1825 entstanden zahlreiche Lieder, die in der Musikwelt als Meisterwerke gelten: wir denken an *Die junge Nonne* und *Nacht und Träume* mit ihren seltsam kontrastierenden Nachtstimmungen, jene stürmisch-aufgewühlt, diese selig-verklärt; oder an das aus Schuberts tiefstem Gefühl aufsteigende *Im Abendrot.* Schuberts nachdichtende Musik beschwört die stille Stunde, und die Anbetung des Schöpfers entlockt seinem Herzen eine seiner innigsten Melodien.

Schubert und Vogl verbrachten den Sommer 1825 in Oberösterreich und besuchten die Städte Steyr, Gmunden und Gastein. Das Jahr ist denkwürdig durch die Komposition der *Klaviersonate in a-Moll* (D. V. 845), *der Klaviersonate in D-Dur* (D. V. 850) und der zwar unvollendeten, aber großartig entworfenen *Sonate in C-Dur* (D. V. 840). In Gmunden begann Schubert eine Symphonie zu skizzieren. Das gesamte uns zur Verfügung stehende Beweismaterial deutet darauf hin, daß dieses Werk nicht verlorenging, sondern später in die *C-Dur-Symphonie* vom März 1828 eingegangen ist.

Die letzten drei Lebensjahre Schuberts sind, von der Warte des Biographen gesehen, fast ereignislos. Seine Gesundheit war untergraben, seine Zukunftaussicht elend. Die Verlegerhonorare für die Lieder und Klaviermusik waren kaum ausreichend, seinen Lebensunterhalt zu decken, und nur die fortdauernde Hilfe seiner unentwegten Freunde ermöglichten seine Existenz. Trotzdem riß sein Musikschaffen nie ab. Das *Streichquartett in G-Dur* wurde im Juli 1826 in Währing komponiert. Es veranschaulicht beispielhaft Schuberts Kunstschaffen. Seine Harmonik ist seiner Zeit weit voraus, und die Mischung von Dur und Moll, die so bezeichnend für die Erlebnisart des Komponisten ist, kündigt den Ausgang der klassischen Tonalität an. Auch seine volkstümlich-beliebten *Shakespeare*-Vertonungen *An Sylvia* und *Horch, horch! die Lerch* entstanden in Währing. Die *Sonate in G-Dur* wurde im Oktober komponiert — ein Werk von hohem Adel und nie erschlaffender Inspiration, das noch weiter vom Beethovenmodell abrückt. Die drei Sonaten von 1825 wurden zu einer Zeit verfaßt, als Schubert noch unter dem mächtigen Einfluß der älteren Meister stand. In der *G-Dur-Sonate* zeichnet sich die durchgängige Eigenart der letzten drei Sonaten ab, die Schubert gegen Ende seines Lebens schuf. Der düster-erhabene Liederkreis *Winterreise* entstand im Jahre 1827; der erste Teil (Nr. 1—12) wurde im Februar beendet und der zweite (Nr. 13—24) im Oktober begonnen. Gleichfalls aus dem Jahre 1827 stammen die zahlreichen kurzen Klavierstücke, die unter dem Titel *Moments musicaux*, op. 94, und *Impromptus*, op. 90 und op. 142, erschienen sind; ihre genaue Entstehungszeit ist jedoch nicht bekannt. In ihnen spiegeln sich im bunten Wechsel lyrische, rhetorische oder dramatische Stimmungen — sie sind in die Musikgeschichte eingegangen als wegweisende Vorboten der kommenden Romantik. In diesen vierzehn Stücken lieferte Schubert eine Art musikalisches Tagebuch — genau jene Form musikalischer Aussage, die bei den Klavierkomponisten der Jahrhundertmitte so starken Anklang fand. Zwei der *Moments musicaux* wurden zum erstenmal mit Überschriften veröffentlicht: Nr. 3 als *Air Russe* und Nr. 6 als *Plaintes d'un Troubadour*.

Im Herbst 1827 verbrachte Schubert kurze Urlaubstage in Graz inmitten einer an Schönheit reich gesegneten Landschaft. Nach Wien zurückgekehrt, beendete er seine Arbeit an den zwei *Klaviertrios in B-Dur* und *Es-Dur*. Zusammen mit der *Winterreise* künden sie eine neue Entwicklungsphase in Schuberts Schaffen an, die in seinem letzten Lebensjahr zu voller Reife kam.

An das Jahr 1828 mit seinem Ertrag an Schöpfungen höchster Vollendung und seinem tragischen Abschluß kann man nur mit Bestürzung und fassungsloser Wehmut denken. Schuberts Genius war jung und immer noch sich entfaltend, aber die Zeit des Menschen war vorbei. Die großen Instrumentalwerke jener letzten zehn Monate umfassen die *Phantasie für Klavierduett in f-Moll* (Jänner), die *Symphonie in C-Dur* (März), die drei letzten *Klaviersonaten in c-Moll, A-Dur* und *B-Dur* (September) und das *Streichquintett in C-Dur* (Oktober). Das Streichquintett ist Schuberts größtes Kammermusikwerk, ein schönheitstrunkener Epilog zur musikalischen Klassik. Der sehr originelle Trioteil des dritten Satzes ist eine Aussage von tief geistigem Gehalt; die langen Rezitative und klangreichen Kadenzen lassen *Bruckners* Stil vorausahnen. Die Krone der Gesangswerke dieses Jahres ist seine sechste *Messe in Es-Dur*, aber neben ihr wurde uns noch jene wunderbare, unter dem Namen *Schwanengesang* veröffentlichte Liedergruppe geschenkt, die im August vollendet wurde. Das einzige öffentliche Konzert, das Schubert gab, fand am 26. März 1828 statt. Auf dem Programm standen der erste Satz des *Streichquartetts in G-Dur*, das *Klaviertrio in Es-Dur* und zahlreiche Lieder. Der Beifall der Zuhörer war begeistert. Auch finanziell war das Konzert ein Erfolg — zum erstenmal konnte Schubert sich ein eigenes Klavier kaufen! Im Juni verließ er Wien auf einige Tage und besuchte in Gesellschaft *Franz Lachners* Baden; von dort wanderten die zwei Männer nach Heiligenkreuz weiter, die schöne Wienerwaldlandschaft genießend.

Viele Briefe Schuberts, die aus dem Jahre 1828 auf uns kamen, erzählen von den schleppenden und schwierigen Verhandlungen mit den Verlegern Schotts Söhne in Mainz und Probst in Leipzig. Das einzige praktische Ergebnis dieses ganzen Briefwechsels war die Herausgabe des *Klaviertrio in Es-Dur* durch Probst. Es sollte Schuberts erste wichtige Veröffentlichung außerhalb Österreichs sein — es gehört zur Tragödie seines Lebens, daß sie in Wien eintraf, als er gerade gestorben war. Sein Gesundheitszustand verschlimmerte sich im August so jäh, daß er auf Anraten seiner Ärzte wieder zu seinem Bruder Ferdinand zog. Ferdinands Wohnung lag ein gutes Stück südlich der Inneren Stadt, man hoffte, daß die frischere Luft dieses jungen Wohnbezirkes eine wohltuende Wirkung ausüben werde. Das Gegenteil war der Fall, der Wechsel beschleunigte sein Ende. Ein Schluck verdorbenen Wassers hatte einen Anfall von Bauchtyphus zur Folge, der bei Schuberts geschwächter Gesundheit tödlich verlief. Schubert starb in Ferdinands Armen — er starb im Elend und ohne Namen, und keiner seiner Freunde und Bewunderer ahnte, daß sie in der kleinen Grabstätte auf dem Währinger Friedhof einen der größten Musiker der Welt bestattet hatten; ebensowenig wußten sie von der überwältigenden Größe der Schöpfungen jener letzten Jahre. Seine Grabinschrift lautet: »Die Tonkunst begrub hier einen reichen Besitz, aber noch viel schönere Hoffnungen.«

## *Heinrich Friedrich Füger*

VON MARGARETE POCH-KALOUS

Den aufgeklärten Absolutismus *Maria Theresias* und *Josephs II.* vertritt in der bildenden Kunst *Heinrich Friedrich Füger*, der — obwohl kein gebürtiger Österreicher — dem Wiener Kunstleben den Stempel seiner Persönlichkeit aufgedrückt hat. Zeigen seine Historienbilder auch noch die strengen Formen des an der Antike geschulten Klassizismus, so sind seine Porträts großartige Menschendarstellungen voll lebensnaher Unmittelbarkeit, die zum Realismus des Biedermeiers überleiten. Und schließlich verdankt die Wiener Akademie der bildenden Künste der pädagogischen Begabung, literarischen Bildung und nicht zuletzt den organisatorischen Fähigkeiten Fügers ihre führende Stellung am Beginn des 19. Jahrhunderts.

*Heinrich Friedrich Füger* wurde am 8. Dezember 1751 in Heilbronn als Sohn des Hospitalpredigers *Joseph Gabriel Füger* und der *Katharina Elisabeth,* Tochter des Kaufmannes *Michael Assum*, geboren. Der Knabe erhielt im elterlichen Pfarrhaus eine sorgfältige humanistische Erziehung, die ihm das Universitätsstudium ermöglichen sollte. Aber bereits mit elf Jahren versuchte er sich im Zeichnen, und daher mußte sein Pate zwischen den praktischen Plänen des Vaters und den künstlerischen Ambitionen des Sohnes vermitteln. Schließlich durfte der junge Füger 1764 die Zeichenschule des herzoglich-württembergischen Hofmalers *Nicolaus Guibal* in Ludwigsburg besuchen.

Guibal, ein gebürtiger Lothringer und Schüler der Pariser Akademie, war mehr Kunsttheoretiker als ausübender Künstler geblieben. Während in seinen malerischen Arbeiten die barocke Tradition noch stark lebendig ist, vertrat er in der Theorie die klassizistische Ästhetik des mit *Johann Joachim Winckelmann* befreundeten Malers *Anton Raphael Mengs.* Guibals Schüler mußten daher fleißig nach des Künstlers eigenen Vorlagen zeichnen und daneben die Galerien in Stuttgart und Ludwigsburg besuchen, um durch Kopieren die Technik der Malerei zu erlernen. Der Anblick der alten Meisterwerke sowie auch die rein verstandesmäßig aufgefaßte Malerei Guibals entmutigten Füger jedoch so sehr, daß er seinen Plan, Maler zu werden, aufgab und 1768 an der Universität in Halle das Studium der Rechte begann.

Nebenbei malte er Miniaturbildnisse von Bekannten und Verwandten *(Doppelporträt Heinrich Friedrich Füger und Gottlieb Füger,* Berlin, National-Galerie). In dem angeregten Verkehr mit dem Mathematiker *Johann Andreas v. Segner* und dem Professor für Beredsamkeit *Christian Adolf Klotz,* bei dem er Vorlesungen über die Theorie der schönen Künste hörte, erhielt Füger aber bald wieder neuen Ansporn, seine künstlerische Begabung zu pflegen. Er ging nach Leipzig, wo *Adam Friedrich Oeser,* der Zeichenlehrer *Goethes,* auch sein Lehrer wurde.

Der aus Preßburg gebürtige Oeser, ein Freund und Schüler *Georg Raphael Donners,* war ein erklärter Feind von barockem Schwulst und rokokohafter Geziertheit und hat sowohl den Anstoß zu Winckelmanns archäologischen Kunstinteressen als auch zu Fügers Hinwendung zum Klassizismus gegeben. Fügers Miniaturen fanden zwar in Leipzig ebenso wie auf den Akademieausstellungen in Dresden uneingeschränktes Lob *(Der Vater des Künstlers, Die Mutter des Künstlers,* beide in der Gemäldegalerie der Akademie der bildenden Künste zu Wien), aber sein Lehrer hatte ihn so sehr auf die »idealen« Forderungen der eigentlichen »hohen Kunst«, der Historienmalerei, hingewiesen, daß es ihn nach Italien trieb, um dort an den klassischen Werken der Antike sowie der Renaissance sein Können zu vervollkommnen.

Auf dieser Reise nach dem Süden traf Füger 1774 in Wien ein, wo er neben seinem alten Gönner, dem englischen Gesandten am sächsischen Hofe, *Sir Robert Murray Keith,* auch den aus Stuttgart stammenden *Wilhelm Beyer,* dem die bildhauerische Ausschmückung des Parkes von Schönbrunn übertragen worden war, aufsuchte. *Johann Melchior v. Birkenstock,* der maßgeblichen Einfluß auf die Reformen des Studienwesens unter Maria Theresia genommen hatte und Rat der Wiener Akademie war, nahm sich des jungen Malers ebenfalls an, stellte ihn dem Staatskanzler *Fürst Kaunitz-Rietberg* und sogar der Kaiserin selbst vor. Ein en miniature gemaltes *Bildnis der kaiserlichen Familie* (Graphische Sammlung Albertina), das Füger anläßlich der Rückkehr der Lieblingstochter der Monarchin, *Maria Christina* und ihres Gemahls *Albert von Sachsen-Teschen* von einer Italienreise 1776 gemalt hatte, entschied über seinen ferneren Lebensweg. Als Protektor der Akademie sah Kaunitz seine Aufgabe der Kunst gegenüber nicht in Aufträgen, die er den Künstlern erteilte, sondern vor allem in deren Erziehung. Ein Aufschwung der heimischen Künste schien Kaunitz allein durch eine Hebung des geistigen Niveaus der Künstler möglich, und in Füger erkannte er jene Persönlichkeit, mit der er seine Pläne einer Reorganisation der Akademie durchführen wollte. Der Maler erhielt für zwei Jahre ein Stipendium zu einer Romreise, die er gemeinsam mit drei Schülern der Akademie im Herbst 1776 antrat.

In Rom studierte Füger die Meisterwerke der Antike und kopierte nach *Raffael.* Als er 1779 um eine Verlängerung seines Aufenthaltes ansuchte, sandte er als Beweis für seine Tätigkeit 1779 ein Bild *(Apotheose Kaiser Josefs II.,* Österreichische Galerie) nach Wien, das starke Anlehnungen an Raffaels Fresken im Vatikan zeigt. Ist die Farbgebung aber noch barock, so verrät die Steifheit der Gestalten den Einfluß antiker Statuen. Die Ausgrabungen in den beiden klassischen Städten Herculaneum und Pompeji brachten immer neue interessante Funde zutage, die auch Füger sehen wollte. In Neapel wurde er von dem österreichischen Gesandten *Graf Lamberg-Sprinzenstein,* dessen Gastfreundschaft er durch die folgenden zwei Jahre genoß, der Tochter Maria Theresias, *Carolina,* Königin beider Sizilien, vorgestellt. Sie erteilte Füger den Auftrag für allegorische Deckenbilder in ihrem Sommersitz Caserta, in dem sie sich eine deutsche Bibliothek eingerichtet hatte. Als eines der Themen wählte Füger *Apollo unter den Hirten* und verarbeitete dieses Motiv noch Jahre später (1794) bei seinem Vorhangentwurf für das alte Wiener Burgtheater (Karton in der Graphischen Sammlung Albertina).

Im Jahre 1692 hatte der Kammermaler *Peter Strudel von Strudendorff* auf eigene Kosten in seinem Wohnhaus in der Alservorstadt, dem ehemaligen »Strudelhof«, eine »Accademie von der Mahlerey-Bildhawer-Fortifications, Prospectiv- und Architecturkunst« errichtet. Kaunitz holte Füger als Vizedirektor dieser Akademie nach Wien zurück. Im September 1783 traf der Künstler ein, nahm vorerst im Hause Birckenstocks auf der Landstraße Quartier und trat am 8. Oktober seinen Dienst an der Akademie an.

Die starke Betonung der Zeichnung gegenüber der Malerei im damaligen Lehrplan hat Füger schon 1784 bewogen, dem Staatskanzler Vorschläge zu unterbreiten, nach denen die Schüler in der Malerei, der Zubereitung der Farben, dem Mischen derselben und der Anwendung eines »guten Colorit« unterwiesen werden sollten. Er selbst lehrte in seiner Wohnung in einer Art »Hausakademie« talentierte Schüler die Öl- und Aquarellmalerei, mußte der kargen Besoldung wegen aber weiterhin Miniaturen sowie größere Porträts malen, die einen lockeren, fast schon impressionistischen Farbauftrag in kleinen Flecken und Punkten zeigen. Diese virtuose Malkunst wußte Füger mit einer repräsentativen, aus der klassischen Kunst übernommenen Haltung der Dargestellten zu verbinden *(Die drei Schwestern Thun,* um 1787, Österreichische Galerie; *Fürstin Christiane Lichnowsky,* Gemäldegalerie der Akademie der bildenden Künste; *Fürst von Erthal,* Aschaffenburger Schloß). Die Porträtierten sind meist durch allegorische Beigaben in Beziehung zu ihrer Umwelt gebracht, stellen sich dem Betrachter in jener Rolle vor, die sie im Leben gespielt haben. So malte Füger zum Beispiel den Stadthauptmann von Wien, *Graf Franz Joseph von Saurau* (Landesbildergalerie Graz), der sich 1797 um die Aufstellung des Wiener Landsturmes gegen *Napoleon* verdient gemacht hatte, vor einer Festungsmauer, hinter der man eine in Reih und Glied formierte Kompanie erblickt. Die Büste des *Kaisers Franz,* eine Fahne und ein Lorbeerkranz sind nicht allein kompositionelles Beiwerk, sondern zeugen zugleich auch von der politischen Stellung Sauraus und seinem Verhältnis zum Kaiserhaus. Selbst dem einfachen Bürger, wie etwa dem Bandfabrikanten *Ludwig Meltzer* aus Penzing (um 1790, Staatsgalerie Stuttgart), hat Füger durch einen reich drapierten Mantel ein aristokratisches Gehaben zu verleihen vermocht.

1790 heiratete Füger die Schauspielerin *Josepha Hortensia Müller,* aus welcher Ehe drei Kinder, zwei Mädchen und ein Knabe, entstammten. Das duftig gemalte *Bildnis seiner Gattin* (Österreichische Galerie) gibt die feinen, etwas kränklichen Züge der Frau wieder, die ein nach romantischer Mode geschnittenes Atlaskostüm trägt und ein Rollenbuch vor sich hält. Durch Fügers individuelle Charakteristik und die freie Art der Malerei ist das Bildnis wohl zu einem der schönsten im Schaffen des Künstlers geworden und bildet die Überleitung zu den Porträts vom Ende des Jahrhunderts, in denen er immer mehr auf alle Äußerlichkeiten zugunsten der Naturwahrheit und Sachlichkeit verzichtet *(Bildnis Dr. Johann Hunczowsky, kaiserl. Leibarzt,* 1794, ehem. Sammlung Figdor).

Neben seiner künstlerischen Tätigkeit an der Akademie leitete Füger auch deren Übersiedlung in das aufgelassene Profeßhaus der Jesuiten in der Annagasse, in dem die Akademie dann bis zur Vollendung des Neubaues am Schillerplatz blieb. Fügers Wirken für die Kunsthochschule wurde so geschätzt, daß ein Jahr nach seinem Tode ein »Füger-Preis« für strebsame junge Künstler gestiftet wurde, der dem tätigen Lehrer ein immerwährendes

Denkmal setzte und noch heute alljährlich vergeben wird. Nach dem Tode *Caspar Sambachs* († 1795) war der Künstler Direktor der Akademie und 1803 schließlich Direktor der kaiserlichen Gemäldegalerie im Schloß Belvedere geworden, wobei ihm seine Kenntnis der Kunstliteratur und Altertumskunde, seine praktischen Fähigkeiten und sein geübtes Auge, Original und Kopie zu unterscheiden, sehr zustatten kamen. Obwohl seine künstlerische Schaffenskraft durch diese mehr administrative Tätigkeit eines Galeriedirektors und Schloßhauptmannes stark eingeschränkt wurde, haben sich doch zahlreiche Werke aus seiner späten Schaffenszeit erhalten. Darunter finden sich auch Bildnisse, in denen durch die pathetischen Stellungen der in antikisierende Gewänder gehüllten Figuren eine ideal-klassizistische Auffassung angestrebt erscheint *(Bildnis einer Dame mit Vogel,* um 1800, Österreichische Galerie; *Fürstin Galitzin als Muse,* National-Galerie Berlin).

Dies ist nicht verwunderlich, wenn man bedenkt, daß Füger zeitlebens streben mußte, Beachtliches in der Historienmalerei zu leisten. Seinen steif komponierten Historienbildern voll theatralischem Pathos *(Bathseba im Bade,* um 1786, Budapest, Museum der schönen Künste; *Tod des Germanikus,* 1789, Österreichische Galerie; *Antiochus und Stratonike,* um 1790, Staatsgalerie Stuttgart; *Tod der Virginia,* 1800, Staatsgalerie Stuttgart), bei denen die Gestalten fast bis zur Bewegungslosigkeit erstarrt zu sein scheinen, fehlen alle malerischen Vorzüge seiner Bildnisse, die durch ihre Lebensnähe, die koloristische Behandlung und virtuose Technik im Zeitalter Winckelmanns und der Antikensehnsucht eine Sonderstellung im Wiener Kunstschaffen einnehmen.

Das Lehr- und Lernbare der Kunst, die Formel, hatte in Füger, der im Grunde eine Naturbegabung war, den Glauben an die eigene Schöpferkraft nicht zum Erlöschen gebracht. Die klassizistische Stilrichtung war ihm im Grunde so wesensfremd, daß er zum bevorzugten Porträtisten werden konnte, und so war auch seine Schule an der Akademie der Sammelpunkt junger Künstler, die bei ihm die lebendige Frische der Ölmalerei gegenüber der klassizistischen Art der glatten Kolorierung erlernten.

Ein schweres Augenleiden hatte den Künstler 1797 befallen und hinderte ihn in den letzten Lebensjahren an der Ausführung feiner Miniaturen. Hatte er sich aber zeitlebens in seinen Bildnissen von den klassischen Schönheitsidealen weg der Individualität zugewandt und durch eine unmittelbare Bindung an die Natur den Weg zum schöpferischen Realismus angedeutet, so finden sich in seinem Alterswerk auch religiöse Kompositionen, Illustrationen zu *Klopstocks Messiade* (in Kreide und Ölfarben, Gemäldegalerie der Akademie der bildenden Künste und Graphische Sammlung Albertina), die sowohl in ihrer gefühlsbetonten Empfindsamkeit als auch in ihrer glasigen Malweise den Arbeiten der Romantiker nahestehen.

Als Künstler bewundert, als Lehrer gesucht, als Mensch verehrt, beherrschte Heinrich Friedrich Füger das Wiener Kunstleben über Jahrzehnte bis zu seinem am 5. November 1818 erfolgten Tode.

# *Joseph Anton Koch als Maler der Alpen*

VON OTTO R. LUTTEROTTI

Der Tiroler Meister *Koch* hat dem neuerwachten Empfinden für die Größe der Alpennatur als erster monumentale Geltung verliehen. Ein ungewöhnliches Geschick trug den einfachen Tiroler Bauernbuben aus dem hintersten Lechtal, wo er am 27. Juli 1768 in Obergiblen zur Welt kam, über mancherlei Irrungen und Wirrungen bis auf die Höhe der Kunst empor.

Schon als Hirtenknabe brach sein bildnerischer Drang durch. Mit Kohle von seinem Hirtenfeuer zeichnete er große Geschichten und Landschaften an die glatten Felswände. Ein Bischof wurde auf das Talent des Jungen aufmerksam; so kam er zunächst nach Augsburg, dann 1785 nach Stuttgart an die Hohe Karlsschule, die berühmteste Schule der damaligen Zeit, die dem nach echter Kunst Hungernden freilich Steine statt Brot bot. Er hielt die Verzopftheit des Anstaltsbetriebes, die Verwendung zu reinen Dekorationsarbeiten in den herzoglichen Schlössern nicht lange aus. Zudem spukten die Ideen der Französischen Revolution in den Köpfen der jungen Kunsteleven. So entfloh Koch Ende 1791 dem Landesfürsten wie neun Jahre vorher der junge *Schiller.*

In Straßburg wurde er von Freunden empfangen. Noch auf der Brücke schnitt er sich den statutenmäßigen Haarzopf ab und schickte ihn durch die Post an die Karlsschule. Ein wahrhaft symbolischer Streich, mit dem der ungestüme und freiheitsbegeisterte Jüngling jede Gemeinschaft mit der Vergangenheit, besonders mit der damals noch an der Akademie gelehrten Kunst, die zwischen einem schal und kraftlos gewordenen Barock und einem noch unentschiedenen Klassizismus hin- und herpendelte, endgültig abgeschnitten hat. Freilich wurde ihm auch bald das Jakobinertum seiner neuen Freunde, das Parteitreiben und Klubwesen unerträglich. So zog er weiter in die Schweiz, wo er noch einmal gewaltiger die Berge seiner Jugend erlebte.

Hier entstanden die für die späteren Alpenlandschaften bedeutsamen Naturstudien, nachdem der Künstler zunächst eine Reihe von Federzeichnungen geschaffen, die wohl von holländischen Radierungen in der Art *Everdingens* angeregt sind. Es ist, als ob Koch eine Binde von den Augen gefallen wäre. 1792 in Straßburg noch Blätter mit kulissenartigen Parklandschaften des Barocks, in denen sich klassizistisch drapierte Gestalten tummeln; nun prachtvoll unbefangene, fast modern anmutende Studien, wie das *Aquarell vom Lauterbrunnertal* (in der Wiener Akademie) oder der *Blick auf die Jungfrau* mit dem wandernden Maler im Vordergrund (Besitz der Nachkommen des Künstlers in Rom; um 1792—1794). Wahrhafte Taten gegenüber den vorausgehenden und gleichzeitigen Schweizer Kleinmeistern, die ihre Aufgabe in einer damals beliebten, gewerbsmäßig ausgeübten Veduten- und Prospektmalerei in handkolorierten Umrißstichen erfüllt sahen.

Vollends befreiend wirkte auf Koch das Erlebnis der italienischen Landschaft, als er 1795 auf Einladung eines englischen Gönners Italien und den Boden der Ewigen Stadt betrat. Er hat Rom, mit Ausnahme eines Aufenthaltes in Wien von 1812 bis 1815, nie mehr verlassen. Hier floß sein äußeres Leben unter steten Sorgen und Kämpfen fortan dahin. Angesichts der großen und reinen Form der römischen Natur wird der Künstler zum Erneuerer und Führer in der Landschaftsmalerei, die er weit über die bisher übliche Abschilderung der Wirklichkeit erhob. Immer wieder läßt er seinen Ruf ertönen: »Die Kunst muß geben, was die Natur nicht hat, alsdann nur ist sie schöpferisch; bloße Nachahmung der Natur ist tief unter der Kunst.« Bereits 1796 (*Wasserfall* in Hamburg, *Jurabild* in Köln), dann wieder 1804 griff Koch auf die Schweizer Eindrücke zurück: es entstand das noch wenig bekannte Gemälde *Via mala* (in Karlsruher Privatbesitz), eine kraftvolle Versinnlichung der dräuenden Enge und hochgetürmten Wucht alpiner Felsenpässe. Keiner hat die einsame Größe des Hochgebirges erhabener geschildert als er.

In der Folge entstanden neben den italienischen Landschaften, die im Lebenswerk des Künstlers überwiegen, immer wieder wie Sehnsuchtsrufe nach der Bergheimat die berühmten Meisterwerke *Schmadribachfall* (1805—1811 in Leipzig; zweite Fassung 1821 in München), *Hospiz am Grimselpaß* (1813 in Kunsthalle Karlsruhe), *Die Jungfrau bei Unterseen mit Staffage aus der Schweizer Heldenzeit* (1813 in Dessau) und das *Berner Oberland* (dritte und beste Fassung von 1817 in Innsbruck).

Eine echt dürerische Freude am Detail, die durchaus unklassizistische Neigung, viel zu bringen, macht sich geltend. Von der Wetterhorngruppe mit den Reichenbachwasserfällen bis zum Alphornbläser und dem Duell der Böcklein im Vordergrund wird alles mit unendlichem Fleiß dargestellt und trotzdem das ganze durch die zeichnerische Kraft und den wundervollen Farbenschmelz zusammengehalten. Koch will alle Schönheiten der Alpenwelt, in einem Bilde gesammelt, vor uns hinstellen. Auf Grund genauer Einzelstudien vor der Natur gibt er eine höchst persönlich aufgefaßte Umformung des Vorbildes und stößt vom Zufälligen ins Bleibende vor. Der landschaftlichen Stimmung eingegliedert und wie aus ihr geboren, erscheint der Mensch. Angesichts solcher, in ihrem kosmischen Naturgefühl fast schon romantischen Schöpfungen begreift man die Wirkung Kochs auf die junge deutsche Künstlergeneration, die sich um den stets Hilfsbereiten, Uneigennützigen scharte. Mit *Koch Tyrolese in Roma* ist das *Berner Oberland* wie viele andere Gemälde seiner Hand bezeichnet. Stolz fühlte er sich als Tiroler und wollte doch Rom nicht verlassen und die Heimat, die er mit dem inneren Gesicht erschaute und formte, wiedersehen. Tatsächlich hat er Tirol seit seiner frühen Jugend nie mehr betreten. Sind aber je zuvor in Rom solche »deutsche« Landschaften und sind in der Heimat selbst so gewaltige Alpenstücke gemalt worden wie der *Schmadribachfall* oder das *Berner Oberland?* Der Meister hat gezeigt, daß nicht nur die südliche Landschaft, sondern auch die Darstellung des Hochgebirges sich den Gesetzen künstlerischer Schönheit und Größe fügt.

Als letztes von den 16 bekannten (davon 1931 im Münchner Glaspalast zwei verbrannten) Gemälden Kochs, die das Hochgebirge zum Vorwurf nehmen, dürfte nach dem *Grindelwaldgletscher* von 1823 (in Breslau) und dem *Reichenbach mit dem Wetterhorn* von 1824 (in Winterthur) die *Gebirgslandschaft mit See* (im Basler Kunstmuseum) gegen 1830 entstanden sein. Die lavierte Federvorzeichnung wird nach alter Tradition als *Tiroler Gegend* bezeichnet. Jedoch ist vermutlich die Frage nach der dargestellten Landschaft kaum eindeutig zu beantworten, denn der Künstler wollte auch hier nicht in erster Linie einen ganz bestimmten Berg auf die Leinwand bannen, sondern das abendlich beleuchtete Hochgebirge schlechthin in seiner ganzen Majestät auftauchen lassen.

»In der Landschaftsmalerei ist Koch Stifter, er hat gelehrt, den Erdformen Bestimmtheit, Charakter und Körper zu geben«, sagt schon *Rumohr* von Kochs Werken. Erst *Ferdinand Hodler* gelang es wieder, mit ähnlichen Mitteln die Erhabenheit des Gebirges künstlerisch zu bezwingen, das Naturbild aus der Erinnerung und Erfahrung heraus zu einsamer Wucht und Größe zu steigern, während der Impressionismus dieser Aufgabe nicht voll gewachsen sein konnte. Joseph Anton Koch starb am 12. Jänner 1839 in Rom. Sein Name wird für immer sowohl mit der Schönheit der heroischen italienischen Landschaft als auch mit der monumentalen Gestaltung der Alpenlandschaft verbunden bleiben. Ihm gelang es auf diesem Gebiet, die Ausdruckskraft des Nordens mit Maß und Gemessenheit des Südens zu durchdringen.

## *Friedrich Gauermann — Ferdinand Georg Waldmüller*

VON RUPERT FEUCHTMÜLLER

Die Kunst des österreichischen Biedermeiers, die in ihrer bunten Vielfalt ein einheitliches Gesamtbild ergibt, wird von einer großen Zahl von Künstlern getragen, die untereinander verwandt, befreundet oder gut bekannt waren. Daraus ergibt sich die oft so beglückende Wesensverwandtschaft. Das Biedermeier der Alt-Wiener Malerei war kein Stil, der an äußeren Kennzeichen zu messen ist, sondern eine Lebenshaltung, die zwischen zwei Revolutionen, zwischen Klassizismus und radikalem Realismus zu einer seltenen Harmonie fand. Ausgangspunkt waren das unmittelbare Erlebnis und die Überzeugungskraft der Natur; die Ideale vergangener Jahrhunderte verloren dadurch ihr intellektuelles Streben nach Wahrheit, sie wurden natürlicher. Dichterische Phantasie erfüllt die malerischen Konversationsstücke, Kontraste werden zu manchem heiteren Effekt genützt. Beispielhaft sind *Friedrich Gauermann* und

*Ferdinand Georg Waldmüller,* die einander kannten und schätzten. Gauermanns Kunst gehörte dem Biedermeier, während Waldmüller sich aus dieser poetisch malerischen Auffassung löste, sich nur zum Vorbild der Natur bekannte und als Revolutionär zu einsamer künstlerischer Höhe fand.

*Friedrich Gauermann* wurde am 20. September 1807 in Scheuchenstein auf dem Gutshof seiner Eltern als drittes Kind geboren. Er starb in Wien am 7. Juli 1862. Das ländliche Milieu des Schneeberggebietes wurde für seine künstlerische Laufbahn entscheidend. Hier empfing der sensible Knabe seine ersten nachhaltigen Eindrücke. Hier wurde er auch von seinem Vater *Jakob* zur Beobachtung der Natur angehalten. Wir kennen die Zeichenaufgaben, die ihm der Vater stellte, und auch die Lehrmethode, mit der Friedrich erzogen wurde. Natürlich bestimmte das Naturerlebnis mehr und mehr den Bildgedanken, dennoch wurden Porträt, Landschafts-, Wolken-, Bach-, Pflanzen- und Tierstudien nicht zu selbständigen Bildgegenständen. Die hätten dem geforderten künstlerischen Ideal, das man bei den Tier- und Landschaftsmalern des 17. Jahrhunderts gefunden hatte, auch nicht genügt. Das Studium Friedrich Gauermanns, das er an der Wiener Akademie während der Jahre 1824 bis 1827 bei Professor *Mössmer* absolvierte, gab ihm Anregungen im Sinne dieser »Klassischen Vorbilder«.

Das Schema einer idealen Landschaftskomposition aber war dem temperamentvollen Maler zu eng. Ihn fesselte der charakteristische Ausdruck eines *Potter,* die Phantasie einer *Wouwerman* oder die Dramatik *Ruisdaels;* Vorzüge, die er auch seinen eigenen Bildern geben wollte.

Gauermann genoß eine solide Ausbildung. Der Gutshof in Scheuchenstein war der Landsitz des berühmten Klaviermachers *Anton Walter,* des Ziehvaters von Friedrichs Mutter, und der Vater war der Kammermaler *Erzherzog Johanns,* Ökonom, Philosoph und ein sehr aufmerksamer Kritiker seiner Zeit. Praxis und Theorie waren in Scheuchenstein auf das beste vereint, und dazu kam noch ein großer gesellschaftlicher Kreis, den Jakob und Friedrich auf ihrem Landsitz versammelten. Wir wissen, daß *Ferdinand Raimund, Josef Danhauser* und *Rudolf Mathias Ranftl* am Gauermannshof zu Gast waren, dazu kommen noch die beiden künftigen Schwäger *Wilhelm Pollak* und *Josef Höger,* die Friedrich auf seinen malerischen Streifzügen meist begleiteten. In Oed saß *August Rosthorn,* der spätere Schwiegervater Friedrichs, als Fabriksherr, und in seinen Diensten stand der Arzt *Josef Hauer,* der Konviktskollege *Franz Schuberts,* ein ausgezeichneter Musiker, der gerne Quartett spielte, *Mozarts Zauberflöte* in Oed zur Aufführung brachte und ein Vorkämpfer für *Bruckners* Musik war. Bedenken wir diese Zusammenhänge, dann steht das bunte Bild des Biedermeiers anschaulich vor uns. Dazu kam noch das fruchtbare Spannungsverhältnis zwischen Stadt und Land. Gauermanns übereilendes Temperament ließ sich durch das heitere Leben des biedermeierlichen Wien nicht zerstreuen, er blieb der Alpenwelt treu, denn sie kannte er wirklich. Man muß nur die Skizzenbücher der späteren zwanziger Jahre durchblättern, um zu sehen, welche Fülle von Inspirationen er empfing. Auf Reisen, 1825 war er im Salzkammergut und in Triest, 1827 in München und Dresden, erhält er neue Eindrücke. Das Erlebnis der wildromantischen Alpenwelt führte ihn nach 1830 auch zur Darstellung von Tierkämpfen, in denen *Adalbert Stifter* etwas von der unerreichbaren Urtragödie der Natur verwirklicht sah. Gauermann studierte die Tiere als Jäger, im Gehege seines Bauernhofes, Bären und Adler im Schönbrunner Tiergarten. Dieser unmittelbare Kontakt gab den Gemälden auch eine eigene Note; sie fanden höchste Anerkennung in England. Seinen Erfolg aber begründeten die Tierstücke aus den Alpen, in variationsreicher Thematik, darunter immer wieder Szenen vom Almabtrieb. Für ein solches Gemälde bezahlte *Baron Rothschild* in Paris im Jahre 1838 den enormen Betrag von 500 Dukaten in Gold. Unter dem Druck des großen Publikumserfolges fühlte sich Gauermann zu immer neuen Varianten gedrängt, die oft die unmittelbare Inspiration vermissen ließen.

Oberitalien, das er 1838 und 1843 bereiste, gab ihm, abgesehen von den Bildern aus Meran, wenig Anregungen; wichtiger war der Kontakt mit den Münchner Malern, mit *Morgenstern, Bürkel* und *Rottmann*, deren Werke er bei Besuchen in den Jahren 1829, 1839 und 1840 studieren konnte.

Es ist eine unrichtige Ansicht, daß Gauermann durch die Ereignisse des Jahres 1848 sein Publikum verloren hätte und in seiner Kunst mehr und mehr verflachte. Die Erfolge hielten an. Nachdem ihn die Wiener Akademie schon 1836 zu ihrem Mitglied ernannt hatte, wurde er 1848 Bürger von Wien und vom König von Holland mit dem Luxemburgischen Orden mit der Eichenkrone ausgezeichnet. Die Stimmung seiner späten Gemälde wird ruhiger und gemütvoller. Er bevorzugt nun die stille ausgeglichene Ruhe des Abends, die Weite des Chiemsees mit der fernen Silhouette der Alpen oder den Blick über abendliche Gipfel, über denen phantasievoll aufgebaute Wolkenhimmel aufragen.

Gauermanns Kunst mutet uns heute wie ein Hymnus auf eine urtümliche bäuerliche Welt an, deren Romantik in unseren Tagen versinkt und unwiederbringlich zur Vergangenheit wird. Dieses romantische Bild der österreichischen Alpen aber ist von bedeutsamen künstlerischen Impulsen erfüllt. Gauermanns Studien und Skizzen waren in ihrer Aussagekraft wegbereitend, wir staunen über die großartigen Zeichnungen, die mit wenigen Strichen den Gegenstand zu charakterisieren vermögen und gleichzeitig die Weite einer Bildillusion erwecken können. Die kühnen Farbstudien, den besten Aquarellen *Fendis* und *Carl Schindlers* vergleichbar, hat man teils dem bürgerlichen Barock zugeordnet und zugleich in ihnen die Kraft der Impression im Sinne einer phantasievollen Bildvorstellung erkannt.

*Ferdinand Georg Waldmüller* ging seinen künstlerischen Weg bewußter und konsequenter. Er wurde am 15. Jänner 1793 in Wien als Sohn eines Bierwirtes geboren und starb am 23. August 1865 im Gasthof zur Helmstreit-

*Ferdinand Georg Waldmüller, »Der unterbrochene Weg«; (Ausschnitt) Ölgemälde, 1862/1863* mühle in der Hinterbrühl. Da er seinen Vater schon sehr früh verloren hatte, fehlte dem Knaben eine führende Hand. Er wurde bei den Piaristen unterrichtet und sollte, dem Wunsch seiner mittellosen Mutter folgend, Priester werden. Der junge Künstler nahm jedoch entschlossen alle Entbehrungen auf sich, um Maler werden zu können. Unter den Professoren *Maurer* und *Lampi* studierte er mit auffallender Energie. Darauf wagte er sich ins Leben, suchte Arbeit beim Landtag zu Preßburg, wurde Zeichenlehrer beim *Grafen Gyulai* und fand eine Anstellung in Agram beim Theater als Dekorationsmaler. Hier lernte er seine Frau, die Altistin *Katharina Weidner*, kennen, die ihm einen Sohn und drei Töchter gebar. Die bald unüberwindliche gegenseitige Abneigung der beiden Ehegatten führte 1822 zur Scheidung und, nach kurzer Versöhnung, 1834 zur endgültigen Trennung. Zu dieser Zeit hatte das unstete Wanderleben Waldmüllers schon ein Ende gefunden. Zuletzt mußte er in Baden im Jahre 1814 als Theatermaler die ihm innerlich fremde Illusionskunst ausüben, drei Jahre später war er endlich in Wien und konnte sich durch Kopieren alter Meister eine solide Grundlage für seine eigenen Arbeiten erwerben. Bezeichnenderweise lehnte er die Barockkunst ab, er suchte vielmehr die klare plastische Form, die seinen Naturstudien dienen konnte.

Seit 1825 war Waldmüller in Italien, 1826/27 kopierte er in Dresden, war in Leipzig und München, 1830 in Paris. Gefördert von der *Erzherzogin Sophie*, wurde er 1829 Kustos der Lambergschen Gemäldesammlung mit Titel und Rang eines Professors im Unterricht für Historienmalerei an der Akademie. Bedenkt man die Schwierigkeiten, die der junge Maler überwinden mußte, dann meint man, daß er mit den Erfolgen hätte zufrieden sein können. Sein energisches Wesen, das sich in seinen bisherigen persönlichen Schicksalen widerspiegelt, ließ ihn jedoch immer weiterstreben. Künstlerische Anerkennung befriedigte ihn nicht, er suchte ein System, das den einzig rechten Weg — eben seinen Weg — garantieren sollte. Mit heftiger Kritik wandte er sich gegen alles, was seiner Auffassung zuwider war. Zu einer Zeit, als er die schönen italienischen Landschaften (ab 1844 war er in Sizilien) in Wien ausstellte, schrieb er seine erste programmatische Schrift über das *Bedürfnis eines zweckmäßigen Unterrichts in der Malerei und plastischen Kunst*. Ein Jahr darauf untermauerte er seine Ansichten mit der Geschichte seines Lebens und seines künstlerischen Werdeganges. Die Revolution des Jahres 1848 nützte er, Vorschläge zur Reform der österreichisch-kaiserlichen Akademie der bildenden Künste vorzulegen. Trotz vielen heftigen Angriffen hatte *Fürst Metternich* bis zuletzt seine schützende Hand über ihn gehalten.

1854 schloß er seine Privatschule, 1855 erwarb Napoleon III. ein Gemälde und 1856 verkaufte er bei einer Ausstellung im Buckinghampalast alle seine Bilder. In seiner 1857 erschienenen Schrift *Andeutung zur Belebung der vaterländischen Kunst* war jedoch der Bogen überspannt worden: Der Reformator Waldmüller hatte die Aufhebung der Akademie gefordert; unmittelbar darauf folgte seine Strafpensionierung. Auch das Schreiben an Metternich konnte nicht helfen. Zwar fand er bei der Weltausstellung des Jahres 1862 künstlerische Anerkennung, und das Jahr 1863 brachte seine Rehabilitierung, aber zugleich zeigte eine Versteigerung seiner Bilder, daß seine Kunst kein Interesse mehr fand. In diesen schweren Jahren war die Kleidermacherstochter *Anna Bayer* seine Weggefährtin, die er 1851 nach dem Tod seiner ersten Gattin geheiratet hatte. Die letzten Jahre seines Lebens verbrachte der mit sich ringende Maler und unerbittliche Kritiker in der anmutigen Landschaft des südlichen Wienerwaldes in Stille und Abgeschiedenheit. Hier, inmitten der strahlenden Schönheit der Natur, wurde er nicht müde, einen Hymnus auf das einfache Leben zu malen.

Die künstlerische Entwicklung dieses auf einsame Höhe gelangten Malers war von seltener Konsequenz. Er begann im Kleinen bei der Blumenmalerei, schulte sich durch Kopien und eroberte sich so allmählich die verschiedenen Bildgegenstände: die Natur, die Landschaft, das Stilleben, vor allem aber das Bild des Menschen, das von Anfang an ein zentrales Anliegen seiner Malerei war. Wie sehr er gerade auf diesem Gebiet die gewandte Technik als innerlich leer empfand, eben ohne den notwendigen schöpferischen Geist, beschreibt er in seiner Selbstbiographie. Das *Bildnis der Mutter des Hauptmannes Stierle-Holzmeister,* das er 1819 malte, hatte ihn auf die Wichtigkeit der Naturstudien aufmerksam gemacht. »Malen Sie mir sie genau, so wie sie ist«, lautete der Auftrag des Bestellers. »Jetzt war auch mit Einemmale«, so fährt Waldmüller fort, »die Binde von meinem Auge gefallen. Der einzig rechte Weg, der ewige, unerschöpfliche Born aller Kunst: Anschauung, Auffassung und Verständnis der Natur hatte sich vor mir aufgethan.« Zieht man die Porträts von *Friedrich Amerling* zum Vergleich heran, dann erkennt man die andere Art der biedermeierlichen poetischen Auffassung. Wieviel Erzählerisches und Anekdotisches liegt bei Amerling im Arrangement. *Danhauser,* den Waldmüller sehr geschätzt hatte, blieb ebenso wie *Fendi* ein erfindungsreicher Erzähler; *Rudolf Mathias Ranftl* liebte die romantische Stimmung auch im bäuerlichen Leben. Waldmüller strebte nach Wahrheit in jeder Einzelheit. So findet er auch erst verhältnismäßig spät zum Gruppenbild und zur Genreszene inmitten der Landschaft. Die einzelnen Elemente mußten sich durch die gleiche Kraft der Naturwahrheit erst finden. Er wollte nicht erzählen, er wollte kein künstlerisches Bild malen, denn nur »das Leben erzeugt Leben und nicht das Gebild aus Menschenhand«, denn »im Leben wie in dem Abbild desselben, der Kunst«, so schrieb er 1846, »ist die Wahrheit das höchste, oberste Gesetz«. Hier bedurfte es, so meint Waldmüller, keiner Theorie und auch keiner Akademien: »Die Natur ist so reich, so mannigfach und unerschöpflich, daß nichts weiter als das Auge eines talentvollen Künstlers dazu gehört, diesen Schatz zu entdecken, diese Fülle auszubreiten.«

Die stufenweise Entwicklung in Waldmüllers Schaffen zeigen einige seiner bekannten Bilder: *Die Familie des Baron Neuhaus* (1827) und die schon viel bewegtere Anordnung der *Familie Eltz in Ischl* (1835), *Die Praterlandschaft*

(1830) und die *Hülteneckalm* (1838). Einen neuen Weg läßt die *Perchtoldsdorfer Bauernhochzeit* (1843), das erste große in der Natur gemalte ländliche Genrebild, erkennen. Von dieser Zeit an gewinnt die Landschaft immer mehr an Bedeutung, das figurale Motiv wird ihr eingeordnet. *Mödling* (1848), *Die Reisigsammler bei Wildegg* (1855), *Der Notverkauf* (1853), *Fronleichnamsmorgen* (1857), *Mutterglück* (1857), *Rosenzeit* (1862), *Versöhnung* (1864), *Vorfrühling im Wienerwald* (1861 und 1864) sind Waldmüllers bekannteste Gemälde. So natürlich die Stimmung in ihnen auch eingefangen ist, so ist dabei nicht zu übersehen, daß die Gemälde einer kompositorischen Anordnung folgen. Besonders deutlich ist dies bei den sozialen Themen etwa bei *Der Pfändung* (1847). Die Personen agieren wie auf einer Freilichtbühne. Gewiß, sie wurden »nach dem Leben studiert«, aber in einer künstlich gestellten Situation. Der Unterschied zu den biedermeierlichen Genremalern besteht nun darin, daß nicht die Erzählung die eigentliche Wirkung abgibt, sondern das Leben selbst, die Menschen, die Waldmüller als Statisten in seinen Darstellungen agieren läßt. Der Künstler selbst nannte sich einen Naturalisten, die Charakterisierungskunst des Realisten war ihm ebenso fremd wie die unmittelbare skizzenhafte Bewegungsstudie. Das Licht aber, das er in der Natur studierte, dessen Wirkung er genau kannte, wußte er meisterhaft zu erfassen. Wenn man in einem Gemälde Waldmüllers sein künstlerisches Bekenntnis zu erkennen glaubt, dann am ehesten in dem Bild *Wiedererstehen zu neuem Leben* (1852). Der alte Bauer, der lange in der dunklen Stube seines kleinen Bauernhauses ans Krankenlager gefesselt war, tritt hier zum erstenmal ins helle Sonnenlicht, spielende Kinder reichen ihm Blumen. Das sieghafte Leben symbolisiert sich im Frühling, im jungen Grün, in den Farben und in der Sonne. Sie gibt dem Kleinsten, dem Unscheinbarsten, selbst dem Leben der armen Bauern Bedeutung und erfüllt es mit ihrer leuchtenden Kraft.

Beide Künstler, *Friedrich Gauermann* und *Ferdinand Georg Waldmüller*, sind Vertreter einer Epoche, die man ein goldenes Zeitalter der österreichischen Malerei genannt hat. Biedermeierliche Romantik und die Wahrheit der Natur waren künstlerische Einstellungen aus demselben Lebensgrund. Waldmüller ist anders als die malenden Poeten, sein künstlerisches Streben überragt die Zeit, er kämpft um die Wirklichkeit der Natur und um die Wahrheit des Lebens. Vielleicht ist er gerade deshalb der überzeugendste Schilderer seiner Zeit geworden.

# *Josef Führich — Leopold Kupelwieser*
VON RUPERT FEUCHTMÜLLER

Die österreichische Spätromantik, eine geistige Richtung, die zwischen der Kunstreligion des Lukasbundes und dem frühen Historismus der Ringstraßenzeit vermittelt, bestimmt das Profil des 19. Jahrhunderts ebenso wie das Biedermeier. Der dichterischen Phantasie dieser liebenswürdigen bürgerlichen Kunst im Innersten verwandt waren die Romantiker, die Ideologen einer nach höheren Sphären strebenden Kunst. Sie versuchten ihre Ideale aus dem Leben zu entwickeln, sie führten zur Religion und zur vaterländischen Geschichtskunst. Aus einer großen Gruppe von Malern seien beispielhaft zwei herausgehoben: *Josef Führich* aus Böhmen und *Leopold Kupelwieser,* der gebürtige Niederösterreicher. Sie waren Freunde und künstlerische Weggefährten, die dem gleichen Ziele zustrebten, aber doch, gemäß ihrer künstlerischen Veranlagung, verschiedene Wege einschlugen, welche die Weite der Auffassung sichtbar machen können.

*Josef Führich* wurde am 9. Februar 1800 in Kratzau in Böhmen geboren und starb am 13. März 1876 in Wien. Von seinem Vater vorgebildet, wurde sein Talent von dem Grundherrn, dem kunstliebenden Mäzen *Christian Graf Clam-Gallas* gefördert und an der Prager Akademie unter Professor *Bergler* seit 1818 weitergebildet. Sein bedeutendes zeichnerisches Talent orientierte sich an dem großen Vorbild *Dürers* und wurde von *Wackenroder, Novalis* und *Tieck,* besonders von den Faustillustrationen, die *Peter Cornelius* schuf, direkt angesprochen. Die Kunst des Zeichnens war Josef Führich niemals Selbstzweck, sondern sollte der Vermittlung von Inhalten dienen. Neben historischen Stoffen findet man zwischen 1819 und 1824 romantische Darstellungen zu *Tiecks Genoveva* und zu *Goethes Erlkönig* und zu *Hermann und Dorothea.* Religiöse Themen aus dem Alten und dem Neuen Testament gewinnen mehr und mehr an Bedeutung. Führichs Talent hatte auch die Aufmerksamkeit der österreichischen Kunstbehörde erregt, was in einem von *Fürst Metternich* verliehenen Romstipendium äußeren Ausdruck fand. Eingestimmt durch den Wiener Romantikerkreis um *Friedrich Schlegel, August von Klinkowström* und *Karl Ruß,* reiste er 1827 nach Italien, wo er dank seiner künstlerischen Einstellung sofort Anschluß an die Lukasbrüder fand. Die eben in Arbeit befindliche Freskenfolge im Casino Massimo in Rom, an der *Josef Anton Koch, Ludwig Schnorr von Carolsfeld* und *Philipp Veit* arbeiteten, machte ihn mit der neuen Monumentalmalerei bekannt. *Friedrich Overbeck* übertrug Führich sogar die Vollendung seiner *Bildfolge vom Befreiten Jerusalem,* was gewiß einer besonderen Wertschätzung entsprach. Und dennoch war Führich seiner Gesinnung nach vom Klosterbruderideal der Nazarener weit entfernt. Sein Naturgefühl drängte ihn zur Darstellung des Lebens, was schon in den Naturstudien zu den Volksszenen für sein Fresko *Gottfried von Bouillon am Heiligen Grab* zum Ausdruck kommt. *Raffael* war für Führich kein religiöskünstlerisches Ideal, sondern der Höhepunkt einer von der Antike kommenden Tradition. Sein praktischer Sinn ließ die romantische Auffassung schließlich ganz zurücktreten und führte zu der tiefer schürfenden Erkenntnis einer universellen Welt- und Geschichtsansicht, die auf den Grunddogmen von Sünde und Versöhnung basierte. Durch eine solche Einstellung war auch die beinahe dogmatische Richtung seiner Kunstauffassung bestimmt.

Nach Wien zurückgekehrt, wandte sich Führich der großen religiösen Komposition zu, wobei er mit seinen erzählenden Darstellungen meist mehr Erfolg als mit seinen Altarbildern hatte. In der Wiener Altmannsdorfer Kirche sehen wir ihn zum erstenmal neben *Ranftl, Kupelwieser* und *Steinle* 1839 an einer gemeinsamen Konzeption. Der *Betende Moses* (1832), *Jesus Gang nach dem Ölberg* (1839), *Die hl. Adelheid* und *Der hl. Franziskus* (1835) sowie der *Triumphwagen der Kirche* (1840) sind seine bekanntesten Gemälde, unter denen sich anmutig biedermeierliche Erzählungen wie *Jakob segnet Rahel* (1836) oder *Der Gang Mariens über das Gebirge* (1841) finden. Sie zeigen, daß Führich von der wienerischen Atmosphäre nicht unbeeinflußt blieb. Stimmungsvoll, naturverbunden und stark im seelischen Ausdruck waren auch die späteren Zyklen: die *Nachfolge Christi*, der *Psalter*, das *Leben Mariens* und die *Passion.*

Sein Streben aber gehörte der großen Bildfolge und ihrer künstlerischen Gestaltung, einem Gebiet, auf dem er 1840 auch als Professor für historische Komposition unterrichten konnte. Sein größter Erfolg in dieser Richtung waren die *Kreuzwegstationen* (1844—1846) in der Johannes-Nepomuk-Kirche im II. Wiener Bezirk, deren »schaudervolles Epos« man ebenso wie die »ergreifende Charakteristik im Ausdruck« besonders hervorhob. Führich ging es dabei weniger um die Vollendung im Malerischen oder um rein künstlerische Probleme, sondern im wesentlichen um die Darstellung. Er war daher ganz in seinem eigensten Element, als ihm der Unterrichtsminister *Leo Graf Thun* im Jahre 1854 die Disposition der *Freskenfolge in der Altlerchenfelderkirche* übertrug. Er konnte die gesamte Anlage in ihrer Abfolge und Typologie entwerfen, wobei er neben den Gegenüberstellungen von Altem und Neuem Testament auch die Dramatik des Geschehens, das von der Erbsünde über die sieben Zufluchten bis zu den acht Seligkeiten führt, im Auge behielt. Die noch erhaltenen Kartons für die Apsisgemälde verraten die Sicherheit und Klarheit seines zeichnerischen Könnens, dem es bei aller Größe allerdings etwas an menschlicher Wärme fehlt.

Führich hatte in der österreichischen Spätromantik die Rolle Overbecks übernommen: Er war die Autorität auf dem Gebiete der religiösen Kunst. Seinen Rat holte man bei allen großen Unternehmungen ein, bei dem Gemeinschaftswerk *Christliches Kunststreben* und *Denkblätter für unsere Zeit*, zuletzt sogar beim *Freskoprogramm der Wiener Votivkirche.*

Führichs Stärke zeigte sich dabei auch in theoretischen Auseinandersetzungen, die wir in seinen Schriften über die Kunst nachlesen können. »Kunst ist nicht Religion«, lautet einer seiner charakteristischen Sätze, »aber sie führt zu ihr hin«. »Kunst«, so heißt es an einer anderen Stelle, »ist eine Lehrform, die das geheimnisvolle Glaubensleben, welches in der Kirche wirkt, durch die Sinne dem Gemüt zuführt«, es verhält sich somit »das Bild wie die Andacht zum Gebet«. Führich schuf, wie es in seinem Nachruf heißt, Bilder aus dem Leben für das Leben. Sein Verdienst für die österreichische Spätromantik war es, daß er sie kraft seiner Phantasie auf ihrem Weg zur Monumentalität bestärkte und ihr ein über das einzelne Kunstwerk hinausweisendes Programm gab. Er, der weit über die Grenzen des Landes hinaus bekannte Maler, war ein Wegbereiter einer Kunstrichtung, die in München, am Hofe *König Ludwigs I.*, mit *Peter Cornelius* und *Julius Schnorr von Carolsfeld* ihr erstes bedeutendes Zentrum hatte. In Österreich entwickelte sich die Spätromantik nur allmählich, sie war von der Idee der Verkündigung der christlichen Botschaft getragen, wie sie *Klemens Maria Hofbauer* vorgelebt hatte, und erhielt schließlich an der Wiener Akademie an den Meisterschulen für Malerei eine Pflegestätte, deren künstlerische Tradition für den glanzvollen Historismus der Ringstraßenzeit wegbereitend war. Im Freundeskreis der Künstler, Architekten, Bildhauer, Maler und Dekorateure hatte sich der Sinn für ein neues Gesamtkunstwerk angebahnt.

An der Seite Führichs sehen wir ab den vierziger Jahren einen zweiten Maler, der dem gleichen Ziel zustrebte, jedoch auf andere Weise: *Leopold Kupelwieser*. Er war kein Theoretiker und war auch nicht zum führenden Ideologen geboren, sondern Maler aus innerster Überzeugung; anmutiger, menschlicher und auch österreichischer in seinem Wesen. Leopold Kupelwieser, der einer alten Südtiroler Familie entstammte, wurde am 17. Oktober 1796 im Hammerherrenhaus seines Großvaters in Piesting geboren. Er starb in Wien am 17. November 1862. Sein künstlerisches Talent zeigte sich zuerst auf plastischem Gebiet; durch Zufall wurde es von Professor *Zauner* entdeckt, der den Knaben zur weiteren Ausbildung an die Wiener Akademie empfohlen hatte. Sein Hauptinteresse galt der Zeichenkunst, ohne hier völlig den akademischen Regeln zu verfallen. Daran hinderte ihn sein weltoffener Sinn, seine Gabe für die Beobachtung des Natürlichen, vor allem aber die Anregungen, die er im Freundeskreis um *Franz Schubert* empfing.

Hatte sich Führich anfangs einer romantisch-poetischen Naturschwärmerei zugewandt, so war Kupelwieser der Porträtist und Topograph der Schubertzeit: fern von den Idealen des Lukasbundes, vom hohen Streben Fügers zwar beeinflußt, aber dennoch nicht unter dem Diktat der akademischen Manier. Dieser echt österreichische Freundeskreis gab Kupelwieser auch ein ganz anderes Rüstzeug für seine Italienreise, die er im Herbst 1823 als Reisebegleiter und Zeichner des russischen Adeligen *Alexis Beresin* antrat. Sie führte ihn über Rom und Neapel bis nach Sizilien, wo er nach vielen Abenteuern einer todbringenden Malaria entrinnen konnte. Zwei Wünsche hatten ihn nach Rom geführt: die Antiken im Original zu sehen und anbetend vor den Bildern des geliebten *Raffael* zu knien. Dieser zweite schwärmerische Wunsch sollte sich nicht so leicht erfüllen. Sein selbstsicheres Wesen wehrte sich gegen die italienische Art, gegen die Vollkommenheit einer Kunst und gegen die verderbliche Manier. Nachbeten schien ihm sündhaft. In diesem innerlichen Zwiespalt bot ihm die naiv-fromme Kunst *Fra Angelico da Fiesoles* ein Heilmittel. Mit *Joseph Hempel* und *Joseph Tunner* studierte er vom Gerüst aus die Fresken in der Vatikanischen Kapelle *Nikolaus' V.* in Rom. Sein Ziel lag nicht im Kopieren, sondern im Nachzeichnen, in der stillen Beobachtung, die ihn für seinen eigenen Weg reif machen sollte.

Die ersten Werke, die er 1825 nach seiner Rückkehr in Wien ausstellte, besonders der *Zug der Heiligen Drei Könige nach Bethlehem,* spiegeln die Kraft der in Italien empfangenen Eindrücke. Kupelwieser wurde Mitglied des Wiener Romantikerkreises, der sich um *Karl Ruß, Josef Sutter* und *Ludwig Ferdinand Schnorr von Carolsfeld* gebildet hatte. Zu ihm war auch noch Leopold Kupelwiesers Mündel *Edward Steinle* gekommen. Entscheidend für ihn war sein wieder zur katholischen Kirche zurückgekehrter, tief religiöser Freund *Franz Bruchmann,* der nach der Abreise *Schobers* und nach dem Tod Schuberts eine führende Rolle innehatte.

Kupelwiesers Vorliebe für die altitalienische Kunst, die man in Wien mit dem Schlagwort altdeutsch gleichgesetzt hatte, brachte ihn bald in Gegensatz mit der offiziellen Kunstauffassung der Wiener Akademie. So hatte man seine Bewerbung um eine Lehrstelle auch anfangs abgelehnt. Allmählich zeigte sich jedoch die Haltlosigkeit der Vorwürfe. Kupelwiesers *Altarbilder* für Neuhaus (Mähren), Neu Gradiska (Jugoslawien) wurden lobend aufgenommen, und 1831 erhielt er in Konkurrenz mit *Friedrich Amerling* die angestrebte Correktorstelle an der Wiener Akademie. Nun lassen sich seine Erfolge schrittweise verfolgen. Das *Hochaltarbild für Klosterneuburg Die Geburt Mariens* (1833), das *Votivbild für Erzherzog Rainer in Schönkirchen* (1835), das zehn Meter hohe *Josefsbild in Budapest* (1837) und das *Rosenkranzbild in der Wiener Dominikanerkirche* (1839) lassen seine künstlerische Entwicklung von der strengen, flächigen Anordnung der Romantik über eine biedermeierliche Anmut und die Auseinandersetzung mit dem räumlichen Barock bis zur lehrhaften Historie klar erkennen. Kupelwieser war zum führenden Meister des Altar- und Andachtsbildes geworden, eine Position, die in dieser Bedeutung bisher nur der *Kremser Schmidt* in Österreich innehatte. Bezeichnend ist es, daß sich seine Kunst auch in der Miniatur bewähren konnte; es sei hier auf die Aquarellserie einer für die Kaiserin geschaffenen *Messiade* (1836) hingewiesen. Die Arbeitsweise zeigt Kupelwieser als einen echten Maler des Biedermeiers. Die Bildidee, aus eigenen Erlebnissen empfangen, war das Primäre; zur Realisierung dieser Vorstellung benutzte er dann die Naturstudien, die seine gute Beobachtungsgabe als Porträtist erkennen lassen. So vollzieht sich die Idealisierung auf dem Boden der Realität und der natürlichen Überzeugungskraft.

Kupelwiesers Kunst war nicht isoliert, sondern in eine Gemeinschaft gestellt. *Porträtaufträge, Herrscherbildnisse* für Laxenburg und den Kaisersaal im Römer in Frankfurt brachten ihn mit *Friedrich Amerling, Ferdinand Georg Waldmüller, Johann Ender, Peter Krafft* und *Josef Danhauser* in Konkurrenz; der bereits erwähnte Auftrag *J. B. Hoffmanns* für Altmannsdorf hingegen mit *Ranftl, Führich, Steinle* und *Schaller.* Noch entscheidender für ihn war die Freundschaft mit dem Architekten *Carl Roesner,* mit dem er an der Realisierung eines neuen Gesamtkunstwerkes arbeitete. Die Friedhofskapelle in Pinkafeld, die von Steinle ausgestattet wurde, war eine Vorstufe dazu, der Hochaltar der Wiener Dominikanerkirche zeigt bereits die Einheit von Malerei, Ornament und Architektur. Bahnbrechend aber war die Johannes-Nepomuk-Kirche in der Wiener Praterstraße, das erste monumentale Kunstwerk im Stile der neuen vaterländischen Kunst. Kupelwiesers Freskoschmuck in der Apsis (1846), die Altarbilder von *Schulz,* die Kreuzwegstationen von Führich setzten die neuen künstlerischen Vorstellungen in die Tat um. Roesners Friedhofskapelle in Klosterneuburg mit Kupelwiesers *Fresko des Jüngsten Gerichtes* (1847) war eine weitere Entwicklungsstufe. Kein Wunder, daß *Paul Sprenger* Kupelwieser einlud, auch den Freskoschmuck für die von ihm geplante Altlerchenfelderkirche zu übernehmen. Als dann *Müller* den Bau übertragen erhielt, lieferte Kupelwieser neuerlich eine Disposition, die später von Führich verändert wurde. Das Bild dieser entscheidenden Jahre kurz nach 1848 aber wäre nicht vollständig, wenn man nicht an den vaterländischen *Freskoschmuck im Marmorsaal des niederösterreichischen Statthaltereigebäudes* (1848—1850) erinnern würde. Kupelwiesers Geschichtsdarstellungen von der Römerzeit bis zum Wiener Kongreß gaben dem neuen patriotischen Sinn ebenso Ausdruck wie die geplante Geschichtshalle beim äußeren Burgtor, die für die Idee eines Kaiserforums wegbereitend war. Kupelwieser befaßte sich damals auch mit einem zeitgemäßen *Freskoschmuck des neuen Nordbahnhofes* und mit der Reform von Kunstausstellungen; der Wiener Akademie der bildenden Künste wurde die Stellung einer obersten Kunstbehörde gegeben.

Dennoch sah Kupelwieser seine Aufgabe nicht als Theoretiker, sondern stets als Maler. Seine Kunst sah im kleinen Format ebenso ihre Erfüllung wie im monumentalen Gemälde. Welch ein bedeutender Kreis von Künstlern sich damals unter der Leitung der Wiener Akademie zu gemeinsamen Arbeiten zusammengefunden hatte — Kupelwieser leitet seit 1852 gleichfalls eine der neu errichteten Meisterschulen —, beweisen die *Miniaturen für das Gebetbuch der Kaiserin Elisabeth* (1854) und das *Missale Romanum,* das *Kaiser Franz Joseph* für *Papst Pius IX.* im Jahre 1858 in Auftrag gegeben hatte. Vom gleichen Sinn ist auch der *Freskoschmuck der Altlerchenfelderkirche* (1854—1860) getragen, nämlich vom Verkündigungsgedanken des Bildes, das der Andacht der Gläubigen dienen sollte. Kupelwieser war der Schmuck des Querschiffes vorbehalten, die *Fresken der acht Seligkeiten* in der Kuppel und die großen

Bilder *Wiener Madonna* und das *Letzte Abendmahl* an den Wänden des Querschiffes. »Das geistige Leben dieser Gestalten«, so heißt es in einer Kritik, »hat den irdischen Menschen überwunden.«

Kupelwiesers späte Gemälde, die *Maria-Himmelfahrts-Themen für Pécs* (1853), *Kolocsa* (1855) und für die *Wiener Universitätskirche* (1861) sind von der gleichen »göttlichen Menschlichkeit« erfüllt, von einem »asketischen Feuer«, wie *Schwind* es so treffend genannt hatte. Seine *Madonnen- und Immaculatadarstellungen* gehören zu den anmutigsten in der österreichischen Kunst des 19. Jahrhunderts.

Kupelwiesers Bedeutung zeigt sich besonders deutlich in der Tatsache, daß er die österreichische Tradition auf dem Gebiete des religiösen Gemäldes fortgeführt hat. Aus dem Schubertkreis hervorgegangen und an Fiesolo geschult, war er seinen Weg gegangen, der mit Roesner und *van der Nüll* bis zum Historismus der Ringstraße führte. Er war es, der mit seinem Freund *Moritz von Schwind* in München die Verbindung aufrechterhielt, sodaß dieser nach den *Fresken in Roesners Stiegenhaus der Wertheimsteinvilla* die Hoffnung haben konnte, in seiner Vaterstadt nicht ganz vergessen zu werden. Schwinds *Freskozyklus in der Wiener Oper* war nicht nur Erinnerung an eine schöne Jugend, sondern auch Auftakt einer neuen Kunst. Kupelwieser war einer jener Künstler, die mit ihrem Schaffen dafür sorgten, daß dieser Beginn möglich war, daß Wien wieder zu einer Metropole der Künste wurde.

## *Joseph Kornhäusel*

VON FRIEDRICH ACHLEITNER

*Joseph Kornhäusel,* der legendäre Baumeister des Wiener Biedermeiers, von dem kaum Legenden erhalten sind, entzieht sich fast ganz einer Darstellung seiner Persönlichkeit. Neben wenigen Daten und einer mehr oder weniger genau bestimmbaren Liste seiner Bauten sind nur etliche Zeichnungen von seiner Hand und nicht einmal eine Porträtskizze oder ein Photo von ihm erhalten. Sein Schaffen war von einem Bürgertum getragen, das in einer nachrevolutionären Zeit seine Revolution erst vorbereitete. Wir finden die Spannungen und Widersprüche seiner Zeit in einem formalen Gehäuse, das sich ausgeglichen, selbstsicher, heiter und zufrieden gibt. Es schiene aber bei Kornhäusel der Gedanke nicht abwegig, wenn wir hinter seinem gelassenen architektonischen Gehaben, hinter der hartnäckigen Liebe zum feinen Detail und der permanenten Anstrengung zur undramatisierten Ordnung ein Naturell wie *Adalbert Stifter* vermuten würden. Die Freundschaft beider Männer ist nicht erwiesen, aber Stifter hat immerhin im Hause Kornhäusels (Seitenstettengasse Nr. 2) sechs Jahre gewohnt und soll auch seine Beobachtung der Sonnenfinsternis vom Kornhäuselturm aus gemacht haben. Kornhäusel hat sich am Höhepunkt seines Schaffens einen für unerwünschte Besucher unzugänglichen Atelierturm gebaut. Darin hat er schließlich seine Zeit und seine Architektur um rund zwanzig Jahre überlebt. Er starb 1860 — vergessen, als der Wettbewerb für die Ringstraße bereits durchgeführt war und die junge Architektengeneration des Historismus ihre ersten Bauten schon ausgeführt hatte.

Joseph Kornhäusel war, so paradox dies klingen mag, der profilierteste, geschmackvollste, sensibelste und subjektivste Vertreter einer anonymen Architektur (im richtigen Sinne des Begriffes), seine Anschauungen und Ziele deckten sich mit denen des Bürgertums seiner Zeit. So spiegelt sich in seinem Werk der Hintergrund der nachbarocken gesellschaftlichen und damit auch baulichen Situation, es wirken die Traditionalismen genauso weiter, wie sich das revolutionäre Gedankengut verbreitet, das im Vokabular des französischen Revolutionsklassizismus auftritt. Die Architektur des Biedermeiers ist eine Baukunst des Privatmannes. Der Mangel an öffentlicher Beanspruchung kompensiert sich in Zurückgezogenheit und Behaglichkeit, in der Betonung der Intimsphäre, begleitet von Skepsis und Resignation. Die Verwendung »objektiver« klassischer Formen symbolisiert zumindest eine äußerliche Ruhe und Ordnung. Die Fassade wird identisch mit der Demonstration von Bürgertugenden, die in Beständigkeit, Bescheidenheit, Geschmack und in einer gewissen Anonymität bestehen. Das ist das Milieu Kornhäusels, er bleibt zeitlebens ein Vertreter der bürgerlichen Kultur.

Joseph Kornhäusel wurde am 13. Februar 1782 in Wien in der Wollzeile geboren. Sein Vater war der bürgerliche Baumeister *Johann Georg Kornhäusel*. 1792 wird Joseph im väterlichen Betrieb für drei Jahre als Lehrjunge eingeschrieben und 1797 als Maurergeselle freigesprochen. Nach dem Tode seines Vaters (1797) führt die Mutter das Baugewerbe weiter. Ob Kornhäusel im elterlichen Betrieb verblieb oder eine Schule besuchte, ist unbekannt. Er war jedoch nicht Schüler der Wiener Akademie. Ab 1802 tritt er bereits als Architekt auf. 1804 ließ er sich als »Zögling« des Bauhandwerks eintragen und wurde vom Baumeister *Josef Reymund* zur Ausbildung übernommen. In der folgenden Zeit entwirft er Um- und Neubauten in Wien und Umgebung. 1806 bewirbt sich Kornhäusel für die von der Wiener Akademie ausgeschriebene Architekturlehrkanzel in Krakau. Er gewinnt die Konkurrenz, verzichtet aber dann auf diese Stelle wegen persönlicher Umstände und Unkenntnis der polnischen Sprache. 1807 sucht Kornhäusel bei der Akademie um Aufnahme als akademisches Mitglied an, ein Jahr später wird ihm das Ansuchen gewährt. 1811 trennt sich Kornhäusel endgültig von seinem väterlichen Baugeschäft. Während dieses ersten Jahrzehntes seiner Tätigkeit herrschen *bürgerliche Wohnbauten* vor. Eine Ausnahme bilden die Um- und Neubauten am *Schloß Jeutendorf*, der *Zirkus Bach* im Prater und das *Stadttheater Baden*.

1812 tritt Kornhäusel die Nachfolge von *Joseph Hardtmuth* als Baudirektor des *Fürsten von Liechtenstein* an. Neben den liechtensteinschen Bauten

*(Schloß Eisgrub* mit zahlreichen Einzelbauten, *Husarentempel, Schloß Prohanska* usw.) errichtet er das *Rathaus in Baden.* 1817 bewirbt sich Kornhäusel um die Nachfolge *Hohenbergs* an der Akademie, es wird ihm jedoch *Peter Nobile* vorgezogen. Im April 1818 reist Kornhäusel nach Italien, Frankreich und in die Schweiz, Ende Juli desselben Jahres bittet er um die Enthebung als Baudirektor, was ihm auch gewährt wird.

Sein eigentlicher Aufstieg beginnt 1820 mit dem Auftrag zur *Weilburg* im Helenental bei Baden für *Erzherzog Karl,* den Sieger von Aspern, und dem *Umbau des Stadtpalais* für denselben Bauherren (Albertina). Kornhäusel wird damit zum bekanntesten, meistbeschäftigten und wohl auch beliebtesten Architekten dieses Jahrzehnts. Die aufblühende Kurstadt Baden, die schon eine Reihe von Kornhäuselbauten besitzt, erhält noch den *Sauerhof* und das *Engelsbad.* In Wien entsteht neben dem *Josefstädter Theater* und dem *Gemeindehaus für die Leopoldstadt* die große *Zinshausgruppe in der Seitenstettengasse mit dem Tempel der israelitischen Kultusgemeinde,* eine der originellsten Raumschöpfungen seiner Zeit. Neben einigen Mietshäusern (auch eigenen), in denen sich bereits die kommende Gründerzeit ankündet, beginnt Kornhäusel seine großen *klösterlichen Um- und Neubauten (Schottenstift in Wien, Mechitaristenkloster in Klosterneuburg),* die auch dann die Tätigkeit des letzten Jahrzehnts beherrschen *(Stift Klosterneuburg* und *Mechitaristenkloster Wien).* Ab 1842 zieht sich Kornhäusel ins Privatleben zurück. 1846 baut er sich noch ein Landhaus in der Hinterbrühl, 1850 und 1851 ist er Mitglied des dortigen Gemeindeausschusses. Am 31. Oktober 1860 stirbt er 78jährig an Darmruhr in seinem Haus Seitenstettengasse 2. Er wurde auf dem St. Marxer Friedhof beigesetzt und erhielt 1934 ein Ehrengrab der Stadt Wien.

Joseph Kornhäusel war nicht, wie etwa sein Zeitgenosse *Karl Friedrich Schinkel,* der die architektonische Szene in Berlin beherrschte, ein treibender, erfindender und formulierender Architekt, er stand auch nicht im Dualismus des romantischen Klassizismus, der sowohl die klassische als auch die nationale Vergangenheit wiederbeleben und womöglich verschmelzen wollte. Seine Architektur hatte auch kein Königtum zu repräsentieren, keinen Staat und stellte auch keinen nationalen Anspruch. Kornhäusel war auch kein schreibender oder malender Architekt, er war kein analytischer Geist, weder abgrenzend noch ausschließend oder gar tendenziös. Sein wienerischer Charakter neigte eher zur Synthese oder zu Kompromissen, zur Toleranz gegensätzlicher Tendenzen und sogar zur Verniedlichung von Problemen. Er war im bürgerlichen oder kleinbürgerlichen Rahmen der Vollstrecker eines Testaments, das ein Jahrhundert vor ihm *Fischer von Erlach* mit seinem architektonischen Universalismus der Wiener Architektur hinterlassen hatte. Es dürfte kein Zufall sein, daß Kornhäusel gegenüber altem Baubestand eine eher denkmalpflegerische Haltung einnahm, daß er oft bei Neubauten seine modernen Fassaden über barockisierenden Grundrissen errichtete und andererseits wiederum von der äußeren Erscheinung seiner Bauwerke wenig Zwang auf ihre innere Raumeinteilung ausübte. Kornhäusel war genau das, was *Adolf Loos* ein halbes Jahrhundert später unter einem Architekten verstand: ein Maurer, der Latein gelernt hat.

Joseph Kornhäusel ist also nicht der Typ des Architekten, der seine Umwelt radikal verändern und verbessern will, der aus der Auseinandersetzung mit ihr die Bestätigung seiner selbst sucht. Kornhäusel und sein Werk sind, wie *Herzmansky* formulierte, »repräsentativ für die Wiener Architektur dieser Epoche, nicht in bezug auf die Gesamtheit ihrer Erscheinung, aber für deren heimische, spezifisch nationale Eigenleistung«.

Joseph Kornhäusels Leistung liegt darin, daß er sich mit seinen subjektiven Fähigkeiten mit einer allgemeinen und herrschenden kulturellen Entwicklung identifiziert und ihre Möglichkeiten maximal ausschöpft. Als diese Kultur jedoch unmodern geworden und den kommenden Aufgaben nicht mehr gewachsen war, mußte er von der Bühne abtreten. Kornhäusel gelang es daher auch nicht, um ihn noch einmal mit Schinkel zu vergleichen, seinem Spätwerk jene vorbereitende Bedeutung zu geben, die das Werk Schinkels für die kommende Baukunst besaß. Die Ermattung und auch Schematisierung der formalen Mittel Kornhäusels sind nur insofern unmittelbar zukunftsweisend, als sie an einer Bauaufgabe auftreten — dem Massenmietshaus —, die die kommenden Jahrzehnte beherrscht und eine Konfektionierung des Vokabulars verlangt.

Trotzdem ist das Werk Kornhäusels in einem anderen Sinne — unabhängig von seiner geschichtlichen Bedeutung — für die künftige Entwicklung der Wiener Architektur bestimmend geworden. Adolf Loos und *Josef Hoffmann* beriefen sich ausdrücklich auf das Wiener Biedermeier und sahen in Kornhäusel einen beispielhaften Architekten. Es war inzwischen die Welle des Historismus über die Szene gegangen, die schließlich in seiner Spätphase zu einer Forminflation und damit Entleerung geführt hatte. Man sah die Notwendigkeit der Überwindung dieser ausweglosen Situation und besann sich auf die anonymen Baukulturen, in deren Orientierung an praktischen und vom Gebrauch her bestimmten Bedürfnissen man einen Ausweg sah. Es ist also kein Zufall, daß neben der englischen Wohnkultur auch das Wiener Biedermeier an Wertschätzung gewann, denn gerade ihre Tugenden standen im krassen Gegensatz zum aufgeputzten Utilitarismus der Spätgründerzeit. Vielleicht ist auch Kornhäusel dafür verantwortlich, wenn sich mit der Wiener Moderne ein Traditionalismus paarte, der in der vermeintlichen Unvergänglichkeit klassischer Formen diese wieder, wenn auch oft nur als Zitate, bei neuen Entwürfen verwendete. Schon bei *Otto Wagner* zeigte sich mit der Reduktion des Formvokabulars immer mehr der klassische Hintergrund, bei Loos stand er ohne Konflikt neben seiner funktionalistischen Doktrin.

Vielleicht war das Biedermeier mit Joseph Kornhäusel die erste Baukultur, in der sich die wienerischen Merkmale in reinster Form zeigten. Die Analyse

Herzmanskys, die Arbeit Kornhäusels betreffend, liest sich in Teilen fast wie die Charakterisierung des Wienerischen im allgemeinen: »... Dabei nimmt er niemals eine auslösende und bestimmende Führerrolle ein, die der Entwicklung neue Impulse gibt, sondern schließt sich jeweils im Moment einer beginnenden Verallgemeinerung einer solchen an, wobei er auch durch Geschmack und Qualität überlegen hervortritt. In dieser Erscheinung liegt bereits ein Wesenszug Kornhäuselschen Kunstschaffens beschlossen, den man am besten mit ›modisch‹ umreißt, weil dieser Begriff gleichzeitig andere wesentliche Eigenschaften seines Stilcharakters mit einschließt. Einmal die konsequente Anwendung einer Regel und zum anderen das im Dekorativen liegende Schwergewicht der schöpferischen Phantasie. Wobei schon das hohe geschmackliche Niveau einen kunstgewerblichen Zug offenbart und damit einen stark dinglichen, materiellen Charakter zur Folge hat, der gleichzeitig trotz hoher Formkultur eine nüchterne Qualität zum Ausdruck bringt, die ihrerseits aber gerade ein Merkmal bürgerlichen Elements darstellt.«

Es bliebe noch die Frage, ob die biedermeierliche Gesellschaft Kornhäusels künstlerische Kräfte wirklich voll ausgeschöpft hat. Arbeiten, wie die Raumfolge seines Umbaus der Albertina, der Ehrenhof im Sauerhof oder der Zirkus Bach und der Judentempel in der Seitenstettengasse, lassen einen Architekten erkennen, dem mehr zur Verfügung stand als ein raffiniertes dekoratives Vokabular für Fassaden und Innenräume. Kornhäusels Disziplin hat manchmal eine innere Freiheit und Großzügigkeit, die an *Palladio* mehr erinnert als an den kühlen Rationalismus der Revolutionsarchitekten. Er wäre nicht der architektonische Repräsentant seiner Zeit gewesen, wenn er diese Fähigkeiten demonstrativer zur Schau gestellt hätte.

## *Josef Ressel — Fritz Franz Maier — Ernst Leo Schneider*

VON REINHARD KEIMEL

Die Bemühungen des Chefs der österreichisch-ungarischen Kriegsmarine, *Wilhelm von Tegetthoffs,* seinem Lande die Bedeutung des Meeres nahezubringen und eine Seemacht aufzubauen, waren, soweit überhaupt, nur im Bereich der Kriegsmarine erfolgreich. Seit die habsburgische Monarchie mit der Ostendischen Kompanie den Versuch unternommen hatte, auf den Weltmeeren eine Rolle zu spielen, und gescheitert war, blieb es dabei: das Vielvölkerreich war ein Binnenstaat. Umso interessanter ist es, daß Sprößlinge dieses Landes in drei aufeinanderfolgenden Generationen entscheidende Erfindungen für die Schiffahrt erbracht haben, die zu ihrer Zeit revolutionierend gewirkt haben und bis heute weiterwirken. Mit der Erfindung der Schiffsschraube durch *Josef Ressel* begann diese Reihe.

*Josef Ressel* wurde am 29. Juni 1793 als jüngstes von vier Kindern geboren. Sein Vater, *Anton Hermann Ressel,* war Mauteinnehmer in dem ostböhmischen Städtchen Chrudim.

Das Gymnasium in Linz absolviert Ressel mit Auszeichnung. Anschließend dient er im Heer und studiert 1812 bis 1814 an der Wiener Universität technisch-naturwissenschaftliche Fächer. Das Interesse an der Technik läßt Josef Ressel sein Leben lang nicht los. Infolge finanzieller Schwierigkeiten muß er das Universitätsstudium abbrechen; mit Hilfe eines kaiserlichen Stipendiums vollendet er die zweijährige k. k. Forstakademie zu Mariabrunn bei Wien.

Am 16. März 1817 tritt er seinen Dienst als Distriktsförster in Unterkrain an. Seine weiteren Dienststellen bringen ihn nach Laibach, Triest, Montona und Venedig. Als Förster arbeitet Ressel Aufforstungsprojekte für den Karst aus und erstellt Karten und Abschätzungen von seinen Dienstgebieten. Den Regulierungs- und Kolonisierungsprojekten für das versumpfte Narentadelta fügt er eine umfangreiche Rentabilisierungsberechnung bei.

Trotz seinem eher bescheidenen Einkommen findet Ressel noch Zeit und Mittel, sich mit zahlreichen technischen Ideen zu befassen, voran mit der Anwendung der archimedischen Schraube zum Schiffsantrieb. Damit befaßt er sich bereits während seines Aufenthaltes in Wien, beschäftigt sich fortan immer intensiver damit, bis schließlich im Februar 1827 der erste Versuchspropeller fertiggestellt ist. Das Privilegium auf die *Schiffsschraube* wird ihm erteilt, sein Ziel erreicht er im Herbst 1829, als die amtliche Versuchsfahrt mit dem Schiff »Civetta« in Triest durchgeführt wird. Sie verläuft leider nicht erfolgreich, da ein schlecht gelötetes Rohr an der Dampfmaschine platzt und der Antrieb nach wenigen Metern Fahrt versagt. Aber der Beweis für die Richtigkeit der Idee ist erbracht, und Ressel arbeitet weitere Pläne für Verbesserungen aus, die hauptsächlich die Dampfmaschine betreffen; er plant auch, die Schraube in der Längsachse drehbar am Heck anzubringen und dadurch das Schiff ohne Ruder zu steuern.

Weitere Erfindungen folgen. Ressel erhält auf nicht weniger als zehn technische Entwürfe Privilegien, darunter einige für verschiedene Pressen und Dampfmaschinen, eines für ein Lager ohne Reibung und Schmierung — einen Vorläufer der heutigen Wälz- und Kugellager — und eines auf ein Dampffuhrwerk zur Personen- und Warenbeförderung, einen Vorläufer des Dampfautos.

Auf dem Gebiet des Schiffbaues schlägt Ressel als Ersatz für das knapp werdende Eichenholz Schiffsrippen aus Eisen vor, eine damals völlig neue Idee. Abhandlungen, die das Seewesen und die Meereströmungen betreffen, sowie die Entwicklung einer neuen Bussole bestätigen Ressels beständiges aktives Interesse für die Schiffahrt.

1821 befaßt sich Ressel mit der pneumatischen (atmosphärischen) Briefpost, entwickelt sie 1827 weiter und bringt sie 1847 zur Reife; sie entspricht der heutigen Rohrpost. Auf chemischem Gebiet entwickelt er eine neue Methode der Seifenherstellung, ein chemisches Heizmittel für Dampfmaschinen und einen Apparat, mit dessen Hilfe aus Vegetabilien Färbe- und Gerbstoffe extrahiert werden. Er entwirft auch das Projekt, mit Windmühlen, die einen senkrechten Wellenbaum besitzen und unabhängig von der Windrichtung und der Windstärke in Bewegung sein können, die Hochebenen beiderseits des Nils zu bewässern. Zahlreiche weitere Erfindungen und Abhandlungen stammen von Ressel, der bis zu seinem Lebensende um seine Priorität als Erfinder der Schiffsschraube kämpfen mußte.

In der Nacht des 9. Oktober 1857 starb Josef Ressel während einer Dienstreise in einem Laibacher Gasthof an Typhus. In seinen Händen hielt er einen Zettel, auf dem die Worte standen: »Und vergeßt mir meine Schraube nicht.«

Fünfzig Jahre nach Ressels Geburt erblickte am 19. Juli 1844 *Fritz Franz Maier* als Sohn eines Regimentsarztes in Znaim das Licht der Welt. Seine erste Jugend verbrachte er, durch verschiedene Garnisonswechsel bedingt, in den damals zur Monarchie gehörenden Städten Mailand, Verona, Mantua und Venedig. In Wien studierte er an der Technischen Hochschule Schiffbau, die erste praktische Ausbildung in einer Werft erhielt er in Triest, vier Jahre in den Vereinigten Staaten erweiterten seine fachlichen Kenntnisse. Nach seiner Rückkehr erhielt Maier einen Posten als leitender Schiffbau-Ingenieur auf der Werft in Neu-Pest, sodann den Direktorsposten der Materialprüfanstalt in Steyr.

Nach einer Tätigkeit auf Werften in England und Schottland rief ihn der Kaiser in die Heimat zurück und setzte ihn als Vertreter Österreichs in der internationalen Studienkommission zur Untersuchung der Schiffbarkeit der Flüsse Sibiriens ein. Danach leitete Maier Flußregulierungen in Bosnien und der Herzegowina. Gleichzeitig konstruierte er nichtkenterbare Boote, die für diese Flüsse geeignet waren.

Schon in seiner Jugend befaßte sich Maier damit, Schiffsformen zu finden, die seetüchtiger waren als die gebräuchlichen und die dem Wasser weniger Widerstand entgegensetzten. Von seinem vierzigsten Lebensjahr an befaßte er sich intensiv mit diesen Problemen und begann mit praktischen Versuchen. 1898 legt er alle Ämter im Staatsdienst zurück und widmet sich nur mehr dieser Idee, der nach ihm benannten *Maier-Schiffsform.*

Nach seiner Meinung war der Bug der Schiffe zu plump gebaut, er verdrängte das Wasser, statt es zu teilen. Maier verwendet V-Spanten an der Stelle der U-Spanten, und rechnerisch ergibt sich eine Widerstandsverminderung von 15 bis 18 Prozent gegenüber der damals üblichen Konstruktion. 1905 läßt er die Maier-Form patentieren. Zunächst scheitern seine Unternehmungen, die Erfindung in die Tat umzusetzen, schließlich gelingt es ihm jedoch mit Unterstützung der Bodenkreditanstalt, bei der österreichischen Kriegsmarine Interesse zu finden. Man rüstet einen Marinetender mit dem neuen Bug aus, und die Vergleichsfahrten im Jahre 1917 bestätigen die

Erwartungen vollkommen. Daraufhin sollten zwei Torpedoboote nach dieser Form gebaut werden. Diese Pläne wurden aber durch den Zerfall der Monarchie zunichte.

Kurz danach bemühte sich Maier bei der Donau-Dampfschiffahrtsgesellschaft um Neubauten von Schleppkähnen, doch ohne Erfolg, trotz Vergleichsversuchen in der Wiener Versuchsanstalt. Erst im Jahre 1926, anläßlich eines Preisausschreibens für das beste Fährschiff von Kiel nach Korsör, lenkte er mit seinem Entwurf, der eine sechzehnprozentige Widerstandsverringerung versprach, die Aufmerksamkeit auf sich. Die Hamburger Werft Blohm & Voss entschloß sich, den soeben in Auftrag gegebenen Schnelldampfer »Europa« mit dem Maier-Bug auszustatten, was in diesem Fall eine elfprozentige Ersparnis brachte.

Diese erfreuliche Nachricht konnte der unermüdliche Forscher und Erfinder nicht mehr erleben. Einen Tag vorher, am 15. Dezember 1926, starb er an einer Leuchtgasvergiftung in seiner Wohnung in Wien.

Zur Auswertung des väterlichen Patents gründeten seine beiden Söhne in Deutschland, in der Schweiz, in Triest und in New York eigene Unternehmungen, die sich bis heute erfolgreich behaupten konnten; die Weiterentwicklung führte zum Maier SV-Wulstbug.

Als dritter Österreicher und Nicht-Seemann leistete zu dem Thema Schiffsantrieb, hundert Jahre nach Ressel, *Ernst Leo Schneider* einen bedeutenden Beitrag. Der *Voith-Schneider-Antrieb* ermöglicht es einem Schiff, unabhängig von seiner Bewegung im Wasser, in jede gewünschte Richtung zu manövrieren.

Ernst Schneider wurde am 18. Juni 1894 als Sohn eines Mittelschulprofessors zu Gaya in Mähren geboren, seine Kindheit verbrachte er in Gmunden und Linz, wo er auch maturierte. Nach dem Kriegsdienst folgte das Studium in den Fächern Maschinenbau und Elektrotechnik an der Technischen Hochschule in Wien. Nebenbei betrieb er Segelflug, studierte Flügelprofile und verlegte dabei sein Interesse auf die Fortbewegung in flüssigen Medien; insbesondere beschäftigte er sich dabei mit Zykloidenbahnen. Diese Erkenntnisse und Forschungsergebnisse veröffentlichte er später in dem Werk *Zykloiden-Treibflügel, Kinematik, Strömungs- und Kräfteverhältnisse und allgemeine Zusammenhänge.*

Dieses Antriebsorgan vereinigt Antrieb und Steuerung in sich. Der Propeller besteht aus einer am Boden des Schiffes rotierenden Scheibe, aus der drei bis sechs Antriebsflügel herausragen. Jeder Flügel wird während seines Umlaufes um den Mittelpunkt der Scheibe so bewegt, daß ein auf ihm senkrecht stehender Strahl immer durch denselben Punkt hindurchgeht. Die Lage dieses Steuerpunktes ist für die Richtung und die Größe der Schubkraft

*Ludwig van Beethoven; Punktierstich von Blasius Höfel nach einer Zeichnung von Louis Letronne, 1814. Darunter Notenbeispiel aus der 9. Symphonie, Finale, Choreinsatz mit doppeltem Kontrapunkt*

Energico

*Franz Schubert am Klavier, umgeben von Eduard von Bauernfeld, Leopold Kupelwieser, Ludwig van Beethoven, den Schwestern Betty, Josephine und Kathi Fröhlich, Ferdinand von Mayerhofer-Grünbühl, Moritz von Schwind, Josef von Spaun, Johann Michael Vogl und Franz Grillparzer; Gemälde von Hans Temple*

*Johann Strauß Vater; Lithographie von Josef Kriehuber, 1836*

*Joseph Lanner; Lithographie von C. Gutsch und Ladislaus Rupp, 1843* maßgebend, die Drehzahl bleibt dabei konstant. Schneider erhielt auf seine Erfindung am 15. Dezember 1926 ein Patent erteilt. In Zusammenarbeit mit der Firma *J. M. Voith* gelang es, dieses Schiffsantriebsorgan zu entwickeln. Der erste Versuchspropeller konnte 1928 fertiggestellt werden und wurde in einem Motorboot mit 60 PS eingebaut. 1930 erfolgte der Einbau zweier Propeller in den Donauschlepper »Uhu«, und 1933 wurde das erste Hochseeschiff, das Expeditionsboot »Makrele«, mit diesem neuen Antrieb ausgestattet.

Heute gelangen diese *VS-Propeller* überall dort zum Einbau, wo von dem Schiff oder dem schwimmenden Gerät genaueste und exakteste Manöver verlangt werden, so zum Beispiel in der Flußschiffahrt bei Passagierschiffen, die auf diese Art seitlich anlegen können, ferner bei den meisten neuen Hafenbugsierern und Schwimmkränen.

Mit diesen drei Erfindungen hat der Binnenstaat Österreich Beiträge für die Entwicklung der Seefahrt geleistet, die nicht mehr wegzudenken sind und sich die Welt erobert haben.

## *Alois Negrelli*

VON REINHARD KEIMEL

*Negrellis* Großvater war 1760 aus der damals zu Österreich gehörenden Lombardei in den südtirolischen Grenzort Primiero eingewandert und hatte dort drei Höfe erworben. Der Vater sprach nur wenig Deutsch, die Mutter war jedoch Tiroler Abstammung. Das Geburtshaus, in dem Negrelli am 23. Jänner 1799 das Licht der Welt erblickte, heißt heute noch »Casa Negrelli«.

Anfänglich wurde er von einem Hauslehrer erzogen, anschließend zwei Jahre lang in einem Institut im lombardischen Städtchen Valstagna und danach von 1812 bis 1817 im Seminar der Schulbrüder in Feltre. Er besaß ein ausgeprägtes Sprachentalent und besonderes Interesse für Physik, Mathematik und Zeichnen.

Sein Vater wurde im Kampf gegen die Franzosen 1809 gefangengenommen und fünf Jahre lang festgehalten, dadurch geriet die Familie in Not. Die Schulbrüder reichten für Alois Negrelli, ihren fähigsten Schüler, bei *Kaiser Franz* um ein Stipendium ein, das ihm auch für eine kurze ergänzende Ausbildung gewährt wurde. Negrelli besuchte in Venedig 1818 die Akademie der schönen Künste und die Universitäten in Padua und Innsbruck. Erst nach dem Abschluß der Studien in Innsbruck beherrschte Negrelli die deutsche Sprache.

Zunächst tritt er nach seinen Studien in Innsbruck unbesoldet in den Dienst der Provinzialdirektion von Tirol und Vorarlberg und wird noch in demselben Jahr definitiv übernommen; als Voraussetzung muß er nachträglich Kurse über theoretische und praktische Baukunde besuchen. Nach abgelegter Prüfung erhält er 1820 das Diplom als Ingenieur. Straßen- und Wasserbauten in Südtirol auszuführen ist seine erste Tätigkeit. Während der Wintermonate beschäftigen ihn Projektionsarbeiten für den Neubau der Arlbergstraße. Zu Studien eiserner Kettenbrücken reist er nach Wien und lernt bei dieser Gelegenheit *Franz Anton von Gerstner,* den Erbauer der damals noch im Projekt befindlichen ersten Eisenbahn auf dem Kontinent, der Pferdebahn von Linz nach Budweis, kennen. Von da an ist Negrelli auch für den Eisenbahnbau interessiert.

Mit seinem Lehrmeister, *Josef Duile,* vermißt er den Rhein für künftige Regulierungsarbeiten. Sein beruflicher Aufstieg aber vollzieht sich in der Kreisingenieuradjunktenstelle in Vorarlberg. Seine Beschäftigung bilden jetzt hauptsächlich der Wasserbau, Rheinregulierungsarbeiten und Wasserschutzbauten, zusätzlich Hafenbauten am Bodensee und Straßenbauten. Ebenso entwirft er einige Kirchen in Vorarlberg, die nach seinen Plänen gebaut werden.

1828 vermählt sich Negrelli, bald darauf gerät er jedoch mit seiner Familie in Not: der Vater seiner Gattin verarmt, sein Vater erblindet und muß von ihm unterstützt werden. So entschließt sich Negrelli, den ihm im Herbst 1831 in der Schweiz angebotenen Posten als Straßen- und Wasserbauinspektor des Kantons St. Gallen anzunehmen, wo er bis 1840 bleibt. Von hier aus bereist er mit dem Auftrag, Eisenbahnstudien durchzuführen, Frankreich, England und Belgien und kann dadurch sein bereits in Wien erwecktes Interesse weiterführen.

Negrellis Können und Wirken sind nun weithin bekannt geworden. Die *Kaiser-Ferdinands-Nordbahngesellschaft* bietet ihm als Generalinspektor die Leitung des Ausbaues ihres Bahnnetzes an. Er nimmt an, die Schweiz behält sich ihn als Ratgeber. In die Zeit des Auslandsaufenthaltes fällt eine Begegnung mit dem Naturforscher *Alexander von Humboldt* in Genf, der Negrellis Aufmerksamkeit auf den Wunsch lenkt, das Rote Meer mit dem Mittelländischen zu verbinden. Von dieser Zeit an läßt Negrelli dieses Problem nicht mehr los.

In den folgenden Jahren baut Negrelli als Generalinspektor der Kaiser-Ferdinands-Nordbahn einen Großteil der Eisenbahnverbindungen im Nordteil des Kaiserstaates. Die Wirtschaftsnot jener Zeit veranlaßt *Kaiser Ferdinand,* den Bahnbau in die Hand des Staates zu geben; zur Leitung des Baues der Staatsbahnen wird Negrelli berufen. Der Kaiser verleiht ihm den Titel eines k. k. Rates, die Stadt Prag ernennt ihn zum Ehrenbürger. Vorbereitungsarbeiten für den Bau galizischer Bahnlinien und der Westbahnstrecke von Wien nach Salzburg folgen.

Gleichzeitig beginnt man, sich allgemein mit dem Projekt eines *Kanals zwischen dem Roten Meer und der Landenge von Suez* zu befassen. 1843 unterbreitet der österreichische Generalkonsul in Alexandrien dem *Fürsten*

*Metternich* einen Vorschlag für den Bau dieses Kanals, der für Österreich auf dem Handelssektor eine neue Zukunft bringen könnte. Auch Frankreich tritt für den Kanalbau ein. Auf Umwegen erfahren Negrellis Freunde in der Schweiz von dem Projekt und verständigen ihn; er übernimmt es, in Österreich die Aufmerksamkeit der Öffentlichkeit darauf zu lenken. Inzwischen hat der Chef der technischen Einrichtungen Ägyptens einen Plan entworfen, der wegen des angenommenen Niveauunterschiedes der beiden Meere Schleusenanlagen vorsieht. Negrelli arbeitet eine Schrift aus, in der er auf die Bedeutung dieses Bauwerkes für den Handel Österreichs hinweist, und schlägt eine mitteleuropäische Gesellschaft zur Durchführung dieses Planes vor.

Zu dieser Gründung kommt es am 30. November 1846 in Paris, die Studiengesellschaft besteht aus einer österreichischen Gruppe, geleitet von *Alois Negrelli,* einer englischen mit dem Vorstand *Robert Stephenson* und einer französischen mit *Paulin Talabot.* Die österreichische Kanalgruppe reist bereits im anschließenden Jahr nach Ägypten und kehrt mit reichem Material und Höhenmessungen zurück. Auch die französischen Messungen ergeben einen nur geringfügigen Höhenunterschied der zu verbindenden Meere. Negrelli erarbeitet deshalb einen Entwurf eines schleusenlosen Bauwerkes. Als aber in Österreich und in Frankreich die Revolution ausbricht, sind beide Länder an der weiteren Arbeit gehindert.

In der Heimat erhält Negrelli die Zustimmung für die Leitung des Baues der *Schweizer Nordbahn,* deren erste Teilstrecke, Zürich—Baden, am 7. August 1847 eröffnet wird. Im Mai 1848 erhält er in Österreich die Leitung der Sektion für die *Staatseisenbahnen,* während dieser Zeit trifft er besonders hervorzuhebende Entscheidungen: er befürwortet die endgültige Baubewilligung für die Semmeringbahn nach dem Entwurf *Ghegas,* und er empfiehlt den Beitritt der österreichischen Staatseisenbahnen zum Verein Deutscher Eisenbahnverwaltungen.

Der Aufstand in den italienischen Provinzen hat zu zahlreichen Zerstörungen geführt. Die Regierung entsendet Negrelli zur Wiederherstellung vor allem der Brücken zu dem dortigen Armeeoberkommando, das *Graf Radetzky* innehat. Ein Jahr später vollendet Negrelli diese Aufgabe. Radetzky richtet an ihn ein Dankschreiben. Der Kaiser zeichnet ihn mit dem Orden der Eisernen Krone III. Kl. aus, wodurch es Negrelli möglich wird, um den Ritterstand anzusuchen.

Im folgenden wird Negrelli zum Direktor der Oberbaubehörde im Lombardo-Venetianischen Königreich ernannt. 1851 wird er in die internationale Kommission für die italienische Zentralbahn entsendet; er baut Eisenbahnstrecken unter anderem im Apennin und projektiert zahlreiche andere Strekken.

1855 tritt die Studienkommission für den Suezkanalbau wieder zusammen, inzwischen hat sich ein neuer Mann in die Geschehnisse eingeschaltet:

*Ferdinand von Lesseps.* Lesseps will den künftigen Erfolg für sich allein buchen, da sein ehemaliger Zögling, der nunmehrige Vizekönig von Ägypten, *Said Pascha,* die Regierungsgeschäfte übernommen hat. So gelingt es ihm auch, Said zur Schaffung einer neuen Studienkommission zu überreden, in der außer Negrelli kein anderes Mitglied der früheren Kommission mehr aufscheint. In Ägypten studiert man die Trassenführung an Ort und Stelle, und als im Jänner 1856 Negrelli wieder nach Wien zurückkehrt, berichtet er persönlich dem Kaiser über seine Reise.

Im Juni desselben Jahres erfolgt die erste Sitzung der *Internationalen Kommission des Meereskanals von Suez,* an der Vertreter Frankreichs, Englands, Spaniens, Preußens, Sardiniens, Hollands und Ägyptens teilnehmen. Österreich ist durch Negrelli vertreten, dessen Trasse einstimmig angenommen wird; er wird auch zum Generalinspektor der Kanalbauten ernannt. In all den Jahren haben jedoch die zahlreichen Verpflichtungen und Reisen Negrellis Gesundheit stark angegriffen, sodaß er leidend geworden ist.

1857 arbeitet er noch an dem Wettbewerb zur Erweiterung der Inneren Stadt Wien und der Verbauung des Glacis, im darauffolgenden Jahr soll er mit Lesseps nach Ägypten reisen; der schlechte Gesundheitszustand läßt dies aber nicht mehr zu. Von einer Fahrt nach Triest kehrt er schwer leidend zurück und muß in Wien feststellen, daß Stephenson bestrebt ist, den Kanalbau zu verhindern, weil er seine Eisenbahn an Stelle des Kanals durchsetzen will. Negrelli pariert jedoch sämtliche Angriffe. Kurz darauf, am 1. Oktober 1858, stirbt Alois Negrelli.

Lesseps aber beschafft sich von der Witwe Negrellis die Pläne des Suezkanals und führt den Bau durch; am 17. November 1869 wird der Kanal dem Verkehr übergeben. Bei der Eröffnungsansprache wird weder der Anteil Österreichs noch der Name Negrelli erwähnt.

Jahre später findet Negrellis Tochter, Marie, Dokumente, die den Beweis dafür liefern, daß Lesseps ihre Mutter um die Leistungen des Vaters betrogen hat. Ein erfolgreich scheinender Prozeß gegen die Compagnie Maritime du Canal de Suez in Paris endet 1918 durch die Entrechtung des besiegten Österreich. Trotzdem war insofern das Unternehmen von Erfolg gekrönt, als die Welt von den tatsächlichen Geschehnissen um den Kanalbau erfuhr.

Im Wasser-, Straßen-, Brücken- und Eisenbahnbau war Alois Negrelli einer der bedeutendsten Techniker seiner Zeit. Der für den Weltverkehr bedeutende Suezkanal ist nach seiner Trassierung und nach seinen Plänen geführt worden.

# *Carl Ritter von Ghega*

VON REINHARD KEIMEL

Aus Venetien und der Lombardei, die nach dem Sturz *Napoleons* wieder an die Habsburger fielen, kamen zahlreiche Techniker, u. a. auch *Carl Ghega,* der in Venedig am 10. Jänner 1802 geboren worden war. Sein Vater, *Anton Ghega,* war Kriegsschiff-Unterkommandant bei der Marine Venedigs und später Gubernialkanzlist des Arsenale di San Marco. Die Familie fuhr von alters her zur See; auch der junge Carl schlug die Laufbahn als Seeoffizier ein. Im Militärkollegium St. Anna in Venedig erhielt er seine erste Ausbildung und war bei der Übernahme der Provinzen durch die Habsburger Aspirant der 2. Companie des Reale Collegio di Marina. Am folgenden Tag, am 15. Juni 1814, wurden alle Aspiranten aus dem Marine-Dienstverhältnis entlassen.

Zwei Jahre später begann Ghega auf der Universität in Padua Mathematik und Naturwissenschaften zu studieren, und noch nicht achtzehn Jahre alt, erwarb Carl Ghega 1819 den Doktortitel. Er hatte sich besonders der Technik zugewandt und erhielt einen Posten bei der Landesbaudirektion in Venedig. Vorerst war er im Straßenbau tätig, aber bereits 1827 übernahm er die Leitung der Straßen- und Wasserbauten in der Provinz Treviso, von 1830 bis 1833 jene in der Provinz Rovigo. Während der anschließenden Zeit, bis 1836, war Ghega dem hydraulischen Departement der Baudirektion Venedig zugeteilt, er errichtete Schutzwerke am oberen Piave-Fluß, erstellte Pläne für die Regulierung des Unterlaufes des Po und führte diese durch, baute und projektierte mehrere Gebirgsstraßen, so jene vom Etschtal zum Paß bei Finstermünz, und einige Hochbauten.

1836 begann der Bau der Nordbahnstrecke von Wien aus. Ghega war durch seine Bauarbeiten und Planungen bereits derart bekannt geworden, daß ihn der Organisator dieser Arbeiten, *Hermenegild von Francesconi,* der Ghega von Italien her kannte, wo er selbst Straßenbauer war, vom Staatsdienst beurlauben ließ. Francesconi benötigte Ghega für Trassierungsarbeiten im Ingenieurstab für die Hauptstrecke und die Zweiglinien der Nordbahn. Als Oberingenieur war er mit dem Bau mehrerer Strecken betraut, vor allem mit jener von Lundenburg bis Brünn. Bei dieser Trasse errichtete er in Österreich erstmalig sogenannte »schiefe Brücken« und baute größere Viadukte.

Ghega blieb bei der Nordbahn vier Jahre lang bis 1840 und kehrte anschließend in den Staatsdienst zurück. Von diesem Zeitpunkt an blieb er dem Eisenbahnbau treu, ausgenommen die Jahre 1840 bis 1842, als er Baudirektionsadjunkt in Tirol war. Die Pläne für die Gebirgsstraße durch das Val Sugana und die der neuen Kettenbrücke über die Etsch bei Mori stammen von ihm.

Die Verkehrsprojekte und Straßenbauten waren wegen der nach den

Napoleonischen Kriegen schwer darniederliegenden Wirtschaft notwendig, vor allem in den nach dem Wiener Kongreß neugewonnenen Gebieten in Oberitalien und Dalmatien. Die Provinzen sollten durch Straßenverbindungen und Schienenwege näher an das Kernland gebracht werden.

Die Neubauten jener Epoche waren die Arlbergstraße, von 1818 bis 1824, jene über das Stilfserjoch, die Poststraße über das Wormserjoch und die über den Finstermünzpaß.

In England entstanden die ersten öffentlichen Eisenbahnen seit der Konzessionsvergabe zum Bau einer Eisenbahn zwischen Stockton und Darlington im Jahre 1821 an *George Stephenson.* Der Vorteil der Schienenbahn gegenüber der Straße wurde bei dem Lokomotivwettrennen am 7. Oktober 1829 auf der Linie zwischen Liverpool und Manchester deutlich; damals gewann Stephensons »Rocket«.

*Franz Joseph Gerstner* hatte zwanzig Jahre vorher auf die Überlegenheit des Schienenweges gegenüber der Straße hingewiesen. Sein Sohn, *Franz Anton Ritter von Gerstner,* hatte dann 1824 den von seinem Vater vorgeschlagenen Schienenweg zwischen Moldau und Donau durch den Bau der Pferdebahn Linz—Budweis zu verwirklichen begonnen, es war dies die erste öffentliche Eisenbahn auf dem Kontinent.

*Erzherzog Johann* brachte das Eisenwesen in der Steiermark zu neuer Blüte und erkannte als erster, daß die Eisenbahnen wohl die schnellsten Verbindungen wären und Schienenstränge zwischen Hamburg und Triest entstehen sollten. Er war es auch, der weiterhin die Nord-Süd-Verbindung des Reiches weitertrieb; lägen auch noch so große technische Schwierigkeiten dazwischen, meinte er, die Zukunftsentwicklungen ermöglichten den Technikern, auch diese zu meistern.

1842 wurde Ghega als Inspektor der neuerrichteten General-Direktion für Staats-Eisenbahnen nach Wien berufen. 1850 erfolgte die Ernennung zum Ministerialrat und Vorstand der General-Baudirektion für Staats-Eisenbahnbauten.

Hier verwirklichte er die südliche Staatseisenbahn, die Strecke Brünn—Trübau und hatte Einfluß auf die ungarischen Bahnen. Nebenbei beschäftigte er sich mit dem Gedanken der Verbindung Niederösterreich mit der Steiermark über die Alpen.

Erzherzog Johann bat seinen Neffen *Kaiser Ferdinand* am 31. Dezember 1836 um die Genehmigung der Errichtung einer Eisenbahn, welche die Verbindung der Ost- und Nordsee mit der Donau und dem Adriatischen Meere herstellen sollte. Dieser Bitte wurde entsprochen, die Trassierungsarbeiten wurden 1836 bis 1839 durchgeführt. Nach ersten Zweifeln über die Möglichkeit, den Semmering überschienen zu können, setzte sich die Meinung durch, daß auch dies gelingen müsse. Ab 1839 war mit dem Bau der Südbahn unter der Leitung *Matthias Schönerers,* der die Pferdeeisenbahn zwischen Linz und Budweis zu Ende geführt hatte, begonnen worden. Zunächst erfolgte der Bau bis Gloggnitz als Privatbahn.

Schönerer hatte erfahren, daß in Amerika mit Dampflokomotiven lange Steigungen bewältigt wurden. Er fuhr 1838 nach Philadelphia, um an Ort und Stelle Studien zu betreiben. Er kaufte auch eine Lokomotive und baute in Meidling eine Versuchsstrecke mit einer Steigung von 1 : 30. Die Probefahrten gelangen ausgezeichnet. Schließlich hatte dieser Versuch zur Folge, daß die Betriebsart der Semmeringbahn, die die erste Gebirgsbahn der Welt werden sollte, festgelegt werden konnte. In England überwand man Steigungen mit »schiefen Ebenen«, kurzen steilen Schienenwegen, auf denen die Waggons mit Seilen hinaufgezogen wurden.

Der Landeshauptmann der Steiermark legte Kaiser Ferdinand 1842 Pläne für die Streckenführung vor. In weiterer Folge beteiligte sich auch der österreichische Staat an diesem Projekt und dem Ausbau der Eisenbahnverbindung von Wien nach Triest. *Alois Negrelli,* der damalige Sektionsleiter des österreichischen Arbeitsministeriums, hatte den Bau des Schienenweges bis zur Adria konzessioniert. Seit 1848 leitete Ghega als Generalinspektor diesen Bau und führte selbst die Strecke Mürzzuschlag—Laibach aus. Nur der Semmering stand noch aus. Ghega hatte bereits mit seinem Mitarbeiter Studienreisen nach England und den Vereinigten Staaten unternommen und seine Erkenntnisse 1844 in seinem Werk *Die Baltimore-Ohio-Eisenbahn mit besonderer Berücksichtigung der Steigungs- und Krümmungsverhältnisse* dargelegt. Seit dem Jahre 1840 beschäftigte sich Ghega mit der Semmeringbahn und deren Problem. Er gelangte ebenfalls zu der Überzeugung, daß eine Reibungsbahn geeignet sei. Er legte in Plänen seine Trasse mit gleichmäßiger Steigung an, nützte die Gebirgstäler und Hänge für Kurven aus. Die baufertigen Pläne wurden von Alois Negrelli für gut befunden und beim österreichischen Arbeitsminister vorgelegt, der sie auch genehmigte. Im Zuge der Bekämpfung der Arbeitslosigkeit nach dem Revolutionsjahr 1848 begannen die Arbeiten bereits im Mai dieses Jahres.

Das Hauptverdienst dieses Baues liegt darin, daß er das Vorbild fast aller Gebirgsbahnen geblieben ist.

Bis zur Fertigstellung der gesamten Trasse war noch immer keine geeignete starke Lokomotive greifbar. Ghega entschloß sich, einen Lokomotivwettbewerb auszuschreiben. Vier Lokomotiven traten zur Konkurrenz an; sie alle übertrafen die damals üblichen weit an Leistung. Die besten Resultate erzielte die von *J. Maffei* in München gelieferte »Bavaria«. 1853 standen die ersten brauchbaren Serienmaschinen für diese Gebirgsstrecke zur Verfügung. Dieser Wettbewerb wirkte auch im Lokomotivbau bahnbrechend, da praktisch alle beteiligten Lokomotiven Ausgangsmuster für spätere Entwicklungen waren. Am 22. Oktober 1853 befuhr eine Lokomotive erstmalig die gesamte Strecke, die am 17. Juli 1854 dem Verkehr übergeben werden konnte.

Für Verdienste um die Semmeringbahn verlieh *Kaiser Franz Joseph* Ghega hohe Orden.

Nach dem Bau der Staatsbahnen übergab das Reich im Jahre 1855 die nördliche und südöstliche Bahnlinie und später auch die Südbahnstrecke in private Hände, die Staats-Eisenbahn-Bauten wurden eingestellt. Dies führte dazu, daß Ghegas Aufgabenbereich immer kleiner wurde. Am 3. Juni 1859 kam die Auflösung der gesamten Eisenbahn-Baubehörde, und Ghega kam als Departement-Vorstand in das Finanzministerium.

Körperliche Anstrengungen und unaufhaltsam geistiges Arbeiten schwächten während der letzten Jahre Ghegas Körper derart, daß er sich ein Lungenleiden zuzog. Am 14. März 1860 starb er in Wien. 1887 erhielt er von der Gemeinde Wien ein Ehrengrab auf dem Zentralfriedhof.

## *Johann Joseph Prechtl*

VON RUDOLF NIEDERHUEMER

*Johann Joseph Prechtl* ist als Begründer und erster Direktor des *Wiener Polytechnischen Institutes* der Wegbereiter der heutigen *Technischen Hochschule in Wien* und gilt als einer der hervorragendsten und vielseitigsten Techniker seiner Zeit. Er wurde am 16. November 1778 in Bischofsheim an der Rhön in Unterfranken geboren. Sein Vater, *Johann Bartholomäus Prechtl,* war Vorsteher eines Eisenhüttenwerkes. J. J. Prechtl studierte in Würzburg Jus und Naturwissenschaften, war kurze Zeit in Wetzlar tätig und kam 1801 als Praktikant an den Reichshofrat nach Wien. Bald darnach trat er aber als Erzieher in den Dienst des Reichsgrafen *Johann Taaffe* in Brünn. Damals begann Prechtl seine reiche literarische Tätigkeit mit dem Buch *Über die Fehler der Erziehung vorzüglich in Hinsicht auf die gesellschaftlichen Übel,* das 1804 in Braunschweig erschien. Darin legt er seine Anschauung über den Zweck und das Wesen der Erziehung dar und befaßt sich insbesondere mit dem Nachteil übermäßiger Erziehungsstrenge. Außerdem vertritt er die Meinung, daß »es nicht angezeigt sei, die Erziehung für alle Berufe gleichförmig zu gestalten, indem man beispielsweise auch jene, die keine Gelehrten oder Beamte werden wollen, zwingt, sich mit toten Sprachen zu beschäftigen, von denen sie später keinen Nutzen hätten«. In dieser Schrift zeigt sich bereits die pädagogische Ambition Prechtls.

Während dieser Zeit in Brünn, in der er als Erzieher tätig war, widmete sich Prechtl eifrig dem Studium der Naturwissenschaften. Der erste Niederschlag dieses Studiums war eine Abhandlung *Über die Physik des Feuers,* die von der holländischen königlichen Akademie der Wissenschaften in Haarlem mit einer goldenen Medaille preisgekrönt wurde.

Im Jahre 1809 wurde Prechtl von der österreichischen Regierung mit der Organisation der neu zu errichtenden Real- und Navigationsschule in Triest betraut, deren Leitung er auch übernahm. Bereits ein Jahr später wurde er als Professor an die Realakademie nach Wien gerufen. Seine organisatorischen Leistungen bei der Wiedererrichtung der Triester Schule dürften der Grund gewesen sein, daß er von der Hofkammer beauftragt wurde, einen Plan für die Errichtung eines polytechnischen Institutes auszuarbeiten. Im März 1810 legte Prechtl den Entwurf dem Hofkammerpräsidenten *Graf O'Donnel* vor. Der Organisationsentwurf Prechtls sah von Anfang an das Statut einer Hochschule für die technischen Wissenschaften vor, an der Lernfreiheit gewährt wurde. Gerade diese Lernfreiheit aber war es, die der Begutachter des Entwurfes, *F. J. Gerstner,* beanstandete. Die mißgünstige Beurteilung durch Gerstner und auch finanzielle Schwierigkeiten konnten den Plan nur verzögern, nicht aber verhindern. Hofkammer und Studienkommission gaben schließlich Prechtl recht, und so wurde ihm im März 1813 der Auftrag erteilt, einen detaillierten Plan für die Errichtung eines polytechnischen Institutes auszuarbeiten. In diesem Plan sollten bereits die Lehrfächer, das nötige Personal, die erforderlichen Apparate und Sammlungen dargelegt werden.

Schwierig war es, ein geeignetes Gebäude für dieses neue Institut ausfindig zu machen, da man physikalische und chemische Laboratorien und Säle für den Unterricht in Mechanik und Naturgeschichte brauchte. Im August 1814 wurden die Gebäude des *Grafen Losé* auf der Wieden, die dem Bankier *Georg Sina* gehörten, um 200 000 fl. W. W. angekauft; mit der Errichtung des k. k. Polytechnischen Institutes konnte begonnen werden.

Am 24. Dezember 1814 wurde J. J. Prechtl zum Direktor des neuen Institutes ernannt, und am 6. November 1815 eröffnete er mit einer Rede, in der er Ziel und Zweck des Institutes hervorhob, die Vorlesungen. In dieser Rede legte Prechtl dar, wie notwendig wissenschaftliche Bildung in technischer Richtung ist, insbesondere auch die Förderung der für den Fortschritt der Kultur so wichtigen »Gewerbsindustrie«. Er sagte: »Mathematik und Naturwissenschaften, im besonderen Chemie und Physik, sind Wissenschaften, welche ihrer Natur nach mit den Gewerben und nützlichen Künsten so unzertrennlich verflochten sind, daß ohne ihre Anwendung der höchste Schwung der Industrie ganz unmöglich wird.« Diese Meinung war damals absolut nicht allgemein verbreitet, sondern stand im Gegensatz zur üblichen Ansicht in Professorenkreisen.

Im weiteren Verlauf der Rede behandelte Prechtl die Organisation des Institutes: Zwei Jahrgänge der angeschlossenen Realakademie waren als Vorbereitungsklassen vorgesehen, das Polytechnische Institut selbst gliederte sich in eine kommerzielle und eine technische Abteilung. Vor allem sollte akademische Freiheit des Studiums jedem die Möglichkeit geben, sich durch wechselseitige Kombination von Lehrgegenständen der kommerziellen und der technischen Fachrichtung nach seinen eigenen Notwendigkeiten zu unterrichten. In der kommerziellen Abteilung wurden kaufmännische Buchhaltung, Handels- und Wechselrecht, Handelsgeographie und -geschichte, Korrespondenz und Warenkunde gelehrt, während allgemeine und technische Chemie, Physik, Mathematik, praktische Land- und Wasserbaukunst, Maschinenlehre und empirische Technologie die hauptsächlichsten Unterrichtsgegenstände der technischen Abteilung waren.

Prechtl kündigte in seiner Rede auch die Schaffung eines »Journals des Polytechnischen Institutes« an, in dem über die Geschichte des Institutes, seine Fortschritte, über Versuche und Arbeiten sowie Verbesserungen und Entdeckungen des In- und Auslandes publiziert werden, Arbeiten und Aufsätze des Lehrpersonals erscheinen sollten. Prechtl schließt dann seine Rede mit dem Wunsche, das Polytechnische Institut solle für die »nützlichen Künste« dieselbe Bedeutung haben, welche die Universitätsstudien für die weltlichen und geistlichen Staatsdiener bereits besitze, und es solle nicht nur eine technische Lehranstalt, sondern auch ein technisches Museum und eine Akademie der technischen Wissenschaften sein.

J. J. Prechtl übernahm selbst die Vorlesungen für allgemeine technische Chemie. Als ihn aber die Direktionsgeschäfte allmählich mehr und mehr in Anspruch nahmen, ersuchte er um Befreiung vom Lehramt. Seine Vorlesungen übernahm sein Mitarbeiter *P. T. Meißner.*

Für sämtliche Neuerungen auf dem Gebiet der Technik hatte Prechtl stets großes Interesse, er versuchte vieles davon selbst auszuwerten. So baute er zusammen mit *Johann Arzberger,* Professor für Mechanik am Polytechnischen Institut, eine Anlage zur Erzeugung von Steinkohlengas, mit welchem zuerst die mechanische Werkstätte und später auch der Hof, die Stiegen, die Gänge, ein Hörsaal, das Büro und die Wohnung des Direktors beleuchtet wurden. Die erforderliche Hitze für die Erzeugung des Gases aus Steinkohlen wurde gleichzeitig für den Betrieb einer Dampfanlage für die Beheizung der Räume ausgenützt. Der anfallende Koks fand in der Schlosserei des Institutes Verwendung. Der Erfolg der Anlage und die dabei gesammelte Erfahrung veranlaßten Prechtl, eine Schrift mit dem Titel *Anleitung zur zweckmäßigsten Einrichtung der Apparate zur Beleuchtung mit Steinkohlengas* zu verfassen, die 1817 erschien.

Im Jahre 1818 gelang es Prechtl, diesen Versuch in einem größeren Ausmaß durchzuführen. Er baute in den Kasematten der Stadtmauer beim Kärntnertor ein kleines Gaswerk ein und beleuchtete einige Monate die Kruger- und die Walfischgasse mit Steinkohlengas. Es war dies die erste Anlage zur Beleuchtung öffentlicher Plätze mit Steinkohlengas auf dem Kontinent.

Das vielseitige technische Interesse und Wissen drückte sich besonders in den Veröffentlichungen und Schriften Prechtls aus. Im Jahre 1819 erschien der erste Band der angekündigten *Jahrbücher des k. k. polytechnischen Institutes,* die Prechtl in Zusammenarbeit mit den Professoren des Institutes herausgab. In den bis zum Jahre 1839 erschienenen 20 Bänden sind von Prechtl selbst, neben der Geschichte des Polytechnischen Institutes, noch 36 Abhandlungen enthalten. Seine Arbeiten erstrecken sich über die verschiedensten Fachgebiete, wie zum Beispiel über die Dampfmaschinen, Verfertigung des Gußstahles, eine neue Furnierschneidemaschine, Bereitung eines wasserhaltigen Mörtels, Erzeugung von Glaubersalz, über Rauchverzehrung, über die mechanische Wirkung des Schießpulvers u. a.

Besonders erwähnenswert sind sein zweibändiges Werk über die *Grundlagen der Chemie in technischer Beziehung*, die zusammen mit *Altmütter* und *Karmarsch* herausgegebene *Technologische Encyklopädie der Technologie, der technischen Chemie und des Maschinenwesens* und seine *Praktische Dioptrik*, ein Leitfaden zur Herstellung von Fernrohren. Außerdem schrieb er zahlreiche Abhandlungen für diverse wissenschaftliche Journale. Sein besonders vielseitiges Interesse zeigt sein 1846 herausgegebenes Buch mit dem Titel *Untersuchungen über den Flug der Vögel* und seine Beschäftigung mit der Entwicklung der Naturwissenschaften bei fremden Völkern, wofür er sogar die chinesische Sprache zu erlernen suchte.

Die Revolutionszeit 1848/1849 brachte Prechtl und seinem Institut viele Schwierigkeiten, da bei der Besetzung durch die kaiserlichen Truppen großer Schaden im Institut angerichtet worden war. Aus gesundheitlichen Gründen ersuchte J. J. Prechtl 1849 um seine Enthebung von seinem Posten als Direktor des k. k. Polytechnischen Institutes, die ihm gewährt wurde. Im November desselben Jahres wurde er mit dem Ritterkreuz des k. k. österreichischen Leopolds-Ordens ausgezeichnet und in den Ritterstand erhoben.

J. J. Prechtl hatte 1807 in Wien *Rosina Andrée* geheiratet und hatte neun Kinder, von denen jedoch am 28. Oktober 1854, als Prechtl nach kurzer Krankheit starb, nur mehr drei lebten.

Zum Gedenken an J. J. Prechtl, den Begründer des Polytechnischen Institutes und damit auch der Technischen Hochschule in Wien, wurde am 11. Juni 1892 vor der Technischen Hochschule eine von *Victor Tilgner* geschaffene Büste enthüllt, die zunächst im Festsaal aufgestellt wurde und später ihren Platz in den Räumen des Rektors fand. Auf Initiative des Österreichischen Ingenieur- und Architekten-Vereins wurden außerdem acht Denkmäler für die bedeutendsten Männer aus der Anfangszeit der Wiener Technischen Hochschule vor dem Gebäude zur Aufstellung gebracht, darunter auch eine von *Rudolf Weyr* entworfene Büste von J. J. Prechtl. Die feierliche Enthüllung dieser Metallplastiken fand am 4. November 1903 statt. Sein eigentliches Denkmal aber schuf sich J. J. Prechtl selbst: Das Polytechnische Institut, das auf Grund seiner Organisation und der von Prechtl eingeführten Lernfreiheit von allem Anfang an das war, was es heute gesetzlich ist — eine Hochschule.

# *Simon Plößl — Carl Reichert*

VON ERICH DOLEZAL

Der größte zeitliche Anteil des Wirkens von *Simon Plößl* fällt in die Biedermeierzeit, eine Zeit, die besonders in Österreich eine Harmonie zwischen Kunst und Lebensform suchte, aber auch einen Aufschwung des Handwerkes und des Gewerbes herbeiführte. In dieser für den technischen Fortschritt günstigen Atmosphäre wurde auch auf dem Gebiet der technischen Optik Bedeutendes geleistet. Der berühmte österreichische Botaniker *Julius Ritter von Wiesner* schrieb darüber: »In der ersten Hälfte des XIX. Jahrhunderts, in welcher der Aufschwung der Naturwissenschaften und der Gewerbe die Konstruktion guter Mikroskope gebieterisch forderte, war auch Österreich an der Ausgestaltung dieses wichtigen Instrumentes stark beteiligt, und zwar in erster Linie durch das erfindungsreiche Talent und den unermüdlichen Fleiß Simon Plößls.« Es hatte damals den Anschein, als würde Wien ein Zentrum der optischen Industrie werden, wie es später Jena durch *Zeiss* wurde.

*Simon Plößl* wurde am 19. September 1794 in Wien »auf der Wieden«, wie es damals hieß, als Sohn eines Tischlers geboren. Sein Vater bestimmte ihn für das Drechslerhandwerk, das ihm jedoch nicht zusagte, und so trat er 1812 als Lehrling bei dem »optischen und mechanischen Künstler« *Johann F. Voigtländer* ein. Seine Lehr- und Gesellenzeit dauerte von 1812 bis 1823. Rasch erwarb sich der fleißige, doch verschlossene Lehrling und spätere Geselle die Zuneigung seines Meisters, der ihn wegen seiner Tüchtigkeit förderte und ihm Zutritt zu den eigenen Arbeitsräumen gestattete. Plößl hatte ein offenes Auge für die vielerlei handwerklichen Kunstgriffe des Linsenschleifens, die damals meist als »Berufsgeheimnis« gehütet wurden. Auch die Kunst des Linsenprüfens eignete er sich an, und so kam es, daß sich bald der Wunsch nach eigener schöpferischer Betätigung regte. Zur Überraschung des Meisters trat Plößl 1823 aus dem Betrieb seines Lehrherrn aus und gründete in der ehemals elterlichen Wohnung seine erste Werkstätte.

Bei Voigtländer sind während der Lehr- und Gesellenzeit Plößls bereits Mikroskope erzeugt worden, und auf dem Gebiete der Mikroskopherstellung sollte es Plößl zur Meisterschaft bringen. In seiner zunächst sehr bescheiden eingerichteten Werkstatt fanden sich bald zahlreiche Kunden ein, denn seine Brillengläser erwiesen sich anderen weit überlegen. Fast zwangsläufig erregte er die Aufmerksamkeit des einflußreichen *Joseph Jacquin d. J.*, der in Plößl eine zukünftige Größe auf dem Gebiet der optischen Erzeugung erkannte.

*Mikroskope* mußten zu dieser Zeit aus dem Ausland oder von Voigtländer bezogen werden, der eine Art Monopolstellung hatte. Über Jacquins Anregung begann Plößl Mikroskoplinsen zu schleifen und Mikroskope zu bauen, die durch ihre exakte Feinmechanik und optische Leistungsfähigkeit Aufsehen erregten. In kurzer Zeit ging die Einfuhr von Mikroskopen aus Frankreich und England merkbar zurück, denn die österreichischen Physiker, Botaniker, Zoologen und Ärzte rühmten in ihren Arbeiten immer wieder die Handlichkeit und das Auflösungsvermögen der Plößlschen Mikroskope. Schon in seiner ersten Preisliste 1828 wurde das »große zusammengesetzte Mikroskop« angeboten.

Die Leistung Plößls ist umso bemerkenswerter, als er gegen die Konkurrenz Voigtländers aufkommen mußte. Voigtländers Sohn, Peter Wilhelm Friedrich, der die Firma 1868 nach Braunschweig verlegte, hat 1840 das erste vom Wiener Universitätsprofessor *Josef Petzval* berechnete lichtstarke Porträtobjektiv für photographische Zwecke hergestellt.

Plößl hat unaufhörlich an seiner Weiterbildung gearbeitet; so ist anzunehmen, daß er zur Vorbereitung für die Ablegung der strengen Optikerprüfung Kurse über Mechanik und Optik am k. k. Polytechnischen Institut und an der Universität besuchte. Interessanterweise hat auch *C. Zeiss* während seines Wiener Aufenthaltes solche Kurse besucht. Plößls »großes Mikroskop« erzielte schon 1829 auf der Tagung der Gesellschaft der Naturforscher und Ärzte in Heidelberg gegen große Konkurrenz eine besonders ehrenvolle Auszeichnung. Die 1824 von Paris ausgegangenen Verbesserungen der optischen Qualitäten der Mikroskope griff auch Plößl auf, und von 1830 an konnten die Plößl-Mikroskope mit den damaligen besten aus Frankreich oder Italien jeden Vergleich aushalten. So schrieb *A. Baumgartner*, nachmals Präsident der Österreichischen Akademie der Wissenschaften und Unterrichtsminister, 1837 über Plößls Mikroskope: »Der merkwürdige Zufall, der ihn die von Selligue angegebene, aber in Frankreich voreilig verworfene, von Amici und Dollond dagegen wieder aufgenommene aplanatische Zusammensetzung der Objektivlinsen in Mikroskopen selbst auffinden ließ, verbreitete den Ruf seiner dadurch so viel verbesserten zusammengesetzten Mikroskope durch ganz Europa, so daß sie sich derzeit in den Händen der Mehrzahl der berühmten mikrologischen Naturforscher befinden, welche nicht anstehen, die glücklichen Fortschritte ihrer Forschungen denselben zum großen Teil dankbar zuzuschreiben.«

Noch ein Urteil möge die Bedeutung der Mikroskope von Plößl für die Wissenschaft der damaligen Zeit unterstreichen. Der berühmte deutsche Botaniker *Hugo von Mohl* schrieb 1843: »In bezug auf die optischen Leistungen kenne ich nur die Instrumente von Plößl, Oberhäuser und die des Fraunhoferschen Institutes genau, kann mir aber über diese in Folge der Untersuchungen vielfacher Exemplare ein competentes Urteil zutrauen. Unter diesen gebe ich auf das entschiedenste den Plößlschen den Vorzug.«

Von den bis 1835 erzeugten 115 Mikroskopen Plößls gingen 44 Stück ins Ausland. Erwähnenswert ist auch, daß *Gregor Mendel*, der Begründer der Vererbungslehre, Mikroskope von Plößl benutzte. Die Werkstätte Plößls blieb bald nicht mehr in den beengten Verhältnissen der elterlichen Behausung; nach zweimaliger Übersiedlung richtete er sich in einem heute nicht mehr existierenden Haus auf der Alten Wieden ein, wo er schließlich bis zu 36 Arbeiter beschäftigte.

Auch auf dem Gebiet der *Fernrohroptik* war Plößl erfolgreich tätig, und sein Name ist mit dem Begriff der Plößlschen Dialyten unsterblich geworden. Die zu seiner Zeit schon sehr weit fortgeschrittene Technik der Linsenfernrohre litt unter einer technologischen Unzulänglichkeit: es war sehr schwer, größere homogene Stücke von Flintglas (stark brechendes, bleihaltiges Glas) zu erzeugen. Da nun ein achromatisches Objektiv aus einer Sammellinse aus Kronglas (Natronkalkglas) und einer Zerstreuungslinse aus Flintglas besteht, waren den Objektivdurchmessern Grenzen gesetzt. Englische Theoretiker dachten bereits an die Möglichkeit, die Korrektionslinse etwa in die Mitte des Strahlenganges zu verlegen, wodurch ihr Durchmesser wesentlich kleiner gehalten werden konnte. 1828 veröffentlichte der Mathematiker am Wiener Polytechnischen Institut, *Simon Stampfer,* eine Arbeit, in der er sich eingehend mit dem Prinzip des sogenannten dialytischen Fernrohres befaßte und eine besondere Anordnung des Korrektionssystems angab. So reifte in Wien nicht nur die Idee, sondern hier fand sich auch der Meister, der die Gedanken in die Tat umsetzen konnte. Aus der Werkstatt von Simon Plößl gingen zahlreiche dialytische Fernrohre in alle Welt, aber auch gewöhnliche achromatische Fernrohre für terrestrische und astronomische Beobachtung. Die Bildqualität dieser dialytischen Fernrohre ist auch für heutige Ansprüche hervorragend. Das größte dialytische Fernrohr von Plößl war ein 1850 gebauter parallaktisch montierter Refraktor von 27,6 cm Öffnung für den Sultan in Konstantinopel. (Das Instrument gilt als verschollen.)

In den elf vorhandenen Preislisten spiegeln sich der Ideenreichtum und die Arbeitskraft Plößls, die auch die verdiente Anerkennung fanden. Goldene Medaillen bei Ausstellungen waren beinahe eine Selbstverständlichkeit, die größte Ehrung bedeutete die 1847 erfolgte Verleihung der Goldmedaille für Kunst und Wissenschaft durch *Kaiser Ferdinand,* die ihm vom Bürgermeister der Stadt Wien, *Czapka,* überreicht wurde.

Plößl blieb bis ins hohe Alter unermüdlich tätig, immer dem Fortschritt aufgeschlossen, seine persönliche Geschicklichkeit — er behielt sich die Zusammensetzung der Linsen und ihre letzte feine Abstimmung vor — war unersetzlich, und das mag auch mit einer der Gründe gewesen sein, daß sein Lebenswerk nicht fortgesetzt wurde. Im Jahre 1849 traf ihn ein schwerer Schicksalsschlag, als sein Sohn, von dem er sich die Fortführung seines Unternehmens erwartet hatte, kaum 23 Jahre alt, an Lungenschwindsucht starb. Der Tod des Sohnes und zunehmende Taubheit hatten zur Folge, daß sich der stets eher verschlossene Plößl in eine selbstgewählte Isolation zurückzog. Dazu kam ein Nervenleiden, das ihn veranlaßte, jede freie Stunde in seinem kleinen Besitz in Rodaun zu verbringen. Ein tragischer Arbeitsunfall setzte seinem Leben ein Ende. Plößl, der an Schwindelanfällen litt, stürzte in den letzten Jännertagen des Jahres 1868 mit einer schweren Flintglastafel und erlitt durch eine Schnittwunde eine Verletzung der Pulsader. Zufolge des starken Blutverlustes und des Wundbrandes, der hinzukam, verschlimmerte sich sein Zustand. Am 29. Jänner starb Simon Plößl.

Seine Werkstatt wurde wohl von seiner Tochter und dem Optiker *M. Wagner* fortgeführt, 1873 wurde ihr der Hoftitel verliehen, aber mit dem Tode des Begründers war der Glanz des Unternehmens erloschen.

Ein glücklicher Zufall fügte es aber, daß die Tradition der Erzeugung hochwertiger Mikroskope für die Wissenschaft in Wien bis in die Gegenwart weiterlebte und führend blieb. Der Mann, der dies bewerkstelligte, war der am 26. Dezember 1851 zu Sersheim in Württemberg geborene *Carl Reichert.* Nach Absolvierung der Latein- und Realschule kam er zu einem Mechaniker in Heilbronn in die Lehre, und nach beendeter Lehrzeit ging er auf Wanderschaft, die ihn 1871 auch nach Wien führte. Vielleicht waren die damaligen Eindrücke für seinen späteren Entschluß mitbestimmend, doch vorerst kehrte er in seine Heimat zurück. Beinahe wäre der vielversprechende junge Mann für Europa verlorengegangen, da sich ihm eine sichere Stellung in Washington bot. Bei einem seiner Abschiedsbesuche änderte er aber sein Vorhaben; in Wetzlar an der Lahn wurde er so freundlich empfangen, daß er sich entschloß, in die optisch-mechanische Werkstätte *Ernst Leitz'* einzutreten. Er verlobte sich mit einer Schwester von Frau Leitz, *Jeanette Löhr,* die er zwei Jahre später heiratete. Für Wien war es ein Glück, daß sich sein Plan, als Teilhaber in die Firma Leitz einzutreten und dazu sein Erbteil in die Firma einzubringen, nicht erfüllte und Reichert, durch Meinungsverschiedenheiten verstimmt, rasch entschlossen, nach Wien übersiedelte, wo er am 11. November 1876 — acht Jahre nach dem Tode Simon Plößls — in einem kleinen Gassenladen in der Josefstadt, eine optisch-mechanische Werkstätte eröffnete. Seine einzigen Gehilfen waren sein zukünftiger Schwager und ein Optiker aus Wetzlar.

Ähnlich wie Plößl fand Reichert eine günstige Ausgangsposition. Es war die Zeit, da Männer wie *Pasteur, Koch* und andere nach den Erregern von Krankheiten suchten und damit der Siegeszug des Mikroskopes in der Welt der Wissenschaft einem Höhepunkt zustrebte. Ein Ereignis sollte den steilen Aufstieg der Firma Reichert beschleunigen. Die Pariser Weltausstellung 1878 sollte beschickt werden, und der siebenundzwanzigjährige Reichert wurde aufgefordert, sich an der Ausstellung österreichischer Erzeugnisse zu beteiligen. Die Kosten übernahm die Österreichische Handels- und Gewerbekammer unter der Bedingung, daß Carl Reichert »mit seinen Mikroskopen der Stadt Wien Ehre einlege«. Der Erfolg übertraf alle Erwartungen, Reichert erhielt die Große goldene Medaille und fünfhundert Franken in reinem Gold. Die Folge war eine rasche Entwicklung des Unternehmens, ein günstiger Umstand war auch der Weltruf der Wiener Medizinischen Schule, an der *Billroth, Fuchs, Nothnagel, Hochstetter* und viele andere wirkten. Der Bedarf an Mikroskopen stieg von Jahr zu Jahr.

Carl Reichert war eine patriarchalische Persönlichkeit, nicht nur das Haupt einer zahlreichen Familie, er hatte drei Söhne und drei Töchter, sondern auch ein väterlicher Chef seiner Mitarbeiter. Bezeichnend für Reichert, der in Österreich seine zweite Heimat gefunden hatte, ist die Tatsache, daß er seine Kinder in verschiedenen Sprachgebieten der Monarchie die Volksschule besuchen ließ, damit sie die Völkerschaften der Monarchie kennen und verstehen lernen sollten. Obwohl er seinen Söhnen völlig freie Berufswahl überließ, entschlossen sich alle drei für den väterlichen Beruf und arbeiteten im Werk mit.

Carl Reichert starb am 12. Dezember 1922 und hinterließ einen Betrieb mit rund 400 Mitarbeitern und einer Verkaufsorganisation, die sich schon damals über die ganze Welt erstreckte.

## *Josef Madersperger*

VON ERICH DOLEZAL

*Josef Madersperger* gehört zu den tragischesten Gestalten unter den österreichischen Erfindern. Sein Vater Georg wurde auf dem Steigerhof in Mattersberg, Gemeinde Matrei, geboren und erlernte dort das Schneiderhandwerk. Nach seinen Wanderjahren ließ er sich in Kufstein nieder, wo er von den Erben des Schneidermeisters *Egger* die »Schneidermeisterschaftsgerechtigkeit« und ein Haus erwarb. In diesem Haus wurde ihm am 6. Oktober 1768 ein Sohn geboren, der auf den Namen Josef getauft wurde. 1790 kamen Vater und Sohn nach Wien, als ein Brand das Haus in Kufstein zerstört hatte, und beide beschlossen, in Wien zu bleiben. Als der Vater starb, ließ Josef auch seine Mutter nach Wien kommen und sorgte für ihren Unterhalt. Er übte das Schneiderhandwerk aus, das er bei seinem Vater gelernt hatte. Am 6. Jänner 1806 heiratete Josef Madersperger, der bereits 1799 in Wien den Bürgereid abgelegt hatte, die Putzmacherin *Katharina Klara Hann* aus Altenpuseck bei Darmstadt.

Seine ersten erfolglosen Versuche, eine *Nähmaschine* zu konstruieren, begannen um die Jahrhundertwende und konzentrierten sich auf eine »eiserne Hand«, die den von der menschlichen Hand ausgeführten Nähvorgang mechanisieren sollte. Vielleicht war es das modische Aufkommen wattierter gesteppter Westen, bei denen viele sich kreuzende Linien kleine Polster bilden, was Madersperger auf eine neue Idee brachte. 1807 ging er dazu über, eine Nadel zu verwenden, die an beiden Enden spitz war und in der Mitte ein Öhr hatte. Auch diese Lösung befriedigte nicht, und so verlegte er das Öhr in die Spitze der Nadel, und damit hatte er eine den Webvorgang nachahmende Lösung gefunden. Dieser Erfindungsgedanke, der es ermöglichte, die

*Heinrich Friedrich Füger; Gemälde zu Klopstocks »Messias«*

*Leopold Kupelwieser, Ausfahrt der Schubertianer nach Atzenbrugg; Lithographie, 1820*

*Josef Führich, Der Gang Mariens über das Gebirge; 1841*

*Joseph Kornhäusel, Bürgerhaus in Baden bei Wien*

Naht dadurch herzustellen, daß die Nadel mit der Spitze in den Stoff eingestochen und unter Umkehr der Bewegungsrichtung wiederum herausgezogen wird, ist dann als die grundlegende Voraussetzung des Maschinennähens erkannt worden. Die Naht entsteht dadurch, daß die Nadel einen durch ihr Öhr gefädelten Faden schlingenförmig durch den Stoff führt, während ein anderer Faden mit dieser Schlinge verkettet wird.

Für dieses Verfahren suchte er am 25. April 1814 um die Verleihung eines k. k. Privilegiums an. Am 10. Februar 1815 wurde ihm tatsächlich ein österreichisches Privileg auf seine Erfindung erteilt, und es ist interessant, daß aus diesem Anlaß die rechtlichen Grundlagen unseres heutigen Patentrechtes geschaffen wurden. Die »Kunstverständigen« hatten zwar Maderspergers Idee als neu befunden, hatten aber an seiner Konstruktion noch »Unvollkommenheiten« festgestellt, weshalb die Vereinigte Hof-Kanzlei eine ablehnende Erledigung beantragte. Es bestehe — so begründete sie — sonst Gefahr, daß sich Geldgeber verlocken ließen, für eine noch nicht in allen Teilen ausgearbeitete Erfindung Mittel zur Verfügung zu stellen, die dann verloren gehen könnten. Der Referent des Staatsrates, *Freiherr von Switzen*, nahm jedoch dagegen Stellung und erklärte, die Staatsverwaltung habe bei Erteilung eines Privilegiums nur darauf zu achten, ob die Erfindung neu ist; eventuelle Verbesserungen können später zu neuen Privilegien führen. Zur Anregung weiterer Erfindertätigkeit sei es notwendig, daß nicht nur Madersperger das angesuchte Privileg erhält, sondern daß künftig grundsätzlich für Erfindungen, die neu sind, Privilegien erteilt werden, ohne auf deren Vollkommenheit Rücksicht zu nehmen. Als *Kaiser Franz* also in diesem Sinne das Privileg bewilligte, schuf er damit die Grundlage für das Patentrecht.

Madersperger hatte alle verfügbaren finanziellen Mittel für seine Erfindung aufgewendet, und so fehlte ihm das Geld, um die Taxen für das Privileg zu bezahlen, das dadurch drei Jahre später erlosch. Er war allerdings von der Wirtschaftlichkeit seiner Erfindung so sehr überzeugt, daß er die Gewerbeberechtigung als bürgerlicher Schneidermeister zurücklegte und um das Privileg als bürgerlicher Obstverschleißer ansuchte. Es sollte dies wohl ein berufliches Übergangsstadium sein, bis seine Erfindung sich finanziell auswirken würde. Dazu ist es jedoch nie gekommen. Madersperger erhielt wohl von der Niederösterreichischen Statthalterei das erbetene Privileg als Obstverschleißer, doch auch dieses erlosch, da er die Taxen nicht zahlen konnte, auch fand er keine Gönner, die es ihm ermöglicht hätten, ein vollwertiges Modell seiner Erfindung herzustellen. 1818 suchte ihn die Polizei wegen Eintreibung der Taxen, doch von diesem Zeitpunkt an liegt für einige Zeit Dunkel über seinem Schicksal. Madersperger war unbekannten Aufenthaltes, erst im Jahre 1823 findet sich wieder eine Spur, er scheint in einem Aufnahmebogen der Bewohner eines Hauses in der Himmelpfortgasse auf.

*Friedrich Gauermann, »Hirsch von Hunden gehetzt«; Skizze zu dem Gemälde des Jahres 1857*

Allen mißlichen Lebensumständen zum Trotz arbeitete er an der Verbesserung seiner Erfindung weiter; da ihm aber die Mittel noch immer fehlten, kam es zu keinem entscheidenden Erfolg. Auf der »Ersten Gewerbeproduzenten-Ausstellung Österreichs« 1835 zeigte Madersperger Doubléstoffe als seine Erfindung. Aber auch dies trug nicht wesentlich zur Verbesserung seiner Lage bei, und so entschloß er sich 1839, seine Maschine dem Polytechnischen Institut zu schenken, vielleicht in der stillen Hoffnung, daß von dort aus etwas zu seinen Gunsten unternommen werden könnte. Tatsächlich veranlaßte das Polytechnische Institut die Überprüfung seiner Erfindung durch den Niederösterreichischen Gewerbeverein, an den Madersperger auch ein Gesuch um Förderung richtete. Er erhoffte sich eine finanzielle Unterstützung, denn er hatte noch manche Verbesserungen vor. Für den 72jährigen war es eine grausame Enttäuschung, daß er statt mit Geld unterstützt, mit einer bronzenen Medaille ausgezeichnet wurde.

Nun resignierte Madersperger, er geriet immer tiefer in Armut und wurde schließlich 1850 delogiert. Im Bürgerversorgungshaus in St. Marx fand er mit seiner Frau, die ihm immer treu zur Seite gestanden war, ein letztes Unterkommen; er starb am 2. Oktober 1850 und wurde mit drei anderen Insassen des Versorgungshauses, ähnlich wie Mozart, in einem Schachtgrab auf dem St. Marxer Friedhof beerdigt.

Den wirtschaftlichen Erfolg konnte der Amerikaner *Elias Howe* für sich buchen, nach dessen Patent 1846 *J. M. Singer* die industrielle Nähmaschinenerzeugung aufnahm: Das Patent Howes entsprach im wesentlichen den Gedankengängen Maderspergers. Heute gilt Madersperger unbestritten als der Erfinder der Nähmaschine.

## *Joseph Marx Freiherr von Liechtenstern*

VON ERNST BERNLEITHNER

*Joseph Marx Freiherr von Liechtenstern* (geboren in Wien am 12. 2. 1765, gestorben in Buchholz bei Berlin am 10. 10. 1828) war an der Wende vom 18. zum 19. Jahrhundert in Österreich der Begründer der Wirtschaftsgeographie und Förderer der Länderkunde, Kartographie und Statistik. Sowohl väterlicher- als auch mütterlicherseits waren seine Vorfahren Offiziere. Sein Leben fällt in eine sehr bewegte Zeit, in der sein rastloses Planen auf Widerstände traf, die durch die Kriegszeit bedingt waren. Mit unermüdlicher Energie kämpfte dieser glühende Patriot um die geistige und wirtschaftliche Förderung seines Vaterlandes und entzog sich verlockenden Anträgen von französischer Seite während der Besetzung Wiens im Jahre 1809. Er hatte Mathematik, Natur- und Rechtswissenschaften studiert. Ein bedeutendes landwirtschaftliches Wissen hatte er sich als Beamter großer Gutsherrschaften in verschiedenen Teilen der Monarchie erworben und besaß Einblick in die Zusammenhänge zwischen Boden, Mensch und Wirtschaft in den vielgestaltigen Landschaften des habsburgischen Reiches.

Dazu hatte er in der Kameralistik die Bedeutung der Statistik schätzen gelernt und war bestrebt, diese ebenso wie die kartographische Aufnahme Österreichs zu fördern. Hätte er nichts anderes vollbracht, als den jahrzehntelangen Kampf um die Errichtung eines statistischen Zentralamtes in Österreich und den Ausbau des Generalquartiermeisterstabes zu einem kartographischen Institut geführt und die Begründung der ersten Cosmographischen Gesellschaft in Österreich 1790 vollzogen, so würde er unbedingt die Zuerkennung eines hohen Ranges unter den Wissenschaftlern und Praktikern seiner Zeit verdienen.

Frühzeitig erkannte er die Bedeutung des Bildungswertes der geographischen Wissenschaft, und 17 Jahre vor *Immanuel Kants Abhandlung über die physische Geographie* veröffentlichte der Zwanzigjährige eine Arbeit *Über das Studium der Geographie* (1785). Im Rahmen der von ihm gegründeten Cosmographischen Gesellschaft brachte er zwischen 1793 und 1797 den ersten mitteleuropäischen wirtschaftsgeographischen Atlas heraus, und zwar den *Ungarischen Producten-Atlas* mit Karten der Ödenburger, Preßburger, Komorner, Bascer und Tolnaer Gespannschaften. Hier erschien auch die erste geographische Zeitschrift Österreichs, die *Geographisch-statistische Monathsschrift* (1797). Dieses Jahr brachte leider auch das Ende dieser Gesellschaft, vielleicht aus politischen Gründen.

*Liechtenstern* aber setzte mit einem kleinen Mitarbeiterstab seine Arbeit in einem »Cosmographischen Institut« fort und brachte in diesem ein *Archiv für Geographie und Statistik* heraus, das bis 1804 erschien. 1811/1812 folgten vier Bände *Neues Archiv für Welt-, Erd- und Staatenkunde, ihre Hilfswissenschaften und Litteratur* und ab 1814 bis 1816 der *Allgemeine Anzeiger historisch-politischen und statistischen Inhalts.* Seine Zeitschriften brachten in ihren Spalten viele Beiträge berühmter Gelehrter aus aller Welt. Wohl wäre viel darin Enthaltenes dem Interessenkreis des von ihm geforderten statistischen Zentralamtes und des Militärgeographischen Institutes zugefallen. Unterstützte er ja auch durch sein »Cosmographisches Institut« militärische Aufnahmen in der Lombardei und führte eine selbständige Aufnahme in Oberösterreich durch. Zwar wurde Liechtenstern 1815 als Professor für Statistik an die Universität Wien berufen, und *Kaiser Franz* sagte ihm 1819 neuerlich die Errichtung eines statistischen Zentralamtes unter der Voraussetzung der Zustimmung des Staatsrates zu. Doch diese Zustimmung erfolgte leider erst am 6. 4. 1829, ein halbes Jahr nach dem Ableben Liechtensterns. Auch die Gründung des Militärgeographischen Instituts (1839) erlebte er nicht mehr.

Von seinem Cosmographischen Institut ging ein starker Einfluß auch auf die Förderung der privaten Kartographie aus. Liechtenstern selbst war als Verfasser eines *Allgemeinen Handatlasses der ganzen Erde*, eines *Österreichischen Nationalatlasses* und einer Kartensammlung *Der Österreichische Kaiserstaat* (1 : 660 000) tätig. Neben seinen 42 Kartenwerken hinterließ er auch noch 142 literarische Arbeiten. Sie betrafen die Landeskunde des Gesamtstaates und einzelner Kronländer und Komitate sowie die *Grundlinien einer Encyclopädie der Cosmographie und Statistik*, die bereits jenen Geist atmen, der später durch den berühmten deutschen Geographen *Carl Ritter* (1779—1859) befruchtend ins wissenschaftliche Leben drang. Mit seiner »Cosmographischen Gesellschaft« schuf Liechtenstern den Vorläufer der seit 1856 bestehenden »Österreichischen Geographischen Gesellschaft«.

Durch sein »Cosmographisches Institut« entstand in Wien eine einzig dastehende Geographen- und Kartographenschule, aus der u. a. *Kindermann*, *Sartori*, *Blumenbach* und *Schweickhardt* hervorgingen, die zur Popularisierung der vom k. k. Generalquartiermeisterstab aufgenommenen Spezialkarten verschiedener österreichischer Provinzen wesentlich beitrugen.

Zeitgenossen und die Nachwelt verstanden leider diesen großen Idealisten nicht. Den einen galt er nur als Kartograph, den andern nur als Statistiker, den dritten als landwirtschaftlicher Interessent. Und doch war seine ganze Persönlichkeit die eines Geographen, der sinnvoll in der Länderkunde seine Kenntnisse und Fähigkeiten verknüpfte und der seine Wissenschaft nicht nur methodisch vorwärtstrieb, sondern auch ihrer Anwendung zum Wohle des Staates und Volkes den Weg eröffnen wollte. Er kann geradezu als ein seiner Zeit weit vorauseilender Landesplaner bezeichnet werden.

Es ist tragisch, daß dieser bedeutende Geist, geladen von gewaltiger Energie, im Jahre 1819 nach Verlust seines dem Staate aufgeopferten Vermögens und auch körperlich schwer durch Überarbeitung erschüttert und enttäuscht über seine teilweise gescheiterten Pläne sein Vaterland verließ und in der Heimat seiner Frau in ländlicher Stille zuerst in Schlesien, dann in Sachsen und anschließend in Berlin eine neue Heimat suchte, wo er auch starb. Nicht minder tragisch ist es, daß Liechtenstern in Österreich fast vergessen wurde und es ihm auch nicht gelang, obgleich er auch Schriften *Über Geographie und Wirtschaft der Deutschen Staaten* in seinen letzten Lebensjahren veröffentlicht hatte, bei den deutschen Geschichtsschreibern der Erdkunde Beachtung zu finden.

# *Wenzel C. Wabruschek-Blumenbach und sein Kreis*

VON ERNST BERNLEITHNER

*Wenzel Carl Wabruschek-Blumenbach,* zu Wien am 1. Jänner 1791 geboren, setzte mit den seiner Zeit weit vorauseilenden länderkundlichen Arbeiten einen Weg fort, den sein Lehrer *Joseph Marx Freiherr von Liechtenstern* gewiesen hatte. Nach dem Besuch der Schule des Zisterzienserstiftes Wilhering in Oberösterreich, wo er im Jahre 1800 durch seine geographischen Kenntnisse dem französischen General *Moreau* derart auffiel, daß er ihn in die Militärschule nach La Flèche in Frankreich bringen wollte, absolvierte er in Wien das Akademische Gymnasium. Ab 1805 studierte er an der Universität Wien Geographie, Mineralogie, Technologie und Statistik sowie die Rechte.

Bereits mit 16 Jahren veröffentlichte er in den *Vaterländischen Blättern für den österreichischen Kaiserstaat* eine umfangreiche Studie *Über die natürliche Beschaffenheit und den Culturszustand des Marchfeldes und seiner Bewohner,* die ihn als Beherrscher des Gesamtgebietes der Geographie in modernem Sinne ausweist. Im Alter von 22 Jahren wurde er Nachfolger des *Freiherrn von König-Kronburg* als Sekretär am Cosmographischen Institut und faßte den Entschluß, sich ganz der Geographie zu widmen. Anschließend war er Stütze des 1. Kommissärs bei der k. k. Niederösterreichischen Fabriken-Inspektion, *Stephan Edler von Keeß,* dann Privatbibliothekar bei dem *Kronprinzen Ferdinand* und schließlich Kustos des K. k. Technischen-öffentlichen Cabinets, das 1840 dem Polytechnischen Institut, der heutigen Technischen Hochschule, einverleibt wurde. Am 7. April 1847 starb er in Wien.

Nicht weniger als 79 zum Teil sehr umfangreiche geographische Arbeiten zeugen vom Fleiß ihres Verfassers.

In der schon erwähnten Studie über das Marchfeld zeigte der junge Blumenbach bereits die Beherrschung sämtlicher Register der modernen länderkundlichen Darstellungsweise. Er schilderte die von ihm durchwanderte und beschriebene Landschaft mit offenem Blick für geologische, morphologische, bodenkundliche, klimatische, hydrographische, wirtschaftsgeographische sowie siedlungs- und volkskundliche Fragen. Schon damals wies er darauf hin, daß die Hochwasserschäden der Donau nur durch Aufführung eines zusammenhängenden Schutzdammes längs des Flusses vom Bisamberg bis an die March gebannt werden könnten; die dadurch zu erwartende starke Austrocknung des südlichen Marchfeldes sollte durch Errichtung eines Kanals von Jedlesee bis Eckartsau eingedämmt werden und hiedurch Wirtschaft und Verkehr aufblühen. Im Innern sollten die Flugsandböden durch Aufforstung gebunden und dadurch Flugsandschäden vermieden werden. Die von ihm aufgezeigten Probleme wurden auch bis heute noch nicht zur Gänze bewältigt.

Bald erwarb sich Blumenbach als Schriftsteller um Geographie und Landeskunde Österreichs namhafte Verdienste. Seine geographischen Handbücher sind für lange Zeit die beste länderkundliche Darstellung seiner Heimat. Während er ursprünglich geographisch-statistische Untersuchungen bevorzugte, wandte er sich dann mehr der physikalischen und historischen Erdkunde zu, befaßte sich später auch mit wirtschaftsgeographischen Forschungen und versuchte sich schließlich auch als Schulgeograph. Über seine *Neueste Landeskunde des Erzherzogthums Österreich unter der Enns* urteilte der Ordinarius für Historische Geographie an der Wiener Universität, *Professor Dr. Eugen Oberhummer*, noch 1921: »Methodisch ungleich höher steht die für ihre Zeit ausgezeichnete ›Neueste Landeskunde des Erzherzogthums Österreich unter der Enns‹ von Carl W. Blumenbach, eine lesbare auch die physikalischen und wirtschaftlichen Verhältnisse des Landes umfassende Darstellung mit kritischen Literaturnachweisen.«

Dieses ausgezeichnete Werk Blumenbachs veranlaßte eine Reihe ähnlicher Arbeiten, die teils von Wienern, größtenteils aber von Gelehrten der österreichischen Länder behandelt wurden. An der Spitze ist hier *Franz Sartori* zu nennen. Er studierte in Graz, trat in den Minoritenorden ein, verließ ihn aber nach eineinhalb Jahren wieder, um in Graz Redakteur der *Zeitung für Innerösterreich* zu werden und gleichzeitig Medizin weiterzustudieren, worin er 1807 promoviert wurde. Sartoris *Neueste Geographie von Steyermark mit ihren Merkwürdigkeiten* erschien 1816 unter dem Einfluß von Blumenbach, nachdem er mehrere umfangreiche Arbeiten bereits veröffentlicht hatte.

Hieher gehören auch die Arbeiten des Salzburger Schulmannes und späteren Waisenhausdirektors in Wien *Franz Michael Vierthaler* mit seinen *Reisen durch Salzburg, Berchtesgaden und Österreich* (1806) und *Meine Wanderungen durch Salzburg, Berchtesgaden und Österreich* (1860) sowie dessen Nachfolger als Redakteur der *Salzburger Staatszeitung, Benedikt Pillwein*, der sich mit seiner *Geschichte, Geographie und Statistik des Erzherzogthums Österreich ob der Enns und des Herzogthums Salzburg* (5 Bde., Linz 1827 bis 1839) und seinem Buch *Das Herzogthum Salzburg oder des Salzkammerguts historisch-statistisch-topographische Beschreibung* (2 Bde., Linz 1844) um die Landeskunde beider Kronländer sehr verdient machte.

Als Mitarbeiter Liechtensterns und Freund Blumenbachs sei hier auch noch *Franz Xaver Joseph Schweickhardt* genannt, der sich als Topograph mit seinem 34bändigen Werk *Darstellung des Erzherzogthums Österreich unter der Enns* (1832—1839) und als Maler und Kartograph mit seiner *Perspektivkarte des Erzherzogtums Österreich unter der Enns* (63 Bl., 1 : 31. 800, 1830—1846) einen Namen machte. Auch heute greifen noch landeskundliche Untersuchungen auf beide Werke zurück.

*Adolph Anton Schmidl* vermittelt den Übergang von der länderkundlichen Darstellungsweise Blumenbachs zur späteren Form unter *Friedrich Simony.* Seine wissenschaftliche Ausbildung erhielt er in Wien, wo er sich zunächst als Gymnasiallehrer betätigte und 1844 das wissenschaftliche Blatt *Österreichische Blätter für Literatur, Kunst, Geschichte, Geographie, Statistik und Naturkunde* gründete. Im Verlauf der Märzereignisse des Jahres 1848 wurde er mit 1. Juli Redakteur der *Wiener Zeitung*, mußte aber schon nach dreieinhalb Monaten diese Stelle zurücklegen. Damals wurde er Aktuar der 1847 errichteten k. Akademie der Wissenschaften in Wien und im Wintersemester 1848/1849 an der Wiener Universität Privatdozent für Geographie, die nun auch lehrplanmäßig wieder an der Alma Mater Rudolfina aufschien. Sein Thema *Das Kaiserthum Österreich in bezug auf die Geographie Karl Ritters* war die erste länderkundliche Vorlesung in Österreich, der bald eine ausgezeichnete *Österreichische Vaterlandskunde* (1852) folgte.

Schmidl wandte sich dann noch der Höhlenkunde zu und veröffentlichte 1854 *Zur Höhlenkunde des Karstes* und 1855 einen *Wegweiser in die Adelsberger Grotte.* Beide Arbeiten trugen ihm wie auch die in den Sitzungsberichten der k. Akademie der Wissenschaften erschienenen Abhandlungen *Beiträge zur Höhlenkunde des Karstes, Die Grotten und Höhlen von Adelsberg, Planina und Laas* und *Die Höhlen des Ötschers* (mit 2 Plänen und 1 Karte) den ehrenden Beinamen »Höhlenschmidl« ein.

# *Die Revolution von 1848*

VON WALTER POLLAK

Von der Februarrevolution in Paris strahlte das Beben auf ganz Europa aus; die Revolution war eine Sache des ganzen Kontinents. Die gesellschaftlichen Verhältnisse verlangten nach einer Änderung, die Völker wollten die Bevormundung abschütteln und strebten nach Freiheit. Wenn diese Revolution die deutsche oder die bürgerliche genannt wird, so trifft das zu, schöpft aber nicht die ganze Bedeutung des Ereignisses aus. Es war eine deutsche Revolution, wenn man daran denkt, daß seit den Bauernkriegen im 16. Jahrhundert das deutsche Volk als Ganzes nicht mehr von einer revolutionären Bewegung ergriffen worden war, wie in diesen Tagen, in denen die Frage der Einheit der Nation breite Bevölkerungsschichten aufwühlte und die besten Geister aufrief. Es war eine bürgerliche Revolution, wenn man bedenkt, daß sie zunächst vom Bürgertum getragen wurde, das am Ende seine Interessen durchsetzte und die Früchte erntete. Und doch war diese Revolution mehr; sie war Ausgangspunkt, der Impuls für eine Entwicklung, die heute noch im Gange ist. Es gibt kaum eine Frage der Gestaltung der Gesellschaft — die uns heute noch immer beschäftigt —, die damals nicht aufs Tapet gestellt worden wäre: die Lösung der sozialen Probleme ebenso wie die Demokratisierung aller gesellschaftlichen Bereiche und nicht zuletzt das Ringen um die Harmonisierung von individueller Freiheit und der Verpflichtung des Menschen gegenüber der Gesellschaft. Betroffen erlebte die Welt von damals, daß das Proletariat, sich seiner selbst noch nicht bewußt, den Schauplatz der Geschichte betrat. Ohne die Arbeiter, die auf ihre eigene Emanzipation noch Jahrzehnte warten mußten, hätte es keine weiterwirkenden Ergebnisse dieser Revolution gegeben.

Die Wiener Revolution hatte von Anfang an besondere Aspekte, die sich aus der Vielfalt der Nationalitäten in der Monarchie ergaben. Zwei Tage bevor der Aufstand in Wien losbrach, waren im Prager Gasthaus »Wenzelsbad« Vertreter der Länder der böhmischen Krone zusammengetreten, um eine Aktion für konstitutionelle Reformen einzuleiten und die Anerkennung der staatsrechtlichen Grundlagen der Länder der böhmischen Krone, mit Gleichberechtigung der Nationen, zu verlangen. Als am 5. März das deutsche Vorparlament für den 31. März nach Frankfurt einberufen wurde, lehnten die Tschechen die Teilnahme ab. Der tschechische Historiker *Palacky* begründete diesen Schritt mit einem Bekenntnis zum Austroslawismus; Österreich müsse als Bollwerk der Kultur gegen den Osten bestehen bleiben, es dürfe nicht in Deutschland aufgehen, weil es nur selbständig Heimstatt aller gleichberechtigten Nationen sein könne. Als Alternative tauchte in der Stellungnahme Palackys jene Vorstellung auf, die nie mehr aus den politischen Erwägungen verschwand, bis sie von *Bismarck* verwirklicht wurde: das Schutz- und Trutzbündnis Österreichs mit einem geeinten Deutschland, gleichsam als Ersatz für die staatsrechtliche Vereinigung. Das Nationalitätenproblem der Donaumonarchie blieb ein Leitmotiv dieser Revolution und konnte auch von der Frankfurter Nationalversammlung nicht bewältigt werden.

Der Wiener Revolution war im eigenen Lande der Boden gründlich vorbereitet worden. Seit dem aufgeklärten Absolutismus waren die Landstände vom Herrscher in die Rolle eines repräsentativen Instituts gedrängt worden, alle Privilegien und das Recht auf Mitsprache hatte man ihnen genommen. Sie wollten nun der Krone ihre alten Rechte wieder abtrotzen. Manche unter den Adeligen waren liberalen Gedankengängen aufgeschlossen. Seit der Mitte der vierziger Jahre wurde sowohl von den böhmischen wie auch von den niederösterreichischen Landständen mehr Öffentlichkeit, vor allem durch Pressefreiheit, gefordert, und Erweiterung der Mitsprachebasis durch Aufnahme von Städtevertretern in die Landstände in Erwägung gezogen. Einzelne ihrer Vertreter, wie etwa *Baron Doblhoff*, machten gemeinsame Sache mit der Opposition und dem literarischen Untergrund. Eine Unzahl von Flugschriften, Broschüren und Büchern über die österreichischen Verhältnisse erschienen in Deutschland, vor allem in Leipzig und Hamburg, und fanden von dort aus ihren Weg nach Österreich. Unter diesen Schriftstellern sind vor allem hervorzuheben: der Radikale *Franz Schuselka;* der gemäßigt liberale *Karl Möring*, nicht nur wegen seiner stilistischen und gedanklichen Brillanz, sondern auch wegen seines soziologischen Standortes als Offizier großbürgerlicher Herkunft; schließlich *Viktor von Andrian-Werburg*, der sich als eine Art Wortführer der Landstände empfand und deren Aufgabe und Verantwortung im Lichte des Fortschrittes zu einer neuen Zeit programmatisch fundieren wollte. Alle drei einig in ihrer scharfen Kritik des Metternichschen Systems und doch, von verschiedenen Standpunkten kommend, den habsburgischen Vielvölkerstaat und seine Funktion bejahend. Wie überhaupt im überwiegenden Teil dieser Oppositionsliteratur ungewöhnlich viele und vorausschauende konstruktive Perspektiven zu finden sind, die sich wie das Angebot eines Gesundungsprogramms ausnehmen, das vom System einfach nicht gehört werden wollte. Dem Druck des heraufkommenden Zeitgeistes nachgebend, waren in den letzten Jahren vor der Revolution Vereine zugelassen worden, unter anderen der schon 1839 gegründete Niederösterreichische Gewerbeverein und der Juridisch-politische Leseverein, die sich rasch zu Pflegestätten liberaler Geistigkeit entwickelten.

Die wirtschaftlichen und sozialen Zustände trugen das Ihre dazu bei, das Volk für die Revolution vorzubereiten. Das Jahr 1847 hatte eine Mißernte gebracht, die zur Massennot führte. Die Arbeiter konnten in einer 14stündigen Arbeitszeit kaum genug verdienen, ihre primitivsten Bedürfnisse zu decken.

In den Tagen vor dem Ausbruch der Revolution wurden die Petitionen häufiger und dringlicher. Der des Niederösterreichischen Gewerbevereines folgte die des Juridisch-politischen Lesevereines, dann die der Buchdrucker und der Buchhändler und schließlich eine solche der Wiener Bürgerschaft, die Tausende Unterschriften trug. Die Forderungen, die in den Petitionen enthalten waren, zielten einheitlich auf die Teilnahme des Volkes an der Regierung, die Öffentlichkeit des Gerichtsverfahrens, die Einführung der Geschworenengerichte und der Pressefreiheit, die Schaffung einer Gemeindeverfassung als Grundlage der demokratischen Staatsordnung, die Aufhebung der bäuerlichen Untertänigkeit und die verfassungsmäßige Verankerung der staatsbürgerlichen Grundrechte, der Gleichstellung der Konfessionen und der Lehr- und Lernfreiheit. Am 13. März traten die Landstände im Niederösterreichischen Landhaus zusammen. Die Bevölkerung und vor allem die Studenten, die das ganze Jahr hindurch die Aktivisten der Revolution blieben, setzten auf diese Versammlung alle Hoffnungen nach Durchsetzung ihrer Forderungen.

Vor dem Landhaus und im Hofe drängten sich die Menschen. Als die Landstände zögerten, traf der Text der Rede ein, die *Ludwig Kossuth* vor dem ungarischen Reichstag in Preßburg gehalten hatte. Diese Rede, gelegentlich als »Taufrede der österreichischen Revolution« bezeichnet, war in den Formulierungen von ungewöhnlichem diplomatischem Geschick, in ihrem Inhalt aber eine radikale, unmißverständliche Kampfansage gegen den Zustand, in dem sich die Monarchie befand; unüberhörbar waren auch jene Passagen, in denen sich die ungarische Separation ankündigte: ebenso wie die Böhmen in ihren Wenzelsbader Beschlüssen, nur noch entschiedener, pochten die Ungarn auf ihr jahrhundertealtes Staatsrecht. Die Rede wurde verlesen und von den Menschen mit Begeisterung aufgenommen. Was aus ihr herausgelesen werden sollte, die Probleme, die da auf die habsburgische Monarchie zukommen mußten, wurde übersehen. Die scharfe Kritik am System und der überschwengliche Ruf nach Freiheit allein fielen auf fruchtbaren Boden.

Unter dem Druck der begeisterten Demonstranten entschlossen sich die Landstände, eine Deputation in die Hofburg zu entsenden. Während dort verhandelt wurde, waren in den Straßen Wiens die ersten Opfer des militärischen Gegenschlages zu beklagen: in der Inneren Stadt wurden 5, in den Vorstädten 45 Demonstranten getötet. In den Fabriksvorstädten nahmen die Demonstrationen der Arbeiter die Züge eines Maschinensturmes an. Für den Fortgang der Revolution waren zwei Begebenheiten des ersten Tages maßgebend: der Umstand, daß das eingesetzte Militär unter dem Befehl des Erzherzogs Albrecht stand und dadurch das Blut der ersten Gefallenen die Dynastie unmittelbar belastete — wollte sie sich dem Volke nicht vollends entfremden, war sie gezwungen, mit dem Rücktritt Metternichs eine sichtbare Geste zu setzen —; und die Tatsache, daß die revolutionären Elemente in der Stadt beachtlichen Zuzug von den Wiener Arbeitern aus den Vorstädten erhielten. Teils gelang es diesen, in die Stadt einzudringen, teils lagerten sie vor den geschlossenen Stadttoren. Zeitgenossen schildern das schaurige Bild der zum Himmel lodernden Feuer vor den Wällen, wo das aus umgestürzten

Laternen entweichende Leuchtgas entzündet worden war. Der Blick, der sich aus den Fenstern der Hofburg bot, konnte keinen Zweifel darüber lassen, daß das Volk aufgestanden war. Die Regierenden mußten zurückweichen, gewissermaßen Schlag auf Schlag folgten die nächsten Schritte. In den beiden darauffolgenden Tagen wurden die Studenten aus den Beständen des Zeughauses bewaffnet, die Akademische Legion und die Nationalgarde gegründet, und die Zensur wurde aufgehoben. Am dritten Tag, am 15. März, gab der Kaiser das Versprechen, eine Verfassung zu gewähren. Am 21. März schließlich wurde statt der seit 1836 regierenden Staatskonferenz ein provisorisches Staatsministerium eingesetzt. Diesem gehörte als Innenminister und als geistiger Kopf *Franz von Pillersdorf* an. Der Sieg schien gesichert, mit relativ geringen Verlusten errungen.

Der Akteure bemächtigte sich überschwengliche Begeisterung. Die Emotion behielt in dieser Revolution weithin das Übergewicht gegenüber dem Realismus und der klaren politischen Konzeption. Die leitende politische Idee reduzierte sich auf wenige Grundlinien demokratischer Freiheitsrechte, und es war keiner da, der fähig gewesen wäre, die überschäumende Bewegung zu bändigen und auf ein klares Ziel zu richten. Es ist kennzeichnend, daß mit Ausnahme der radikalsten Wortführer die politisch Handelnden an der Loyalität gegenüber dem Herrscherhaus festhielten. Dieses Schwanken zwischen Loyalität gegenüber dem Herrscher und revolutionärem Wollen legte dieser Revolution bis zum bitteren Ende Fesseln an, was den wirklichen Durchbruch unmöglich machte.

Es war kein Wunder, daß angesichts dieser Lage und nach dem Fallen der Zensur, die fast dreihundert Jahre den Geist gegängelt und bevormundet hatte, die Presse eine hervorragende Rolle spielte. Berufene und Unberufene drängten sich, ihre Vorstellungen von der neuen Zeit zu artikulieren. Zeitungen und Zeitschriften, Blätter und Blättchen wurden gegründet, die oft nach wenigen Tagen oder Wochen wieder sang- und klanglos verschwanden. Und doch hat die Wiener Presse in diesen Monaten die Feuerprobe ihrer Freiheit bestanden. Eine Reihe hervorragender Journalisten brachte das Zeitungswesen in den darauffolgenden 50 Jahren in der Donaumetropole zu hoher Blüte, manche unter ihnen vermittelten zumindest in Ansätzen eine Art Programmatik der Revolution. So waren es Zeitungen, die als erste auf das soziale Problem hingewiesen haben, wenn sie dabei auch recht unbeholfen ans Werk gingen, stand ihnen doch als Rüstzeug nur recht mangelhafte und oberflächliche Kenntnis der französischen Frühsozialisten zur Verfügung. Über diese gutgemeinten Ansätze hinaus, fand sich keine Persönlichkeit, die fähig gewesen wäre, die soziale Frage in den Griff zu bekommen, die Arbeiter zu organisieren. Die Gründung des »Ersten österreichischen Arbeitervereines«, das im Rahmen des Sicherheitsausschusses entstandene »Arbeiterkomitee« und das kurzfristige Erscheinen einer »Arbeiterzeitung« blieben Episoden am Rande dieser Revolution. Der Priester-Journalist und Günther-Schüler *Sebastian Brun-*

*ner* leitete mit seiner *Wiener Kirchenzeitung* jene Emanzipation der Kirche vom Josephinismus ein, die zu ihrem vollen Sieg über den Staat im Jahrzehnt des Neoabsolutismus führte; die von Brunner temperamentvoll vorgetragenen Thesen nehmen in manchen Zügen eine Entwicklung vorweg, die wir seit dem zweiten Vatikanum erleben. Die nach Pariser Vorbild von *August Zang* gegründete *Presse* wurde zu einem für die Monarchie repräsentativen Weltblatt, zu einer Art österreichischer Institution, die in verschiedenen Varianten bis auf den heutigen Tag besteht. Die *Presse* und der in Triest erscheinende *Österreichische Lloyd* waren es, die als erste versuchten, der Revolutionsromantik der meisten Zeitungen und Zeitschriften entgegenzutreten, um die Aussöhnung zwischen dem Fortschritt und den Notwendigkeiten des Reiches herbeizuführen.

In ihrer naiven Freiheitsbegeisterung hatten die Akteure der Revolution den nüchternen Blick für die Notwendigkeiten des Reiches verloren. Freiheit war ihnen ein Begriff und ein hohes Ziel an sich; wo immer und was immer in ihrem Namen geschah, begrüßten sie überschwenglich und fanden es der vollen Unterstützung wert. Daß für dieses Reich, das ja das ihre war, mit den Freiheitsbestrebungen an den Grenzen auch die Auflösung einsetzen mußte, übersahen sie. Wenige Tage nach der Wiener Revolution brach am 17. März ein Aufstand in Venedig aus, dem fünf Tage später die Ausrufung der Republik folgte. Der Aufstand griff auf Mailand über; nach viertägigen Straßenkämpfen mußte sich *Radetzky* mit seiner Armee in das Festungsviereck Verona—Legnano—Mantua—Peschiera zurückziehen. Die Wiener Revolutionäre erkannten auch nicht, daß sich mit dem beginnenden Aufbegehren der slawischen Völker gegen den ungarischen Zentralismus der Reaktion eine Situation anbot, wo sie den Hebel gegen die Revolution ansetzen konnte.

Die Ablehnung der am 25. April oktroyierten Pillersdorfschen Verfassung führte zur zweiten Phase der Wiener Revolution, zum Maiaufstand. Daß die Verfassung oktroyiert worden war, daß sie dem Kaiser die oberste Gewalt vorbehielt, einen Reichstag mit zwei Kammern vorsah und Arbeiter und Unterstützungsbedürftige von der Wahl ausschloß, empfanden die Revolutionäre als unbefriedigend. Am 15. Mai verlangte eine Sturmpetition in der Hofburg die Aufhebung des Oktroi, die Abhaltung von allgemeinen, gleichen, direkten und freien Wahlen in der ganzen Monarchie und setzte diese Forderungen in der darauffolgenden Nacht durch.

Nun aber folgte der erste geplante Gegenzug der Reaktion.

Unter dem Vorwand einer Ausfahrt verließ am 17. Mai die kaiserliche Familie mit dem Hofstaat Wien und zog sich nach Innsbruck zurück. Das Wiener Bürgertum war zutiefst betroffen. Der siegreiche Aufstand in Wien gegen die Auflösung der Studentenlegion und die Bildung des Sicherheitsausschusses, einer Art oberster verantwortlicher Instanz für Ruhe und Ordnung, konnten nicht darüber hinwegtäuschen, daß die Revolution ihre ersten tiefen Risse zeigte. Das Bürgertum begann sich zurückzuziehen. Die Flucht des Kaisers nach Innsbruck war ihm ein Symptom dafür, wohin die Radikalisierung zwangsläufig führen mußte. Dazu kamen immer schwieriger werdende wirtschaftliche Verhältnisse, die sich vor allem in der rapide ansteigenden Zahl der Arbeitslosen niederschlug. In Zeitungsaufsätzen und Petitionen wurde der Kaiser in beschwörendem Ton gebeten, nach Wien zurückzukehren oder doch *Erzherzog Johann* mit der Führung der Regierung in Wien zu betrauen. Das geschah am 26. Juni. Dieser habsburgische Prinz war vor allem durch seine wirtschaftlichen und kulturellen Initiativen in der Steiermark zu ungewöhnlicher Volkstümlichkeit gelangt. Seine Volkstümlichkeit gründet in breiten Kreisen auf seine Ehe mit der Ausseer Postmeisterstochter Anna Plochl. Die Legenden, die sich um diesen Schritt des Erzherzogs bildeten, haben zuweilen sein Verdienst und seine liberale Persönlichkeit verdunkelt. Er war als ambitionierter Forscher auf historischem und naturwissenschaftlichem Gebiete tätig. Sein besonderes Interesse galt der Erforschung des heimatlichen Volkslebens. Als Praktiker bewährte er sich mit der 1828 erfolgten Gründung des Mustergutes Brandhof und als Bürgermeister der Gemeinde Stainz. Die Steiermark verdankt ihm die bedeutenden Einrichtungen des Joanneum und der Montanschule in Vordernberg, der Vorläuferin der Montanistischen Hochschule. Sowohl die Rolle, die er bei der Organisierung des Tiroler Aufstandes im Jahre 1809 gespielt hatte, wie auch jene als Reichsverweser in Frankfurt in den Jahren 1848/1849 offenbarten Konturen dieser Persönlichkeit, die die Hoffnung nährten, dieser Erzherzog könnte eigene politische Initiativen entfalten. Das Gesetz der Dynastie und seine Verbundenheit mit ihr setzten aber auch ihm unüberwindbare Schranken.

Das Bürgertum hatte Freiheiten seiner eigenen, vor allem wirtschaftlichen Entfaltung im Sinne, nicht aber die Zerstörung des Staates, dessen wirtschaftliche Möglichkeiten ausgeschöpft werden sollten. Als Radetzky am 6. Mai in der Schlacht bei Santa Lucia den König von Sardinien besiegte und damit die Wendung in Oberitalien einleitete, die ihren Höhepunkt am 6. August mit dem Einzug des Feldmarschalls in Mailand erreichte, erhielt die Gefühlswelt dieses Bürgertums neue Nahrung. Es setzte jener Wandel ein, der in der Huldigung *Grillparzers* an Radetzky und seine Armee mit dem Wort »In Deinem Lager ist Österreich« ihren Ausdruck fand.

Am 2. Juni war in Prag der Slawenkongreß einberufen worden, dem der Historiker Franz *Palacky* präsidierte und an dem als prominente Delegierte der Slowakenführer *Safařik* und der Russe *Bakunin* teilnahmen. Der Kongreß verlangte die Errichtung eines eigenen Königreiches aus Böhmen, Mähren und Österreichisch-Schlesien. *Windischgrätz,* dessen Gattin durch eine verirrte Kugel getötet worden war, schlug den Pfingstaufstand in Prag am 12. Juni blutig nieder und trieb den Slawenkongreß auseinander. Die Wiener Revolutionäre waren eingekreist, ohne daß sie dessen zunächst gewahr wurden: im Süden war Radetzky dabei, den italienischen Aufstand zu liquidieren; im Südosten war der Wortführer der Kroaten, *Jellačić,* zum Banus von Kroatien ernannt worden und bereitete die Invasion gegen Ungarn vor; im

Norden war der tschechische Aufstand niedergeschlagen, und Windischgrätz sammelte eine intakte Armee um sich. Unterdessen ging in Wien die Revolution weiter.

Der Maiaufstand in Wien hatte zu den erwünschten Zielen geführt, die Wahlen wurden in der ganzen Monarchie durchgeführt. Aber das Ergebnis der Wahlen hätte die Akteure aufhorchen lassen müssen. Die Wahlbeteiligung war äußerst gering und zeigte das schwindende Interesse der Bevölkerung an den politischen Vorgängen. Die Mehrheit hatten die gemäßigten Liberalen und die Konservativen errungen; die radikalen demokratischen Elemente waren in der Minderheit geblieben. Zudem zeigten die 383 Deputierten des Reichstages, der am 22. Juli von Erzherzog Johann eröffnet wurde, die nationale Zerrissenheit der Volksvertretung, die sich in endlosen Debatten über die Verhandlungssprache verlor. Und doch setzte sich dieser Reichstag mit dem Antrag zur Aufhebung der bäuerlichen Untertänigkeit, den der radikale Abgeordnete *Hans Kudlich* aus Schlesien stellte, sein bleibendes Denkmal. Allerdings spiegelte sich auch in der Behandlung dieses Antrages bereits das politische Spannungsfeld dieser ersten österreichischen Volksvertretung. Kudlich hatte beantragt, die Lasten der bäuerlichen Untertänigkeit entschädigungslos aufzuheben. In dieser Form hatte der Antrag keine Chance, angenommen zu werden. Andererseits mußte allen Fraktionen daran gelegen sein, diese wesentliche Forderung der Revolution zu verwirklichen. Unter federführender Mitarbeit von *Bach, Löhner* und *Helfert* wurde die endgültige Form mit einem komplizierten Entschädigungsmechanismus, der den adeligen und kirchlichen Großgrundbesitz befriedigen sollte, gefunden, die dann am 7. September vom Reichstag beschlossen und zwei Tage später vom Kaiser bestätigt wurde.

Einen entscheidenden Schock erlitt die Revolution in den Augusttagen. Als am 8. Juli Baron Doblhoff, der ungleich stärker als sein Vorgänger Pillersdorf liberal profiliert war, sein neues Ministerium bildete, berief er *Ernst von Schwarzer* als Minister für öffentliche Arbeiten in sein Kabinett. Ernst von Schwarzer war als Herausgeber einer eigenen Zeitung durch seine überlegten und fortschrittlichen Artikel zur sozialen Frage aufgefallen. Zur Linderung der Not der Arbeitslosen hatte man umfangreiche Erdarbeiten, vor allem im Prater, in Gang gesetzt. Als die Schwierigkeiten jedoch immer größer wurden, mußte ausgerechnet Schwarzer, jener Mann also, der sich des Schicksals der Arbeiter angenommen hatte, mit Lohnkürzungen vorgehen. Darüber brach in den Tagen zwischen dem 21. und dem 23. August ein Arbeiteraufstand aus. Nun waren die Antagonisten nicht mehr der Hof und das Volk; die Nationalgarde mußte gegen die demonstrierenden Arbeiter eingesetzt werden. Das traurige Ergebnis waren 22 Tote und über 300 Verwundete.

Die Schwäche der Revolution war offenkundig geworden; isoliert vom übrigen Reich, vermochte sie der wirtschaftlichen Schwierigkeiten nicht Herr zu werden. Unterdessen nahmen die Ereignisse außerhalb Wiens ihren eigengesetzlichen Verlauf. Erzherzog Johann war am 29. Juni zum Reichsverweser in Frankfurt gewählt worden und hatte am 12. Juli sein erstes Reichsministerium gebildet. Es wurde zwar verkündet, daß die Regierungsgewalt beim Reichsverweser liege und der Deutsche Bundestag aufgelöst sei; aber es blieb eine Reichsgewalt ohne Macht, weil die Bundesfürsten nicht daran dachten, auf ihre Hoheitsrechte zu verzichten und einen Teil ihres militärischen Potentials an die neue Reichsgewalt abzugeben. Österreich, selbst wenn es die Chance der Reichsverweserschaft eines seiner Prinzen politisch hätte nützen wollen, war dazu nicht in der Lage; es hatte im eigenen Hause alle Hände voll zu tun, den Staat und die Dynastie zu erhalten. Schon am 2. Juli hatte der ungarische Reichstag beschlossen, mit der Honvéd eine eigene Truppe aufzustellen und eigene Steuern einzuheben. Ungarisches Papiergeld wurde ausgegeben. Als Kossuth am 12. September den *Grafen Batthyáni* als Ministerpräsidenten abgelöst hatte, waren die Zustände bereits vollends radikalisiert und die endgültige Trennung Ungarns vom Gesamtstaat in greifbare Nähe gerückt. Am 28. September wurde *Graf Lamberg*, der *Erzherzog Stephan* als Paladin abgelöst hatte, auf der Kettenbrücke in Budapest ermordet; *Graf Zichy*, der kaiserliche Kommissar bei der Armee Jellačić, wurde als Verräter standrechtlich erschossen. Am 3. Oktober löste der Kaiser den ungarischen Reichstag auf und verkündete den Belagerungszustand, Jellačić wurde zum Oberbefehlshaber ernannt. Die Staatsmacht holte zum Gegenschlag aus.

Als am 6. Oktober kaiserliche Truppen von Wien zur Verstärkung der in Ungarn stehenden Armee abgehen sollten, kam es zur letzten, ebenso dramatischen wie tragischen Phase der Wiener Revolution. Die Akademische Legion, die sehr rasch Zuzug von Arbeitern aus den Vorstädten erhielt, hinderte die Truppen am Abzug; an der Taborbrücke kam es zu einem heftigen Gefecht, Eisenbahnen wurden zerstört und Barrikaden errichtet. Das Volk stürmte das Zeughaus und das Kriegsministerium Am Hof, Kriegsminister *Latour*, der dem Volke als Inbegriff der Reaktion innerhalb der Regierung galt, wurde ermordet, sein Leichnam auf einem Laternenpfahl aufgehängt. Der Kaiser, der am 10. August aus Innsbruck nach Wien zurückgekehrt war, verließ mit dem Hofstaat Wien und ging nach Olmütz. Hunderttausende Wiener flüchteten aus der Stadt; die in Wien stationierten Truppen unter dem General *Auersperg* bezogen im Belvedere und im Schwarzenberggarten Stellung, Jellačić operierte von der Raab aus, Windischgrätz von Prag aus gegen Wien. Die Revolution wurde systematisch eingekreist. Am 20. Oktober stand Windischgrätz vor Wien und verhängte den Belagerungszustand über die Stadt.

In dieser Lage wurde einem Manne der Oberbefehl in Wien übertragen, der eher musisch denn politisch begabt war — eine integre, idealistische Persönlichkeit — die nicht in der Lage war, in dieser ernsten Stunde das Steuer fest in die Hand zu nehmen: dem ehemaligen k. k. Offizier und Schriftsteller *Cäsar Wenzel Messenhauser*. Das Schwanken zwischen Loyalität gegenüber dem Kaiser und der selbstgewählten revolutionären Aufgabe wurde noch einmal tragisch sichtbar, als der vom Volk gewählte Reichstag widerstandslos dem Ruf des Kaisers folgte und sich am 22. Oktober nach Kremsier verlegen ließ. Am 23. Oktober lehnte Wien die bedingungslose Übergabeaufforderung ab. In sechstägigen schweren Kämpfen drangen die Truppen Feldmarschall Windischgrätz' bis in die Innere Stadt vor; die Übergabe wurde vereinbart. Diese Stadt, die während der Revolution dieses Jahres so oft ihre Solidarität mit anderen bewiesen hatte, erwartete nun vergeblich Unterstützung. Der ungarische Reichstag hatte sie in Aussicht gestellt. Als am 30. Oktober die Nachricht durch die Gassen weitergegeben wurde, daß die ungarischen Truppen nahten, wurde die Kapitulationsvereinbarung gebrochen, die Kämpfe flammten neuerlich auf. Unweit von Schwechat aber hatte Jellačić die ungarischen Truppen zurückgeschlagen: die Wiener waren einem Phantom zum Opfer gefallen. Grausam und plündernd nahmen die kaiserlichen Truppen am 31. Oktober Wien endgültig ein. Mehr als 2000 Gefallene und Hingerichtete besiegelten als Blutzeugen der Revolution deren tragisches Ende. Als Rädelsführer wurden Messenhauser, die beiden Jounalisten *Becher* und *Jellinek* und der Abgesandte des Frankfurter Parlaments, *Robert Blum*, am 9. November hingerichtet.

Die Reaktion spielte ihr Spiel virtuos weiter. Man hielt an der Fiktion fest, daß in Wien nicht die Revolution als sichtbarer Ausdruck des Fortschrittes niedergeschlagen worden war, sondern lediglich deren radikaler, anarchischer Wildwuchs. Der Reichstag wurde in Kremsier in einem Scheindasein gehalten und am 22. November vom neuen Ministerpräsidenten *Fürst Felix Schwarzenberg* eröffnet. Dieser gewissermaßen in Agonie agierende Reichstag hat sich redlich bemüht, die Freiheitsziele der Revolution mit den Bedürfnissen des Staates zu harmonisieren und eine brauchbare Verfassung zu schaffen. Wer nach der konstruktiven Leistung dieser Revolution sucht, muß die Verfassung von Kremsier lesen. In ihr ist vieles von dem vorweggenommen, was später erst in jahrzehntelanger Mühe ausgereift ist und für die demokratische Entwicklung der Gesellschaft den Grund gelegt hat. Die Verfassung geht von dem Grundsatz aus, daß alle Staatsgewalten vom Volke ausgehen. Die bürgerlichen Freiheitsrechte wurden festgelegt: das Hausrecht, das Briefgeheimnis, die Freizügigkeit der Bürger, die Koalitionsfreiheit, die Glaubensfreiheit, die Lehr- und Lernfreiheit, Rede- und Pressefreiheit und die unentgeltliche Volksbildung. Das Zusammenwirken von Krone und Volksvertretung drückte sich dadurch aus, daß die Minister zwar vom Kaiser ernannt, aber dem Parlament verantwortlich sein sollten. Kaiserliche Entschlüsse von existentieller Bedeutung für den Staat und den Staatsbürger sollten an die Zustimmung des Parlaments gebunden sein. Sicherungen für den Bestand des Parlaments waren eingebaut. Der Grundsatz der Autonomie der Landtage und der Landes-

*Josef Ressel; Lithographie von Josef Marastani, 1868*
*Originalmodell der Ressel-Schiffsschraube*

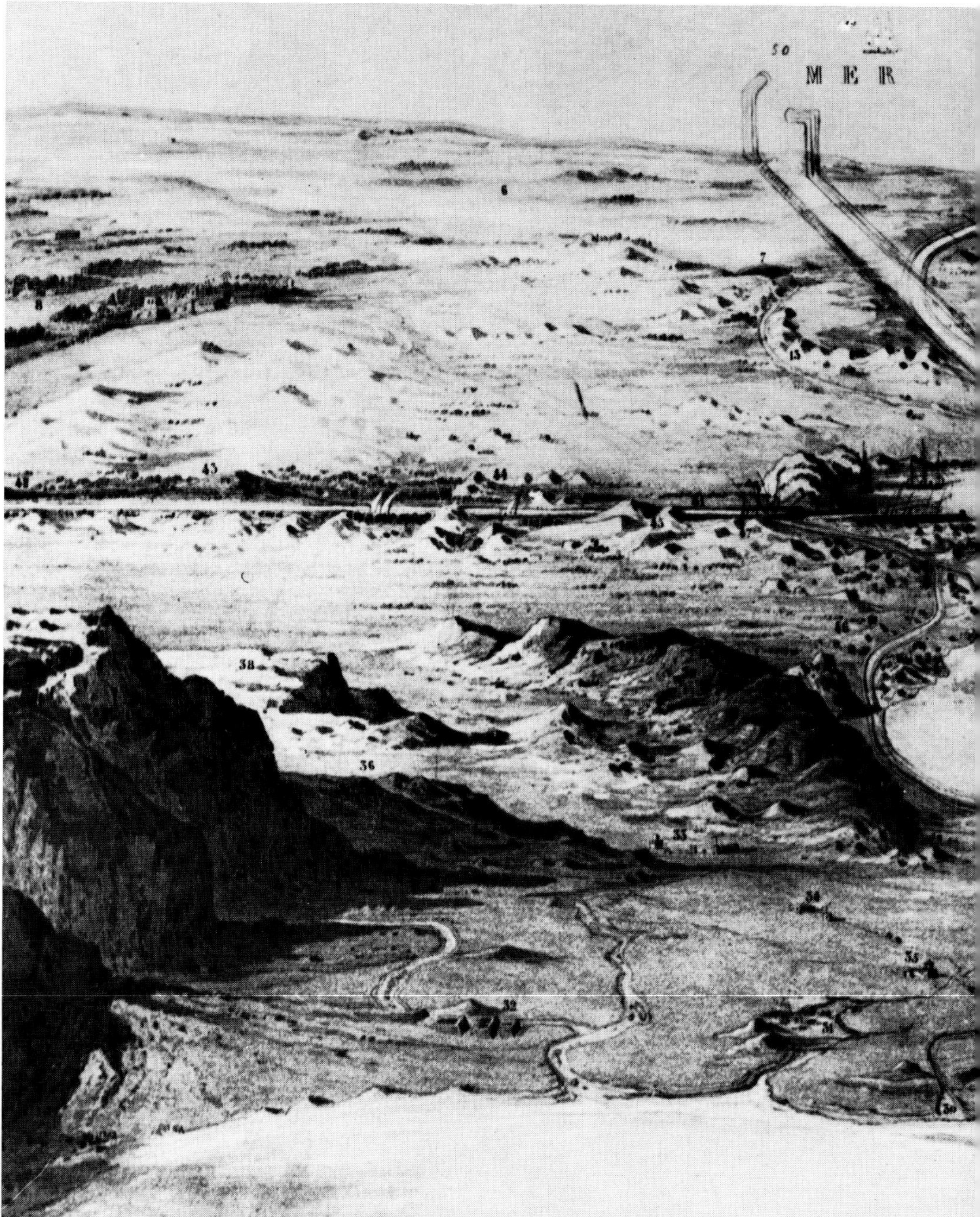
50
MER
43
44
38
36
32
M E

A
DITERRANÉE
1
2
3
10
49
20
25
26
29
B
ROUGE

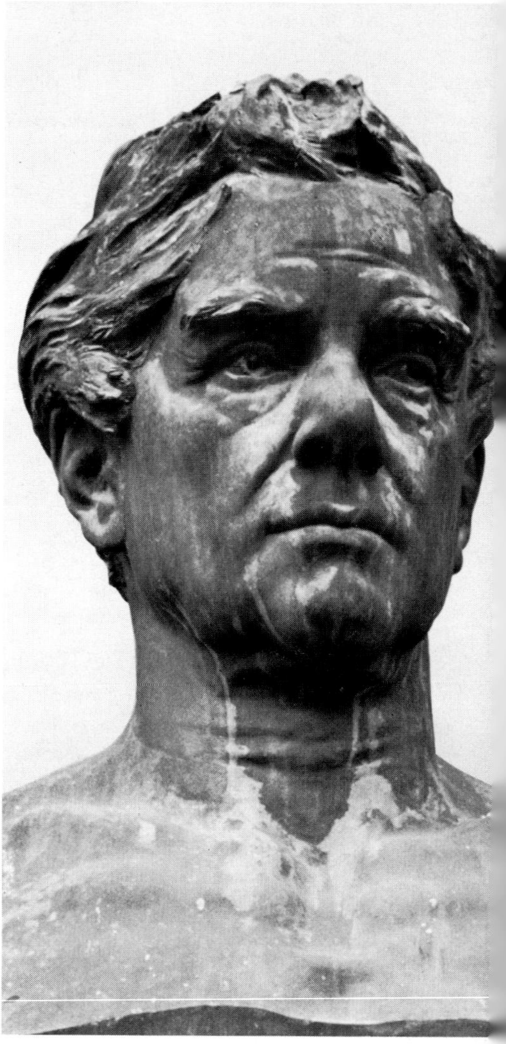

*Alois Negrelli; Lithographie von August Prinzhofer, 1845*

*Johann Joseph von Prechtl; Herme vor der Technischen Hochschule Wien, Rudolf Weyr, 1903*

*Vorhergehende Seite: Alois Negrelli, Vorprojekt für den Suezkanal* hauptleute orientierte sich an der historischen Entwicklung der Individualitäten der Länder, aber nicht an den Nationalitäten. Dafür aber sollte die Schaffung autonomer Kreise den nationalen Gesichtspunkten Rechnung tragen; ihnen wurden Befugnisse zur Kontrolle der Gemeinden und des Erziehungswesens eingeräumt. Die Autonomie der Gemeinde mit einem gewählten Bürgermeister wurde als Grundvoraussetzung der Demokratie statuiert. Nach dem Willen der Autoren dieser Verfassung sollten alle Volksstämme gleichberechtigt sein und ihr unverletzliches Recht auf Pflege der Nationalität und Gleichberechtigung der Sprache in Schule, Amt und öffentlichem Leben besitzen.

Diese in ihren Grundzügen föderalistische Verfassung sollte am 15. März 1849 dem Reichstag vorgelegt werden. Es kam aber nicht mehr dazu. Am 7. März wurde der Reichstag von Kremsier durch Militär auseinandergetrieben und die zentralistische Verfassung oktroyiert, die das Jahrzehnt des Neoabsolutismus einleitete.

In den Verhandlungen über die deutsche Verfassung hatte die Frankfurter Paulskirche keinen befriedigenden Ausgleich über die österreichische Frage erzielen können. Der Streit der großdeutschen Vorstellungen, also die Schaffung eines Deutschen Reiches unter Einschluß des ganzen Österreich, mit den kleindeutschen Auffassungen, also der Schaffung eines Reiches unter Ausschluß Österreichs, blieb fruchtlos. Das Prinzip der Legitimität hatte wieder Vorrang, zudem war Österreich noch zu sehr damit beschäftigt, die glosenden Reste der Revolution in Italien und Ungarn zu beseitigen, als daß es sich für eine Lösung der deutschen Frage nach seinem Sinne hätte stark machen können. Schwarzenberg hatte zwar guten Willen angedeutet, als er vor dem Kremsierer Reichstag am 17. November 1848 erklärte, ein »verjüngtes Österreich und ein verjüngtes Deutschland zu neuen und festen Formen gelangt« würden ihre gegenseitigen Beziehungen näher bestimmen, aber am 4. Februar 1849, als in der Frankfurter Nationalversammlung erwogen worden war, dem preußischen König die deutsche Kaiserwürde anzutragen, sandte er eine eindeutige Note an die Nationalversammlung, Österreich lehne jede Unterordnung des Kaisers von Österreich unter einen anderen Fürsten ab. Bereits am 16. Dezember trat *Schmerling* aus dem Reichskabinett aus, am 5. April 1849 wurden die österreichischen Abgeordneten aus Frankfurt zurückgerufen. Das Frankfurter Parlament löste sich allmählich auf, bis seine Reste in Stuttgart auseinandergetrieben wurden. Der Weg zur Wiederbelebung des Deutschen Bundes mit der Rivalität zwischen Österreich und Preußen war frei.

Mit seinem italienischen Problem wurde Österreich allein fertig. Der Sieg Radetzkys bei Novara am 23. März 1849 war die Voraussetzung für den Frieden von Mailand, der unter britischer Vermittlung am 6. August abgeschlossen wurde und garantierte, daß in Oberitalien keine Veränderungen vorgenommen werden würden. Venedig allerdings, sicherlich nicht ohne Seitenblick auf die ungarischen Ereignisse, kapitulierte erst am 22. August. Ungarn hatte sich am 16. Dezember 1848 erhoben, weil es sich weigerte, den jungen *Kaiser Franz Joseph I.*, der am 2. Dezember seinem Onkel *Ferdinand* auf dem Thron gefolgt war, anzuerkennen. Mußte die Regierung Kossuth anfänglich auch nach Debrezin fliehen, so errang sie später doch entscheidende Erfolge, die zur Rückkehr Kossuths und des ungarischen Reichstages nach Pest und am 14. April 1849 zum Reichstagsbeschluß führten, die Dynastie Habsburg abzusetzen. Trotz gelegentlicher militärischer Erfolge vermochte die Monarchie die ungarische Revolution erst endgültig zu besiegen, als bei dem Kaisertreffen am 21. Mai 1849 in Warschau zwischen Franz Joseph I. und *Zar Nikolaus I.* die russische militärische Hilfe sichergestellt wurde. Wie ein Nachklang der »Heiligen Allianz« mutet es an, daß österreichische und russische Truppen gemeinsam das ungarische Revolutionsheer schlugen, bis es am 13. August in Világos kapitulierte. Das »Arader Blutgericht« vom 6. Oktober 1849 setzte den blutigen Schlußpunkt.

Das habsburgische Reich war noch einmal davongekommen. Die Revolution, in der so viel Begeisterung und Idealismus, aber auch so viel Unreife und Dilettantismus gewirkt hatten, war geschlagen. In den wesentlichen Fragen aber, die durch sie aufs Tapet gebracht worden sind, wirkte sie weiter. Sie hat eine neue Zeit eingeleitet. Das war selbst den konservativen Kräften, die gesiegt hatten, bewußt. Handelsminister Bruck, einer der führenden Köpfe des folgenden neoabsolutistischen Jahrzehnts, hatte erkannt, daß diese Revolution eine Grenze markiert hatte, hinter die man nicht zurückgehen konnte.

# *Der Neoabsolutismus*

VON WALTER POLLAK

Die maßgeblichen Kreise der Reaktion und der Ehrgeiz seiner Mutter, der *Erzherzogin Sophie,* hatten *Franz Joseph I.* an Stelle seines gutmütigen, geistig minderbegabten Onkels, *Ferdinand I.*, zum Kaiser gemacht. Der strahlende Jüngling schien wie geschaffen, als Symbolfigur des neuen Systems auch jene zu versöhnen, die der brutale Kampf gegen die Revolution abgeschreckt hatte. Das erste Jahrzehnt seiner Regierungszeit, der Neoabsolutismus, erscheint wie ein Regenerationsversuch mit untauglichen Mitteln, dem sich zwar eine Reihe hervorragender Geister und tatkräftiger Männer gewidmet hat, der aber nicht gelingen konnte, weil die Vorstellungen, die am Werke waren, dem Zeitgeist nicht mehr entsprochen haben. Reformatorische Strömungen, die dem System lebendigen Geist vermitteln wollten, reichten zwar in wichtige geistige Bereiche hinein und auch in die Zukunft, vermochten aber einer labilen Politk keine feste Grundlage zu geben.

Abgesehen von den innen- und außenpolitischen Schwierigkeiten, die sich für das Reich ergaben, beurteilte *Schwarzenberg* die Situation jener Schichte, auf die er sich zunächst stützen mußte, pessimistisch. In einem Brief an den *Fürsten Windischgrätz* schrieb er am 11. Februar 1849: »Unserer Aristokratie wirkliches Leben und die Widerstandskraft zu geben, halte ich für unmöglich, weil dazu nicht nur honette Leute gehören, sondern man eine politisch gebildete, wohlorganisierte und mutige Klasse braucht, die uns gänzlich ermangelt. Ich kenne in der ganzen Monarchie nicht zwölf Männer unseres Standes, die unter den gegenwärtigen Zeitverhältnissen mit Nutzen in einem Oberhause Platz finden könnten.« Man wird diesen Aspekt nicht aus dem Auge verlieren dürfen, wenn man die künftige politische Entwicklung und vor allem den zunehmenden Einfluß des liberalen Bürgertums betrachtet.

Die unmittelbare Folge der Unterwerfung Ungarns war die Aufhebung der ungarischen Verfassung und die Neuordnung seines Gebietes und seiner Verwaltung. Die Zollschranken zwischen Österreich und Ungarn fielen.

War die Einheit des Reiches nach innen wiederhergestellt, so mußte sich nun sein Interesse auf die Außenpolitik konzentrieren, wollte es seine Machtstellung in Europa wieder festigen. Dafür aber waren Stellung und Einfluß in Deutschland und der sich daraus ergebende Rückhalt von ausschlaggebender Bedeutung. In der Frage des Reichsoberhauptes, die in der Frankfurter Paulskirche zur Debatte stand, war es Schwarzenberg gelungen, Preußen auszumanövrieren. Das war wohl nicht sein alleiniges Verdienst, hatten ihm doch die Verhältnisse in die Hände gespielt, als die Reaktion überall in Deutschland über die Revolution gesiegt hatte. Mit der Errichtung des *Interrim* am 30. September 1849 kam es zu einer vorübergehenden

Einigung zwischen Preußen und Österreich; es handelte sich dabei um eine vorläufige deutsche Zentralgewalt. Aber der Kampf um die Vorherrschaft in Deutschland zwischen den beiden Großmächten war damit nicht beendet. Er führte im Herbst 1850 aus Anlaß der Bundesexekution in Hessen hart an eine kriegerische Auseinandersetzung heran. Mit der Eröffnung des Erfurter Parlaments am 20. März 1850 wurde die preußische Absicht offenkundig, die *Deutsche Union* zu gründen und eigene Wege in Deutschland zu gehen. Gegen den Einspruch Preußens eröffnete Österreich am 1. September den alten Deutschen Bundestag. In einem neuerlichen Treffen in Warschau mit Franz Joseph I. stellte sich *Zar Nikolaus I.* in der deutschen Frage auf die Seite Österreichs; wie bei der Intervention in Ungarn schien der Geist der Heiligen Allianz noch einmal nachzuwirken. Österreich profitierte vom politischen Geist *Metternichs,* den es in gewissem Sinne wiederaufgenommen hatte. Unter diesem außenpolitischen Druck verzichtete Preußen darauf, seine Pläne weiterzuverfolgen. Bei der Konferenz in Dresden am 23. Dezember 1850 wurde einvernehmlich mit Preußen die Wiederherstellung des Deutschen Bundes beschlossen. Am 16. Mai 1851 kam es dann zu einem dreijährigen Allianzvertrag zwischen den beiden Staaten.

Erst jetzt, da nicht nur die Revolution liquidiert, sondern vielmehr auch die deutschen Verhältnisse im österreichischen Sinne wiederhergestellt waren, schritt Wien offen zur Errichtung eines neuen Absolutismus. Am 14. April 1851 wurde statt einer Volksvertretung ein *Reichsrat* gebildet, dem unter Vorsitz *Kübecks* sechs österreichische und zwei ungarische Vertreter angehörten. Der Reichsrat sollte wichtige Gesetze und Verordnungen begutachten. Nach diesem Vorspiel wurde am 31. Dezember das *Sylvesterpatent* erlassen. Die Märzverfassung, ohnehin nur eine Fiktion, wurde aufgehoben, die Pressefreiheit, die freie Gemeindeverfassung und die Öffentlichkeit des Gerichtsverfahrens wurden abgeschafft. Die bürokratische Verwaltung befand sich fest im Griff der Regierung, die sich auf Staatspolizei und Gendarmerie stützte. Die Landtage hatten beratende Funktion, die Gemeindeausschüsse waren Figuren, die an den Fäden der Regierung agierten. Die Entsendung in die Landtage und Gewerbeausschüsse erfolgte nach Gesichtspunkten des Besitzes und der Klassen und deutete in der Bevorzugung der Handelskammern und der Gewerbebetriebe bereits den Vormarsch des Bürgertums an. Als Fürst Schwarzenberg am 5. April 1852 starb, rundete sich das absolutistische System auch nach außen ab: Der Kaiser selbst zog die oberste Regierungsgewalt an sich, faktisches Haupt der Regierung wurde Innenminister *Bach,* der auch der geistige Vater des Sylvesterpatentes gewesen war. Mit der Einrichtung der obersten Polizeibehörde in Wien, der die Polizeidirektionen in den Ländern unterstanden, nahm das Bachsche System noch stärker die Züge des Metternichschen an.

Aber es gab kein vollkommenes Zurückgreifen auf die Zeit vor der Revolution. Schon die Persönlichkeit des zum Unterrichtsminister berufenen böhmischen Hocharistokraten *Leo Thun-Hohenstein* verbürgte die Entfaltung geistiger Kräfte und wissenschaftlicher Organisation. Er kam aus dem Kreise des in Prag wirkenden Philosophen *Bernhard Bolzano* und war erfüllt von dessen sozial-ethischen Grundsätzen. Von diesen und seiner föderalistischen Überzeugung her rührte seine Gegnerschaft gegen den Zentralismus der deutschen Liberalen, der für die kommenden Jahrzehnte bestimmend für die politische Entwicklung wurde. Thun-Hohenstein ist es zu danken, daß die Selbstverwaltung der Universitäten, Akademien und Religionsgemeinschaften erhalten blieb und daß diese dem Zugriff des absolutistischen Systems entzogen blieben. Selbst ein tiefgläubiger Katholik und Anhänger der Konkordatspolitik, war er doch offen genug, auch Protestanten und Juden zur Mitarbeit heranzuziehen. Seiner Initiative war es zu danken, daß führende Gelehrte nach Wien berufen wurden und den fortschrittlichen Geist an der Universität stärkten. Darunter befand sich der Volkswirtschaftler *Lorenz von Stein*, ein Beispiel dafür, daß Wien noch immer als geistiges Zentrum Deutschlands gelten durfte, das Gelehrten Heimstatt bot, die wegen politischer Schwierigkeiten ihre Wirkungsstätte verlassen mußten. Stein war Professor an der Universität Kiel und verlor 1851 seinen Lehrstuhl, weil er im Revolutionsjahr führend in der Bewegung gegen die Herrschaft Dänemarks über Schleswig-Holstein tätig gewesen war. 1855 wurde er nach Wien berufen, wo er eine Fülle von Ideen zu Verfassungs- und Verwaltungsfragen entwickelte und auf die Wichtigkeit der sozialen Frage in der industriellen Gesellschaft hingewiesen hat. Schon frühzeitig hatte er sich mit dem Sozialismus in England und Frankreich beschäftigt und sich mit der Frage der zukünftigen Bedeutung des Grundbesitzes auseinandergesetzt. Unter Thuns Ägide führten *Franz Exner* und der aus Deutschland stammende Altphilologe *Hermann Bonitz* die Neuorganisation des Gymnasial- und Realschulwesens durch. Dieser Entwurf griff auf jenen des Arztes und Dichters *Ernst von Feuchtersleben* zurück, der im Revolutionsjahr leitend im Unterrichtswesen tätig gewesen war. Der Zeit entsprechend, wurde den naturwissenschaftlichen Fächern ein entsprechender Platz eingeräumt. *Alexander von Helfert* und der Tiroler Benediktiner *Albert Jäger* gründeten das Österreichische Institut für Geschichtsforschung, in dem *Theodor Sickel* sich der Entwicklung der historischen Hilfswissenschaften widmete. Zunächst sollte dieses Institut die Aufgabe haben, durch seine wissenschaftliche Tätigkeit und Darstellung der Geschichte der Monarchie, den Gesamtstaatsgedanken zu fördern. Der Geologe *Wilhelm von Haidinger*, der schon 1845 die erste *Geognostische Übersichtskarte der österreichischen Monarchie* geschaffen hatte, wurde als Direktor an die Geologische Reichsanstalt in Wien berufen. Daß man den Zeitgeist richtig erfaßt hatte, dafür zeugte u. a. die Berufung eines Naturwissenschaftlers, des Chemikers und Mineralogen *Anton Schrötter von Kristelli*, zum Generalsekretär der Akademie der Wissenschaften. Schrötter von Kristelli hatte erstmals den ungiftigen roten Phosphor beschrieben, was für die Zündholzindustrie von unschätzbarem Wert war. Er wirkte unermüdlich als Anreger und Organisator für Industrie und Wissenschaft. Die wissenschaftlichen Aktivitäten jener Jahre und die Tätigkeit des Handelsministers *Bruck*, auf dessen Wirken die Aktivierung der Handelskammern und die Erschließung wichtiger Verkehrswege zurückging, wirkten belebend auf die wirtschaftliche und industrielle Entwicklung, was vor allem dem Aufblühen der steirischen Eisenindustrie zugute kam.

Eine der glänzendsten Leistungen jener Jahre war die *Novara-Expedition* der österreichischen Kriegsmarine. Die Fregatte »Novara« unternahm 1857 bis 1859 eine Erdumseglung, die unter der wissenschaftlichen Leitung der Akademie der Wissenschaften und des aus Württemberg stammenden Geologen und Prähistorikers *Ferdinand von Hochstätter* und des Zoologen *Frauenfeld* stand. Wichtigste Ergebnisse waren die von Hochstätter erstellte erste geologische Karte Neuseelands; die meereskundlichen Forschungen im südlichen Pazifik, die der Ozeanographie weltweiten Auftrieb gaben, und die erdmagnetischen Beobachtungen. 26.000 zoologische und botanische Präparate wurden als Bereicherung der österreichischen Sammlungen heimgebracht. Die Forschungsergebnisse der Novara-Expedition fanden ihren Niederschlag in einem 21bändigen Werk, das die Akademie der Wissenschaften herausgab.

Eine Tat von weitreichender städtebaulicher und architektonischer Bedeutung setzte der Kaiser mit der Verfügung vom 20. Dezember 1857, die Wiener Stadtbefestigung zu schleifen, womit der Start zur Stadterweiterung und zum Bau der Wiener Ringstraße gegeben war.

Hinter dieser imposanten Kulisse freilich gärten nicht nur die innerpolitischen Zustände weiter, sondern wurde auch im Spiegel der Finanzen die Brüchigkeit des Reiches sichtbar. Eine Außenpolitik machtpolitischen Anspruches bedurfte einer schlagkräftigen Armee. Für sie wurden im Schnitt 111 Millionen Gulden ausgegeben, während die Ausgabe des Handelsministeriums nur 30 Millionen betrugen. Mit 5,5 Millionen erhielt das Unterrichtsressort etwa die Hälfte dessen, was der Polizeiapparat verschlang. Zwar waren die Staatseinnahmen seit 1849 bis 1859 von 100 Millionen auf 350 Millionen angestiegen, wovon aber 100 Millionen auf indirekte Steuern entfielen, die den Konsumenten ohne Unterschied der sozialen Verhältnisse belasteten. Die Staatsverschuldung stieg immer mehr an. Solche finanziellen Anforderungen, vor allem auf Seite eines überdimensionalen Militärbudgets, konnten nur durch eine erfolgreiche Außenpolitik gerechtfertigt werden. Der Neoabsolutismus hatte aber gerade darin keine glückliche Hand.

Das wurde bei der ersten Belastungsprobe, dem Krimkrieg von 1853 bis 1856, offenkundig. Von dieser Auseinandersetzung zwischen Rußland und der Türkei wurden Österreichs Interessen auf dem Balkan unmittelbar berührt. Trotzdem blieb seine Haltung ohne Entschiedenheit im richtigen Zeitpunkt. Der Konflikt nahm vom Anspruch des Zaren, Schutzherrschaft über alle orthodoxen Christen unter türkischer Herrschaft auszuüben, seinen Ausgang. Im Grunde ging es um den Besitz der Donaufürstentümer Moldau und Walachei. Als im Februar 1853 die Türkei Feindseligkeiten gegen Montenegro einleitete, konnte Österreich durch sein Dazwischentreten noch das Eingreifen Rußlands verhindern. Im Juli aber marschierte die russische Armee in die Donaufürstentümer ein. Am 23. Oktober erklärte die Türkei Rußland den Krieg. Obwohl Österreich dem französisch-englisch-türkischen Bündnis vom März 1854 nicht beitrat, zog es Truppen an der Grenze zu Rußland zusammen, was die Russen zwang, über den Pruth zurückzugehen. Im Sommer erklärten Österreich und Preußen gegen Rußland Waffengewalt anwenden zu wollen, wenn dieses den Balkan überschreite. Bald darauf vereinbarte Österreich mit der Türkei, die Donaufürstentümer besetzen zu dürfen, sobald die Russen abgezogen wären, und machte damit seine Mittlerrolle unglaubwürdig. Erst im entscheidenden Augenblick, am 2. Oktober 1854, trat Österreich dem Bündnis auf der Seite der Türkei bei und konzentrierte mehr als 300.000 Mann an der russischen Grenze, während Preußen neutral blieb. Rußland mußte Truppen an die österreichische Grenze entsenden und dadurch seine Front auf der Krim, wo die Entscheidung heranreifte, schwächen. Das Abenteuer kostete Österreich 611 Millionen Gulden, die durch die Auflage einer Nationalanleihe und durch den Verkauf von Eisenbahnlinien hereingebracht werden sollten. Der Krimkrieg blieb nicht nur ohne greifbares Ergebnis, sondern hatte auch zur politischen Isolierung der Monarchie geführt. An der österreichischen Haltung war die traditionelle Freundschaft mit Rußland zerbrochen, während die Westmächte über die zögernde Haltung Österreichs verstimmt waren.

In dieser Zeit, am 18. August 1855, schloß die Monarchie mit dem Heiligen Stuhl ein Konkordat ab, das auf den heftigsten Widerstand der liberalen Kreise stieß und später zu einer argen Belastung der Innenpolitik wurde. In diesem Konkordat bestätigte sich der erfolgreiche Kampf einer jungen Priester- und katholischen Publizistengeneration gegen das josephinische Staatskirchentum während der Revolution. Lag die Kirche im josephinischen System an der Leine des Staates, so wurde der Kirche jetzt auf wichtigen Gebieten ein dominierender Einfluß im Staat eingeräumt. Staat und Kirche fanden sich nun als gleichberechtigte Partner zum Bündnis von Thron und Altar. Der unermüdliche und erfolgreiche Kämpfer für das Konkordat war der Wiener Erzbischof *Othmar von Rauscher*, eine Persönlichkeit von großen Geistesgaben und energischer Zielstrebigkeit. Ursprünglich dem Kreis um den Philosophen *Anton Günther* nahestehend, trat er 1857 für die Verurteilung dessen Lehre ein. Dem Erzbischof von Prag (später Salzburg) Friedrich Fürst Schwarzenberg in Freundschaft verbunden, 1832 als Direktor der Orientalischen Akademie berufen und von Metternich für die Behandlung kirchlicher Fragen herangezogen, und schließlich als Philosophielehrer des jungen Franz Joseph verfügte er über die notwendigen persönlichen Verbindungen, die ihm Einfluß sicherten. 1825 wurde er in Salzburg Professor für Kirchengeschichte und veröffentlichte ein zweibändiges Werk über die *Geschichte der christlichen Kirche.* Seine überragende Intelligenz und sein selbstsicheres Handeln machten ihn zum unbestrittenen Führer des österreichischen Klerus. Aufsehen erregte sein Auftreten gegen das Unfehlbarkeitsdogma.

Folgenschwerer als das Abenteuer im Krimkrieg war die Auseinandersetzung in Oberitalien. Seit der Vereinbarung vom 20. Juli 1858, die zwischen *Napoleon III.* und dem *Grafen Cavour* in Plombières in den Vogesen geschlossen worden war, konnte der König von Sardinien mit der Unterstützung der italienischen Einigungsbewegung durch Frankreich rechnen. Als *König Viktor Emanuel* vor der sardischen Kammer erklärte, sein Land könne nicht mehr gleichgültig gegenüber dem Schmerzensschrei Italiens bleiben, verhängte Österreich über die Lombardei den Belagerungszustand und konzentrierte Truppen in Oberitalien. Über dem bevorstehenden Krieg lag der Schatten des Krimkrieges und jener der Auseinandersetzung mit Preußen um die Vorherrschaft in Deutschland. Sowohl Rußland wie auch Preußen verhielten sich neutral; Österreich fehlte die Wand, an die gelehnt es hätte kämpfen können. Die Berufung des *Grafen Rechberg* zum Außenminister, der den Ausgleich mit *Bismarck* suchen wollte, kam zu spät. Im Mai/Juni 1859 befand sich die österreichische Armee in der Zange des französisch-sardischen Heeres einerseits und der Freischaren *Garibaldis* andererseits. Nachdem Napoleon und Viktor Emanuel in Mailand eingezogen waren, übernahm Kaiser Franz Joseph am 18. Juni selbst den Oberbefehl. Aber auch er konnte das Schicksal nicht mehr wenden. Er verlor die Schlacht von Solferino, der am 8. Juli der Waffenstillstand von Villafranca folgte. Im Frieden von Zürich am 10. November verlor Österreich die Lombardei und die Secundogenituren Toskana und Modena; Parma und das Gebiet des Kirchenstaates, dieser allerdings mit Ausnahme der Stadt Rom, fielen als Abrundung der italienischen Bestrebungen an Sardinien. Der Rückzug Österreichs aus Italien hatte begonnen, der 1918 mit dem Verlust von Trient sein Ende fand.

Dieser verlorene Krieg mit seinen einschneidenden Kriegsverlusten gab dem Neoabsolutismus den Todesstoß. Gleichzeitig hatte der Krieg im Zusammenhang mit den Heereslieferungen eine Reihe von Korruptionsaffären aufgedeckt und damit innere Schwächen des Systems bloßgelegt. In eine solche Affäre wurde auch Handelsminister Bruck hineingezogen, der am 22. April 1860 Selbstmord beging.

Bereits am 21. August 1859 war Innenminister Bach gestürzt und durch den *Grafen Agenor Goluchowski* ersetzt worden. Vom Rande her drängten die föderalistischen Kräfte wieder ins Zentrum, die Vertreter des Hochadels verbanden mit ihrer politischen Auffassung von der Notwendigkeit des föderalistischen Staatsaufbaues ihre ständischen Vorrechte und Interessen; Wortführer aus Böhmen war *Graf Heinrich Clam-Martinic,* der aus Ungarn *Graf Anton Szécsen.* Der Absolutismus begann zu zerbröckeln.

Der *Reichsrat,* der bisher keine Rolle gespielt hatte und auch nun nicht spielte, wurde zu einem »verstärkten Reichsrat« umgebaut, der so etwas wie eine Volksvertretung vortäuschen sollte. Den Vorsitz übernahm *Erzherzog Rainer,* dem ein liberaler Ruf vorausging. Nach dem Willen des Kaisers sollte dies der erste Schritt zu einer Verfassungsreform sein. Die Einheit Ungarns wurde wiederhergestellt, die Komitatsverfassung wiedereingeführt. Am 31. März 1860 trat der »verstärkte Reichsrat« zusammen und bot sogleich das Bild unüberbrückbarer Auffassungen. Die Deutschen, wesentlich in der liberal-zentralistischen Partei vereinigt, verlangten die Verlagerung des Schwergewichtes in einen Reichsrat mit freiheitlicher Verfassung und wollten den Ländern nur eine beschränkte Autonomie zugestehen. Die Föderalisten, vor allem Tschechen und Ungarn, wünschten den Vorrang der Landtage. Noch einmal entschied sich der Kaiser, offenkundig unter dem Eindruck der Vertreter des föderalistischen Hochadels, für die föderalistische Konzeption. Das *Oktoberdiplom,* das am 20. Oktober erlassen wurde, versuchte die Sicherung der Autonomie der Kronländer und die der Einheit des Reiches auf einen Nenner zu bringen. Die Länder sollten eigene Landtage erhalten, die aus ihren Reihen die Vertreter in den Reichsrat zu wählen hatten, während weitere Mitglieder des Reichsrates vom Kaiser ernannt werden sollten. Die Gegensätze lagen auf der Hand: die Liberalen stellten sich gegen den Adel und die Geistlichkeit, weil sie durch deren Föderalismus die Gefahr auf sich zukommen sahen, von den Slawen in ihrer Existenz bedroht zu werden, die Föderalisten wieder fürchteten das Übergewicht der Deutschen. Die Ungarn waren nicht zufrieden, weil ihr Verfassungsstatus wiederhergestellt wurde, wie er vor 1848 bestanden hatte; sie aber wollten die Verfassung, die sie sich im Revolutionsjahr gegeben hatten.

Das Oktoberdiplom, das nach dem Willen seiner Schöpfer »ein beständiges, unwiderrufliches Staatsgrundgesetz« sein sollte, hatte kein langes Leben. Es zerbrach an der Wirklichkeit der aufgestauten Probleme. Am 13. Dezember 1860 mußte Goluchowski abtreten. Mit dem Deutschliberalen *Anton von Schmerling* begann eine neue Ära.

## *Erzherzog Albrecht — Benedek — Tegetthoff*

VON JOHANN CHRISTOPH ALLMAYER-BECK

Gelegentlich sind es Zufälligkeiten, Banalitäten, in denen sich im Ablauf der Geschichte Zustände und Zusammenhänge gleichsam wie in einer Blitzlichtaufnahme offenbaren. Als im Jahre 1848 österreichische Offiziere in die Klingen ihrer Säbel das Wort »WIR« eingravierten, da spiegelte sich in diesem Schlüsselwort vieles wieder, was für die Haltung der kaiserlichen Armee in diesem schicksalsschweren Jahr charakteristisch war. Nicht nur, daß in diesem Wortspiel die Initialen der Namen jener Männer enthalten waren, auf die damals von seiten der Konservativen, der »Schwarz-Gelben«, alle Hoffnung gesetzt wurde, nämlich *Windischgrätz, Jellačić* und *Radetzky,* nein, in diesen drei Buchstaben sollte auch die innere Geschlossenheit und Entschlossenheit der Offiziere zum Ausdruck kommen, den revolutionären Umsturzversuchen von innen und außen mit allen Mitteln und unter Aufbietung aller Kräfte entgegenzutreten. Das kaiserliche Heer war zu einer der tragenden Säulen geworden und erkannte seine Funktion als bewahrende Institution des habsburgischen Reiches.

Im Persönlichkeitsbild *Erzherzog Albrechts* und *Ludwig Benedeks,* deren militärisches Können schon knapp zwei Jahrzehnte nach der Revolution, nämlich 1866, erneut über Österreichs Schicksal entschied, ist vieles enthalten, was man als ein strukturelles Element des späteren k. u. k. Heeres bezeichnen kann. Es ist nicht ohne Reiz, diesen beiden Feldherrngestalten noch eine dritte, völlig andersgeartete hinzuzufügen, die mit ihnen doch in einem gewissen Zusammenhang steht, nämlich Alt-Österreichs Führer zur See in jenem entscheidungsvollen Ringen von 1866, den Flottenkommandanten *Wilhelm von Tegetthoff.*

Als die Flammen der Revolution hochschlugen, stand der damals vierundvierzigjährige Oberst *Ludwig Benedek* bei der Armee Radetzkys in Italien. Als Absolvent der berühmten Theresianischen Militärakademie hatte der am 14. Juli 1804 in Ödenburg geborene und aus einer ungarischen Adelsfamilie stammende Offizier jene Laufbahn zurückgelegt, wie sie auf Grund der erhaltenen Ausbildung und bei einigem Glück jedem »Neustädter« bei seiner »Ausmusterung« gleichsam im Tornister mitgegeben wurde. Nach entsprechender Truppendienstzeit bei der Infanterie wurde Benedek 1833 dem Generalquartiermeisterstab zugeteilt und zwei Jahre später in diesen übernommen. Hier ist nun freilich sogleich als Kuriosum anzumerken, daß dieser vorzüglich beschriebene Offizier, der von da ab einen Großteil seiner militärischen Laufbahn in Generalstabsdienststellen zurücklegte, nie ein wirkliches Verhältnis und Verständnis für die Arbeitsbedingungen dieses Führungsgremiums einer modernen Armee gewinnen konnte. Umso mehr fühlte sich Benedek als Truppenführer auf dem Schlachtfeld zu Hause. Und es war daher kein Wunder, daß es ihn als langjährigen Generalkommando-Adjutanten in Galizien bei Ausbruch eines Aufstandes in Krakau und Westgalizien im Jahre 1846 nicht lange am Schreibtisch litt. Schnell raffte er die ihm erreichbaren Kräfte zusammen, trat den Aufständischen bei Gdów entgegen und schlug sie entscheidend. Das war ganz und gar nach seinem Geschmack: die rasche, direkte Aktion, ohne längere Vorbereitung und Planung, ohne viel operative Finessen. Ganz nach diesem Rezept holte er sich zwei Jahre später im Gefecht bei Curtatone das Ritterkreuz und 1859, als Kommandant des VIII. Korps und »Löwe von San Martino«, in der Schlacht von Solferino das Kommandeurkreuz des Maria-Theresien-Ordens; und so versucht er auch am

3. Juli 1866 durch rücksichtslosen Einsatz seiner Person, sich gegenüber einem überlegen operierenden Gegner zu behaupten.

Angesichts dieses Kriegsmannes von draufgängerischer Tapferkeit, von korrektem Pflichtgefühl und penibler Ehrauffassung wird das sonst so abgegriffene Schlagwort vom »Ritter ohne Furcht und Tadel« fast so etwas wie Realität. Und es ist kein Zweifel, daß der junge *Kaiser Franz Joseph* genau solche Männer vor Augen hatte, als er zu einer Denkschrift über die Reform der Armee nach den Erfahrungen und Enttäuschungen der Jahre 1848/1849 die Bemerkung schrieb, daß man in Hinkunft das Schwergewicht mehr auf Persönlichkeiten von Charakter und weniger auf solche von Gelehrsamkeit legen sollte.

In seinen Briefen gefiel sich Benedek in der Attitüde des einfachen, demütigen und gottergebenen Soldatenphilosophen, doch war er viel eher eine zwar warmherzige, aber auch rauhbeinige Kommißnatur mit deutlichem Hang zur Theatralik. Selten nur vermochte er den Blick über den rein militärischen Bereich hinaus zu erheben. Die politischen Motive der Revolution von 1848 wie ihre Ursachen waren ihm völlig uninteressant. Überhaupt war ihm Politik — und darin erwies er sich als echt österreichischer Offizier — verhaßt. Daher bekannte er auch damals seiner Gattin, ihm wäre »alles gleichgültig, was mich nicht als Soldat betrifft; nicht aus Egoismus, aber aus Langeweile über das dumme Volk« und daher möge auch — so meinte er an anderer Stelle — Fürst Windischgrätz ruhig »die dummen Böhmen tüchtig zusammenschießen lassen«. Sich etwa Gedanken über eine Neuordnung der Monarchie oder eine Reorganisation des Staates zu machen, lag ihm duchaus fern. Wiederherstellung der Ordnung, freilich sehr bezogen auf die eines Kasernhofes, das war so ziemlich das äußerste, was sich ein Mann wie Benedek an politischen Überlegungen abzuringen vermochte. Nicht zuletzt aus diesen Gründen ist ja auch während der fünfziger Jahre des vorigen Jahrhunderts ein nicht unbedenklicher Riß zwischen Armee und liberalem Bürgertum entstanden.

*Heinrich von Srbik* meint in einer Studie über die beiden Militärs, daß ein Mann wie Feldzeugmeister Benedek »ganz und gar jenem altösterreichischen Soldatentyp« angehört habe, der dem Erzherzog Albrecht »zeit seines Lebens als Ideal vor Augen« gestanden habe.

Nun ist es sicherlich keine Frage, daß eine Armee, die man nur als ein stummes Werkzeug der Krone betrachtete, die nur auf deren Weisung in Aktion treten sollte und nach vollbrachtem Einsatz sich sogleich wieder in den Hintergrund zurückzuziehen hatte, und diese Rolle kam angesichts der zunehmenden innenpolitischen Spannungen im Habsburgerreich der »großen Schweigerin« immer mehr zu, daß eine solche Armee und eine solche Heeresauffassung derartiger Offiziere gewiß nicht entraten konnten. Es ist aber vielleicht doch ein wenig über das Ziel geschossen, wollte man *Erzherzog Albrecht* selbst dieser Kategorie zuordnen.

Der Erzherzog, dessen militärische Laufbahn sich mit der Benedeks wiederholt kreuzt — und zwar 1848, als er der vorgesetzte Divisionär Benedeks war, 1860, als er ein Korps führte, das dem von Benedek befehligten 2. Armeekommando unterstand, und schließlich 1866 als gleichgestellter Armeeführer —, war dennoch aus einem ganz anderen Holz geschnitzt als sein Waffenkamerad.

Als ältester Sohn des *Erzherzogs Karl,* des Siegers von Aspern, am 3. August 1817 in Wien geboren, also um 13 Jahre jünger als Benedek, hatte er vieles, wenn auch nicht alles von seinem großen Vater geerbt. Hierzu zählte vor allem die Vorliebe für den militärischen Beruf, die Albrecht während seines ganzen Lebens begleitete. Sehr zum Unterschied zu Benedek, der immer wieder beteuerte, daß ihm für diesen oder jenen Posten das höhere strategische Wissen mangle, hatte der Erzherzog sich gerade in dieser Hinsicht ständig zu vervollkommnen gesucht.

Wie es seiner Abkunft entsprach, hatte der Prinz die militärische Rangleiter entsprechend schnell erklommen. Innerhalb von acht Jahren war er bis zum General der Kavallerie avanciert. Aber daneben war er auch frühzeitig mit politischen Missionen betraut worden, die seinen Gesichtskreis erweitert und wohl auch sein Weltbild mitgeformt hatten. Den Haupteinfluß übte freilich der Vater bis zu dessen Tod im Jahre 1847 aus. Von diesem waren nicht nur der unermüdliche Bildungsdrang und das eiserne Pflichtgefühl auf den Sohn übergegangen, sondern auch jenes nüchtern-rationale Empfinden, das diesen immer wieder dazu brachte, dem einmal als richtig erkannten Prinzip alles andere unterzuordnen.

Dieses Prinzip war nichts anderes als die Überzeugung, daß der Zusammenhalt der vielnationalen Monarchie angesichts eines heraufziehenden liberalen und damit demokratischen Nationalismus nur noch durch die klare Ausrichtung aller Institutionen, nicht zuletzt der Armee, ausschließlich auf das Kaiserhaus gewahrt werden könne. Daß ihm, dem tief religiösen und überzeugten Katholiken, in der damaligen Zeit auch die Kirche als die naturgegebene, gleichsam gottgewollte Verbündete des Thrones erschien, bedarf keiner näheren Erläuterung.

Während der Märztage des Jahres 1848 wurde der Erzherzog in Wien als Kommandierender General in sehr unmittelbarer Weise mit der Revolution konfrontiert. Um als Angehöriger des Kaiserhauses nicht stärker in den Bürgerkrieg verwickelt zu werden, hatte er sich nach den ersten Unruhen zurückgezogen und sogar den Dienst vorübergehend quittiert. Bei Ausbruch des Krieges in Italien aber war er sogleich als Volontär zur Armee Radetzkys geeilt und hatte hier eben das erlebt, was *Grillparzer* später in die Worte gekleidet hatte: »In Deinem Lager ist Österreich.« Im Feldzug des Jahres 1849 hatte der Erzherzog dann eine Division geführt, zu deren Verband für einige Zeit auch das Regiment Benedeks gehörte, und in der Schlacht bei Mortara und Novara hatte sich der kaiserliche Prinz als sehr guter Truppenführer erwiesen. So standen also in seinem Geiste zwei Erfahrungen schroff gegenüber: dort die gegen hergebrachtes Recht und alte Ordnung revoltierende Menge und hier die überlegene Durchschlagskraft einer auf straffer Disziplin aufgebauten und zielbewußt geführten Truppe. Derlei mußte, bei seiner Herkunft und Erziehung, fast zwangsläufig auf seine Haltung abfärben.

Absolutes Festhalten am übernationalen Charakter der Monarchie, das war eine Säule, auf der seine staatspolitische Überzeugung aufruhte, und Beibehaltung des Prinzips der Legitimität und Autorität war die andere. Gewiß, hierin zeigt er sich als überzeugter Anhänger eines gouvernementalen Konservatismus Metternichscher Prägung, der im Staat weniger eine lebendige Verkörperung des Volkes erblickte als vielmehr einen gesellschaftlichen Mechanismus zur Erhaltung sozialer und nationaler Gleichgewichte und damit der europäischen Großmachtstellung Österreichs.

Wiederum ganz anderer Art war nun die dritte Persönlichkeit, die es hier zu betrachten gilt: *Wilhelm von Tegetthoff*.

Aus einer österreichischen Offiziersfamilie westfälischen Ursprungs entstammend — sein Vater war kaiserlicher Oberstleutnant —, war er der weitaus Jüngste der drei Großen von 1866. In Marburg, der Garnison seines Vaters, am 23. Dezember 1827 geboren, hatte er die Kadettenschule der kaiserlichen Kriegsmarine in Venedig absolviert und war 1845, noch nicht ganz achtzehnjährig, als Marinekadett in die Flotte aufgenommen worden. Als die ersten Schüsse in Italien fielen, kreuzte Tegetthoff an Bord der Korvette »Adria« vor der albanisch-griechischen Küste. Seine Reaktion auf die Ereignisse auf dem Festland waren grundverschieden von der Benedeks und Erzherzog Albrechts. Für ihn, den jungen Seemann, gab es die Probleme, die im Zuge der Ereignisse in Wien oder in der Lombardei auftraten, so gut wie nicht. Seine Biographen vermerken mit Erstaunen, daß er in der Zeit unmittelbar vor Ausbruch der Unruhen und des Krieges zwar sehr oft die technischen Unzulänglichkeiten der kaiserlichen Marine rügt, »niemals aber die revolutionären Strömungen in seiner Umgebung ... erwähnt«. Sehnsucht nach fernen Ländern und eine sich bald einstellende Enttäuschung über »unsere armselige Marine«, das waren die damals bei ihm vorherrschenden Gedanken und Wünsche, neben denen nicht sehr starke, aber doch deutliche Anzeichen eines, vielleicht auch herkunftsmäßig bedingten, deutsch-nationalen Selbstbewußtseins standen. Tegetthoff erschien daher die Revolution des Jahres 1848 keineswegs als ein Ereignis, das an den Grundfesten der Habsburgermonarchie rüttelte, sondern eher als eine Auseinandersetzung der Nationalitäten, bei der es eben Stellung zu beziehen galt, die ihm aber gerade aus seiner nationalen Einstellung heraus manches Gute zu bringen schien. »Wir haben die schönsten Hoffnungen bei der Marine«, schrieb er damals nach Hause, »da bei der Bildung des Deutschen Kaiserreiches« (auf welches er damals offensichtlich hoffte) »sich die Anzahl der Kriegsschiffe bedeutend vermehren wird«. Politische und berufliche Interessen scheinen sich ihm damit auf das beste zu ergänzen. Hier ist nichts vom Konservatismus Benedeks oder Albrechts zu bemerken. Noch viele Jahre später wird Tegetthoff zum Erstaunen seiner Umgebung Worte der Bewunderung für *Garibaldi* finden und seine Befriedigung über das Ende der Bourbonenherrschaft in Neapel ausdrücken.

Zu diesem liberal-nationalen Standpunkt gesellte sich nun während der fünfziger und beginnenden sechziger Jahre eine zunehmende Erweiterung des Gesichtskreises. Missions- und Forschungsreisen an die Sulina-Mündung der Donau, in das Rote Meer und nach Brasilien, die letztere unternommen in Begleitung seines großen Gönners, des Marinekommandanten *Erzherzog Maximilian,* des späteren Kaisers von Mexiko, und dazwischen immer wieder Kreuzungen in der Levante und Verwendungen im Marine-Oberkommando, das brachte naturgemäß mit sich, daß Tegetthoffs Österreich-Bild sich in manchen Punkten nicht unwesentlich von dem vieler seiner Kameraden zu Lande unterschied. Für ihn war die Monarchie nicht allein eine kontinentale Macht, sondern Österreichs Bedeutung schien ihm auf dem Meere zu liegen. Den damals mächtig emporschießenden Theorien über die Zusammenhänge von Seefahrt, Seegeltung und Großmachtstellung folgend, hätte Tegetthoff am liebsten das Schwergewicht der Anstrengungen des Kaiserstaates auf das Meer verlegt gesehen. In der Flotte erblickte er nicht etwa nur einen Annex der Landmacht, sozusagen eine Waffengattung für die Küstenverteidigung, sondern einen selbständigen Wehrmachtsteil, der sich seine Gesetze selbst zu geben hatte. Nicht ängstliches Bewahren alter, errungener Stellungen, sondern kühnes Gewinnen neuer Positionen schien Tegetthoff entscheidend.

Damit stehen wir bei ihm vor einer Ausprägung des Liberalismus, wie er in der seit jeher etwas freier denkenden Marine häufig anzutreffen war, wie man ihn aber auch im Heer und hier vor allem bei den technischen Truppen immer wieder antreffen konnte, während Infanterie und Kavallerie, schon auf Grund ihrer Entwicklungsgeschichte, viel eher konservativ gesinnt waren. Die Auswirkungen dieses trotz allem natürlich sehr gemäßigten, man möchte fast sagen, schwarz-gelben Liberalismus werden erst in späterer Zeit, etwa am Beginn der siebziger Jahre fühlbar, nämlich dann, als die Habsburgermonarchie unter der Nachwirkung jenes Ereignisses stand, für dessen Ablauf den drei hier behandelten Personen die Hauptrollen zukamen: des Krieges von 1866.

In diesem Jahre, in dem der »Kampf um die Vorherrschaft in Deutschland« ausgefochten wurde, stellte Österreich zwei Armeen auf. Gegen Preußen die in Böhmen aufmarschierende Nordarmee unter Feldzeugmeister Benedek und in Italien die Südarmee unter dem Kommando des Erzherzogs Albrecht.

Die Besetzung dieses hohen Kommandopostens ist nach dem unglücklich verlaufenen Feldzug stark kritisiert worden, wobei man nicht verfehlte, dem Erzherzog Albrecht mitunter sehr eigensüchtige Motive vorzuwerfen, was durch sein späteres Verhalten gegenüber Benedek, aber auch gegenüber seinem eigenen Generalstabschef, Feldmarschalleutnant *John,* scheinbar bestätigt wurde. Tatsächlich ist aber die Entwicklung anders verlaufen, als es zunächst den Anschein hatte.

Faßt man die Zeit von 1849 bis 1866 ins Auge, so hatte Benedek — wie schon erwähnt — 1859 neuerlich Gelegenheit gehabt, sich auf dem Schlachtfeld als Korpskommandant zu bewähren, und auch Tegetthoff konnte 1864, während des Krieges gegen Dänemark, seine Unerschrockenheit, seine Energie sowie sein kühnes Draufgängertum unter Beweis stellen. Nur Erzherzog Albrecht ist während dieser Zeit nicht ins Gefecht gekommen, dafür aber immer wieder — über den rein taktischen Rahmen hinaus — mit strategischen und operativen Problemen befaßt worden.

Schon im Herbst 1849 war er für kurze Zeit mit der Führung eines in Böhmen aufmarschierten Observationskorps gegen Preußen betraut worden. Als im folgenden Jahr die politische Spannung wuchs und stärkere Kräfte in diesem Raum bereitgestellt werden sollten, da war es wiederum der Erzherzog, der die ersten Aufmarschvorbereitungen leitete. Auch während der neun Jahre seiner Tätigkeit als Militär- und Zivilgouverneur in Ungarn (1850—1859) erwuchs ihm eine ähnliche Aufgabe. Als nämlich Österreich 1854, während des Krimkrieges, zwei Armeen mobilisierte, führte der Erzherzog jene, die zum unmittelbaren Schutz der Donaufürstentümer in Siebenbürgen aufmarschierte. Während des Krieges von 1859 war er als Oberbefehlshaber einer deutsch-österreichischen Rheinarmee vorgesehen gewesen, die dann infolge des Fernbleibens Preußens nicht zustande kam.

Albrecht hatte also im Laufe der Zeit sich zwar recht umfangreiche Erfahrungen in der höheren Truppenführung anzueignen vermocht, jedoch bis dahin in keinem Fall die Probe aufs Exempel ablegen können.

Just das schien jedoch dem inzwischen ebenfalls zu hohem militärischem Rang aufgestiegenen Benedek gelungen zu sein. Sein Kriegsruhm überstrahlte den des Erzherzogs unzweifelhaft. Nach einem kurzen Zwischenspiel in Ungarn als Albrechts Nachfolger in der Leitung der politischen Verwaltung und des Landesgeneralkommandos, einer Aufgabe, die Benedek wenig befriedigte und der er sich auch politisch nicht gewachsen fühlte, wurde er 1860 zum Chef des Generalquartiermeisterstabes und daneben zugleich auch zum Armeekommandanten und Chef des Landesgeneralkommandos in Lombardo-Venetien, Kärnten, Krain, Tirol und dem Küstenland ernannt. In dieser überragenden Stellung, die der eines Radetzky und *Heß* zusammengenommen entsprach, war er — zumindest in den Augen der Armee — zu deren hervorragendstem Vertreter geworden.

Als Armeekommandant in Verona waren seine Interessen und Sorgen naturgemäß in erster Linie auf Italien gerichtet. Unermüdlich sorgte er mit der ihm eigenen Energie und Genauigkeit für die Ausbildung der Truppe und die Hebung ihres soldatischen Geistes.

Gleiches läßt sich jedoch nicht von seiner Tätigkeit als Chef des Generalquartiermeisterstabes, d. h. als Generalstabschef, sagen. Diese Stelle war ihm nicht nur gleichsam »im Nebenamte übertragen« worden, sondern er verwaltete sie auch als ein solches. So etwa hört man eigentlich nie davon, daß Benedek in dieser Eigenschaft sich jemals mit den Problemen und Eigenheiten auch anderer, immerhin möglicher Kriegsschauplätze befaßt habe. Er hat zwar 1856 dem preußischen Militärbevollmächtigten *Prinz Hohenlohe* gegenüber geäußert, daß der Tag des Ausbruches eines Krieges zwischen Österreich und Preußen der schrecklichste seines Lebens sein würde, er hat sich aber mit den Möglichkeiten eines solchen Konfliktes anscheinend nie näher fachlich befaßt. Auch hierin unterschied er sich wesentlich vom Erzherzog.

Dieser war nicht nur seit den Jahren 1849/1850 mit der militärischen Problematik dieses Kriegsfalles vertraut, sondern er war sich im Verlauf seiner zahlreichen Missionen im Ausland, nicht zuletzt 1859, aber auch als aufmerksamer Beobachter der politischen Entwicklung über den heranwachsenden preußisch-österreichischen Gegensatz vollkommen klar. Und als 1865 die politischen Spannungen wieder zunahmen, war er daher auch der erste, der die Anregung zur Ausarbeitung eines Verteidigungsplanes für den Fall eines preußischen Angriffs auf Böhmen gab.

Ganz in diesem Sinne rechnete der Erzherzog zunächst auch fest damit, im Ernstfall das Kommando über die Truppen in Böhmen zu erhalten. Daß die Verteilung der Kommandostellen dann in der entgegengesetzten Weise erfolgte, war aber letzten Endes nur die logische Konsequenz aus der hier aufgezeigten Entwicklung. Denn einmal war die Berufung Benedeks als Oberkommandant gegen Preußen ein Zugeständnis an die allgemeine Stimmung in der Armee, ja an die Öffentlichkeit, die in ihm den weitaus bedeutendsten militärischen Führer erblickte. Zum anderen war die Betrauung des Erzherzogs Albrecht mit dem Kommando auf einem Nebenkriegsschauplatz zweifellos auch von der Überlegung diktiert, daß ein Versagen des Erzherzogs auf diesem Kriegstheater für das Ansehen des Kaiserhauses weniger schädlich wäre als eine Niederlage gegenüber dem Hauptgegner. Kaiser Franz Joseph ist bei dieser seiner Entscheidung also genau nach dem Prinzip vorgegangen, das der Erzherzog selbst stets verkündet und auch vorgelebt hatte: Ausrichtung und Unterordnung jeglicher Interessen ausschließlich auf das Kaiserhaus als das alleinige Zentrum und den Kristallisationspunkt des Vielvölkerreiches.

Die Betrauung Tegetthoffs mit dem Flottenkommando war hingegen eine Selbstverständlichkeit, da hierfür überhaupt keine Alternative vorlag.

Von veralteten Führungsgrundsätzen ausgehend und durch die gestellte Aufgabe vollkommen überfordert, wurde Benedek in kürzester Zeit und nach einer Reihe von unglücklichen Einleitungsgefechten von einem in der Bewaffnung überlegenen Gegner buchstäblich in die Enge getrieben und damit in einer fast ausweglosen Situation bei Königgrätz zur Schlacht gestellt. »Nach mehr als fünfstündigem brillanten Kampfe«, wie er durchaus zutreffend an

*Semmeringbahn (»Kalte Rinne«); erbaut unter der Leitung von Carl Ritter von Ghega (1848 bis 1854)*

*Carl Ritter von Ghega; Lithographie von Josef Kriehuber, 1851*

*Simon Plößl; Lithographie von Josef Kriehuber, 1836*

*Josef Madersperger; anonyme Xylographie*

*Peter Mitterhofer*

den Kaiser telegrafierte, erlag die kaiserliche Nordarmee am 3. Juli 1866 dem umfassenden preußischen Angriff.

Die Bedeutung der Schlacht war insofern überragend, als sie nicht nur die Räumung Böhmens und Mährens erzwang sowie eine Bedrohung Wiens in nächste Nähe rückte, sondern indem sie auch dem am 24. Juni durch Erzherzog Albrecht erfochtenen Sieg über die Italiener bei Custoza jegliche Auswirkung nahm. Statt den geschlagenen Feind verfolgen zu können, mußte Albrecht seine Truppen schleunigst aus Italien abziehen und nach Norden dirigieren, um an der Donau eine neue Front gegen die vordringenden Preußen aufbauen zu können; was ihm übrigens in meisterhafter Weise gelang und ohne den vorhergehenden Sieg natürlich nicht möglich gewesen wäre.

Der über zwei Wochen nach der Schlacht von Königgrätz am 20. Juli 1866 durch Tegetthoff erfochtene Seesieg über die weit überlegene italienische Flotte bei Lissa vermochte auf den Kriegsablauf überhaupt keinen Einfluß auszuüben. Vielmehr war diese Seeschlacht eine interessante Illustration dafür, wie wenig Bedeutung selbst große maritime Erfolge für die Existenzfragen Österreichs besaßen. Bei nüchterner Betrachtung der damaligen Situation muß man Tegetthoffs tollkühnen Entschluß, die von den italienischen Seestreitkräften angegriffene Insel Lissa zu entsetzen, als ein Unternehmen bezeichnen, das überhaupt nur durch seinen siegreichen Ausgang und den dadurch errungenen ungeheuren moralischen Erfolg wenigstens im Nachhinein zu verantworten war. Bei einer Niederlage der Österreicher, die ja durchaus im Bereich der Möglichkeiten gelegen wäre, wären die Verluste der Flotte in keinem Verhältnis zu dem angestrebten operativen Ziel gestanden. Aber das waren Überlegungen, die Tegetthoff wahrscheinlich vollkommen fremd waren — und der Erfolg hat ihm recht gegeben.

Das Jahr 1866 bedeutete für die drei höchsten Heer- und Flottenführer der damaligen österreichischen Wehrmacht den Höhe- und Kulminationspunkt ihres Lebens. Bis dahin waren sie es gewesen, die teils mehr, teils weniger die Kurve ihres persönlichen Geschicks bestimmt oder zumindest beeinflußt hatten. Nun standen sie für den Rest ihres Lebens im Banne jener Ereignisse, an denen sie selbst führend mitgewirkt hatten.

Zunächst schien es, als ob Tegetthoff am Ziel seiner Wünsche angelangt wäre. Er wurde mit Ehren überhäuft, erhielt den Militär-Maria-Theresien-Orden, wurde zum Vizeadmiral befördert und schließlich zum Marinekommandanten und Chef der Marinesektion im Reichskriegsministerium ernannt. Rastlos ging Tegetthoff ans Werk, nachdem er auf Studienfahrten ausländische Marinen kennengelernt hatte. Aber die Widerstände waren stärker. Zwar wurde Tegetthoff nicht, wie er es ursprünglich befürchtete, nach seinem Amtsantritt »als roter Republikaner« hinausgeworfen, jedoch

*Originalmodell der Nähmaschine von Josef Madersperger*

erwies sich die »Lehre von Lissa« im Endeffekt als negativ. Denn es schien dadurch bewiesen, daß auch eine inferiore Flotte ihren Zweck sehr wohl zu erfüllen vermochte, und zum anderen hatte selbst ein Sieg dieser Flotte die Niederlage des Landheeres nicht abwenden können. Wozu also sollte man mehr Schiffe bauen?

Tegetthoff vermochte diese Barriere nicht zu überwinden. So kam es, daß er zwar innerhalb der Flotte organisatorische Maßnahmen treffen konnte, die bis 1918 Geltung behielten. Aber die erstrebte materielle Basis blieb der Marine versagt. Der kontinentale Schwerpunkt des Habsburgerreiches hatte sich gegenüber den maritimen Forderungen durchgesetzt. Resigniert, innerlich verbittert und noch nicht 44 Jahre alt, starb Tegetthoff am 7. April des Jahres 1871 nach kurzer Krankheit in Wien. Der Nachlaß von Österreichs größtem Seehelden betrug 267 Gulden.

Ganze 43 Gulden mehr hinterließ der Besiegte von Königsgrätz, der fast genau 10 Jahre später, am 27. April 1881, in Graz verschied. Nach dem unglücklichen Feldzug war eine kriegsgerichtliche Untersuchung eingeleitet worden, doch bald vom Kaiser niedergeschlagen worden, wohl aus der Erkenntnis heraus, daß die Katastrophe durch Faktoren verursacht worden war, die sich einer Beurteilung auf Grund des Dienstreglements entzogen. Unversöhnt mit seinem harten Schicksal hat Benedek dann die 15 Jahre bis zu seinem Tode im Jahre 1881 in einem beispielhaft vornehmen Schweigen verbracht. Der unglückliche General gab durch dieses Verhalten der Armee ein Beispiel, das für die »große Schweigerin« bis zu ihrem Ende zu einem verbindlichen Erbe geworden ist.

Als letzter starb Erzherzog Albrecht am 18. Februar 1895 im Alter von 82 Jahren in seiner Villa in Arco. In den knapp 30 Jahren nach Königgrätz hatte er zunächst gehofft, das Rad der Geschichte noch einmal zurückdrehen, den von ihm angebahnten Marsch nach Custoza wieder antreten zu können.

Mit gewohnter Energie widmete er sich der Reorganisation der Armee, die er noch einmal zum Sieg zu führen hoffte. Als im Frühjahr 1870 die Spannungen zwischen Preußen und Frankreich zunahmen, führte Albrecht als »Generalinspektor des Heeres« und präsumtiver Armeeoberkommandant Besprechungen in Paris und entwarf Pläne für ein gemeinsames Vorgehen mit Frankreich gegen Preußen. Die schnellen Siege *Moltkes* ließen bald alle Vorbereitungen als sinnlos erscheinen.

Nun trat der Wunsch nach dem Beharren, nach der Verteidigung der erhaltengebliebenen Positionen in den Vordergrund, und zwar nach innen wie nach außen. So hat er außenpolitisch das deutsch-österreichische Bündnis zwar als eine Notwendigkeit akzeptiert, ist ihm aber dennoch immer mit einer gewissen Reserve gegenüberstanden. Innerlich dem konservativen Rußland zugeneigt, hat er dennoch in den Krisenjahren 1887/1888 den Allianzvertrag mit Deutschland im weitesten Sinne gegen das Zarenreich interpretiert. Im Inneren wandte sich der Erzherzog, wenn auch vergeblich, gegen die Schaffung der nationalen ungarischen Landwehr. Stets war er dort zu finden, wo es um die Prärogativen der Krone und des Erzhauses ging. Er hat sich aber auf der anderen Seite auch nicht gescheut, dann einzugreifen, wenn ihm das eine oder andere Mitglied der kaiserlichen Familie von dem vorgezeichneten Wege abzuweichen schien. Bekannt sind seine Kontroversen mit dem Kronprinzen *Erzherzog Rudolf.* Auch an den jugendlichen *Erzherzog Franz Ferdinand* war die eine oder andere mahnende Zeile gerichtet. Und doch hat niemand anderer im Laufe der folgenden Jahre bis zu jenem unheilvollen Junitag des Jahres 1914 Albrechts These von der schwarz-gelben, nur dem Kaiser verantwortlichen Armee so bejaht und konsequent in die Tat umzusetzen versucht wie der spätere Erzherzog-Thronfolger.

## *Leo Graf Thun-Hohenstein*

VON CHRISTOPH THIENEN-ADLERFLYCHT

*Leo Graf von Thun und Hohenstein* ist als Reformator des österreichischen Unterrichtswesens, als Schöpfer einer paritätischen Staatskirchenpolitik und als einer der führenden Parlamentarier des beginnenden Verfassungsstaates in die österreichische Geschichte eingegangen. Ihm verdankt Österreich die Reorganisation seines gesamten Studienwesens aus dem Geiste der Wissenschaft, die Wiedereingliederung seines Bildungssystems in das gesamtdeutsche Geistesleben, eine freiheitliche Universitätsverfassung, die die Stürme und Zusammenbrüche des vergangenen Jahrhunderts überdauert hat, sowie schließlich die Begründung der Kirchenautonomie, nicht nur für die katholische Kirche, sondern auch für die evangelische, die orthodoxe und die israelitische Religionsgemeinschaft.

Die Grundtendenzen, die Leo Thun beherrschten, waren: ein sozialethisch bestimmter, auf die Versöhnung von Religion und Wissenschaft gerichteter Reformkatholizismus und eine antizentralistische Reichsidee, die der pluralen Struktur des Kaiserreiches gerecht zu werden versuchte. Aus diesen beiden Grundtendenzen läßt sich Thuns historische Rolle im Vormärz, in der Revolution, in der Zeit des Neoabsolutismus sowie in den ersten Jahrzehnten der Verfassungskämpfe erklären.

Leo Thun entstammte jener spätjosephinischen Kulturbewegung des vormärzlichen Böhmen, in welcher der josephinische Geist sich vom Staate freigesetzt, mit den Idealen der böhmischen Renaissance verbunden und durch seinen Konflikt mit der Restauration zu einem liberalen Katholizismus ganz eigenständigen und durchaus nicht ultramontanen Gepräges gewandelt hatte. Wenn man Leo Thun später in den Kreisen der katholischen Restauration als einen protestantischen Kopf mit einem katholischen Herzen bezeichnete, so traf dieses Urteil weitgehend zu. Denn seine Ideale waren an den Leistungsmaßstäben der protestantischen Kultur — sowohl am Wissenschaftsethos der Deutschen wie an der angelsächsischen Freiheitsidee — orientiert, die er, wie es den besten Traditionen des Josephinismus entsprach, in den Katholizismus umschmelzen und auf katholischer Grundlage überflügeln wollte.

Als junger Beamter des vormärzlichen Staates bereitete er sich innerhalb und außerhalb der Staatsverwaltung systematisch darauf vor, selbstverwaltende Kräfte durch administrative Staatskunst zu erwecken und den erstarrten Obrigkeitsstaat in einen Volksstaat umzuwandeln. In den vierziger Jahren trat er in einer Broschüre für eine Reichsreform ein, die die slawischen Völker Österreichs zu aktiven Mitträgern einer freieren Staatsordnung heranbilden und vor der Anziehungskraft des russischen Panslawismus bewahren wollte. Im Jahre 1848 verteidigte er als böhmischer Landesgouverneur die übernationale Einheit und die staatsrechtliche Integrität des Königreiches Böhmen gegen die Vorherrschaftspläne der tschechisch-nationalen und der deutsch-zentralistischen Bewegungsparteien. In der Zeit des Neoabsolutismus und der Verfassungskämpfe der zweiten Jahrhunderthälfte, auf welche die folgende Charakterisierung sich beschränken muß, entwickelte sich Thun zum hervorragendsten Vorkämpfer für eine Reorganisation des Reiches auf autonomistisch-föderalistischer Grundlage. Man kann sagen, daß sein politisches Schicksal mit dem Schicksal des Föderalismus in Österreich identisch war. In diesem Sinne ist Thun eine Schlüsselgestalt zum Verständnis der österreichischen Geschichte des 19. Jahrhunderts, ein Staatsmann, der zwar den Geist seiner Epoche nicht zu prägen, aber doch an entscheidender Stelle mitzugestalten bzw. zu bekämpfen vermochte.

In besonderem Maße gilt dies für die ruhmreichste Phase seines öffentlichen Wirkens, für die Zeit von 1849 bis 1860. In dieser Phase sah sich Thun als Minister für Kultus und Unterricht mit der paradoxen Situation konfrontiert, daß er sein kulturpolitisches Reformwerk im Zweifrontenkrieg gegen die herrschenden Mächte einer antiklerikalen josephinischen Bürokratie und eines wissenschaftsfeindlichen Episkopats durchsetzen mußte. Thuns Bestreben, die Freiheit als unteilbares Prinzip für beide Bereiche neu zu begründen, widersprach der Tendenz beider Mächte nach Vorherrschaft. Wenn Thuns Kulturpolitik nichtsdestoweniger die glänzendste Periode staatlicher Wissenschaftspflege in der neueren österreichischen Geschichte darstellt, so ist dies darauf zurückzuführen, daß er sich in seiner Personalpolitik auf reichsdeutsche und österreichische provinzielle Kräfte zu stützen vermochte, die weder von dem Antiklerikalismus der liberalen Bürokratie noch von den wissenschaftsfeindlichen Vorurteilen der kirchlichen Hierarchie befallen waren. Es kam ihm dabei der Umstand zugute, daß seine kulturpolitische Aufgabe sich nicht auf innerösterreichische Probleme beschränkte, sondern darüber hinaus die für die österreichische Außenpolitik zentrale Aufgabe mit zu erfüllen hatte, Wien zum geistigen Zentrum der großdeutschen Bewegung zu machen. Dadurch hatte Thun gegenüber den bürokratischen Feinden seiner Kulturpolitik den längeren Hebel in der Hand und konnte geistigen Prinzipien zum Durchbruch verhelfen, die der politischen Struktur des neoabsolutistischen Systems diametral entgegengesetzt waren. Ebenso vermochte er auch die Widerstände der österreichischen Kirchenhierarchie zu überwinden, weil er sich auf mächtige Bundesgenossen im reichsdeutschen Episkopat sowie in der geistigen Elite der katholischen Bewegung Deutschlands zu stützen vermochte. Aber auch bei den österreichischen Ordensgeistlichen, vor allem bei den Benediktinern und Piaristen, sowie unter den Schulmännern und Priestern des böhmischen Bolzanokreises, dem Thun selbst entstammte, fand er fähige Mitkämpfer, die von der Notwendigkeit eines engeren Bundes zwischen Religion und Wissenschaft überzeugt waren. Mit ihrer Hilfe konnte Thun in aller Stille einen geistigen Strukturwandel, auch in der Grundbildung des geistlichen Standes, herbeiführen, der sich ungeachtet der dramatischen Konflikte, die sich im nachfolgenden Jahrhundert zwischen Kirche und »Modernismus« abspielten, im Bereich des Schul- und Universitätsdienstes segensreich ausgewirkt hat.

Die Verbindung zur deutschen Wissenschaft wurde teils durch die geistigen Väter des Reformwerkes, *Franz Exner* und *Hermann Bonitz*, hergestellt, sofern es sich um die Einführung der Pädagogik *Herbarts* und der philologischen Disziplinen handelte, teils wurde sie durch den Görreskreis, besonders durch die Rechtshistoriker *Karl Ernst Jarcke* und *Georg Phillips* vermittelt, die »dem von der historischen Rechtsschule ausgehenden Strom deutscher Rechtswissenschaften den Weg nach Österreich öffneten«. Wie der Wiener Rechtshistoriker *Hans Lentze* gezeigt hat, konnte Thun mit ihrer Hilfe den Hauptstoß seiner gegen die geistigen Grundlagen des Etatismus gerichteten Kulturpolitik führen, nämlich gegen die Vorherrschaft des Naturrechts in den juridischen Fakultäten, sowie überhaupt gegen den Geist des Rationalismus in den Staats- und Geschichtswissenschaften. Er konnte sich dabei auch auf hervorragende protestantische und jüdische Kräfte, wie etwa auf *Lorenz von Stein* und *Theodor Sickel* bzw. *Josef Unger* und *Julius A. Glaser*, stützen. Das Ergebnis dieser Bemühungen war die Verdrängung des Naturrechts durch das historische Recht an den juridischen Fakultäten und das Übergewicht der historisch-philologischen Fachrichtung in den Geisteswissenschaften. Dieser Siegeszug des historisch-genetischen Denkens war begleitet vom Aufschwung der Erfahrungswissenschaften in allen Zweigen der Natur- und Geisteswissenchaften.

Mit dieser Politik verfolgte Thun das weit über die Unterrichtsreform hinausweisende Ziel, den kritischen Sinn für die Wirklichkeit sowie besonders für die historische Mannigfaltigkeit Österreichs in der Akademikerschicht zu erwecken und den liberalen Juristenstand zu einer konservativen, am historischen Recht geschulten Staatsführungsschicht umzubilden.

So stellte die Kulturpolitik Thuns einen ersten vorbereitenden Akt für seine auf die Reorganisation des Reiches gerichteten Pläne dar. Schon vor seinem Eintritt in das Ministerium *Schwarzenberg* hatte er in einer Broschüre verkündet, daß er die Wiederherstellung des Absolutismus als einen durch die Wirren der Revolution notwendig gewordenen Übergangszustand ansehe, der sich nur durch die von oben her in Angriff genommene Ausgliederung autonomer Sphären rechtfertigen ließe. Als dieser transitorische Charakter der auf Stärke gegründeten Regierung Schwarzenberg nach dem Staatsstreich *Kübecks* (1851) preisgegeben wurde, erwog Thun seinen Rücktritt. Nachdem sich jedoch herausgestellt hatte, daß in diesem Falle *Bach* zu seinem Nachfolger ernannt werden würde, dessen erklärtes Ziel darin bestand, die freiheitliche Universitätsverfassung zu zerschlagen, entschloß sich Thun, im Amte zu bleiben, um das Reformwerk vor dem Zugriff der Reaktion zu bewahren. Da er in dieser Zeit aus der inneren Verwaltung ausgeschaltet war, blieb sein Kampf gegen die Omnipotenz der Staatsgewalt im wesentlichen auf den geistigen Bereich beschränkt.

Nach dem Scheitern des Neoabsolutismus (1859) trat Thun jedoch mit einem festumrissenen Plan zur Reform des Staates hervor. Dieser bestand im wesentlichen darin, die landständischen Verfassungen der Kronländer zu parlamentarischen Gesetzgebungskörperschaften umzubilden, die aus einem stufenförmigen System autonomer Selbstverwaltungskörperschaften organisiert werden sollten. Dabei wollte Thun die Stadionschen Kreisämter als staatliche Erweckungsorgane der Bezirksgemeinden beibehalten und die Bezirksämter des Bachschen Systems beseitigen. Nach dem Sturz Alexander von Bachs sprach man bereits von einer *Regierung Wolkenstein—Thun—Clam.* Aber unter dem Druck der Finanzmächte entschied sich der Kaiser für das scheinautonomistische System des Oktoberdiploms von 1860. Die staatlichen Bezirksämter wurden beibehalten, die Kreisämter beseitigt, das »selfgovernment« in den Bezirksgemeinden auf bloß beratende Funktionen eingeschränkt. Der Landtag aber wurde nicht einmal aus diesen beratenden Körperschaften, sondern aus wirtschaftlichen Interessenverbänden (Kurien) zusammengesetzt. Damit war Thuns Grundidee, den Gemeinsinn zur Grundlage der politischen Elitebildung zu machen, preisgegeben. Aber immerhin bestand noch die Möglichkeit, die nationale Frage auf Länderebene zu lösen.

Als jedoch *Schmerling* im Februar 1861 auch noch die föderalistische Struktur des Oktoberdiploms aushöhlte, indem er den Schwerpunkt der Gesetzgebung in das Zentralparlament verlegte und dieses durch wahlgeometrische Maßnahmen sowie durch Pairschübe zum Herrschaftsinstrument einer oligarchischen Minderheit machte, da war Thun als Staatsmann geschlagen. Über ein Vierteljahrhundert lang hatte er dafür gekämpft, vom Staate her, gleichsam durch eine Emanation der Krone eine Ordnung zu stiften, die Österreich in der Rahmenordnung seiner historisch-politischen Individualitäten »zum Hort der freien Entwicklung aller Nationen, ohne jede Oberhoheit herrschender Völker« umbilden sollte. Nunmehr wurde im Namen der Freiheit die deutsche Vorherrschaft mit dem Prinzip der Klassenherrschaft verkoppelt, um das bürokratische System im Sattel zu halten. Diese Herausforderung der in ihrer Mehrheit politisch entrechteten Völker des Reiches wurde durch den militanten Antiklerikalismus der liberalen Partei noch verschärft, der sich sowohl gegen die geistig-sittlichen wie gegen die wirtschaftlichen Lebensgrundlagen der Volksmehrheiten richtete.

Diese für den Bestand des Reiches bedrohlichste Form der Omnipotenz der Staatsgewalt veranlaßte Thun, seinen Kampf gegen den Zentralismus auf das parlamentarische Schlachtfeld sowie in das katholische Vereinswesen zu verlagern, um eine über das ganze Reich verzweigte Gegenbewegung gegen den Liberalismus zu organisieren. So wurde er nolens volens zum Begründer des politischen Katholizismus in Österreich. Da Rom mittlerweile auch von seinem Bündnis mit dem Absolutismus zugunsten religiöser Volksbewegungen abgerückt war, machte Thun von nun an die Entwicklung zu einem integralen Katholizismus mit. Er betonte, daß die Gefolgschaftstreue in einer Zeit notwendig geworden sei, in welcher der Papst ein Gefangener, die Kirche von allen Seiten bedroht und der Liberalismus an der Herrschaft sei. Als Parteiführer der »Katholisch-Konservativen« brachte er gemeinsam mit seinem Schwager *Heinrich Clam-Martinic* das Bündnis zwischen den Majoritäten der deutschen und der slawischen Kronländer zustande und vereinigte dieselben auf das christlich-soziale sowie auf das föderalistische Reformprogramm. Immer ließ er sich dabei von der Grundthese seines Jugendfreundes *Alexis de Tocqueville* leiten, daß Völker, denen die selbstverwaltende Kraft der Religion fehle, auf die Freiheit nicht vorbereitet seien. So hat Thun den Katholizismus nicht nur mit der Welt der modernen Wissenschaften, sondern auch mit der Welt der modernen Politik verbunden und dazu beigetragen, ihn zu einer geistig wie politisch schlagkräftigen Grundkraft des öffentlichen Lebens zu machen. Dabei übernahm er auch selbst die Rolle des leitenden Publizisten der jungen Bewegung. Seit 1860 verfaßte er die Leitartikel zur Staatsreform in der neu gegründeten Zeitung *Das Vaterland*, deren Oberleitung er 1865 übernahm. Er trat in Verbindung mit *Frédéric Le Play, Ferdinand Lassalle* und anderen europäischen Sozialreformern und berief 1875 den *Freiherrn von Vogelsang* in die Redaktion seiner Zeitung. Damit machte er *Das Vaterland* zur geistigen Plattform der sozialen Frage in Österreich und leistete selbst in den Gesetzgebungskommissionen des Herrenhauses Vorarbeit für das soziale Gesetzgebungswerk der achtziger Jahre.

Als das Wahlrecht 1882 auf die »Fünfguldenmänner« erweitert wurde, erhielten die Konservativen naturgemäß überwältigende Mehrheiten. Trotz dieses leicht vorauszusehenden Ergebnisses einer demokratischen Wahlrechtsentwicklung hielt Thun bis an sein Lebensende an der beschränkten Zielsetzung fest, diesen Vorteil nicht zur Etablierung einer konservativen Parteiherrschaft im Zentrum zu benützen. Der Kampf, den er über ein Vierteljahrhundert gegen das Februarpatent sowie gegen dessen dualistische Fortsetzung in der Ausgleichsverfassung des Jahres 1867 führte, war konsequenterweise nicht nur gegen die liberale, sondern gegen jede Form der Parteiherrschaft im Zentrum gerichtet. In seinen Augen war die zentralistische Verfassung ihrem dialektischen Ansatz nach darauf angelegt, Nationalitätenkonflikte ins Zentrum zu ziehen, die, durch den Klassenkampf noch verschärft, nach Erweiterung des Wahlrechts zur Vorherrschaft radikalisierter Slawen über die Deutschen ausarten mußten. Deshalb kämpfte Thun für die Beseitigung des Zentralparlaments und wollte an dessen Stelle einen Reichsrat setzen, der durch Delegierte der Länderparlamente beschickt werden sollte. Die absolute Priorität, die er der Verfassungsfrage immer eingeräumt hat, brachte ihn schließlich in Konflikt mit der jüngeren Garde seiner christlichsozialen Parteifreunde, die den christlichen Sozialismus auf der Grundlage der bestehenden Verfassung durchkämpfen wollten. Da aber Thun die klassenkämpferische Struktur des zentralistischen Verfassungsstaates als den Kern allen Übels — auch in der sozialen Frage — ansah, hielt er bis zum Starrsinn an der Priorität seiner staatsrechtlichen Reformpläne fest.

Die Prinzipien der föderalistisch-autonomistischen Staatskonzeption, die in Altösterreich nicht mehr zur Anwendung gelangten, fanden jedoch in Gestalt des »Subsidiaritätsprinzips« Eingang in die katholische Staatslehre sowie in die Programme bedeutender christlichsozialer und sozialdemokratischer Politiker.

## *Johann Bernhard Graf von Rechberg*

VON HELMUT RUMPLER

Selten war ein Mann durch Herkunft und ererbte Geisteshaltung besser auf sein Amt vorbereitet als *Bernhard Graf von Rechberg. Metternich* war durch alle Lebensphasen sein Schicksal. Der Staatskanzler bestimmte seine und seines Vaters politische Karriere, das Metternichsche »System« bildete den Angelpunkt von Rechbergs politischem Wirken als österreichischer Außenminister vom 17. März 1859 bis zum 27. Oktober 1864. Diese politisch-geistige Deszendenz war wahrscheinlich dafür ausschlaggebend, daß ihn *Kaiser Franz Joseph* auch mit der Leitung der österreichischen Regierung betraute, als sich der absolutistische Kaiserstaat nach der Niederlage in Italien auf den Weg der Verfassungsexperimente wagte. Rechbergs Konservativismus Metternichscher Prägung schien geeignet, die Gefahr des Überganges vom *Bach*schen System zur Ära *Schmerling* zu entschärfen.

Für Rechbergs politische Ansichten war schon im Elternhaus der Grund gelegt worden. Sein Vater, *Aloys Graf Rechberg*, hatte als Komitialgesandter

Bayerns noch 1806 in Regensburg die Rheinbundakte unterzeichnet; als Vertreter Bayerns am Wiener Kongreß schloß er sich aber rückhaltlos der Politik Metternichs an. Die bayerischen Patrioten um den *Kronprinzen Ludwig* verziehen ihm diesen Verrat am Vaterland nie. Und als Ludwig 1825 den Königsthron bestieg, wurde Rechberg entlassen. Daher wurde 1828 auch das Gesuch seines Sohnes Bernhard, in bayerische Dienste treten zu dürfen, abschlägig beschieden. Der Vater wandte sich an Metternich, und am 12. November 1830 trat Bernhard Graf Rechberg als unbesoldeter Legationssekretär in den diplomatischen Dienst Österreichs. In untergeordneten Stellungen, bedrückt von materieller Not, wartete er vergeblich auf eine Aufgabe, an der er sich hätte bewähren können. Aber Metternich tat nichts für seinen Schützling. Das hat jedoch Rechbergs Gefolgschaftsverhältnis zu Metternich in keiner Weise beeinträchtigt.

Rechberg gehörte zu jenem Personenkreis, der, in dauerndem Kontakt mit dem im Londoner Exil lebenden Staatsmann stehend, für die Ideen Metternichs auch in der nachrevolutionären Epoche entschieden eintrat. Rechberg wurde zu einem der wichtigsten Vermittler der Metternichschen Prinzipien für eine Zeit, in der diese Prinzipien, insbesondere auf dem Gebiet der Außenpolitik, über Bord geworfen wurden.

*Felix Schwarzenberg* hat die Metternichsche Linie der Zusammenarbeit mit Preußen verlassen und den Kampf um die Vorherrschaft aufgenommen. Aber Vertretern der Ausgleichspolitik, wie dem *Freiherrn von Werner* und Rechberg, hat der österreichische Ministerpräsident und Minister des Äußern zu viele der wichtigsten diplomatischen Aufgaben übertragen, als daß nicht vermutet werden dürfte, daß auch er einer Lösung der deutschen Frage mit Preußen und gegen die Mittel- und Kleinstaaten nicht abgeneigt war. Zunächst aber, insbesondere solange Preußen dieselben Ziele verfolgte wie die revolutionäre Nationalversammlung in Frankfurt am Main, kämpfte Schwarzenberg für die Wiederherstellung des Deutschen Bundes. Und deshalb konnte Rechberg zum Vollstrecker der deutschen Politik des Fürsten Schwarzenberg werden. Am 22. März 1849 wurde er als österreichischer Bevollmächtigter zur Bundesversammlung entsandt, um dort das von *Schmerling* inszenierte Zwischenspiel großdeutscher Politik Österreichs zu liquidieren. In hartem persönlichem Ringen mit dem Reichsverweser *Erzherzog Johann* hat er diesen auf dem Boden des Bundesrechts festgehalten und schließlich sogar unter den Einfluß Schwarzenbergs gezwungen. Die von der Paulskirche drohende Gefahr des deutschen Bundesstaates war gebannt, der alte Staatenbund wieder aufgerichtet, der Bundestag restituiert. Als die Gefahr von einer anderen Seite drohte, wurde wieder Rechberg entsendet, um sie abzuwenden. Als Zivilkommissär des Bundes hatte er die »Strafbayern« nach Kurhessen zu begleiten, um in Kassel den Kurfürsten wieder in seine Rechte einzusetzen. Die erfolgreiche Lösung dieser Aufgabe bereitete den Weg für den endgültigen Triumph Schwarzenbergs, wie er in den Olmützer Punktationen seinen Abschluß fand. Rechberg hatte entscheidenden Anteil an diesem Triumph. Im Grunde aber war eine Zusammenarbeit zwischen dem Metternichianer und dem eleganten Gewaltpolitiker zusehends unmöglich geworden. Der erste Fachmann in Fragen der deutschen Politik Österreichs, der Rechberg nun war, mußte von der diplomatischen Bühne abtreten. Sein Geschick schien sich noch einmal zu wenden, als ihn Schwarzenberg, von schwerer Krankheit heimgesucht, als seinen Nachfolger empfahl. Noch einmal siegten aber seine Gegner. Allerdings waren diese den von Schwarzenberg der österreichischen Außenpolitik gestellten Aufgaben in keiner Weise gewachsen. *Buol-Schauenstein* wurde 1852 Nachfolger Schwarzenbergs, der mit ihm verschwägerte *Biegeleben* Referent für die deutschen Angelegenheiten im Ministerium des Äußern. Jene Partei war damit am Zuge, gegen die Rechberg noch einmal seine Ansichten zur Geltung bringen durfte, der er aber schließlich unterlegen ist.

Zunächst mußte sich Rechberg mit seiner Verbannung von der aktiven Außenpolitik abfinden. Die Verschickung nach Konstantinopel konnte er zwar abwenden, aber 1853 ging er als Ziviladlatus *Radetzkys* nach Mailand. Im Auftrage des Innenministers *Alexander Bach* sollte er mäßigend auf das Militärregiment des Feldmarschalls nach dem Mailänder Aufstand vom 6. Februar 1853 wirken und die Einrichtung einer Zivilverwaltung vorbereiten. Mit großem Geschick gelang es Rechberg, den Auftrag Bachs bis zu einem gewissen Grade gegen das Mißtrauen der Militärs zu erfüllen. Ohne eigentliche Funktion war er de facto Statthalter der Lombardei. Der Streit zwischen Rechberg und *Benedek*, dem Exponenten der Militärherrschaft in den italienischen Provinzen, nahm jedoch Formen an, daß der Verkehr zwischen den beiden überhaupt unmöglich wurde.

Wohl schon zur Zeit seiner Wirksamkeit in Oberitalien war Rechbergs innere Entwicklung als Diplomat und Politiker abgeschlossen. In den Fragen der Außenpolitik hielt er unverrückbar an den Prinzipien Metternichs fest. Auf innerpolitischem Gebiet hatten ihm nicht zuletzt die Erfahrungen in Mailand die Notwendigkeit von Reformen der absolutistischen Staatsverwaltung vor Augen geführt. Rechberg zeigte nie Neigungen zum Liberalismus, er hatte sich aber zum reformwilligen Konservativen gewandelt.

Vor allem war Rechberg der beste Kenner der deutschen Frage. Nachdem die Orientpolitik Buols in eine gefährliche Krise geraten war und sich gegen Rußland der Rückendeckung Preußens und des Deutschen Bundes versichern wollte, konnte man in Wien seiner Dienste nicht länger entbehren. *Prokesch*, der frühere österreichische Gesandte in Berlin und damalige Präsidialgesandte in Frankfurt am Main, war an der Aufgabe gescheitert, die deutschen Mittelstaaten in den großen Entscheidungen der österreichischen Krimkriegpolitik auf der Seite Österreichs zu halten — sie hatten sich der Neutralitätspolitik Preußens angeschlossen. Rechberg wurde nun am 12. Oktober 1855 als Präsidialgesandter an den Bundestag gesandt, um diese Allianz rückgängig zu machen. In härtestem Kampf gegen seinen preußischen Kollegen, *Otto von Bismarck,* gelang es Rechberg, die Mehrheit der Bundesversammlung wieder für Österreichs Politik zu gewinnen. Dabei hatte er auf Weisung Wiens, wo sein Gegner Biegeleben die Entscheidungen in den deutschen Fragen traf, eine Politik zu vertreten, die er innerlich ablehnte. Er schätzte die deutschen Mittelstaaten gering und hielt das Buhlen um ihre Gunst für schädlich. Sein Ideal wäre gewesen, jede Frage direkt zwischen Österreich und Preußen zu entscheiden und sie erst dann der Bundesversammlung vorzulegen. So wurde denn auch das Verhältnis zwischen Rechberg und Bismarck von gegenseitiger Achtung getragen, obwohl sich die beiden offiziell schärfstens befehdeten.

Im Jahre 1856 richtete Rechberg eine große Denkschrift an Kaiser Franz Joseph mit dem Rat, die österreichische Politik Preußen gegenüber zu ändern. Der Rat blieb unbeachtet, nicht zuletzt weil nach der Auffassung des Wiener Außenministeriums Frankfurt und Berlin in jenen Jahren Nebenkriegsschauplätze der österreichischen Außenpolitik waren. Die Krise des Jahres 1859 gab aber den Überlegungen Rechbergs recht, der die Vorgänge in Frankfurt und das Verhältnis Österreichs zu Preußen in erster Linie nach ihrer Bedeutung für die europäische Politik beurteilte. In dieser Beziehung darf behauptet werden, daß der Krieg, den *Napoleon III.* damals mit Piemont-Sardinien gegen Österreich vorbereitete, nicht stattgefunden hätte, wenn Österreich nach dem Rat Rechbergs einen Ausgleich mit Preußen gesucht hätte, solange dieser Ausgleich noch zu haben war. Als Rechberg am 17. März 1859 das Portefeuille des Äußern übernahm, war es zu spät, diesen Ausgleich ohne schwerwiegende Verzichte Österreichs herzustellen. Die außenpolitische Isolierung Österreichs nach den Niederlagen von Magenta und Solferino mußte Preußen dazu verleiten, das Spiel um die Vorherrschaft in Deutschland mit erhöhtem Einsatz fortzusetzen. Rechberg hatte aus der Niederlage die Konsequenz gezogen, nicht eher wieder eine aktive Außenpolitik aufzunehmen, als der eigene Staat wieder innerlich gekräftigt und bündnisfähig war.

Das unter seiner Mitwirkung zustande gekommene Laxenburger Manifest vom 15. Juli und das Ministerialprogramm vom 17. August 1859 verhießen zeitgemäße Verbesserungen in Gesetzgebung und Verwaltung. Die Minister Bach und *Kempen* als die profiliertesten Repräsentanten des neoabsolutistischen Regimes wurden ihrer Ämter enthoben. Benedek wurde an Stelle *Erzherzog Albrechts* nach Ungarn entsandt, um den Magyaren ein Zeichen der Versöhnung zu geben. Der neue Innenminister, der Pole *Graf Goluchowski,* begann mit den Vorbereitungen für eine innenpolitische Neuordnung auf ständisch-föderalistischer Basis.

Wieweit Rechberg dann wirklich mit den Grundsätzen des Oktoberdiploms übereinstimmte, ist schwer zu entscheiden. Auf jeden Fall war mit diesem Reformakt eine Grenze erreicht, an der die fruchtlose Unentschlossenheit des leitenden Ministers offenbar wurde. Franz Joseph konnte ihn getrost im August 1859 zum Ministerpräsidenten erheben, nicht weil Rechberg in den

Augen des Kaisers ein würdiger Nachfolger Schwarzenbergs gewesen wäre, sondern weil der neue Inhaber der Regierungsspitze keinerlei Gefahr für die von Franz Joseph starr verteidigten monarchischen Prärogativen bedeutete. In der Nationalitätenfrage, die in ihrer ungarischen Variante damals einem Höhepunkt zustrebte, war Rechbergs Weg der der Ignoranz. Er nahm die von Kaiser Franz Joseph später zum Prinzip erhobene Praxis vorweg, um keinen Preis am Nationalitätenproblem zu rühren. Rechbergs Position der Mitte zwischen Föderalismus und Zentralismus war kein Ausweg für die Zukunft. Diese Unsicherheiten und der Gehorsam gegenüber den Wünschen des Monarchen erklären, warum Rechberg im Dezember 1860 seine Zustimmung zur Berufung Schmerlings gab und das Amt des Ministerpräsidenten dem *Erzherzog Rainer* überließ. Zwischen dem liberal-autoritären Zentralisten Schmerling und dem Metternichianer Rechberg entspann sich nun ein Kampf, der an die Kämpfe Metternichs mit *Kolowrat* in der Staatskonferenz erinnerte. Schmerling erklärte vom ersten Tag an, daß für ihn und Rechberg in einem Ministerium kein Raum sei und daß er nicht ruhen werde noch könne, bis Rechberg seinen Platz geräumt hätte. Rechberg wollte Preußen als Bündnispartner gewinnen, um Österreichs Integrität gegen die von Napoleon III. protegierte italienische und polnische Einheitsbewegung zu bewahren. Schmerling, prominentester Vertreter einer großdeutschen Politik Österreichs, setzte sich für das Engagement Österreichs in Deutschland und damit für den Kampf gegen Preußen ein. Über diese Politik des Staatsministers wird im allgemeinen geurteilt, daß sie darauf gerichtet war, die deutschgeführte Reichseinheit Österreichs zu errichten und Österreich hiedurch die gesamtdeutsche Führung zu bewahren. Für Kaiser Franz Joseph, der zu entscheiden hatte, welche der beiden Richtungen einzuschlagen sei, stellte sich damals die Frage bereits anders. Seit der Niederlage von 1859, dem ersten großen Sieg der nationalen Bewegung über die Prinzipien von 1815, war die deutsche Frage von einer Prestige- zu einer Existenzfrage geworden. Nur mit dem politischen Rückhalt im Deutschen Bund konnte die vom Nationalitätenprinzip bedrohte Reichseinheit des Vielvölkerstaates aufrechterhalten werden. Deshalb siegten schließlich Schmerling und Biegeleben. Rechberg wurde widerwillig zum Exekutor ihrer Ideen.

Dem Erfolg Preußens in der Zollunionsfrage und einem Vorstoß des preußischen Außenministers *Bernstorff* für den deutschen Bundesstaat unter preußischer Führung antworteten die Mittelstaaten 1862 mit den sogenannten »identischen Noten«, Österreich legte einen Bundesreformvorschlag vor. Der österreichische Gegenzug wurde in großen Teilen der öffentlichen Meinung Deutschlands mit Sympathie aufgenommen. Schmerling und Biegeleben rieten Kaiser Franz Joseph, diese Sympathie auszunutzen und die deutschen Fürsten zur Beratung einer neuen Bundesverfassung nach Frankfurt zu berufen. Rechberg wurde von diesem Plan erst in Kenntnis gesetzt, als die Vorbereitungen für den Frankfurter Fürstentag bereits in vollem Gange waren. Rechberg bot daraufhin zum erstenmal seinen Rücktritt an. Er wußte, daß die Reform nur in einem Krieg gegen Preußen durchzusetzen war. Diesen wollte er unbedingt verhindern, und es gelang Rechberg auch, das österreichische Programm für Frankfurt etwas abzuschwächen. Die deutschen Fürsten kamen nach Frankfurt, zu einer bedingungslosen Unterstützung Österreichs waren sie aber nicht bereit. Rechberg sah sich in seiner dualistischen Politik bestätigt und verständigte sich mit Preußen — insbesondere in der schleswig-holsteinischen Frage. Der österreichisch-preußische Krieg gegen Dänemark schuf aus den Elbeherzogtümern keinen neuen deutschen Mittelstaat, wie es die deutsche öffentliche Meinung gefordert hatte, sondern stellte sie unter ein österreichisch-preußisches Kondominium. Rechberg verlor auf diese Weise den Rest der Sympathien in Deutschland, ohne sich vor der schließlichen Überrumpelung durch Bismarck sichern zu können. Im Grunde war ihm aber an dieser Sicherung letztlich nicht viel gelegen. Rechberg war zu erheblichen Opfern bereit, um auch Preußen am Dualismus festzuhalten. Das beweist u. a. der unausgeführt gebliebene Schönbrunner Vertragsentwurf vom August 1864, in dem Rechberg Bismarcks Anregung eines Kompensationsgeschäftes Schleswig-Holstein gegen das verlorene und zu sichernde Oberitalien formulierte. Für die österreichische Außenpolitik bot sich das als echtes Alternativprogramm an, als ein Ausweg aus der Unsicherheit einer militanten Hegemonialpolitik: nämlich unter Preisgabe des Bundes, Deutschland zwischen Preußen und Österreich aufzuteilen. Doch fühlte sich Österreich damals offenbar noch stark genug, seine Macht nördlich und südlich des Mains zu behaupten. So wurde der Kampf um die Vorherrschaft weitergeführt. Als 1865 der Handelsvertrag Österreichs mit dem Zollverein erneuert werden sollte, weigerten sich die preußischen Fachminister unter dem Einfluß *Delbrücks*, jenen Artikel 25 wieder in das Dokument aufzunehmen, wonach Österreich nach zwölf Jahren der Eintritt in den Zollverein freistehe. Schmerling forderte österreichischerseits die Wiederaufnahme der Klausel in den Vertrag. Rechberg setzte sich zwar bei Bismarck auch für die Klausel ein, er hätte es aber über dieser Frage nicht zum Bruch mit Preußen kommen lassen. Die Mehrheit des österreichischen Ministerrates entschied aber für Schmerling. Der Ministerrat beschloß, die Verhandlungen über den Handelsvertrag abzubrechen, und Biegeleben schickte eine scharfe Protestnote nach Berlin, durchaus das Risiko eines diplomatischen Bruches auf sich nehmend. Am 27. Oktober 1864 nahm Rechberg seine Entlassung.

Viele Jahre später äußerte Bismarck: »Es war durchaus verkehrt, den Artikel 25 nicht zu bewilligen und damit Rechberg aus dem Amt zu treiben. Er hätte alles aufgeboten, den Krieg mit Preußen zu verhüten.« Von der Aufrichtigkeit der damit für Preußen beanspruchten Ausgleichsbereitschaft hängt das Urteil über Rechbergs Politik ab. Tatsächlich ist Rechberg letztlich ja daran gescheitert, daß er keinerlei Erfolge gegen Preußen als Preis seiner Ausgleichspolitik vorweisen konnte. Die große Leistung Rechbergs war es, daß er es verstanden hat, der von Preußen gesuchten Auseinandersetzung auszuweichen. Denn daß Preußen in zunehmendem Maße den Ausgleich mit Österreich ablehnte, ist auch Rechberg nicht verborgen geblieben. Diese Erkenntnis, die sein politisches Grundkonzept in Frage stellte, war wohl eine der Ursachen dafür, daß seiner außenpolitischen Linie der Makel der Inkonsequenz anhaftete. Auch er mußte den Kampf mit Preußen führen, den er eigentlich gerne vermieden hätte. Diese Erkenntnis nahm seiner Politik die innere Sicherheit, die ihn befähigt hätte, sich gegen seine Gegner durchzusetzen.

Als Rechberg dreiundneunzigjährig in seinem Schlößchen Kettenhof bei Wien aus dem Leben schied — er war am 17. Juli 1806 geboren worden und starb am 26. Februar 1899 —, waren bereits zwanzig Jahre vergangen, seit Österreich und das von Preußen geeinte deutsche Kaiserreich sich in einem Bündnis zusammengefunden hatten. Die Geschichte schien Rechberg recht gegeben zu haben. Österreich und Preußen waren versöhnt — aber eben um den Preis des vollkommenen Verzichtes Österreichs. Das Ausmaß dieses Verzichtes war die entscheidende Unbekannte in Rechbergs politischem Kalkül gewesen. Nur wenn Bismarck um weniger als den vollkommenen Ausschluß Österreichs aus Deutschland zu einer Allianz bereit gewesen wäre, dann war Rechbergs Konzept das richtige.

## *Josef Unger*

VON RUDOLF STRASSER

Jede Kodifizierung eines bedeutenden Teiles einer Rechtsordnung ist ein schwerer Eingriff in die Rechtsentwicklung. Davon ist das ganze Rechtsleben, vor allem aber Rechtswissenschaft und Rechtsprechung, betroffen. Die Männer, die das Allgemeine Bürgerliche Gesetzbuch (ABGB) schufen, standen auf der Höhe der Bildung und des Wissens ihrer Zeit. Dies gilt besonders für den Bereich der Philosophie. Die Zeit, die darauf folgte, war die des Biedermeier, des Vormärz. Während in Deutschland trotz partikularistischer Kodifikationsversuche die Jurisprudenz unter *Savigny* einem Höhepunkt zustrebte, dominierte in der österreichischen Rechtsliteratur und Rechtsprechung eine peinlich am Buchstaben der Kodifikation klebende Interpretationsmethode, die mit dem Begriff »exegetische Schule« noch allzu höflich bezeichnet erscheint. Daneben wurde an den Universitäten weiterhin eine Rechtsphilosophie betrieben, die mit der Rechtspraxis wenig zu tun hatte.

In dieser Situation erstand der österreichischen Zivilistik in *Josef Unger* der große Erneuerer. Bis heute ist unbestritten, daß vor allem ihm der Anschluß der österreichischen Jurisprudenz an die mittlerweile bereits am Höhepunkt stehende deutsche Pandektenwissenschaft zu verdanken ist. Nicht auszudenken, welchen Weg die österreichische Rechtsentwicklung genommen hätte, wäre dies nicht geschehen. Niemals wieder seither war die österreichische Jurisprudenz so sehr in Gefahr zu versanden, und niemals wieder machte sie einen so bedeutenden Schritt nach vorne.

Josef Unger wurde am 2. Juli 1828 als Sohn jüdischer Eltern in der Tuchlauben in Wien geboren. Die Familie war wohlhabend und geistig aufgeschlossen, hatte aber beständig um ihre Existenz zu kämpfen. Der Vater, *Martin Unger*, stammte aus Ungarn und konnte als Jude erst nach jahrelangen Bemühungen 1834 die sogenannte Toleranz (dauernde Niederlassungsbewilligung) erwerben. 1850 starb Martin Unger. Die Mutter, *Floria Porias*, heiratete später den langjährigen Freund der Familie, *Alois Czaslavsky*, Hofrat und Direktor des Hauptmünzamtes in Wien. Dieser ernsthafte und überaus musische Mann nahm von Anfang an auf die Entwicklung Josefs einen sehr günstigen Einfluß. Der Knabe lernte Klavier spielen und zeigte beachtliches musikalisches Talent. Den Volksschulunterricht erhielt er im Elternhaus. Später absolvierte er die zwei Grammatikal- und die vier Humanitätsklassen des Gymnasiums mit ausgezeichnetem Erfolg. Da er vom Schulgeld befreit war, mußte er noch zusätzlich Vorlesungen aus Natur- und Weltgeschichte hören. Auch in diesen Fächern war er ausgezeichnet. Seine Kollegen achteten und schätzten ihn. Besonders groß war aber seine Begeisterung für die Musik.

Die Kehrseite dieser Fülle von Begabungen war eine von Kindheit an bestehende Kränklichkeit. Nach schweren, lebensbedrohenden Krankheiten zwang ihn in den Jahren 1845 bis 1848 ein Augenleiden sogar zur Unterbrechung seiner philosophischen Studien. Seine überaus labile körperliche und nervliche Verfassung überschattete sein ganzes Leben. Zeitweise hinderte sie ihn auch an der Ausübung seiner zahlreichen Funktionen: als Professor der Rechte, Minister, Abgeordneter und Gerichtspräsident.

Sein politischer Werdegang oder besser gesagt sein politisches Schicksal mutet ganz modern an, es könnte dem 20. Jahrhundert entstammen. Die Ereignisse des Jahres 1848 finden ihn zunächst auf den Barrikaden. Obwohl er sich bald von den radikalsten Gruppen zurückzieht, bleibt er Mitglied zahlreicher Studentenkommissionen, unterhält er enge Beziehungen zu *Adolf Fischhof*, betätigt er sich bei der Bürgernationalgarde und ist vor allem überzeugter Demokrat im Sinne der 48er-Bewegung.

Zäh und unermüdlich betreibt er daneben seine Studien, neben der Jurisprudenz an der Theresianischen Akademie (die Universität war zu dieser Zeit geschlossen) hört er Geschichte und Philosophie. Zunächst strebt er nach der philosophischen Doktorwürde, weil er die Absicht hat, in den Bibliotheksdienst einzutreten. Seine Leidenschaft für Bücher kommt hier bereits zum Durchbruch. Der erste Erfolg seiner akademischen Bemühungen stellt sich 1850 ein. Für seine noch ganz im Geiste *Hegels* geschriebene Dissertation

*Die Ehe in ihrer welthistorischen Entwicklung* erhält er das philosophische Doktorat der Universität Königsberg. Sie ist das journalistisch geschriebene Werk eines zornigen jungen Mannes voll Polemik gegen die katholische Kirche. Die kurze Zwischenstation zum juristischen Doktorat und zur ersten Professur ist eine Gehilfenstelle in der Universitätsbibliothek.

Die Monarchie befindet sich nach 1848 in einer eigenartigen, nicht einfach zu beschreibenden Situation. Im Rahmen der an der Macht befindlichen konservativen Kräfte war ein höchst virulenter, bis heute noch sehr wenig gewürdigter Modernisierungsprozeß im Gange. Einige der führenden Männer um den jungen Kaiser sind sich völlig darüber im klaren, daß Österreich den Anschluß an das übrige Europa finden muß. Das hervorragende Beispiel ist die Universitätsreform des *Grafen Thun-Hohenstein*. Dieser weit vorausblickende Mann wird auch der Gönner Ungers. Aus ganz anderen Motiven als dem jungen angehenden Rechtsgelehrten scheint dem konservativen Politiker die Überwindung der Naturrechtsphilosophie und der grammatischen ABGB-Exegese wichtig und ein Gebot der Stunde. Die Besinnung auf die geschichtlichen Grundlagen des Rechts muß, so meint Thun-Hohenstein, letztlich auch den Konservativismus neuer Prägung, wie er ihn vertritt, stärken. In diesen Bemühungen ist ihm jeder fähige Bundesgenosse willkommen. Protestanten aus Norddeutschland ebenso wie ehemalige 1848er-Revolutionäre. Und so wird Unger, obgleich nach heutiger Wertskala liberaler Demokrat, ein Mitstreiter des Konservativismus der fünfziger Jahre in den Bemühungen um die Konsolidierung der Habsburger-Monarchie. Es geht alles ganz folgerichtig über die Bühne. 1852 tritt er zum Christentum über. Im selben Jahr erwirbt er das juristische Doktorat der Universität Wien. Im Jahr darauf legt er mit seiner Habilitationsschrift über den *Entwurf eines bürgerlichen Gesetzbuches für das Königreich Sachsen mit besonderer Rücksicht auf das österreichische allgemeine bürgerliche Gesetzbuch, Allgemeiner Teil, dingliches Sachenrecht* den Grundstein für seine zukünftige rechtswissenschaftliche Existenz. Sie ist eine glänzende Auseinandersetzung mit einer vom Standpunkt der Pandektenwissenschaft aus vorschnellen und unausgereiften Kodifikation. Mit einem Schlag wird man auf ihn in Österreich und in Deutschland aufmerksam. Die österreichische Zivilistik hat damit nach jahrzehntelanger Stagnation wieder den Anschluß an das europäische Maß gefunden. Statt die von der Fakultät beantragte Habilitation zu genehmigen, ernennt der Minister ihn zum außerordentlichen Professor für das ABGB in Prag (1853). Nicht zuletzt sollte damit auch geographisch die Brückenschlagfunktion Ungers in Hinblick auf die deutsche rechtshistorische Schule zum Ausdruck kommen. Noch heute kann man der Strategie Thun-Hohensteins die Bewunderung nicht versagen.

Die Berufung auf den Wiener Lehrstuhl läßt nicht lange auf sich warten. 1856 ist es soweit. Im selben Jahr erscheint der erste Band des *Systems des allgemeinen österreichischen Privatrechts*. Die wissenschaftliche Anerkennung

*»Die Erschießung des Robert Blum«; Kolorierter Kupferstich, gedruckt bei P. O. Geissler, Nürnberg*

ist groß. Der Kaiser verleiht ihm die goldene Gelehrtenmedaille. Ein Jahr später schon ist er ordentlicher Professor. Graf Thun verfolgt seine Ziele mit eiserner Konsequenz. Dabei gab es schon bei der Prager Ernennung große Schwierigkeiten. Stockkonservative, vor allem klerikale Kreise holten immer wieder die »Revoluzzervergangenheit« Ungers, seine jüdische Abstammung und seinen erst kurz vor der Ernennung zum Professor erfolgten Übertritt zum Christentum hervor. Graf Thun selbst trat dem in der Presse entgegen. Die faszinierende Persönlichkeit Ungers überwindet jedoch alle Schwierigkeiten.

Ungers eindringlicher, dabei ungezwungen natürlicher Vortrag war bei den Hörern ungemein beliebt. Er war alles andere denn ein trockener Kathedergelehrter. Seiner geistigen Brillanz im Hörsaal entsprach eine ebenso große Eleganz im Salon. Binnen kurzem wurde er zum international überaus angesehenen Haupt der österreichischen Rechtswissenschaft. Indem er die rechtshistorische und die systematische Behandlung des Zivilrechts vertrat, schloß er Österreichs Rechtsdogmatik wieder an die internationale Entwicklung an.

Zusammen mit *Glaser* gab er die heute noch allgemein benützte Sammlung zivilrechtlicher Entscheidungen heraus, davon die Bände 1 bis 26 und 59 bis 92 selber. 1864 begann er in Fortsetzung seines Systems mit der Ausarbeitung des Schuldrechtes, von dem Fragmente publiziert wurden.

Mit alldem führte er Österreichs Jurisprudenz aus der schädlichen Isolierung heraus und begann, wie es ein jüngerer Weggenosse, der Rechtslehrer *Strohal,* etwas blumenhaft ausdrückte, »mit der Überleitung des reichen Stromes deutscher Rechtswissenschaft auf die brachliegenden Fluren des österreichischen Rechts«. Es spricht für Unger, daß er die Übertreibungen der Romanistik nicht mitmachte und daß er es war, der in späteren Jahren das ursprünglich so sehr verschmähte ABGB wieder dort einreihte, wo es tatsächlich auch nach heutiger Meinung hingehört: in die Reihe der hervorragendsten Zivilgesetzbücher der Welt. Als die deutsche Pandektistik steril geworden war und bar jeder Kreativität zum Ausgang des 19. Jahrhunderts die Kodifizierung des BGB (Bürgerlichen Gesetzbuches) in die Wege leitete, gehörte er zu den ersten Kritikern.

Unger behielt seine dominierende Stellung in der österreichischen Zivilistik bis ins hohe Alter. Es spricht nicht gerade für die übrigen Vertreter der österreichischen Jurisprudenz, aber sehr für die schier unerschöpfliche geistige Vitalität Josef Ungers, daß er es war, der 1904 als 76jähriger mit einem bahnbrechenden Aufsatz die Bemühungen um eine Revision des ABGB einleitete. Charakteristisch ist die Grundposition Ungers in dieser Frage. Nur Einzelkorrekturen sollten stattfinden, das Gesetzbuch als solches aber erhalten bleiben. Der Feuergeist der fünfziger Jahre, der am Katheder zum Gaudium der Hörer das ABGB beißend kritisiert hatte, war in späteren Jahren gerade angesichts des deutschen BGB, bezwungen von der Weisheit des ABGB, zum Bewunderer und Bewahrer unseres Gesetzbuches geworden.

Auch wenn man die zahlreichen zivilrechtsdogmatischen Monographien unberücksichtigt läßt, kann man ohne Übertreibung feststellen, daß Unger sechs Jahrzehnte lang die Entwicklung der österreichischen Rechtswissenschaft, besonders der Zivilrechtsdogmatik bestimmt und in einer Weise beeinflußt hat, daß Österreichs Jurisprudenz inmitten der kontinentaleuropäischen Rechtsfamilie höchstes Niveau erreichte.

Es versteht sich eigentlich von selbst, daß sich ein so vielseitig begabter Mensch, wie es Unger war, mit reiner Gelehrtentätigkeit nicht begnügen konnte. Im Jahre 1867 tritt er in die Politik ein, und damit erfolgt der Start einer glanzvollen zweiten Karriere. Er wird zunächst Mitglied des niederösterreichischen Landtages. 1869 aber schon erfolgt seine Berufung in das Herrenhaus, wo er bald eine führende Stellung einnimmt. Dabei ist Unger nicht nur Sprecher in juristischen Fragen, er tritt auch im Rahmen der Verfassungspartei gegen Angriffe des Föderalismus auf. 1871 wird er als Minister ohne Portefeuille in das Kabinett des *Fürsten Auersperg* berufen und fungiert quasi als Sprechminister. Er behält diese Funktion bis zum Jahr 1879, dann hält er wieder Vorlesungen, zu denen sich alle Juristen Wiens drängen. Wo immer er sich einsetzt, tut er es mit außerordentlichem Erfolg. Der 51jährige steht am glanzvollen Höhepunkt seiner Karriere. 1881 wird er Präsident des Reichsgerichtes. Auf diese Weise erhält er Gelegenheit, dessen Rechtsprechung schöpferisch im Sinne seiner Lehren zu beeinflussen; wahrhaft die Krönung eines Juristenlebens.

Relativ spät, aber offensichtlich auch hier mit glücklicher Hand, heiratet Josef Unger 1882 die verwitwete *Baronin Emmi Worms*, eine geborene *Baronin von Schey*. Sein privates Leben gestaltet sich überaus harmonisch. Sein Salon in der Kantstraße und die Ischler Villa waren Treffpunkte der Geisteswelt.

Aus dem Revolutionär des Jahres 1848 war ein Weltmann, aus dem juristischen Stürmer und Dränger ein Reichsgerichtspräsident und Minister a. D., alles in allem aber ein Grandseigneur bester altösterreichischer Schule geworden. Als er am 2. Mai 1913 hochbetagt stirbt, trauert die österreichische Jurisprudenz um einen ihrer Größten.

# *Heinrich Laube — Franz von Dingelstedt*

VON JOHANN HÜTTNER

In *Heinrich Laube*, der am 18. September 1806 in Sprottau/Schlesien geboren wurde, begegnet uns eine Persönlichkeit, die von den literarischen und politischen Zielen der Jungdeutschen herkommt und innerhalb der Literatur dieser Strömung einen bedeutenden Platz einnimmt, die größte Leistung aber erst in Wien nach dem Revolutionsjahr als Leiter des Burgtheaters vollbringt und dieser Bühne zu einer Blüte verhilft, die noch lange nachwirkte und in der Geschichte dieses Theaters nie mehr erreicht wurde.

Nach Theologiestudien und maßgeblicher Betätigung als Burschenschaftler an der Universität Halle schloß er mit dem Doktorat der Philosophie in Breslau ab und wendete sich dem Journalismus sowie der Schriftstellerei zu. Nach der Verhaftung wegen seiner liberalen Schriften wurde er zu langjähriger Gefängnisstrafe verurteilt, von der er jedoch bloß eineinhalb Jahre als Gast auf Schloß Muskau absaß. Später unternahm er größere Reisen, die ihm entscheidende Bildungserlebnisse vermittelten. Wieder in Leipzig, betätigte er sich schließlich als Theaterkritiker und mäßigte sich auch in seinen politischen Ansichten.

Bei einem Wien-Aufenthalt im Jahre 1845 beschäftigte ihn auch der Gedanke, in dieser Stadt ein deutsches Nationaltheater (dieser Titel wurde dem Haus in den Revolutionstagen wieder zuerkannt) neu aufzubauen. Als Laube Ende 1849 tatsächlich Direktor dieser Bühne wurde, war das in großem Maße auf die politische Entwicklung, die den Frankfurter Parlamentsabgeordneten Laube förderte, zurückzuführen; die oft erwähnte Bekanntschaft mit einflußreichen Personen der Wiener Gesellschaft kann als Hilfe nicht genügt haben. Nach seinem Abgang vom Burgtheater im Jahre 1867 — von allen Leitern dieses Hauses hatte er die größte Ausdauer — übernahm er 1869 bis 1870 das Leipziger Stadttheater und leitete später, wieder in Wien, das auf seine Anregung gegründete und für ein großliberales Bürgertum konzipierte Stadttheater mit Unterbrechungen von 1872 bis 1880.

Von den umfangreichen schriftstellerischen Arbeiten Laubes soll *Das junge Europa*, eine Romantrilogie hervorgehoben werden. Zwar werden darin die jungdeutschen Ideale einer gesellschaftlichen Veränderung zum Ausdruck gebracht, doch der Roman mündet in eine aufs Private zurückgezogene Resignation. Seit den vierziger Jahren konzentrierte er sich immer mehr aufs historische Drama — wie sich ja generell die Versuche der Jungdeutschen um ein nationales Schauspiel fast ausschließlich auf das historische Drama bezogen. Am bekanntesten sind heute die *Karlsschüler, Mondaleschi, Die Bernsteinhexe, Struensee, Prinz Friedrich.*

Laube fand, daß es an einem eigenständigen Lustspiel deutscher Sprache fehlte, und verwertete daher in seinen Stücken *Rokoko, Gottsched und Gellert* die dramatische Technik nach dem Muster der Intrigenspiele *Eugène Scribes,* wie überhaupt Laubes Dramen von den französischen nichtromantischen Zeitgenossen geprägt sind. Laube wurde an vielen deutschsprachigen Bühnen erfolgreich gespielt, doch die Bedeutung seiner Stücke liegt weniger in ihrem literarischen Wert, sondern in der Tatsache, dem Drama, das auf die Romantik folgte, wieder eine theatralisch wirksame Form gegeben zu haben.

Von den theoretischen Arbeiten sind die in der Folge seines zweiten Wien-Aufenthalts entstandenen *Briefe über das Theater* von Bedeutung, gedruckt 1846/1847 in der *Augsburger Allgemeinen Zeitung,* und weiters die im *Abendblatt zur Wiener Zeitung* vom 26. Jänner 1850 anonym erschienenen Darlegungen seiner Intentionen als Burgtheaterdirektor, deren Zuschreibung erst in unserer Zeit gelungen ist. Wesentlich bekannter sind aber die durchwegs in Leipzig erschienenen Rechtfertigungsschriften seiner Theatertätigkeit, die sich als Selbstdeutungen verstehen und daher mit der nötigen Kritik zu verwenden sind: *Das Burgtheater* (1868), *Das norddeutsche Theater* (1872) und *Das Wiener Stadt-Theater* (1875).

*Johann Ludwig Deinhardstein* und nach ihm *Franz von Holbein,* die Nachfolger *Josef Schreyvogels* im Burgtheater, sind für den Niedergang der einstigen Musterbühne mit verantwortlich zu machen. Laube mußte daher als artistischer Leiter einschneidende Maßnahmen setzen, um die führende Stellung dieser Bühne im deutschen Sprachraum zurückzugewinnen. Das primäre Anliegen, welches zum Teil auch die anderen Entscheidungen Laubes bedingte, war, durch eine Erweiterung des Stückangebots das Burgtheater wieder, wie unter Schreyvogel, zu einer Stätte des Welttheaterspielplans zu machen. Bald war das Ziel auch erreicht — und das Burgtheater besaß das reichhaltigste Repertoire Europas.

Zu diesem Welttheaterspielplan gehörte in erster Linie die Pflege der deutschen Dramatik seit *Lessing,* wobei auch damalige Zeitgenossen, wie Laube selbst, *Karl Gutzkow* und *Otto Ludwig,* Eingang fanden; *Friedrich Hebbels* Talent wurde von Laube noch nicht genügend gewürdigt. Von der heimischen Literatur fand das damals bekannte Werk *Grillparzers,* das ja seit *Weh dem, der lügt* vom Burgtheater fast verschwunden war, endlich wieder die ihm gebührende Aufmerksamkeit. Die Zeit war damals noch nicht reif, Wiener Volkskomödien, wie etwa Stücke *Ferdinand Raimunds* oder die bekannten Possen von *Johann Nestroy,* auf die Hofbühne zu bringen. Eine besondere Pflege erfuhr *Shakespeare.* Es muß hervorgehoben werden, daß erst unter Laubes Direktion viele Werke des englischen Dramatikers in ihrem wahren Text, ohne Happy-End, im Burgtheater Aufnahme fanden. Ähnlich wie *Dingelstedt* nahm auch Laube einen Königsdramenzyklus in Angriff. Daneben fanden aber auch die Höhepunkte der französischen und spanischen Dramatik ihre Würdigung.

Die damals sehr beliebten Stücke von *Scribe* und seinen Zeitgenossen mußten natürlich ebenfalls — sehr oft in Laubes Bearbeitung — gegeben werden. Die Betonung dieser französischen Konversationsstücke und Lustspiele, vom literarischen Standpunkt eher als Gebrauchsware anzusehen, aber in handwerklicher Hinsicht gutes Theater, wurde durch das Fehlen entsprechender deutschsprachiger Lustspiele notwendig; bloß *Eduard Bauernfeld* konnte ein bedeutenderes heimisches Gegengewicht setzen. Diese Stücke boten aber große Möglichkeiten für die künstlerische Entwicklung der Schauspieler, denn die meisten besaßen gute Rollen mit wirkungsvollen Dialogen, und sie schufen in höherem Ausmaß die Grundlagen für den Spielstil des Hauses, als es die literarisch anspruchsvollen Werke in der Regel tun konnten.

Der Spielplan also genoß Priorität, das heißt, daß die geeigneten Interpreten für die entsprechenden Stücke gefunden werden mußten — und nicht umgekehrt. Das damals bereits stark überalterte Ensemble wurde daher ergänzt. Laubes Weitblick zeigte sich dabei vor allem darin, daß er Talente, die zum Zeitpunkt des Vorspielens beziehungsweise des Engagements noch nicht voll ausgeprägt waren, aber dann für das Theater des Realismus von größter Bedeutung werden konnten, erkannte oder daß er Schauspieler in Rollenfächer überführte, für die sie geeigneter waren. *Charlotte Wolter, Adolf Sonnenthal* und *Josef Lewinsky*, die noch bis ans Ende des Jahrhunderts und zum Teil darüber hinaus die Stützen dieser Bühne bildeten, sind die besten Beispiele für Laubes Entdeckerqualitäten.

*Adolf Sonnenthal* wurde nach seinem Engagement 1856 — als Probegastspiel gab er den Mortimer in *Maria Stuart*, sehr zum Leidwesen der Kritiker — bald zum besten Konversationsschauspieler. Er war als Salonliebhaber immer vornehm und doch etwas spöttisch, und den Zeitgenossen fiel der besondere Wohllaut seiner Stimme auf.

*Josef Lewinsky* wird durch Laube von jugendlichen Liebhaberrollen, zu denen er wenig Eignung besaß, zu seinem eigentlichen Gebiet geführt, dem Intrigantenfach. Er ist ein vom Intellekt her konzipierender Charakterdarsteller, der mit neuen psychologischen Mitteln das Abgründige und Zwiespältige der von ihm gespielten Gestalten verständlich machen konnte. Sein eigenstes Stilmittel war von Anfang an seine eigenartig gefärbte Sprache — und Lewinsky hatte auch besonders großen Erfolg am Vorlesungspult.

*Charlotte Wolter* kam im Gegensatz zu Lewinskys Ausgangsposition vom intuitiven, vitalen Spiel her und wirkte durch ihre elementaren Leidenschaftsausbrüche — der »Wolterschrei« wurde sprichwörtlich. Laube schickte sie vorher nach Brünn und Berlin, bevor er sie ans Burgtheater brachte, und bald gab es keine Rolle des klassischen und des modernen Heroinenfaches, die nicht von ihr gespielt worden wäre. Aber auch im ernsten Salondamenfach war sie unübertroffen.

Daneben bewährte sich Laube aber auch als Erzieher seiner Darsteller, die er zum Konversationston hinführte und sie dazu brachte, auch im höheren Drama natürlich und maßvoll zu wirken.

Laube als Regisseur setzte zuerst einmal eine Vergrößerung der Probenanzahl durch und forderte auch von den Darstellern kleiner Rollen das Studium des ganzen Stückes. Im Sinne einer realistischeren Spielweise wandte er sich gegen das von einigen älteren Ensemblemitgliedern noch gepflogene Frontalspiel zum Zuschauer. Sein Vorgehen mußte natürlich mit den eingesessenen Rollenträgern zu Reibereien führen, zumal es notwendig war, die Macht der Hausregisseure einzuschränken. Laube kann aber darüber hinaus als einer der ersten Regisseure angesehen werden, die sich nicht mehr im rein mechanischen Einstudieren erschöpften, sondern in der Regie eine schöpferische künstlerische Tätigkeit sahen. Er war ein Feind überladener Ausstattung und Veräußerlichung, vielmehr ging er als Regisseur — ganz im Gegensatz zu Dingelstedt — im Sinne einer introvertierten Bühnenkunst in erster Linie vom Wort aus. Diese Beobachtungen dürfen aber nicht zu der Auffassung verleiten, Laube hätte dem Optischen überhaupt keine Beachtung geschenkt. Denn eine Neuerung des Bühnenbildes, die allerdings wiederum zur Verfeinerung der Wortwirkung und zu einem natürlicheren und realistischeren Spielstil beitrug, wurde von Laube ans Burgtheater gebracht: die sogenannte geschlossene Zimmerdekoration. Die Dekoration wurde also nicht mehr durch Hintergrundprospekt und Kulissengänge gebildet, sondern tatsächlich durch drei Zimmerwände mit eingezogenem Plafond — das Gegebene für Konversationsstücke.

Nach Laubes Abgang vom Burgtheater folgte ihm — allerdings nicht unmittelbar, sondern erst nach einer erfolglosen Zwischendirektion — *Franz Dingelstedt,* der, vielleicht durch seine Opernerfahrungen beeinflußt, auf glanzvolle Ausstattung ganz im Sinne des *Makart*-Stils orientiert war und Laubes Arbeit komplementär ergänzen und weiterführen konnte.

Franz von Dingelstedt stammte ebenfalls aus Deutschland, wo er am 30. Juni 1814 in Halsdorf bei Marburg geboren wurde. Er kommt wie Laube aus dem Lager der Jungdeutschen. Dingelstedt studierte — wie Laube — Theologie und Philosophie, allerdings in Marburg, war dann als Lehrer in Kassel tätig, wurde aus politischen Gründen strafversetzt, betätigte sich ab 1841 als Journalist in Paris, London und Wien und wendete sich mehr und mehr von seinen früheren politischen Anschauungen ab. Im Jahre 1846 wurde er Dramaturg des Stuttgarter Hoftheaters, 1851 Intendant des Münchner Hof- und Nationaltheaters, nach seiner Entlassung war er von 1857 bis 1867 Generalintendant der Großherzoglichen Hofbühne Weimar und übernahm im selben Jahr das Wiener Hofoperntheater als Direktor. Eine seiner Aufgaben bestand in der Vorbereitung zur Übersiedlung vom Kärntnertortheater ins neue Haus am Ring, das am 25. Mai 1869 eröffnet wurde. Sein eigentlicher Höhepunkt aber war erreicht, als er Ende 1870 Direktor des Burgtheaters wurde.

Als Schriftsteller machte er sich vor allem mit seinen politischen Gedichten, *Lieder eines kosmopolitischen Nachtwächters,* in Hamburg 1841 anonym erschienen, einen Namen und wurde für kurze Zeit ein wichtiger Sprecher der liberal-republikanischen Opposition. Aber auch in diesen Gedichten kann man bereits erkennen, daß die politische Kritik in Resignation mündet. Seine Leistungen als Dramaturg und Theaterleiter beruhen auf seinem Shakespeareverständnis — er übersetzte auch dessen Dramen und war ein erfolgreicher Bearbeiter — und in seiner Würdigung Grillparzers und Hebbels. Sein Regieprinzip kam vom optisch-prunkvollen Historienstil her, und die effektvollen Operninszenierungen, die er schon vor seiner Wiener Operndirektion erproben konnte, halfen ihm, dieses Prinzip und seine Vorliebe für Massenszenen aufs Sprechtheater anzuwenden.

Ein Zyklus von Shakespeares Königsdramen, den er im Jahre 1875 in bester Besetzung aufs Burgtheater brachte, stellte — wie schon 1864 in Weimar — den Höhepunkt des Klassikerrepertoires an dieser Bühne dar. Der Fortschritt bestand aber gegenüber Weimar darin, daß neben der großartigen Bildregie nun auch die Wortkunst der Burgschauspieler zum Tragen kam. Ein Jahr später gab er anläßlich des Burgtheaterjubiläums einen Zyklus klassischer Musteraufführungen — ebenfalls ein Weg, den er schon 1854 anläßlich der Industrieausstellung in München beschritten hatte. Damals handelte es sich aber in erster Linie um eine Revue großer Virtuosen, die untereinander divergierendste Spielstile pflegten; nun konnte er auf eine im Ensemblespiel geschulte homogene Gruppe großartiger Schauspieler zurückgreifen, die schon unter Laube herangebildet worden war.

Dingelstedt setzte sich für Hebbel in München ein und brachte in Weimar die *Nibelungen*-Trilogie, ein Opus, das er dann auch in Wien in seiner bildhaft historisierenden Art vorstellte, zur Uraufführung.

Am Beispiel Grillparzers zeigt sich der Konkurrenzkampf mit dem 1872 gegründeten Stadttheater Laubes: Die Hochachtung dem österreichischen Klassiker gegenüber beschränkte sich nun nicht mehr auf die Neuinszenierung der bekannten Stücke aus der Schreyvogelzeit — man wollte das Spätwerk bringen.

Von Dingelstedt und Laube wurde in einem Wettrennen um die Uraufführung für ihr jeweiliges Theater *Ein Bruderzwist in Habsburg* vorbereitet, und im September 1872 erfolgten, nur wenige Tage voneinander getrennt, die Premieren. Dingelstedt besaß das bessere Ensemble und konnte auch die Burgtheaterinszenierung ganz im Sinne seiner Regieauffassung besser ausstatten, während Laube nur auf einen großartigen Rudolf-Darsteller zurückgreifen konnte. *Die Jüdin von Toledo* wurde 1873, nachdem die Uraufführung kurz zuvor in Prag stattgefunden hatte, im Burgtheater nachgespielt, für *Libussa* konnte sich Dingelstedt allerdings die Uraufführung 1874 sichern.

Auch die damalige österreichische Gegenwartsdramatik zog im Burgtheater ein, und in der fremdsprachigen Moderne wagte man sich sogar an eine *Ibsen*-Aufführung. Die heiteren Stücke, die schon bei Laube sehr im Vordergrund gestanden waren, wurden noch stärker hervorgehoben. Im Gegensatz zu Laube lehnte aber Dingelstedt die französischen Sitten- und Salonstücke zum Großteil ab.

Suchte Laube beim Engagement neuer Mitglieder in erster Linie nach dem introvertierten Denkschauspieler, so war Dingelstedt auch in diesen Fragen auf optische Wirkung und turbulente Bewegung aus.

## *Franz Unger*

VON HARALD RIEDL

*Franz Unger* wurde am 30. November 1800 auf Gut Amtshof bei Leutschach in der Südsteiermark geboren. Er war Professor der Botanik in Graz und später an der Universität Wien. Er ist eine Persönlichkeit des Übergangs, in deren Werden und Schaffen sich die Entwicklung der Naturwissenschaft von der oft unklar schwärmerischen romantischen Naturphilosophie zu den exakten experimentellen und beschreibenden Disziplinen widerspiegelt. Seine Bedeutung ist in doppelter Hinsicht überragend: er ist der Begründer der Pflanzenphysiologie in Österreich und einer der ersten großen Paläobotaniker in der ganzen Welt.

Nachdem er das damals sechsklassige Gymnasium und den sogenannten philosophischen Cursus in Graz absolviert hatte, studierte er zuerst auf Wunsch seines Vaters ein Jahr lang die Rechte, sattelte dann aber zur Medizin an den Universitäten Wien und Prag um, die zu jener Zeit die Grundlage für das Studium aller organischen Wissenschaften bildete. Eine ohne Erlaubnis der Behörden durchgeführte Reise nach Deutschland, die unter anderem eine entscheidende Begegnung mit den Naturphilosophen *Oken* und *Carus* ermöglichte, sowie das Tragen der damals verfemten Burschentracht im Jahre 1823 trugen ihm sieben Monate Arrest ein, doch wurde er schließlich freigelassen, da sich nichts Belastendes gegen ihn vorbringen ließ. 1826 wurde er Erzieher im Hause des *Grafen Colloredo-Mansfeld* in Stockerau, 1827 promovierte er zum Dr. med. und war sodann bis 1830 Arzt in Stockerau, 1830 bis 1835 in Kitzbühel. 1835 erhielt er als Nachfolger des verstorbenen *Heyne* die Professur für Botanik am Joanneum in Graz, vermählte sich 1836 mit *Josefine Sand,* übernahm 1839 die Supplierung der Professur für Landwirtschaft in Graz, wurde 1847 zum wirklichen ordentlichen Mitglied der neugegründeten Akademie der Wissenschaften in Wien und schließlich 1849 als Krönung seiner wissenschaftlichen Laufbahn als Nachfolger seines frühverstorbenen Freundes, des genialen *Stephan Endlicher,* als Professor der Botanik an die Universität Wien berufen.

Die botanische Lehrkanzel war nach Endlichers Tod geteilt worden: Morphologie der Pflanzen und die Direktion des Botanischen Gartens wurden *Eduard Fenzl,* Anatomie und Physik Franz Unger übertragen. Im gleichen Jahr wurde Unger durch Verleihung des Ehrendoktorats der Philosophie von der Universität Prag geehrt. Waren in seine Grazer Zeit kleinere Reisen zu Studienzwecken in die Schweiz, nach München und innerhalb Österreichs gefallen, so unternahm er in den folgenden Jahren größere Expeditionen nach Dänemark, Norwegen, Schweden und Island (1852), nach Ägypten, Syrien und dem Libanon (1858), nach Griechenland (1860), nach Zypern (1862) und später mehrmals nach Dalmatien. 1868 suchte er aus Gesundheitsrücksichten um seine Pensionierung an und wurde am 14. August offiziell seines Amtes enthoben.

Leider war die Zeit seines Wiener Aufenthalts besonders zur Mitte der fünfziger Jahre des vorigen Jahrhunderts durch manche persönliche Angriffe gegen seine Person getrübt gewesen: es ist ein tragisches Mißverständnis, daß gerade dieser dem Materialismus ablehnend gegenüberstehende und schon dadurch dem Religiösen eher zugeneigte Idealist von den orthodox Klerikalen zur Zielscheibe ihres Kampfes gegen die Naturwissenschaften als solche ausersehen wurde, in einem Konflikt, in dem er sich allerdings selbst jedes Angriffs enthielt. So fiel ihm der Abschied von Wien nicht schwer, und er verbrachte die letzten zwei Jahre seines Lebens in Ruhe und Zurückgezogenheit in Graz, wo er am 13. Februar 1870 starb.

Ungers insgesamt etwa 170 wissenschaftliche Veröffentlichungen lassen sich, wie das auch seine früheren Biographen getan haben, zwanglos in vier Gruppen einteilen: die erste, zeitlich gesehen früheste Gruppe umfaßt Schriften vorwiegend naturphilosophischen Inhalts, die oft noch deutlich die in der romantischen Naturphilosophie so verbreitete Verwirrung der Begriffe und die Vorliebe für weit hergeholte und nur allzu häufig ganz oberflächliche Vergleiche und Homologisierungen zeigen, so etwa, wenn Unger die höheren Pflanzen analog den höheren Tieren als Wirbelgebilde deuten will. Daneben stehen allerdings auch schon in diesen frühen Arbeiten ausgezeichnete Beobachtungen, die den großen Naturforscher erkennen lassen. Eine eigentümliche Übergangsstellung nimmt Ungers vielleicht ihres kuriosen Titels wegen in weitesten Kreisen bekannt gewordene Arbeit *Die Pflanze im Moment der Tierwerdung* (1843) ein, die hervorragende Beobachtungen über die Bildung von Schwärmsporen bei der Schlauchalge *Vaucheria* enthält. Unger sah als erster an diesen Fortpflanzungszellen Wimpern, die eine aktive Bewegung im Wasser ermöglichen. Dies deutete er als Beweis für ihre tierische Natur im Einklang mit Okens These, die Pflanzenwelt wäre die »Gebärmutter« der Tierwelt. Er widmete die Arbeit seinem Freund Stephan Endlicher, der vergeblich von dieser allzu kühnen Hypothese abriet.

Im gleichen Jahr erschienen auch die *Grundzüge der Botanik* von Endlicher und Unger, in denen dieser den anatomisch-physiologischen Teil bearbeitet hatte.

Es scheint geraten, hier kurz Endlichers zu gedenken, dem Unger so viel zu verdanken hatte und der zur ersten Reihe österreichischer Botaniker zu zählen ist.

*Stephan Ladislaus Endlicher,* geboren am 24. Juni 1804 in Preßburg, gestorben am 28. März 1849 in Wien, seit 1840 Professor an der Universität und Direktor des Botanischen Gartens in Wien, ragt heute noch als Systematiker durch seine großangelegten Übersichtswerke *Genera plantarum secundum ordines naturales disposita* (1836—1850) und *Enchiridion botanicum, exhibens classes et ordines plantarum* (1844) hervor; ferner durch seine *Synopsis coniferarum* (1847), die alle bis dahin bekannten Nadelhölzer behandelt. Er redigierte seit 1840 zusammen mit *C. Ph. v. Martius* das vielbändige Prachtwerk *Flora Brasiliensis.* Außerdem trat er mit bedeutenden Werken zur Geographie und Numismatik Ostasiens und zur chinesischen Grammatik hervor und gab zusammen mit *Hoffmann von Fallersleben* eine altdeutsche Übersetzung des Matthäus-Evangeliums heraus.

Eine zweite Gruppe von Schriften *Ungers* umfaßt seine physiologischen und anatomischen Arbeiten, aus deren Fülle hier nur wenige hervorgehoben werden können. Ihnen zur Seite stehen Publikationen über Pflanzenkrankheiten. Besondere Bedeutung hat die Arbeit *Über den Einfluß des Bodens auf die Verteilung der Gewächse* (1836), in der die auch heute noch verwendeten Begriffe »bodenstet«, »bodenhold« und »bodenvag« je nach dem Vorkommen über einem, vorwiegend über einem oder über verschiedenen Gesteinen geprägt wurden und die den Grundstock zu einem eigenen Zweig ökologischer Forschung bildet. Ebenso sind die Schrift *Über den Bau des Dikotylenstammes* (1840) und einige ähnliche Werke für die Pflanzenanatomie bahnbrechend. In späteren Jahren beschäftigte sich Unger unter anderem mit dem Gasaustausch in pflanzlichen Geweben.

Der dritten Gruppe gehören die heute noch wesentlichsten Publikationen Ungers, seine paläobotanischen Untersuchungen, an. Außer den gründlichen Bearbeitungen fossilen Pflanzenmaterials zahlreicher Fundstätten im Gebiet des damaligen Österreich und schließlich aus der ganzen Welt vermittelte er in den umfangreichen Veröffentlichungen *Die Urwelt in ihren verschiedenen Bildungsperioden* (1851), *Versuch der Geschichte der Pflanzenwelt* (1852) und *Iconographia plantarum fossilum* (1852) ein lebendiges Bild des Pflanzenlebens der Vorzeit, das er mit den heute lebenden Pflanzen in Beziehung zu bringen versuchte. Damit wurde er vor *Darwin,* dem er später nur teilweise folgen konnte, ein überzeugter Verfechter der Abstammungs- und Entwicklungslehre. Der Maler *Kuwassegg* in Graz entwarf nach Ungers Anleitung Rekonstruktionen von Vegetationsformen früherer Erdperioden, die Weltberühmtheit erlangten. Für seine Untersuchungen verwendete er besonders Dünnschliffe von fossilen Pflanzen, eine Technik, die er weitgehend vervollkommnete. Seine wertvolle Sammlung von Dünnschliffen wurde leider nach Paris verkauft.

Eine letzte Gruppe von Arbeiten befaßt sich mit Fragen der Ethnobotanik, also der Rolle von Pflanzen im Leben des Menschen. Dabei setzte sich Unger sowohl mit allen möglichen exotischen Pflanzen als Nahrungs- und

Genußmittel auseinander als auch mit ihrer kulturgeschichtlichen Bedeutung (*Die Pflanze als Zaubermittel*, 1858, *Die Pflanzen des alten Egyptens*, 1859, u. a. m.). Abgerundet wird seine reiche wissenschaftlich-literarische Tätigkeit durch seine anschaulichen Reiseberichte.

Unger trachtete, seine Erkenntnisse nicht nur einem notgedrungen kleinen Kreis von Sachverständigen zugänglich zu machen, sondern auch interessierten Laien. So stehen neben streng wissenschaftlichen Veröffentlichungen populäre Schriften, vor allem seine *Botanischen Briefe* (1852), die ihm einen weiten Leserkreis gewannen, aber auch die Ursache der Anfeindungen durch klerikale Gruppen bildeten. Die gegen ihn erhobenen Vorwürfe wurden aber keineswegs von allen Vertretern der Kirche gutgeheißen, sondern es erstanden ihm gerade auch aus ihren Reihen treue Anhänger, welche die Nichtigkeit der Beschuldigungen erkannten.

Zeitlebens blieben Unger Phantasie und dichterische Darstellungskraft neben der Gabe streng sachlicher Beobachtung erhalten, und gerade diese Eigenschaften befähigten ihn, tiefere Einblicke als andere in das Pflanzenleben der Vorzeit wie in die Lebensprozesse des so fremden Wesens Pflanze zu erhalten. Gerade dadurch wurde er zu einem der Größten unter den österreichischen Botanikern.

## *Männer des Eisenhüttenwesens*

VON GERHARD MARESCH

Um den steirischen Erzberg als Zentrum der Eisengewinnung siedelten sich im weiten Umkreis im Laufe der Zeit entlang aller nutzbaren Wasserläufe Frischfeuer für die Stahlerzeugung und eisenverarbeitende Hammerwerke an. Im 19. Jahrhundert entwickelten sich einige dieser Hammerwerke zu großen, noch heute bestehenden Industriebetrieben. Wissenschaftler und bedeutende Unternehmer waren am raschen Aufstieg der Eisenindustrie maßgeblich beteiligt.

Auf dem Gebiet der Hüttenkunde war es *Peter Ritter von Rittinger*, der in der Aufbereitungstechnik mit den von ihm entwickelten Maschinen zur Naßaufbereitung der Erze bahnbrechend wirkte. Sein *Lehrbuch der Aufbereitungskunde* war lange Zeit das Standardwerk dieses Faches. Rittinger, der am 23. Jänner 1811 in Neutitschein geboren wurde, war nach seinen Studien in Wien und Schemnitz zunächst in verschiedenen Hüttenwerken tätig. Während dieser Zeit erfand er seine Aufbereitungsmaschinen. 1850 wurde er an das Ministerium für Landeskultur- und Bergwesen nach Wien berufen. Hier bemühte er sich besonders darum, neue Erkenntnisse der aufstrebenden Industrie zugänglich zu machen. Vom Ministerium wurden auf seine Anregung hin Berichte über Beobachtungen, Erfahrungen und Erfindungen aus dem Bergwesen in regelmäßiger Folge herausgegeben. Daneben verfaßte er eigene wissenschaftliche Arbeiten. 1864 übernahm er im Finanzministerium das Referat für die österreichischen Bergakademien, deren Lehrplan nach von ihm entworfenen Plänen neu geregelt wurde. Während der Vorbereitungsarbeiten für die Wiener Weltausstellung, an denen er als Mitglied der Kommission beteiligt war, starb Rittinger völlig unerwartet am 7. Dezember 1872.

Der am 10. Mai 1809 in Deutsch-Feistritz bei Peggau geborene *Peter Tunner* war bereits seit rund 20 Jahren in verschiedenen Eisenwerken tätig und hatte zwischendurch am Polytechnischen Institut in Wien studiert, als ihn *Erzherzog Johann* 1835 als Professor für Berg- und Hüttenwesen an das Joanneum berief. Um sich auf diese Aufgabe vorzubereiten, unternahm Tunner eine Reise durch die wichtigsten Berg- und Hüttendistrikte Europas. Der berg- und hüttenmännische Kursus des Joanneums wurde seit 1840 in Vordernberg abgehalten, übersiedelte aber bereits 1849 als Steiermärkisch-Ständische Montanlehranstalt nach Leoben. Tunner leitete diese Anstalt, die 1874 Bergakademie und 1895 Montanistische Hochschule wurde, bis zu seiner Pensionierung im Jahre 1874 als Direktor. Seiner Anregung folgend, wurde die erste Bessemerhütte in Österreich 1863 in Turrach errichtet. Er starb am 8. Juni 1897 in Leoben, anerkannt als einer der hervorragendsten Eisenhüttenmänner seiner Zeit.

Der 1810 geborene *Franz Mayr-Melnhof* entstammt einer steirischen Gewerkenfamilie. Sein Vater besaß mehrere Eisenhämmer bei Bruck an der Mur und in Kapfenberg. In Donawitz errichtete er 1836 ein Stahlwerk, in dem er Puddelstahl erzeugen wollte. Dies gelang aber erst unter Mithilfe seines Sohnes, der das Verfahren in England studiert hatte. Als der Vater starb, übernahm Franz Mayr 1847 das bereits ansehnliche Unternehmen und baute es weiter aus. Er nahm die Erzeugung von Zementstahl auf und führte als erster die Dampfkraft und die Braunkohle in den Hüttenbetrieb ein. Besonders die Produktion von Tiegelstahl, die er zunächst in kleinem Umfang aufgenommen hatte, gewann rasch an Bedeutung. Deshalb wurden 1860 sechs Siemens-Gasöfen mit Regenerativfeuerung für das Tiegelstahlschmelzen aufgestellt. Auf Anregung Mayrs baute *John Haswell* in den Werkstätten der Staatseisenbahngesellschaft in Wien 1861/1862 die ersten dampfhydraulischen Schmiedepressen der Welt.

Zum Direktor der Gußstahlfabrik Kapfenberg bestellte Mayr im Jahre 1867 den am 16. März 1843 in Gammertingen geborenen Hüttenmann *Fridolin Reiser.* Reiser hatte bei Peter Tunner studiert und galt als einer der hervorragendsten Hüttenleute seiner Zeit. Er leitete das Werk durch 41 Jahre und hatte maßgeblichen Anteil an dem großen Erfolg der Edelstahlerzeugung in Kapfenberg.

Mayr ließ 1868 in Kapfenberg nach den Plänen des Erfinders den ersten Siemens-Martin-Ofen auf deutschsprachigem Raum erbauen, der jedoch bald wieder stillgelegt wurde. 1872 verkaufte Mayr seinen gesamten Industriekomplex an die Innerberger Hauptgewerkschaft. Er starb 1889 in Leoben.

*Johann Heinrich August Bleckmann*, der am 16. Februar 1826 in Ronsdorf bei Düsseldorf geboren wurde, kaufte 1862 ein Hammerwerk in Mürzzuschlag. Er modernisierte das Werk, ließ Tiegelöfen aufstellen und erzeugte hier den weltberühmten *Phönixstahl*. Günstiger Geschäftsgang ermöglichte eine ständige Ausweitung des Unternehmens, weitere Walzwerke und eine Feilenhauerei wurden errichtet, und 1874 wurde das Siemens-Martin-Verfahren eingeführt. Nach dem Tode Bleckmanns im Jahre 1891 führten seine Söhne das Unternehmen weiter. Die ungünstige wirtschaftliche Entwicklung nach dem Ersten Weltkrieg führte zur Fusion mit der Schoeller-Stahlwerke AG in Ternitz.

Seit 1899 gehörte der am 22. Juli 1868 in Tarnowitz geborene *Max Mauermann* zum Stab der Bleckmannwerke. Er stellte im Forschungs- und Versuchslaboratorium des Unternehmens 1913 erstmals rostfreien Stahl her. Nach der Fusion wurde er Stahlwerksleiter und Direktor der Schoeller-Bleckmann-Stahlweke AG. Am 1. Juli 1929 starb Mauermann in Wien, wo er bis zuletzt als Generaldirektor des Unternehmens tätig war.

Diese Männer führten die Eisenindustrie Österreichs innerhalb von wenigen Jahrzehnten von kleinen, mit Wasserrädern betriebenen Gewerbebetrieben zu einer modernen, leistungsfähigen Großindustrie.

## *Liberalismus und Verfassungsproblem*

VON WALTER POLLAK

Was dem Absolutismus mit der Konzentration der Macht beim Herrscher nicht geglückt war, den Staat als zentralistisch geleitetes einheitliches Gebilde aufrechtzuerhalten, versuchte nun der Liberalismus mit der Konstitution durchzusetzen. Wurden Rechte und Stellung des Kaisers zunächst auch nur in geringem Maße eingeengt, so trat mit dem Reichsrat doch eine Art Volksvertretung ins Leben, die sich kontinuierlich fortentwickelt hat. Das am 26. Februar 1861 erlassene »Februarpatent« gründete sich zwar immer noch auf die Kurien des Adels, des Klerus und der Städte und Landgemeinden, stellte durch den »Steuerzensus« als Voraussetzung des Wahlrechtes das Großbürgertum in den Vordergrund, war aber doch die Geburtsstunde des österreichischen Parlamentarismus. Von nun ab bestand die Frage nicht mehr, ob das Volk das Recht auf eine politische Vertretung neben der Krone habe, sondern nur mehr darin, in welcher Form und in welchem Maße dieses Recht vermehrt und ausgeweitet werden konnte. Wenn dieser Liberalismus auch eifersüchtig darauf bedacht war, die Vorrechte des Großbürgertums zu wahren, etwa mit dem Wahlzensus und in der Handhabung der Pressefreiheit, so war er doch ein Kind des Revolutionsjahres, zumindest angehaucht von dessen Atem, schuf dem Staatsbürger einen freieren Raum und bot der Wissenschaft und der Wirtschaft Entfaltungsmöglichkeiten von bisher nicht gekanntem Ausmaß. Aber er sah sich auch mit den sozialen und nationalen Problemen konfrontiert, die immer vehementer hervorbrachen; auch ihm war das Reichsproblem gestellt, wie diese Monarchie, um ihres Bestandes willen, gestaltet werden sollte. Im Spannungsfeld zwischen Föderalismus und Zentralismus wurde schließlich auch sein Schicksal besiegelt.

Alle politischen Kräfte, deren politisches Credo der Föderalismus war, erschienen sofort auf dem Plan. Als der Reichsrat am 1. Mai 1861 erstmals zusammentrat, verweigerten die Ungarn unter *Franz Deák* die Mitarbeit und blieben ebenso fern wie die Landtage von Kroatien, Istrien und Venedig. Große Teile des Adels, der Bürokratie und des Klerus befanden sich unter den erklärten Gegnern des Systems, wobei die Motivation durchaus unterschiedlicher Art war, und neben ideellen Motiven die sehr handfeste Furcht eine Rolle spielte, erworbene Vorrechte zu verlieren. Auch aus den deutschen Kronländern meldete sich Opposition; der deutschkonservative Abgeordnete und Tiroler Priester *Josef Greuter* bezeichnete den Reichsrat als »Schlachthaus unserer Selbständigkeit«, das die Tiroler nie betreten würden. Als bei der zweiten Sitzung des Reichsrates im Sommer 1863 auch die Tschechen massiv opponierten, war eine gedeihliche Arbeit nicht mehr möglich. Es lag nicht an den konstitutionellen Regierungen, denen zuweilen glänzende Persönlichkeiten angehörten, sondern an den Verhältnissen, wenn während des Konstitutionalismus von 1861 bis 1916 27 Regierungen verbraucht wurden.

Im politischen Kraftfeld der Monarchie hatte das ungarische Problem immer eine besondere Rolle gespielt, woran sich nichts geändert hatte. Im Sommer 1865 unternahm *Franz Joseph I.* einen Versuch, die Spannungen mit Ungarn zu entschärfen. Ein Jahr zuvor war *Graf Rechberg* als Außenminister zurückgetreten, und die Lage gegenüber Preußen war unsicherer denn je geworden. Grund genug für den Kaiser, Ungelegenheiten im eigenen Hause zu bereinigen. Der Kaiser ernannte den Vertrauensmann Deáks, den *Grafen Majlath*, zum ungarischen Hofminister; *Schmerling* hatte den Mann seines Vertrauens, den *Grafen Zichy*, nicht durchgebracht und zog daraus die Konsequenz. Sein Rücktritt machte dem Drei-Grafen-Ministerium *Belcredi* Platz. Das aber war nicht ein Sturz des Liberalismus, geschweige denn seine Entmachtung, sondern nur ein Zwischenspiel. Der Absolutismus unternahm nochmals einen Versuch: Die Februarverfassung wurde am 20. September 1865 aufgehoben. Eine neue Verfassung wurde in Aussicht gestellt.

Auf dem Schlachtfeld von Königgrätz hatte das Schicksal nicht nur in der deutschen Frage gegen Österreich entschieden; das Ereignis erlegte der Monarchie auch zwingende Maßnahmen hinsichtlich ihrer inneren Gestaltung auf. Der im Grunde mißglückte Versuch Preußens, die nationale Unzufriedenheit bei Ungarn und Tschechen für die eigenen Interessen zu nützen, hatte dem habsburgischen Reich doch angezeigt, was ihm im Ernstfall eines Tages bevorstehen konnte, wenn die nationalen Probleme nicht gelöst würden. Kaum war der Schlachtenlärm verstummt, meldeten sich schon die Tschechen in einem Slawenkongreß im Sommer 1866 in Wien mit Föderalisierungsforderungen zu Wort. Aber das vordringlichste Problem blieb das ungarische.

Die Berufung des sächsischen Staatsmannes *Ferdinand von Beust* zum österreichischen Außenminister deutete die Absicht Österreichs an, früher oder später die Entscheidung zu seinen Gunsten zu korrigieren. Gerade aus diesem Grunde war Beust ein überzeugter Verfechter des Ausgleiches mit Ungarn, um dem Reich die Voraussetzung innerer Erstarkung zu schaffen. Als Belcredis Versuch, die deutschliberale Mehrheit im Reichsrat zu brechen, gescheitert war, wurde Beust Ministerpräsident. Zug um Zug wurde nun das ungarische Problem einer Lösung zugeführt. Es ist für die Lage, in der sich die Monarchie befand, von symbolhafter Bedeutung, daß mit *Julius Andrássy* ein Mann an die Spitze des neuen ungarischen Ministeriums berufen wurde, der 1849 in Abwesenheit zum Tode verurteilt und später begnadigt worden war. Sprecher für den Ausgleich auf ungarischer Seite war Franz Deák, der durch sein Maßhalten und sein ungewöhnliches diplomatisches Geschick es dem Kaiser erlaubte, sich in das Unabänderliche zu fügen, ohne daß seine Würde verletzt worden wäre. Am 27. Februar 1867 wurde der ungarische Reichstag wiederhergestellt, am 15. März der Ausgleich abgeschlossen. Die österreichische Monarchie, der *Karl VI.* die Pragmatische Sanktion als Grundgesetz und

Bürgschaft ihres Bestandes gegeben hatte — auch Ungarn hatte sie anerkannt und war also durch sie verpflichtet, beim habsburgischen Reich zu bleiben —, diese österreichische Monarchie bestand von Stund an nicht mehr. Die Ungarn hatten erreicht, was sie 1848/1849 angestrebt hatten. Zwei voneinander unabhängige Staaten traten einander gegenüber und konstituierten aus freiem Willen den Dualismus der Doppelmonarchie: die Gemeinsamkeit des Herrschers verband sie noch. Alles andere basierte auf freier Vereinbarung und war nicht unabänderlich: die Außenpolitik, das Kriegswesen und die Finanzen für diese gemeinsamen Angelegenheiten. Die Währungs- und Zollunion bildete zwar zusammen mit den drei anderen gemeinsamen Bereichen die Grundlage dafür, daß die Doppelmonarchie eine Großmacht bleiben konnte, aber sie blieb es auf Widerruf. Denn das Delegationsgesetz bestimmte, daß je 60 Angehörige des Budapester und des Wiener Parlaments alljährlich abwechselnd in Wien und in Budapest zusammentreten sollten, um die gemeinsamen Dinge zu beraten und zu beschließen. Die Delegationsberatungen blieben bis zum Ersten Weltkrieg eine Quelle politischer und wirtschaftlicher Spannungen und Differenzen. Österreich verstand sich auch weiter als Erbe der übernationalen Staatsidee und als Vielvölkerstaat. Auch Ungarn war ein Vielvölkerstaat, aber die Priorität des Magyarentums stand außer Frage. Die Magyarisierungspolitik Ungarns hat wesentlich dazu beigetragen, daß die Monarchie als »Völkerkerker« denunziert werden konnte.

Die Deutschliberalen in der cisleithanischen Reichshälfte hatten gegen diese Entwicklung nichts einzuwenden, hofften sie doch auf eine Art Teilung der Vorherrschaft: magyarische Gentry und Großbürgertum in Ungarn, deutsches Großbürgertum in den »im Reichsrat vertretenen Königreichen und Ländern«. Zunächst behielten sie recht. Am 21. Dezember 1867 wurde die Februarverfassung wieder in Kraft gesetzt; am 1. Jänner 1868 bekam Österreich unter dem *Fürsten Carlos Auersperg* wieder ein liberales Ministerium. Es wurde »Bürgerministerium« genannt, weil sich in ihm einige Minister befanden, die bürgerlicher Herkunft waren und ihren politischen Sturm und Drang im Jahre 1848 erlebt hatten. Dieses Ministerium hat Weichen gestellt, die für den Staat wichtig, in manchem Belang von weitreichender Bedeutung waren: das Reichsvolksschulgesetz wurde verabschiedet, die Organisation des Grundschulwesens in Angriff genommen, die Normalisierung der Budgeterstellung wurde eingeleitet, die allgemeine Wehrpflicht beschlossen. Wieder war es das Nationalitätenproblem, an dem dieses liberale Ministerium scheiterte. In den Reihen der Deutschliberalen kündigte sich bereits jener deutsche Nationalismus an, der der Partei künftig sehr zu schaffen machen sollte.

Die Tschechen lehnten sich gegen die Kompetenz des Reichsrates auf, Gesetze für die Länder der böhmischen Krone zu erlassen. Das löste am 10. Oktober 1868 die Verhängung des Ausnahmezustandes über Böhmen aus. Die Tschechen fühlten sich ermutigt, weil im Sommer die polnische Amtssprache für Galizien zugestanden worden war. Im Jänner 1870 traten die Tschechen

*Hans Makart, »Das Gefühl«, »Der Geruch« aus dem Zyklus »Die fünf Sinne«; Ölgemälde, 1873—1874* zu einer Art Generalangriff an. Die slawenfreundlichen Föderalisten unter den Ministern verließen das Kabinett, die Abgeordneten aus Böhmen, Polen, Slowenien, Istrien und der Bukowina kehrten dem Reichsrat den Rücken. *Ministerpräsident Hasner* wollte dieser Obstruktion durch die Auflösung der Landtage begegnen, wofür er aber nicht die Zustimmung des Kaisers erhielt.

Die Regierung des katholisch-konservativen *Grafen Karl Hohenwart* versuchte, den Slawen mit einem entscheidenden Schritt entgegenzukommen. Am 5. Mai 1871 legte Hohenwart einen Autonomieentwurf für Galizien vor. Der Wirkungskreis des Landtages wurde erweitert, ein Landsmannminister für Galizien ernannt, bald wurden die Universitäten in Krakau und Lemberg polonisiert und eine polnische Akademie der Wissenschaft gegründet.

Galizien sollte nur ein Anfang sein. Im Ministerium Hohenwart hatte der Föderalismus in dem aus Schwaben berufenen Nationalökonomen *Albert Schäffle* einen warmen Fürsprecher. Dieser Vertreter eines ständischen Sozialkonzeptes meinte, die Monarchie wäre nur durch Konzessionen an den Föderalismus zu retten. Hohenwart hatte seine Bereitschaft erklärt, für die Länder der böhmischen Krone Maßnahmen einzuleiten, die denen in Galizien ähneln würden. Der Kaiser hatte die Zusage erhärtet. Das beabsichtigte Nationalitätengesetz für Böhmen sah die Doppelsprachigkeit in allen öffentlichen Bereichen vor. Das näherte sich bereits einem Ausgleich nach ungarischem Vorbild, den die Tschechen anstrebten. Unter dem Einfluß von Beust und Andrássy, die vor allem die außenpolitischen Probleme im Auge hatten, verweigerte der Kaiser den tschechischen Ansprüchen seine Zustimmung. Hohenwart trat zurück, der liberale *Fürst Adolf Auersperg* bildete am 25. November 1871 sein Ministerium, das bis 1879 im Amt blieb.

Die politischen Spannungen wurden durch die konfessionellen wesentlich verschärft. Wenn der österreichische Liberalismus sich in gewisser Weise als ein Sproß der 48er Revolution empfand, so tat er es in seinem Verhältnis zur Kirche mit Recht. Schon in den »Grundrechten des österreichischen Volkes«, hatte der Reichstag von Kremsier die Trennung von Kirche und Staat konstituiert. Die Bischöfe hatten dagegen Verwahrung eingelegt und für die Kirche Freiheit und Selbständigkeit auf der Grundlage eines Konkordats verlangt. Der Neoabsolutismus beeilte sich, der Kirche ihre Wünsche zu erfüllen. Man hielt ihre Hilfe für den Bestand des Systems für notwendig. Gewissermaßen als Vorleistung auf das Konkordat verordnete *Minister Thun-Hohenstein* schon im April 1850 Aufhebung des Verbotes des freien Verkehrs der Bischöfe mit dem Papst, die Entscheidungsfreiheit der Kirche bei der Anstellung von Religionslehrern und Theologieprofessoren und die freie Gestaltung der Diözesanlehranstalten. Über das am 18. August 1855 abgeschlossene Konkordat hat später *Graf Anton Auersperg* (Anastasius Grün) gesagt: »Als ich das Konkordat las, kam es mir vor wie ein gedrucktes Canossa, in welchem das Österreich des 19. Jahrhunderts für den Josephinismus des 18. Jahrhunderts in Sack und Asche zu büßen hatte.« Es war selbstverständlich, daß der Liberalismus, als er zu Einfluß und Macht kam, gegen das Konkordat Sturm lief. Wie erbittert der Kulturkampf geführt wurde und welche Auswüchse er zeitigte, erwies sich im Jahre 1869, als der Linzer Bischof Franz Josef Rudigier polizeilich vorgeführt und gerichtlich verurteilt wurde; die 14tägige Arreststrafe, zu der er verurteilt worden war, wurde vom Kaiser sofort amnestiert. Unter der temperamentvollen Führung Rudigiers hatte sich in Oberösterreich, stärker als in anderen Kronländern, im Kampf gegen den Liberalismus ein weitaufgefächertes katholisches Vereins- und Pressewesen entfaltet.

Der Glaube des Liberalismus an Vernunft, Wissenschaft und Fortschritt auf der einen Seite, und die Furcht der Kirche, die Gläubigen könnten durch die moderne wissenschaftliche Entwicklung verunsichert, ja bedroht werden, auf der anderen Seite, führte zu einer schier unversöhnlichen Vertiefung des Konflikts. Der von Papst Pius IX. am 8. Dezember 1864 erlassene Syllabus griff weit über den kirchlich-religiösen Bereich hinaus und bestritt auf weiten Strekken die Verbindlichkeit wissenschaftlicher Forschungsergebnisse. Der Liberalismus sah sich daher legitimiert, die Freiheit des Geistes zu verteidigen. Es ist kein Zufall, daß so bedeutende Männer wie der Historiker *Alfred von Arneth* und der Nationalökonom und Jurist *Leopold von Hasner* vehemente Wortführer des Reichsrates im Kampf gegen das Konkordat gewesen sind.

Im Staatsgrundgesetz von 1867 wurden denn auch die Freiheit der Wissenschaft gesetzlich verankert, die geistliche Gerichtsbarkeit und die religiöse Jugenderziehung zurückgewiesen und die Kirche auf die Ordnung ihrer inneren Angelegenheiten beschränkt. Ein entscheidender Schlag gegen das Konkordat wurde am 25. Mai 1868 geführt, als der Reichsrat mit Zweidrittelmehrheit den Vorrang der Kirche auf wesentlichen Gebieten brach: die Gerichtsbarkeit in Ehesachen ging auf die weltlichen Gerichte über, die Notzivilehe wurde gestattet; das Reichsvolksschulgesetz übertrug dem Staat die ausschließliche Schulaufsicht und begründete den interkonfessionellen Charakter des Schulwesens; für gemischte Ehen wurde die Frage des Religionsbekenntnisses der Kinder geregelt, und schließlich wurde verboten, Nichtkatholiken das Begräbnis auf kirchlichen Friedhöfen zu verweigern. Als das Vatikanische Konzil am 18. Juli 1870 die Unfehlbarkeit des Papstes in Glaubenssachen verkündete, erklärte Österreich, die Rechtsperson des Papstes als Vertragspartner habe sich dadurch wesentlich verändert, weshalb das Konkordat hinfällig geworden sei. Die gesetzliche Aufhebung des Konkordats als Staatsgesetz erfolgte am 7. Mai 1874.

Es wäre falsch und ungerecht, wollte man die geistige Potenz des österreichischen Katholizismus nur aus der Perspektive des Kulturkampfes betrachten. Der Kultusminister der neoabsolutistischen Ära, Thun-Hohenstein, ist ein Beispiel für die weiterwirkenden Leistungen des katholischen Konservativismus. Er hat mit den Grund gelegt für das Aufblühen des Geisteslebens und der Wissenschaft. Es war natürlich, daß in der vom Liberalismus geprägten Zeit die Naturwissenschaften einen gewissen Vorrang genossen. Vor allem war es die *Wiener Medizinische Schule*, die den wissenschaftlichen Weltruhm Wiens begründete. Neben den in diesem Kapitel behandelten Persönlichkeiten ist vor allem der Dermatologe *Ferdinand von Hebra* zu erwähnen, der seit 1845 Leiter der klinischen Abteilung für Hautkrankheiten in Wien war und schon 1856 seinen *Atlas der Hautkrankheiten* herausgegeben hatte. Das seltene gleichzeitige Wirken von Vater und Sohn war in jenen Tagen den beiden Augenärzten *Friedrich* und *Eduard Jäger von Jaxthal* beschieden. Der Vater war aus Württemberg nach Österreich gekommen; er entwickelte das Extraktionsverfahren des grauen Stars und den Linearschnitt, die bis heute Bedeutung in der Augenheilkunde haben. Der Sohn führte den Augenspiegel ein und förderte mit seinen Forschungen wesentlich die Kenntnisse von der Anatomie des Auges. Der Geologe und Paläontologe *Eduard Suess* entwickelte seine »Deckentheorie« über die Entstehung von Kettengebirgen, machte sich um die Bodenforschung im Dachsteingebiet und in Wien verdient und leistete später die geologischen Vorarbeiten für die 1. Wiener Hochquellenwasserleitung und die Donauregulierung. Der Ethnograph, Orientalist und Volkskundler *Wilhelm Hein* befruchtete weltweit die Entwicklung der Volkskunde als eigenständige Wissenschaft. 1870 wurde die Anthropologische Gesellschaft in Wien ins Leben gerufen, und 1895 gründete Hein zusammen mit *Michael Haberlandt* das Museum für österreichische Volkskunde in Wien. Der Augustinermönch aus Schlesien, *Gregor Mendel*, der in Brünn wirkte, hat mit seinem vierbändigen Werk *Versuche mit Pflanzen*, das 1865 erschienen ist, die Vererbungslehre begründet. In Österreich war es *E. Tschermak*, in Holland *H. de Vries* und in Deutschland *C. Correns*, die Mendels Ideen aufgriffen und weiterentwickelten. Sie haben Mendel quasi wiederentdeckt und die nach ihm benannten Gesetze formuliert.

Eine der hervorragendsten und wagemutigsten Leistungen jener Zeit war die österreichisch-ungarische Nordpolexpedition. Unter der Leitung von *Julius von Payer* und *Karl Weyprecht* brach die Expedition im Sommer 1872 auf und kehrte im September 1874 nach Wien zurück. Nowaja Semlja wurde als Ausgangsbasis für die Erforschung der nördlichen Polarregion gewählt, nachdem durch die deutsche Nordpolexpedition von 1868/1869, an der Payer ebenfalls führend teilgenommen hatte, erwiesen war, daß man von Grönland aus nicht in die Polarregion vorstoßen konnte. Wesentliches Ergebnis dieser Expedition war die Entdeckung von Franz-Joseph-Land; seit Jahrzehnten war damit zum erstenmal wieder ein unbekanntes Gebiet erschlossen und kartographisch aufgenommen worden. Dies war die persönliche und eigentliche Leistung Payers, der vorher schon wegweisend als Forscher und Kartograph in den Alpen tätig gewesen war.

Die wirtschaftliche Entwicklung in der liberalen Ära war explosiv. Hatte schon die neue Gewerbeordnung von 1859 der Wirtschaft einen bemerkenswerten Impuls gegeben, aber doch noch für notwendige Bindungen gesorgt, so ging der Liberalismus Mitte der sechziger Jahre vollends von der Schutzzollpolitik zum Freihandel über. Allerdings war es eine schrankenlose Freiheit, die nicht ohne Krisenfolgen bleiben konnte. Das Gesetz über die Teilbarkeit der Bauerngüter und jenes über die Zinsennahme im Kreditwesen, »Wucherfreiheit« genannt, sind nur Beispiele dafür, daß es sich um eine Freiheit der Reichen zum Schaden der weniger Begüterten handelte. Die Wirtschaftsexpansion konzentrierte sich auf die Zeit zwischen 1868 und Mai 1873. In diesem Zeitraum wurden 617 Aktiengesellschaften gegründet; vor 1867 waren es 157 Gründungen und in den letzten zehn Jahren, bis 1882 der Freihandel fallengelassen werden mußte, nur noch 91. Allein im Jahre 1870 zeigte die Gründung von 376 Aktiengesellschaften mit einem Kapital von rund 2 Milliarden Gulden die Überhitzung an. Schwindelgründungen waren an der Tagesordnung, und der Spekulation waren Tür und Tor geöffnet. Als im Mai 1873 die Weltausstellung eröffnet wurde, brach am 9. Mai auf der Wiener Börse »Der große Krach« aus und legte die schwärenden Wunden dieses Wirtschaftssystems bloß. Der Zusammenbruch zahlreicher Unternehmen, der Ruin individueller Existenzen war die Folge. Die österreichische Wirtschaft brauchte Jahre, bis sie sich von diesem Schock erholt hatte.

Ein Beispiel jedoch für die positive Entwicklung der Wirtschaft mit dem Detailaspekt der Ausweitung vom Handel zur Produktion bieten die beiden aus Deutschland nach Österreich zugewanderten Familien Böhler und Schoeller. Die beiden Brüder *Albert* und *Emil Böhler* widmeten sich zunächst der Alleinvertretung des von *Mayr* in Kapfenberg erzeugten Gußstahls. Um sich als Handelsfirma von fremden Unternehmen unabhängig zu machen, erwarben sie ein Stahlwerk in Waidhofen an der Ybbs und übernahmen schließlich das Kapfenberger Werk. *Alexander Schoeller* hatte 1833 in Wien ein Handelshaus betrieben und gründete 1845 zusammen mit dem deutschen Industriellen *Krupp* die Berndorfer Metallwarenfabrik. In der Zeit der wirtschaftlichen Hochblüte erwarb Schoeller das Walzwerk in Ternitz, das er zu einem der damals größten Stahlwerke ausbaute. Beide Familiennamen blieben als Markennamen für österreichischen Stahl von weltweiter Bedeutung, als die Firmen längst nicht mehr den Familien gehörten.

Die Außenpolitik jener Jahre war zunächst darauf gerichtet, eine für Österreich günstige Wendung in der deutschen Frage herbeizuführen, später die Großmachtstellung zu erhalten und ein südosteuropäisches Konzept zu entwickeln. Im Grunde war es die Außenpolitik eines Reiches, dessen Uhr abzulaufen begann. Es ist müßig, kritische Betrachtungen darüber anzustellen, ob es der Monarchie nicht angemessener gewesen wäre, sich auf ihre inneren Probleme zu konzentrieren, anstatt den Vorstellungen einer Großmacht nachzuhängen.

Schon der deutsche Fürstentag zu Frankfurt im Sommer 1863, auf dem die Monarchie eine Reform des Deutschen Bundestages zu ihren Gunsten durchsetzen wollte, lieferte den Beweis, daß Preußen unter der Führung *Bismarcks* nicht gewillt war, Österreich in der deutschen Frage nochmals eine Chance einzuräumen. Die Schleswig-Holsteinsche Frage wurde zu einer Quelle der Differenzen zwischen den beiden Staaten. Im Februar 1866 hielt Österreich an der Fiktion, seinen Besitzstand nicht zu schmälern, fest, und lehnte einen italienischen Vorschlag ab, Venetien gegen eine Summe von einer Milliarde Lire abzutreten. Dies mag zwar das preußisch-italienische Bündnis nicht ausgelöst, aber doch wesentlich erleichtert haben. Auch die Annäherung an Frankreich, die nun die Abtretung Venetiens doch einschloß, konnte den Zweifrontenkrieg, der im Juni 1866 ausbrach, nicht mehr abwenden. Die Siege über das italienische Heer bei Custoza und die italienische Flotte bei Lissa blieben bedeutungslos. Die Entscheidung fiel auf dem Schlachtfeld von Königgrätz mit dem vollständigen Sieg Preußens. Der Friede von Prag am 23. August 1866 löschte die Rolle aus, die die Habsburger jahrhundertelang als deutsche Kaiser und dann als Vorsitzende des Deutschen Bundes in Deutschland gespielt haben. Der Deutsche Bund wurde aufgelöst, Österreich mußte von vornherein allen Gebietsveränderungen in Norddeutschland zustimmen und sich der Neugestaltung Deutschlands ohne seine Mitwirkung fügen. Im Frieden von Wien, der im Oktober folgte, verlor Österreich Venetien an Italien. Preußen blieb mäßig; Österreich mußte eine Kriegskontribution von 20 Millionen Taler zahlen, blieb aber in seiner staatlichen Substanz ungeschmälert. Es war Bismarck nicht leichtgefallen, seinen Kaiser zum Maßhalten zu bewegen. Der mögliche Verbündete von morgen, sollte nicht allzusehr geschwächt werden.

Der aus dem verbündeten Sachsen nach Wien berufene Außenminister *Beust,* ein erklärter und erbitterter Feind Bismarcks, versuchte 1869 ein Bündnis mit Italien und Frankreich gegen Preußen zustande zu bringen. Österreich strebte die Wiedergewinnung Schlesiens an und wünschte eine Art Protektorat über die süddeutschen Staaten. Es war bereit, dafür die romanischen Teile Südtirols und Teile des Landes bis zum rechten Isonzoufer an Italien abzutreten. Diese Bereitschaft war kein Opfer, denn Österreich stand unter Zugzwang. Was es gestern verweigert hatte — in friedlicher Vereinbarung auf eigenes Gebiet zu verzichten —, war nun nicht mehr gewichtig genug. Obwohl die Kriegspartei am Wiener Hof nicht ohne Einfluß war und die Wiederherstellung der deutschen Position Österreichs vielen als lockendes Ziel galt, kam es zu keiner Entscheidung; Österreich blieb im deutsch-französischen Krieg neutral. Die Verkündung des Deutschen Kaiserreiches unter preußischer Krone im Spiegelsaal von Versailles am 17. Jänner 1871 setzte auch der deutschen Frage den unwiderruflichen Schlußpunkt.

Da nun die Würfel in Deutschland gefallen waren, wurde Österreichs außenpolitisches Interesse naturnotwendig auf den Balkan gerichtet, wo es mit jenen Rußlands in Gegensatz geraten mußte. Daß sich die Kollision der beiden Mächte auf dem Balkan auf die Dauer nicht würde verhindern lassen, zeigte sich schon im Zuge der Bereinigung der Orientalischen Krise, als durch die Entscheidung des Berliner Kongresses (13. Juni bis 13. Juli 1878) die russischen Pläne zur Gründung eines bulgarischen Großreiches vom Balkan bis zur Ägäis durchkreuzt wurden. Österreich-Ungarn wurde vom Berliner Kongreß mit Bosnien-Herzegowina ein wahres Danaergeschenk gegeben. Dafür, daß das Reich bei der Okkupation Bosniens und der Herzegowina noch einmal als Großmacht auf dem Balkan auftreten durfte, hatte es mit einer Verschärfung seines südslawischen Problems und mit einschneidenden Rückwirkungen auf seine Innenpolitik zu zahlen.

Die Deutschliberalen verweigerten die Kredite für die Okkupation. In ihren eigenen Reihen kam es zu tiefgreifenden Auffassungsverschiedenheiten in der Okkupationsfrage. Bei den Wahlen im Sommer 1879 erlitten die Deutschliberalen empfindliche Einbußen. Am 11. Juli machte das liberale Kabinett *Stremayrs* dem Koalitionsministerium des *Grafen Taaffe* Platz. Die liberale Herrschaft in der Regierung war gebrochen, was freilich nicht hieß, daß die schicksalsentscheidenden Probleme der Monarchie einer Lösung zugeführt werden konnten. Der Abschluß des Zweibundes zwischen Österreich-Ungarn und dem Deutschen Reich, als Defensivbündnis gegenüber einem eventuellen Angriff Rußlands geplant, deutete bereits den Weg an, den die Monarchie in naher Zukunft nehmen würde.

Der Abstieg des Liberalismus war nicht nur durch die Außen- und Staatspolitik bedingt, sondern vielmehr auch durch das Heraufkommen neuer politischer Kräfte. Der konservative Kreis um den Grafen Thun-Hohenstein, von *Bolzanos* sozialethischen Ideen ausgehend, hatte den Mecklenburgischen *Baron Carl von Vogelsang* nach Wien geholt, der wieder von sozialpolitischen Aktivitäten des deutschen *Bischofs Ketteler* beeinflußt war. Vogelsang war bemüht, diese Anregungen zu einem christlichen Sozialismus weiterzuentwickeln, und fand in der konservativen Zeitung *Das Vaterland*, dessen Leitung ihm übertragen wurde, die Plattform seines Wirkens. Mit stark antikapitalistischem und antisemitischem Einschlag wurde auf diesem Wege die spätere christlichsoziale Partei vorbereitet. Mit emsiger Aktivität wurden in den Kronländern katholische Vereine und katholische Zeitungen gegründet. Die christlichsozialen Bestrebungen erhielten durch den ersten Gesamtösterreichischen Katholikentag, der 1877 in Wien abgehalten wurde, großen Auftrieb.

Die Deutschliberalen, die sich nach den Worten ihres Abgeordneten *Weeber* nicht als nationale, sondern als Verfassungspartei konstituiert hatten, mußten nun mitansehen, wie aus ihren eigenen Reihen unter dem Eindruck der Zeitereignisse Gruppenbildungen auf nationaler Basis entstanden. *Georg von Schönerer* wurde 1873 ins Parlament gewählt und entwickelte sich rasch zum Wortführer der radikalsten alldeutschen, antiklerikalen und antisemitischen Richtung. Die Bismarcksche Reichsgründung hatte auf viele Deutsche in der Monarchie bedeutende Anziehungskraft ausgeübt. Von da ab näherte sich der radikale Deutschnationalismus dem geistigen Habitus der Nationalbewegungen der anderen Völker und entwickelte ausgesprochen irredentistische Züge.

Die Versammlungsfreiheit, die vom liberalen System gewährt worden war, nützte auch die Arbeiterschaft. Einer Gründung in Wiener Neustadt folgte am 15. Dezember 1867 die Gründung des Ersten Arbeiterbildungsvereines in Wien, der unter dem Einfluß zweier deutscher Staatsbürger, *Hermann Hartungs* und *Heinrich Oberwinders,* sich rasch zu einer sozialdemokratischen Organisation entwickelte. Bei seiner ersten Versammlung im Jänner 1868 entschieden sich Tausende Wiener Arbeiter für das politische Konzept *Ferdinand Lassalles* gegen das Selbsthilfeprogramm von *Schultze-Delitzsch.*

Diese Entscheidung war von weittragender Bedeutung, weil von hier ab die sozialpolitische Zielsetzung mit der demokratisch-politischen verbunden blieb. Der Kampf um demokratische Rechte, die Eroberung von Einfluß in dem sich entwickelnden Parlamentarismus sollten am Ende dazu führen, den Staat in den Dienst der Lösung der sozialen Frage zu stellen. Im Zentrum des Programms stand der Kampf um das allgemeine Wahlrecht, für das im Dezember 1869 auf dem Glacis in Wien 20 000 Arbeiter demonstrierten. Die Führer wurden verhaftet, im Jahr darauf wurde ihnen der Hochverratsprozeß gemacht. Die empfindlichen Strafen, zu denen sie verurteilt worden waren, mußten sie nur zum Teil absitzen; die konservative Regierung Hohenwart amnestierte die Verurteilten, in der Hoffnung, Teile der Arbeiterschaft für sich in der Auseinandersetzung mit dem Liberalismus zu gewinnen. Die folgende Regierung des liberalen Fürsten Auersperg zerschlug das Vereinswesen der Arbeiterbewegung fast zur Gänze, und innerhalb der Bewegung entbrannte ein selbstzerstörerischer Kampf zwischen der radikal-anarchistischen und der gemäßigten Richtung.

In dem schmalen politischen Freiheitsraum, den der Liberalismus geschaffen hatte, waren die Voraussetzungen für die Bildung eines modernen Parteienwesens entstanden, wie es in den Grundzügen auch heute noch wirksam ist. Daß der Liberalismus vor den neuen Bewegungen die Segel hatte streichen müssen, war vor allem auf sein Versagen im sozialpolitischen Bereich zurückzuführen.

## *Anton Ritter von Schmerling — Hans von Perthaler*

VON FRANZ HIERONYMUS RIEDL

Als geeignetste Persönlichkeit, die Rückkehr zum Konstitutionalismus einzuleiten, erschien *Kaiser Franz Joseph* der damals 56jährige, als Jurist, Verwaltungsfachmann und Politiker auf niederösterreichischer und gesamtösterreichischer Ebene und auf dem Frankfurter Bundestag bewährte und vom Vertrauen des deutschen Liberalismus getragene *Anton von Schmerling,* dessen Distanzierung vom Absolutismus bekannt war und der auch im Ausland Ansehen genoß.

Anton Ritter von Schmerling wurde als Sproß eines bis ins 17. Jahrhundert zurückzuverfolgenden landständischen niederösterreichischen Rittergeschlechts am 23. August 1805 in Wien geboren. Sein Vater war Appellationsgerichtsrat, seine Mutter eine Tochter *Franz Edlen von Zeillers,* des Schöpfers des *Allgemeinen Bürgerlichen Gesetzbuches.* Nach dem Universitätsstudium in Wien trat Schmerling 1829 in den Dienst des niederösterreichischen Landrechts und vermählte sich 1835 mit Pauline, der hochgebildeten und malerisch begabten Tochter des Feldmarschalleutnants *Josef Freiherrn von Koudelka,* die ihm zwei Töchter schenkte, aber schon 1840 nach nur fünfjähriger Ehe starb. Der erst 35jährige Witwer heiratete nicht wieder.

Schmerling wurde 1844 Rat und 1846 Appellationsrat beim Landrecht, im gleichen Jahr wurde er auch in den ständischen Ausschuß gewählt und 1847 zum ständischen Verordneten bestellt. Er machte vor allem durch Reformvorschläge zur Bauernfrage und zur Rechtsreform auf sich aufmerksam. Schon vor *Hans Kudlich* setzte er sich für die Bauernbefreiung, die Aufhebung des Zehents und der Robot ein. Er schlug die Errichtung einer ständischen Kreditanstalt und die Einführung einer Brandschadenversicherung vor. Das weite Feld seiner Reformvorstellungen umfaßte die Reorganisierung des Schulwesens, die Verbesserung des Paßwesens, die Erlassung eines Pressegesetzes, die Veröffentlichung der Landtagsverhandlungen und die Heranziehung des Bürgerstandes in die Landesvertretung. Um sich ganz den ständischen Aufgaben widmen zu können, ließ er sich als Beamter beurlauben.

Er gehörte zur ständischen Deputation, die sich am 13. März 1848 in die Wiener Hofburg begab, um die Grundforderungen der revolutionären Bewegung vorzutragen; der Bericht darüber, der tags darauf in der *Wiener Zeitung* erschien, stammte von Schmerling, der sich in den nächsten Tagen besonders die Organisation der unter dem Oberkommando von *Graf Hoyos* stehenden Nationalgarde als dessen Adjudant angelegen sein ließ. Schmerling wurde als Vertrauensmann Österreichs vom Ministerium *Fiquelmont-Pillersdorf* nach Frankfurt entsandt; zuerst als Berater und ab 13. Mai als Präsidialgesandter und Vorsitzender der Bundesversammlung. Er gehörte zu den Mitverfassern des später nicht berücksichtigten Verfassungsentwurfes des Siebzehner-Ausschusses, der zwar unitarisch war, aber der Stellung Österreichs voll Rechnung trug. Da ihn unterdessen die niederösterreichische Stadt Tulln zum Abgeordneten gewählt hatte, war Schmerling zugleich Mitglied der Nationalversammlung in der Paulskirche. Er gehörte mit *Bassermann, Mathy, Soiron, Waitz, Wachsmuth* und *Welcker* zur Partei der konstitutionellen Monarchie, dem rechten Zentrum, und setzte sich in den Ausschüssen für die Interessen Österreichs wirksam ein.

Als *Erzherzog Johann* zum Reichsverweser gewählt war und am 15. Juli 1848 eine Deutsche Regierung bildete, wurde Schmerling zum Innenminister ernannt und übernahm am 19. August auch das Außenministerium und, nach Rücktritt des *Fürsten Leinigen,* auch das Amt des Ministerpräsidenten. Zweimal setzte er sich für Preußen ein: zuerst bei den »Mainzer Händeln« und dann bei dem im Streit um die Elbeherzogtümer ohne Ermächtigung abgeschlossenen Waffenstillstand von Malmö. Er nahm auch die Verhängung des Belagerungszustandes bei den Frankfurter Unruhen auf sich. Entschieden trat er jedoch den preußischen Hegemoniebestrebungen entgegen, bat aber, als er eine Mehrheit gegen Österreich obsiegen sah, am 16. Dezember 1848 um seine Entlassung. Der Führer der Kleindeutschen, *Heinrich von Gagern*, wurde sein Nachfolger.

Auf der Heimreise von Frankfurt erfuhr Schmerling in Breslau, daß er in Wien zum Abgeordneten in den Kremsierer Reichstag gewählt worden war, er entschied sich nun doch, den Auftrag anzunehmen und als österreichischer Bevollmächtigter wieder nach Frankfurt zu gehen. Seine Stellung als Bevollmächtigter Österreichs und zugleich Abgeordneter war schwierig. Als er von der Auflösung des Kremsierer Reichstags hörte, legte er tief betroffen seine Stellung als österreichischer Bevollmächtigter nieder und angesichts der Entwicklung in Frankfurt auch sein Mandat in der Paulskirche. Im April 1849 kehrte er nach Wien zurück.

Als *Felix Fürst zu Schwarzenberg* nach der schweren Erkrankung des *Grafen Stadion* am 28. Juli 1849 seine Regierung umbildete, wechselte *Bach* vom Justiz- zum Innenministerium, und Schmerling übernahm das Justizministerium. Nun arbeitete er an der Durchführung der Grundentlastung, einer neuen Gerichtsverfassung und Strafprozeßordnung, an Organisierungsarbeiten für Ungarn, Galizien und Italien.

Da aber durch Schwarzenberg und Bach immer mehr von den Prinzipien der Märzverfassung abgewichen und statt einer zentralistisch-konstitutionellen eine absolutistisch-reaktionäre Richtung eingeschlagen wurde, schied Schmerling am 25. Jänner 1851 aus der Regierung, unbedankt trotz seiner hervorragenden Arbeit. Schmerling trat wieder als Verordneter der niederösterreichischen Landstände auf, wurde bald Erster Senatspräsident des Obersten Gerichtshofs in Wien und Mitglied beim Schiedsgericht für den Deutschen Bund und des k. k. Obersten Gefällsgerichts. Seine aufrechte Haltung blieb nicht unbemerkt in der Öffentlichkeit, und beim großen Wiener Schillerfest 1859 wurde er als Garant einer bevorstehenden Zukunft gefeiert.

»Es wäre in diesem Augenblick ein Leichtes, aus Österreich einen konstitutionellen Einheitsstaat zu schaffen; mit dem Absolutismus kann man einige Jahre lang experimentieren, aber er ist nicht zu halten, und man wird endlich wieder dort anfangen müssen, wo wir jetzt aufgehört haben, die inmitten liegende Zeit aber ist verloren.« Fast ein Jahrzehnt nach diesen 1851 gesprochenen Worten Schmerlings kam die Wiederhinwendung zum Konstitutionalismus, und am 13. Dezember 1860 wurde Schmerling von *Kaiser Franz Joseph* als Staatsminister berufen, während nominell *Erzherzog Rainer* Ministerpräsident wurde. Auf der Grundlage des Oktoberdiploms sollte jetzt der Übergang zum konstitutionellen Staat herbeigeführt werden, wobei sowohl die Konservativen wie die Liberalen befriedigt werden sollten. Der Steirer *Moritz von Kaisersfeld,* Vertreter des Verfassungsprinzips und des Föderalismus, sagte bei der Berufung: »Schmerling als Minister bedeutet einen völligen Systemwechsel ... Er ist die letzte Karte, welche wir auszuspielen haben. Der Einsatz ist Österreich.«

Mit Feuereifer begann Schmerling die Ausarbeitung der neuen Verfassung, wobei ihn von Regierungsmitgliedern Finanzminister *Ignaz Freiherr von Plener,* Justiz-, später Innenminister *Anton Freiherr von Lasser* und vor allem der ausgezeichnete Mitarbeiter *Hans von Perthaler* unterstützten, sodaß Erzherzog Rainer am 4. Februar 1861 dem Kaiser die Verfassung übergeben konnte.

Am 28. Februar 1861 wurde sie als Februarpatent publiziert.

*Hans von Perthaler* war »Mitschöpfer des Schmerlingschen Verfassungswerkes«, »Erfinder des österreichischen Staatsbewußtseins« und der »Gentz des Herrn Schmerling«. Er stammte aus Tirol und wurde nur 46 Jahre alt. Bereits in jungen Jahren offenbarte er politisches und staatsmännisches Denken. Aus seiner Feder stammen interessante juristische und soziale Schriften, er ist Verfasser wichtiger staatlicher Dokumente, Thronreden, Rundschreiben und Verordnungen. Er war Verfechter eines aufgegliederten Einheitsstaates mit Sicherung der autonomen Verwaltung in Kronländern und Gemeinden. Dieser im Februarpatent und den Landesordnungen 1861 unternommene Versuch der Lösung des österreichischen Gesamtstaatsproblems in einheitlicher Gestaltung auf föderativer Grundlage ist mit den 1867 gemachten Abänderungen und Zusätzen gültig geblieben bis zum 12. November 1918.

»Weniger sogenannte studierte Menschen, aber mehr praktisch gebildete und unternehmende Leute — das ist es, was Österreich not tut«, schrieb Perthaler und verlangte eine vorausschauende Sozialpolitik. Er forderte: »Der Arbeiter muß in seiner Arbeit die eigene Persönlichkeit nach Maßgabe seiner Geschicklichkeit und Tätigkeit beteiligt finden.«

Nach diesen in den vierziger Jahren entwickelten weitblickenden sozialpolitischen Gedanken wandte sich Perthaler 1848 mit seinem Eintritt in den Staatsdienst der Reformarbeit in Verfassung und Verwaltung zu. Er war »gegen die papierene Bürokratie«, für den Gedanken des Selfgovernements in Form der Gemeindeautonomie, der Kreisverwaltungen und Länder »als historischer Individualität jedes Kronlandes«. »Eine Organisation der Selbstverwaltung wird sich in den Kronländern Österreichs immer als das erste Bedürfnis fühlbar machen ... Sie gibt auch die einzig sichere Garantie der Achtung und Wahrung jeder Nationalität . . . Sie gewährt jeder Nationalität innerhalb des Gesamtstaates Österreich einen Zustand, welchen sie in gleich befriedigender Weise auswärts nirgends finden kann. Sie knüpft die einzelnen Teile, welche als Selbstverwaltungsorganismen eine Art von politischen Korporationen bilden um ihres eigenen Vorteiles willen an das große Ganze, welches sie umschließt ... Innerhalb dieses mächtigen Walles ist es ihnen anheimgestellt, nach ihrer eigenen Fasson selig zu werden ... Diese in Europa einzig dastehende Selbständigkeit der Kronländer ist ausschließlich durch dasjenige beschränkt, was ihrer Gesamtheit anheimgestellt werden muß.« Deutlich sah er aber auch den Widerstand der Magyaren gegen eine solche Lösung und erkannte deshalb die Krisensituation nicht nur Österreichs, sondern ganz Europas: »Man bedenke nur, wie klein und eng Europa ist und wie groß die Leidenschaften darin.«

Perthaler sah Österreich, weil in ihm germanische, slawische und romanische Völker vereinigt waren, als Einheit und Macht, welche »die übernationale weltliche Stellung hat, die Nationen zu verbinden ... und zu vermitteln«. »Es gibt keine österreichische Nation, aber einen österreichischen Patriotismus der Nationen Österreichs«, das »als übernationaler Staat, die Nationen eint, die sonst nach Expansion streben würden«, das die von der Geschichte zugewiesene Idee erfüllt, »ein Friedenshort zu sein, der die Völker zur höheren Menschheitsidee zusammenführt«. Deshalb wandte er sich gegen die kleindeutsche Richtung im Frankfurter Parlament. Er tadelte die Kurzsichtigkeit gegenüber den östlichen Nachbarvölkern, denen man Freiheit innerhalb der Gemeinsamkeit lassen muß, wenn sie nicht früher oder später russischer Unterjochung verfallen sollen. »Wissen Sie auch, daß jedes slawische Völkchen, welches im Umfange Österreichs lebt, eine Kralle des russischen Aars werden kann, die er tief ins deutsche Fleisch setzt, wenn Sie nicht den Mut haben, Politik zu machen im großen Stil, wie es der Brite tut? ... Hat Rußland einmal die Donau umklammert, bis tief herein ins Herz Deutschlands, was soll dann Deutschlands verstümmelter Rest?«

Dieser so vorausschauende Perthaler also, dessen letzter 1863 posthum erschienener Artikel den Titel hatte *Die Solidarität der mitteleuropäischen Mächte als einzige Garantie des Friedens und der Freiheit Europas*, war Schmerlings wichtigster Mitarbeiter. Er ist der eigentliche »Vater des Februarpatents«.

Bald stellte sich heraus, daß die Februarverfassung, so wesentlich auch der Schritt vom absolutistischen zum konstitutionellen Regime war, das österreichische Staatsproblem nicht zu lösen vermochte. Der gesamte weitere Reichsrat trat nie in Funktion.

Die staatsmännische Laufbahn von Schmerling war nach zweimaligem Hervortreten — zuerst 1848 bis 1851 und dann 1860 bis 1865 — beendet, und er kehrte wieder zurück in seine Stellung als Präsident des Obersten Gerichtshofes, die er noch von 1865 bis 1891 ausübte, also bis in sein 86. Lebensjahr. Aber auch als Politiker blieb er weiter aktiv: Er wurde 1867 zum lebenslänglichen Mitglied des Herrenhauses ernannt. Er arbeitete an den Staatsgrundgesetzen von 1867 mit. Er trat als Anwalt der Reichseinheit gegen föderalistische Rechtsverwahrungen und gegen die Wahlrechtsreform unter *Taaffe*, ebenso gegen Slawisierungsverordnungen des Justizministers *Pražak* von 1886 auf. Begrüßt hat er 1888 den zwischen der Donaumonarchie und dem Deutschen Reich abgeschlossenen Allianzvertrag. Seit 1862 war er Ehrenmitglied der Akademie der Wissenschaften.

*Heinrich Laube* hat Schmerling einen »Charakter von herber Tapferkeit« genannt. In der Akademie der Wissenschaften würdigte 1894, nach Schmerlings Tod, der bekannte Naturforscher *Eduard Suess* den Politiker und Staatsmann Schmerling, dem es nicht vergönnt war, seine Bestrebungen zum Erfolg zu führen, wobei er sagte: »Denn während die Menge nach dem Erfolge urteilt, ist es an dieser Stelle gestattet, die Beurteilung des Mannes selbst und seiner Beweggründe voranzustellen.« Und *Adolf Freiherr von Pratobevera*, der zeitweilig unter Schmerling Justizminister war, urteilt in seiner Xeniensammlung *Silhouetten aus dem österreichischen Reichsrat:* »Jeder Zoll ein Mann, der für Österreichs Freiheit und Größe warmen Herzschlag verbirgt in verschlossener Brust . . .«

## *Cajetan Felder*

VON FELIX CZEIKE

*Cajetan Felder* kam am 19. September 1814 als Sohn des Protokollisten beim Niederösterreichischen Landrecht, *Matthias Georg Felder*, in der Wiener Vorstadt Wieden zur Welt. Seine Jugendjahre wurden überschattet vom Tod seiner Eltern — Cajetan war im Alter von zwölf Jahren Vollwaise geworden — und von dem daraus resultierenden mehrfachen Domizilwechsel; zunächst besuchte Felder das Stiftsgymnasium in Seitenstetten, dann studierte er in Brünn und übersiedelte schließlich nach Wien. Bereits während seiner Universitätsjahre entwickelten sich bei dem jungen Studenten Eigenschaften, die seinen weiteren Lebensweg entscheidend beeinflußten: der Drang zum Studium der Klassiker des Altertums, ein lebendiges Gefühl für die Naturwissenschaften (insbesondere für das Teilgebiet der Entomologie) und das Interesse an fremden Sprachen, zu deren Erlernung er ein besonderes Talent besaß. Er verdankte seinem Streben eine für seine Zeit ungewöhnlich umfassende Bildung und seltene Sprachkenntnisse, welche es ihm ermöglichten, ebenso mühelos mit Europäern verschiedenster Zunge wie mit Orientalen zu verkehren. Sein Wunsch, die Welt kennenzulernen, um aus Reisen Nutzen für seine spätere berufliche Laufbahn als Advokat zu ziehen, trieb ihn schon frühzeitig in die Ferne.

1841 wurde er zum Doctor juris promoviert, im selben Jahr heiratete er seine Jugendgefährtin *Josefine Sowa*, und im folgenden Jahr gebar ihm diese seinen Sohn Rudolf. Seit 1843 bekleidete Felder auch die Stelle eines Assistenten für die Lehrkanzel der diplomatischen Wissenschaften mit französischem Vortrag an der Theresianischen Ritterakademie. In offenbar richtiger Einschätzung der Entwicklung legte er im Februar 1848, unmittelbar vor dem

Ausbruch der Märzrevolution, beim Wiener Appellationsgericht die Advokatenprüfung ab, nachdem er bereits früher durch die Richteramtsprüfung die Befähigung zur Ausübung des Richteramtes erlangt hatte.

Schon während der Universitätsferien unternahm Felder jedes Jahr ausgedehnte Fußreisen. Nach Beendigung der Studien trat er schließlich im Juni 1838 seine »große europäische Fußtour« an, von der er erst im April 1839 zurückkehrte. Sie führte ihn, wenn wir die äußersten erreichten Punkte fixieren wollen, nach Irland, Spanien und Sizilien. Von dieser Reise sind uns auch die wenigen von Felders eigener Hand erhaltenen Skizzen über seine Fahrten erhalten. Die entbehrungsreichen Jahre, die Felder anschließend in einer Anwaltskanzlei verbrachte, schlossen ausgedehnte Reisen aus verschiedenen Gründen aus.

Felders politische Tätigkeit beginnt im Jahre 1848. Er, der liberal Denkende und zu Beginn mit *Johann Nepomuk Berger* eng Befreundete, begrüßte die Märzrevolution aus tiefstem Herzen als einen echten Fortschritt. »Die vormärzlichen Zustände waren unerträglich gewesen, besonders für mich, der ich im Ausland andere kennengelernt hatte«, diktiert er nach Jahrzehnten in seine *Erinnerungen;* »oft hatte mich Schamröte überflogen, wenn ich dort an die vaterländische Knechtung dachte.« Vom Wahlbezirk Alsergrund wurde er in den ersten Gemeindeausschuß der Stadt Wien entsandt; im Oktober desselben Jahres erfolgte die Wahl in den Gemeinderat. Seine Tätigkeit in diesem Gremium war ersprießlich, wiewohl er sich in späteren Jahren bittere Vorwürfe machte, daß er — wie auch fast alle seine Kollegen — den Gedanken *Stadions* nicht aufgegriffen habe, der schon damals in vorausblickender Weise gefordert hatte, man möge nicht nur die Vorstädte, sondern auch eine Reihe von Vororten eingemeinden. Aus Protest gegen die weitere politische Entwicklung zog er sich 1850 angesichts des heraufdämmernden Neoabsolutismus, von jeder öffentlichen Tätigkeit zurück und widmete sich, nachdem ihm die Stadt Wien über sein eigenes Ansuchen das Bürgerrecht verliehen hatte, über ein Jahrzehnt ausschließlich seiner Advokatur.

Da sich seine finanziellen Verhältnisse schnell besserten und er die Kanzlei zeitweise sich selbst überlassen konnte, begann er neben einigen notwendigen Geschäftsreisen (nach Schleswig, Paris und Ostungarn) mit der Vorbereitung und Durchführung von ausgedehnten privaten Reisen, die sich meist über einige Monate erstreckten. Sein Reisestil hatte sich in den fünfziger Jahren stark geändert — unverändert blieben sein Hang zu wissenschaftlichen Forschungen und ein alle Gefahren mißachtender Abenteuerdrang. Hervorzuheben haben wir eine sechsmonatige Orientreise im Jahre 1852, die Durchstreifung Osteuropas und der Balkanländer 1853, einen Besuch Londons 1854, die Ferienreise in die Tiefebenen Ungarns und nach Polen 1855, die große Afrikareise 1856, eine großangelegte Westeuropareise (Paris, Spanien, Riviera) 1857 und die Reise zum Nordkap, von dort durch die Tundren Lapplands nach Petersburg, Moskau und bis zum Ural im Jahre 1858.

Seit 1861 war Felder wieder Mitglied des nun frei gewählten Gemeinderates. Unmittelbar nach seinem Eintritt in den Gemeinderat wurde er zum zweiten, nach dem Austritt *Leopold Mayrs* 1863 zum ersten Bürgermeister-Stellvertreter gewählt. Am 21. Oktober 1863 erfolgte seine Bestellung zum Obmann der Wasserversorgungskommission, am 20. Mai 1864 übernahm er den Vorsitz in der kommunalen Donauregulierungskommission, und am 25. Jänner 1865 bestellte man ihn zum Delegierten der Kommune in der ministeriellen Donauregulierungskommission; im Gemeinderat und im Landtag hielt er die entscheidenden Referate in der Frage der Donauregulierung, mittels derer man die verheerenden Überschwemmungen des Stromes — zuletzt hatte er 1862 weite Teile der tiefer gelegenen Stadtbezirke überflutet — zu beenden hoffte. 1863 erweiterte sich auch seine Privatpraxis um einen bedeutenden Fall: Da ihm der Großindustrielle *Anton Dreher* knapp vor seinem Tode die Vormundschaft über seinen minderjährigen Sohn anvertraut hatte, fiel ihm die Aufgabe zu, den Schwechater Brauereibetrieb bis zur Großjährigkeit des Erben zu leiten — eine Funktion, die infolge der weitgesteckten Vollmacht des Verstorbenen den üblichen Rahmen derartiger Aufgaben bedeutend überschritt. Damals erwarb sich Felder im Kreise seiner Berufskollegen jene außergewöhnliche Stellung, die ihm in den folgenden Jahren zugute kommen sollte. Er übte seine Praxis noch in vollem Umfange aus, als am 21. November 1868 Bürgermeister *Dr. Andreas Zelinka*, der seit 1861 den kurulischen Stuhl innegehabt hatte, unerwartet starb. Einen Monat später, am 20. Dezember 1868, wurde *Dr. Cajetan Felder* — trotz der Gegenkandidatur seines ehrgeizigen Rechtsanwaltskollegen *Dr. Julius Newald* — zum Bürgermeister gewählt; nach Ablauf jeweils dreijähriger Funktionsperioden folgten durch Wiederwahlen 1871, 1874 und 1877 die weiteren Amtsbestätigungen — jedesmal gegen eine geschlossenere, wenn auch zahlenmäßig nicht wachsende Opposition.

Felder war für seine Umwelt kein bequemer Bürgermeister. Eine starke Persönlichkeit mit ausgeprägtem Willen und konkreten Vorstellungen, aufs beste vertraut mit der Geschäftsordnung und bedingungslos unterstützt von den hohen Beamten des Magistrats, hatte er sich eine administrative und politische Position geschaffen, die lange Zeit als unangreifbar galt. Infolge der straffen Führung der von ihm organisierten liberalen Mittelpartei, die im Gemeinderat eine so massive Mehrheit besaß, daß man sie jahrzehntelang schlechthin als »Bürgermeisterpartei« bezeichnete, kam es zunächst zur Ausbildung eines Parteiensystems, durch welches die starren Gruppierungen wichen, in denen Klubabsprachen und Abstimmungszwang verbindlich waren; erst als sich Mitte der siebziger Jahre die Opposition nicht mehr allein aus den eigenen Reihen, sondern in immer gezielterer Form aus antiliberal eingestellten Kandidaten des dritten Wahlkörpers zu rekrutieren begann, war ein sehr entscheidender Schritt in Richtung einer differenzierteren politischen Meinungsbildung getan.

Schon zu Zeiten Zelinkas, den Felder als einen »durch und durch ehrenhaften, integren, gutmütigen, von bestem Wollen und Streben beseelten Charakter« bezeichnete, der sich allerdings nur schwer mit den Ideen der neuen Ära befreunden konnte, begann Felder, von Zelinka eher behindert als gefördert, für eine straffere Organisation der Liberalen im Gemeinderat einzutreten. Es ist Felder zuzuschreiben, daß sich die »Mittelpartei« zusammenschloß, wenn er selbst auch bei ihrer Konstituierung diplomatisch im Hintergrunde stand und seine Parteifreunde in den Vordergrund schob. Die Mittelpartei gab sich ein eigenes Programm: sie bildete den Sammelpunkt für die Rechtsstehenden und damit ein Pendant zu der schon früher in einem Klub organisiert gewesenen »Linken«. Schon bei der Gründung der Partei schlossen sich rund 60 von den 120 gewählten Gemeinderäten derselben an, und einige Jahre später gehörten ihr zeitweise sogar 80 Gemeinderäte an. Felder sah in dieser Parteienbildung eine Möglichkeit, »kraft einer kompakten Majorität dahin zu wirken, der wahren Aufgaben des Gemeinderates gerecht zu werden . . ., geeignete Beschlüsse zu fassen und diese mit allen gesetzlich zu Gebote stehenden Mitteln durchzuführen« sowie jede unbeabsichtigte Mehrheitsbildung (etwa durch das rein sachbedingte Stimmen mit einer fremden Fraktion) hintanzuhalten. Er fand es bedenklich, daß bis dahin jeder einzelne Gemeinderat »in den Sitzungen, selbst über die wichtigsten Gegenstände, abstimmen konnte, wie er es persönlich für gut befand«, und wollte es in Hinkunft vermeiden, daß »in einer Zeit, da die bedeutsamsten Fragen einer gründlichen und schnellen Lösung harrten . . ., wichtige Entscheidungen wechselnden Zufällen anheimgegeben blieben«, umso mehr, als »nicht jedes Mitglied in der Lage war, sich selbst genaue und verläßliche Informationen zu verschaffen«.

Neben der »Mittelpartei« bestand damals im Gemeinderat die an den Achtundvierziger-Traditionen festhaltende »Äußerste Linke«, die in administrativen Fragen die Mittelpartei oft unterstützte. Die übrigen Gruppen des Gemeinderates bröckelten im Laufe der Jahre von der Mittelpartei ab. 1864, bei der ersten Wiederwahl Zelinkas, bildete sich die »Linke«; eine weitere Abspaltung ergab sich 1872, als unter Felders Regime die Opposition stärker zutage trat, durch die Bildung des »Reformklubs«. 1875 entstand die »Wirtschaftspartei«, 1881 schließlich (als Ergebnis einer Umgestaltung des »Reformklubs«) der »Wiener Klub«. Damit wurde die ehemals dominierende Mittelpartei so stark geschwächt, daß sie sich 1877 mit Sicherheit nur mehr auf 45 Anhänger stützen konnte, denen in der »Äußersten Linken« 17 und in der »Linken« 23 Gemeinderäte gegenüberstanden; die oppositionelle Wirtschaftspartei, der seit 1875 auch der sehr bald seinen kometenhaften Aufstieg beginnende Lueger angehörte, verfügte über fünf Gemeinderäte; noch war das Parteisystem allerdings nicht vollkommen durchgedrungen, und es gab neben »Demokraten« und einem Vertreter der »Äußersten Rechten« auch eine erhebliche Zahl von sogenannten »Wilden«. Mit dem Eintritt Luegers in den

Gemeinderat nahm die Entwicklung in den siebziger Jahren einen neuen Verlauf. Die Ursache lag, wie die Kritiker nicht ganz zu Unrecht erklärten, zum Teil bei Felder selbst, der — seit 1869 auch stellvertretender Landmarschall von Niederösterreich und lebenslänglich ernanntes Herrenhausmitglied — durch seine manchmal zu autokratische Lenkung der Kommune eine wachsende Opposition geradezu herausforderte. Lueger, der interessanterweise von Felders Parteifreund *Khunn* zunächst deshalb als Kandidat der Mittelpartei präsentiert wurde, weil man sich von ihm eine schärfere Gangart gegenüber den für die Liberalen lästigen »Demokraten« im Gemeinderat versprach, erwies sich für die Bürgermeisterpartei als kein glücklicher Griff. Er verließ sehr bald die liberale Partei und wurde deren unerbittlichster Gegner. Unter dem Schlagwort »Kampf der Korruption« prangerte er jede vorkommende Unregelmäßigkeit in der Verwaltung an, schoß dabei allerdings zuweilen weit über das Ziel hinaus. Persönliche Angriffe gegen Felder selbst wurden nicht geführt, da man ihm keine unlauteren Handlungen vorwerfen konnte. Zu dieser Zeit stand der liberale Felder durchaus als Konservativer im Kampf gegen den aufstrebenden Lueger, der sehr bald auch die Forderung nach Aufhebung der Wahlkörper auf sein Banner schrieb, weil er richtig erkannte, daß mit Erreichung dieses Zieles die Auflösung der liberalen Partei eingeleitet werden konnte (aus denselben Gründen wehrte er sich später selbst gegen parallele Forderungen der ihn politisch bedrängenden sozialdemokratischen Opposition im Gemeinderat).

Felders Wirken als Bürgermeister (1868—1878) ist mit einer Reihe bedeutsamer kommunaler Projekte untrennbar verbunden. Die liberale Ära bildet in der Stadtgeschichte eine Art Übergangsperiode von der alten feudalen Gesellschaftsordnung zum ersten Durchbruch breiterer Bevölkerungskreise als tragender Kraft kommunaler Verantwortung. Es war eine Zeit, in der die Grundvoraussetzungen für die wirtschaftliche — nicht jedoch für die politische oder gar soziale — Entwicklung eines Großstadtwesens geschaffen wurden. Felder stand in den Fragen der Wasserversorgung und der Donauregulierung in entschiedenem Gegensatz zu Zelinka, der für beide Projekte nur geringes Verständnis aufbrachte, wiewohl die Gemeinderatsbeschlüsse in seine Amtsperiode fallen und die Geschichtsschreibung daher geneigt ist, ihm das Verdienst zuzuerkennen. Das Musterbeispiel Felderscher Kommunalpolitik ist die Erbauung des Rathauses auf dem seinerzeitigen Exerzier- und Paradeplatz auf dem Josefstädter Glacis, der in den Stadterweiterungsprojekten aus der Planung ausgeklammert worden war. Wie kaum in einem anderen Fall hatte er gegen Widerstände von allen Seiten — Hof, Militär, Gemeinderat, ja selbst *Friedrich Schmidt* — zu kämpfen.

Die Finanzierung der Projekte — zu denen noch die Schaffung des Zentral-

*»Die Barrikade auf dem Michaelerplatz in der Nacht vom 26. zum 27. Mai 1848«; Gemälde von Ziegler*

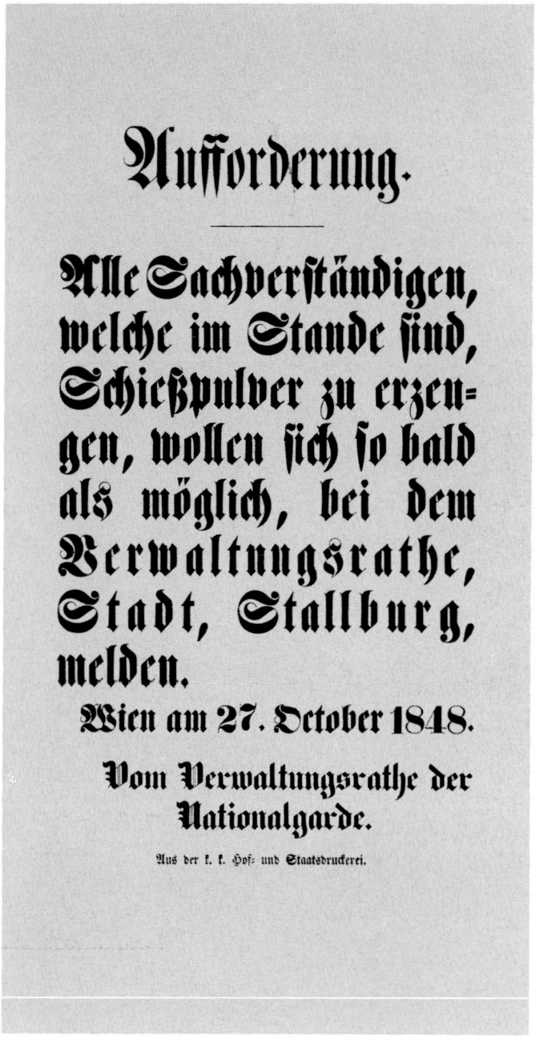

Aufforderung.

Alle Sachverständigen, welche im Stande sind, Schießpulver zu erzeugen, wollen sich so bald als möglich, bei dem Verwaltungsrathe, Stadt, Stallburg, melden.

Wien am 27. October 1848.

Vom Verwaltungsrathe der Nationalgarde.

Aus der k. k. Hof- und Staatsdruckerei.

*Wiener Flugblatt aus dem Jahre 1848*

*Franz Freiherr von Pillersdorf; Lithographie von Josef Kriehuber, 1848*

*Cäsar Wenzel Messenhauser; Stich von Franz Zastera nach einem Gemälde von Josef Matthäus Aigner*

*Hans Kudlich; anonyme Xylographie*

Fackelzug zu Ehren des Reichstags-Abgeordneten J. Kudlich zu Wien am 24. Sept.

friedhofes, die Weltausstellungsbauten und die Errichtung von Schulen und Markthallen kam — stand von Anfang an unter keinem günstigen Stern. Eine erste Anleihe konnte 1866 nicht in der vorgesehenen Höhe effektuiert werden. Dennoch ging man einer Steuerregulierung aus dem Wege und versuchte 1873 zum zweitenmal, alle außerordentlichen Ausgaben aus einer Anleihe zu finanzieren; als diese — jetzt wegen des Börsenkrachs — wiederum nur einen Teilbetrag erbrachte, begann jene budgetäre Krise, die in den siebziger Jahren zu permanenten finanziellen Schwierigkeiten führte. Im Grundkonzept hatte man zweifellos die Realisierungsmöglichkeiten falsch eingeschätzt. Über alle Kritik, die an der liberalen Verwaltung zu üben ist, hinweg, bleibt unbestritten das Faktum bestehen, daß Cajetan Felder im Zeitraum der »Ringstraßenära«, in der sich das Bürgertum zu seiner Selbstglorifizierung ein monumentales Denkmal zu setzen gewillt war, mit Abstand die hervorragendste Persönlichkeit gewesen ist.

Die Ursachen der späteren Zersplitterung des Liberalismus lagen vorwiegend auf wirtschaftlichem und sozialem Gebiet. Die Mittelpartei, die — gemäßigt liberal — vor allem die Interessen des Großkapitals vertrat, stand einer Überbrückung der Gegensätze zwischen Groß- und Kleinbürgertum hindernd im Wege. Wie schmal die politisch bestimmende Oberschichte damals gewesen ist, mögen Zahlen aus dem Jahre 1861 beweisen: von rund 550 000 Einwohnern waren nur 18 322 Männer wahlberechtigt, und von diesen gingen durchschnittlich lediglich 30 bis 50 Prozent zur Wahlurne!

Die soziale Frage, durch die liberalen Wirtschaftsprinzipien zu einem brennenden Problem geworden, wurde im Geiste der Zeit mehr akademisch-dialektisch behandelt; einer Lösung auf kommunaler Ebene stand vor allem die Überzeugung im Wege, daß soziale Leistungen ausschließlich karitativ zu erbringen seien und auch in der Sozialpolitik dem »freien Spiel der Kräfte« die alleinige Verantwortung zufalle. Die liberale Verwaltung sah ihre Hauptaufgabe darin, die materiellen Probleme der Stadt zu lösen: durchwegs Aufgaben, die keinesfalls der Privatinitiative überlassen werden konnten. Wo man jedoch in einzelnen Punkten an die Grenzen herankam, wie etwa 1873 bei der Debatte über den eventuellen Bau städtischer Gaswerke, fiel die Entscheidung eindeutig zugunsten des Privatkapitals, obwohl im vorliegenden Fall das Wirken einer ausländischen Gesellschaft für die Wiener Bevölkerung belastend war. Dasselbe galt für die Pferdestraßenbahn.

Cajetan Felder, der sich während der Wiener Weltausstellung den ehrenden Beinamen eines »polyglotten Bürgermeisters« erwarb, weil er fast alle prominenten Gäste in deren Landessprache begrüßen konnte, erhielt auch für seine wissenschaftliche Tätigkeit Anerkennung: am 27. Mai 1870 wählte ihn die Akademie der Wissenschaften zu ihrem Wirklichen Mitglied, und mehr als ein Dezennium war er ein fleißiger Besucher der Akademiesitzungen. Er

*Fackelzug zu Ehren Hans Kudlichs am 24. September 1848 in Wien; anonymer Stich*

verfügte über eine reichhaltige Privatbibliothek, eine Porträtsammlung im Umfang von über 50 000 Blättern sowie eine weltbekannte Schmetterlingssammlung, die sich heute in London befindet. Als er 1878 seinen Bürgermeisterposten zur Verfügung stellte, behielt er seine übrigen Ämter und wurde 1880 nach dem Tode *Abt Helferstorffers* zum Landmarschall von Niederösterreich gewählt. Infolge fortschreitenden grauen Stars erblindend, mußte er 1884 alle ihm verbliebenen Funktionen zurücklegen. Längst hatte er sich, nach dem Tode seiner Frau vereinsamt, in sein »Tusculum« nach Weidling zurückgezogen: hier diktierte er einer Gesellschafterin seine Memoiren, die — etwa 12 000 Seiten umfassend — im Wiener Landesarchiv verwahrt werden. Nach einer geglückten Operation wieder sehend geworden, verlebte er seine letzten Jahre — er starb am 30. November 1894 — in Weidling, wo er auch seine Ruhestätte fand.

## *Carl Freiherr von Vogelsang*

VON ERNST HANISCH

Im gleichen Jahr wie *Karl Marx* — am 3. September 1818 — wurde *Carl von Vogelsang* in Liegnitz (Schlesien) geboren. Von Geburt an mit einem Klumpfuß behaftet, war er sein ganzes Leben lang empfindlich und leicht zu kränken. Nach dem Studium der Rechts- und Staatswissenschaften in Bonn, Berlin und Rostock trat er in den preußischen Staatsdienst ein.

Die entscheidende Wende in seinem Leben brachte die Revolution von 1848. Er verließ den Staatsdienst und suchte in historischen Studien nach den Ursachen der »Kapitulation« des Königs von Preußen vor der Revolution. Er glaubte, sie in den Strukturen des Protestantismus entdecken zu können.

Von Preußen und vom Protestantismus in gleicher Weise enttäuscht, wandte sich Vogelsang der katholischen Kirche zu. Der Propst von St. Hedwig in Berlin, *Freiherr von Ketteler,* wies ihn nach München und Tirol, damit er dort den katholischen Glauben besser kennenlerne. Vogelsang befolgte den Rat und konvertierte 1850 in Innsbruck. Auf der Vorberatung des Landtages in Mecklenburg wurde Einspruch dagegen erhoben, daß ein Katholik als Deputierter in protestantischen Fragen mitzubestimmen habe. Vogelsang focht jedoch erbittert um sein aristokratisches Standesrecht.

Auf Dauer hin hielt Vogelsang das Leben in einer völlig protestantischen Umgebung nicht aus. 1854 übersiedelte er mit seiner Frau Bertha, die er 1852 geheiratet hatte, nach Köln. Nach einem gescheiterten Versuch, eine *Politische Wochenschrift* herauszugeben, versuchte er sich in der Bewirtschaftung eines Gutes in der Nähe Münchens und schließlich als Reisebegleiter des *Fürsten Johannes II. von Liechtenstein.*

1865 zog Vogelsang nach Österreich. Schon einige Jahre vorher hatte er den Magdalenenhof auf dem Bisamberg bei Wien gekauft. Eine Zementfabrik gehörte zu dem Besitz. Vogelsangs unternehmerische Fähigkeiten scheinen nicht sehr ausgeprägt gewesen zu sein. Er geriet bald in finanzielle Schwierigkeiten. Obendrein war sein Verhältnis zu den Arbeitern nicht das beste.

Auf einem Umweg über Preßburg, wo er einige Artikel in der vom *Grafen Georg Apponyi* herausgegebenen konservativen Tageszeitung *Katholik* unterbrachte, kam er mit der seit 1860 erscheinenden Tageszeitung *Vaterland* in Wien in Berührung. Sein Freund, *P. Bülow*, Provinzial der Gesellschaft Jesu, vermittelte zu *Graf Thun*, dem Mitbegründer der Zeitschrift und ehemaligen Kultusminister. Am 7. Februar 1875 schrieb Vogelsang förmlich an Thun. Er weist auf »die Vielseitigkeit und Gründlichkeit der Kenntnisse« hin, die er besitze, und auf seine Fähigkeit, diese in den Tagesfragen anzuwenden. Ein andrer ungefähr zur gleichen Zeit geschriebener Brief gibt einen interessanten Einblick in seine sozialtheoretische Grundauffassung. Es geht dabei um das Problem des Eigentums. Dazu bemerkt Vogelsang: »Das Eigentum ist Diebstahl, d. h. was wir heute Eigentum nennen, das der Privatwillkür unterworfene, der Sozialordnung entrissene Eigentum ist Diebstahl, freilich nicht im kriminalistischen, sondern im sozialen Sinn. Der Diebstahl ist vollzogen, nicht durch den einzelnen Besitzer, sondern durch den Umsturz der christlichen Sozialordnung.«

Das Verhältnis von Vogelsang zu Thun-Hohenstein gestaltete sich von Anfang an schwierig. Vogelsang war über fünfzig Jahre alt, als er endgültig Journalist wurde. Ein Emigrant, Konvertit, bis dato in höchst ungesicherten Verhältnissen lebend; Graf Thun hingegen, ein Feudalherr, in Staat und Kirche gleicherweise beheimatet, durch seine ökonomischen Ressourcen gesichert, war ein Mann, der genau wußte, welche Interessen er verfolgte. Darüber hinaus erwies es sich als nicht einfach, den neuen Redakteur zu behandeln. Dieser aber hatte einen freieren, weniger durch Interessen bestimmten Blick für die soziale Problematik, und er hatte so etwas wie »soziale Not« am eigenen Leib verspürt.

Mit dem neuen Leiter des *Vaterlandes* kam auch ein entschiedenerer Ton in die Zeitung. Vehemente Angriffe auf Liberalismus und Kapitalismus setzten ein. Ein konservativer, christlich-sozialer Kreis begann sich in Wien zu bilden. Vogelsang, die *Prinzen Alfred* und *Aloys Liechtenstein*, *Graf Blome* und andere gehörten dazu. Auch anders orientierte Sozialtheoretiker — z. B. Karl Marx — wurden studiert.

Gleich zu Beginn seiner redaktionellen Tätigkeit geriet Vogelsang hart mit deutschen Zeitungen aneinander. Der »gelernte« Österreicher adaptierte sich in seiner Wahlheimat rasch — fast zu gründlich. Ein gewisses Ressentiment gegen Preußen und besonders gegen *Bismarck* ließ ihn auch in der Zeit des Dreibundes nicht los. Über Österreich schrieb er an Graf Thun: »Österreich hat nie den Österreichern allein gehört und gehört ihnen auch heute nicht allein, wenn es auch unglücklicherweise für den Augenblick aus seinem höheren europäischen Berufe hinausgedrängt ist, der es zum Mittelpunkt aller adeligen und edlen Bestrebungen des Heiligen Römischen Reiches machte.«

Neben der ständigen und bissigen Kritik an der liberalen Bourgeoisie sah Vogelsang seine Aufgabe als Redakteur der einzigen größeren konservativen Zeitung in Österreich darin, eine Einigung der konservativen Gruppen anzubahnen. Gerade die Behandlung der sozialen Problematik hielt Vogelsang für ein geeignetes Mittel, auf die Einigung hinzuwirken. Es konnte das traditionelle Verantwortungsgefühl der »Herren« für ihre »Gefolgsleute« mobilisiert, die Patronanz des Adels reaktiviert werden. Darüber hinaus konnte die adelig-klerikale Interessenpolitik die »soziale Frage« als Aufhängeschild benützen. Dazu sei, so meinte er, vor allem aber notwendig, daß der Adel seine Schutz- und Leistungsfunktion nicht an ein kapitalistisches Großagrariertum preisgebe. Ähnliche Überlegungen stellte auch eine österreichische Grafengruppe an. Einer von ihnen, *Friedrich Revertera,* wandte sich an Vogelsang. Eine neue Zeitschrift sollte gegründet werden, die besonders die »soziale Frage« durchzudiskutieren hätte. In der neuen Zeitschrift sollte die Intention des *Vaterland* breiter und wissenschaftlicher durchgeführt, gleichzeitig auch eine Vereinigung der Christlich-Sozialen in Österreich angestrebt werden.

Im Herbst 1878 entwarf er sein Programm: »Der Zweck dieser Monatsschrift ist es, den Beweis anzutreten und mit Gottes Hilfe auch durchzuführen, daß das Abweichen von den kirchlich festgestellten und in politischen und sozialen Institutionen verwirklichten göttlichen Gesetzen für unser soziales und wirtschaftliches Leben die Leiden der Gegenwart und die Drohungen der Zukunft heraufbeschworen hat. Die Monatsschrift wird den Glauben verteidigen, daß das, was unter Approbation der kirchlichen Autorität die großen katholischen Theologen und Philosophen als göttliche Gesetze gelehrt, was zahlreiche Konzile und Päpste als kirchliche Sittenlehre ausgesprochen haben, niemals obsolet werden kann; daß vielmehr die darin grundleglichen Ideen für alle Zeiten und unter allen Umständen gültig bleiben; daß es sich jetzt darum handelt, jene Ideen lebendig zu erhalten und ihnen eine lebendige Anwendung auf die Verhältnisse der Gegenwart zu geben. Der Bruch, der sich mit der christlichen Vergangenheit auf dem Gebiete der sozialen und wirtschaftlichen Theorien und in der Praxis vollzogen hat, muß geheilt, die Ideenkontinuität mit jener Vergangenheit muß wiedergewonnen werden.«

Die Grafengruppe fürchtete ein zu radikales Vorgehen und verlangte, daß ihr jeder Artikel zur Begutachtung vorgelegt werde; auch sollten die Artikel anonym erscheinen. Trotz all dieser Schwierigkeiten konnte im Jänner 1879 das erste Heft der *Österreichischen Monatsschrift für Gesellschaftswissenschaft und Volkswirtschaft* herausgebracht werden. Im Einleitungsaufsatz wird eine scharf akzentuierte Zeitdiagnose geboten. Die Kluft zwischen Armen und Reichen werde immer größer; das größere Kapital verschlinge das kleinere, und der Mittelstand sinke ins Proletariat.

Die Spannungen zwischen Baron Vogelsang und der Grafengruppe blieben bestehen. 1880 zogen sich Graf Revertera und seine Freunde zurück. *Max Huttler,* der Eigentümer der *Augsburger Postzeitung* (für die Vogelsang gelegentlich schrieb), war bereit, die Zeitschrift in seinem Verlag herauszubringen. Das Experiment gelang. Vogelsang vermochte nun, relativ unabhängig, seine sozialen Reformideen zu verkünden.

Eine Pioniertat in den Sozialwissenschaften leistete die *Monatsschrift* schon im ersten Jahrgang. Pfarrer *Anton Tschörner* unternahm es — auf sich allein gestellt — eine statistische Untersuchung der materiellen Lage des Arbeiterstandes in Österreich zu verfassen. Tschörner starb, noch ehe der erste Teil seiner Arbeit erschienen war. 1883 wurde die Untersuchung auf breiterer Basis von dem Mechanikermeister *Ernst Schneider* und dem einst radikalen Sozialisten *Franz Motz* angestellt. *Prinz Aloys Liechtenstein* und *Graf Egbert Belcredi* finanzierten das Unternehmen. *Die materielle Lage des Arbeiterstandes* erschien auch als Separatdruck. Die »Enthüllungen« schlugen ein, wie sich Pater Bülow ausdrückte. Erwartungsgemäß erfolgten Berichtigungen. Man sprach von Aufhetzung der Arbeiter. Vogelsang ließ sich dadurch nicht beirren. Einen Nachtrag zur »Lage« lieferte der Kooperator von Floridsdorf, *R. Eichhorn.* Was hier an authentischem Material zutage gebracht wurde, war wahrhaft erschütternd! Kinder, die im Winter ohne Schuhe in die Schule kamen; 18stündige Arbeitstage, siebenjährige Kinder, die zum Frühstück »A Stamperl Schnaps und a Stückl Brot« essen; zwei andere schwerkranke Kinder in einem Bett ohne Decken, als Kasten dient ein Nagel ...

Nach harten Kämpfen gelang es den Konservativen, gegen die Liberalen ein neues Gewerbegesetz durchzusetzen. Die folgenden Reformgesetze der Ära *Taaffe* brachten ein bestimmtes Mindestmaß an Sicherheit für die Arbeiter in der Großindustrie (Maximalarbeitstag, Gewerbeinspektorat, Anfänge des Versicherungswesens). Vogelsang hatte ein erstes legistisches Echo erwirkt. Auch in Deutschland wurden die führenden katholischen Kreise auf Carl von Vogelsang aufmerksam. Die 29. Generalversammlung der deutschen Katholiken (1882) beauftragte *Fürst Karl Löwenstein,* »hervorragende Sozialpolitiker« zu einer Beratung über Wucher, Arbeitslohn und Grundentlastung einzuladen und das Ergebnis der Konferenzen baldmöglichst vorzulegen. Fürst Löwenstein fuhr nach Wien und besprach sich mit Vogelsang. Im Juni 1883 fand die Tagung auf Schloß Haid in Böhmen statt.

In der *Monatsschrift* druckte Vogelsang die bekannten »Haider Thesen« mit einem ausführlichen Kommentar. Es heißt darin: »Worum es sich für die christlich-konservativen Sozialpolitiker handelt, das ist mitnichten die von anderer Seite begehrte Abschaffung des Individualeigentums, noch die Verstaatlichung aller Arbeit, die staatliche Verteilung aller erzeugten Wertanteile; es ist vielmehr die allmähliche Befreiung des werbenden Eigentums von seiner ›Privatisierung‹ oder Privation, d. h. von seiner Auslieferung an den absoluten Egoismus des Individuums; es ist die neuerliche Dotierung jeder wirtschaftlichen Position mit ethischen, öffentlichen, sozialen und politischen Pflichten und Rechten.«

Mußte Vogelsang während der Tagung auch in manchen Punkten zurückstecken, so konnte er mit dem vorläufigen Ergebnis durchaus zufrieden sein. Seine Lieblingsidee, die Erneuerung der Ständegesellschaft, vertraten die Thesen mit dem nötigen Nachdruck.

In den *Historischen Politischen Blättern* (6. Heft, Bd. 92) hatte *Edmund Jörg* Vogelsang vorgeworfen, er habe die »Fahne des Staatssozialismus« aufgepflanzt. Vogelsang versuchte, diesen Vorwurf zu entkräften: Wenn er Staatssozialist sei, so nur auf eine beschränkte Zeit; solange der zentralisierte Staat die Rechte der Gesellschaft an sich gezogen habe, solange müsse er auch die Pflichten »vikarieren«. Erst wenn es gelungen sei, die Gesellschaft neu zu organisieren, einen möglichst weiten Raum an Selbstverwaltung zu schaffen, müsse der Staat diese usurpierten Rechte zurückgeben.

Interne Schwierigkeiten machten Vogelsangs Stellung als »geistiger Leiter« des *Vaterland* zeitweise wankend. Graf Thun fürchtete eine zu große Popularität, die doch nur auf Kosten wahrhaft konservativer Prinzipien gehen könne.

Recht offen schrieb Vogelsang an Thun: »Die Regierung muß sich das Vertrauen der Arbeiter, Bauern und Handwerker erst verdienen, bisher lag keine Veranlassung dazu vor. Man hat in gänzlicher Vernachlässigung der monarchistischen Aufgabe diese wichtigen Stände rücksichtslos der antidynastischen und antichristlichen Plutokratie als Beute hingeworfen und nun wundert man sich, daß Gärung entsteht.« Worauf Thun mit der Warnung konterte: er habe den Auftrag, Vogelsang von Regierungsseite mitzuteilen, er solle sich »alles dessen, was als Aufreizung der Arbeiter mißdeutet werden könne«, enthalten.

Persönliche Gereiztheit auf beiden Seiten führte zu einem langdauernden Kleinkrieg. Auch ein körperlicher Zusammenbruch konnte den alternden Thun nur bedingt ausschalten. Schließlich setzte sich die jüngere Generation — die Grafengruppe — durch. Im November 1888 resignierte Thun. Graf Belcredi, der Vogelsangs ganzes Vertrauen besaß, trat an seine Stelle. Damit hatte die christliche Sozialreform einen etwas weiteren Spielraum erkämpft.

Die Ambivalenz von Vogelsangs Stellung wird hier deutlich. Sein idealistisch-konservatives Engagement in der »sozialen Frage« wurde von den realen Klasseninteressen der Hocharistokratie immer wieder durchkreuzt. Diese Tendenz wirkte in der Christlich-Sozialen Partei weiter.

1886 publizierte Vogelsang seine *Gesammelten Aufsätze über sozialpolitische und verwandte Themata.* Beim Durchlesen der Themen fällt die Bevorzugung solcher Themen auf, die sich mit Juden beschäftigen. Das verzerrt die Perspektive des gesamten Œuvres etwas. Ohne Zweifel aber war Vogelsang Antisemit. Kapitalismus und Judenherrschaft fielen für ihn zusammen. Vogelsang war kein rassischer oder religiöser, er war ökonomischer Antisemit.

In diesem prononcierten Antisemitismus spielten auch politische Motive hinein, nämlich die Judenfrage zum einigenden Aushängeschild für die verschiedenen Gruppen der Sozialreformer zu benützen. So beschwerte sich *Karl Lueger* bei Vogelsang über projüdische Äußerungen kirchlicher Hierarchen, die in »geradezu frivoler, nicht genug zu verdammender Weise« das Einigungswerk aufs Spiel setzen. 1887 wurde der »Christlich-soziale Verein« auf der ideologischen Grundlage des »christlichen Sozialismus« und des Antisemitismus gegründet.

Nun näherte sich auch der »Demokrat« Lueger den »Christlich-Sozialen«. Damit trat eine wirklich große politisch-demagogische Begabung in den Kreis. Vogelsang bot ein Programm, Lueger bot seine Person. Das persönliche Zusammentreffen fand in der Villa der *Gräfin Zichy-Metternich* statt. Ein erweitertes Agitationsfeld wurde in den »Vereinigten Christen« geschaffen, einer bunten Mischung aller möglichen Richtungen: enttäuschte Liberale, deutschnationale Antisemiten, aufgeschlossene Konservative — alle in einer gewissen Opposition zum Kapitalismus.

Einen engeren Kreis bildete die »Ente«. Am 15. Jänner 1889 hatte der Professor für Moraltheologie an der Wiener Universität, *Franz Martin Schindler,* zu einer Besprechung in den Gasthof »Zur Ente« eingeladen. Schindler wollte in einer Arbeitsrunde Elemente der christlichen Gesellschaftslehre erarbeiten. Selbstverständlich nahm Vogelsang, sozusagen als Chefideologe, daran teil.

Am 20. Oktober 1890, auf dem Weg zu einem Entenabend, überquerte Vogelsang bei der Bellaria die Ringstraße. Ein unbeleuchteter Pferdewagen stieß ihn nieder. Kurze Zeit später — am 8. November 1890 — starb er an den Folgen des Unfalls.

Vogelsang war keine glänzende Persönlichkeit. Ihm fehlte der persönliche Charme, den ein Lueger besaß. Ein gebildeter, schwerflüssiger Mann, durchaus leidenschaftlich, aber verhalten. Er hielt viel von seiner »wissenschaftlichen« Behandlung der »sozialen Frage«, und er hat auch einen gewissen Widerhall gefunden. Es war der Gründer der österreichischen Sozialdemokratischen Partei, *Victor Adler,* der am 5. April 1884 an Vogelsang schrieb: »Sie sind einer der wenigen, deren Urteil in diesen Dingen überhaupt Wert besitzt.«

## *Franz Michael Felder*

VON WALTER LINGENHÖLE

Mit *Franz Michael Felder,* der am 13. Mai 1839 in Schoppernau im Bregenzerwald geboren wurde, besitzt die Literatur Vorarlbergs einen Vertreter des geistigen und sozialen Fortschritts, zugleich auch ihren bedeutendsten Prosaisten. Kriterien zu seiner Persönlichkeit und zu seinem künstlerischen Werk entfächern ein überaus vielseitiges Porträt: ein unruhiger Geist, eine talentvolle Figur, ein Frühvollendeter, voll Anteilnahme am Los einer armen, rückständigen und bedrängten dörflichen Gemeinschaft.

Wenn ihm auch die Literaturgeschichte bisher nicht jenen Rang zugebilligt hat, den ein *Peter Rosegger* oder ein *Jeremias Gotthelf* hat, so darf Felder ohne Übertreibung mit diesen in einem Atem genannt werden. Ihnen gegenüber erscheint er als der Dichter des Engagements, als der Einzelgänger, dessen Anliegen nicht die Erhaltung bäuerlichen Wohles und ländlichen Friedens ist; er stritt für soziale Neuerung und Gerechtigkeit.

Schon dem kleinen Franzmichel widerfährt Unglück: sein rechtes Auge ist sehbehindert und sollte operiert werden. Der Arzt behandelt das gesunde linke Auge und zerstört es, sodaß Felder zeitlebens halbblind war. Jahre später wirft den Buben eine schwere Krankheit nieder, vielleicht die ersten Anzeichen einer tuberkulösen Infektion, damals die Krankheit der Armen. Mit einundzwanzig Jahren stürzt er auf einem Viehtrieb in die hochgehende Ache und wird erst nach einem halbstündigen Kampf mit den eisigen Fluten gerettet. Demgegenüber steht für kurze Zeit das Glück: die Liebe zu *Nanni Moosbrugger,* seiner späteren Frau, mit der er sieben Jahre gemeinsam verbringen durfte. Fünf Kinder kamen, ein rauhes Schicksal nahm ihnen die Mutter. Mit dem Tod Nannis brach für Felder die Welt zusammen. Er erholte sich von diesem Schlag nicht mehr und folgte ihr schon am 26. April 1869 ins Grab. Er hatte sein dreißigstes Lebensjahr noch nicht vollendet.

Für die Ausbildung seines Künstlertums sind diese näheren Lebensumstände von gleicher Bedeutung wie die bäuerliche Gesellschaftsform, in der er aufwuchs. Ein Dorf im hinteren Bregenzerwald war zu Felders Zeiten das Ende der Welt! Der Knabe spürte dies und wehrte sich dagegen zum Beispiel mit dem Wunsch nach ungewöhnlicher Lektüre. Weder der Vater noch der Pfarrer konnten diesem Wunsch nachkommen. Erwachsen, griff Felder dann bald und tatkräftig in die Dorfpolitik ein und gründete, weitgehend angeregt durch die Lehren *Ferdinand Lassalles,* 1866 mit *Kaspar Moosbrugger* eine *Partei der Gleichberechtigung.* Bei der Gemeindewahl im darauffolgenden Jahr siegte die *Felderpartei,* womit erst recht der politische Kampf einsetzte, in dessen Verlauf Felder sogar aus seinem Heimatdorf fliehen mußte. In den wenigen Jahren, die noch blieben, setzte er eine Reihe von außergewöhnlichen Taten: er gründete einen Käsehandlungsverein, eine Viehversicherungsgesellschaft, eine Volksbibliothek und einen Leseverein. So sind Leben und Wirken für ihn eins. Dem

Rückblickenden zeigt sich eine dynamische Persönlichkeit, die mit den bloßen Händen und einem zuversichtlichen Herzen für eine bessere Welt höchst bemerkenswerte Taten setzte. Felder ist zweifelsohne ein Phänomen unter den Dorfpoeten.

Eine Schilderung der bäuerlichen Armut und Begrenztheit seiner Zeit bringt der Dichter schon in seinem ersten Roman, *Nümmamüllers und das Schwarzokaspale* (1863). Wenn in diesem Werk die Armut zwar noch mit bukolischer Leichte in Schwebe gehalten wird, so kann sie doch nicht übersehen werden. Die soziale Anklage steht vordergründig bereits da.

Zum echten Konflikt wird der soziale Gegensatz im Roman *Reich und Arm* (1868) gestaltet, in dem ein Dutzend kerniger Typen als Abbilder des Dorflebens vorgestellt werden. Die bewußt gesetzten epischen Längen beweisen die Entwicklung Felders zum bedachten Erzähler, dem selbst das Geringste aus Alltag und Feierabend wert genug ist, aufgezeichnet zu werden. Das Schicksal der verfemten Schnepfauerin zum Beispiel zieht sich wie ein roter Faden durchs ganze Buch; das Jösle, ihr Bub, wacker und lebensgläubig, findet nach langem sein Glück mit der Bauernmagd Dorothea, die eine Schlüsselfigur darstellt. Ihr Bruder Hansjörg verlegt sich aufs Schwärzen (Schmuggeln) und verbindet sich zu diesem Zweck mit dem wohlhabenden und geldgierigen Krämer, der seinen Eigensinn mit dem Leben bezahlt. Seine stolze Tochter Zusel hätte sich allzu gern den Stighans gewünscht, einen reichen Bauernburschen, bekommt ihn aber nicht; statt dessen wartet auf sie das Kloster. Auch die Pläne der Stigbäuerin, deren Gewissen nur Nutzen und Schaden kennt, gehen fehl. Jeder sorgt sich hier also um sein bißchen Glück, und nur bei jenen, die wahre Herzensbildung kennen, wird es wirklich und dauerhaft.

Das Buch des Kampfes trägt den Titel *Sonderlinge* (1867). Es rückt das dorfpolitische Geschehen in den Vordergrund, nicht ohne die exakte Charakteristik der Personen zu vernachlässigen. Der Naglersepp, der Sohn eines Nagelschmiedes, will das Handwerk des Vaters nicht weitermachen, sondern Bauer werden. Ein Einzelgänger und mit allen möglichen Neuerungsideen behaftet, trägt er Züge von Felder selbst; »Freimarer«, Rebell und Aufklärer nennen sie ihn — die Worte klangen oft auch an Felders Ohr. Sepp und seine Leute reden oft nächtelang über Gott und die Welt; einmal kommt der Pfarrer zu ihnen in den »Adler« und meint, es sei »doch ein Elend, wenn auch die Bauern in alles reden«. Denn alles Umstürzlerische — so der fromme Herr — führe doch nur zu Mord und Chaos, wie das seinerzeit schon während der Französischen Revolution geschehen sei. Die Bauern geben sich aber mit dieser schrägen Geschichtslogik nicht zufrieden, sondern diskutieren weiter. Was denn der Staat sei, meint einer. »Der Staat befindet sich ja immer nur in Wien drunten«, heißt es. »Nein«, fährt Franz dazwischen, »wir alle gehören mit zum Staat.« Solches schrieb Felder bereits im Jahre 1867, als das Verhältnis zwischen Bürger und Staat in Österreich noch ganz dem Untertanenprinzip zugeordnet war. Es zeugt aber von der politischen Klugheit des Dichters, daß er nicht einer Partei den Sieg läßt, er faßt vielmehr den politischen Kampf als ein natürliches Kräftespiel auf und erwartet den Ausgleich der Meinungen: Sepp und Barthle, politische Gegenspieler, finden auf menschlicher Ebene zusammen und versöhnen sich.

Felder hatte in der Zwischenzeit einige kleinere Arbeiten verfaßt, von denen die Erzählungen *Hochzeit im Schröcken* und *Liebeszeichen* reizvolle dörfliche Idyllen genannt werden. Sie bilden Zeugnisse des einzig glücklichen Abschnittes in seinem »bäuerlichen Jammerdasein« und strahlen Heiterkeit und Genugtuung aus. Der große Schatten fällt nieder mit dem Tod seiner Frau; nun setzt er die Feder an, um *Aus meinem Leben* zu berichten; das Werk erschien posthum unter diesem Titel (1904). Hier wurde der ergreifende Text einer bäuerlichen »Dichtung und Wahrheit« niedergelegt. Von den frühen Erlebnissen, von den entscheidenden Lichtblicken in seiner Jugend an, führt der Weg zum Mannestum eines mißverstandenen und verwundeten Menschen. Das selbstbiographische Bekenntnis findet eine Fortsetzung schließlich in Briefform. Erst hundert Jahre nach dem Tod des Dichters konnte der *Briefwechsel Franz Michael Felder — Kaspar Moosbrugger* veröffentlicht werden (1970, 1972), Texte von einer Durchsichtigkeit, die oft erschüttert. Felder ist weder Bibliothekar noch Tierarzt geworden, wie er es sich als Knabe manchmal erträumt, er ist weder ein Stubenhocker noch ein Büchernarr geworden, wie seine besorgte Mutter es gefürchtet hatte, vielmehr wurde er zum Anwalt seiner Mitmenschen. Nicht die Dürftigkeit, in der sein Leben abrollte, nicht die Intrige, der er fast ständig ausgesetzt war, und nicht die Schläge eines harten Schicksals konnten ihn niederzwingen. Zwar verlor er durch nächtliches Lesen »die frische, blühende Gesichtsfarbe«, und spätere Bilder zeigen ihn mit einem beinah verwilderten Blick, aber sein Mut zerbrach nie, außer an dem Tag, als man Nanni ins Grab senkte. So rang er mit sich und mit der Welt, ihre Wende erkennend, sich selbst scharf prüfend, mit dem Blick in eine bessere Zukunft.

»Ich stritt über Glaubenssachen, über den Lauf der Sonne, über den Wert der Kalenderzeichen, über die Berechnung der Gemeindelasten und über alles.« Dieser Satz kennzeichnet ihn, den Nonkonformisten, den sozialen Dichter, dessen Gedankengänge vor hundert Jahren noch als Utopie galten, weil er, wie meistens die Bedeutenden, mit Kleingläubigen und Rückständigen zu hadern hatte. Sein Anliegen, ur-menschlich und fromm, zielt auf die Erhöhung des Daseins, indem Freiheit mit Würde, Ordnung mit Toleranz sich verbinden, Formen des Daseins, für die er ein Vorkämpfer war.

# *Ferdinand Kürnberger*

VON WILMONT HAACKE

Die trefflichste Formulierung, jemals über Person und Werk *Ferdinand Kürnbergers* notiert, stammt nicht von zeitgenössischen Freunden, sondern von ihm selbst. Dem antiken Brauche nicht unvertraut, sich beizeiten und gleichsam aus heiterem Gespräch die Grabschrift zu schreiben, hat er sich ebenso zurückhaltend wie selbstbewußt als den »Theaterreferenten der österreichischen Tragödie« bezeichnet. Diese sparsam gewählten Worte erweisen sich als gescheite Definition seines eher kritischen als poetischen Wesens wie seiner durch und durch kritisch-politischen Weisheit. Keiner der sonstigen Sätze aus dem papiernen Wust, seit Jahrzehnten um Kürnberger kompiliert, reicht an diese Prägung heran, welche aus unterkühlter Selbsterkenntnis stammt.

Zur Dichtung drängend, doch nicht zum Dichter berufen; Bühnenapplaus ersehnend, selbst von Burgtheater-Direktoren achtungsvoll in bar honoriert, doch von erfahrenen Regisseuren lieber nicht inszeniert, wußte er lange nicht ein — in die Literatur — und nicht aus — in die Journalistik. Aus Österreich und gar aus Wien für Jahre gewiesen und infolgedessen darauf gestoßen, beide aus der Verbannung ohne Mitleid und aus Fernweh umso schärfer zu sehen, entrollte sich dem vollbärtigen Revoluzzer des Jahres 1848 das Schicksal der habsburgischen Monarchie zeitiger als anderen Propheten. Das Zerfallen des Staates hat er, aus der Geschichte der Parallelen zum Ende Roms stets gewärtig, um Jahrzehnte vorausgesehen.

Frühzeitig wußte Kürnberger, daß er als Zeuge dieses Geschickes lediglich über einen bescheidenen Platz am Rande des Geschehens verfügte. Der an die Journalisten vom Absolutismus delegierte Auftrag, unter allen Umständen beim »relata refero« zu bleiben, genügte Kürnberger nicht. Liberaler Auffassungen wegen, die als radikal gerügt wurden, erlitt er unsinnige Verfolgungen. Von niemandem gerufen und als Ungebetener ohnehin verdächtig, führte er das Protokoll des Niedergangs mit erbarmungsloser Bestandsaufnahme vorgefundener Wirklichkeit.

Imperialistische Außen-, hochmütige Innenpolitik, Unfähigkeit zu sozialen Reformen, Adelsarroganz absinkender und Parvenü-Auftreten aufsteigender Klassen ließen den begabten Ehrgeizling, der am 3. Juli 1821 in einem ärmlichen Vorstadtbezirk Wiens geboren worden war, die niedergehende k. und k. Weltmacht verachten und bösartig bekämpfen. Fern aller gemütlichen Raunzerei hatte er fast zehn Flüchtlingsjahre in norddeutscher Emigration zu überstehen. Das hat ihn zu einem fanatischen Großdeutschen geprägt, den seine Bismarckhörigkeit 1870 beinah Zuchthaus gekostet hätte. Aus unüblicher Gesinnung seinen Landsleuten ihre »erzundeutsche Art« vorzuwerfen, wurde er nicht müde. Dessen nicht genug, klagte er sie an, »die objektive Wirklichkeit zu einem phantastischen Schattenspiel des persönlichen willkürlichen Beliebens herabzuwürdigen«.

Wo konnte Kürnberger im Verlaufe des Nachmärz solche, in den Augen der Herrschenden abstrusen Ansichten äußern? Die einzige, trotz Verboten und bei nachlassendem Zensurdruck offenstehende Möglichkeit bot die Presse. Zeitungen und Zeitschriften erzwangen endlich die Chance, Öffentlichkeit durchzusetzen. Folgerichtig wählte Kürnberger die Tageszeitung zu seiner Tribüne. Weltkind und Prophet in einer Person, fand der hyperkritische Kürnberger das journalistische Novum des Jahres 1848, die Spezies Leitartikel, als ihm vorbestimmte Form kämpferischer Aussage. Von Unkundigen seinerzeit als sensationell empfunden, hat er die wiedergeborene Methode publizistischen Ansprechens im Augenblick seines Eingreifens in die Politik des Tages auf Anhieb gemeistert.

Gewiß hatte sich der junge Kürnberger, wie jeder, der spürt, daß er darstellen wird, zuvor in Gedichten geübt. Vergebens verschrieb er sich danach der Bühne. Für einen Schreiber vermeintlicher Zukunft gehörte es seinerzeit zum guten Ton, sich auf dem Theater zu versuchen.

Steckt nicht, gleichsam zum Trost für beflissene Biographen, unter Kürnbergers Romanen ein Bestseller? Dank eines von den Zeitgenossen als zündend empfundenen Titels (obendrein hieß es vom Haupthelden, er stelle ein verschlüsseltes Abbild des zwar unglückseligen, jedoch aristokratischen Dichters *Nikolaus Lenau* dar), brachte es *Der Amerika-Müde. Amerikanisches Kulturbild* (Frankfurt a. M. 1855) binnen kurzer Zeit zu einer Auflage von 10 000 Stück. Jahrelanges Korrigieren schützte den zweiten Roman, *Der Haustyrann* (Wien 1876), nicht vor Mißerfolg. Dürfte man einigen der Wühler trauen, die in Kürnbergers Nachlaß um freie Sicht ihres Gegenstandes gerungen, hat der Schriftsteller sein Bemühen um Meisterschaft im Bezirk des realistischen Epos mit einem des abermaligen Entdeckens lohnenden Werke beendet. *Das Schloß der Frevel* (2 Bände, Leipzig 1904) soll laut literar-historischer Diagnostik einer ständig mit weiterer Verspätung angekündigten Renaissance wert sein.

Rosa Novellen, unübersehbar wie Muscheln am Strande, auf die zahlreichen Familien- und Frauen- sowie alle unterhaltenden Universal-Zeitschriften der Epoche verstreut, hat Kürnberger außerdem geliefert. Keine dieser Arbeiten vom Band, in zahllose Bände und Bändchen gebunden, hat die nächste literarische Mode überstanden. Kürnbergers Gedichte, Theaterstücke und Dramen, Novellen und Romane sind mit Ausnahme pflichtgemäßer literarhistorischer Erwähnungen und unter Einschluß verbleibender germanistischer Dissertationsthemen vergangen.

Da es seiner publizistischen Begabung bis in die autobiographischen Bereiche an Divination nie gemangelt, scheint er sich über das naturnotwendige Verlorengehen jener nach ihrer Bogenzahl umfangreichen Bestandteile seines Werkes beizeiten klar gewesen zu sein. Stillschweigend deuten das manche bisher überhörten Sätze aus den *Briefen an eine Freundin* (herausgegeben von O. E. Deutsch, Wien 1907) an.

Um so intensiver hat sich der Kämpe des Sujets: Ferdinand Kürnberger als Publizist und Feuilletonist angenommen. Seine Tagesarbeiten hat er, sie klug kommentierend, in der unbeirrlichen Absicht gesammelt und ediert, um gerade sie, diese gefürchteten Parforce-Ritte gegen die Herrschenden, zukünftigem Vergessenwerden zu entreißen.

Solange sie Kürnberger, Anlaß um Anlaß, schrieb, galten sie als vergänglich. In wachsendem Maße werden sie als unvergänglich geschätzt. Es handelt sich um seine Feuilletons. Kürnberger hat gewußt, daß ein jeder Solist im Fach der kleinen Prosaetüden, die aus dem Tag, für den Tag und in den Tag geschrieben sind, sie aus den vergilbenden Journalen ins Buch übertragen muß, will er auf Dauer von sich reden machen.

Kürnbergers Einsicht in derlei Zusammenhänge verdankt die österreichische Literatur- und Pressegeschichte jene, zur Freude seiner Kenner eigenhändig zubereiteten Kollektionen *Siegelringe. Eine ausgewählte Sammlung politischer und kirchlicher Feuilletons* (Hamburg 1874) und *Literarische Herzenssachen, Reflexionen und Kritiken* (Wien 1877). Ebenso zeichnen sich die aus dem Nachlaß edierten *Fünfzig Feuilletons* (Wien 1905) dadurch aus, daß sie ihres Verfassers Einsichten und Ausfälle, Aussichten und Einfälle bewahren, frisch wie am Tage der Niederschrift.

Deutlich belegen sie, wie unbestechlich sich Kürnberger in seiner unerwünschten Zeugenschaft beim Niedergang des alten Staatsgebildes fühlte. Daß er sich dennoch der Ohnmacht seines Kommentares bewußt war, hebt seine unter vollem Namen, in unbestreitbarer Verantwortlichkeit geschriebenen politischen Feuilletons über parfümierte Memoiren gescheiterter Minister, Botschafter und Generäle hinaus. Bezeichnend bleibt für die zu aktivem Dokumentieren berufene Selbständigkeit des Publizisten, daß die von ihm präzis beschriebenen Akteure des Unterganges, hochtituliert, staffiert in Samt und Seide, und unter Ordensgeklirr und -geglitzer auftretend, nicht ahnten, daß sie jeglicher Restauration zum Trotz nur mehr Chargenrollen innehatten.

*Hofmannsthals* Zeile: »Wir spielen immer, wer es weiß, ist klug«, wurde in Wien noch 1914 nur von einzelnen verstanden. Als Kürnberger fünf Jahrzehnte zuvor in den Gazetten von zahllosen Anzeichen des Unterganges — gleichsam in permanenter Nachtkritik — berichtete, glaubten wenige den Inhalt seiner Botschaften. Des Nachtragens bleibt wert, daß die demnächst Betroffenen im Augenblick, da Kürnberger seine Weissagungen feilbot, sich über den Glanz seiner Formulierungen ärgerten oder amüsierten. Leute wie Kürnberger werden zwar gelesen, doch gemieden; lieber noch totgeschwiegen. Letzteres wurde Kürnberger gegenüber Jahr um Jahr weniger möglich. Dennoch hat er sich — seiner Selbstbescheidung bewußt — lediglich als Referenten bezeichnet. Konsulent konnte er sich schlechterdings nicht nennen, da ihn niemand aus der Hofburg oder den Staatskanzleien um sein Meinen befragte. In Revanche dafür, daß man ihn in das beschränkte Wissen der Fakten, das einer jeden, dem Hofe servil zugehörigen Schreiberkreatur gegönnt wurde, nicht einweihte, erklärte Kürnberger — auf seine Weise zum Souverän arrivierend — die überlebten »arcana imperii« als tragikomisches Theater. Nicht minder erschien ihm der Pseudo-Parlamentarismus schlichtweg als Kasperei aus dem Wurstlprater. Manche Interpreten rechnen es ihm als Fehler an, daß er, dies nur scheinbar begrenzte Referat ausübend, nicht wie der zünftige Theaterkritiker von unten nach oben blickte, vom Parkett zur Bühne hinauf. Er schaute lieber, mitten unter dem Volk, von der schwer kontrollierbaren Galerie auf die Aktionen hinunter. Saß er somit dem Geschehen zu fern? Einzelheiten mögen ihm entgangen sein. Daß Kürnberger auf diese distanzierte Weise das Ganze nicht nur zu überblicken wußte, sondern es klar durchschaut hat, bezweifelt inzwischen niemand mehr.

Was Kürnberger im selbstgewählten Metier als politischer Tageskritiker geleistet, gehört der politischen Geschichte an. Die Form, in welcher er Bericht erstattete, mittels der er Kritik übte, warnte, höhnte, vergebens Einsicht erflehte, gilt innerhalb des deutschsprachigen Journalismus als klassisch. Die Sprache, in der er seine Diagnosen übermittelte, bezwingt die Leser noch ein Jahrhundert nach ihrer Niederschrift.

Als *Jules Janin* seine spitze Feder für *Girardins La Presse* in die Tinte tauchte, als *Börne* und *Heine* für *Cottas Allgemeine Zeitung* schrieben, sprach man in den europäischen Salons von den »rois du feuilleton«. Um 1848 begann, eben als das Pariser Blatt des neuen Boulevard-Stils sein Wiener Gegenstück, *Zangs Die Presse*, gefunden hatte, die Parade der »Könige des Wiener Feuilletons«. Solchen Persönlichkeiten, die an der Donau ein spielerisches, geistreiches Feuilleton aus der Taufe hoben, hatte die Berliner, Hamburger und Münchener Presse lange Jahre hindurch keine ebenbürtigen Talente entgegenzusetzen.

Jene glänzenden Namen aus der österreichischen Publizistik des 19. Jahrhunderts kehren in sämtlichen Feuilleton-Anthologien unserer Zeit wieder. An Neuausgaben monographischer Auswahlen der besten Feuilletons der Wiener Klassiker mangelt es seit Jahren nicht.

Jeder Rückblick in diese noch immer unentdeckten Gefilde lehrt, daß an der Spitze der Wiener Künstler der »Kleinen Form« *Eduard von Bauernfeld* und *Adalbert Stifter* standen. Im lokalen Bereich brillierten *Friedrich Schlögl*, *Eduard Pötzl* und der wortgewandteste Meister der Bonmots des Boulevards, *Daniel Spitzer*. Theater, Salons, Frauen, Kunst und Kultur animierten *Ludwig Speidl*, *Friedrich Uhl* und *Hugo Wittmann* zu ihren in mancherlei Bändchen aufbewahrten und unvergessenen Plaudereien der »belle époque«.

Vorstellbar mag inzwischen kaum sein, daß der Walzerkönig *Johann Strauß* den Regenten des federleichten Wortes 1865 zum Presseball eigens einen »Feuilleton-Walzer« komponierte und dedizierte. Der als Politikus und Kritikus allen gleichstrebenden Talenten überlegene Stilist Kürnberger hat jene Geste des seinerzeit mondänen Musikus übersehen. Im Gegenteil: vor Walzerklängen entwich Kürnberger, beim Ertönen von Heurigengesängen ergriff er die Flucht. Ihm erschienen sie als Symptome chronischer Verweichlichung.

Kürnbergers Wetter war das Gewitter. Inmitten Wolkentreibens und heftiger Stürme erhob er seine Stimme zu polterndem Donner. Der Publikumswirkung seines Pathos ward er sich früh gewiß. *Emil Horners* Bemerkung trifft zu: »Er adelte den Tageskampf durch die Größe seiner Ausblicke nach allen Richtungen hin, durch die Unerschrockenheit seiner Polemik und vor allem durch die Männlichkeit seiner Gesinnung.«

Diese Haltung Kürnbergers hat das Wiener Feuilleton aus dem Mief der Lokalpresse und aus dem Muff der Vorstadtplauderei in die hart und satanisch durchgeführte Kritik an der miserablen Politik erhoben. Seine für die damalige bürgerliche Presse ungewohnte liberale Konzeption, die Politik zu feuilletonisieren und das Feuilleton zu politisieren, hat Kürnberger zum »unbeschränkten Herrn und König im Bereiche des Feuilletons« erhoben. Er ist damit Vorbild und Lehrmeister geworden.

An jenem selbstkritischen Humor, der Journalisten sonst abgeht, fehlt es gerade diesem Klassizisten, ungeachtet seiner kämpferischen Unversöhnlichkeit, nicht. Seine Fähigkeit zur Selbstparodie beweist das Feuilleton über die »Feuilletonisten«, die er sich zu einer seltsamen Schulklasse versammeln läßt. In der von Kürnberger erfundenen *Naturgeschichte des Feuilletonisten* hat der Maestro der Zunft 1856 die erste, bisher nicht überholte, gleichsam botanisch angelegte Typologie jener Schriftsteller und Schrift-Stehler geschaffen, die im rez-de-chaussée der Straßenblätter dahin und daher reden.

Außer seinen Scherzen über das Feuilleton ist Kürnbergers Verteidigung anderer kleinerer Prosagattungen der Publizistik zu gedenken. Durch das Aufkommen der Sparte Feuilleton blühten sie von neuem auf und wandelten sich. In Berichten an die Schillerstiftung hat er dem Kuratorium gemeldet, daß der Aufschwung des modernen Journalismus in »Essay und Feuilleton ein Kunstgenre entwickelt, wovon Notiz zu nehmen ein höheres Tribunal ... nicht wohl mehr versäumen dürfte«. Durch das Feuilleton habe sich »ein neuer Adel neben dem alten« entwickelt. Doch erschienen weder die Formen noch der Stil der modischen Ansprecharten völlig neu. »Viele der kostbarsten Gemmen von Möser, Forster, Lichtenberg, Lessing, Schiller, Goethe« dürfe man einfach als »Feuilletons« bezeichnen.

In der fragmentarischen Namensreihe hat Kürnberger einige seiner Götter genannt. Das waren Autoren, die er las und von denen er lernte. Mit Lessing wie mit Lichtenberg pflegte er den vertrauten Umgang beständiger, aufmerksamer Lektüre. Daß er sich aus Lessings Werken Kraft für das eigene Formulieren holte, bezeugt das Geständnis: »Und so lese ich denn schon lange meinen Lessing fast nur noch aus formalen Gründen, denn das Sachliche, insofern es bleibend, ging ja in Fleisch und Blut über. Diese Donner- und Wettersprache lese ich — etwa wie ein Römer unter Theoderich die Klassiker des Augustus las —, bloß um mir die Sprache blank zu putzen, welche reißend schnell zu verrosten droht, bloß um mich zu erinnern und mir gegenwärtig zu halten, wie man ein starkes und nachdrückliches Deutsch sprechen kann . . .«

Spätere haben gefragt, wem Kürnberger denn geglichen habe? Da rücken die vermeintlichen Vorbilder scharenweise an! Zu Recht melden aufgeklärte Kürnbergianer, er habe dem *Abraham a Santa Clara* nichts nachgegeben, natürlich sei ihm *Möser* als Vorbild erschienen, von *Schlözer* habe er, man möge es entschuldigen, nur durch Zufall nichts gewußt . . .

Wie jeder Schreibende gewann sich Kürnberger seine Vorbilder. Zuerst mit ihnen und dann ohne sie hat er ins Stammbuch der deutschen Publizistik seine eigene »kürnberger wîse« eingetragen.

## *Marie von Ebner-Eschenbach — Ferdinand von Saar — Ludwig Anzengruber*

VON WALTER POLLAK

Während das Industrieproletariat als neuer vierter Stand zu seinem Selbstbewußtsein erwachte und einen neuen revolutionären Akzent in der politischen Landschaft der Monarchie setzte, orientierten sich zur gleichen Zeit Dichter aus adeligem und bürgerlichem Milieu auf eine ihnen eigentümliche Art an der sozialen Problematik innerhalb des von ihnen erfahrenen gesellschaftlichen Bereiches. *Marie von Ebner-Eschenbach, Ferdinand von Saar* und *Ludwig Anzengruber* sind die würdigen österreichischen Vertreter jener literarischen Richtung, die man den bürgerlichen Realismus nennt, weil das, was sich zwischen dem Abklingen der Klassik und der Romantik einerseits und dem Naturalismus gegen das Ende des Jahrhunderts andererseits literarisch entfaltete, nicht ohne weiteres mit verbindlichen Stilelementen charakterisiert werden konnte. Diese drei, vor allem aber die Ebner-Eschenbach und Saar als Prosaschriftsteller, stehen als origineller Beitrag Österreichs neben *Conrad Ferdinand Meyer* und *Gottfried Keller, Wilhelm Raabe* und *Theodor Fontane.* Während der ältere *Friedrich Hebbel,* der seit der Mitte der vierziger Jahre in Wien heimisch gewordene Diethmarscher, mit seinen Dramen an der strengen klassischen Form festhält, aber mit der inneren Ausdeutung seiner Gestalten bereits in die Zukunft weist und der gleichaltrige *Robert Hamerling* in Graz in seinen klassizistischen und romantisierenden Spuren folgenden Dichtungen prunkvoller Rhetorik den Vorzug gibt, beide also im eigentlichen Sinne nicht typisch für Österreich sind, stehen die drei in Wien wirkenden stellvertretend für das alte Donaureich, das sich auf seinen Untergang hin bewegte, seine Menschen und seine geistigen Strömungen.

Auf Schloß Zdislawitz unweit von Kremsier am 13. September 1830 geboren, verkörpert die heranwachsende *Freiin Dubsky von Trebomyslic* in sich

*Anton Romako, Tegetthoff in der Seeschlacht bei Lissa, II; Ölgemälde, um 1882*

*Erzherzog Albrecht von Österreich; Radierung von Johann Klaus*

*Ludwig von Benedek in der Uniform als Feldzeugmeister; Lithographie von Eduard Kaiser, 1859*

*Vorhergehende Seite: »Attaque der 6. Escadron des Uhlanen-Regiments König Franz II. beider Sicilien N^o 12« in der Schlacht bei Custozza, 24. 6. 1866; Heliogravüre nach einem Gemälde von Julius von Blaas, 1905*

*Josef Othmar von Rauscher;*
*Lithographie von Josef Kriehuber, 1853*

*Leo Graf Thun-Hohenstein;*
*Holzschnitt von H. Rühling*

*Heinrich Laube;*
*Stich nach einem Gemälde von Friedrich Pecht*

*Johann Bernhard Graf Rechberg;*
*Lithographie von Josef Kriehuber, 1863*

das Vielvölkerreich und vor allem den übernationalen Charakter der österreichischen Aristokratie. Eine tschechische Amme hatte sie gesäugt, tschechische Mägde waren ihr kindlicher Umgang. Von daher blieb ihr diese Welt ein Leben lang vertraut. Sie sprach Tschechisch und Französisch, ehe sie die deutsche Sprache erlernte. Aber ihre Erziehung mündete in die deutsche Geisteswelt, in der sie sich schöpferisch entfaltete. Der Vater, *Franz Dubsky,* wurde als Offizier in den Freiheitskriegen mehrfach verwundet und setzte sich als pensionierter Major in Wien zur Ruhe. Die Mutter, *Marie von Vockel,* entstammte einer bürgerlichen protestantischen deutschen Familie. Sie starb drei Tage nach der Geburt der Tochter. Ihre Liebenswürdigkeit und Güte wirkten über den Tod hinaus; was die Tochter noch jahrelang vom Gesinde und von Freunden über sie gehört hat, fügte sie später in dem Buch *Meine Kinderjahre* zu einem ergreifenden Bild. Marie hatte das Glück, mit ihren beiden aufeinanderfolgenden Stiefmüttern, einer *Baronin Bartenstein* und einer *Gräfin Kolowrat,* ein harmonisches Verhältnis zu finden.

Trotzdem strebte das musisch begabte und geistig aufgeschlossene Mädchen von daheim fort. Schon 1847 hatte sich *Grillparzer* in einem Brief an die Stiefmutter positiv über die Gedichte Maries geäußert. Am 3. Juli 1848 heiratete sie ihren Vetter, den Physiker und Offizier *Moritz Freiherrn von Ebner-Eschenbach.* Die Öde der Garnison von Klosterbruch bei Znaim nützte sie konsequent zur Weiterbildung. Vor allem machte sie sich mit den Werken von *Keller* und *Turgenjew* vertraut.

Als im Jahre 1863 die Übersiedlung nach Wien erfolgt, erlebt sie endlich die ihr gemäße geistige Umwelt. Sie suchte und fand Anschluß beim literarischen Wien jener Tage und wurde zu einer empfänglichen Besucherin des Burgtheaters. Mit der um 16 Jahre älteren *Betty Paoli,* dieser feinsinnigen Lyrikerin und wissenden Kunstkritikerin, schloß sie Freundschaft. Sie versuchte sich zunächst an der Übersetzung römischer Geschichtsepen, schrieb in Anlehnung an Schiller und Grillparzer Dramen und Lustspiele, auf denen der Abglanz Bauernfelds und der französischen Komödien liegt. Aber sie fand weder ihren eigenen Stil, noch gelang ihr ein Erfolg. Am 8. April 1878 schrieb sie resigniert: »Ich werde hoffentlich die Kraft haben, mit der Schriftstellerei überhaupt ein Ende zu machen.«

Nicht ganz zehn Monate später jedoch gelang ihr der große Durchbruch. Die Überraschung und Bestätigung für sie selbst war ein Brief von *Julius Rodenberg,* dem Herausgeber der in Berlin erscheinenden *Deutschen Rundschau,* der ihr mitteilte, daß er ihre Novelle *Lotti, die Uhrmacherin* für seine Zeitschrift angenommen habe. Von nun an hatte sie in der Prosa auch die ihr gemäße Form gefunden.

Eine Frau, zumal eine adelige, als Schriftstellerin mußte damals zumindest mit kühler Reserviertheit ihrer Umgebung rechnen. Schreiben galt jenen Kreisen als eine unwürdige Beschäftigung, bestenfalls als eine schrullige Passion. Es hat an dichtenden Adeligen in diesem Jahrhundert nicht gefehlt. Es sei nur an *Joseph Christian von Zedlitz* erinnert, diesen Vorläufer der politischen Dichtung in Österreich, der nicht nur die Hymne für Kaiser Ferdinand den Gütigen geschrieben, sondern auch Byron ins Deutsche übersetzt hat; oder an *Eligius von Münch-Bellinghausen,* der unter dem Pseudonym *Friedrich Halm* ein zwar wirkungsvoller, wenn auch epigonenhafter Dramatiker war und von 1867 bis 1870 die Stelle eines Generalintendanten des Burgtheaters bekleidete; oder an den Vormärz-Lyriker *Anastasius Grün (Anton Alexander Graf Auersperg),* der außer mit seinen *Spaziergängen eines Wiener Poeten* mit Übersetzungen aus dem Slowenischen und Englischen seinen Ruf begründet hatte; oder an *Friedrich Fürst Schwarzenberg,* den Sohn des Siegers von Leipzig, dessen *Wanderbuch eines verabschiedeten Landsknechts* ein großer literarischer Erfolg seiner Zeit war; oder gar an den Polyhistor und glänzenden Briefschreiber *Alexander von Villers,* dessen *Briefe eines Unbekannten,* in denen er Brillanz des Geistes und Anmut des Herzens bekundete, heute noch zum köstlichen Besitz der Briefliteratur zählen.

Das Biedermeier hatte Adelige in seinen geistigen Bannkreis gezogen. Aber weder dieser Umstand noch die zahlreichen schreibenden Adeligen vermochten das Vorurteil ihrer Standesgenossen ganz zu überwinden; im Grunde blieb der adelige Schriftsteller ein Außenseiter. Die Ebner-Eschenbach wußte das und schrieb in ihrer Erzählung *Ein Edelmann* darüber: Beim künstlerischen und wissenschaftlichen Beruf »wird der Adel Dir hinderlich sein, denn ein ungünstiges und fast unbesiegbares Vorurteil begrüßt seine Mitglieder auf diesen geistigen Gebieten, welche den meisten von ihnen bisher fremd geblieben sind, gegen deren Vertreter sie sich abwehrend verhielten«.

Sie war aber dem Adel keineswegs fremd oder feindlich. Im Gegenteil: sie fühlte sich ihm zeitlebens zugehörig. Aber unermüdlich, das Thema wird in ihrem Werk immer wieder angeschlagen, will sie ihre Standesgenossen an die Verpflichtung erinnern, die ihnen gegenüber den ihnen anvertrauten Menschen vom Schicksal auferlegt ist. Von hier aus muß ihr soziales Engagement für die Mühseligen und Beladenen des Dorfes verstanden werden. Die neuaufkommende Welt des Proletariats und damit auch die in der werdenden Industriegesellschaft neu gestellte soziale Frage hat sie nicht gekannt. Möglicherweise vom Hörensagen; und man dürfte vielleicht das Wort, das sie einmal zu dem Literaturhistoriker *August Sauer* gesagt hat: »Ich habe gehungert nach dem Hunger, und gedürstet nach dem Durst«, so deuten, daß sich darin das Bedauern über die Unkenntnis jener Welt ausgedrückt hat. Es darf angenommen werden, daß sie über die Armut durch ihre Freundin Betty Paoli, die aus tristen Verhältnissen stammte, mehr wußte, als sie in ihrem dörflichen Umkreis erlebt hatte.

So wie Gerechtigkeitssinn und Herzensgüte ihre Feder führten, wenn sie sich der Armen annahm, so fühlte sie sich beiden Völkern zugetan, unter denen sie gelebt hatte, ohne einem von ihnen im engagierten Sinne anzugehören. Während der Nationalitätenkampf tobte, empfand sie dieses Österreich noch immer als Heimat vieler Völker. Keine ihrer Gestalten, ob reich oder arm, ist Typus eines Volkes, ob des tschechischen oder des deutschen; sie sind der Wirklichkeit entnommen, wie die Dichterin sie von Kindheit an erlebt hatte.

Als Frau war sie zeitgemäß, ohne mit dem Strom zu schwimmen. Sie strebte alle Bildungsmöglichkeiten für die Frau an, ohne eine Streiterin für deren Emanzipation zu sein. Sie glaubte an den Fortschritt des Guten in der Welt, aber auch daran, daß ihm am besten durch die Erziehung zu Reinheit und Güte gedient werde. Es ist deshalb köstlich, gerade bei ihr ein Wort zu lesen, das schärfer eine Suffragette nicht hätte formulieren können: »Eine gescheite Frau hat Millionen geborener Feinde — die dummen Männer.«

Ihre Auflehnung gegen ein starres Sozialgefüge, dem der Mensch bis zu seiner Vernichtung ausgeliefert ist, wird erschütternd in der Novelle *Er laßt die Hand küssen* dokumentiert. Die Geschichte des Hundes *Krambambuli* darf als ein symbolischer Protest gegen jene Haltung dem Leben gegenüber aufgefaßt werden, der jegliche Kreatur nichts wert ist, wenn sie nicht mehr gehorcht. Wer würde in solchen und ähnlichen thematischen Vorwürfen nicht die Nachbarschaft zum Naturalismus sehen wollen? Die Trennungslinie nach dieser Richtung ist jedoch sehr scharf. Vor allem wendet sich die Dichterin gegen die Bedingtheit des Menschen durch Milieu und Anlage. Verloren ist nur, wer der Güte nicht teilhaftig wird oder ihrer nicht fähig ist. Besonders schön offenbart sich dies in der Novelle *Das Gemeindekind,* wo Pawels Menschlichstes unter dem Schicksal des Ausgestoßenseins schon völlig verdorrt ist, als durch die Güte seiner Schwester die Umkehr zum besseren Ich einsetzt. Im Roman *Božena,* in dem uns der Dichterin tiefes Verständnis für menschliche und soziale Not überzeugend gegenübertritt, wird das Problem von Schuld und Sühne in der aufopfernden Liebe zu dem Kind Röschen aufgelöst; *Mašlans Frau* zerstört ihre Ehe nach der Untreue des Gatten, weil sie der Güte des Verzeihens nicht fähig ist.

Der Ebner-Eschenbach Realismus schlägt sich nicht nur in der Lebensechtheit ihrer Figuren nieder, sondern auch in ihrem prägnanten Stil. Schier zahllos sind die Sätze, die man aus ihrem Werk herauslösen kann, und sie behalten dennoch Gültigkeit als Aphorismus. In ihren Aphorismen erweist sie sich als echte Moralistin.

In einem ihrer Aphorismen sagt sie: »Der Charakter des Künstlers ernährt oder verzehrt sein Talent.« Marie von Ebner-Eschenbach muß einen sehr guten Charakter gehabt haben, denn sie hat ihr Talent bis zu ihrem Tod ernährt. 86jährig starb sie am 12. März 1916.

In gewissem Sinne nimmt sich ihr Schaffen, als das einer adeligen Schriftstellerin, aus wie eine Ehrenrettung adeliger Kultur am Vorabend des Unterganges der Donaumonarchie. Zur vollen Kraft ihres Schaffens entfaltete sie sich, indem sie über die gesellschaftlichen Grenzen, die ihr gezogen waren, hinausschaute in das weite Land der Armut und der kleinen Leute. So wurde sie mit scharfem Verstand und gütigem Herzen beiden Welten gerecht. Still ging sie aus einer Zeit, die nicht mehr die ihre war.

*Ferdinand von Saar* wurde einmal der literarische Doppelgänger der Ebner-Eschenbach genannt. Das ist insofern richtig, als auch für ihn Erzählen bedeutet, das auszusagen, was selbst erfahren worden ist. Dieser Realismus des Hereinholens der Wirklichkeit in den dichterischen Schaffensprozeß ebenso wie die Klarheit und Sparsamkeit der Sprache ergeben wesentliche Merkmale schriftstellerischer Verwandtschaft. Der Unterschied besteht aber darin, daß Saars Erlebniswelt sich auf Wien und auf die österreichische Armee beschränkte, sein geistiger Habitus aber komplizierter war als der der Ebner-Eschenbach. Saar ist nicht irgendeiner der vielen literarisch Ambitionierten, die aus der österreichischen Armee hervorgegangen sind. Er ist nicht nur der Reifste unter ihnen, was die Form anlangt, sondern auch der, dem sich ihre menschlichen Schicksale offenbaren, weil er die Oberfläche mit einer intellektuellen Methode durchdringt, die tiefenpsychologische Ansätze erkennen läßt.

Am 30. September 1833 in Wien geboren, entscheidet sich der Sechzehnjährige für die militärische Laufbahn. Zehn Jahre später nimmt der junge aktive Offizier seinen Abschied. Es darf angenommen werden, daß dieser Zeitpunkt kein Zufall gewesen ist. 1859 hatte der Rückzug der österreichischen Monarchie aus Italien begonnen, womit die ersten Konturen des Anfangs vom Ende sichtbar wurden. Saar hat offenbar das »Wehe den Besiegten« am eignen Leibe, vor allem aber geistig, erlebt und erlitten; in seiner Novelle *Vae Victis* hat sich das niedergeschlagen.

Saars Anliegen ist nicht vordergründig, wie es etwa die Garnisonsgeschichten *Friedrich von Schwarzenbergs* oder die heiter-optimistischen *Schwarzgelben Reitergeschichten* des *Karl von Toresani* gewesen waren. Er spürt dem Schicksal des Offiziers nach, der auf schmale Gage gesetzt ist, dem das Garnisonsleben keine Befriedigung gibt, der sich in Wunschvorstellungen und in den Traum flüchtet wie sein *Leutnant Burda,* weil sonst die Wirklichkeit nicht zu ertragen wäre. Er sieht in der kleinen Welt des einsamen Menschen das Brüchige, von dem das Morbide der Zeit reflektiert wird.

Die intensive Lektüre *Schopenhauers* förderte seinen Pessimismus, das Interesse an *Charles Darwin* schuf die Distanz zur Umwelt, das Werk *Kellers* und *Turgenjews* befruchtete seine Schriftstellerei. Anders als die Ebner-Eschenbach, schöpft er nicht aus einer erlebten Welt, die die seine wäre, sondern aus einer beobachteten, in der er Gast ist; zuerst in der Armee und dann auf den Gütern seiner adeligen Freunde, auf denen er sich alljährlich eine Zeitlang aufhält. Er beobachtet und berichtet, beinahe wie ein Fotograf, allerdings einer, der seinen Modellen tief in die Seele leuchtet.

Die pessimistische Grundlage und Grundanschauung Saars offenbarten sich bereits in seinem Prosaerstling *Innocens.* Liebe, als »holde Notwendigkeit wie Luft und Licht« empfunden, kapituliert angesichts des Todes vor der Hinfälligkeit alles Irdischen und fügt sich der Lehre des Schicksals: »Schmerz zwingt die Seele, ihr Tiefstes zu sammeln.« Wegen der Zartheit der Schilderung stellten manche Kritiker den *Innocens* in die Nachbarschaft der Werke von *Stifter* und *Storm.*

Im *Schloß Kostenitz* werden uns Menschen vorgeführt, deren Labilität zwischen Tradition und moderner Lebensauffassung schließlich zu verzweifeltem Scheitern führt. Es sind müde gewordene Menschen, die versagen, die resignierend in ständigem Abschiednehmen leben und sich einer Art Traum hingeben. An einer Stelle heißt es: »Auch in dieser so ungemein glücklichen Ehe fand sich eine Untiefe, welche die junge Frau bis jetzt angstvoll vor sich selbst verheimlicht hatte und von der jetzt mit einem Male der verhüllende Schleier weggerissen war.« Man denkt an die Postulierung des häuslichen Glücks als vollkommen sicheren Schutz des jungen Weibes in einem Aphorismus der Ebner-Eschenbach. Wie anders ist das bei Saar. Auch die Welt der Ebner-Eschenbach war keine heile Welt, aber sie hat sie durch ihre Güte als eine solche erschaffen. Saar geht mit dem Seziermesser an seine Menschen heran, er durchdringt sie mit seiner pessimistischen Gedankenschärfe. Saars Menschen sind der Monarchie, die ihrem Untergang entgegengeht, äquivalent.

Was immer der Grund gewesen sein mag, der Saar am 24. Juli 1906 die Pistole in die Hand drückte, sein Freitod war von einer beinahe unheimlichen Konsequenz.

*Ludwig Anzengruber,* der jüngste von den dreien, die einer Generation angehören, muß mit ihnen im Zusammenhang genannt werden, auch wenn er von anderer Art ist. Blieben Ebner-Eschenbach und Saar, wenn auch kritisch, doch ihrer Welt verbunden, so stellte sich Anzengruber temperamentvoll und entschieden mitten in den Streit, den der Freisinn gegen die katholische Kirche führte.

Ludwigs Vater war von Oberösterreich nach Wien zugewandert, war hier Beamter und als Verfasser einiger Dramen Gelegenheitsschriftsteller. Der Großvater war noch Bauer gewesen. Am 29. November 1839 wurde Ludwig Anzengruber geboren. Als Fünfjähriger verlor er den Vater. Sein beruflicher Werdegang war einigermaßen unruhig. Er begann als Buchhandelslehrling, wechselte zu einer Wanderbühne über und erlangte schließlich als kleiner Beamter im Polizeidienst eine gewisse Seßhaftigkeit. Nach seinem ersten Erfolg mit dem *Pfarrer von Kirchfeld* ließ er den sicheren Posten fahren und wandte sich der freien Schriftstellerei zu.

Sein Herkommen aus Oberösterreich erklärt manchen Zug seines freisinnigen Aufbegehrens. In einigen Gegenden des Landes ob der Enns blieb der Protestantismus erhalten; die Gegenreformation hatte nicht vermocht, ihn gänzlich auszurotten. Wenn die historische Stunde geneigt war, flammte er in mancherlei Gestalt auf. In jenen Jahren machte der Bauernphilosoph von Primesberg von sich reden. Dieser *Konrad Deubler* war Wirt und Bürgermeister von Goisern, einem traditionellen protestantischen Gebiet. Der freidenkerische Bauer wurde 1862 wegen republikanischer Gesinnung für zwei

Jahre aus seiner Heimat nach Iglau verbannt. Mit diesem oberösterreichischen Landsmann hat Anzengruber vieles gemeinsam.

Von Anfang an hatte Anzengruber die bäuerliche Welt als sein Medium gewählt und die Form des Volksstückes bevorzugt. Er steht in der Tradition des barocken Theaters, des Jesuitendramas und in der Raimunds und Nestroys und gilt als der letzte Klassiker des Wiener Vorstadttheaters. Dabei ist nicht zu verkennen, daß ihm seine Gestalten wesentlich Stichwortträger für seine weltanschaulichen und politischen Anschauungen gewesen sind. Es kam ihm in erster Linie darauf an, von der Bühne herunter seine Gesellschaftskritik zu verkünden, gegen heuchlerische Frömmelei und bauernschlauen Egoismus zu wettern. Der Literaturhistoriker *Eduard Castle* stellte seine Werke in die »schüttere Reihe der besten deutschen Lustspiele«. Und Peter Rosegger schrieb ihm nach der Aufführung des *G'wissenswurms* über die Echtheit seiner Figuren: »Ich hege Verdacht, sie haben dreimal sieben Jahre bei einem oberbairischen Bauern als Altknecht gedient.«

Anzengruber schrieb, und seine Stücke wurden gespielt gegen die Mode des städtischen Großbürgertums, das die Operette als die der Weltstadtatmosphäre gemäße Unterhaltungsform betrachtete. In diesem Zusammenhang notierte Anzengruber einmal: »Die Direktionen verlangen Kassastücke, und ein Volk, das sich um die ›Volksstücke‹ bekümmert, gibt es hierorts nicht.« Und ein andermal: »So sehen sie denn in mir einen Kleinproduzenten im Gebiete des Feuilletons und der Erzählung, was aber den Dramatiker anlangt, so finden sie ihn ganz mutlos.« Dieser Pessimismus war nicht gerechtfertigt. Denn er fand sein Publikum. Das Volk hatte Sinn für die klare Gegenüberstellung von Gut und Böse und liebte es, wenn die höhere Macht die gute Sache zum Siege führte. Anzengruber gelang es auch, die Grenzen der Heimat zu überschreiten. Die Berliner *Freie Bühne*, die Wegbereiterin der Moderne sein wollte, nahm *Das vierte Gebot* in den Spielplan auf. Und unter der Direktion *Burckhards* gelangte er zu Burgtheaterehren.

Dieser streitbare Geist gehörte zum literarischen Wien seiner Zeit. Er war gerne gesehener Gast im Salon der *Christiane von Breden*, die als *Ada Christen* mit ihren »Liedern einer Verlorenen« schon 1869 Aufsehen erregt hatte, einem Salon, in dem auch *Saar* und *Hebbel* verkehrten. Er traf die Grundstimmung breiter Bevölkerungsschichten, wenn er tragische Konflikte, die das Zölibat verursachte, oder das Aufbegehren gegen das Unfehlbarkeitsdogma auf die Bühne brachte. Das Volk fühlte sich angesprochen, wenn er die selbstsichere Philosophie des Steinklopferhans verkündete: »Es kann dir nix g'schehn.« *(Die Kreuzelschreiber.)*

Seine Gestalten waren die Geschöpfe seiner Gedanken, aber diese Gedanken wieder erfüllten sie mit urwüchsigem Leben. Wenn es heißt: »Bissel christlich, bissel gottlos, bissel schön, bissel schiach — Bissel gottlos beim Dirndl, bissel frumm in der Kirch«, so ist darin keine Spur von des Gedankens Blässe zu finden. Von 1870 bis 1878 brachte er Jahr um Jahr ein neues Stück auf die Bühne. Dem Roman *Der Schandfleck* folgte nach siebenjähriger Pause im Jahre 1883 der Roman *Der Sternsteinhof*. Von 1882 bis zu seinem Tode gab er zwei Zeitschriften heraus; zuerst *Die Heimat* und seit 1884 das Witzblatt *Figaro*. Am 10. Dezember 1889 starb Ludwig Anzengruber. Wenn sein Werk auch typische Frucht seiner Zeit war, so ist dessen menschlicher Gehalt doch so tief, daß es seinen Schöpfer überdauern konnte.

## *Peter Rosegger und seine Waldheimat*

VON FRANZ TAUCHER

*Peter Rosegger* ist in Wesen und Wirkung immer mehr gewesen als bloß ein Gegenstand der literarischen Forschung. Der am 31. Juli 1843 in Alpl Geborene hatte, wie jeder große Schriftsteller, die Fähigkeit und Kraft, den Leser zu verwandeln, zugleich aber verkörpert er jene kaum faßbare Macht, die in dem Wort Heimat liegt. Allein deshalb kann man ihn ruhigen Gewissens aus dem Streit heraushalten, den jede sogenannte »Moderne« mit stetig sich wiederholenden Schlagworten entfacht, um Epochen in Episoden aufzustücken. Er war, trotz seiner langen Tätigkeit als Herausgeber des *Heimgarten* (seit 1876) kein Mann der Polemik, er griff nur dort an, wo er Grundwahrheiten, die er durch unmittelbare Anschauung erfahren hatte, verletzt sah. Durch seine Person und sein Werk, insonderheit durch die *Waldheimat,* macht er deutlich, was man unter Besinnung eigentlich zu verstehen habe. Man kann bei ihm »Einkehr« halten, heute wie ehedem, und ohne umständliches Verfahren sein Gast sein, auf vielfach beglückende Art.

Heimat wiederum ist mehr als ein geographischer oder politischer Begriff. Sie ist der Zusammenklang von Landschaft und Geschichte, von Ahnung und Gewißheit. Sie ist der Raum, in dem der Mensch sein irdisches Dasein beginnt und von dem er sich nicht lossagen kann, auch wenn er es dort nicht vollendet. Er mag diesen Raum verlassen, aus vielen Gründen, freiwillig oft und zuweilen auch aus Gewissensgründen gezwungen, weil Despotie und Terror die Ordnung zerstört und aufgehoben haben, wir haben das erst in jüngster Zeit erlebt; aber der Mensch, wenn er mehr ist als ein substanzloser Wicht, kann den Raum seines Herkommens nicht abschütteln wie den Staub von den Schuhen, er trägt, um auf eine Frage Dantons zu antworten, die Heimat auf seinen Sohlen mit; die Erinnerung wird ihn einholen, durch sein ganzes Leben, jederzeit und jedenorts. So kann denn auch Heimat, wenn es redlich zugehen soll, niemals Gegenstand einer politischen Disputation sein, man kann sie begrifflich weder nach rechts oder links zerren, sie bleibt unverrückbar in der Mitte, im Zentrum des menschlichen Erlebens. Wirkt sie aus dem individuellen Bereich ins Allgemeine, ist es ausschließlich ein Verdienst der Poeten.

Es ist auch die Heimat, die dem Menschen die ersten, unverwischbaren Eindrücke vermittelt, als Erlebnisgrund wird sie mit Recht der Kindheit gleichgesetzt, und die Erinnerung daran gehört zu den großen gestaltenbildenden Elementen des Dichters. Dem Peter Rosegger hat sich diese Erinnerung niemals versagt. Sie war die Quelle, die sein schöpferisches Dasein immerfort befruchtet hat. So war es denn ein nicht immer gutmeinender Irrtum, wenn vaterländische oder nationale Verbände aus einem falschverstandenen, weil usurpierten Patriotismus Peter Rosegger für sich wie eine Beute in Anspruch nahmen. Er gehörte und gehört der Liebe und Barmherzigkeit, der Gerechtigkeit und dem Frieden. Er gehört, über die Heimat hinaus, allen Menschen, die guten Willens sind.

Von der Macht der Erlebnisse her gesehen, kam Peter Rosegger bereits als Fertiger in die Stadt, in der Hamerling damals ein angesehener Dichter war. Hier, in Graz, hatte er nur noch das schriftstellerische Handwerk zu erlernen, sich mit dem Wissen und Bildungsgut auseinanderzusetzen, das sie für ihn bereithielt. Die vielschichtige Welt, die er in seinem Innern von der abgeschiedenen Höhe ins dichtbesiedelte Tal trug, war total, kein Detail fehlte. Nur noch die Relation war zu finden, die die Region seiner Erlebnisse einfügte in die große Welt, und die Dimension und Kraft, die es aus dem Verfließen der Zeit in die Dauer, ins Unwandelbare rückte. Er nahm in der Stadt begierig auf, was sie ihm an geistigen Eindrücken darbot, die Neugier des schöpferischen Menschen war auch sein Teil. Aber er hat, ebenfalls ein untrügliches Zeichen seines Schöpfertums, früh verstanden, zwischen sich und der neu anbrandenden Welt einen Zaun zu setzen. Wenn er dort schreibend sein Dasein hinbrachte, verwandelte er sich zurück in die Unschuld des Kindes. Geist und Seele waren von der Reinheit des ersten Tages durchstrahlt. So blieb er denn auch zeitlebens der bäuerliche Mensch, der er von Anfang an gewesen war, trotz seines Erfolges und der dreifachen Würde eines Ehrendoktors. Das vierbändige Werk *Die Waldheimat*, das Bild an Bildchen reiht, heiter, klar, von ursprünglicher Freude gefaßt, dunkel durchtönt auch von Leid, aber jedes von der Wärme menschlichen Mitfühlens durchströmt und zusammengehalten, bezeugt es. Die Region seiner Herkunft war im Spiegel seiner ursprünglichen Sprache neu entstanden und weitete sich zur Welt.

Die Geschichte vom *Sterben des Meisensepp* ist für alle anderen ein Beispiel und von exemplarischer Bedeutung. Sie gehört zu den frühsten Veröffentlichungen. 1871 unter dem Titel *Ein Sterben im Walde* abgedruckt, spürte der gute, nachempfindende Leser, daß er es mit einem Prosastück zu tun hatte, das von Hand und Seele eines Meisters geprägt worden war.

Diese Geschichte steht im Licht des Symbols, ohne etwas von ihrer Wirklichkeitsnähe zu verlieren. In ihr ist auch die erste Spur von Roseggers geistiger Unabhängigkeit, die er später immer wieder bewies, gleichsam schlagartig zu erkennen. Der Waldbauernbub wird zum Meisensepp gerufen. Der habe sich zum Sterben hingelegt, der kleine Peter soll ihm in den letzten Stunden

Erbauliches vorlesen. Mit dem dicken »Leben-Christi-Buch« unterm Arm betritt er die Rauchstube, die alles in einem ist: Küche, Schlafkammer und Aufenthaltsraum für den Tag. Ein harziger Kienspan gibt einen trübglosenden Schein, die Stubendecke ist von einem Rauchschleier verhängt. Der Meisensepp war Waldhüter gewesen in früheren Jahren, doch die letzte Zeit ging er nur noch herum und schärfte den Holzknechten die Sägen. Neben dem Herd, auf gebündeltem Stroh, schlafen zwei Knaben, die der Waldbauernbub vom Spielen und vom Beerensuchen her kennt; an den Ofen gelehnt, ein anderes Kind am Arm, sitzt das Weib des Sepp, und vor ihr, im einzigen wirklichen Bett, liegt der Sepp selber, das Gesicht eingefallen, das ergraute Schädel- und Barthaar kurz geschoren, sodaß der Kopf kleiner wirkt als sonst.

Jetzt schlafe er, sagt die Frau, die den kleinen Peter begrüßt, nicht viel anders wie sie den Pfarrer vorher begrüßt hat, aber im Einschlafen, fährt sie fort, habe er immer Fäden aus der Decke gezupft, und auch das Spanlicht lecke jetzt alleweil hin und her. Der Waldbauernbub weiß, was das Fädenzupfen und Flackern des Lichts bedeutet, er selber glaubt noch daran, daß der Kranke sich damit das Grab scharre und das Lichtgeflacker untrüglich dahin deute, es werde noch heute ein Lebenslicht verlöschen. Trotzdem sagt er ungesäumt, auch sein Vater habe an der Decke gezupft, als er krank darnieder gelegen habe, und das Flackern des Lichts komme vom Wind, der durch die Fugen des Fensters ziehe. Und indessen die Frau die Fugen mit Werg verstopft, sucht er im mitgebrachten Buch nach einem passenden Lesestück, aber er findet nichts Rechtes darin, denn Pater Cochem, der eifernde Verfasser, ist zu sehr der Auffassung, daß Gott unendlich gerecht sei, die Menschen aber unendlich schlecht wären und »schnurgerade der Hölle zuliefen«. Der kleine Peter, der auf den Sterbenden sieht, auf dessen Weib und die Kinder, ist aber plötzlich der Meinung, es dürften die bitteren Greuel und lauten Verdammungen, die in dem Buch angesammelt sind, in der Stube des Meisensepp nicht laut werden. Sein Gedächtnis sucht nach einem freundlichen, helfenden und aufrichtenden Text, eifrig und entschlossen. Er weiß, daß er aus dem mitgebrachten Buch nur zum Schein vorlesen wird.

Damit tat der Bub zum erstenmal, was er später als Mann und Verfasser von Büchern immer wieder tun sollte: das rechte Wort suchen und finden, das dem Menschen hilft und seiner jeweiligen Situation gerecht wird. Das rechte Wort auch dann wählen, wenn es gegen Autorität und festverwurzelte Überlieferung steht. Indem er das niederdrückende Wort der Verdammung gegen das aufrichtende Wort der Liebe vertauschte, hatte er, ohne es noch zu wissen, sich gegen den Pater Cochem und den eifernden Dogmatismus seiner Zeit gestellt; indem er einen Menschen aus seinem Lebenskreis von der Last des Sterbens befreite, hatte er, noch unbewußt, im Geistigen sich selber frei gemacht, mit der Unschuld des Kindes, die immer auch die Unschuld des Dichters ist, wenn er daran geht, in die von ihm dargestellte Welt eine von Geist, Vernunft und Liebe gleicherweise durchwirkte Ordnung zu bringen.

»Nur darauf kommt es an, was wir Poeten liegenlassen oder aufheben.« Diesen Satz schrieb der reife Mann. Der Waldbauernbub, noch im Dämmer seines Werdens, befolgte ihn schon Jahre früher. Das machte ihn keineswegs geistig frühreif und schon gar nicht lieferte es ihn aggressiver Selbstgefälligkeit aus. Mit der Unbefangenheit des Kindes sammelte er weiterhin die Eindrücke aus der Welt seiner Umgebung. Die Jahre gingen hin, auch in der bergigen Einschicht der Waldheimat rannen sie wie Wasser durch des Menschen Hand, jeder Tag kam und ging wie ein flüchtiger, bald zum Abschied verwandelter Gruß der alterslosen Zeit an den hinfälligen Menschen. Die Drachenbinderin starb, und dem kleinen Maxl brannte das Haus nieder, der schwarze Toni erschlug den Jäger Wolf, und in der gleichen Tiefe des Waldes hatte Käthchen, das Mädchen vom Zaunreuther, die erste Enttäuschung auszuhalten. Der leichte Federlschneider rettete die alte Kundel vor dem Ertrinken und wich allen Ehrungen aus, die man ihm erweisen wollte, der Waldbauer mußte sich von dem zugelaufenen Knecht, der ihm mit dem fremden Gespann den Acker umbauen half, einen »Dodel« heißen lassen, und im Kluppeneggerhof feierten sie wieder einmal das Fest der Weihnacht. Die Geschehnisse, vorübergetragen von den gleichmütigen Stunden, versanken für die übrigen ins Vergessen, nur der Waldbauernbub verwahrte sie in seinem Gedächtnis, als ein unverhofftes Glück oder eine herbe Enttäuschung.

Mit dem Wachstum in die Zeit bekam er bald mehr zu sehen als die verrauchte Stube des Meisensepp und das Sterben darin. Man berief ihn dahin und dorthin, damit er aus einem amtlichen Schriftstück oder erbauenden Buch vorlese. Man holte ihn, wenn ein Schreiben an die Behörde abzufassen war oder ein Testament aufzusetzen. Für den elterlichen Pflug zu schwach, zog er manches Jahr mit seinem Meister Naz Orthofer, als Lehrling zuerst, dann als wandernder Schneidergeselle, kreuz und quer durch die Umgebung, von Bauernhof zu Bauernhof, das Bügeleisen und die Schere, die Elle und die Nadel wohlverwahrt im Rucksack. Er stolperte sonntags die Kirchweihfeste ab, mit wachen Augen und offenen Ohren, er hörte die Predigten des Pfarrers in der Kirche und die Meinungen der Bauern und Holzknechte im Wirtshaus und bei der Arbeit. Bild an Bild ließen die neugierigen Augen in seine Seele, und sein Ohr nahm jedes Gespräch auf. Bild und Gespräch, Geschautes und Gehörtes, fügten sich in seinem Innern zu einem Universum der bäuerlichen Welt, das er nicht mehr aus seinem Gedächtnis verlor. Und als er, mit zwanzig Jahren, sich anschickte, von der Höhe ins Tal zu steigen, von der Einschicht in die Stadt, aber diesmal nicht, um in Bruck Hasenöl zu holen oder in Wien den Kaiser Josef zu besuchen, trug er auf seinen Schultern außer dem Ränzlein, in dem seine Wegzehrung verpackt lag und seine geringe Habe, eine lebendige, in sich geschlossene Welt zu Tal, von der unten fast niemand etwas wußte.

Der Drang zur Konfession im Sinne Goethes hat auch Peter Rosegger bis zu seinem Tod am 26. Juni 1918 in Krieglach bewegt, er war ein Teil seiner schriftstellerischen Existenz. Manches aus seiner reichen Produktion ist mit den darin angesprochenen Problemen seiner Zeit versunken, mit der »Waldheimat« jedoch hat er die begrenzte Region seiner Heimat in das geistige Bild der Welt eingefügt und die deutsche Literatur um einen kostbaren Besitz bereichert. Wie der Entdecker eines neuen Landstrichs, so hat er auf der geistigen Landkarte der Steiermark den weißen Fleck ausgelöscht, der sich über die wahren Zustände der bäuerlichen Welt gelegt hatte. Von dort ist er gekommen wie ein Weltfahrer aus noch unerforschten Gebieten, mit dem Gewinn seiner Erfahrung, die Fremdes vertraut macht, Fernes in Nähe verwandelt, Niegeschautes zur Anschauung bringt. Das Schreiben freilich, wie er es verstand und übte, fiel ihm nicht leicht, er gab dabei immer etwas von sich ab, und man wird »sehr mager dabei«, bekannte er einmal. Aber unentwegt bildete er die Kräfte seines Herzens. Das Fazit seines Lebens sah er in dem Altersspruch: »Der Wahrheit höchste ist die Liebe.« So ist er, wie auf anderem Gebiet der *Erzherzog Johann,* zum Schutzgeist seines Heimatlandes geworden.

Was *Gerhart Hauptmann* nach der Lektüre von Jugenderinnerungen, die *Franz Stelzhamer* herausgegeben hatte, zu sagen wußte, nämlich sie hätten ihn zu schönen Entdeckungen vergessener Besitztümer im Grunde eigenen Wesens verholfen, wie er selber ein glücklicher Dorfjunge gewesen sei, gebannt in den Kreis der Wunder kindlicher Existenz, das klingt wie das zusammengefaßte vieltönige Echo einer in die Millionen gehenden Leserschaft auf jeden Band der *Waldheimat* des einstigen Waldbauernbuben.

## *Josefine Gallmeyer — Marie Geistinger*

VON EDITH MARKTL-FUTTER

Mit Josefine Gallmeyer, der genialen Volksschauspielerin, und Marie Geistinger, der unübertroffenen Interpretin der französischen und klassischen Wiener Operette, erreichte der Schauspielerkult in Wien seinen Höhepunkt.

*Josefine Gallmeyer,* eine der faszinierendsten Erscheinungen der Wiener Bühne, war sicherlich der originellste weibliche Komiker Wiens. Diese Schauspielerin, die wie keine andere — Marie Geistinger ausgenommen — den Zeitgeschmack des damaligen Wien getroffen hat, überragte in ihrer Glanzzeit an überschäumendem Temperament, schöpferischer Phantasie und kühner Gestaltungskraft auch *Therese Krones,* ihre von ihr geradezu schwärmerisch verehrte Vorgängerin. In ihrem naturwahren Spiel und in der ätzenden Schärfe ihrer selbstverfaßten, mit aktuellen Anspielungen auf die politischen und kulturellen Tagesereignisse gewürzten Couplets, ihren kühnen, oft zweideutigen Extempores und ihren treffenden Parodien bekannter Persönlichkeiten steckte viel vom Zynismus und der Kaustik *Nestroys,* sodaß sie mit Recht der »weibliche Nestroy« genannt wurde.

Josefine Gallmeyer wurde am 27. Februar 1838 als das uneheliche Kind der Opernsängerin *Katharina Tomaselli* und des Opernsängers *Michael Greiner* in Leipzig geboren. Ihr Großvater mütterlicherseits, *Giuseppe Tomaselli,* war Hofkapellmeister und Gesangslehrer in Salzburg und Wien. Die Brüder ihrer Mutter, Franz und Ignaz, wirkten als Sänger und Komiker in Wien, während Karl der Begründer des bekannten Kaffeehauses in Salzburg wurde. Wenige Jahre nach Josefines Geburt heiratete Katharina Tomaselli den Schauspieler *Christian Gallmeyer,* dessen Namen das Kind von nun an führte. Kaum 15 Jahre alt, debütierte Josefine mit Erfolg am Brünner Stadttheater. Im Jänner 1856 gastierte sie erstmals in Wien am Josefstädter Theater und war dann in rascher Folge am Deutschen Theater in Pest, bei Nestroy am Carltheater, in Temesvar, Arad und Hermannstadt sowie zuletzt wieder in Temesvar bei Direktor *Friedrich Strampfer* verpflichtet, der sie nach einem Gastspiel am Berliner Viktoriatheater und einem kurzen Engagement am Dresdner Hoftheater im Herbst 1862 an das Theater an der Wien engagierte.

Nach einigen schwächeren Erfolgen gelang ihr in *Emil Pohls* Posse *Der Goldonkel* der ersehnte Durchbruch. Über Nacht war die junge Schauspielerin, die weder eine ideale Bühnengestalt noch ein hübsches Gesicht besaß, deren Erscheinung ihren ganzen Zauber zwei großen dunklen temperamentvollen Augen verdankte, die erste Soubrette Wiens und eine Berühmtheit geworden. Ihr zündender und geistreich pointierter Coupletvortrag — schon hier ein Höhepunkt ihrer Darstellung — wurde zum Tagesgespräch von Wien.

Wenige Monate später lieferte sie in der Posse *Wiener G'schichten* mit ihrem Cancan, den sie als erste in Wien auf der Bühne tanzte und den nach Ansicht der Zeitgenossen selbst die berühmteste französische Cancantänzerin, die *Rigolboche,* nicht »sinnlicher, kecker und berauschender« tanzte, eine neue Sensation. Dieser Tanz durfte von nun an in keiner der für sie geschriebenen Rollen fehlen. Ihr Eigentlichstes aber, »ihre wahrhaft vernichtende parodistische Gabe«, zeigte sie kurz darauf in der Parodie *Die elegante Tini,* in der sie die berühmte Burgtheater-Tragödin *Charlotte Wolter* in der Titelrolle von *Eduard Mautners* Schauspiel *Eglantine* in Toilette, Sprache, Gestik und Mimik, vor allem aber im berühmten Wolterschrei (als Adelheid im *Götz von Berlichingen)* so treffend parodierte, daß ganz Wien sie in dieser Rolle sehen wollte.

Ihre wohl berühmteste Leistung auf diesem Gebiet und zugleich ihr letzter großer Erfolg in Wien war 1881 ihre Parodie der französischen Tragödin *Sarah Bernhardt* in dem nach ihren Anregungen von *F. Zell* verfaßten Stück *Sarah und Bernhard.* »Mit scharfem Instinkt heftet sie sich an das, was bei der französischen Künstlerin mit der Zeit — und bei der Hast ihrer Gastspiele wahrscheinlich recht bald — zur Manier werden wird.«

Nicht ganz ein Jahr nach ihrem Erfolg im *Goldonkel* stand Josefine Gallmeyer auf der Höhe ihres Ruhmes. Der Kritiker *Hugo Wittmann* hat wohl am treffendsten das Geheimnis ihrer Wirkung erklärt, wie sehr sie es verstand, das Publikum immer wieder von neuem zu begeistern und an sich zu fesseln: »Wenn sie in einer ihrer Glanzrollen, die ihr auf den Leib geschrieben wurden, eine ganze Skala von ernsten und heiteren Empfindungen durchlief, die Hörer durch ihr hinreißendes Genie bald zu hellem Auflachen, bald zu lauter Rührung zwingend, wenn sie eine unendliche Fülle von Spott auf charakteristische Residenzfiguren ausgoß, wenn sie alle hervorragenden Köpfe wie eine virtuose Schnellzeichnerin heiter imitierte in Ton, im Gang, in den Gebärden, wenn sie nach all diesen szenischen Hexereien, wie um sich selbst zu betäuben, in einen zügellosen Cancan fiel, den sie gleich einer jungen Mänade immer und immer wiederholte, als sollte jetzt die Welt untergehen und vorher noch einmal alle Leidenschaft und aller fessellos sinnlicher Übermut zum letztenmal austoben, da raste und stürmte auch das Publikum und jubelte ihr Beifall zu. Allen war zumute, als ob ein Phänomen plötzlich erschienen sei, ein weiblicher Dämon, der unsere Gefühle aufjagte, empörte und mit geheimnisvoller Gewalt auch wieder festhielt.«

Nur Vorlage für ihr geniales Spiel und nicht mehr waren die Possen, Volksstücke und »Lebensbilder«, die die Wiener Theaterschriftsteller in den nächsten Jahren für sie schrieben und die nur dank ihrer grandiosen Leistungen oft zu Serienerfolgen wurden. Es wurde aber immer schwieriger, passende Stücke für Josefine Gallmeyers im Wiener Volkstum verwurzelte schauspielerische Eigenart zu finden. Während der zwanzig Jahre ihres Wiener Wirkens vollzog sich der endgültige Niedergang des Volksstücks. Daß sie diese Gattung, die in ihr noch ein letztes Mal verkörpert schien, überlebte, wurde ihr Verhängnis. Der einzige Volksdichter unter den Theaterschriftstellern, *Ludwig Anzengruber,* aber schrieb die meisten seiner Stücke, kontraktlich an die »Geistinger-Bühne«, das Theater an der Wien, gebunden, für Marie Geistinger und nur eine einzige große Rolle für Josefine Gallmeyer, die Liesel Hübner in seiner Bauernkomödie *Die Trutzige.* Sie spielte diese Rolle, die zugleich das lebendigste Denkmal ihres widerspruchsvollen Wesens ist, erstmals anläßlich eines Gastspiels am Theater an der Wien im September 1878 mit überzeugendem Erfolg. Die Liesel Hübner, mit der sie, wie sie selbst schreibt, einmal ohne »fade Extempores und fadenscheinige Effekthascherei« einen Charakter auf der Bühne gestalten kann, wird ihre Lieblingsrolle. Bei ihren Gastspielen, vor allem in Graz, trat sie auch in anderen Anzengruber-Rollen auf; so war ihre Horlacherlies im *G'wissenswurm* eine auch von *Peter Rosegger* viel gerühmte Leistung.

Parallel zum Niedergang des Volksstücks aber vollzog sich der Aufstieg der französischen und Wiener Operette, die nun die Spielpläne der Wiener Vorstadttheater beherrschte und das Publikum zur Begeisterung hinriß. Da Josefine Gallmeyers Bühnenerscheinung und die schwache, wenn auch hübsche Stimme, die in späteren Jahren noch schwächer wurde, für die Operette weniger geeignet waren, konnte sie in diesem neuen Genre nur zwei wirklich große Erfolge erringen: 1869 als Gabriele in *Jacques Offenbachs Pariser Leben* und 1878 als Regerl in *Carl Millöckers Das verwunschene Schloß.*

In ihrer Jugend nur von dem Wunsch beseelt, sich und die anderen zu amüsieren, legte sie auf einen guten Ruf wenig Wert und kümmerte sich nicht um die jeden Tag neuen Geschichten und Skandälchen, die über sie in allen Zeitungen kolportiert wurden und die zum Teil von ihren Direktoren aus Reklamegründen nur erfunden waren. Dem stand in reiferen Jahren ein tiefes Verlangen nach menschlicher und künstlerischer Anerkennung, auch in »seriöseren« Rollen, gegenüber. Aber Josefine Gallmeyer konnte das Bild der genialen, zügellosen Soubrette, das sich das Publikum von ihr gemacht hatte und das es immer wieder sehen wollte, nicht mehr zerstören. Bereits 1865 schrieb *Robert Hamerling* über die Schauspielerin: »Ein großes Talent, aber modifiziert durch den Einfluß einer bestimmten Zeit und eines bestimmten Publikums.« Dazu kam, daß sie nicht imstande war, sich für ihr Repertoire und ihre darstellerische Eigenart eine feste künstlerische Heimstätte in Wien zu schaffen. Nachdem sie 1865 das Theater an der Wien verlassen hatte, wechselte sie — auf Grund ihres stark von Stimmungen abhängigen launenhaften Naturells und ihrer direkten offenen Art immer wieder schnell mit Theaterschriftstellern und Direktoren zerstritten — in rascher Folge ihre Engagements. Zuletzt wollte sie keine der beiden großen Wiener Vorstadtbühnen, weder das Theater an der Wien noch das Carltheater, mehr verpflichten, und sie fand nur mehr an Friedrich Strampfers kleinem unprofiliertem Theater in der Tuchlauben ein Engagement. Als Strampfer 1873 nach dem großen Bankkrach die Leitung des bereits verschuldeten Theaters zurücklegte, übernahm Josefine Gallmeyer gemeinsam mit dem Schriftsteller *Julius Rosen* die Direktion, die aber bereits nach fünf Monaten mit dem finanziellen Ruin der Künstlerin endete. Sie hatte ihr gesamtes ansehnliches Vermögen verloren und 150 000 Gulden Schulden gemacht, eine Summe, die sie trotz aufreibendster Gastspieltätigkeit bis zu ihrem Lebensende nicht zurückzahlen konnte. Aus ihren Briefen spricht nun oft trostlose Verbitterung und beginnende Menschenverachtung, die ihren natürlichen Frohsinn immer mehr überschatten. Ihre 1877 in Hamburg geschlossene Ehe mit dem jüngeren Schauspieler *Franz Siegmann* wird nach vier Jahren auf ihren Wunsch wieder geschieden, nachdem sie in Graz den jungen Komiker *Wilhelm Thaller* kennengelernt hatte. Auch diese Verbindung wird von ihr bald wieder gelöst.

In diese Zeit fallen Josefine Gallmeyers erste schriftstellerische Versuche. 1882 erscheinen die beiden Novellen *Aus is* und *Die Schwestern,* die sie Anzengruber widmete und die mit unterschiedlichem Echo aufgenommen wurden. Der Einakter *Aus purem Haß* ist verschollen. Daneben veröffentlichte sie auch zahlreiche feuilletonistische Arbeiten: *Erinnerungen* und Reisebriefe aus Amerika.

Trotz aller schauspielerischen Triumphe war Josefine Gallmeyer in ihrem künstlerischen Ehrgeiz letztlich noch unbefriedigt. Ihr Traum war, am Burgtheater die Rollen der berühmten »komischen Alten« *Amalie Haizinger* zu spielen. Aber als sie im März 1882 bei einem Gastspiel am Wiener Stadttheater den Versuch unternahm, in der tragischen Rolle der Bäckersfrau Desvarenne in *Ohnets* Drama *Sergius Panin* in einem neuen Rollenfach festen Fuß zu fassen, scheiterte sie vollkommen. Sie konnte das Publikum, das sie noch immer mit ihren früheren Rollen identifizierte, nicht überzeugen.

Von einer Amerikatournee in der Spielzeit 1882/1883 kehrte sie zurück, gezeichnet von einer unheilbaren Krankheit, die sie bereits in den letzten Jahren zu immer größeren Spielpausen und Kuraufenthalten gezwungen hatte. Am 3. Februar 1884 stirbt Josefine Gallmeyer, die *Eduard Bauernfeld* als das »größte theatralische Genie Wiens« bezeichnet hatte, in Wien. Ein Nachruf nennt sie treffend »die Inkarnation des Lebens, des vollpulsierenden, nach jeder Betätigung drängenden Lebens«.

Als 1865 Josefine Gallmeyer das Theater an der Wien verließ, holte sich Friedrich Strampfer als Ersatz aus Berlin eine strahlend schöne, elegante Schauspielerin mit einer hervorragend geschulten, wohlklingenden Sopranstimme: *Marie Geistinger,* die schon mit ihrer ersten Rolle, Offenbachs *Schöner Helena,* zur Rivalin Josefine Gallmeyers in der Gunst des Publikums wurde. Bereits 1864 hatte Strampfer mit dem französischen Operettenkomponisten *Jacques Offenbach* einen Vertrag abgeschlossen, der dem Theater an der Wien für die nächsten drei Jahre jährlich mindestens ein abendfüllendes Werk zusicherte. Und der triumphale Erfolg der deutschsprachigen Erstaufführung der *Schönen Helena,* dieser Satire auf den Hof und die Gesellschaft zur Zeit *Napoleons III.,* im März 1865, wiederholte sich auch bei der Uraufführung des *Blaubart* (1866) — die Geistinger sang das Bauernmädchen Boulotte, und die Operette mußte hundertvierzigmal en suite gespielt werden — und bei der *Großherzogin von Gerolstein* (1867). Offenbach wußte selbst am besten, daß er die überragenden Erfolge seiner Operetten vor allem dieser Schauspielerin verdankte, die für seine Heldinnen die ideale Interpretin war. Nach seinen Worten hat sie ihre Pariser Vorgängerin in der Rolle der *Schönen Helena* »durch betörenden Reiz von Erscheinung, Stimme und Spiel noch übertroffen«. Diese Partie, die ihrer künstlerischen Eigenart sosehr entgegenkam, blieb Marie Geistingers beste und berühmteste Rollengestaltung. Sie wurde zum Prototyp ihrer späteren Darstellungen, mit ihr wurde sie immer wieder identifiziert. Was *Eduard Hanslick* 1876 rückblickend über ihre *Schöne Helena* schrieb, erfaßt mit den Vorzügen aber auch die Grenzen der Künstlerin: »Ihre prächtige Figur, durch feine, vornehme Haltung gehoben, ihr im Sprechen wie im Singen stets melodiöses Organ, ihr munteres, dabei stets maßvolles elegantes Spiel errangen ihr sofort den ersten Platz unter den Künstlerinnen dieses Faches. Die Rolle bleibt beinahe typisch für die gesamte spätere Tätigkeit der Geistinger, in welcher wir durchgreifende Wandlungen ihres Talents oder Stils nicht wahrnehmen. Immer tritt Marie

Geistinger als brillante Persönlichkeit auf, als vorwiegend gewandte, geschmackvolle, formell unfehlbare Darstellerin von mehr feinem und schmiegsamem als ursprünglichem, schöpferischem Talent. Individualisierende Kraft besitzt sie nur bis zu einem gewissen Grade, die Naturgewalt des Humors und der Komik in noch geringerem. Als geniale Natur ist ihr die Gallmeyer überlegen ...«

Marie Geistinger wurde am 26. Juli 1836 in Graz als Kind der pensionierten russischen Hofschauspieler *Nikolaus* und *Charlotte Geistinger* geboren. 1844 betrat sie in Graz erstmals die Bühne und spielte hier fünf Jahre lang vor allem Kinderrollen. Daneben erhielt sie ihre erste musikalische Ausbildung im Grazer Musikverein. Im Winter 1849/1850 erhielt sie von *Karl Maria Wolf* in Wien Gesangsunterricht. 1850 debütierte sie am Max-Schwaiger-Theater in München. Nach einem kurzen Engagement am Josefstädter Theater in Wien im Jahre 1852 war sie am Friedrich Wilhelmstädtischen Theater in Berlin, wo ihre steile Karriere begann, am Thaliatheater in Hamburg, am Stadttheater in Riga und zuletzt am Viktoriatheater in Berlin verpflichtet. Von hier kam sie an das Theater an der Wien. 1869 übernahm sie dann selbst gemeinsam mit dem ehemaligen Sekretär Strampfers, *Maximilian Steiner,* die Direktion dieser Bühne. Auf der Suche nach neuen zugkräftigen Operetten gelang es den neuen Direktoren 1870, *Johann Strauß d. J.* als Operettenkomponisten zu verpflichten. Alle von ihm in den nächsten zwei Jahren komponierten theatralischen Werke sollten am Theater an der Wien zur Uraufführung gelangen. Vor allem die Rosalinde in Strauß' Meisterwerk *Die Fledermaus (1874)* wurde zu neuer Glanzleistung.

Neben Johann Strauß wurde auch *Ludwig Anzengruber* kontraktlich an das Theater an der Wien gebunden. Sein erstes Stück wurde eigentlich nur als Lückenbüßer auf den Spielplan gesetzt. Dann aber wurde das Volksstück *Der Pfarrer von Kirchfeld* im November 1870 zu einem durchschlagenden Erfolg für den Dichter und Marie Geistinger in der weiblichen Hauptrolle der Anna Birkmeier. In den nächsten Jahren folgten mit ebenso starkem Beifall noch andere tragende Rollen in Anzengruberstücken. Trotz hervorragender Leistungen als Darstellerin in Anzengruberstücken kann man Marie Geistinger nicht — wie Josefine Gallmeyer — als Volksschauspielerin im eigentlichen Sinn bezeichnen.

Ihre aber wohl einzigartige Vielseitigkeit bewies die Künstlerin, als sie 1875 aus der Direktion des Theaters an der Wien ausschied, um sich vorerst nur mehr dem ernsten und klassischen Fach zu widmen. Nach Schauspielunterricht bei dem Schauspieler und späteren Direktor des Leipziger Stadttheaters *August Förster* gab sie bei *Heinrich Laube* am Wiener Stadttheater ein längeres Gastspiel, wobei sie unter anderem als Kameliendame, Sappho,

*Marie Geistinger in der Rolle der Anna Birkmeier im »Pfarrer von Kirchfeld« von Ludwig Anzengruber; Foto Julius Gertinger, 1871*

*Hans von Perthaler*

*Anton Ritter von Schmerling; Lithographie von Josef Kriehuber, 1849*

*Cajetan Felder; Lithographie von Adolf Dauthage, 1861*

*Carl Freiherr von Vogelsang; Lithographie von Ignaz Eigner*

*Ferdinand Kürnberger; Lithographie von Carl von Stur*

*Peter Rosegger; Zeichnung von Marta Elisabeth Fossel*

Iphigenie, Medea und Orsina auftrat. Dank ihrer äußeren Mittel und »wohlbewandert in jeglicher Theaterfertigkeit« gelang ihr, was Josefine Gallmeyer später versagt blieb, nämlich auch in tragischen Rollen ihre Natürlichkeit zu bewahren. Aber trotzdem wurde dem Wiener Gastspiel — als Tagessensation zwar ein großer Publikumserfolg — nur ein geringer künstlerischer Erfolg zuteil. Anders als auf dem Gebiet der Operette und auch des Volksstücks, wo sie Einzigartiges bzw. Überdurchschnittliches leistete, kam sie in ihren klassischen Rollen über eine durchschnittliche Darstellung nicht hinaus. Dennoch trat sie im August 1877 am Leipziger Stadttheater ein Engagement als Erste Heldin und Salondame an. Schon bald gab sie aber auch hier ihre berühmtesten Operettenrollen und war so an einem Abend Offenbachs Schöne Helena und am nächsten Goethes Iphigenie.

Als erster deutschsprachiger Künstlerin gelang Marie Geistinger auch der große Durchbruch in Amerika. Ende 1880 ging sie zum erstenmal hinüber und blieb fast vier Jahre. Mit zum Teil sensationellem Erfolg zeigte sie ihr Erfolgsrepertoire sogar in Kalifornien und Mexiko. Sie unternahm noch mehrere Amerika-Gastspiele, das letzte mit 63 Jahren.

Am 29. September 1903 starb die Schauspielerin, die kurze Zeit (1877 bis 1881) mit dem jüngeren Schauspieler *August Kormann* verheiratet gewesen war, in Klagenfurt. War Josefine Gallmeyer die letzte große Wiener Volksschauspielerin von elementarer und ursprünglicher Begabung, so war Marie Geistinger die erste und bedeutendste Interpretin der klassischen Wiener Operette, die »Königin der Operette«, wie sie von ihren Zeitgenossen genannt wurde.

## *Eduard van der Nüll — August Sicard von Sicardsburg*

VON RENATE WAGNER-RIEGER

Die beiden Architekten der *Wiener Staatsoper* gehören zu den führenden Künstlern der frühen franzisko-josephinischen Epoche. Seit ihrer Studienzeit fast ausschließlich gemeinsam tätig, repräsentieren sie eine im Wiener Baubetrieb der zweiten Hälfte des 19. Jahrhunderts häufige Form der Arbeitsgemeinschaft, in der *Eduard van der Nüll* (geboren am 6. Jänner 1812 in Wien) den architektonisch-dekorativen Teil übernahm, während *August Sicard von Sicardsburg* (geboren am 9. Dezember 1813 in Pest) die technischen und statischen Probleme bewältigte. Freilich stellt die enge Zusammenarbeit beider Künstler die Möglichkeit, ihren Anteil jeweils zu ermitteln, sehr in Frage. Immerhin begegnet man van der Nüll wiederholt als Entwerfer kunstgewerblicher Gegenstände (etwa für die Altlerchenfelder Kirche) oder Mitarbeiter an Prunkhandschriften (etwa bei einem Gebetbuch für *Kaiserin Elisabeth*), während Sicardsburg bei städtebaulichen Planungen, etwa einem Regulierungsplan für Wien um 1865, allein zeichnet.

Beide Künstler studierten an der Wiener Akademie und begannen bald, sich von einem von der offiziellen Bautätigkeit bevorzugten Spätklassizismus zugunsten einer reicheren, dekorativ und farbig bestimmten Bauweise zu lösen. Ganz bewußt holten sie sich Anregungen bei verschiedenen historischen Stilen, die sie zu einer neuen Einheit verbinden wollten. Es ging ihnen dabei noch nicht um die später geforderte Stilreinheit, sondern sie strebten nach einer Synthese aus den Stilen vergangener Epochen. Dabei haben sie auch den Barock eingeschlossen, obwohl man diese Kunst damals noch als verderbt ansah und ihr kein Interesse entgegenbrachte. So muß ihr Eintreten für den Schutz barocker Gebäude als besonders fortschrittlich erscheinen. Diese gegenüber dem Klassizismus gewandelte Auffassung beleuchtet auch die Tatsache, daß die Studienreisen der beiden Architekten nicht mehr wie jene früherer Jahrgänge ausschließlich nach Rom und auf die Antike hin orientiert waren; vielmehr konnten sie ausgedehnte Reisen zum Studium der westeuropäischen Kunst unternehmen. So werden sie zu den Repräsentanten einer Stilrichtung, die man als romantischen Historismus bezeichnen kann; diese war schon früher in Berlin und München aufgetreten und bürgerte sich in Wien erst um die Mitte des Jahrhunderts ein, wobei Nüll und Sicardsburg einen künstlerischen Höhepunkt darstellen. Die theoretischen und praktischen Fähigkeiten der beiden hervorragenden Baukünstler wurden anerkannt, und man hat sie, als rund Dreißigjährige, zum Lehramt an die Akademie der bildenden Künste in Wien berufen. Aus ihrer Schule ging eine stattliche Reihe bedeutender Architekten hervor. Van der Nüll, der sich immer wieder theoretisch zu künstlerischen Fragen äußerte, unterrichtete auch Perspektive und Ornamentik.

Die Tätigkeit beider Architekten konzentrierte sich auf Wien und den Umkreis der Stadt, doch machten sie auch Entwürfe für Brünn oder Pest. Die Frühwerke, die noch im Vormärz entstanden sind, kennzeichnet eine leichte, spielerische Auffassung; das Loggia-Motiv dient der Auflockerung des Baublockes, und die reichlich verwendete Ornamentik wirkt scharflinig und bedient sich gelegentlich der Anklänge an islamische oder byzantinische Formen. Das gilt sowohl für das sogenannte *Aktienbad* in Baden bei Wien wie für das ehemalige *Carltheater* in der Wiener Praterstraße. Dieser 1847 in sechs Monaten ausgeführte Bau war in Wien ein frühes Beispiel für die Integration von monumentaler Plastik und farbiger Dekoration in die Architektur, nachdem der Klassizismus solche Verbindungen abgelehnt hatte. Nüll und Sicardsburg gewinnen so die Voraussetzungen für die Schaffung eines »Gesamtkunstwerkes«, jener in den theoretischen Überlegungen der Romantiker diskutierten Möglichkeit des Zusammenklanges aller Kunstgattungen in einem einheitlich konzipierten Werk, das *Richard Wagner* — ein Generationsgenosse unserer Künstler — im Rahmen des Theaters verwirklichte. Für die technische Bewältigung ihrer Entwürfe bedienten sich die Architekten der damals besonders kultivierten Eisenarchitektur; sie gebrauchten diese etwa bei der 1845 ausgeführten Dachkonstruktion des *Sofienbades*, welche die Verwendung der Halle im Winter als Tanzsaal erlaubte.

Die Revolution von 1848, die in Wien auch eine grundlegende Änderung des Architekturbetriebes zur Folge hatte, betraf auch Nüll und Sicardsburg. Der Neubau der *Altlerchenfelder Kirche* in Wien wurde das Kampfobjekt der Architektenschaft. Den bis dahin geltenden Gepflogenheiten gemäß, war der Plan für die Kirche vom Hofbaurat erstellt worden, dessen maßgebender Mann damals *Paul Sprenger* war. Dieser aus Schlesien stammende Architekt hatte sich im Hofbaurat zur entscheidenden Autorität emporgearbeitet. Da sich die freischaffenden Architekten gegen diese Beamtenarchitektur zur Wehr setzten, hat man Sprenger als bestgehaßten Exponenten dieser Einrichtung sehr zu Unrecht die Fähigkeit zum schöpferischen Bauen abgesprochen. Sprenger gehört zweifellos zu den wichtigsten Architekten des Vormärz.

Jedenfalls forderten die im Revolutionsjahr zu einer Interessengemeinschaft zusammentretenden Architekten die Sistierung des nach Plänen Sprengers begonnenen Neubaues der Vorstadtkirche von Altlerchenfeld und verlangten die Ausschreibung einer Konkurrenz, ein Verfahren, welches von nun an für die Vergabe von Architekturaufträgen in Wien zur Regel werden sollte. Der junge schweizerische Architekt *Johann Georg Müller* siegte in dieser Konkurrenz und erhielt auch den Auftrag. Nach seinen Entwürfen wurde über den von Sprenger bereits gelegten Grundmauern ein reich differenzierter Bau begonnen, dessen Bauführung nach dem Tode Müllers 1849 *Franz Sitte* übernahm. Die Innenausstattung der im Rohbau vollendeten Kirche wurde 1853 *Eduard van der Nüll* übertragen, der die dekorative Ausmalung bestimmte und die Entwürfe für Einrichtung und liturgische Geräte lieferte.

Auch an der Errichtung des *Arsenals*, dem anderen im Gefolge der Revolution von 1848 entstandenen Baukomplex, hatten Nüll und Sicardsburg Anteil. Das Arsenal, auf der Höhe des Wiener Berges, bildete zusammen mit zwei Defensivkasernen am Donaukanal ein Festungsdreieck, welches die kaiserliche Residenz mehr gegen den inneren als gegen den äußeren Feind zu schützen hatte. Dieses Militäretablissement, das in Art einer idealen Stadtplanung Kasernen, Waffen- und Munitionsfabriken sowie entsprechende Depots umfaßte und auch ein Waffenmuseum (von *Theophil Hansen)* sowie eine Kapelle (von *Karl Rösner)* einschloß, wurde durch private Architekten ausgeführt. Nüll und Sicardsburg erhielten den Auftrag für den Eingangsbau (Objekt 1) sowie für die großen Eckkasernen. In der zuvor für Wien unbedeutenden Rohziegelbau-Technik entstanden hier mächtige Baublöcke mit einer besonders durch die nach oben zu reicher und vielteiliger werdende Fensteranordnung bewirkten Gliederung, die auch Monumentalplastik einbezog.

Das Arsenal mit seiner für die Zeit typischen Verquickung von romantisch-patriotischen und funktionalen Gesichtspunkten wurde zur wichtigen Vorstufe für die *Wiener Stadterweiterung*, die seit 1857 auf dem Gelände der niedergelegten Befestigung und des Glacis die Innere Stadt Wien mit dem Kranz der Vorstädte verband. Zur Erlangung geeigneter Entwürfe schrieb man eine Konkurrenz aus, an der sich auch Nüll und Sicardsburg beteiligten. Ihr Wettbewerbsentwurf erhielt zwar einen Preis, diente jedoch ebenso wie die anderen ausgezeichneten Entwürfe nicht der unmittelbaren Ausführung; diese ging vielmehr von einer 1859 vom Kaiser bewilligten Planung aus, in die das Gedankengut der Preisträger hineingearbeitet worden war. Nüll und Sicardsburg haben vier Bereiche ihres Überbauungsplanes besonders durchgestaltet und in Veduten interessante Vorschläge unterbreitet: so zur Defensionskaserne an der Augartenbrücke; um die Votivkirche herum wollten sie die Universität in getrennten Bauten unterbringen, wodurch eine Art Cité universitaire entstanden wäre. Ein anderer Vorschlag betraf die Ausgestaltung der Hofburg, der verschiedene Gedanken enthielt, die im später ausgeführten Konzept wieder auftauchten. Schließlich haben sie auch im Bereiche des alten Kärntnertores einen detaillierten Entwurf für ein neues Opernhaus vorgelegt, an den sie später selbst anschließen konnten. Zur selben Zeit bauten die Architekten den *Roberthof* in Wien, bei dem ein über mehrere Parzellen errichteter Häuserblock so gestaltet ist, daß er als einheitlicher Baukörper wirkt. Diese blockartige Verbauung hat bei der Durchführung der Stadterweiterung große Nachfolger gefunden. Nicht minder wichtig war das 1865 errichtete *Warenhaus Philipp Haas und Söhne* am Stock-im-Eisen-Platz, weil es das früheste Kaufhaus Wiens war, für das der Eisenständerbau in seinen radikalen Möglichkeiten ausgenutzt wurde — hinter einer repräsentativen Hausteinfassade verborgen. Mit dem *Palais Mönnich-Larisch* (Lothringerstraße—Johannesgasse) schufen die Architekten das Beispiel eines Privatpalastes, jenes anspruchsvollen Wohnbautypus, der damals nur noch in Wien besonders gepflegt wurde. Von künstlerischem Interesse ist neben der großartigen Eingangsfront der runde Ecktürm, der zur Übereckansicht des Baues auffordert.

Das unbestrittene Hauptwerk der beiden Architekten aber war die 1860 bis 1868 ausgeführte *Wiener Hofoper* (heute *Staatsoper*), der erste Monumentalbau an der Wiener Ringstraße. Sie gingen aus einer vielbeschickten Konkurrenz als Sieger hervor und hatten bei der Verwirklichung ihres Projektes mit mancherlei Schwierigkeiten zu kämpfen, was vor allem daher kam, daß es sich um den ersten Großbau handelte, der vom Stadterweiterungsfonds finanziert wurde. An dem in der Synthese aller Künste gestalteten Gesamtkunstwerk der Wiener Oper hat der Kaiser sehr intensiven Anteil genommen. Entsprechend dem Bebauungsplan der neu angelegten Ringstraße erhielt die Oper keinen Platz als Wirkungsraum, sondern entstand als eigener Block an der Kreuzung von Ring und Kärntner Straße: dementsprechend gliederten die Architekten den gewaltigen Bau sehr stark auf und bezogen Grünflächen und Brunnen in das Areal ein, sodaß der Charakter einer kleinen städtebaulichen Einheit entstand. Als Material wurde Haustein gewählt, wie es kurz vorher *Ferstel* für die Votivkirche und das Bank- und Börsengebäude in Wien wieder neu eingeführt hatte. Der Bau, dem eine betonte Sockelzone fehlt, ordnet sich vorzüglich in das städtebauliche Bild seiner Umwelt ein. Abgesehen von der umfangreichen, vielfältig eingerichteten Bühne, einem repräsentativen Zuschauerraum und großen Foyer (nach der Zerstörung im Zweiten Weltkrieg in veränderter Form wiederhergestellt), beansprucht das Treppenhaus Beachtung, das in eine Art Arkadenhof eingestellt ist und mannigfaltige Durchblicke gewährt. Die eigenen Treppenhäuser für den Kaiser und den Hofstaat blieben nicht erhalten, dagegen hat der Hoffestlogensalon noch seine ursprüngliche Ausstattung bewahrt. Für den Außenbau entscheidend ist die Forderung gewesen, neben den Räumen für das eigentliche Theater auch alle Nebenräume für Orchester, Proben, Schulung usw. unterzubringen und darüber hinaus durch vermietbare Gassenlokale die Rentabilität des Objektes zu erhöhen. Diesen vielfältigen Aufgaben, die an spätantike Anlagen erinnern, wurden die Architekten gerecht durch den in die Tiefe gestellten Haupttrakt, den zwei Querflügel durchdringen. Die Auflösung des Erdgeschosses der Flanken durch Arkaden und durch die Schaffung einer gedeckten Geschäftsstraße erhöht den architektonischen Reiz des Komplexes, dessen Fassade gegen den Ring in eine zweigeschossige Loggia geöffnet ist. Besonders hier, wo die Malereien von *Moritz von Schwind* sichtbar werden und die Statuen von *Hähnel* in den Arkadenbogen erscheinen, wird das Zusammentreten aller Künste auch am Außenbau evident. Die spätere Kritik hat die Architekten einer wahllosen Verwendung historischer Stile beschuldigt. Das Ergebnis der hier gezogenen Synthese jedoch ist vollkommen selbständig; durch starke Mauerschichtung und dekorativ reich durchgestaltete Kanten- und Ecklösungen erhält der Bau sein spezifisches Gepräge: bei aller Festlichkeit und Größe entbehrt er nicht der gebändigten Strenge, die jedes Detail einem geordneten System einzubinden trachtet. Diese Haltung wird besonders deutlich beim Vergleich der Wiener Oper mit der nahezu gleichzeitig entstandenen Pariser Oper, deren sprühender Reichtum ein ganz anderes Kunstwollen verrät.

Die Kritik an der Oper, welche mit dazu beitrug, daß der sensible und von Krankheit bedrückte *Eduard van der Nüll* am 3. April 1868 den Freitod suchte, war vor allem durch einen sich damals abzeichnenden Geschmackswandel bedingt, der den Bau, noch ehe er ganz vollendet war, bereits als stilistisch überholt erscheinen ließ. Auch *Sicardsburg*, der am 11. Juli 1868 starb, hat die Fertigstellung der Oper nicht mehr erlebt. Diese Tragik erwuchs aus der Tatsache, daß das Hauptwerk von Nüll und Sicardsburg jenem romantischen Historismus angehört, dessen Hauptentfaltung um die Jahrhundertmitte sich vollzog. Als letztes, in der Ausführung sich lange hinziehendes Bauwerk der beiden Architekten wurde die Oper auch der späte Höhepunkt der genannten Stilphase. Trotz der unmittelbar einsetzenden Stellungnahme gegen dieses Werk gehört es zu den besten Leistungen der Wiener Ringstraße.

## *Theophil Hansen — Friedrich Schmidt*

VON RENATE WAGNER-RIEGER

Die beiden Architekten zählen zu den bedeutendsten Künstlern, die in der zweiten Hälfte des 19. Jahrhunderts in Österreich tätig waren.

*Theophil Hansen* wurde am 13. Juli 1813 in Kopenhagen geboren und besuchte dort die Kunstakademie. Er war mit dem bedeutenden dänischen Klassizismus vertraut, in dessen Architektur ihn unter anderem sein Bruder und Lehrer *Hans Christian Hansen* einführte. Als dieser nach Griechenland gegangen war, folgte ihm Theophil 1838 nach. Sein Weg führte ihn dabei über Berlin, wo er der Begegnung mit den Werken *Karl Friedrich Schinkels* einen tiefergreifenden Eindruck verdankte, und über Oberitalien, wo er besonders in Venedig die Bauten *Palladios* studieren konnte. In Griechenland setzt sich Hansen mit der Baukunst der griechischen Antike auseinander, doch hat auf ihn auch die mittelalterliche byzantinische Architektur eine außerordentliche Wirkung ausgeübt, von der besonders sein romantisch geprägter Wiener Frühstil abhängig erscheint. Nachdem er in Athen einige Bauten errichtet hatte, darunter die *Sternwarte* für *Baron Georg von Sina,* holte ihn 1846 *Christian Ludwig Förster* nach Wien.

Förster, ein außerordentlich interessanter und vielseitiger Mann, der am 8. Oktober 1797 in Bayreuth geboren worden war, lebte seit 1819 in Wien, wo er ein umfangreiches Wirkungsfeld gefunden hatte. Vor allem wollte er der Architektur Wiens den Anschluß an die internationale Entwicklung sichern, von der sie sich durch ein konservatives Festhalten an spätklassizistischen Lösungen abzusondern drohte. Zu diesem Behufe gründete er 1836 die *Allgemeine Bauzeitung,* die zum Wegbereiter der historistischen Architektur wurde und in der Förster unter anderem auch den als »Materialbau« charakterisierten Rohziegelbau propagierte.

Nicht minder wichtig waren Försters Entwürfe für die Wiener Stadterweiterung, welche eine entscheidende Vorarbeit zu der seit 1857 erfolgten Niederlegung der Wiener Stadtmauern und der hier einsetzenden Glacisverbauung lieferten. Bei dem damals ausgeschriebenen Wettbewerb zur Gestaltung der Ringstraßenzone wurde Försters Vorschlag auch ausgezeichnet. Er trug das bezeichnende Motto: »Der gerade Weg ist der beste.« Noch ehe das Revolutionsjahr 1848 auch im österreichischen Baubetrieb grundsätzlich Änderungen hervorrief, war Förster bestrebt, junge, fähige Künstler nach Wien zu holen, um einem dekorationsfreudigen, historisierenden Bauen zum Durchbruch zu verhelfen.

*Hansen* war zweifellos die bedeutendste Künstlerpersönlichkeit, die Förster für Wien gewann. Die Arbeitsgemeinschaft zwischen den beiden Architekten, der die *evangelische Kirche in Gumpendorf* sowie Wohnbauten und Villen in Wien und Umgebung ihre Gestalt verdankten, wurde durch die Vermählung Hansens mit Försters Tochter gefestigt, ging jedoch nach deren Tod bald wieder auseinander. In diese Zeit, um 1851, fiel die Planung für das *Arsenal,* dessen künstlerischer Hauptbau, das *Waffenmuseum,* allein Hansens Werk ist, während Förster in dem großen Komplex vor allem Werkanlagen baute. Hansen verwendete für diesen ersten Museumsbau, den Wien erhielt, Rohziegel und nützte den farbigen Effekt für die künstlerische Gesamtwirkung dieses Gebäudes, das mit einer Statuenhalle als Vestibül und einer malerisch ausgestalteten Ehrenhalle im darüberliegenden Kuppelraum ein Denkmal für die österreichische Armee darstellt. Hansen verschmilzt klassizistische Baugedanken mit byzantinischen und islamischen Formen zu einer sehr charakteristischen Verbindung, zu einem romantischen Historismus, den er auch bei seinen anderen Wiener Frühwerken zur Anwendung bringt. Zu diesen gehört die *evangelische Friedhofskirche von Matzleinsdorf* und der im Auftrag des Baron von Sina ausgestaltete *Straßentrakt der griechisch-nichtunierten Kirche zur hl. Dreifaltigkeit* auf dem Fleischmarkt in Wien. Auch der Ausbau von *Schloß Hernstein* (Niederösterreich) für *Erzherzog Leopold* seit 1856 beginnt noch in einem mittelalterlich-romantisch verstandenen Stil, doch macht sich um 1860 eine neue Auffassung bemerkbar, indem sich mehr und mehr die Renaissanceelemente als charakteristische Formträger durchsetzen, der Bau eine strenge, blockartige Geschlossenheit erhält und diese durch ein orthogonal bestimmtes Dekorationssystem unterstrichen wird. Der Rohziegel wird durch den Putzbau zurückgedrängt, Außenbemalung und monumentale Plastik werden immer stärker dem Baukörper integriert. Diese Stilwende präsentierte sich in dem ehemaligen *Palais Sina* auf dem Hohen Markt in Wien sowie im ehemaligen *Heinrichhof,* den Hansen um 1861—1863 dem gleichzeitig errichteten Operngebäude gegenüberstellte. Es entstand hier ein Wohnblock, bestehend aus sechs Einzelhäusern, die, in den Höfen zusammengelegt und in der Außenerscheinung einheitlich komponiert, als geschlossener Wohnpalast erschienen. Diese kurz vorher von *Nüll* und *Sicardsburg* im Roberthof verwirklichte Idee wandelte Hansen mehrfach ab und gab damit diese Lösung auch an die folgenden Architektengenerationen weiter; die großen Wohnhöfe, die schon als Klosterhöfe im Barock eine für Wien spezifische Erscheinung waren, wurden hier in eine dem Historismus gemäße Form transponiert und entstanden später in den Wiener Gemeindebauten in neuem Gewande. Hansen legte stets Wert auf ein möglichst regelmäßiges Grundstück, da ihm Symmetrie als unabdingbare Qualität eines Baues erschien. Auch komponierte er seine Bauten meist auf eine Achsialansicht; ausgenommen davon sind die *Villen,* die er im Umkreis Wiens und im Salzkammergut ausführte und in denen er gemäß den Forderungen, die man an diesen Bautypus stellte, eine größere Auflockerung anstrebte.

Seit 1859 baute Hansen — wieder im Auftrag von *Baron Sina* — die *Akademie der Wissenschaften in Athen* in graecisierenden Formen, doch ist sein wichtigstes Tätigkeitsfeld Wien geblieben, wo er zu den wesentlichen Mitgestaltern der Ringstraßenzone wird. Die *Evangelische Schule* (Karlsplatz), das Gebäude des *Wiener Musikvereins* und das *Palais für Erzherzog Wilhelm* (Parkring) sind die wichtigsten Bauten der sechziger Jahre, deren Stil Hansen selbst als »griechische Renaissance« bezeichnete und die eine hohe Kultur der Innenausstattung aufweisen. Die Spätzeit ist begleitet von Hansens Tätigkeit als Leiter einer Spezialschule an der Akademie der bildenden Künste in Wien von 1868 bis 1884, an der er besonders die antike und die Architektur der Renaissance lehrt. Die gleichzeitig errichteten Spätwerke sind außerordentlich große Baukomplexe, deren Bewältigung Hansen nur mit einem besonders intensiven Einsatz seiner ganzen Künstlerpersönlichkeit gelang. Seine künstlerischen Vorstellungen werden durch den nicht ausgeführten *Entwurf für die Hofmuseen* besonders gut illustriert, weil er in graecisierenden Formen einen aus dem Alltagsleben herausgehobenen Weihebezirk schaffen wollte.

Nachdem für das Abgeordnetenhaus und für das Herrenhaus zunächst Einzelbauten vorgesehen waren — deren Entwürfe Hansen bei dem Neubau des Börsengebäudes weiterentwickelte —, legte er in dem schließlich zur Ausführung gelangten Gebäude des *Parlaments* beide Häuser in einem riesenhaften Großbau zusammen, der von der Aufgabe her sinngemäß Bauformen der griechischen Antike erhielt. Ein mächtig akzentuierter Mitteltrakt mit großem Atrium hatte allein den Repräsentationsansprüchen des Hohen Hauses zu genügen und entsprach keinem praktischen Bedürfnis — ein vom Architekten gegen mancherlei Einsprüche durchgesetzter Standpunkt. Der Bau der *Akademie der bildenden Künste* steigert durch intensiven Einsatz der malerischen und plastischen Elemente frühere Ansätze dieser Art.

Hansen suchte immer die Architektur mit den figürlichen Künsten zu einer Einheit zu verbinden und bevorzugte dabei als Maler den ihm kongenialen *Carl Rahl* und nach dessen Tod die Mitglieder seiner Schule. Trotz der mittelalterlichen, graecisierenden oder renaissancemäßigen Formen hält er bei den Grundrißlösungen meist an einem in die Tiefe gestellten, rechteckigen Mitteltrakt fest, der risalitartig vor- und aufgestuft den Hauptsaal oder den Hof des Gebäudes enthält und von niedrigen Flankentrakten eingerahmt wird. Diese Geschlossenheit und kubische Erscheinung der Bauten hat Hansens Werken auch in jenen Perioden Anerkennung gesichert, die sonst in der Baukunst der zweiten Hälfte des 19. Jahrhunderts nur einen unschöpferischen Eklektizismus zu erkennen vermochten.

Obwohl in seiner künstlerischen Haltung mit Hansen gut vergleichbar, hat *Friedrich Schmidts* Werk die Anerkennung der Nachwelt weniger leicht errungen. Abgesehen davon, daß seine Architektur die figürlichen Künste viel weniger integriert, wird er als ausgesprochener »Neugotiker« klassifiziert, was seine künstlerische Persönlichkeit einer — nicht vorhandenen — Einseitigkeit zeiht. Friedrich Schmidt wurde am 22. Oktober 1825 in Frickenhofen in Württemberg als Sohn eines evangelischen Pastors geboren, studierte am Polytechnicum in Stuttgart und trat 1843 beim Kölner Dombau als

Steinmetz ein. 1848 Meister, hat er sich in der von *Zwirner* geleiteten Bauhütte an einem idealtypischen Begriff vom Mittelalter orientiert und glaubte — ebenso wie seine Zeitgenossen —, durch die Verankerung in der Tradition zur lebendigen Weiterführung mittelalterlicher Stile in der Lage zu sein. Daß er selbst künstlerische Leistungen setzte, die ausschließlich als selbständige Werke des 19. Jahrhunderts zu verstehen sind, war ihm und seiner Epoche kaum bewußt. Neben seiner Arbeit am Kölner Dombau entfaltete Schmidt seit 1851 eine ausgedehnte private Bautätigkeit, besonders auf kirchlichem Gebiet im Nordrheinland, in Westfalen und Württemberg. 1854 hat er im Wettbewerb um die Wiener Votivkirche den dritten Preis erlangt und folgte 1857, nachdem ihm beim Kölner Dombau ein weiterer Aufstieg nicht möglich war, dem Ruf als Professor an die Akademie in Mailand. Neben der Lehrtätigkeit studierte Schmidt eifrig die italienische Baukunst, restaurierte in Venedig Santa Maria del Orto und Santa Maria e Donato in Murano und arbeitete Entwürfe für den Dom von Madrid und das Berliner Rathaus aus, die bei seinen weiteren Arbeiten eine Rolle spielen sollten. 1859 wurde Schmidt an die Wiener Akademie als Lehrer geholt, wo er besonders über den »Spitzbogenstil« zu lesen hatte. Er hat hier einen sehr großen, deutlich geprägten Schülerkreis um sich versammelt, der in der 1865 gegründeten *Wiener Bauhütte* ein entsprechendes Publikationsorgan für Entwürfe usw. erhielt.

Daneben entfaltete Schmidt eine außerordentlich weit gestreute Bautätigkeit, die auch die Restaurierung und »stilgetreue« Herstellung von Burgen umfaßte und in der Monarchie von Vorarlberg bis Fünfkirchen und von Teschen bis Agram reichte. Man holte sich von ihm auch Entwürfe für Bukarest und Malmö, Kiew und Tching-Ting (China). In Wien war Schmidt seit 1859 mit den Restaurierungsproblemen von *St. Stephan* konfrontiert worden, seit 1863 war er Dombaumeister. Hier — ebenso wie bei den anderen Restaurierungen — bewährte sich Schmidts werkgerechte Erziehung am Kölner Dombau, zugleich aber erweist er sich schon als Überwinder jener romantischen Auffassung, die jeden begonnenen Bau vollenden möchte; vielmehr setzt sich bei ihm das konservierende, rein auf die Erhaltung und Erneuerung des Vorhandenen gerichtete Interesse durch. Die wichtigsten ausgeführten Bauten konnte er in Wien errichten, wo eine ganze Zahl neuer Kirchen auf ihn zurückgeht. Neben der *Othmar-*, der *Lazaristen-* oder der *Brigitta-Kirche* ist vor allem *Maria vom Siege* (Fünfhaus) zu nennen, deren Kuppelbau italienische und barocke Elemente mit gotischen Formen zu einem Stilsynkretismus verschmilzt, der jeden Eklektizismus in Richtung auf eine künstlerische Neuschöpfung überwunden hat. Schmidts profanes Hauptwerk ist — abgesehen vom *Akademischen Gymnasium* und dem sogenannten *Sühnhaus* (in dem er am 23. Jänner 1891 gestorben ist) — das *Rathaus*, dessen mittelalterliche Formen, besonders der hohe Stadtturm, an die Rathäuser niederländischer Städte gemahnen und damit ein gewisses Programm verfolgen. Der mächtige Block, von dem Schmidt selbst nicht angeben mochte, in welchem Stil er gebaut sei, ist im straffen, aus dem Orthogonalsystem entwickelten Grundriß ein sehr typisches Bauwerk der Zeit, mit gleichzeitigen Leistungen *Hansens* und *Ferstels* durchaus verwandt. Ein wichtiges Spätwerk Schmidts ist das 1873 begonnene Administrationsgebäude der *Österreichischen Nationalbank* in der Bankgasse, dessen an Renaissancebauten anklingende Giebelformen einer »altdeutschen« Richtung in der Wiener Architektur die Tore öffneten, die einige der Schmidt-Schüler (etwa *Wielemans*) verfolgten und die eine Richtung des Späthistorismus kennzeichnet, neben der sich eine neobarocke Richtung auf die Wiederbelebung österreichischer Barockarchitektur konzentriert.

*Hansen*, der am 17. Februar 1891 in Wien starb, und *Schmidt* haben zu ihrer Zeit zwei sehr unterschiedlich aufgefaßte »Stile« vertreten, indem sich der eine der Antike und der andere dem Mittelalter verschrieben hat. In der Sicht der Gegenwart tritt die Bedeutung der angestrebten Stilrepetition und »Vollendung« eines historischen Stiles in den Hintergrund gegenüber dem der Entstehungszeit und der Leistung der beiden Architekten Eigentümlichen. Jeder der beiden vermochte dem Stil seiner Epoche — dem Historismus — sehr persönlich gefärbte Möglichkeiten abzugewinnen, welche das Entscheidende ihrer Leistung ausmachen.

## *Heinrich von Ferstel — Rudolf von Eitelberger*

VON RENATE WAGNER-RIEGER

Unter den Architekten des Historismus in Wien gebührt *Heinrich von Ferstel* als vielseitigem, schöpferisch begabtem Künstler ein hervorragender Platz. Der am 7. Juli 1828 in Wien geborene Ferstel ging aus der Wiener Akademie hervor, empfing jedoch zusätzlich durch seinen Onkel, den Architekten *Fritz Stache*, manche Anregung, zumal er 1851 in dessen Prager Atelier eintrat und bei der Restaurierung von Schlössern des Hochadels mitwirkte. Sehr bald wendete er sich allerdings gegen den dekorativen Reichtum, den die neugotischen Restaurierungen der böhmischen Schlösser in besonderem Maße zeigten, und suchte nach einer »ausgeprägten Form«. Eine solche fand er in den Phasen historischer Stile, welche man gerne als die »klassischen« bezeichnet, sowohl in der Gotik wie auch in der Renaissance.

Als 1853 *Kaiser Franz Joseph I.* einem Attentat entging und — im Zusammenhang damit — eine Konkurrenz für eine Gedächtniskirche, die sogenannte *Votivkirche*, veranstaltet wurde, erhielt Ferstel für seinen Entwurf den ersten Preis, sodaß er von 1856 bis 1879 sein Projekt verwirklichen konnte. Ferstel erblickte das Ideal des gotischen Stiles dort, »wo das Konstruktionssystem vom Stil vollständig durchdrungen ist, ohne noch zu einem dekorativen Schema und zu übergroßem Reichtum entwickelt zu sein«. Zur Verwirklichung seiner an der mittelalterlichen Kathedralgotik orientierten Kirche rief Ferstel nun eine neu organisierte Bauhütte ins Leben, zu deren Leitung er *Josef Kranner* aus Prag holte. Es handelte sich dabei um die Wiedereinführung der Hausteintechnik in die Wiener Architektur, die hier zuvor lange nicht gepflegt worden war, nun aber im Rahmen der »Monumentalarchitektur« der Wiener Ringstraßenzeit einen großen Aufschwung nahm. In der gleichen Bautechnik errichtete Ferstel daneben in den Jahren 1855 bis 1860 das *Bank- und Börsengebäude* in der Herrengasse in Wien. Dieser über einem komplizierten Grundriß außerordentlich sinnreich angelegte Bau erhielt eine in Wien sonst seltene »Passage«, jenen glasgedeckten basarähnlichen Typus einer städtischen Geschäftsstraße, mit dem sehr viele wirtschaftliche, repräsentative, gesellschaftliche und soziologische Ansprüche der Gesellschaft des 19. Jahrhunderts befriedigt wurden. Eine mächtige Treppenanlage und ein großer, reich ausgestalteter Börsensaal mit einem Hammerbeam-Roof waren wie der übrige Bau bis ins einzelne durch den Architekten bestimmt, der hier unter Einbeziehung sämtlicher kunstgewerblicher Ausstattungsstücke ein »Gesamtkunstwerk« zu schaffen trachtete. Ferstel hat seine künstlerische Bildung durch ausgedehnte Studienreisen abgerundet und war dabei in besonderem Maße von der englischen Kunst beeindruckt worden. Englische Architektur und vor allem die englischen Lebens- und Wohngepflogenheiten haben ihn stark beeinflußt. Ferstel war durch seine architektonische Tätigkeit zu einem angesehenen Künstler avanciert, was sich nicht zuletzt darin ausdrückte, daß man ihn nun wiederholt zum Juror bei den zahlreichen Konkurrenzen machte, welche seit 1848 ausgeschrieben wurden; auch hat man ihn ob seiner Verdienste in verschiedener Weise ausgezeichnet und 1869 geadelt. 1865 wird Ferstel Mitglied und Akademischer Rat der Akademie der bildenden Künste; gleichzeitig übt er die ihm 1866 verliehene ordentliche Professur für Hochbau am Wiener Polytechnischen Institut aus, wo er den Studienbetrieb neu aufbaute.

Ferstels künstlerische Auffassung entsprach den theoretischen Vorstellungen eines strengen Historismus, der mit den reinen Formen historischer Stile weiterarbeiten und diese vollenden wollte und mit diesen stilreinen Formen auch neue, bis dahin nicht bekannte Aufgaben zu bewältigen gedachte. Dieses Credo entsprach den Überlegungen, welche *Rudolf Eitelberger von Edelburg* in Wort und Schrift publizierte. Eitelberger, am 17. April 1817 in Olmütz geboren, gehörte zu jenen Männern, die das Kunstleben ihrer Zeit in Österreich wesentlich bestimmten. Als Kunsthistoriker hatte er an der Wiener Universität den zweiten Lehrstuhl dieser Disziplin in Europa inne. Sein Lehr- und Forschungsprogramm war auf den ständigen Kontakt mit den Originalen der Kunstwerke ausgerichtet und wurde durch eine enge Verbindung mit der Geschichtswissenschaft (Institut für österreichische Geschichtsforschung) gekennzeichnet. Dies war die Grundlage für die großartige Entfaltung der Wiener Kunsthistorischen Schule. Eitelberger begründete die Reihe der Quellenschriften zur Kunstgeschichte, er war Mitbegründer der k. k. Zentralkommission für die Erforschung und Erhaltung der Kunst- und historischen Denkmale, also der Vorläuferin des heutigen Bundesdenkmalamtes, und spielte im österreichischen Ausstellungswesen eine bedeutende Rolle. Dies galt besonders für die damals wichtigen Weltausstellungen. Zudem setzte er sich auch für die Reform des Kunstunterrichtes ein und erreichte, daß die bis dahin als zentrale Kunstbehörde organisierte Akademie der bildenden Künste 1872 eine ganze Reihe von Agenden abgeben mußte.

Eitelberger war mit Ferstel schon in dessen Lehrjahren an der Akademie zusammengetroffen. 1860 gaben beide eine Schrift über das bürgerliche Wohnhaus und das Wiener Zinshaus heraus. Tenor dieser Studie war der von englischen Gepflogenheiten inspirierte Gedanke, auch in Wien das einzelne Familienhaus einzuführen. Dies hat in Wien damals zu keinem Erfolg geführt, da man hier die traditionelle Wohnform im Zinshaus nicht aufgeben wollte. Auch als Ferstel sich 1872 nochmals mit den Ideen bei Gründung des Wiener Cottage-Vereines auseinandersetzte und für den Bau von einzelnen Familienhäusern eintrat, war ihm kein wirklicher Erfolg beschieden, da die ursprünglich als wohlfeile bürgerliche Wohnstätten gedachten Familienhäuser sehr bald zu Prunkvillen oder Zinsvillen umgestaltet wurden.

Zur besonderen Ruhmestat Eitelbergers wurde die Gründung des *Wiener Kunstgewerbemuseums.* Der Gedanke, eine solche Institution ins Leben zu rufen, reicht in das Jahr 1851 zurück, als *Gottfried Semper* im Anschluß an die erste Weltausstellung für die Schaffung des South Kensington Museums in London eintrat. Dieses Vorbild konnte nach der Weltausstellung 1862 für Wien fruchtbar gemacht werden, wobei — nicht ohne Zutun Sempers — Eitelberger initiativ wurde. Tatsächlich kam es zur Gründung eines Kunstgewerbemuseums, welches der damals durch den Aufschwung der maschinellen Produktion in höchste künstlerische Problematik verstrickten Industrie sowie dem Kunstgewerbe künstlerisches Material als Vorlage und Anregung zur Verfügung stellen sollte. Gleichzeitig kam es zur Gründung einer Schule, um die kunstgewerbliche Ausbildung, die zuvor an der Akademie verankert war, auf eine neue Basis zu stellen.

*Heinrich von Ferstel,* der ein stets waches Interesse an dieser Entwicklung genommen hatte, wurde 1864 zum Kurator des *Österreichischen Museums für Kunst und Industrie* ernannt und hat seit 1866 Entwürfe für den Bau von *Museum* und *Schule* gemacht, die er auch verwirklichen konnte. Für diesen Bau, der ausstattungsmäßig ein Musterbeispiel sein sollte, bediente sich Ferstel architektonischer Anregungen aus der Zeit des italienischen Quattrocento und der Hochrenaissance. Auch bei anderen Bauaufgaben hat er sich für die Verwendung besonders sorgfältig ausgewählten Baumaterials eingesetzt, etwa beim *Chemischen Institut* in der Währinger Straße. In diesem Zusammenhang ist interessant, daß für die meisten Bauten, die mit größter Ökonomie der Mittel gestaltet werden mußten, der unverputzte *Rohziegel* zur Anwendung kam, dessen technisch einwandfreie Bearbeitung in einem ständig verfeinerten Arbeitsprozeß erfolgte. Diesen Rohziegeln, deren künstlerische Anziehungskraft allerdings vorwiegend in ihrem Farbwert lag, hat Ferstel im Rahmen der Wiener Weltausstellung 1873 einen Triumphbogen nach antikem Muster gesetzt, den er als *»Pavillon« der Wienerberger Ziegelfabrik* auszuführen hatte.

Nach der Votivkirche hat Ferstel nur selten gotische, meist vielmehr Renaissance-Formen verwendet. Ziemlich umfangreich war seine Tätigkeit als Architekt repräsentativer *Zinspaläste,* deren für die Zeit besonders aufschlußreicher Typus soziologisch die Wohngewohnheiten und die Situation Wiens kennzeichnet. Es ist für Ferstels Auffassung bezeichnend, daß er — im Gegensatz zu *Hansen* — nicht den Blockbau besonders schätzte, bei dem mehrere Häuser sich einer einheitlichen architektonischen Konzeption einfügen, sondern daß er jedem einzelnen Haus einen individuellen Charakter zu geben bestrebt war. Diese künstlerische Auffassung macht ihn auch geneigt, äußerst komplizierte und unregelmäßige Grundparzellen monumental zu überbauen, wozu sich Theophil Hansen kaum entschließen konnte. Mit dem *Palais Erzherzog Ludwig Viktor* am Schwarzenbergplatz hat Ferstel seine Vorstellungen von einem fürstlichen Privatpalais verwirklichen können.

Von größter Bedeutung ist Ferstel als Erbauer der *Wiener Universität,* die auf dem erst 1870 vom Kaiser für eine Verbauung freigegebenen ehemaligen Paradeplatz errichtet wurde. Der riesige Bau sucht noch einmal eine Funktion zur architektonischen Einheit zusammenfassen, die damals die Benützer wohl lieber im Pavillonsystem erfüllt gesehen hätten. Gegen diese Forderungen hat sich Ferstel zur Wehr gesetzt und noch einmal mit seinem riesigen Bau die Einheit der Wissenschaften zu demonstrieren versucht. Das Grundrißschema, dessen er sich bedient, wird von der Rationalität des Rastersystems bestimmt, das damals auch die Parzellierung der Baugründe beherrschte. Zum Herzstück des Baues wurde im Sinne einer uralten Tradition des Klosterbaues ein mächtiger Arkadenhof, der das Vorbild römischer Renaissancehöfe in einer der Größe entsprechenden, stärker akzentuierten Profilierung umzusetzen weiß. Auch sonst ist der Universitätsbau vom Hofsystem her konzipiert, wobei, dem Zeitstil und den anderen Großbauten der Zeit parallel gehend, für die Aufteilung der Innenräume das Kommunikationssystem der Gänge zum wichtigen Gerüst der Grundrißanlage wurde. Die Bauten von Ferstels Spätzeit, die meist für seine Wiener Klientel, zum Teil auch außerhalb der Stadt oder in anderen Teilen der Monarchie erdacht und auch ausgeführt wurden, verlassen nach und nach die bunte Farbigkeit unverputzter Ziegelbauten und nehmen eine stärkere Tonigkeit in der Außenfärbelung und dunkle Töne im Inneren an. Ferstel hat sich damit einem die ganze Epoche beherrschenden Geschmackswandel angeglichen.

Als Ferstel am 14. Juli 1883 in Wien nach einem schaffensreichen Leben verschied, war die künstlerische Entfaltung des strengen Historismus bis zu seinem Höhepunkt gediehen, von dem aus bereits neue Wege eingeschlagen wurden, die dem Dekorativen einerseits und dem Funktionalen andererseits einen größeren Spielraum einräumten.

## *Gottfried Semper — Karl Hasenauer*

VON RENATE WAGNER-RIEGER

*Gottfried Semper*, der bedeutendste deutsche Architekt und Architekturtheoretiker des 19. Jahrhunderts, hat durch sein Spätwerk einen entscheidenden Einfluß auf die österreichische, insbesondere die Wiener Baukunst ausgeübt. Am 29. November 1803 in Hamburg geboren, absolvierte er seine architektonischen Studien vor allem in München bei *Friedrich von Gärtner*. Dann war er in Paris tätig und wurde von *Fr. Chr. Gau* und *J. I. Hittorf* besonders auf die Antike hingewiesen. Reisen durch Südeuropa von 1830 bis 1833 gaben ihm Gelegenheit, Bauten der griechischen und römischen Antike zu studieren, doch hat er sich auch mit der Kunst der italienischen Renaissance auseinandergesetzt. Besonders wichtig ist seine bei diesen Studien gewonnene Erkenntnis, daß die antiken Bauten ursprünglich farbig bemalt waren. Mit der Anerkennung der Polychromie war ein sehr wesentliches Merkmal des Klassizismus überwunden, nach dessen Vorstellungen die Antike weitgehend auf die Farbe verzichtet hätte.

In die gleiche Richtung wies die von Semper sehr eingehend studierte Renaissancekunst, die auch zum Forschungsgegenstand des Historikers *Jakob Burckhardt* geworden war. Im Sinne eines auf die Renaissance hin orientierten Historismus konzipierte nun Semper seine Bauten, die er vor allem in Dresden in programmatischer Form ausführen konnte. In diese Stadt war er 1834 als Professor der Baukunst berufen worden, und hier entstand das Hauptwerk seiner Frühzeit, das *Dresdner Hoftheater*, dessen halbkreisförmig vortretender Zuschauerraum im System des Kolosseums gegliedert wurde. Im Grundriß und Aufbau sowie in der Differenzierung der funktional bedingten Teile am Außenbau schuf er ein für den deutschen Theaterbau epochemachendes Werk. Auch trachtete er, es in eine große städtebauliche Konzeption einzufügen, indem er die Idee des Zwingers von *Pöppelmann* in Gestalt eines Forums weiterzuführen gedachte. Die Teilnahme des temperamentvollen Mannes am Maiaufstand 1849 bereitete dieser Karriere ein jähes Ende. Semper mußte flüchten und lebte im politischen Exil in Paris, von wo er 1851 nach London geholt wurde, um an der Gestaltung der ersten Weltausstellung mitzuwirken. Diese globale Schau gab den Anlaß für die 1852 erschienene Schrift Sempers: *Wissenschaft, Industrie und Kunst,* in deren Folge der *Prinzgemahl Albert* der Errichtung eines Kunstgewerbemuseums nähertrat, welches als *Victoria and Albert Museum* in South Kensington in London verwirklicht wurde. Auch das nächste Museum dieser Art, das *Wiener Kunstgewerbemuseum,* welches 1864 durch den Einsatz von *Rudolf Eitelberger* gegründet werden konnte, hat Gottfried Semper einen wesentlichen, direkten Impuls zu verdanken. 1855 erhielt Semper die Berufung an das Polytechnikum in Zürich, wo er eine sehr fruchtbare praktische und theoretische Tätigkeit entfaltete. So plante er damals *Richard Wagners Festspielhaus* für München, und in diesen Jahren publizierte er auch die beiden Bände seines grundlegenden Werkes *Der Stil in den technischen und tektonischen Künsten* (1861/62), der entscheidenden Kunsttheorie dieser Epoche.

In Zürich erreichte Semper die am 12. Januar 1869 vom *Kaiser Franz Joseph I.* an ihn gerichtete Bitte, die Konkurrenzprojekte zum Bau der *Wiener Hofmuseen* zu prüfen. Dieser Wettbewerb, in dem sich die Projekte von *Ferstel* und *Hansen, Löhr* und *Hasenauer* gegenüberstanden, war in schier unlösbare Schwierigkeiten geraten und schien festgefahren. Semper griff die von ihm bereits in Dresden verfolgte *Forum*-Idee wieder auf und legte dem Kaiser einen Vorschlag vor, in dem er den Neubau der Museen mit einer Neugestaltung der kaiserlichen Hofburg verband und damit erstmalig im Bereiche der Wiener Ringstraße eine große Platzanlage schuf, welche die bis dahin jeweils für sich konzipierten Ufer dieser Straße durch einen einheitlichen Platzraum zusammenfaßte, den Triumphbögen über die Verkehrsbahn hinweg abgrenzten. Bei der daraufhin folgenden Auftragserteilung zur Verwirklichung dieses Projektes an Semper erhielt dieser die Auflage, mit einem der an der vorangegangenen Konkurrenz beteiligten Architekten zusammenzuarbeiten. Semper wählte den jüngsten und dekorativ begabtesten, *Karl Hasenauer.* Semper, der bis 1876 in Wien weilte, hat unter Einbeziehung des von Hasenauer vorher bereits niedergelegten Kuppelprojektes die beiden Hofmuseen in ihrer architektonischen Struktur geschaffen, desgleichen geht auf ihn die Anlage der neuen *Hofburg* zurück, die allerdings ein Torso blieb und deren vorhandene Teile erst im 20. Jahrhundert zum Abschluß gebracht wurden. Auch das *Burgtheater,* welches als stilistische Weiterbildung der einstigen Baugedanken des Dresdner Hoftheaters zu würdigen ist, geht in wesentlichen Teilen auf Sempers Konzept zurück.

Semper führte in die Wiener Architektur sowohl im städtebaulichen wie im architektonischen Bereich eine neue Monumentalität ein. Er erreicht dies durch eine starke Distanzierung des Beobachters vom Bau, wofür eine starke Betonung und Überhöhung der Sockelzone ein wirksames Mittel bietet. Dazu greift er mit besonderer Vorliebe die große, mehrere Geschosse zusammenfassende Ordnung auf, welche seine Bauten über das von der Renaissance geprägte Stilniveau hinaushebt und in Richtung auf eine maniera grande führt. Das Bedürfnis nach gesteigerter Repräsentation spricht sich auch in der großen Platzanlage des Forums aus, mit dem Semper die dem Rastersystem verpflichtete Parzellierung der Ringstraßenzone im Sinne einer neuen Dynamik und Ausweitung durchbricht. Er leitete damit eine städtebauliche Bewegung ein, die dem Wandel des Zeitstiles entspricht und der in *Camillo Sitte* ein Verteidiger erwuchs.

Sitte, der einer asymmetrischen und malerisch wirkenden Straßenführung das Wort sprach, legte seine Gedanken in dem 1889 erschienenen Buch *Der Städtebau* nieder, welches als erste systematische Darstellung dieser Problematik zu betrachten ist und am Anfang der gleichnamigen Disziplin als Forschungsgegenstand steht. Neben diesem Hauptwerk hat der als Lehrer an der Staatsgewerbeschule tätige Architekt noch eine Reihe sehr wichtiger Artikel verfaßt. Für seine Bindung an den Späthistorismus und den Symbolismus des Jugendstiles zeugen seine zeichnerisch und literarisch formulierten Gedanken zu einem Denkmal für den Fliegenden Holländer.

Die Arbeitsgemeinschaft zwischen Gottfried Semper und *Karl Hasenauer* war schweren Belastungen ausgesetzt, die ihre Ursache wohl im problematischen Charakter Hasenauers hatten und die schließlich Semper 1879 aus Wien trieben, wo er Hasenauer das Feld überließ. Dieser war aus der Schule von *Sicardsburg* und *van der Nüll* hervorgegangen, wobei besonders die dekorative Schulung van der Nülls bei Hasenauer auf fruchtbaren Boden gefallen war. Der junge Architekt hatte sich an internationalen Wettbewerben beteiligt und war verschiedentlich ausgezeichnet worden. Besonders fiel er durch seine Bauten für die Pariser Weltausstellung 1867 auf; diese stellten an die Stelle einer zweckbezogenen Glas-Eisenkonstruktion eine reiche, dekorationsfreudige Architektur, welche den Ansprüchen der Epoche auf Repräsentation durchaus wesensgemäß erschien. Auch für die *Wiener Weltausstellung 1873* hat Hasenauer die architektonische Gestaltung besorgt. Die große zentrale *Rotunde*, eine riesige Glas-Eisenkonstruktion (die bis zu ihrer Vernichtung durch Brand im Jahre 1936 die größte Kuppel der Welt war), hatte dem Entwurf des englischen Schiffbauers *Scott-Russel* gemäß die Gestalt eines Lampenschirms. Hasenauer umgab sie mit großem triumphtorartig gestalteten Portalen und mit einer nach außen gewendeten Loggia.

Als selbständige Leistung Hasenauers ist ferner sein Konkurrenzentwurf für die *Hofmuseen* anzusehen, der durch eine außerordentlich gegliederte Baumasse gekennzeichnet ist, welche das mächtige Kuppelmotiv mit den vier Trabanten bekrönt. Es besteht wohl kaum ein Zweifel, daß dieses Motiv, letztlich aus der Sakralsphäre übernommen, im Sinne der Überhöhung des Museumsbaues einem ganz bestimmten Programme folgt. In der Durchführung hat Semper die Aufgliederung des Baublockes durch eine kubische Zusammenfassung zurückgedrängt, zumal seinem Konzept nach die Museen ja nur einen Teil der gesamten Forumsanlage bilden sollten.

*Marie von Ebner-Eschenbach; anonyme Xylographie*

*Ferdinand von Saar; Heliogravüre von R. Paulussen nach einem Pastell von Ludwig Michalek*

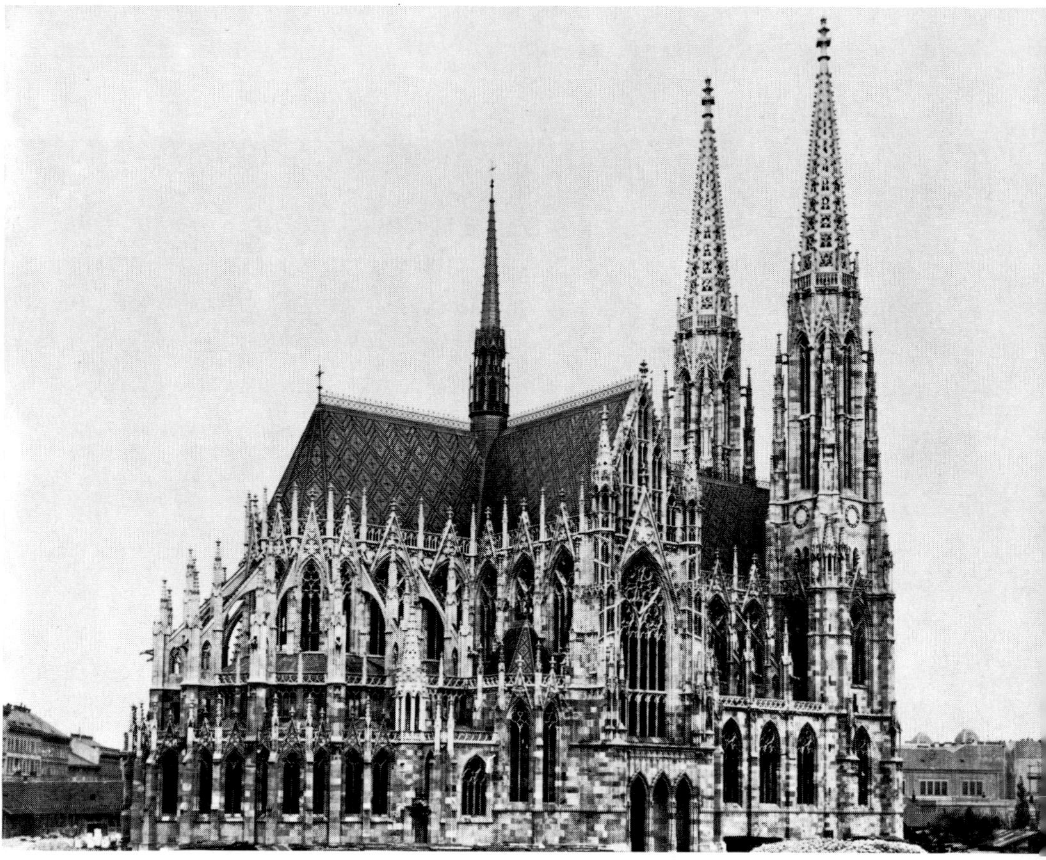

*Votivkirche, Wien; erbaut von Heinrich von Ferstel (1856—1879); Foto Otto Kramer, 1879*

*Burgtheater, Wien; erbaut von Gottfried Semper und Karl Hasenauer (1880—1886)*

*Rathaus, Wien; erbaut von Friedrich Schmidt (1875—1883); Foto Rudolf Lechner, 1906*

*Staatsoper, Wien; erbaut von Eduard van der Nüll und August Sicard von Sicardsburg (1861—1868); Foto Josef Löwy, 1900*

Karl Hasenauers alleiniges Werk ist ferner die *Hermesvilla* im Lainzer Tiergarten, ein kaiserliches Jagdschloß, dessen sorgfältige, sehr reich gestaltete Innenausstattung auf den Geschmack der *Kaiserin Elisabeth* abgestimmt war. Sein architektonisches und dekoratives Können hat sich besonders bei der Gestaltung der *Innenausstattung der Hofmuseen* bewährt, wo Sempers großartige Vestibül- und Treppenhausanlage mit der Überhöhung durch den Kuppelraum auch in der Ausstattung mit kostbarem, farbig warm getöntem Material und mit Malerei zu einem Höhepunkt der Architektur der Epoche wurde. Hasenauer hat in seinen Werken an die großzügige Interpretation historischer Renaissanceformen angeschlossen, welche Gottfried Sempers Bauten auszeichnet, diese aber noch im Sinne einer barocken Überhöhung gesteigert. Maßstab dafür blieben ihm jeweils die großen, gebundenen Formen römischer Bautradition, deren Proportionen sich etwa in der Fassade des Burgtheaters mit seiner an St. Peter in Rom orientierten großen, übergreifenden Ordnung ausdrücken.

Demgegenüber kam es in der Architektur der Phase des späten Historismus zu einer Beschwörung eines anderen Bildes der historischen Barockkunst, nämlich jenes der eigenen österreichischen Vergangenheit. *Karl König* war der Hauptvertreter dieser Richtung, für die die große Bautätigkeit *Fischer von Erlachs* zum Maßstab aller Dinge wurde und die sich im Konzept der Wandstruktur um einen dekorativen Reichtum im Sinne *Hildebrandts* bemühte. Diese Phase hat auch die Theaterbaugedanken, die Gottfried Semper mit dem Burgtheater nach Wien verpflanzte und die Hasenauer in seinem Geiste weiterformte, in neue Formen umgegossen. Semper und Hasenauer zeichnen nicht nur für den Repräsentationsbau des *Burgtheaters* mit seinen großartig angelegten Treppenhäusern verantwortlich, sondern haben auch das zugehörige *Kulissendepot* auf sehr prägnante Weise gestaltet: hier standen die Zweckmäßigkeit und der Funktionalismus des Baues an erster Stelle. Der Einsatz des Eisenständerbaues in einem vom Binnenhof ausgehenden radialen »Gassensystem« für die Verwahrung der Kulissen, ferner die Verwendung vorfabrizierter Bauelemente für die Deckenlösung u. a. belegen, daß hier im Rahmen des Historismus bei einem Nutzbau, der sich in der Wirkung seiner Außenerscheinung auf großformige, die Antike beschwörende Proportionen konzentriert, ein wichtiger Ausgangspunkt für die moderne Architektur zu suchen ist.

*Otto Wagner,* der Gottfried Semper offensichtlich außerordentlich viel zu verdanken hatte, muß sich von solchen Bauten wesentliche Anregungen geholt haben. Ferner ist zu vermerken, daß der an der Akademie der bildenden Künste als Professor wirkende Karl Hasenauer zu seinen begabtesten Schülern *Joseph Maria Olbrich* zählen konnte, der einen Höhepunkt des Wiener Jugendstiles heraufführte. Die vielfältigen Ansatzpunkte, welche die Arbeits-

*Parlament, Wien; erbaut von Theophil Hansen (1875—1883)*

gemeinschaft Semper—Hasenauer den nachfolgenden Architekten bot, waren schließlich auch im Theaterbau wirksam. Das Architekturbüro von *Ferdinand Fellner jun.* und *Hermann Helmer* hat — zum Teil in Reaktion, zum Teil in Weiterführung älterer Wiener Theatertraditionen — einen Typus ausgebildet, der sich durch seine Angemessenheit an die praktischen und ökonomischen Bedürfnisse in vielfältiger Variation bewährt hat. Die zahlreichen Theaterbauten, welche Fellner und Helmer in ganz Europa errichtet haben, bestätigen dies. In ihnen hat sich überdies auch wieder jene späthistoristische, die österreichische Tradition bewußt weiterführende Barockarchitektur bewährt, welche sowohl am Außen- wie auch am Innenbau diesen Theatern einen als spezifisch wienerisch empfundenen Charakter verlieh.

## *Hans Makart*

VON ERNST KÖLLER

Der Monumental-, Historien-, Gesellschafts- und Porträtmaler *Hans Makart* gilt heute mehr denn je als Verkörperung einer in sich abgeschlossenen Epoche der Kultur- und Kunstgeschichte Österreichs. Man spricht von einer »Makartzeit« und meint damit die Ringstraßenzeit, also jene Periode des Historismus, die in der Errichtung des prunkvollen Straßenzugs ihre Vollendung findet. Was die Architekten des Historismus in monumentalen Baukomplexen auszudrücken wußten, vollendete Hans Makart auf dem Gebiete der Malerei, der Innendekoration, der Mode, des Lebensstils und des Lebensgefühls: in ihm findet ein Zeitalter seinen Interpreten, das voller gründerzeitlichem Selbstbewußtsein in Prunk, Luxus, Überschwang der Sinne, aber auch in angewandter Gelehrsamkeit und stark entwickeltem, kosmopolitisch orientiertem Traditionsbewußtsein seinen Ausdruck fand.

Hans Makart wurde am 29. Mai 1840 in der Salzburger Residenz als Sohn eines aus Tirol stammenden Schloßverwalters geboren. 1848 ließ Makarts Vater Weib und Kind im Stich und schloß sich einer Gruppe Tiroler Freiwilliger an, die nach Italien zog. 1849 ereilte ihn ein früher Tod im Lazarett von Imola.

Makart verdankte fortan seinem Onkel *Johann Rüssemeyer,* dem Bruder seiner Mutter, sehr viel. Rüssemeyer sorgte zunächst dafür, daß der Halbwüchsige, dessen Neigung zur Malerei sich frühzeitig bemerkbar gemacht hatte, in Salzburg eine erste gediegene Ausbildung bei den prominenten Lokalgrößen *Josef Mayburger* und *Johann Fischbach* erhielt. Mit dem um ein Jahr älteren, nachmals sehr berühmten Gebirgs- und Wildmaler *Franz von Pausinger* verbanden Makart in den frühen Salzburger Jahren gemeinsame künstlerische Interessen.

Rüssemeyer ermöglichte dem jungen Makart den Besuch der Vorbereitungsschule an der Wiener Akademie der bildenden Künste. Makart, damals 18 Jahre alt, fand nicht jene künstlerische Befriedigung, die er sich erhofft hatte. Nach einjährigem Aufenthalt kehrte er nach Salzburg zurück. Makart muß sich damals in einer empfindlichen inneren Krise befunden haben, wollte er doch die Malerei aufgeben, um dafür gleich seinem jüngeren Bruder die Laufbahn eines Graveurs zu ergreifen. Wiederum griff Onkel Rüssemeyer ein; er und der damalige *Fürsterzbischof von Salzburg, Tarnoczy,* schickten Hans Makart nach München, wo er im Atelier des berühmten und gefeierten Monumental- und Historienmalers *Karl Theodor von Piloty* (München 1826 bis 1886) Aufnahme fand. Pilotys Werkstatt war schon zu Ende der fünfziger Jahre des 19. Jahrhunderts ein Ausbildungszentrum erfolgreicher Maler, die zumeist Generationsgenossen von Makart waren. Besonders mit *Franz von Lenbach* verband Makart eine langjährige Freundschaft.

Makarts Mentor in den ersten Jahren der Arbeit in der Piloty-Werkstatt war einer der Assistenten des vielbeschäftigten Meisters, der Landschafts- und Architekturmaler *Jost Schiffmann,* der dem jungen Makart die Kenntnis der wichtigsten Werke der Weltliteratur und die Grundzüge einer höheren Allgemeinbildung vermittelte. Beides war für einen Maler des Historismus unbedingte Voraussetzung, da die Malerei dieses Zeitabschnittes stets von »Bildungsthemen« ausgeht und vom Inhaltlichen her hohe Anforderungen an Schöpfer und Beschauer stellt.

Piloty, der, wie ein Scherzwort sagte, »jedes Jahr ein anderes weltgeschichtliches Unglück« malte, war vom Inhaltlichen wie vom Malvortrag her ein Pathetiker, wie sein großer Erfolgsschlager, das Riesenbild *Seni an der Leiche Wallensteins,* bezeugt, mit dem er die Münchner Kunstauguren von damals eroberte. Pilotys Massenproduktion, die nur noch in Skizzen und Entwürfen Eigenhändigkeit zuließ und den Bestand einer viele Köpfe zählenden, gut organisierten Werkstatt einfach erzwang, zeichnete sich in technischer Hinsicht durch äußerste Solidität aus, sodaß Piloty selbst nicht zu Unrecht als »Praeceptor Germaniae« bezeichnet wurde. Makart bekam also neben einer Flut komplizierter und anspruchsvoller Themen eine gute Kenntnis des Handwerks vermittelt, von der er jedoch kaum Gebrauch machte. Vergessen wir nicht, daß Hans Markart ein Generationsgenosse der Impressionisten ist, die, abgesehen von wenigen Ausnahmen, alle um 1840 geboren wurden. Das bedeutet, daß Makart wie sie auf die Malbarkeit, auf die farbige Erscheinung, auf die optische Wirkung ausging und sich über Fragen der Struktur, der Komposition, der exakten Durchzeichnung kaum den Kopf zerbrach. Allen Rechtfertigungs- und Aufwertungsversuchen zum Trotz muß gesagt sein, daß Makart ein miserabler Zeichner war, der die Anatomie des menschlichen Körpers nur höchst unzulänglich beherrschte und damit dem akademischen Standard seiner Zeit kaum entsprach.

Was Makart freilich grundsätzlich von den französischen Impressionisten unterscheidet, ist die Tatsache, daß er sich ausschließlich als Ateliermaler betätigte und mit den Problemen der Freilichtmalerei kaum konfrontiert wurde. Makart, der in seiner Kunst von Anfang an auf Wirkung und Effekt ausging, war im Gegensatz zu seinem Lehrer Piloty, vom Handwerklichen, vom Malvortrag her gesehen, extrem unseriös. Um der raschen Produktion und einer verblüffenden (und bluffenden) Leuchtkraft der farbigen Erscheinung willen verwendete er ein Übermaß an Teerfarben und Sikkativen (Trocknungsmitteln), die dazu führten, daß seine Bilder schon bald nach ihrer Entstehung nachdunkelten und oftmals daumenbreite Risse in der Malschicht erhielten, die selbst auf den flüchtig vorbereiteten, nicht ausgetrockneten Ölkreidegründen zu »rutschen« begann. Da es sich hier um irreversible Prozesse handelt, können wir Heutigen uns nur mehr eine höchst unvollständige, ja irreführende Vorstellung von der originalen farbigen Erscheinung seiner Werke machen.

Makart blieb von 1861 bis 1866 in der Werkstatt Pilotys; 1862 reiste er mit seinem Freund Lenbach zur Weltausstellung nach London, die seinerzeit in Hinblick auf die »schönen Künste« etwa die gleiche Rolle spielte wie heute die Biennale in Venedig. Noch im gleichen Jahr begaben sich die beiden nach Paris, dessen offizielle Kunstsalons maßgebend und wegweisend für alle jene Künstler waren, die sich in Einklang mit dem Geschmack der »guten Gesellschaft« befanden und kein anders Bestreben hatten, als so zu werden wie die vielbewunderten und hochbezahlten »Hauptmeister« jener Zeit.

Schon 1863 fielen dem jungen Makart die ersten bedeutenden Aufträge zu; 1864 führte er für den St. Petersburger Bankier *Baron Stieglitz* das Gemälde *Eine venezianische Siesta* aus.

Vornehme Gesellschaft in kultiviertem Müßiggang und in historischer Kostümierung: so empfand und erlebte sich die »bessere Gesellschaft« der Gründerzeit, so wollte sie in allem Pomp überreicher Gewandung, umgeben von den Attributen des Wohlstandes dargestellt werden. In Makart fand sie bald genug ihren Hofmaler.

In den Münchener Jahren beginnt Makart sich mit der Nibelungensage zu beschäftigen; es entsteht *Hagen ersticht Siegfried,* wohl ein Auftakt zu einem acht Bilder umfassenden *Nibelungenzyklus,* der 1881 begonnen wurde: das Zeitalter Makarts ist auch das Zeitalter *Richard Wagners,* die monströse Monumentalität beider Künstler ist Ausdruck des gleichen Zeitgeistes.

1868 zeigt Makart im Deutschen Künstlerhaus zu München seinen ersten Skandalerfolg, das Gemälde *Moderne Amoretten,* dessen verspielte Sensualität die gesamte Kritik zu wortreichem Widerspruch herausforderte. Zu hinreißenden Erfolgen wurden jedoch die beiden Hauptwerke der Jugendperiode Makarts, nämlich *Romeo und Julia* und *Pest in Florenz:* in all diesen Bildern scheute Makart vor keinem noch so billigen theatralischen Effekt, vor keinem noch so verantwortungslosen Aufgebot von Requisiten zurück, um das Publikum einzunehmen.

1868 war auch rein menschlich ein Glücksjahr für Makart: Ein Studienaufenthalt führte ihn nach Venedig, nachdem ihm ein von Rüssemeyer 1866 erwirktes Stipendium bereits die Bekanntschaft mit Rom vermittelt hatte. Und 1868 ehelichte er auch die Münchnerin *Amalia Roitmayer;* auf der Hochzeitsreise ereilt ihn, 1869, die von *Kaiser Franz Joseph* ausgesprochene Berufung nach Wien, wo ihm auf den sogenannten »Gußhausgründen« das Atelier des Bildhauers *Fernkorn* zur Verfügung gestellt wurde. Makart versah es mit einem Anbau, sodaß ein »großes« und ein »kleines« Atelier entstanden, und baute den Komplex zu einer üppig ausgestatteten, überladenen, geradezu gespenstisch wirkenden Stätte großer Kostümfeste aus, in denen für Stunden das Wirklichkeit wurde, was Makart in seinem malerischen Werk als Vision eines »Paradieses auf Erden« mit virtuosem Pinsel niederschrieb. Im Katalog der 1885 durchgeführten Versteigerung des Nachlasses wird das Atelier als »Wunderwerk dekorativer Pracht« bezeichnet; Makarts Sammlungen umfaßten Dutzende von flämischen Gobelins, an die 60 prachtvolle Perserteppiche, Stilmöbel aller Epochen, Waffen, Trophäen, zahllose Kostüme, mit denen Makart seine Gäste und Modelle bekleidete, Arbeiten aus Schmiedeeisen, Geschmeide, Glasmalereien, Majoliken, Musikinstrumente, Japonica und viele, viele sogenannte *Makartsträuße,* das sind Gebinde aus Trockenpflanzen wie Palmwedeln und Schilfhalmen, die in großen Bodenvasen allerorts herumstanden. Zu erwähnen sind auch die sogenannten *Makartpaletten,* sehr großformatige, malerpalettenartig geformte Holzscheiben, die von Makart mit nonfigurativen Farbflecken bemalt wurden. In diesen Gelegenheitswerken erweist sich Makart als unerwartet früher Vorläufer des Tachismus und damit als wohl frühester »abstrakter Expressionist«. Wie das Atelier Makarts, das eine echte Wiener Attraktion war, ausgesehen hat, wissen wir aus mehreren Heliogravüren, einem Aquarell *Rudolf von Alts* und einem Gemälde seines Schülers *Eduard Charlemont,* dem Makart sehr großherzige Förderung zuteil werden ließ.

Die wichtigsten frühen Wiener Arbeiten sind: 1871 *Gaben der Erde* und *Gaben des Meeres,* 1872 *Venedig huldigt Caterina Cornaro,* in welchem Bild die todkranke Frau des Künstlers als Modell der Königin von Cypern diente. Erster großer Wiener Dekorationsauftrag war die Ausmalung des *Speisesaals im Palais Dumba;* 1873/1874 entstand der Zyklus *Die fünf Sinne;* 1875/1876 absolvierte Makart mit Lenbach und anderen Malerfreunden eine Studienreise nach Ägypten, die künstlerisch reiche Früchte, unter anderen einen *Tod der Kleopatra* und eine *Große Niljagd* eintrug, aber auch den Keim zur Erkrankung Makarts legte, die zu fortschreitender geistiger Umnachtung und frühem Tod des Meisters führte. Nach der Heimkehr aus Ägypten schuf Makart — angeblich nach einer Tagebucheintragung *Dürers* — das Riesenbild *Einzug Karl V. in Antwerpen;* äußeren Anlaß zur Entstehung boten die Feiern zum 300. Geburtstag von *Peter Paul Rubens.* Eine Ausstellung im Jahre 1877 war wiederum ein überwältigender Erfolg: in einer Woche zogen im Wiener Künstlerhaus 23 000 Besucher an dem neuen Hauptwerk vorbei, der Reinertrag für das Künstlerhaus machte 13 500 Gulden aus!

Nun strebte Makart dem Höhepunkt seiner Laufbahn zu: 1878 wurde er an die Wiener Akademie als ordentlicher Professor für Historienmalerei berufen, 1879 gestaltete er den *Festzug zur Silberhochzeit des Kaiserpaares.* Bekleidet mit historisierenden Kostümen zogen Vertreter aller Stände an der Ehrentribüne vorbei, am Schluß des Zuges ritt Makart selbst, der Malerfürst, hoch zu Roß. 1881/1882 war Makart Präsident des 1864 gegründeten und aus der Vereinigung zweier Künstlerverbände hervorgegangenen Künstlerhauses. Unter seiner Ägide wurde die »Erste Internationale Kunstausstellung« in Wien abgehalten, auf der unter anderen Werke von *Rodin, Puvis de Chavannes, Leibl* und *Lenbach* gezeigt wurden. Nach dem Tode der ersten Frau im Jahre 1873 blieb Makart für acht Jahre allein; erst 1881 ehelichte er die Tänzerin *Berta Linda,* die jedoch von der Wiener Hautevolee nicht anerkannt wurde; allmählich wurde es still um Makart, zumal die geistige Erkrankung immer stärker durchbrach und den Umgang mit dem Künstler erschwerte. Bis zum Tode in Wien am 3. Oktober 1884 entstanden an wichtigen Werken noch eine *Jagd der Diana* (1880), ferner *Der Sommer* (1881) und *Der Frühling* (1884); letztgenanntes Bild wurde nicht mehr vollendet und zeigt auch schon deutliche Spuren qualitativen Verfalls.

Makarts Begräbnis war das letzte Ereignis im Zusammenhang mit dem Künstler, das halb Wien auf die Beine brachte; die Nachlaßversteigerung am 26. März 1885 zeigte hinsichtlich der Werke des frühverstorbenen Malers einen deutlichen Preisverfall und damit das Einsetzen jenes Prozesses, der sehr bald aus dem Begriff »Makart« ein Schimpf- und Spottwort machte. Erst die Neuentdeckung des Historismus als einer Stilperiode mit Eigenwert leitete den Prozeß der künstlerischen Rehabilitierung des zwiespältigen, genialischen und prototypischen Malers Makart ein. Im Guten wie im Bösen ist ihm eine unverrückbare Stellung in der Kunstgeschichte des 19. Jahrhunderts sicher.

Makart zeigt Züge einer naiv-spontanen Menschenauffassung ebenso wie einen Hang zur Freude am Dekadenten, Morbiden. Seine nicht seltenen Kinderdarstellungen beweisen eine oftmals bestürzende Todessüchtigkeit, und gerade die monumentalsten und entfesseltsten Großkompositionen sind im Kern irreal und von visionärer Transparenz. Das Geistige spielt bei Makart kaum eine Rolle, aber in der Wiedergabe des Stofflichen offenbart sich eine tiefe resignierende Erkenntnis von der Vergänglichkeit aller Dinge: Makart war ein materialistischer Pessimist, der das Leben als Traum ansah.

Künstlerisch ist Makart nicht mehr oder weniger Historist wie seine bauenden Zeitgenossen, die Ringstraßenarchitekten; mit altertümelnder Sprache drückt er durchaus Anliegen seiner unmittelbaren Gegenwart aus. Das Vokabular ist der venetianischen Malerei des 16. Jahrhunderts (vor allem

*Paolo Veronese)*, aber auch dem großen Flamen *P. P. Rubens* entlehnt, und der unmittelbare Einfluß *Pilotys* konnte von Makart nie ganz überwunden werden. Unverkennbar ist bei Makart der Trend, das Historische immer stärker zu bloßer Dekoration absinken zu lassen: es wird zum Requisit in dem großen melodramatischen Theaterstück, das vom Leben im Wien der siebziger Jahre geschrieben wurde.

## *Anton Romako*

VON FRITZ NOVOTNY

Der Maler *Anton Romako* wurde am 20. Oktober 1832 in Atzgersdorf bei Wien geboren. Bereits 1847 kam er an die Wiener Akademie, wo er kurze Zeit unter *Waldmüller* lernte. Hierauf wandte er sich radikal der »idealistischen« Figuren- und Historienmalerei bei *Carl Rahl* in Wien und bei *Wilhelm Kaulbach* in München (1849/1850) zu. Es folgten ein erster Italienaufenthalt 1854/1855 und eine kurze Spanienreise 1856/1857. Während eines langen Aufenthalts in Rom, 1857 bis 1876, war er vor allem als Genre- und Porträtmaler sehr erfolgreich. 1876 kehrte er nach Österreich zurück und blieb, von Reisen nach Paris, Genf, Ungarn abgesehen, bis an sein Ende in Wien. Je mehr er sich von jener erfolgsicheren Genremalerei abwandte und seine persönliche Eigenart entwickelte, umso schwerer hatte er es beim Publikum und bei der Kritik. Sein Leben endete in Verbitterung und Armut am 8. März 1889.

Man kennt den Namen Anton Romako außerhalb Österreichs kaum, aber auch hier erscheint Romako noch nicht im Bewußtsein aller derjenigen, die es angeht, als das, was er gewesen ist. Man hat sich immerhin zu fragen, was außer dem Unverständnis des Publikums in der Kunst Romakos selbst an dieser Situation mitschuldig ist. Tatsächlich ist das Gesamtbild seiner Malerei so uneinheitlich, so voll von Gegensätzen und Widersprüchen, daß die bis weit über seinen Tod hinaus währende Ablehnung und Ratlosigkeit gegenüber seinem Werk nicht verwunderlich ist.

Vor allem ist da der Gegensatz wirksam zwischen dem Impressionismus als einer Malerei der möglichst reinen Sichtbarkeit und aller anderen gleichzeitigen Malerei, die an vielfältigen Gedanken- und Gefühlsinhalten festhielt. Es hat in den Jahrzehnten des werdenden und des voll entwickelten Impressionismus wohl keinen zweiten Maler gegeben, in dessen Kunst sich diese Gegensätzlichkeit in gleich bewegter und dissonanzenvoller Art ausprägte wie bei Romako.

Auf ihn hat die malerische Selbstherrlichkeit des Impressionismus zeit seines Lebens sehr starke Anziehungskraft ausgeübt. Da er eine malerische Begabung höchsten Grades war, mußte ihm die Ausschließlichkeit der malerischen Anschauungsform, wie er sie im Impressionismus vor sich hatte, viel bedeuten. Trotzdem sind die Werke seiner Hand, die als impressionistisch angesprochen werden können, an Zahl gering. Zu vieles andere drängte in ihm zu einem Ausdruck, der mit impressionistischer Darstellungsweise nicht zu geben war. So wie es aber kaum ein wirklich impressionistisches Bild Romakos gibt, so existieren umgekehrt nur wenige Werke von ihm, in denen nicht etwas von impressionistischer Malweise vorkommt. Man darf nicht alle die vielfältigen Misch- und Zwischenformen in der Kunst Romakos, von einer auf das Optische der Erscheinung gerichteten Malerei bis zu einer dem Ausdruck des Dramatischen und des Gefühlshaften, ja zuweilen des Mystischen dienenden malerischen Form als unausgeglichen ablehnen. Unausgeglichenheit hat eben hier nicht allein die negative Bedeutung eines Mangels, sondern ist auch das Charakteristikum einer, wenigstens in einigen Fällen, bewußt erstrebten Form.

Alles Nicht-nur-Malerische in der Kunst Romakos, alles im weitesten Sinn Gedankliche und Erzählerische, ist selbst wieder zwiespältig und mehrdeutig. Vorher ist noch festzuhalten, wie reich dieses Erzählerische abgestuft ist: es gibt die Bilderzählung im engeren Sinn des großen Historienbildes, der Mythologie und des Genrestücks, aber etwas Erzählendes in einem verborgeneren Sinn gibt es auch in den anderen Bildgattungen, in der Charakterisierungskunst der Bildnisse vor allem und selbst in seinen Landschaften fehlt es nicht. Dort aber, wo es um den Menschen geht, findet sich häufig eine rätselhafte Doppeldeutigkeit. Oft genug wirken die Mythologien und die Historienszenen wie Travestien, ohne daß das Mischverhältnis von Ernst und Ironie mit Sicherheit zu bestimmen wäre *(Circe und Ulysses)*. Zu der Unentwirrbarkeit dieser Mischung trägt bei, daß in vielen Fällen nicht allein die dargestellte Handlung, sondern auch die vom Künstler benützte Formkonvention, in den Gesten und der Komposition, ironisiert zu sein scheinen. In dramatischen Szenen dieser Gattung ist das Pathos zumeist weniger echtes als vielmehr Bühnenpathos, es kommt aber doch wieder nirgends zur Eindeutigkeit einer Persiflage des Historischen.

Selbst in einem der vollendetsten, kraftvollsten Historienbilder, an dessen Ernst kein Zweifel bestehen kann, der Szene mit *Tegetthoff in der Seeschlacht bei Lissa*, gibt es in der Übertreibung der Bewegung einen schwachen Nebenklang von Karikaturistik.

So wie man in jedem Einzelfall nicht klar entscheiden kann, wo das Ernstgemeinte endet und seine sarkastische Aufhebung anfängt, so bleibt auch die Gesamterscheinung der Persönlichkeit Romakos ein rätselhaftes Durcheinander von echter Naivität in der Ekstatik und berechnendem Raffinement in der Charakterisierung der Menschen und Dinge, von tiefernster Hingegebenheit und mephistophelischer Lästerung. Diese ist im ganzen viel seltener als die Erschütterung. Die tiefste Verwirrung des Beschauers entsteht aber erst durch die Beziehung dieser historisch-inhaltlichen Ausdruckskategorien zu der

Gestaltungsweise, zu der kompositionellen, malerischen und zeichnerischen Formung.

Wie oft wird eine bombastisch gehäufte Figurenkomposition konventioneller Art durch die Erregtheit der zeichnerischen und koloristischen Form zur Phantasmagorie, zur geisterhaften Vision! Ist damit die oft bis zur Geschmacklosigkeit aufdringliche überlieferte Kompositionsweise persifliert, ist sie nur gleichgültig behandelt, oder ist sie vom Maler als die an sich beste kompositionelle Gestaltungsweise anerkannt und geübt? Die Antwort ist wohl die, daß keine der drei Möglichkeiten gänzlich ausgeschlossen ist, sie alle treffen zu, bald herrscht die eine vor, bald die andere. Dieses Schwanken zeigt, so eigenartig es an sich ist, eine starke Abhängigkeit von den herkömmlichen Formeln des Figurenbildes. Aber trotzdem gelang Romako von dieser Grundlage aus wenigstens einmal die Erfindung einer Komposition, die weit über das Traditionelle hinausweist, und zwar in den zwei Fassungen der erwähnten Szene aus der Seeschlacht bei Lissa, insbesondere in der kleinen Variante. Es ist mit Recht auf die grundsätzliche Ähnlichkeit dieser Bildkomposition mit derjenigen *Hodlers* hingewiesen worden. Die flächige Anordnung von Figurensilhouetten, geleitet von einer nahezu geometrischen Starrheit und Strenge, schafft diese Ähnlichkeit. Eine solche Kompositionsweise ist das genaue Gegenteil der Gewohnheit jener Zeit, das ungemildert Krasse einer solchen Vorderansicht steht in äußerstem Kontrast zu der zeitgenössischen Tendenz nach dem Reichtum räumlicher Wendungen und Bindungen. Die zeitlich nächsten Vergleichsfälle sind bestimmte Bildnisse von *Van Gogh,* wie das des Briefträgers Roulin.

Es ist freilich nicht die Komposition allein, welche grundsätzliche Übereinstimmung mit den ersten Äußerungen einer erst nach dem Tode Romakos voll entfalteten Gestaltungstendenz, wie der Van Goghs oder Hodlers, verrät. Die Symmetrie eines solchen Bildes sowie einzelner Bildnisse kommt ja erst zur Wirkung, wenn die Gestaltungsweise im ganzen mitspricht. Hier tritt nun die Abkehr von der Gesetzlichkeit der impressionistischen, ja sogar der im allgemeineren Sinn malerischen Darstellungsweise in aller Deutlichkeit zutage, und zwar vor allem darin, daß eine malerische Grundkonzeption von zwei Seiten her angegriffen und verwandelt wird: von der Durchsetzung mit einer leidenschaftlichen zeichnerischen Ausdruckssprache und mit einer neuen, gleicherweise ausdrucksbedeutenden Farbigkeit.

In vielfachen Abstufungen tritt das Zeichnerische innerhalb der malerischen Gesamtanlage auf. Bisweilen, wie in einigen Landschaftsbildern, ist es nicht mehr als eine zeichnerische Handschrift der Pinselführung, die an einzelnen Stellen stärker hervortritt und allerdings damit allein schon dem Ganzen eine Wendung vom Nur-Sichtbaren weg gibt, die Landschaft zum Abbild eines eigenartigen, geheimen Lebens macht. Meistens aber spricht das Graphische in Romakos Malerei viel stärker und offener mit, und mitunter bekommt es sogar das Übergewicht. Von der homogenen Bewegtheit der Gestaltungsformen in Malerei und Zeichnung jener Zeit unterscheidet sich die Erregtheit in der Malerei Romakos dadurch, daß ihre Mittel heterogen wirken. In dem *Porträt einer Gräfin Kuefstein* zum Beispiel, einem der repräsentativsten und bedeutendsten Bildnisse Romakos, sind die einzelnen Dinge und Stoffe in verschiedenen Darstellungsweisen wiedergegeben: die Rosen in der Bildecke in der gelassenen malerischen Technik einer auf die Stoffsinnlichkeit bedachten Form, die Pflanzen im Hintergrund in duftiger impressionistischer Luftmalerei, das Haar der Frau ist mehr gezeichnet als gemalt, und das Funkeln der Edelsteine in ihrer Frisur ist völlig anti-impressionistisch mit kleinen Strahlensternen dargestellt. Je ausgeprägter zeichnerisch die Darstellungsmittel sind, umso intensiver regt sich das nervöse, hintergründige Leben, das alle Bildräume durchzittert.

In einer Malerei, in der das Illustrative der Darstellung immer wieder gesprengt wird durch Erweiterungen in die Sphäre des Gefühlsausdrucks und der Phantastik, gab es für die Problematik einer realistischen Lichtdarstellung keinen rechten Platz. Sie spricht nur in einigen Landschaften mit. Aber bereits das Bild *Badgastein mit bengalischer Beleuchtung* ist von ganz besonderer Art, es zeigt, obwohl eine Wirklichkeitslandschaft, die Neigung zum Außerordentlichen und Phantasievoll-Pittoresken, ähnlich wie die kleine *Badener Landschaft mit Regenbogen.* Von da ist der Weg nicht weit zu der wirklichkeitsentrückten Lichtdramatik vieler Kompositionen, mit ständigem, sprunghaftem Wechsel von tiefen Schatten und heftigen Glanzlichtern in den Reflexen.

Die an dem Beispiel des Porträts der Gräfin Kuefstein hervorgehobene Verschiedenartigkeit der Darstellungsweisen innerhalb eines Bildes ist durchgehend charakteristisch für Romakos Gestaltung. Der Grundgegensatz in dieser gewagten Methode, der zwischen dem Malerischen und dem Zeichnerischen, erzeugt die früher gemeinten fruchtbaren Spannungen, Spannungen von einer Heftigkeit, zu der es in der zeitgenössischen Malerei so wenig Vergleichbares gibt. Mit ihnen hat sich Romako am weitesten vom Impressionismus entfernt, sie sind ein extremes Ausdrucksmittel seines »Frühexpressionismus«.

Das ist das Schlagwort, mit dem sich der Grundgehalt der Kunst Romakos am ehesten bezeichnen läßt, wenn es darauf ankommt, sie in ihrer entwicklungsgeschichtlichen Stellung zu umschreiben, diese Summe aus meisterhaft beherrschter malerischer Objektivität und ungebärdigstem zeichnerischem Subjektivismus, aus primitiver Symbolik und Theatralik und verborgener echter Tiefgründigkeit, aus Raffinement und Geschmacklosigkeit, aus Schwermut und unbefangener Heiterkeit. Was Romako am wenigsten gelang, war die Bewältigung einer ständig sich vordrängenden Gedanklichkeit durch die formale Gestaltung.

Dies ist nur die Kehrseite einer sehr bedeutsamen Tendenz in der Kunst Romakos, nämlich seines auf das Leben der einzelnen Wesen und Dinge gerichteten Gestaltungswillens. Wo er Menschen darstellt, ist es zumeist ein ekstatisch übersteigertes Leben, in den anderen Wesen und Gegenständen ist es ein phantastisches Leben der Formen. Diese Zuwendung zum Einzelding könnte ebensogut ein Festhalten an der Anschauungsweise *vor* dem Impressionismus bedeuten wie eine Vorbereitung der nachimpressionistischen Kunst. Sie bedeutet auch beides bei Romako, aber das Vorläufertum erscheint uns nicht nur deshalb wesentlicher, weil es uns heute mehr angeht, sondern weil es tatsächlich das Traditionelle weitaus überwiegt. Es gibt unter Romakos späten Porträts einige, die das Bild des Menschen vom Ende des 19. Jahrhunderts in souveräner Endgültigkeit und in beklemmender Eindringlichkeit auf die Nachwelt gebracht haben. Der Durchbruch der reinen malerischen und zeichnerischen Form um die Jahrhundertwende ist im Werk Romakos überall schon vorbereitet. Dieses Resultat, in der tragischen Situation des unerkannten Einzelgängers errungen, blieb zwar ohne unmittelbare Folge, aber gerade von dieser Seite der Kunst Romakos gibt es eine Verbindung wenigstens zu einem der Begründer des Expressionismus im 20. Jahrhundert: *Oskar Kokoschka* hat in seinen Bildnissen aus den Jahren um 1910 an die Porträtmalerei angeschlossen.

Man muß in der Gestalt Romakos mehr als einen verschrobenen Außenseiter erkennen, der ein bedeutendes malerisches Können an eine teils konventionelle, teils skurrile Bildthematik vergeudete. Nur dieses oberflächliche Bild seiner Persönlichkeit scheinen die Zeitgenossen gesehen zu haben. Wir erkennen heute viel mehr in seiner Kunst, sehen Beziehungen nach verwunderlich vielen Richtungen, die bedeutsamsten und tiefsten aber weisen in die Zeit, die Romako selbst nicht mehr erlebte, wir denken vor seinen Bildern an *Hodler, Munch, Kokoschka.* Unter seinen Zeitgenossen aber, deren Kunst die seine in einzelnen Zügen verwandt war, kommen diejenigen ihm am nächsten, die gleich ihm Einzelgänger waren, wie *Monticelli* und *Odilon Redon.*

An Stelle dieser vielen Namen, die die Vielgestaltigkeit eines Künstlers umschreiben, sollte nur der Name Romako genannt sein, damit das Wesen eines tragisch-feurigen Geistes bezeichnend, der in der Malerei des vorigen Jahrhunderts nicht seinesgleichen hat.

## *Rudolf von Alt*

VON VERONIKA BIRKE

Die Kunstliteratur der ersten Jahrzehnte unseres Jahrhunderts ist vielfach der Ansicht, *Rudolf von Alt* sei ein »Tüpfler« gewesen, der unabhängig von seinem künstlerischen Zeitgeschehen so »vor sich hin gepinselt« habe. Diesen Ansichten — die ohne wissenschaftliche Begründung entstanden sind — muß man kräftig entgegentreten. Rudolf von Alt lebte weder als »Eigenbrötler«

noch als »seniler Alter« seiner Malerei, sondern scheute keine Auseinandersetzung, weder mit seinen Zeitgenossen noch mit sich selbst. Darüber gibt einerseits der briefliche Nachlaß und andererseits die mündliche Überlieferung Auskunft. Rudolf von Alt war ein Leben lang auf Reisen, die ihn durch ganz Europa führten, von Italien, das er viele Male erlebte, bis Rußland, von Belgien bis Deutschland und im besonderen Österreich, dessen Landschaft ihn immer wieder mit Begeisterung erfüllte. Viele Briefe, manche schon im hohen Alter mit zittriger Hand geschrieben, erzählen, mit welcher unermüdlichen Kraft und Überzeugung er in seiner Arbeit seine eigene Existenzmöglichkeit sah. Kaum ein Brief kam zu seiner in Wien lebenden Familie, der nicht zuerst einmal vom Wetter berichtete — meist war es schlecht, denn nur dann wollte er sich aufraffen, um zur Feder zu greifen. Wie er selbst sagte, müsse er mit dem ersten Sonnenstrahl seine Schreiberei unterbrechen, um ja nichts zu versäumen. Er berichtet, daß es in der Marcuskirche in Venedig bitterkalt sei und das Licht bereits am frühen Nachmittag schwinde; und wenn alles nicht so nach seiner Vorstellung ging, dann war wieder einmal ein »Waschtag« fällig, an dem er mit Schwamm und Wasser bereits Entstandenes radikal entfernte, unabhängig, ob das Blatt bei anderen Wohlgefallen oder einen Käufer fand.

Obwohl Alt nie frei von materiellen Sorgen war, ließ er es nie zu, daß Aquarelle ohne seine Zustimmung das Haus verließen, lieber malte er sie nochmals, wenn sie wieder einem »Waschtag« zum Opfer gefallen waren, wie solche Attacken auf seine Arbeiten in der Familie genannt wurden.

Schon sein Vater *Jakob Alt* (1789—1872) zog den Sohn zu seinen Arbeiten heran; Rudolf, um dessen Erziehung sich außer der Mutter niemand besonders bemühte, mußte schon sehr früh des Vaters Arbeiten kolorieren. Die Begabung des Knaben wurde durch den Vater aus nicht ganz selbstlosen Gründen gefördert, indem er ihn mit 13 Jahren in die Akademie einschreiben ließ. Nebenbei ließ Jakob Alt den heranwachsenden Sohn einerseits im Atelier arbeiten, wo er ihn zu allen Arbeiten für Lithographie und Radierung heranzog, andererseits lenkte er die Aufmerksamkeit des Knaben auf das Naturstudium, das anfänglich in einem Nachzeichnen der väterlichen Werke bestand, die allerdings nach der Natur gezeichnet waren!

1828 unternimmt er mit seinem Vater die erste große Reise, die für ihn zu einem entscheidenden Erlebnis werden sollte. Meist zu Fuß durchwanderten die beiden das Salzkammergut, zeichneten in Salzburg, gelangten über Berchtesgaden nach Tirol, um sich, weiter nach Süden, Italien zuzuwenden. Gardasee und die Ufer des Comosees müssen den jungen Rudolf tief beeindruckt haben. Über Kärnten und die Steiermark kehrten beide mit vielen Eindrükken nach Wien zurück. Obwohl man über die Reisen in der frühen Schaffenszeit ziemlich gut unterrichtet ist, fehlen die kritischen Überlegungen zu seinem Frühwerk zur Gänze. Es kann deshalb hier nur auf einzelnes aufmerksam gemacht werden, ohne Versuch, ein stilistisches Bild des Frühwerks festzulegen.

Auffallend erscheint für die frühen Skizzen, daß sie fast alle unvollendet geblieben sind. Die in der Entwicklung liegende Unmöglichkeit, sich weiter eines Versatzstückes zu bedienen, das ihm das Problem des unteren Randes abnehmen hätte können, ließ ihn oft den Pinsel aus der Hand legen. Wo sich noch Bleistiftstriche auf dem Papier vortasten, kann die Farbe nicht mehr folgen. Studien des Salzburger St. Peter-Friedhofes, der Landschaft bei St. Wolfgang oder der Gasteiner Gebirgswelt zeigen die Auseinandersetzung mit der Frage nach dem Wert und der Bedeutung des unteren Bildrandes für die Komposition. Man möchte meinen, daß die Schwierigkeit, der sich Alt in diesem Punkt gegenübersieht, ebenso die Frage nach dem Standpunkt des Künstlers bzw. nach dem der Landschaft zugrundeliegenden Gestaltungsmodus, nach sich zieht. Alts Scheitern am Problem des unteren Randes kennzeichnet nicht nur eine Phase in der künstlerischen Entwicklung des jungen Alt, sondern ist auch für die Veränderungen innerhalb der österreichischen Landschaftsmalerei der dreißiger Jahre von wesentlicher Bedeutung. Alt versucht sogar dem Problem insofern auszuweichen, als er sich hinter die Baumsilhouetten des Vordergrundes in einen traditionellen Mittelgrund zurückzieht. Erst in den vierziger Jahren wandelt sich die Schärfe der frühen Skizzen zu einer weichen, tonigen Untermalung, die den Eindruck des grellen Lichtes in Alts aquarellierten Skizzen abschwächt.

Es mutet fast als Kunstgriff an, wenn man bedenkt, daß der Eindruck des Sonnenlichtes durch Aussparen im Farbauftrag entsteht und zugleich den Hell-Dunkel-Kontrast verstärkt; ein Absetzen der Farbflächen zueinander, als ob sie unter dem Scheinwerfer in einer Modellandschaft entstanden wären.

Die Landschaft liegt nicht in einem atmosphärischen Raum, dessen Dreidimensionalität für den Eindruck bestimmend wirkt, sondern ist Oberfläche, über die der Pinsel tastend hinweggleitet, sparsam in den Farben: kühles Grün, ein erdiges Braun und ein bläulicher Ton, der an der Oberfläche haftet und nicht als Feuchtigkeit in der Luft verdampft. Es ist noch nicht bewiesen, aber es besteht Grund zu der Annahme, daß die weitere Entwicklung Alts nicht ohne alle jene Eindrücke zu denken ist, die der Künstler auf seinen wiederholten Reisen in den Süden empfing. Abgesehen von vielen bisher zahlenmäßig noch nicht erfaßten Interieurbildern, die ihm als Broterwerb dienten, widmete sich Alt mit unermüdlichem Fleiß der Landschaftsmalerei. 1835 zog es ihn wieder nach Italien. Er besuchte Neapel, in Verona malte er das Kolosseum und dürfte wohl eine ganze Reihe von Aquarellen mitgebracht haben, von denen nur mehr wenige bekannt sind.

Wie wir aus seinen Briefen wissen, war er ein langsamer und bedächtiger Maler, er benötigte acht Tage für die große Aquarellstudie einer Hofansicht des Dogenpalastes. Er schrieb an seine Familie, daß die Ausbeute eines ungefähr sechswöchigen Aufenthaltes in Venedig nicht mehr als sieben bis acht Studien ergeben habe, obwohl er bereits zeitig am Morgen begann und bis in den schwindenden Tag hinein arbeitete, ohne sich eine Pause zu gönnen. Abends erst ging er in sein Stammcafé, um sich dort bei einem Bier aufzuwärmen!

Doch nicht allein Italien faszinierte ihn, die heimatliche Berglandschaft lockte ihn oft in das Salzkammergut oder nach Oberösterreich. Die Mitarbeit in der väterlichen Werkstatt verpflichtete ihn durch lange Jahre hindurch, einem Darstellungsmodus zu folgen, den er in seinen Skizzen und Studien bereits verlassen hatte. Jakob Alt bediente sich gerne eines Streifens neutralen Grundes, einer Zone, die den Betrachter nicht aus dem Bild ausschloß, ihm aber auch keinen unmittelbaren Zutritt gewährte. Staffagefiguren sind neben ihrer an sich meist belanglosen Tätigkeit Maßstab und in dieser Funktion unbedingt notwendig, da sie den Größeneindruck zu regulieren haben. Sie geben an, ob die Gebirgskette sehr nah und klein oder sehr groß und weit weg zu sehen ist. Ohne sie würde die dem Bildraum innewohnende Unsicherheit, die Größenverhältnisse zu erfassen, den Eindruck der Leere erwecken, da die Horizontlinie an den seitlichen Bildrändern oft aufwärtsstrebt, ohne räumliche Tiefe zu vermitteln. Von diesen, wie aus Bausteinen zusammengesetzten Landschaften entfernt sich Rudolf Alt bereits in den dreißiger Jahren, um gegen 1840 zu einem höchst subtilen Naturalismus zu gelangen, wie ihn *Ferdinand Waldmüller* forderte und auch verwirklichte. Vergleicht man die bereits 1838 entstandene Ansicht des Dachsteins mit dem Hallstätter See und der Hütteneckalpe bei Ischl (Historisches Museum der Stadt Wien) von Waldmüller mit den wiederholt gemalten Ansichten von Dürnstein Rudolf Alts, so kann die Ansicht, Alt und Waldmüller hätten keine Gemeinsamkeiten, nicht länger unwidersprochen bleiben. Beide gehen verschiedene Wege, für Alt scheint das Licht Oberflächenwert zu haben, in Waldmüllers Bildern ist es das alles durchdringende Element, das jeden Winkel erfüllt und ihn dem Auge zugänglich macht. Für Alt bleibt der Schatten strukturlos, eine Zone der Dunkelheit, die erst Gestalt annehmen kann, wenn sie ein Lichtstrahl trifft. Gerade in den Darstellungen von Dürnstein hat Alt eine Vollendung erreicht, die leicht zu der Annahme führen kann, hier sei eine Stufe erklommen, die keiner Verbesserung mehr bedarf.

Rudolf von Alt, dessen Anerkennung erst in hohem Alter erfolgte, hat jedoch nie aufgehört, sich mit den künstlerischen Bestrebungen seiner Zeit auseinanderzusetzen. Sein Bruder *Franz Alt* (1821—1914), der aus Paris eine Serie von Boulevard-Ansichten mit nach Wien brachte, wurde von ihm sicher geschätzt, konnte ihn aber nie in künstlerischer Hinsicht erreichen. Obwohl die Arbeiten Franz Alts sich sehr an die des wesentlich begabteren Bruders anlehnen und diesen mit großer Genauigkeit zu kopieren scheinen, sind die Werke Franz Alts fast in Vergessenheit geraten. Rudolf Alt hingegen entwickelte seine Malweise — im Gegensatz zu wiederholt angeführten, aber immer unbewiesenen Behauptungen — fast zu pointilistischer Oberflächenstruktur; so etwa in der Ansicht eines alten, knorrigen Baumes mit zerfurchter Rinde. In dem Unkraut an der Wurzel des Baumes fängt sich das Licht, löst die Oberfläche in nicht mehr gegenständlich erkennbare Farbpunkte auf, die das Licht aufnehmen und an die Lichterfülltheit impressionistischer Lösungen denken lassen.

Um nochmals der Meinung, Alt habe unabhängig von seinen Zeitgenossen gearbeitet, entgegenzutreten, soll auf die Vergleichbarkeit mit *Jakob Emil Schindlers* (1842—1892) *Parklandschaft in Plankenberg* 1881 (Österreichische Galerie) hingewiesen sein. Ohne auf einen genauen Vergleich eingehen zu können, ist, um nur ein Beispiel herauszugreifen, hier Gleiches angestrebt und erreicht: die vom warmen Sonnenlicht erfüllte Natur, deren Gegenständlichkeit in Licht- und Schattenpünktchen zerstreut erscheint. Rudolf Alt geht, im Gegensatz zu anderen Malern, die dem Phänomen des Sonnenlichtes huldigen, in seinem späten Werke einer Vergeistigung und Abklärung seiner Malerei entgegen, die weder in ihrer Zeit unmodern war, noch in der Entwicklung des Künstlers einen Rückschritt bedeutete.

Kennzeichnend für diese letzte Schaffensperiode, die in die neunziger Jahre fällt, sind jene wunderbaren, geradezu vollendeten Ansichten aus Gastein. Nicht mehr die grelle Mittagssonne oder das stechende Schneelicht des jungen Frühlings, sondern das weiche, sinkende Licht eines herrlichen Tages. Aufziehende Wolken, Dunst und Nebel hüllen die Baumspitzen ein; die Berge sind in ziehenden Nebelfetzen verborgen. Die Abgeklärtheit seiner Persönlichkeit hat den Bildern jeden grellen Ton genommen und den in sich geschlossenen Charakter der Vollendung verliehen. An den Aquarellen ist es fast ausgeschlossen, die Tageszeit zu bestimmen, da dem Licht nun nicht mehr die Hauptaufgabe zufällt, Gestalt aus der Dunkelheit zu lösen, sondern Licht und gegenständliche Natur in eines zu verschmelzen. Die Natur ist durchlässig geworden, Bäume und Sträucher sind wie mit Farbfedern bedeckt, so leicht und beweglich erscheint die Oberfläche. In den neunziger Jahren greift Alt auf ein Motiv zurück, das ihn in jungen Jahren — fast gleichzeitig mit Waldmüller — beschäftigt hat: der einzelne Baum oder die Baumgruppe; ein Beispiel bietet jenes in der Akademie der bildenden Künste in Wien aufbewahrte Blatt des »letzten schönen Baumes am Wien-Fluß«, das, 1895 entstanden, auf frühere Studien von Praterbäumen zurückgreift. Gerade in diesen Überlegungen wird sich die Entwicklung Alts und die Größe seiner künstlerischen Leistung zu erkennen geben, wenn wir wieder gelernt haben, uns ohne Vorurteil den zahllosen Beispielen seiner Hand zu nähern, und wenn wir versuchen werden, ihn im Zusammenhang seiner Zeit zu sehen. Denn bislang hat man es verabsäumt, den Platz des Künstlers in der vielschichtigen Entwicklung des 19. Jahrhunderts auch zu begründen und zu untermauern.

## *Franz Liszt*

VON FRIEDRICH HELLER

Generationen von Schülern und Biographen haben an einer legendenhaften Darstellung des Komponisten und Virtuosen *Franz Liszt* gearbeitet. Es fällt auch heute noch schwer, Dichtung und Wahrheit auseinanderzuhalten. Allzu tief hat sich das Bild des feurigen Romantikers, der im Alter sich zum makellos gütigen Grandseigneur verklärte, festgesetzt. Dagegen haben selbst Biographien, die in ebenso einseitiger Weise nur von negativen Charakterzügen berichteten, nicht viel auszurichten vermocht.

Neuere Untersuchungen lassen aber immer mehr erkennen, wie weitreichend und untrennbar sich in Liszts Persönlichkeit die Widersprüche des 19. Jahrhunderts spiegelten und wie gerade dieser nach außen hin so klar konturierte Mann in Wahrheit voll von Zweifeln, Unsicherheiten und Entsagungen war. Freilich entsprach die große Lebensgeste des Virtuosen, der wie ein Magier alle bezauberte, dem romantischen Bild des Künstlers, und darin kann er uns auch heute noch als ein Symbol für eine Zeit erscheinen, der der leidenschaftliche Ausdruck innerster und persönlichster Gefühle als wesentliches Kriterium großer Kunst galt.

Franz Liszt wurde am 22. Oktober 1811 in Raiding geboren. Der Ort, heute im Burgenland, gehörte damals zum Komitat Ödenburg in Ungarn. Doch hat Liszt, in dessen Elternhaus nur deutsch gesprochen wurde und der in der Dorfschule deutsch unterrichtet wurde, nie wirklich die ungarische Sprache erlernt und konnte erst im Alter einige wenige Sätze ungarisch sprechen. Auch sein Deutsch ging infolge seiner frühen Übersiedlung nach Frankreich bald größtenteils verloren. Von seinem zehnten Lebensjahr an wurde Französisch die Sprache, die er bis zu seinem Lebensende mit Vorliebe sprach und schrieb.

Franz war das einzige Kind des aus Edelstal gebürtigen *Adam List* (die spätere Schreibweise Liszt soll aus phonetischen Gründen zustande gekommen sein), der in den Diensten der Familie Esterházy stand und sich bis zum angesehenen Posten eines Rentmeisters der fürstlichen Schäferei hinaufgearbeitet hatte. Nebenbei war er ein begabter Dilettant auf dem Violoncello. Die Mutter Franz Liszts, *Maria Anna Lager,* stammte aus Krems. Aus den Kindheitsjahren ist nicht viel bekannt. Fest steht, daß bis zu seinem sechsten Lebensjahr seine Gesundheit viel Anlaß zu Sorgen gab und daß er als Sechsjähriger erstmals Klavierunterricht von seinem Vater erhielt. Der Vater, der die Begabung des Kindes offenbar rasch erkannte, handelte ziemlich zielbewußt: was ihm selbst versagt geblieben war, die Ausbildung zum Musiker, sollte bei seinem Sohn in Erfüllung gehen. Einige Konzerte, die der Knabe vor staunendem Publikum gab, bewirkten, daß *Fürst Nikolaus Esterházy* sowie vier weitere Magnaten die nötigen Geldmittel für seine Ausbildung sicherstellten. Draufhin bat der Vater um Entlassung aus dem fürstlichen

*Rudolf von Alt, Selbstporträt; Aquarell, 1890*

Dienst, und fortan, bis zu seinem frühen Tod 1827, hat er sich nur mehr der Ausbildung und Förderung des Sohnes gewidmet.

In Wien fand man in *Carl Czerny* (dem Schüler *Beethovens)* einen idealen Lehrer und Freund, der das Wunderkind kostenlos unterrichtete. Zudem gab es theoretischen Unterricht bei *Antonio Salieri.* An einer allgemeinen Ausbildung fehlte es freilich fast ganz. Versäumtes mußte Liszt in späteren Jahren nachholen, und er hat — wie einige Selbstzeugnisse erkennen lassen — unter der mangelnden Allgemeinbildung gelegentlich gelitten. Sie mag auch der Grund sein für manche Naivität und Urteilsunfähigkeit, die besonders in den Altersjahren, als Liszt die Virtuosenlaufbahn aufgab, zum Vorschein kamen. Sehr früh schon scheinen auch religiöse Phantastereien das Leben des Knaben bestimmt zu haben — sie treten im Verlauf dieses Künstlerlebens immer wieder auf und mögen auch zu dem von vielen nicht verstandenen Schritt des Dreiundfünfzigjährigen, sich die niederen Weihen der Kirche geben zu lassen, geführt haben.

Aufsehenerregende Konzerte in Wien (von denen nur jenes am 13. April 1823 im Redoutensaal erwähnt sei, weil Beethoven, tief berührt, dem Zwölfjährigen die Stirn küßte) brachten beachtliche Geldsummen ein. Damit sah sich der Vater imstande, mit der Familie nach Paris zu übersiedeln, wo man am 11. Dezember 1823 eintraf, der Knabe Franz bereits als europäische Berühmtheit. Von nun an vollzog sich Liszts Heranwachsen und Reifen im Bereich französischer Kultur, die die seine werden sollte, und aus dem deutschsprechenden Ungarn wurde ein waschechter Franzose, der sich freilich immer mehr zu einem wahren Kosmopoliten entwickelte.

Liszts Absicht, Schüler am berühmten Conservatoire zu werden, mißlang. Es war der Italiener *Cherubini,* der als Direktor die Aufnahme unter dem Vorwand verweigerte, Ausländer dürften hier nicht studieren; wahrscheinlich hatte er aber eine Abneigung gegen Wunderkinder. So nahm Liszt Privatunterricht in Musiktheorie bei *Ferdinando Paer* und später bei *Antonin Reicha,* Klavierunterricht nahm er jedoch keinen mehr, studierte aber *Kalkbrenners* Methode. Der geniale, schöne Jüngling fand in Paris überall offene Türen. Er verkehrte, spielte und unterrichtete in aristokratischen Kreisen und lernte alle bedeutenden Künstler, Dichter, Maler, Musiker und Denker kennen. Die Begegnung mit *Paganini,* dessen technische Hexenkünste die Musik aus den Fesseln des Instruments zu befreien schienen und die Herzen der Zuhörer bis ins Innerste bewegten, und das Spiel *Chopins,* dessen romantische Klavierpoesie er tief bewunderte, bestimmten den Reifeprozeß Liszts. Er wollte der Paganini des Klaviers werden, er wollte den Spielstil dieses Instruments ausweiten und bis an die Grenze des Möglichen treiben, aber er wollte gleichzeitig auch die Technik in den Dienst der Kunst stellen. Denn er wußte, daß es ihm gegeben war, die Menschen mit seinem Spiel zu rühren und zu bannen. Beides zugleich: und dieses Miteinander von Erhebung und fast diabolischer Fesselung war es, was Liszt — neben allen epochemachenden technischen Neuerungen, die die Klaviermusik ihm zu danken hat — zum Zauberer seines Instruments und wohl bedeutendsten Virtuosen seines Jahrhunderts machte.

Seine außerordentliche Wirkung mag zu einem großen Teil auf seiner Fähigkeit beruht haben, sich sozusagen völlig in der Musik zu verlieren. Der schon erwähnte Beitrag Liszts zur Entwicklung der Klaviertechnik ist tatsächlich epochemachend gewesen: er bildet den Ausgangspunkt des modernen Klavierspiels bis *Debussy, Ravel* und *Prokofjew.*

Über eine unglückliche Liebe zu *Caroline de Saint-Cricq,* der Tochter des Handelsministers, die wegen des Standesunterschiedes zu keinem guten Ende führte, scheint sich Liszt, obwohl zunächst zutiefst betroffen, bald hinweggetröstet zu haben. Die Frauen kamen ihm jetzt und später entgegen. 1833 sah Liszt zum erstenmal die *Gräfin Marie d'Agoult,* die schließlich seine Geliebte und geistige Erzieherin wurde. 1835 verließ die Gräfin ihren Mann, um mit Liszt bis 1839 in freiem Liebesbündnis, zuerst in Genf, dann in Italien zu leben; die Sommer 1841 bis 1843 verbrachten die beiden noch gemeinsam auf der Insel Nonnenwerth im Rhein. Dem Bündnis entsprossen drei Kinder, darunter *Cosima* (geboren 1837, zunächst verheiratet mit *Hans von Bülow,* später mit *Richard Wagner).* Nach der Trennung Liszts von der Gräfin hat diese als Romanschriftstellerin ihr Verhältnis mit dem Komponisten in einem Buch geschildert, das die tiefe Enttäuschung dieser Frau, die zweifellos den stärksten Einfluß auf Liszts Leben gehabt hat, widerspiegelt.

Mit Konzerten in Wien begann 1838 für Liszt die Zeit der großen Reisen, die ihn kreuz und quer durch ganz Europa führten. Überall errang er die ungewöhnlichsten Triumphe, die selbst die Paganinis übertrafen. Liszt spielte ohne Mitwirkung anderer Künstler und ohne Orchester, und *Berlioz* konnte ihm zutreffend schreiben: »Du kannst frei nach Ludwig XIV. sagen: Das Orchester bin ich! Der Chor bin ich! Der Dirigent bin wiederum ich!« Unter den vielen Ehrungen, die Liszt zufielen, sei nur die Würde eines »Doktors der Musik« genannt, die ihm die Universität Königsberg verlieh. Mit den späten vierziger Jahren war Liszt der Virtuosenreisen müde. Doch muß über diese Zeit der Wanderjahre gesagt werden, daß sie eine außerordentlich produktive Periode darstellten. Neben Originalkompositionen schrieb Liszt eine Reihe von Transkriptionen und Fantasien, die auf Werken anderer Komponisten *(Berlioz, Mendelssohn-Bartholdy, Schubert, Beethoven, Rossini)* basierten. Und obwohl das Publikum immer stürmisch seine Virtuosenstücke verlangte, setzte er sich in steigendem Maß für die Originalwerke der genannten Komponisten ein.

Mit der Ansiedlung in Weimar und der Tätigkeit in dieser großherzoglichen Residenz (1849—1861) beginnt die musikgeschichtlich wahrscheinlich bedeutendste Epoche in Liszts Leben. Er leitete als Hofkapellmeister mit wechselndem Glück die Oper, setzte sich für viele Werke der neuen Musik ein und schuf durch seine Kompositionen, zunächst in den Klavierwerken, dann in den sogenannten Symphonischen Dichtungen und in Liedern eine neue Stilrichtung, die bald Schule machte und die »Weimarer« oder »Neudeutsche« genannt wurde. Als einer der ersten erkannte Liszt das Genie *Richard Wagners,* den er 1841 in Paris kennengelernt hatte und dem er nun, nach der Dresdener Revolution, Unterschlupf gewährte, Geld gab und zur Flucht verhalf. Auch als Dirigent setzte er sich für Wagners Werk ein. Wenn auch das Publikum der Kleinstadt Weimar den Intentionen Liszts nur wenig folgen konnte, so wußte er sich doch vom Hof unterstützt. Eine neue Heimat war ihm die Altenburg, der Wohnsitz der *Fürstin Carolyne von Sayn-Wittgenstein.* Die wechselvollen Beziehungen zu dieser Frau bestimmen die weiteren Jahre des Komponisten. Die Fürstin hat später das Verhältnis so dargestellt, als wäre erst durch sie der große Mann auf den eigentlichen Weg eines wahrhaft Frommen gewiesen worden. Damals entstand die Liszt-Legende, und es ist heute schwierig zu unterscheiden, wieviel er selbst dazutat und wo er sich treiben ließ. Jedenfalls übte die Fürstin einen gewaltigen, nicht immer als angenehm empfundenen Einfluß aus, der so weit ging, daß sie die nun einsetzende musikschriftstellerische Tätigkeit Liszts ziemlich eigenmächtig redigierte. Auf der Altenburg entfaltete sich ein reiches musikalisches und gesellschaftliches Leben, und diese Konzentration an Künstlertum ist es, was die Weimarer Jahre so bedeutsam macht. Viele von Liszts Anhängern schrieben Aufsätze in musikalischen Zeitschriften und haben damit die beginnende Zerklüftung und das Parteienwesen in der musikalischen Welt gefördert. Das berüchtigte Manifest gegen die Neudeutsche Schule beklagte und verdammte deren Produktionen als »dem innersten Wesen der Musik zuwider«, und es wirft nur ein bezeichnendes Licht auf die allgemeine Widersprüchlichkeit des 19. Jahrhunderts, daß diese Behauptungen, die sogar von *Brahms* unterzeichnet wurden, angesichts der Entwicklung der Musikgeschichte keineswegs recht behalten haben. Denn Liszts Kompositionen haben in Deutschland, darüber hinaus aber in ganz Europa, ungeheuren und weitreichenden Einfluß ausgeübt. Er hat die harmonischen Experimente der Romantik kühn übersteigert; alle bedeutenden Harmoniker seiner Zeit haben von ihm gelernt: *Wagner, Grieg* und in der Spätzeit des Jahrhunderts der geniale Vollender *Richard Strauss.* Die Liste der Namen jener Komponisten, die im Bereich der Symphonischen Dichtung oder der Klaviermusik den von Liszt beschrittenen Wegen folgten, ist lang. Bedeutungsvoll war auch die Rolle, die Liszt als Organisator des Musiklebens gespielt hat. Von Jugend auf trug er sich mit reformatorischen Ideen, forderte eine Hebung des Künstlerstandes, Musikfeste, Lehrstühle für Musikgeschichte. 1861 erlebte er die von ihm angeregte Gründung des Allgemeinen Deutschen Musikvereins, der bis 1937 seine Aufgabe, der Erschließung der zeitgenössischen Musik zu dienen, verwirklichte.

Der Entschluß, von Weimar wegzuziehen, wurde durch die schwierigen Beziehungen zur Fürstin Sayn-Wittgenstein bestärkt. 1861 kam Liszt, der übrigens 1859 in den österreichischen Ritterstand erhoben worden war, in Rom an. 1865 empfing er die niederen Weihen. Er war erst dreiundfünfzig, und doch kann man schon von seinen »letzten Jahren« sprechen. Obwohl auf der Höhe seiner Mannesjahre, gestaltete sich die letzte Zeit seines Lebens problematisch. Er reiste viel (im wesentlichen zwischen Rom, Weimar und Budapest, wo er Präsident der neugegründeten Landes-Musikakademie geworden war), er komponierte, er unterrichtete: zu seinen zahlreichen Schülern gehören die Pianisten *Albeniz, d'Albert, Sauer,* die Komponisten *Borodin, Kienzl, Smetana, Saint-Saëns,* die Dirigenten *Mottl, Nikisch, Weingartner.* Im ganzen erscheinen diese letzten Jahre ruhelos; Liszt fühlte sich einsam und unbefriedigt, und immer mehr bestimmt das Gefühl der Entsagung sein Leben. Der Ausspruch: »Allen Jubel, alle Begeisterung würde ich hingeben, wenn ich nur einmal ein wirklich schöpferisches Werk hervorbringen könnte« charakterisiert die tiefe Unsicherheit des Meisters. Er besucht Wagner kurz vor dessen Tod in Venedig und setzt sich nach wie vor für das Werk des genialen Zeitgenossen ein. 1886 verläßt er Rom, reist nach Paris und London, konzertiert zum letztenmal in Luxemburg, wohnt — obwohl schon sterbenskrank — Aufführungen des *Parsifal* und des *Tristan* bei und stirbt am 31. Juli 1886 in Bayreuth.

Daß dieses so überreich begabte Leben nicht so glückhaft war, wie die Biographen es gerne wollten, symbolisiert nicht nur den Zwiespalt einer Epoche, es ist auch die letztlich unerklärbare Tragik des Genies.

## *Anton Bruckner*

VON LEOPOLD NOWAK

*Bruckner* war in seiner menschlichen wie künstlerischen Erscheinung eine so eigenartig geprägte Persönlichkeit, daß er nicht in den »Strom« seines Jahrhunderts paßte und wie ein einzelstehender, großer Felsblock herausragte. Daraus erklären sich seine für ihn oft quälenden Lebensumstände, aber auch die Schicksale, die seine Werke erfuhren. Nach zwei Weltkriegen mit ihren Zerstörungen und Umwälzungen verstehen wir erst, wie zukunftsbestimmt seine Musik war und noch ist, von der er — im Hinblick auf die ungekürzte *VIII. Symphonie* — selbst einmal an *Felix Weingartner* schrieb, »das sei für spätere Zeiten«. Bruckner, der vielen seiner Zeitgenossen als ein ungebildeter Mensch erschien, ohne die sonst bei einer Persönlichkeit seines Schlages erwarteten intellektualistischen Regungen, erwies sich in diesem Wort als ein Kenner seines eigenen Ichs und damit seiner Musik: Er schuf sie nicht für die Jahre, in denen er lebte, sondern für die Zeit nach seinem Tode. Damit berührt man innerste Seiten seines Wesens, die der Welt zutiefst verborgen liegen, ja ihr oft nicht willkommen sind, weil sie ins Metaphysische hinüberreichen und ihre Heimat in Gott zu suchen ist.

Mit dieser ihrer Einstellung wurden Bruckner und seine Musik zum »Eckstein«, den man »verwarf«, weil man seine Maße, seine Bestimmung nicht erkannte.

Der Meister hat sich zu dieser hohen Stufe in zäher Geduld durchgerungen; von Anfang an bis in die erste Lebenshälfte schien dieses Talent noch nicht zu so überragenden Aufgaben bestimmt zu sein.

Bruckner wird zu Ansfelden, einem kleinen Ort in der Nähe von Linz und St. Florian, am 4. September 1824 geboren. Sein Vater ist Schullehrer, und so antwortet auch der Sohn auf die ihm eineinhalb Jahrzehnte später gestellte Frage, was er denn werden wolle, schlicht und einfach: »Wie der Vater.« Mit Musik hat er ja seit seiner Knabenzeit zu tun gehabt. Ein Schullehrer des österreichischen Vormärz mußte musikalisch sein, oblag ihm doch die gesamte Kirchenmusik und darüber hinaus der weltliche Musikbedarf seines Ortes. Vom Vater zuerst unterwiesen, dann von einem Verwandten, dem Schulmeister *Johann Baptist Weiß* in Hörsching bei Linz, hat Bruckner sicher alle »Handwerks-Griffe« der damaligen Kirchenmusik, vor allem den Generalbaß, gelernt und sich vielleicht auch schon im Niederschreiben eigener Akkord-Gedanken für die Orgel geübt, wenn die um 1837 entstandenen fünf Präludien wirklich dem jungen Bruckner zuzuschreiben sind.

Des Vaters früher Tod, 1837, gibt Bruckners Lebensweg eine neue Richtung: er wird Sängerknabe im Stift St. Florian. Aus den engen schulmeisterlichen Verhältnissen, räumlich wie musikalisch, gelangt er in die Weite dieses großen, herrlichen österreichischen Barockstiftes. Eine umfassende Kirchenmusikpflege tritt ihm entgegen, vor allem aber ist es das Klangwunder der großen von *Franz Xaver Krismann* 1770 bis 1774 erbauten Orgel in der Stiftskirche. Ihre Töne waren sicher eine der Quellen, aus denen der spätere Bruckner seine Klangvisionen schöpfte. Nicht ganz zu Unrecht hat man so manche orchestrale Eigenheit in seinen Symphonien mit der Orgel und Bruckners Orgelspiel als Improvisator in Beziehung gebracht. Das wird auch stimmen, wenngleich nicht ausschließlich, denn es gibt noch andere Einflüsse, die auf Bruckner einströmten.

Vorläufig, 1839, mußte der Sängerknabe, der inzwischen mutiert hatte, an den Lehrerberuf denken. Er absolvierte 1840/1841 die »Präparandie« in Linz und eignete sich alle Kenntnisse an, die damals ein »Schulgehülfe an Trivialschulen« haben mußte. Darunter war selbstverständlich auch die Musik, zu der ihm *Johann August Dürrnberger* ein zuverlässiger Führer war. Von Kompositionen wissen wir noch nichts, wohl aber, daß Bruckner sich die *Kunst der Fuge* von *Johann Sebastian Bach* abschrieb und zu den Messen von *Haydn* und *Mozart* auch das *Wohltemperierte Klavier* kennenlernte.

Die erste Komposition Bruckners entstand zwischen 1841 und 1843 in Windhaag bei Freistadt in Oberösterreich, wohin Bruckner nach bestandenem

Präparandieexamen gekommen war. Entsprechend den ländlichen Verhältnissen müssen eine Solo-Altstimme, zwei Hörner und Orgel für das erste Werk des späteren großen Symphonikers genügen. Er lernte in Windhaag alle Leiden eines Schulgehilfen kennen, daneben aber auch bei Tanzunterhaltungen, bei denen er Geige spielte, die oberösterreichische Volksmusik. Zur großen Orgel von St. Florian, der Orgel im Linzer Alten Dom tritt als neues und bestimmendes Element die Volksmusik.

Ihr begegnet er auch an seinem zweiten Dienstort, in Kronstorf bei Steyr. Freundliche, verständige Bauersleute waren ihm in seinen musikalischen Sorgen behilflich. Der Ort bot ihm außerdem die Möglichkeit, bei *Leopold von Zenetti* im benachbarten Enns Klavier-, Orgel- und Theorieunterricht zu nehmen. Andere Möglichkeiten der Weiterbildung boten sich Bruckner in Steyr an der gleichfalls von F. X. Krismann stammenden Orgel in der Stadtpfarrkirche und im Vierhändig-Spiel mit *Karoline Eberstaller,* die noch mit *Schubert* gespielt hatte, wodurch ihm die Musik dieses Meisters erschlossen wurde. Bruckner empfing davon tiefgehende Eindrücke. Wir erkennen jetzt immer mehr, daß Schuberts Musik von geradezu bestimmendem Einfluß auf Bruckner gewesen ist, sodaß man den Florianer Meister in direkte Beziehung mit Schuberts Rhythmus und Agogik stellen muß.

Alle diese Anregungen blieben nicht ungenützt. Was entstand, war »Gebrauchsmusik«, so wie man sie von einem musikalisch etwas stärker talentierten Schulmeister dieser Zeit erwarten durfte. Die Wurzeln von Bruckners schöpferischer Kraft liegen sehr tief im Erdreich von Volk und Schule vergraben. Es ist unmöglich, um diese Zeit aus den erhaltenen Kompositionen Schlüsse auf den späteren Bruckner zu ziehen, so sehr ist er dem Augenblick und den Verhältnissen unterworfen. Er tat seine Pflicht als Lehrer und freute sich, auch durch Kompositionen, »wie man sie brauchte«, dienlich sein zu können.

Der »Aufstieg in die Musik« vollzog sich in St. Florian, dem letzten Ort seines Lehrerdaseins während der Jahre 1845 bis 1855. In diesem Jahrzehnt brach sich der Künstler in ihm Bahn. 1850 übernahm er provisorisch die Stelle an der großen Stiftsorgel: der Lehrer wandelte sich zum Organisten — und aus dieser, nunmehr nur der Musik verpflichteten Stellung schritt er 1856 weiter in den größeren Bereich eines Domorganisten zu Linz. Die Florianer Jahre bringen auch die weitere Entfaltung der kompositorischen Kräfte. Unter vielen kleineren Werken, Kirchenstücken, Männerchören, Klavierkompositionen befindet sich ein *Magnificat* für Soli, gemischten Chor und Orchester (1852), Psalmen- und Kantatenkompositionen, vor allem aber das *Requiem* (1848/1849) und die *Missa solemnis in h-Moll* (1854), beide für Soli, Chor und Orchester. Während die kleinen Werke weiterhin den Stil von Gebrauchsmusik an sich tragen, merkt man dem Requiem und der Messe an, daß ihr Schöpfer sich den Stil der Wiener Klassiker voll zu eigen gemacht hat. Vor allem die Messe zeigt in Form und Ausdrucksgestaltung, aber auch in der Behandlung des Orchesters diesen Einfluß; die kontrapunktisch gearbeiteten Teile sind Meisterstücke satztechnischer Virtuosität.

Obwohl er seinen Lehrverpflichtungen pünktlich nachkam, wurde doch die Musik allmählich sein Hauptberuf. Bruckner selbst muß das gespürt haben. Dem Betrachter der Werke dieser Zeit fallen da und dort bereits Wendungen auf, die der spätere Bruckner dann in ihrem »ausgelasteten« Gewicht verwendet, denn immer noch, obwohl er bereits komponiert, fühlte sich Bruckner nicht als »Komponist«; er war Lehrer und Organist.

Die Entwicklung zum Komponisten bringt sein nächster Lebensabschnitt von 1856 bis 1868, als Bruckner Domorganist von Linz ist. Ähnlich wie in St. Florian aus dem Lehrer der Meister der Orgel wird, so wird nun in Linz aus dem Organisten der Meister der Symphonie mit gleichzeitigem Erringen des persönlichen Stiles, doch bricht die geistige Größe auf engem menschlichem Raum hervor. Bruckner war Organist, war eine Zeitlang (1860/1861 und 1868) Chormeister der Liedertafel »Frohsinn« und gab außerdem Privatstunden. Linz bot sich dem Besucher um die Jahrhundertmitte als eine provinzielle Kleinstadt von 20 000 Einwohnern dar. Für Bruckner, der sich darin sehr einsam und verlassen fühlte, war es von größter Wichtigkeit, daß der *Bischof Franz Josef Rudigier*, eine in den damaligen Kulturkämpfen starke, unbeugsame Persönlichkeit, die Musik liebte und seinen Domorganisten sehr schätzte.

Bevor man von Bruckner als dem Komponisten spricht, muß man seiner zuerst als Improvisator gedenken. Er hatte die Fähigkeit, im augenblicklichen Erfinden und Verarbeiten von Gedanken an der Königin der Instrumente, Gebilde von hinreißender Wirkung zu formen. Die innere, an die Seelen der Menschen greifende Kraft seines Spiels muß überzeugend gewesen sein. Er galt bis in die achtziger Jahre als der beste Organist Österreichs.

Der Linzer Aufenthalt hob ihn jedoch schon über den Organisten hinaus: das Genie meldete sich. Vorerst mußte Bruckner noch lernen, und er besorgte dies sehr gründlich: von 1855 bis 1861 bei *Simon Sechter* in Wien Harmonielehre und Kontrapunkt, dann weitere drei Jahre bei *Otto Kitzler*, Theaterkapellmeister in Linz. Jenem verdankte Bruckner seine gründlichen Einsichten in den musikalischen Satz, diesem die Ergänzung dazu in Formenlehre, Instrumentation und im Freiwerden von den strengen Regeln des Kontrapunkts. Kitzler öffnete ihm auch die Welt *Beethovens*, wies ihn auf *Berlioz* und *Liszt*, vor allem aber auf *Wagner* hin.

Bruckner gewahrte eine »neue« Musik, den *Tannhäuser*, den *Lohengrin*, *Tristan und Isolde* erlebte er 1865 in München und lernte dabei *Richard Wagner* persönlich kennen. Er brachte dem »Meister aller Meister«, wie er ihn überschwenglich zu nennen pflegte, zeitlebens größte Verehrung entgegen. Wagners weitgespannte dramatische Kunst hat Bruckner sehr beeindruckt: verschiedene Zitate aus den Musikdramen, die Verwendung der Tuben, auch harmonische Wendungen beweisen dies. Trotz allem aber ist

Bruckner ein »Eigener« geblieben, man muß sich hüten, diese Beeinflussungen zu überwerten.

Aus seinen Studien, dem Organistenamt, der Tätigkeit im »Frohsinn«, unvermeidlichem Stundengeben und den Musikereignissen, die ihm Linz und gelegentliche Aufenthalte in Wien boten, rang sich in Bruckner der Komponist los. Kompositionen für Männerchor, ein *146. Psalm,* eine *Festkantate* zur Grundsteinlegung des Neuen Domes, 1862, leiten jene Werke ein, die den 40jährigen Bruckner als Genie erweisen sollten: die drei *Messen in d-, e-* und *f-Moll* von 1864 und 1868, dazwischen, 1865/1866, die *1. Symphonie.* Wie von Naturgewalten bewegt, strömt die Kraft der Erfindung aus Bruckner. Die bei *Kitzler* als »Aufgaben« 1863 komponierten Stücke betrachtete Bruckner selbst als Schularbeiten: die *Ouvertüre in g-Moll,* die *f-Moll-Symphonie* und ein *112. Psalm* für Doppelchor und Orchester. Erst die vor der 1. Symphonie 1864 entstandene *d-Moll-Symphonie,* die sogenannte *Nullte,* weil Bruckner die Partitur später mit einer Null versah, offenbart in vielen Takten die kommenden Brucknerschen Stileigentümlichkeiten. Man kann bei Bruckner keine stetige Entwicklung feststellen, mit einem Male, in der *d-Moll-Messe,* steht er klar erkennbar, als ein Meister der Tonkunst vor seiner staunenden Mitwelt. Er setzte in der d-Moll- und der *f-Moll-Messe* die Wiener klassische Kirchenmusik eines *Haydn* und Beethoven fort; in der *e-Moll-Messe,* zur Einweihung der Votivkapelle des Neuen Domes 1866 geschrieben, 1869 uraufgeführt, gelang ihm eine in ihrer liturgischen Reinheit selten schöne Meßkomposition. Dieser Eindruck wird noch vertieft durch die ungewöhnliche Besetzung: achtstimmiger Chor und 15 Bläser; die Messe mußte, dem Anlaß entsprechend, im Freien aufgeführt werden.

Das Übermaß dieser schöpferischen Anstrengungen und die vorangegangenen Studienjahre lösten 1867 eine Nervenerkrankung aus, die aber in Bad Kreuzen geheilt werden konnte. Als »seelischer Rückstand« blieb in Bruckner eine Zählmanie bestehen, die sich jedoch in der Verbindung mit seinen Kompositionen als eine sehr wertvolle Hilfe zur Erkenntnis seiner Form erweisen sollte: er zählte die Takte und Perioden, um sich so selbst Gewißheit über die Logik der Form zu schaffen. Diese Ziffern bieten uns heute wertvollste Hinweise, wie Bruckner selbst den Aufbau der Sätze verstanden wissen wollte.

Die große Wende brachte das Jahr 1868. Simon Sechter war gestorben, man suchte einen geeigneten Nachfolger. *Johann Herbeck,* damals Hofkapellmeister, kannte Bruckner von der Prüfung an der Wiener Piaristenkirche her (1861), hatte ihn auch als den genialen Komponisten der d-Moll- und der f-Moll-Messe schätzengelernt und veranlaßte Bruckner, nach Wien zu kommen. So wurde der Linzer Domorganist Professor für Harmonielehre, Kontrapunkt und Orgelspiel am Konservatorium der Gesellschaft der Musikfreunde in Wien. Aus der Provinz geriet er in das Getriebe der im Aufschwung begriffenen Kaiserstadt, die ein stark pulsierendes Musikleben ihr eigen nannte. Bruckner ging großem Leid entgegen, er hat aber auch viel Anregung erfahren, vor allem wuchs er zu jener Größe empor, in der wir ihn aus seinen ab 1868 entstandenen Werken kennen.

Er konnte nur ein »Einsamer« werden: seine Lebensart, geformt aus bescheidenster Lehrer-Herkunft, aus vormärzlicher, zu Unterwürfigkeit angeleiteter Erziehung, aber auch seine eigene Beharrlichkeit im Herkömmlichen mußten ihn von der »Intelligenz« der Wiener Gesellschaft absondern. Desgleichen natürlich seine Musik, die als Ausfluß dieser Persönlichkeit, sich nicht der Art, wie »man« Musik zu empfangen wünschte, fügte, und daher auf Widerstand stieß.

Wir wissen nicht, ob und wie Bruckner die äußeren und stets wechselnden Ereignisse der Ringstraßenzeit miterlebte. Wir müssen aus der Kenntnis seiner Persönlichkeit annehmen, daß er sich eher zurückgehalten hat. Bescheiden, vielleicht auch dem äußeren Anschein nach etwas furchtsam, hat er sein einfaches Hauswesen in der Währinger Straße 41 mit Hilfe seiner Schwester Nanni geführt, ganz seinem neuen Wirkungskreis hingegeben.

Nach einer Umarbeitung der »Nullten« Symphonie, 1869, entstanden in einem einzigen gigantischen Schaffensbogen von 1871 bis 1876 die *II., III., IV. und V. Symphonie.* Dem Genie ist es gegeben, *Goethes* Worte aus seinem *Faust,* »Das Unbeschreibliche, hier ist es getan«, Wahrheit werden zu lassen. Bruckner war einer von jenen, die solche Kraft besaßen.

In diesen Symphonien liegen Bruckners Einfallsreichtum, seine meisterliche Verarbeitung im Architektonischen, seine Farbengebung im Instrumentalen klar zutage. Der wuchtigen Gewalt der Ecksätze (vor allem in der III., IV. und V. Symphonie) steht die Feierlichkeit der langsamen Sätze gegenüber (II., III., V.). Diese aus klassischen Maßen gewonnenen Gegensätzlichkeiten offenbaren aber auch die Seitenthemen (die 2. Gruppen), sowohl der Ecksätze wie der langsamen Sätze; besonders überzeugend dafür ist die V. Symphonie. Bruckner kannte auch den leichten Typus der »Serenaden«-Melodik mit Pizzikatobegleitung (Adagio der II., Andante der IV., 1. Satz der V. Symphonie). Die zweiten Themen sind überall Ausdruck von Hingebung und Innigkeit (vor allem im Adagio der III., im Andante der IV. und im Adagio der V. Symphonie). In denselben Bereich ausdruckgesättigter Melodik gehören auch die Trio-Sätze der Scherzi (II., IV., V. Symphonie). Hier wirken sie besonders stark, weil sie den wirbelnden, stampfenden Hauptteilen der Scherzi die darauf abzielenden Mitte bilden. Die Scherzo-Hauptteile entstammen der oberösterreichischen Volksmusik: sie strampfen und stampfen gleich bäuerlichen Tänzern, der Inhalt ihrer Aussage aber stammt aus jenen höchsten künstlerischen Bereichen, in denen Bruckners Einfälle beheimatet waren. Hier hat die österreichische Volksmusik künstlerische Verklärung in stärkster Ausprägung gefunden.

Aber nicht nur die Erfindung ist zu bestaunen, auch die Verarbeitung. In dieser Hinsicht bedeutet das Finale der V. Symphonie einen Höhepunkt;

Bruckner selbst hat diese Symphonie sein »kontrapunktisches Meisterstück« genannt, weil ihr Finale eine Verbindung von Fuge und Sonatenform eingeht, ein überwältigendes Denkmal seiner formenden Kraft. Man muß die V. Symphonie als den Gipfel im bisherigen Schaffen Bruckners bezeichnen. Sie begrenzt die eine Hälfte, die andere, sich zum Lebensende neigend, hätte im Finale der IX. Symphonie gleichfalls eine Fuge erhalten, wenn es dem Meister vergönnt gewesen wäre, sie zu vollenden.

So offenbart sich in Bruckners »geistigem« Leben, seinem Schaffen, ein großes Gleichgewicht. Die Einheitlichkeit, die sich in seinen Symphonien ihrer Architektur nach zeigt, ist innerlich begründet in seiner Seelenhaltung, die auch die gleichbleibende Schlichtheit seiner Lebensführung bestimmte. Nur darf man sich durch diesen Gegensatz nicht täuschen lassen: Bruckner, der Mensch, war einfach, aber der Komponist in ihm war dies keineswegs, der verlangte von allen Faktoren seiner Kunst alles, rücksichtslos, der wußte über alle Einzelheiten seiner Kunst Bescheid und verstand sie auch meisterhaft anzuwenden.

Von den Ereignissen im Leben Bruckners zu seiner Wiener Zeit sind zu nennen: seine Ernennung zum »expektierenden« (unbezahlten) Hoforganisten (1868), seine Orgeltriumphe in Nancy, anschließend in Notre Dame zu Paris (1869), denen 1871 begeistert aufgenommene Orgelkonzerte in der Albert-Hall und im Kristallpalast zu London folgten. 1870 bis 1874 war er Hilfslehrer für Klavier und Orgel an der Lehrerinnenbildungsanstalt in St. Anna und ab 1875 Vizearchivar und substituierender Singlehrer an der Hofkapelle. Im gleichen Jahre erlangte er nach Überwindung größter von *Eduard Hanslick* verursachter Widerstände die Stellung eines Lektors für Harmonielehre und Kontrapunkt an der Wiener Universität, und 1878 wurde er wirkliches Mitglied der Wiener Hofkapelle.

In diesen »Lebensstufen« liegt 1873 sein Besuch bei *Richard Wagner* in Bayreuth und das Erlebnis des *Ring des Nibelungen* im Jahre 1876. Die anläßlich der Uraufführung von *Tristan und Isolde* angebahnte Freundschaft mit dem Bayreuther Meister fand darin Fortsetzung und Förderung, aus deren geistigen Anregungen Bruckner es 1873 wagte, Wagner eine Symphonie zu widmen. Die Wahl des Bayreuther Meisters fiel auf die Dritte »in der die Trompete das Thema beginnt«, wie in einer von Bruckner an Wagner schriftlich gerichteten Frage zu lesen ist. Bruckner hatte sich in seiner freudigen Aufregung nicht erinnert, welche der beiden vorgezeigten Symphonien, II. oder III., Wagner gewählt hatte.

Dem inneren Triumph über das Gelingen der vier Symphonien folgte alsbald die äußere Niederlage. Hatte die II. Symphonie am 26. Oktober 1873 noch einen leidlich guten Erfolg erzielt, so geschah es dagegen am 16. Dezember 1877, bei der Uraufführung der III. Symphonie, daß die Zuhörer beim Finale scharenweise den Saal verließen. Aber gerade diese Symphonie fand in jenem für Bruckner so unglücklichen Augenblick ihren Verleger:

*Theodor Rättig.* Ihm gebührt das Lob, als erster eine Bruckner-Symphonie verlegt zu haben.

Daß Bruckners Musik zur Zeit ihres Entstehens auf Ablehnung stieß, hatte mehrere Gründe. Einer liegt in der Musik selbst: sie weist Themen, vor allem aber Formgrundsätze vor, die vollkommen anders sind, als der auf Verbindung und Verschmelzung gerichtete Stil von Wagner und *Brahms.* Auch hatte sich Bruckner deutlich zur Kunst Richard Wagners bekannt, sodaß er schon deshalb in die damals vom Wiener Musikleben angefachten Gegensätze zwischen den Anhängern von Wagner und denen von Brahms gezogen wurde. Eduard Hanslick, der bekannte Wiener Musikkritiker, muß als das Haupt der Gegner angeführt werden; Brahms ließ in seinem Alter dem Meister von St. Florian Gerechtigkeit widerfahren. Die Musik Bruckners hatte sich nämlich zwischen 1880 und 1890 »durchgesetzt«, vor allem durch eine 1885 in München stattgefundene Aufführung der VII. Symphonie, die *Hermann Levi* dirigierte.

Bruckner, der nach dem Mißerfolg, vor allem aber schon seit der Aufführung der II. Symphonie, seine Symphonien umzuarbeiten pflegte, erlebte nach 1875 drei Jahre, die ihn mit solchen »Berichtigungen« beschäftigten. Alle vier Symphonien wurden davon betroffen, aber auch die drei Messen wurden »rhythmisch« geordnet. Bruckner untersuchte den Periodenbau, änderte an den Steigerungen, an der Instrumentation, aber auch an der Form. *Herbeck* war der erste aus dem Freundeskreis, der Anteil an dieser Tätigkeit, und zwar bei der II. Symphonie, nahm. Von den Schülern Bruckners waren es später *Löwe* und die Brüder *Franz* und *Josef Schalk.* Es hat eine Zeit gegeben, da man ihnen dies sehr verübelt hat, aber man darf nicht vergessen, daß sie, die jungen Dirigenten, es waren, die unerschrocken für Bruckner eintraten, sich übelwollender Kritik aussetzten und dem Werk ihres von ihnen heißgeliebten Meisters dadurch helfen wollten und auch geholfen haben. Daß sie die Symphonien klanglich, stellenweise auch formal, veränderten, das war eine Zeiterscheinung, wie sie *Peter Cornelius* und *Hugo Wolf* gleichfalls an sich erfahren mußten. Damit wollten die Schüler nur erreichen, daß Bruckners zyklopische Musik ihrer Gegenwart erträglich würde. Heute, 60 Jahre nach Bruckners Tod, ertragen und verstehen wir die originale Gestalt und wollen die Werke nur mehr so hören, wie Bruckner selbst sie geschrieben hat. Diesen Absichten dient die Gesamtausgabe, sie erfüllt dabei Bruckners Wort, daß »seine Symphonien für spätere Zeiten« geschrieben sind.

Die Nötigungen von außen hatten aber auch ihre Gründe in Bruckner selbst, die diesem »Müssen« entgegenkamen: seine grenzenlose Gewissenhaftigkeit und der Drang, jedes seiner Werke, auch wenn es schon fertig war, besser zu machen. Das ist einer von Bruckners Charakterzügen, die wir als gegeben hinnehmen müssen. Denn, trotz all dieser Widerwärtigkeiten wohnte in ihm ein starker Wille, der ihn komponieren hieß.

So begann 1878 ein neuer Schaffensbogen: 1878/1879 das *Streichquintett* mit dem *Intermezzo,* 1879 bis 1881 die *VI. Symphonie,* 1881 das *Te Deum* in skizzenhaft erhaltener 1. Fassung, 1881 bis 1883 die *VII. Symphonie,* 1884 die vollendete 2. Fassung des Te Deums und 1884 bis 1887 die *VIII. Symphonie,* daneben noch kleinere kirchenmusikalische Werke, darunter die bekannten und ob ihrer Schönheit berühmt gewordenen *Motetten: Os justi, Christus factus est, Virga Jesse* und (1892) *Vexilla Regis.*

In keinem dieser Werke findet man auch nur die geringste Unsicherheit. So wie sie stehen, so sind sie auch gedacht worden, einzig dem Te Deum wurde eine Erweiterung zuteil. Umso mehr mußte Bruckner die Abweisung der Achten durch *Levi* treffen. Gerade von ihm, dem Bruckner den Triumph seiner VII. Symphonie in München zu danken hatte, erwartete sich der Meister Verständnis — und wurde enttäuscht. Die Formverhältnisse, aber auch die Motive und ihre Verarbeitung hatten in der Achten so ungewöhnliche Ausdehnung angenommen, daß es uns Heutigen wohl begreiflich erscheint, daß dieses Werk nicht gleich erkannt wurde.

Für Bruckner bedeutete dies neuerlich jahrelange Umarbeitungen, obwohl er gleich nach der Beendigung der Achten im September 1887 seine IX. Symphonie begonnen hatte. Der Komponist Bruckner stand im Zenit seines Wirkens. Die Symphonien, aber auch das Quintett und das Te Deum gehören zu den größten Meisterwerken der Musik überhaupt. Ging es in ihnen in schier unerreichbar scheinende geistige Höhen hinein, so neigte sich das irdische Sein Bruckners dagegen über Krankheiten dem Ende zu. Die Verleihung des Franz-Joseph-Ordens durch den Kaiser, 1886, die Verleihung des philosophischen Ehrendoktorats der Universität Wien, 1891 (Bruckner ist der erste österreichische Komponist, dem diese Auszeichnung zuteil wurde), waren die äußeren den alternden Meister erhebenden Ereignisse, die ihm halfen, das Zurücktreten aus seinen Wirkungskreisen zu ertragen. Nach einem Krankenurlaub wurde er 1891 als Professor des Konservatoriums pensioniert, 1892 gab er den Dienst in der Hofkapelle auf und 1894 auch die von ihm sehr geliebten Vorlesungen an der Universität.

In diesen Jahren entstanden die letzten Werke: 1892 der *150. Psalm* und die *Motette Vexilla Regis,* das Chorwerk *Helgoland* (1893) und die ersten drei Sätze der *IX. Symphonie* (1891—1894). Bis an seinen letzten Lebenstag arbeitete Bruckner am Finale, aber am 11. Oktober 1896 erlosch das Leben, ehe es die letzten Noten dazu schreiben konnte. Im Kustodenstöckel des Schlosses Belvedere hatte der von der Todeskrankheit schon gezeichnete Meister eine ihm vom Kaiser zur Verfügung gestellte Wohnung bezogen. Aus ihr kehrte das, was an Anton Bruckner sterblich war, an den Heimatort seines Geistes, nach Stift St. Florian, zurück, dorthin, wo er einst als Sängerknabe, Lehrer, Organist und Komponist begonnen hatte. Dort ruht er in der Krypta, genau unter der großen Orgel, die ja seine Orgel gewesen ist.

# *Johannes Brahms*

VON FRANZ GRASBERGER

Der Lebensweg und das Schaffen des Komponisten verlaufen konsequent von Stufe zu Stufe und spiegeln nicht zuletzt seine innere Verbundenheit mit seiner österreichischen Wahlheimat. Der am 7. Mai 1833 in Hamburg geborene *Johannes Brahms* trat bereits fünfzehnjährig als Pianist hervor. 1853 verließ er die Vaterstadt zu einer Konzertreise, wobei die Begegnung mit *Robert* und *Clara Schumann* ihn tief beeindruckte und Anlaß zu seinem Aufenthalt in Düsseldorf bis 1857 wurde. Die Jahre bis 1859, während der er als Musiklehrer und Chordirigent in Hamburg und Detmold tätig war, wurden durch eine herbe Enttäuschung abgeschlossen: das *d-Moll-Klavierkonzert* wurde in Leipzig abgelehnt. 1860 nahm Brahms programmatisch gegen die »Neudeutschen« Stellung und reiste am 8. September 1862 nach Wien.

Während ihm in Wien Konzerterfolge beschieden waren, überging ihn seine Vaterstadt bei der Vergebung des Dirigentenpostens beim Hamburger Philharmonischen Orchester. Trotzdem reiste er im Mai 1863 wieder nach Hamburg, wurde aber schon im Herbst als Chormeister der Singakademie nach Wien zurückgerufen. Nach der Begegnung mit *Richard Wagner* am 6. Februar 1864 verließ er im Juni Wien und hielt nur lockere Verbindung zu dieser Stadt, die er erst 1868 endgültig als Wohnsitz wählte. Während dieser Jahre der Abwesenheit von Wien arbeitete er am *Deutschen Requiem*, das am 10. April 1868 in Bremen mit durchschlagendem Erfolg aufgeführt wurde. Nachdem die *Ungarischen Tänze* seinen Namen 1869 in weiteste Kreise getragen hatten, übernahm er von 1872 bis 1875 die Leitung des Singvereins der Gesellschaft der Musikfreunde; nun war seine Anerkennung als Komponist, Interpret der eigenen Werke, als Dirigent und Pianist gefestigt. Die ersten offiziellen Auszeichnungen waren lebendiger Ausdruck dafür: 1873 die Verleihung des Bayerischen Maximilianordens für Kunst und Wissenschaft und 1874 die Ehrenmitgliedschaft in der Preußischen Akademie der Künste.

Die eineinhalb Jahrzehnte von 1876 bis 1890 waren überstrahlt von der Meisterschaft seines symphonischen Schaffens, das ihm nicht nur ideellen Erfolg eintrug; es versetzte ihn auch in die Lage, ein freies Leben in Wohlstand zu führen. Zahlreiche Ehrungen, zuletzt 1889 die Ehrenbürgerschaft seiner Vaterstadt Hamburg und die Verleihung des Ritterkreuzes des österreichischen Leopoldordens, waren das äußere Zeichen eines erfüllten Lebens. In Wien verband ihn Freundschaft mit dem großen Arzt *Theodor Billroth*, mit dem er im Jahre 1887 seine erste Italienreise unternahm.

Todesahnungen erfüllten ihn seit 1891, als er während einer leichten Erkrankung in Bad Ischl sein Testament verfaßte. Menschen, die ihm sehr nahegestanden waren, hat er in diesen Jahren verloren: 1894 starben die Freunde *Bülow* und *Billroth*, 1896 *Clara Schumann*. Die Schöpferkraft hatte nachgelassen, er sichtete frühere Entwürfe und arbeitete sie auf. Die *Vier ernsten*

*Gesänge* und *Elf Choralvorspiele* vom Mai bis Juni 1896 waren seine letzten Schöpfungen. Am 3. April 1897 starb er in Wien nach einer schweren Leidenszeit an Leberkrebs.

Bei aller Schaffensüberzeugung, zu der sich Brahms im Laufe der Jahre durchgerungen hatte, konnte er doch nicht Klarheit über die Form des Weiterlebens seiner Werke erreichen. Ja, er nahm diesbezüglich sogar einen ausgeprägt pessimistischen Standpunkt ein, denn er erklärte im Alter einmal, er werde wohl wie *Cherubini* als Hüter einer großen Tradition in die Musikgeschichte eingehen. Seine Zeitgenossen nahmen ihn zunächst auch als solchen auf, und die getreue Brahmsanhängerschaft setzte mit der Durchführung von Brahmsfeiern die Festigung und Ausbreitung der Werke fort, der sich schon ihr Schöpfer mit ganzer Energie gewidmet hatte. Aber der große innere Widerhall fehlte noch, wenn auch die Bedeutung der Brahmsschen Kunst besonders im Ausland ständig im Wachsen war.

Brahms hat die Unruhe des Kommenden verspürt, die Auflösung vorausgeahnt. Unruhe erfüllte auch sein Leben, aber er hatte noch die Kraft, sie zu bezwingen und im Werk alles Erleben zu verdichten. Die Ruhe, die aus seinen Werken strömt, ist ein Bezwingen der Unruhe, und gerade diese Eigenschaft bringt uns heute seine Musik so nahe.

In eine Zeit der künstlerischen Hochspannung hineingeboren und für eine besondere Aufgabe innerhalb der umwälzenden Neuformung in der zweiten Hälfte des 19. Jahrhunderts ausersehen, trug er sein ganzes Leben schwer an der ihm schon bewußt gewordenen Sendung. Als er im fünfzehnten Lebensjahr stand, noch heimlich komponierte und zunächst als Klavierbegabung vor die Öffentlichkeit trat, war *Mendelssohn* tot, feierte *Chopin* gerade die letzten großen Triumphe vor seinem frühen Ende, hatte *Schumann* seine *2. Symphonie* geschaffen, aber auch *Berlioz* die *Symphonie fantastique* komponiert. *Liszt* war als Hofkapellmeister nach Weimar gegangen, und die Goethestadt war zur Hochburg der »Neudeutschen Schule« geworden; *Richard Wagner* stand mitten im Kampf um die Anerkennung seiner Opern *Der fliegende Holländer* und *Tannhäuser*.

Beim Erscheinen der ersten Werke Brahms (1853) lagen *Schumanns 3.* und *4. Symphonie* vor, waren *Liszts Tasso* und die *Bergsymphonie* vollendet, war die »Neudeutsche Schule« mit dem Schlagwort »Zukunftsmusik« in aller Form öffentlich hervorgetreten und *Richard Wagners Lohengrin* aufgeführt. Brahms' Emporstreben wurde von der weiteren Ausbreitung der Lisztschen Kompositionen begleitet, Wagners *Tristan* erlebte seine Uraufführung in München (1865), und *Anton Rubinstein* erntete seine vielbejubelten Pianistenerfolge.

Das Jahr 1868 brachte dann nicht nur das *Deutsche Requiem* zum ersten Erklingen, sondern es trug sich auch als Uraufführungsjahr für die *Meistersinger* und für *Anton Bruckners 1. Symphonie* in die Musikgeschichte ein. Der schwere Tritt des Oberösterreichers war von diesem Zeitpunkt an um das

Schaffen des Norddeutschen immer zu hören; anfänglich durch die tonangebende und brahmsergebene Wiener Kritik noch unterdrückt, später aber zu einem immer stärkeren Crescendo anwachsend. Auf der anderen Seite spann die Programmusik ihre Fäden weiter und fand um das Ende der achtziger Jahre im jungen *Richard Strauss* ihren Vollender.

Und in dieser gärenden, der Zukunft entgegenstrebenden Zusammenballung der Kräfte, in dieser fortschritterfüllten Zeit ging Johannes Brahms unbeirrt seinen Weg.

Gewiß: er war ihm durch seine Veranlagung vorgezeichnet. Doch es darf nicht übersehen werden, welch starker inneren Spannung Brahms durch das Festhalten an seiner künstlerischen Überzeugung ausgesetzt war. Obwohl er sie bewußt den Bestrebungen seiner Zeit entgegensetzte, vermochte selbst er nur ahnend in die wahren Zusammenhänge vorzudringen.

Es ist verständlich, daß die Gegensätze damals hart aufeinanderprallten. Die große klassizistisch-romantische Nachfolge verteidigte mit Überzeugung ihre Stellung; nicht weniger selbstsicher traten die Neutöner für ihr Schaffen ein. Man wußte in sachlicher Hinsicht auf beiden Seiten genau, was man wollte, der Kampf wurde nach Grundsätzen geführt, hatte die Übersichtlichkeit damals noch nicht verloren. Die Brücke zur Vergangenheit war selbst von der fortschrittlichsten Spitze nicht abgebrochen worden, wenn dies auch von jenen Kritikern behauptet wurde, die den Kampf auf der sogenannten »konservativen« Seite führten.

Johannes Brahms begann mit seinem Schaffen, als der Höhepunkt der musikalischen Romantik eine Wendung einleitete. Er war noch ganz ihr Sohn, doch auch er erkannte bald, daß der Fortführung des verfeinerten und übersteigerten Stimmungsbekenntnisses Grenzen gesetzt waren.

Das ziellos Sehnsüchtige der Romantik hatte immer mehr in die Verschwommenheit, Umrißlosigkeit geführt und begann jetzt mit veränderter Gestalt in musikalisches Neuland vorzustoßen. In dieser Welt der Umwälzung suchte nun Brahms seinem Schaffen durch eine große Zusammenfassung der bisherigen Mittel Halt und Richtung zu geben. Er mußte daher noch vor *Johann Sebastian Bach* zurückgreifen, nachdem ihm der Überschwang der ersten Werke den einzuschlagenden Weg gezeigt hatte.

Die Sorge um die durchdachte Linie wurde lebendig erhalten durch Brahms' Hinneigen zur warmen, innigen Melodie. Daß er auch bei ihr auf Ausgewogenheit bedacht war, liegt wieder in seiner Persönlichkeit, und nichts ist für den Sinn seines Schaffens bezeichnender als die Tatsache einer lebenslangen Beschäftigung mit dem Volkslied. Aus ihm hoffte Brahms den lebendigen Strom der Jahrhunderte zu hören, in ihm suchte er die Ausgeglichenheit der Melodie, mit der er einer gefährlichen Übersteigerung, aber auch einer leblosen Kälte des melodischen Flusses entgehen wollte.

Ebenso große Sorgfalt verwendete Brahms auf die Zusammenfassung des formal Gewordenen und auf dessen In-Beziehung-Setzen zu seiner musikalischen Ausdruckskraft, die im Bereich der Romantik verwurzelt war. Ihr wollte er die sichere, vor der auflösenden Gewalt schützende Einfassung geben. Die klassische Form ist ihm daher eine Verpflichtung, an der er unbeirrbar festhält, ihre Durchdringung mit den Wesensmerkmalen seiner Musik die Hauptsorge seines Schaffens. Sie vollzieht sich unter dem schweren Druck der Vergangenheit und der Gegenwart: auf der einen Seite steht die Vollkommenheit *Beethovens,* auf der anderen die fortschrittliche, allmählich die gesamte musikalische Welt beeinflussende Musik *Richard Wagners.* Dazu kam, daß die Genieverkündung durch *Robert Schumann* und das überlaute Preisen der Anhänger den Vergleich geradezu herausforderte, der grundsätzlich die Einsicht nicht erschließen kann, damals aber geradezu zur Verkennung der wirklichen Vorgänge führen mußte.

In erschütterndem Gegensatz zum Gerede der Öffentlichkeit steht Brahms' einsames Ringen um die Grundlagen seines Schaffens. Verantwortungsbewußt und zielsicher bildete er sich den Motivzusammenhang, der von *Beethoven* als formbildendes Mittel eingeführt worden war, zum bindenden Glied für sein Ausgleichsbestreben zwischen bekenntnishaftem Ausdruck und klassischer Besonnenheit. Er konnte die überkommene Form mit neuem Leben erfüllen, weil aus der Tiefe seines Wesens und aus der Kraft seiner Persönlichkeit ein seelischer Gehalt in seine Musik strömte, der ihr den Weg in die Zukunft sicherte.

Das Werk war Ergebnis einer Entwicklung, an der künstlerische Eigengesetzlichkeit und Einfluß des menschlichen Erlebens in gleicher Weise geformt hatten. Diese beiden Wurzeln nähren zwar jede geniale Anlage, doch ihr Zusammenwirken wird bei Brahms zu einem besonderen Kennzeichen seines Weges. Durchdacht und planvoll gelenkt, vervollkommnet sich sein Schaffen in stetig aufwärtsstrebenden Stufen.

Der junge Brahms spricht seine Gedanken zuerst auf dem Klavier aus. Die Sonaten werden dann von der Variationsform abgelöst, die eine sichere Auswertung des Motivs erreichen soll. Mit der in harter Arbeit erzielten Beherrschung der Motivtechnik verläßt Brahms die Klavierkomposition und betritt dann das Gebiet der Kammermusik, deren Pflege er sich unter Beibehaltung der klassischen Formgesetze mit dem Blick auf die Symphonie widmet. Ihr dienen als Vorbereitung auch die beiden *Orchesterserenaden* und die *Haydn-Variationen,* bevor der über Vierzigjährige den Entschluß faßt, die Arbeit an seiner ersten Symphonie nach zwanzigjährigem kritischen Prüfen abzuschließen. Nach kleineren Versuchen im Bereich der Chorwerke erreicht Brahms mit dem *Deutschen Requiem* den Gipfel seines Schaffens, den er noch mit weiteren großen Vokalwerken umgibt, während das von einer angeborenen Liebe zum Volkslied getragene Liedschaffen das Werk von seinem Beginn an begleitete. Auf dieser Entwicklung, deren Linie im einzelnen naturgegeben Überschneidungen und ein Ineinandergreifen aufweist, baute Brahms den Höhepunkt seiner Meisterjahre auf. Die nächsten zwanzig Jahre

*Anton Romako, Bildnis der Gräfin Kuefstein; Ölgemälde, 1885*

bringen die vollendete Vielfalt der Symphonien, Konzerte, Ouvertüren, Violinsonaten, Klaviertrios, Streichquintette und Lieder, bis Brahms mit dem Abklingen der Schöpferkraft zum jugendlichen Ausgangspunkt, dem Klavier, zurückkehrt, dem er jetzt die »Monologe« seines Alters anvertraut. *Vier ernste Gesänge* besingen dann das eigene Ende und beschließen einen Schaffensweg, der von einem klaren Wissen um den künstlerischen Auftrag geführt worden war und an jedem Punkt den Blick auf das Ziel frei ließ.

## *Die Dynastie Strauß*

VON KURT WÖSS

Seit es ihn gibt, ist der Wiener Walzer eine Faszination. Er hat in die Oper, ins Singspiel, in die Symphonie Eingang gefunden. Er wurde von allen Balletten der Welt getanzt. Er wurde sogar als Trauer-Walzer komponiert.

Der »Deutsche«, ein beliebter Tanz zur Zeit der Wiener Klassik, wurde durch das Urmusikantentum *Joseph Lanners* und *Johann Strauß Vaters,* die beide ohne besondere musikalische Vorbildung gewesen sind, so umgestaltet, daß er als Walzer einen Siegeszug durch die Welt antreten konnte. Schon vor diesen beiden hatte ein Kapellmeister *Wilde,* Musikdirektor der Redoutensäle, versucht, Walzer zu schreiben, die im Sechserschritt getanzt wurden. Der Walzer lag also bereits in der Luft, als ihm Lanner und Strauß Vater seine weiterwirkende hohe Form gaben.

*Joseph Lanner* wurde am 12. April 1801 in Ober-Döbling bei Wien geboren. Autodidakt zwar, doch von Grund auf ein echter Musikant, schloß er sich mit den *Brüdern Drahosch* zu einem Terzett zusammen. Seine eminente Begabung hob ihn bald über seine beiden Terzett-Brüder hinaus. Lanner gebührt das Verdienst, den Walzer aus der Enge der achttaktigen Periode herausgehoben und ihm die Voraussetzung für seine Zukunft geschaffen zu haben.

Man schrieb das Jahr 1819, als aus dem »Drahosch-Lanner-Terzett« ein Quartett wurde. *Johann Strauß* hieß der Neuankömmling, der mehr noch als sein Freund Lanner Musikgeschichte machen sollte: durch seine Musik und als Vater eines Sohnes, den *Richard Wagner* später einmal den »musikalischesten Schädel Europas« nannte.

Im zweiten Bezirk Wiens, jener Stadt, die schon damals ein einziger Konzertplatz genannt wurde, kam Johann am 14. März 1804 zur Welt. Ein Wirtshaus war sein Vaterhaus. Als sein Vater durch Selbstmord aus dem Leben schied, mußte der Sohn ein bürgerliches Handwerk erlernen und wurde Buchbinderlehrling. Die musikalische Begabung und die Liebe zur Musik konnten nicht unentdeckt bleiben. Der Musiker *Polischansky* nahm sich des Buben an und lehrte ihn das Geigenspiel; nach einiger Zeit konnte Johann das Buchbinden vergessen.

»Mohrenschädel« nannte man im Gegensatz zum »Flachskopf« Lanner das neue Mitglied des Drahosch-Lanner-Ensembles. Es dauerte nicht lange, und er hatte das Glück und die Ehre, Lanners zweiter Kapelle vorstehen zu dürfen. Die Erfolge des Jüngeren verdrossen den Chef, Eifersucht und Sticheleien vergifteten die Freundschaft, und am 1. November 1825 schied Strauß aus. Schon im Jänner davor hatte er *Anna Streim* geheiratet; eine schlichte Frau, die während eines nicht immer freudvollen Lebens ihren Kindern eine opfervolle Förderin wurde.

Strauß war nun selbständig. Sechs Jahre lang spielte er beim »Sperl«. *Schubert* verehrte ihn. Er geigte nicht nur eigene Walzer, sondern setzte auch immer wieder *Mozart, Beethoven* und andere Klassiker auf sein Programm. Schon mit 31 Jahren wurde er zum Leiter der Hofbälle ernannt und war überdies Kapellmeister des 1. Bürgerregiments. Wien wurde ihm bald zu eng. Er drängte hinaus mit seinen Walzern, Polkas und Märschen. Nach Prag, Dresden, Leipzig und Berlin führte ihn seine erste Reise, nach Deutschland, Holland und Belgien die zweite. Dabei bestand sein »Orchester« noch immer bloß aus wenigen Musikern. Erst 1837, als er daranging, Frankreich zu erobern, reiste er stolz mit 38 Mann. Dort wehte ihn die große, mondäne Welt an — und er errang Erfolg über Erfolg. *Cherubini, Auber, Paganini, Berlioz, Meyerbeer* hörten ihn, besuchten und lobten ihn. Namen, die damals noch viel mehr glänzten als heute. Strauß wurde vom Rausch des Triumphes gepackt. Er setzte über den Kanal nach London und gab 72 Konzerte in England. Doch seine Gesundheit war nicht die beste. Dazu kam noch eine üble Orchesterverschwörung. Auf der Rückfahrt in Calais brach der Erschöpfte zusammen. Strauß kehrte zurück nach Wien, das gerade Fasching feierte. Er konnte sich einfach nicht Ruhe gönnen. Wieder stand er jede Nacht mit seiner Geige im Ballsaal, komponierte, übernächtig am Tag, hellwach in der Nacht. Er rang seinem Körper das Letzte ab. Der aber revoltierte, und auch der stärkste Wille konnte den neuerlichen Zusammenbruch nicht aufhalten. Nach seiner Genesung treibt es Strauß wieder ins Ausland. Brünn, Pest und Preßburg stehen in diesem Reisejahr, 1839, auf dem Programm. Wenige Jahre darnach ist er Alleinherrscher, denn sein alter Freund und Rivale, Joseph Lanner, war am 14. April 1843 gestorben.

Johann Strauß besteigt den Thron, doch zu seinen Füßen sitzt bereits der Kronprinz: *Johann Strauß Sohn.* Er, der der leuchtendste Stern der Familie Strauß werden sollte, teilte sich die mütterliche Liebe mit fünf Geschwistern: *Joseph, Netti, Therese, Ferdinand* und *Eduard.* Als der am 25. Oktober 1825 Geborene in jenes Alter kam, in dem man an das Erlernen eines Berufes denken mußte, wollte sein Vater etwas »Besseres« aus ihm machen. Man darf nicht vergessen, daß damals in der öffentlichen Meinung ein höherer Beamter gesellschaftlich weit über einem Musiker stand. So wurde denn der kleine

Johann für den Beruf eines Technikers ausersehen. Doch nachdem schon der Sechsjährige seinen *Der erste Gedanke* betitelten Walzer geschrieben hatte, stand es für ihn insgeheim fest, daß er Musiker wurde. Zunächst freilich fügte er sich noch dem väterlichen Willen. Doch die Musik drängte. Das für den Violinunterricht bei *A. Kohlmann* und die Unterweisung in Komposition bei Professor *Hofmann* benötigte Geld verdiente er sich durch Klavierstunden. Beendet hat er diese solide Ausbildung beim kaiserlichen Regenschori *J. Drechsler*. Und die vom Vater verlassene Mutter half, wo immer sie konnte. Schon damals war Johann Strauß ein »Geborener von Walzer«, wie ihn die vox populi später nannte. Sein erster großer Erfolg mit dem Walzer *Die Gunstwerber* beim Dommayer verursachte Schlagzeilen in der Presse: »Gute Nacht Lanner, guten Abend Strauß Vater, guten Morgen Strauß Sohn«. Das Volk jubelte. Waren die Spannungen zwischen Vater und Sohn stets vom Musikstudium ausgelöst worden und waren sie, vom jungen Ruhm überglänzt, nunmehr etwas zurückgetreten, so flammten sie wieder auf, als der Sohn »politisch« wurde. Die Marseillaise hatte der Lausbub gespielt, einen *Revolutionsmarsch* und *Freiheits- und Barrikadenlieder* geschrieben. Die Angst vor den politischen Folgen ergriff den Vater. Aber der Kaiser hatte den jungen Strauß schon zum Kapellmeister der Nationalgarde — später Bürgergarde — ernannt. Die Wiener, die genau um die Spannungen zwischen ihren beiden Lieblingen wußten, genossen das Gaudium, wenn bei festlichen Anlässen Vater und Sohn mit ihren Kapellen wie zwei feindliche Feldherren einander gegenüberstanden.

Daß es Johann, der ganz wie von selbst in die Rolle des »Walzerkönigs« hineinwuchs, drängte, sein mittlerweile schon sehr beachtliches Œuvre außerhalb seiner Heimatstadt vorzuführen, nimmt nicht wunder. Seine erste Reise führte ihn nach Ungarn, Serbien und Rumänien. Vorerst benützte er die Fußstapfen des Vaters, fuhr wie dieser dreimal nach London, dann aber wurde das Leben allmählich bewegter, großzügiger, hektischer. Manchmal mußte er seine Kapelle in Wien vierteilen, um alle Engagements erfüllen zu können. Er besuchte jede für eine halbe Stunde, dirigierte, spielte, ließ sich feiern, um alsbald mit dem Fiaker zum nächsten Ballsaal zu eilen. Im Volksgarten dirigierte er Sonntag-Nachmittagskonzerte. Er goß gleichsam ein Füllhorn seiner ständig aus ihm hervorsprudelnden Musik über Wien aus. Nur *Mozart* war von einer ähnlichen Fruchtbarkeit. Aber Strauß wußte auch, woher ihm das alles kam. Als reifer Mann sagte er einmal über sein Talent: »Ich danke seine Ausgestaltung nur meiner geliebten Vaterstadt Wien, in deren Luft die Klänge liegen, die mein Ohr gesammelt, mein Herz aufgenommen und meine Hand niedergeschrieben, meinem Wien, der Stadt der Lieder und des Gemüts, die dem Knaben liebevoll auf die Beine half und dem reifen Mann noch immer ihre Sympathien zuwendet ...«

Wien war das Zentrum geblieben, auch wenn Johann Strauß Sohn das Straußsche Imperium weit über die Grenzen Europas hinaus bis in die Neue

Welt ausgedehnt hatte. Des Vaters Traum erfüllte sich im Sohn. Sein Orchester war größer, sein Auftreten weltmännischer geworden. Und während die »zahmere« Musik des Vaters noch das — nach damaligen Begriffen — idyllische Alt-Wien verkörperte, riß die kühne Harmonik, die gewagtere Form des Sohnes nicht nur das Volk, sondern auch die Großen im Bereich der Musik zu Begeisterungsstürmen hin.

Am 25. November 1849 traf die Familie Strauß ein schwerer Schlag: Vater Strauß war gestorben. Die Wiener bereiteten dem Toten ein triumphales Begräbnis. Geblieben ist der Walzer, dem er durch die Voransetzung einer Introduktion die bis heute gültige Form gegeben hat. War auch die Harmonik noch einfach, biedermeierlich, so war doch das Handwerk schon genial zu nennen. Kühner freilich war Johann, der Sohn, in Harmonik, Melodie und Rhythmus. Selbständigere Mittelstimmen, chromatisch-harmonische Rückungen (Perpetuum mobile) ließen den Kenner aufhorchen. Die Erweiterung der Form aber krönte sein Schaffen. *Künstlerleben, Wein, Weib und Gesang, G'schichten aus dem Wienerwald* und *An der schönen blauen Donau* sind auch heute noch lebendig wie damals. Übrigens fiel die *Blaue Donau* mit Bomben und Granaten durch, als der Wiener Männergesangverein ihr mit einem unmöglichen Text zur Premiere verhalf. Wenig später aber bereiteten dem Opus die Pariser stehend Ovationen. *M. Prevost* fand: »Chaque valse de Johann Strauß a une âme femme.« Geistesgrößen wie *Gauthier, Thomas, Flaubert, Dumas* und viele andere beklatschten ihn. Von dem kistenweise in alle Welt verschickten Walzer wurden 100 Druckplatten abgenützt — nicht aber das Vergnügen am Werk, das noch heute am Ende eines jeden Strauß-Konzertes bejubelt wird.

Wie bei Vater Strauß zehrten die vielen Reisen und der stets zu kurze Schlaf auch an den Nerven des Sohnes. Er mußte zur Kur. Bruder Joseph sprang in die Bresche. *Joseph Strauß* war aus Neigung Erfinder, Dichter und Musiker. Der Vater ließ ihn nicht einmal das Pflichtinstrument, die Geige, erlernen. Erst als er erwachsen war, nahm er Geigenstunden und geigte bereits nach einem Jahr stehend vor dem Orchester. Er muß unglaublich talentiert gewesen sein. Der am 20. August 1829 Geborene erfand als Ingenieur eine Straßenkehrmaschine, die gerade noch fertig wurde, bevor der Zaghafte dem Drängen des Bruders nachgab und, zunächst mit dem Stock dirigierend, die Kapelle übernahm. Plötzlich blühte auch sein Schöpfertum auf. Die *Frauenherz-Polka, Dorfschwalben aus Österreich, Sphärenklänge, Delirien-Walzer* gehören zu seinen schönsten Werken. Die anfänglichen Zweifel, ob er neben dem temperamentvollen, sprühenden Johann bestehen könne, verflogen bald. Gerade sein so ganz anderes Wesen, seine melancholischen Augen, seine dezente Elegance liebten die Wiener. Als der wiedergenesene Johann nach Pawlowsk ging, hielt der »Herr Ingenieur«, Joseph, die Stellung in Wien. Bald wurde der so Bewährte nach Pawlowsk nachgezogen und heiratete dortselbst, wie Bruder Johann seine *Henriette Treffz*, die »German Queen of songs«, wie sie die Engländer nannten, am 8. Juni 1857 das Fräulein *Karoline*

*Pruckmayr.* 1865 wirft ihn eine schwere Krankheit nieder, und nun muß auch der dritte Bruder einspringen: Eduard wird nach Rußland beordert. Mit dem verinnerlichten, versonnenen Joseph geht es bald zu Ende. Im Warschauer »Schweizerthal« stürzt er ohnmächtig vom Pult und stirbt in Wien am 22. Juli 1870. Außer seinen Walzern und Polkas hinterließ Joseph Strauß Lieder, einen Konzertmarsch und als Dichter Elegien und ein Trauerspiel.

Nun glänzte ein neuer, der vierte Stern am Walzer-Firmament der Familie Strauß: *Eduard.* Erst am 15. März 1835 geboren, wurde er das Nesthäkchen, das niemand mehr am Musikstudium hinderte. Eigentlich wollte er Geistlicher werden, ging aber dann in den Konsulardienst, bis es auch ihn packte. Sein Wiener Debüt hatte er, dessen Lächeln die Frauen bezwang, am 8. April 1862 im Wintergarten des Dianabades. Später übersiedelte er in den Großen Musikvereinssaal, wo er in Fortführung der Straußschen Tradition auch die Klassik pflegte. So dirigierte er zum Beispiel die Wiener Erstaufführungen von *Wagners Siegfrieds Tod* und *Karfreitagszauber.* Er reiste, wie seine Brüder, bis nach Amerika und hatte Erfolg. Der »schöne Edi«, der in der Jugend der ausgeglichenste der Brüder war, wurde im Alter mürrisch und eifersüchtig auf die noch größeren Erfolge des älteren Bruders. In einem Haßanfall vernichtete er das gesamte handschriftliche Notenarchiv des Vaters und der Brüder. Er starb am 28. Dezember 1916. Abgesehen von diesem Wahnsinnsakt war das Verhältnis der Brüder untereinander, vor allem solange die Mutter lebte, gut. So komponierten Joseph und Johann miteinander die *Pizzicato-Polka,* und der Walzer *Trifolium* ist sogar ein Produkt aller drei Brüder.

Am 23. Februar 1870 zerriß der Tod das Band, das die Strauß-Kinder in guten und schlechten Zeiten immer wieder umschlungen hatte. Es starb die Mutter. Diese außergewöhnliche, zurückgezogen lebende Frau hatte mit dem richtigen Instinkt der Mutter den Weg ihrer Söhne gesteuert, hatte ausgeglichen, wenn es Spannungen gab, überredete, wo es notwendig war, und kümmerte sich darum, daß das redlich erworbene Vermögen sich nicht verflüchtigte. Fünf Monate nach der Mutter, am 22. Juli 1870, ging auch Joseph aus der Welt. Das Verhältnis der Geschwister lockerte sich.

Johann stand im Zenit seines Schaffens. Daß er Walzer komponierte, geigte und dirigierte genügte seinen Freunden nicht. Er sollte sich auch die Bühne erobern. Ein erster Versuch, *Die lustigen Weiber von Wien,* verschwand auf Nimmerwiedersehen. Doch schon das zweite Bühnenwerk, *König Indigo,* wurde bei seiner Premiere am 10. Februar 1871 ein rauschender Erfolg. *Marie Geistinger* stand auf der Bühne. Sie und die Musik trugen das ganze Unternehmen. Ein Singspiel à la *Wenzel Müller, Carneval in Rom,* brachte viel Applaus, wogegen *Wiener Blut* zunächst in Wien abgelehnt wurde. Noch schlechter erging es der *Fledermaus,* die allerdings wenige Wochen später Berlin im Sturm eroberte. Die nächsten Premieren waren im Carl-Theater beim berühmten Direktor *Jauner: Cagliostro in Wien* (1875), *Prinz Methusalem*

(1877), gefolgt von 3 Aufführungen im Theater an der Wien: *Blindekuh* (1878), *Das Spitzentuch der Königin* (1880) und *Der lustige Krieg* (1881). Am 2. Oktober 1883 erhielt auch Berlin, dem sich Strauß sehr verbunden fühlte, seine Premiere: *Eine Nacht in Venedig*. Dem *Zigeunerbaron* (1885) folgten *Simplizius* (1887), *Ritter Pazman* (1892), *Fürstin Ninetta* (1893), *Jabuko* (1894), *Waldmeister* (1895) und *Göttin der Vernunft* (1897).

Eine stattliche Zahl Operetten! Hatte Strauß damit die Operette wienerischer Prägung geschaffen? Anfangs schien es so: Wenn Strauß am Pult stand, schwarz, glutäugig, und die schöne Marie Geistinger auf der Bühne ihren Charme verströmte, wenn in Terzenseligkeit der Wiener Duliäh aufbrach, wenn Polkas und Quadrillen kokettierten und sich schließlich über alles der Zauber eines Walzers breitete, erlag ganz Wien dieser neuen Faszination, wie es davor ein Jahrzehnt lang den funkelnden, parodistischen, zündenden Werken *Jacques Offenbachs* erlegen war. Offenbach, der Theatermensch von Geburt, war in Wien auf eine empfängliche Geistigkeit gestoßen. Was er in neuer Form aus Paris brachte, war bereits seit fast einem Jahrhundert auf der Wiener parodistischen Bühne des Hanswurst, des *Stranitzky* und *Kurz-Bernardon* heimisch. Im Wiener Volkstheater wie in den Offenbachschen Operetten reagierte man auf die steife Würde des Humanismus und den verspreizten Klassizismus mit Spott, Hohn und der Vermenschlichung des Olymps. So großartig auch viele Musiknummern sind, der Erfolg seiner Operetten liegt im oppositionellen Witz seiner Textbücher. Womit demnach Offenbach siegte, damit versagte Strauß.

Die Libretti seiner bürgerlichen Operetten waren ein Spiegelbild des behaglichen Bürgertums der siebziger Jahre, eines Bürgertums, das aus Selbstzufriedenheit Frieden mit seinen Göttern, mit der Obrigkeit und den Herrschenden geschlossen hatte, das einer gewissen geistfeindlichen Strömung ein Bett überließ, das der Operette bloßen Unterhaltungswert zubilligte und das das Spiel mit dem Unsinn und damit den bis heute so oft verfluchten Operettenblödsinn zuließ. Hätte Strauß die kongenialen Librettisten gefunden, wie sie Offenbach in *Halévy* und *Meilhac* besaß, die Operette lebte — unverblüht, herzensfroh und ewig wie die Straußsche Musik. So aber fand er sein Textbuch nur einmal, als *Richard Genée*, ein geschickter Schreiberling, ein Libretto der Textdichter Offenbachs wienerisch umfärbte und die *Fledermaus* schuf. Eine zweite *Fledermaus* aber hat er nicht geschrieben, und Strauß nicht komponiert.

Den Operetten folgte 1899 noch das Ballett *Aschenbrödel*. Während er daran arbeitete, befiel ihn eine tückische Lungenentzündung, die sich zu einer solchen des Rippenfells ausweitete. Am 3. Juni 1899 hörte dieses Herz, das sich die Welt erobert hatte, auf zu schlagen.

Lanner schuf die Form, Strauß Vater erfüllte sie, Strauß Sohn gab ihr die Seele. Musik in solcher Vollkommenheit konnte nicht gleich erlöschen. Sie mußte weiterklingen und die Köpfe und Herzen schöpferischer Menschen entzünden. Dem »goldenen Zeitalter«, das unübertroffen mit dem Tode von Johann Strauß Sohn ein Ende fand, schlossen sich »silberne« und »bronzene« Epochen an. Was Strauß sie lehrte, setzten *Franz von Suppé, Carl Millöcker, Karl Zeller, Carl Maria Ziehrer* und *Richard Heuberger* fort.

## *Carl Freiherr von Rokitansky*

VON OTTOKAR ROKITANSKY

Einer der größten und bedeutendsten Genien, die Österreich im 19. Jahrhundert geschenkt wurden, war *Carl Rokitansky,* der mit seinen epochemachenden Forschungen die Grundlagen der modernen Medizin schuf, der entscheidend an der Reform des österreichischen Unterrichtswesens mitwirkte, der als Philosoph und Politiker die Freiheit des Denkens und des Lehrens verteidigte und der ein Leben lang den Ärzten Beispiel und Vorbild war. Es ist für den Nachkommen nicht leicht, auf wenigen Seiten, die Fülle seines reichen Lebens nachzuzeichnen und die Totalität seiner Persönlichkeit zu vergegenwärtigen, denn Carl Rokitansky war mehr als ein Anatom; niemals ließ er sich von seinem Fachgebiet in Fesseln schlagen.

Rokitansky entstammte einer alten böhmischen Familie und erblickte am 19. Februar 1804 in Königgrätz das Licht der Welt. Sein Vater Prokop war königlicher Kreiskommissär in Leitmeritz und wurde wegen seines pflichttreuen Beamtentums gerühmt. Die Mutter Rokitanskys, Theresia, war die Tochter des ersten Königgrätzer Kreiskommissärs *Wenzel Lodgmann Ritter von Auen,* der einem aus Irland eingewanderten Adelsgeschlecht angehörte. Infolge des allzufrühen Todes seines Vaters Prokop lebte er mit seiner Mutter und seinen drei Geschwistern in kärglichen Verhältnissen, und nur dank des Opfermutes der Mutter und mit Hilfe der Unterstützung seiner Verwandten konnte er seine Gymnasialstudien beenden und anschließend die Prager Universität beziehen. Er verspürte aber für das medizinische Studium, das er 1822 begann, keine besondere Neigung. Er schreibt in seinen Lebenserinnerungen: »Wenn mir Gelegenheit und Anregung geworden wäre, so hätte ich, bevor ich zu naturgeschichtlichen Studien, namentlich Anatomie, die Liebe gefaßt hatte, für Philologie und Linguistik, zumal zum Behufe des Verständnisses der antiken Spekulation mich entschieden.«

Er fand an der Universität in Prag keine besonderen Lehrer, welche, wie er schreibt, imstande gewesen wären, junge Leute für ihr Fach zu fesseln. Nur dem Mathematiker und Philosophen *Bolzano* widmete er in seinen Lebenserinnerungen dankbare Worte, und den Prosektor des anatomischen Institutes, *Purkyné,* fand er in seiner Leistung nachahmenswert. Im Herbst 1824 übersiedelte Rokitansky von Prag an die Universität Wien, wo er 1828 zum

Doktor der gesamten Heilkunde promovierte. Die damaligen Kliniker, die mangelndes Wissen und Können hinter brillant geführten Reden zu verbergen trachteten, sagten ihm nichts, ihn zog allein die reale Welt der Prosektur an, und so trat er als unbesoldeter Praktikant in die pathologisch-anatomische Anstalt ein. Zu diesem Zeitpunkt war die ganze medizinische Wissenschaft rein spekulativ — man wußte die in der Prosektur am Leichenmaterial erhobenen Befunde klinisch nicht zu deuten. Hier setzte mit Rokitansky der große Wendepunkt in der Medizin ein. Während sein Vorgänger *Wagner*, der zu dieser Zeit Vorstand der Prosektur war, versuchte, das vielfach richtig Beobachtete den falschen Theorien seiner Zeit anzupassen, untersuchte Rokitansky von Anbeginn seiner Tätigkeit das Gesehene mit strenger Logik.

Rokitansky erkannte sofort, daß er die Pathologie zu einer im Dienste der Klinik stehenden Wissenschaft machen mußte, um so dem Kliniker am Krankenbett die Mittel und Möglichkeiten aufzuzeigen, wie er den kranken Menschen wirklich heilend helfen könne. Wie sehr sein Bemühen einem dringenden Bedürfnis der damaligen Klinik entsprach, zeigte sich an dem rasch aufsteigenden Ruhm, den er sich als Forscher und Wissenschaftler erwarb. Gleich die ersten Publikationen Rokitanskys, in denen er sich mit den inneren Darmeinschnürungen beschäftigt, enthalten Beobachtungen, die sich als fundamentale Tatsachen in der Medizin erwiesen haben, und die Erstlingswerke des jungen Forschers zeigen bereits seine kommende Bedeutung für die pathologische Anatomie und darüber hinaus für die Heilkunde selbst. Er hält seine Beobachtungen mit einer ihm eigenen originellen, kurzen, markanten Ausdrucksweise fest, aber das anatomische Substrat des Krankheitsbildes allein genügt ihm nicht; schon eilen seine Gedanken weiter, und er beschäftigt sich mit den Entstehungsmöglichkeiten dieser Krankheit, um dann gleichzeitig aus diesen Erkenntnissen die für den Kliniker — also den Arzt am Krankenbett — so wichtige Frage der Behandlungsmöglichkeit des mechanischen Darmverschlusses aufzuwerfen. In einer Zeit, in der es noch keine Bauchchirurgie gab, unternimmt er als junger Forscher, ganz auf sich allein gestellt, gegen die Ansichten der damaligen Kliniker einen unerhört kühnen Vorstoß, indem er erklärt, daß mit dem Messer durch Eröffnung des Bauchraumes die Darmeinschnürung aufgesucht und mit schonender, an Leichensektionen geübter Hand unter vorsichtiger Präparation gelöst werden müsse, um auf diese Weise die Heilung dieser Krankheit herbeizuführen.

Wenn wir Chirurgen heute am laufenden Band derartige lebensrettende Operationen vornehmen, so können wir nur mit Staunen und Ehrfurcht der großartigen wissenschaftlichen Leistung Rokitanskys gedenken, denn er war es, der den Grundstein zur modernen Diagnostik und Therapie legte, wodurch letztendlich die medizinische Wissenschaft so wunderbare Taten für die leidende Menschheit vollbringen konnte und weiter vollbringt.

Aus dem enormen Arbeitsgebiet Rokitanskys und aus der Vielzahl seiner wissenschaftlichen Publikationen entnehme ich als Beispiel nur einige wenige von ihm erforschte Krankheiten, um auch dem Nichtmediziner die geistigen Qualitäten dieses Mannes noch besser vor Augen führen zu können. Zur damaligen Zeit war die Tuberkulose noch eine gefürchtete Seuche. Rokitansky beschrieb mit der ihm charakteristischen Beobachtungsgabe dieses Krankheitsbild und stellte dabei unter anderem fest, daß zum Beispiel tuberkulöse Prozesse in Lungenabschnitten, die komprimiert und nicht lufthältig waren (zum Beispiel durch Erguß im Brustfellraum), sich rückbildeten und unter Verkalkung abheilten und darüber hinaus unter diesen Bedingungen jede neue Tuberkelbildung unmöglich war. Diese für den Arzt so ungemein interessante Feststellung war die Grundlage für die viele Jahrzehnte später entwickelte Kollapstherapie der Lungentuberkulose, wo mittels Lufteinblasung in den Brustfellraum, Pneumothorax genannt, die erkrankte Lunge komprimiert und damit der ihr innewohnende Tuberkuloseherd zur Abheilung gebracht wird, eine Therapieform, die heute nach wie vor Anwendung findet.

Rokitansky hat sich auch mit der Entstehung und Entwicklung des so häufig vorkommenden Magengeschwürs auseinandergesetzt und ist dabei zur Ansicht gelangt, daß unter anderem die Ursache der Erkrankung zumeist in nervös-fehlgesteuerten Zirkulationsbedingungen der Magenschleimhaut liege, womit er den Grundstein der viele Jahrzehnte später entwickelten neurogenen Ulcus-Theorie legte, die heute noch ihre Gültigkeit hat.

Als erster hat er den Typhus abdominalis als spezifische Entzündung mit den ausgeprägten Darmveränderungen in klassischer Weise beschrieben.

Ein besonderes Lieblingsgebiet Rokitanskys war die Erforschung der Herzerkrankungen. Er beschäftigte sich mit der komplizierten Herzentwicklung und auch mit den Herzmißbildungen und veröffentlichte darüber eine großangelegte Arbeit in der kaiserlichen Akademie der Wissenschaften mit dem Titel *Über Defekte der Scheidewände des Herzens.* Auch auf diesem Gebiete führten die präzisen Beobachtungen Rokitanskys zu neuen Erkenntnissen, die heute gerade durch die moderne Herzchirurgie, wo derartige von Rokitansky beschriebene angeborene Herzmißbildungen operiert und geheilt werden, in den Blickpunkt des allgemeinen Interesses gerückt sind.

Rokitansky hat sich die Grundlagen, auf denen er das stolze Gebäude der pathologischen Anatomie errichtet hat, in den wenigen Jahren erworben, die zwischen seiner Promotion und dem Beginn seiner Lehrtätigkeit lagen. Die ungeheure Arbeitsleistung Rokitanskys, sein immenser Fleiß und seine große Schaffensfreude kann man zunächst einmal mit Zahlen ausdrücken. Das von ihm am 1. November 1828 gezeichnete Sektionsprotokoll trägt die Nummer 4782 und das letzte, am 31. August 1875, dem Tage seines Ausscheidens vom Lehramte, die Zahl 64 567 — hinzu kommen noch über 25 000 gerichtsmedizinische Leichenöffnungen, die er selbst durchführte. Ein bekannter Kliniker faßte die Bedeutung der Arbeitsleistung Rokitanskys in einer Gedenkrede über Rokitansky mit einem Satz zusammen: »Die von Rokitansky vertretene Wissenschaft fand bei seinem Amtsantritt in einer armseligen Hütte

Platz, am Ende seines Lebens war ein großes Institut notwendig, um der zentralen Bedeutung der von ihm geschaffenen pathologischen Anatomie in der modernen Heilkunde zu entsprechen.«

In seinem 30. Lebensjahr, 1834, wurde Rokitansky zum außerordentlichen Universitätsprofessor, gleichzeitig zum Prosektor und zum Kustos des pathologisch-anatomischen Museums ernannt. Dieses Museum wurde unter Rokitansky die größte und einzigartigste Sammlung dieser Art auf der Welt und trägt heute seinen Namen. Die Präparate sind zum Großteil noch von Rokitansky selbst angefertigt. 1844 wurde Rokitansky zum ordentlichen Universitätsprofessor ernannt, gleichzeitig wurde die von ihm neu begründete pathologische Anatomie zum obligaten Lehrgegenstand erklärt. Zwei Jahre später, im Jahre 1846, erschien die Erstauflage seines dreibändigen *Handbuches der pathologischen Anatomie*, das den Niederschlag seiner bis zu diesem Zeitpunkt erfolgten enormen Arbeitsleistung darstellte und sich sogleich als das umfassendste, erschöpfendste und beste Werk dieser Art erwies. Dieses Handbuch, welches vom Medicohistoriker *Max Neuburger* als ein Markstein in der Geschichte der Medizin bezeichnet wurde, war kein Lehrbuch im üblichen Sinne, wo unter Zugrundelegung anderer Literatur ein wissenschaftliches Fachgebiet abgehandelt wird, es war vielmehr eine von Rokitansky verfaßte Monographie der pathologischen Anatomie, denn jede darin enthaltene Beobachtung und wissenschaftliche Feststellung entstammte aus den ureigenen Erfahrungen und Ansichten Rokitanskys, der es wie kein anderer vor ihm verstanden hat, das umfangreiche Material, das sich ihm in der Prosektur des Allgemeinen Krankenhauses anbot, nach ganz neuen Grundsätzen und Ideen auszuwerten, wobei er immer die Ganzheitsbetrachtung des Menschen in den Vordergrund stellte und so mit seinen wissenschaftlichen Erkenntnissen und Forschungsergebnissen die gesamte Heilkunde in neue Bahnen lenkte. Er schob damit die Grenzen der pathologischen Anatomie weit hinaus und begründete eine Experimentalpathologie, eine pathologische Physiologie, eine pathologische Histologie und eine pathologische Chemie und gab den klinischen Fächern immer wieder neue Impulse, sodaß es berechtigt ist, wenn Max Neuburger unter anderem über Rokitansky schreibt: »Die Seele der Wiener medizinischen Schule war Rokitansky. Wie von einer Zentralsonne empfingen alle Haupt- und Nebenzweige der medizinischen Wissenschaft ihr Licht von dem weitblickenden, über jede Einseitigkeit erhabenen Manne.«

Bei der Eröffnung des pathologisch-anatomischen Institutes hielt Rokitansky am 24. Mai 1862 vor einer auserlesenen Gesellschaft eine Rede, bei der er es »auf einen Eklat« anlegte. Er forderte Freiheit von jeglichen Fesseln für die Naturforschung und verteidigte die mechanistische Forschungsmethode in den Naturwissenschaften als die allein zulässige, wies aber zugleich den Materialismus als Weltanschauung auf das entschiedenste zurück. Während Gegner und Neider Rokitanskys — er hatte deren viele — auf seine Rede eine Absage der Regierung erhofften, trat das Gegenteil ein. Staatsminister

*Schmerling* berief Rokitansky in das Unterrichtsministerium zur außerordentlichen Dienstleistung als medizinischen Fachreferenten unter gleichzeitiger Ernennung zum Hofrat. Damit hatte Rokitansky einen mächtigen Einfluß auf die Gestaltung des medizinischen Studiums, auf die Berufung von Professoren und die Organisation der Universität. Die Neugründungen bzw. Neugestaltungen der medizinischen Fakultäten in Graz und Innsbruck gehen auf ihn zurück, und mit der Errichtung des obersten Sanitätsrates, dessen Präsident er war, unterstand ihm auch das gesamte Sanitätswesen Österreichs.

Im Laufe seines Lebens wurden Rokitansky zahlreiche Ehrungen zuteil. Die bedeutendsten Akademien und gelehrten Gesellschaften der Alten und Neuen Welt wählten ihn zu ihrem Mitglied, die Universitäten Prag und Jena verliehen ihm im Jahre 1848 das Ehrendiplom, und zahlreiche Auszeichnungen legen ein beredtes Zeugnis davon ab, wie hoch Rokitansky als Gelehrter bereits damals von der ganzen internationalen wissenschaftlichen Welt eingeschätzt wurde. Es ist erwähnenswert, daß Rokitansky bald nach seinem kometenhaften Aufstieg einen hochdotierten, verlockenden Antrag bekam, in die Vereinigten Staaten von Nordamerika zu übersiedeln, um dort seine wissenschaftlichen Forschungen fortzusetzen. Als überzeugter Patriot, dem Vaterlandsliebe und Vaterlandstreue mehr bedeuteten als materielle Besserstellung, lehnte Rokitansky diesen Antrag dankend ab. Im Studienjahr 1852/1853 wurde er zum Rector magnificus der Wiener Universität gewählt. Seit 1848 war er Mitglied der kaiserlichen Akademie der Wissenschaften, 1866 wurde er zu ihrem Vizepräsidenten und 1869 zu ihrem ersten Präsidenten gewählt. Dieses höchste akademische Amt bekleidete er bis zu seinem Lebensende und hielt es für die größte Ehre, die ihm zuteil wurde.

In seinen drei großen, bei feierlichen Sitzungen der Akademie der Wissenschaften gehaltenen Reden *Zur Orientierung über Medizin und deren Praxis* (1858), *Der selbständige Wert des Wissens* (1862) und *Die Solidarität des Tierlebens* (1869) offenbarte er den Schatz seiner Lebenserfahrung. Wie kein anderer vor ihm entwickelte er aus der Naturwissenschaft heraus die Idealphilosophie, die zum Ergebnis führt, daß die mechanistische Forschungsmethode wohl zu den größten Aufklärungen führe, aber nie das Rätsel des Lebens lösen und nie das dem Menschen eingeborene metaphysische Bedürfnis befriedigen könne, und daß im gesamten Lebensbereiche eine Solidarität des Leidens bestehe, die sich im Menschengeschlechte zu einer Solidarität des Mitleides erhebe. Ergreifend sind die Schlußworte seiner Abschiedsrede, die er beim Rücktritt vom Lehramte hielt: In dem Leide liege eine läuternde Wirkung, und diese Nachtseite des Lebens lichtet sich in weihevollen Momenten zur Erkenntnis. Und so erscheinen, sagt er, die Lehren der liebreichsten Religionen, nach welchen man das Leiden der anderen auf sich zu nehmen habe, als die erhabensten Anregungen.

Über sein Fachgebiet hinaus beschäftigten Rokitansky unaufhörlich andere große Probleme, so kurz vor seinem Tode zwei Fragen, deren Beantwortung er in zwei Monographien niederzulegen beabsichtigte, und zu denen im Familienarchiv Notizen und Skizzen vorhanden sind. Die erste Frage lautete: »Gibt es eine Möglichkeit, alle Nationalitäts- und Konfessionsfragen im modernen Kulturstaat endlich zu beseitigen?« Die zweite Frage betraf die Todesstrafe und ihre Berechtigung vom juridischen, wirtschaftlichen und ethischen Standpunkt. Er hat die Grausamkeit als das größte aller menschlichen Laster empfunden. In seiner Selbstbiographie finden sich feinsinnige Bemerkungen über Malerei und Skulptur, über Poesie und Musik. Er schreibt: »Eine melodiöse Musik versetzt mich in eine Stimmung, die ich kurz nicht besser als ein Gefühl von Befreiung bezeichnen möchte; aufgerichtet, versöhnt, vergessen fühle ich, wie die Phantasie ungebunden webt, in alle Werkstätten des Geistes dringt, sich selbst an tiefernstem Stoffe versucht, wie sich Widerstreit und Dissonanz im Innern lösen, und damit die Individualität zerfließt ...

Den Vollgenuß, wie ihn nur orchestrale Musik gewährt, konnte ich mir häuslicher Verhältnisse wegen nur selten verschaffen, und in neuerer Zeit weiß ich mich darüber zu trösten, da die moderne Musik sich immer mehr vom Herzen abwendet, diesem immer unverständlicher, aber auch dem Verstande immer weniger klar und faßlich wird.«

Am 25. November 1867 berief der Kaiser mit Handschreiben Rokitansky als lebenslängliches Mitglied in das Herrenhaus. Dort bekannte er sich als Altliberaler, überzeugter Großösterreicher und Anhänger der Dynastie. Bei aller Aufgeschlossenheit für den Fortschritt und die modernen Forderungen der Zeit war er konservativer Gesinnung und hielt an den erprobten alten Einrichtungen, soferne sie sich den Gegenwartsforderungen anpaßten, fest. Entschieden trat er den überspannten nationalen Ansprüchen und den Bestrebungen, die an dem Gefüge der Monarchie rüttelten, entgegen. Als Redner wirkte er durch die Macht seiner Persönlichkeit, die Integrität seines Charakters und durch strenge Gliederung seiner Argumente.

Rokitansky war mittelgroß, von schlanker Gestalt und bis zu seinem Lebensende von nobler Erscheinung. Sein ernstes Antlitz mit der hohen, gewölbten Stirn, der edel geformten Nase und dem energischen Kinn strahlte durch seine wundervollen tiefblauen Augen menschliche Güte und Wärme aus. Er lebte in bescheidenem Wohlstande. Sein Hauswesen, das unter der Leitung seiner ihm an Geist und Herz ebenbürtigen Frau stand, die er 1834 geheiratet hatte und die eine hochbegabte Sängerin war, atmete jene Kultur aus, die in den damaligen bürgerlichen Kreisen zum guten Ton gehörte. In diesem Heim wurde die klassische Musik gepflegt, Grillparzer gehörte zu den Freunden Rokitanskys. Als Gatte und als Vater seiner vier Söhne, die es alle zu angesehenen Lebensstellungen gebracht hatten, war er seiner Familie mit unendlicher Liebe und Treue zugetan. Von vornehmster Gesinnung und Haltung war er ein Gemütsmensch von schwerer melancholischer Lebenseinstellung, freundlich und gütig gegen jedermann, weder hochfahrend noch stolz gegen Untergebene, von unwandelbarer Treue gegen seine Freunde.

Die Feier seines 70. Geburtstages gestaltete sich zu einem großen Fest. Bei seinem Jubiläum war die gesamte Regierung anwesend. Aus allen Teilen der Monarchie versammelten sich die Abgesandten und Deputationen der Wissenschaft. Der Kaiser erhob ihn zur sichtbaren Anerkennung seiner unvergänglichen Leistungen in den Adelsstand, nachdem er ihm das Commandeurkreuz des kaiserlich-österreichischen Leopold-Ordens verliehen hatte, und die Stadt Wien wählte ihn zu ihrem Ehrenbürger. Unter den zahllosen Ehrengeschenken und Ehrengaben, die dem Jubilar überreicht wurden, fand sich von der kaiserlichen Gesellschaft der Ärzte, deren Präsident er durch 28 Jahre war, ein in Gold gefaßter Glaspokal, in den die Namen und Darstellungen der bedeutendsten Ärzte des Altertums, von Hippokrates angefangen, einziseliert waren. Dieser Pokal stand auf einem silbernen Piedestal, auf dem die akademischen Lebensstationen Rokitanskys eingraviert waren, umrahmt von den Worten: Was Du gelehrt, was Du geschaffen / was Du ersiegt mit Geisteswaffen / was Du als Forscher kühn ersonnen / der ganzen Menschheit bleibt's gewonnen.

Alle Zeitungen des In- und Auslandes würdigten das Leben und Wirken Rokitanskys, dessen Namen fortleben werde in den Errungenschaften des Menschengeistes.

Am 23. Juli 1878 hörte das Herz Rokitanskys zu schlagen auf, und er schloß für immer seine Augen. Die großartigen Anlagen, mit denen Rokitansky ausgestattet war, hätten ihn befähigt, auf jedem Wissensgebiet Hervorragendes zu leisten. Heute kann man sagen, daß es eine gütige Vorsehung war, die ihn für die Heilkunde auserwählte, denn damit wurde er nicht nur ein weltberühmter Gelehrter, sondern ein Wohltäter für die ganze leidende Menschheit.

## *Josef Skoda — Hermann Nothnagel*

VON HELMUT WYKLICKY

Um die Mitte des 19. Jahrhunderts war die Wiener Medizin zum zweitenmal Vorbild für alle Ärzteschulen der Welt. Das erstemal war dies während der Regierung *Maria Theresias* und *Josephs II.*, also rund 100 Jahre davor, unter der Führung *Gerard van Swietens* (1700—1772) der Fall. Zum geistigen Mittelpunkt dieser zweiten Epoche gehörten als Theoretiker der Anatom und Pathologe *Carl von Rokitansky*, als Kliniker sein böhmischer Landsmann *Josef Skoda*. Das Neue, das wir ihnen verdanken, ein Teil der Grundlagen der modernen Medizin, war gerade für die Zeitgenossen das Unverständliche, dessen Übernahme schwerfallen mußte.

Zwar gab es für den Pathologen seit dem Padovaner Anatomen *G. B. Morgagni* und für den Arzt am Krankenbett seit dem Grazer *Leopold Auenbrugger* schon eine aufschlußreiche Antwort auf die Frage: Wo sitzt die

Krankheit?, aber das Jahr 1761, in dem die grundlegenden Arbeiten dieser beiden Ärzte erschienen sind, stellte diese Frage gar nicht. Für das Krankheitsgeschehen galt im allgemeinen noch immer die Auffassung der Hippokratischen Medizin, daß nämlich eine schlechte Mischung der vier Kardinalsäfte die Ursache aller Beschwerden sei. Selbst die völlig neue Erkenntnis der Menschen-Anatomie (1543) durch *Andreas Vesal* und die Auffindung des Mechanismus des Blutumlaufs (1628) durch *William Harvey* konnten nichts an der alten Krankheitslehre ändern. Auch die Wiener Kliniker des 18. Jahrhunderts vermochten sich nicht von dieser zwei Jahrtausende alten Humoralpathologie zu trennen.

Für sie alle war die Viersäftelehre die Grundlage ihres Denkens am Krankenbett. Gute Mischung bedeutete Gesundheit, Störung durch ein Zuviel oder Zuwenig oder Verschiebung der Säfte an ungehörige Orte führte zur Krankheit, ja schließlich zum Tode. Nun begann *Carl Rokitansky* mit dem Messer des Anatomen in den Organen der im Wiener Allgemeinen Krankenhaus verstorbenen Patienten den Veränderungen nachzuspüren, die durch die vorhergegangene Krankheit gesetzt worden waren. Er brauchte Ärzte, die ihm berichteten, wie die Krankheit jener Patienten verlaufen war, deren Organe nun zur Betrachtung kamen.

Der Arzt, der in erster Linie klinische Beobachtung mit anatomischem Befund zu vergleichen imstande war, hieß *Josef Skoda*. Am 10. Dezember 1805 in Pilsen als Sohn eines Schlossers geboren, war er unter denkbar armen Verhältnissen aufgewachsen. Nachdem er das Gymnasium in Pilsen absolviert hatte, bezog er 1825 die Wiener Hochschule; 1831 wurde er hier zum Doktor promoviert. Gleich danach war er als Arzt während der Cholera-Epidemie in Böhmen tätig. 1832 aber kehrte er nach Wien zurück und trat in das Allgemeine Krankenhaus ein. Hier schloß er sich eng an die Methodik *Rokitanskys* an. Der Pathologe brachte tatsächlich Wissensvermehrung über die Veränderungen der Organe. Skoda ging, gerüstet mit diesem Wissen, an die Krankenbetten. Nun war es seine Aufgabe, möglichst exakt an die Organveränderung auch am Lebenden heranzukommen. Dazu schienen ihm die bereits bekannten Untersuchungsarten des Perkutierens, das heißt Beklopfens des Brustkorbes, nach *Auenbrugger* und des Auskultierens, das heißt Abhorchens, nach *René Theophil Hyacinth Laennec* die besten Wege zu sein, um zu einem tauglichen Ergebnis zu kommen.

Er wandte sich daher der bereits vorhandenen deutschen und französischen Literatur zu und verarbeitete die Methoden der physikalischen Diagnostik kritisch und im Zusammenhang mit den durch Rokitansky aufgefundenen Ergebnissen.

Das unmittelbar Neue an Skodas Arbeit war, daß er die durch Perkussion und Auskultation gewonnenen Befunde nicht auf die spezifischen Eigenschaften der Organe und ihrer Veränderungen bezog, sondern die physikalischen Bedingungen in den veränderten Organen als unmittelbare Voraussetzungen für den Schall im gesunden und kranken Organ erkannte. Damit aber hat er einen wesentlichen Fehler in den vor ihm gemachten Untersuchungen korrigiert. Skodas Ergebnisse ließen sich mit den Kenntnissen der Physik und der pathologischen Anatomie völlig klären und verstehen. 1839 erschien seine *Abhandlung über Perkussion und Auskulation* im Druck. Er widmete sie dem führenden Beamten der Medizinalangelegenheiten seiner Zeit, *Ludwig Freiherrn von Türckheim,* dem »zweiten Van Swieten«, wie Skoda ihn selbst nannte.

Skoda wurde dann 1840 ordinierender Arzt an der für ihn eigens geschaffenen Abteilung für Brustkranke, 1841 bekam er dort den Titel eines Primararztes. Groß war der Andrang von Patienten, aber auch von Ärzten aller Altersstufen, die erkannten, daß hier ein neuartiger, höchst fruchtbarer Weg zur Erkennung von Krankheiten gefunden war. Schließlich wurde Skoda 1846 Vorstand der Medizinischen Universitätsklinik. Neben den vielen Schülern, die sein eigenes Fach vertraten, förderte er insbesondere zwei Ärzte, die später zu den bedeutendsten Vertretern anderer medizinischer Sparten geworden sind. *Ferdinand von Hebra* (1816—1880), der heute als der Begründer der wissenschaftlichen Dermatologie anerkannt ist, war einst Skodas Assistent auf der »Ausschlagabteilung«, und *Ignaz Philipp Semmelweis* (1818 bis 1865), bei vielen seiner Zeitgenossen sehr umstritten, wurde vom ersten Tage seines Auftretens in der Wissenschaft von Rokitansky und Skoda tatkräftig unterstützt.

Als die Hörerzahl bei Skoda immer mehr anwuchs, errichtete man in Wien, seinem Wunsche entsprechend, eine »Zweite Medizinische Klinik«. Als ihr Vorstand wurde aus Leipzig der Deutschböhme *Johann von Oppolzer* (1808 bis 1871) berufen. Wissenschaftliche Werke hat dieser nicht hinterlassen. Aber dieser »Lehrer von Gottes Gnaden« (E. Lesky) hat mit seiner liebenswürdigen und auch optimistischen Art die Patienten, Ärzte und Studenten in gleicher Weise bezaubert. Der Freiburger Internist *Adolf Kussmaul* hat ihn so charakterisiert: »Oppolzers Begabung reichte nicht entfernt an das Genie Skodas, aber als praktischer Lehrer stellten wir Ärzte ihn über den großen Kritiker und Reformator. Im Besitze einer reichen und sicheren Erfahrung, durchdrungen von der humanen Aufgabe der Heilkunde und fest im Glauben an die Heilkunst, war er ein getreuer Ekkehard in den Nöten und Gefahren der Praxis. Mit ruhiger Weisheit verzichtete er auf mathematische Gewißheit und erreichte das Mögliche und Beste durch einfache Mittel, ein Kennzeichen tüchtiger Ärzte.«

Auf dem Gebiete der Therapie wurden aber Skoda — wie man heute weiß — sehr zu Unrecht Vorwürfe gemacht; das Schlagwort vom »therapeutischen Nihilismus« hat lange noch die Runde gemacht. In Wirklichkeit hat Josef Skoda auch für die medikamentöse Behandlung Wesentliches dadurch geleistet, daß er rationelle Grundlagen auch für die Arzneimittel forderte und nur die unbegründete Polypragmasie abgelehnt hat. Er führte an seiner Klinik die

Pravazspritze ein, verwendete Salicyl beim Rheumatismus und gab für die Digitalsbehandlung bei Herzkrankheiten ein geradezu modernes Schema an.

Im Jänner 1871 schied er aus gesundheitlichen Gründen vom Lehramt, arbeitete aber noch, soweit es sein Zustand zuließ, als praktizierender und beratender Arzt weiter. Gichtanfälle und ein fortschreitendes Herzleiden aber trübten seine letzten Jahre in hohem Maße. Nach qualvoller Krankheit ist er am 13. Juni 1881 gestorben.

Skoda war wortkarg und ernst. Gesellschaftlichen Festivitäten blieb er meist fern. Angehörigen seiner Patienten gab er mitunter nur in kurzen Worten unerfreuliche Auskunft über den Zustand der Kranken, es ging daher das Gerücht, daß der Professor manchmal schroff sei. Er liebte aber ebenso in der Wissenschaft wie auch in der allgemeinen Sprache kein »Herumreden«. In wesentlichen Dingen bewies er ein warmes und edles Herz. Sein Vermögen hat er zu einem großen Teil schon zu Lebzeiten verschenkt. — Was wir heute »Innere Medizin« nennen, wurde von Josef Skoda begründet.

Ein Jahr nach Skodas Tod, im Oktober 1882, hielt *Hermann Nothnagel* seine Antrittsvorlesung in Wien. Er wurde am 28. September 1841 in Alt-Lietzegöricke in Brandenburg geboren. Ursprünglich zum Militärarzt bestimmt, war er Zögling der Berliner »Pepinière«, später Assistent seines nur um zehn Jahre älteren Lehrers und Freundes *Ernst von Leyden* in Königsberg. Nothnagels erste wissenschaftliche Arbeiten galten den durch Nerveneinfluß bedingten Gefäßerkrankungen, den »vasomotorischen Neurosen«. Damit förderte er die Kenntnis jener Krankheitsbilder, die Gefäßkrämpfe zur Ursache haben, und kam dem Problem der Krankheit in die Nähe, die ihn lebenslang beschäftigte, der Angina pectoris. Nach *Edmund von Neusser*, einem anderen Wiener Ordinarius für Innere Medizin, war es Nothnagel, der bei der Angina pectoris das Augenmerk vom Herz weg zu den Gefäßen lenkte.

Dann schrieb Nothnagel auf Wunsch seines von ihm aufrichtig verehrten Berliner Lehrers *Ludwig Traube* eine Monographie über den Stand der Arzneimittellehre, aber vom Kliniker und nicht vom experimentierenden Pharmakologen aus gesehen, also eine durchaus neue, originelle Arbeit. Dieses Werk brachte ihm (1872) den Ruf, auf den Lehrstuhl für Materie medica der Medizinischen Poliklinik in Freiburg im Breisgau. Klinische Beobachtungen und Obduktionsbefunde vergleichend und experimentell forschend, suchte Nothnagel ferner nach der Lokalisation verschiedener Ausfallserscheinungen im Gehirn. Die *Topische Diagnostik der Gehirnkrankheiten* war die Frucht dieser Arbeiten.

*Anton Bruckner; Foto Anton Huber, um 1895. Darunter Notenbeispiel aus der 7. Symphonie, Beginn des 2. Satzes*

*Folgende Seite: Johannes Brahms, Aufnahme von Eugen v. Müller zu Aichholz, Dezember 1895, wiedergegeben als Heliogravüre von Josef Löwy, 1898. Darunter Notenbeispiel aus den Variationen über ein Thema von Joseph Haydn*

II. Satz Adagio
sehr langsam

Viola
arco
marc.

Wien.

1874 wurde Nothnagel nach Jena berufen, zugleich aber auch nach Zürich. Er nahm den Ruf in die Schillerstadt Jena an. Hier verbrachte er die wohl glücklichsten Jahre seines Lebens. Ein deutscher Idealist edelster Prägung traf hier auch in den Vertretern der anderen Fakultäten viele gleichgesinnte Freunde. Mit Marie, der Tochter des Badischen Steuerrates *Teubner*, verband ihn hier die glücklichste Ehe, bis die junge Frau nach der Geburt des vierten Kindes an den Folgen des Kindbettfiebers starb. Neununddreißigjährig zum Witwer geworden, hatte Nothnagel nur noch den Wunsch, völlig in der Arbeit aufzugehen. Jetzt kam ihm die Berufung nach Wien gerade recht. Die größte Universität der Donaumonarchie, eine Fakultät, in der *Theodor Billroth* lehrte, die auf vielen Gebieten durch ihre Tendenz zu neuer Spezialisierung ein Vorbild für die Weltmedizin war, nahm nun Hermann Nothnagel auf. Er kam hierher, um zu arbeiten; dem Wiener Gesellschaftsleben, das ohne Billroth in der zweiten Hälfte des vorigen Jahrhunderts nicht denkbar ist, blieb er immer fern. Neben der Forschung, die in dieser dritten und letzten Periode seines Lebens hauptsächlich dem Magen-Darmtrakt gewidmet war, gehörte er seinen Schülern und Patienten. Die große Konsiliarpraxis entsprach seiner Stellung. Daß er aber auch den Weg zum anonymen Klinikpatienten suchte und fand, beweist folgende kleine Episode. Bei einer Visite traf er ein junges Mädchen, das an einem der Behandlung trotzenden Gelenkrheumatismus litt, weinend an. Der Bräutigam, ein Unteroffizier, habe sich soeben verabschiedet, erzählte das Mädchen dem Herrn Hofrat, weil bei der bestehenden Krankheit ja doch keine Aussicht mehr auf eine arbeitsfähige Hausfrau bestünde. Nothnagel lud den Unteroffizier auf ein Gespräch bei einer guten Zigarre ein. Kurze Zeit darauf war der Klinikchef in der Wiener Votivkirche Trauzeuge bei der Hochzeit seiner ehemaligen »Saalpatientin« mit dem Unteroffizier.

Sein Wort aus der Antrittsvorlesung, daß man sich als Arzt nicht Krankheiten, sondern kranken Menschen gegenübersehen solle und daß nur ein guter Mensch ein guter Arzt sein könne, klang zwar manchen Studenten leider nur allzu pathetisch, für Hermann Nothnagel aber war es stündlich die Forderung seines Berufes.

Von Wien aus wurde der im deutschen Sprachraum indessen führend gewordene Kliniker oft zu feierlichen Vorträgen geholt, und er unterzog sich dieser Mühe stets in der Annahme, Gutes stiften zu können. Etwa sechzigjährig wurde er selbst zuckerkrank und litt an immer heftiger werdenden Anfällen von Angina pectoris. *Über das Sterben* sprach er 1900 vor gebildeten

*Vorhergehende Seite: Franz Liszt; Lithographie von Karl Mittag. Darunter Faksimile des Namenszuges und Notenprobe*

*Johann Strauß Sohn; Federzeichnung von Hans Schließmann mit Notenprobe und Faksimile des Namenszuges, 1880*

Laien in Wien. Wenn man heute diesen Vortrag liest, erkennt man darin schon im Keim die Voraussetzungen zu Organtransplantationen angegeben, ebenso sagte er geradezu prophetisch die Zeit voraus, in der es eine spezifische Therapie der Infektionskrankheiten geben werde. Der Ausdruck seines Lebens war Arbeit. So kam er auch am Vormittag seines Todestages, am 7. Juli 1905, eines glühendheißen Tages noch zur Vorlesung, ordinierte am Nachmittag, machte wie immer Visiten und achtete kaum auf den besorgten Rat seiner Schwester, sich doch etwas zu schonen. Nichts charakterisiert die Gewohnheit Nothnagels mehr, immer seinem harten Imperativ zu folgen, als die Antwort, die seine Schwester bekam, als ihn nur noch wenige Stunden von seinem Tode trennten: »Das Leben wird kürzer mit jedem Tag, umso mehr ist Arbeit geboten.« In der darauffolgenden Nacht starb Nothnagel. Neben ihm lagen kurze schriftliche Aufzeichnungen über seine Beschwerden und die dabei von ihm selbst erhobenen Befunde. Aber auch ein Buch lag neben ihm: *Schillers* Gedicht *Das Ideal und das Leben* war aufgeschlagen, in dem die Verse stehen: ». . . und des Erdenlebens schweres Traumbild sinkt und sinkt und sinkt . . .«

## *Joseph Hyrtl*

VON ALFRED GISEL

»Niemals hat es ein Lehrer der Anatomie verstanden, die trockenen Thatsachen seiner Wissenschaft so anmuthig vorzutragen und seine Zuhörer so zu fesseln, wie Hyrtl. Sein Auditorium vermochte die Menge der Schüler kaum zu fassen, die mit Begeisterung seinen Worten lauschten.« So wird in der vom Akademischen Senat der Wiener Universität 1898 herausgegebenen *Geschichte der Wiener Universität* einer der Großen der *Zweiten medizinischen Schule* charakterisiert.

*Hyrtl* ist Begründer einer Wiener Anatomengeneration, die seine Methodik übernommen und weitergeführt hat. Sie hat sich in zwei Richtungen entwickelt: Die eine will vor allem der praktischen Medizin, der Klinik, dienen. Ihre Repräsentanten sind die unmittelbaren Hyrtlschüler *Emil Zuckerkandl* und dessen Nachfolger im Lehramt, *Julius Tandler;* die andere hat mehr die exakte Beschreibung, die Systematik an sich betont. Ihre bedeutenden Vertreter waren *Carl Toldt* und *Ferdinand Hochstetter.* Aber beide Richtungen waren nie vollkommen getrennt. So verdanken wir sowohl Tandler als auch Hochstetter grundlegende Kenntnisse der Entwicklungsgeschichte des Menschen. Und schließlich verstand es der Hochstetter-Schüler *Eduard Pernkopf* — allerdings mehr Gelehrter als begeisternder Lehrer — in seinem Unterricht Detailbeschreibung, Embryologie und praktische Erschließung der Körpergegenden für die Therapeutik ins Gleichgewicht zu bringen.

Es gab viele Schatten im Leben Hyrtls, zeitweilig stand er in Presse und Öffentlichkeit im Zentrum heftigster Kritik, war von den Kollegen gemieden und von den Behörden zurückgesetzt. Und gegen Kränkung überempfindlich und verbittert, vergrößerte Hyrtl, der erst in hohem Alter sein Selbstbewußtsein dämpfte, mit seinen Reaktionen immer wieder das Übel.

Hyrtl ist ein Armeleutekind; er wurde in Eisenstadt (damals magyarisch: Kis Marton) am 7. oder 8. Dezember 1810 als viertes und letztes Kind des Oboisten *Jacobus Hirtl* und seiner Frau *Theresia* geboren. Nach Auflösung des einst von *Joseph Haydn* geleiteten Eszterházyschen Orchesters übersiedelte die Familie 1813 nach Wien in die Leopoldstadt, wo der Vater als Musiker im K. k. priv. Carltheater eine dürftig besoldete Stellung gefunden hatte. Der mit hoher Musikalität begabte Joseph wurde Sängerknabe in der berühmten »K. K. Hofmusikkapelle« und somit Zögling des Konvikts, das ihm eine klassisch-gymnasiale Ausbildung vermittelte.

Als junger Medizinstudent fiel er bereits durch besonderen Eifer seinen Lehrern in Anatomie, *Berres* und *Czermak*, auf, die ihn durch Zuwendungen förderten. Noch vor Abschluß seines Studiums wurde er von Berres als Prosektor beschäftigt, und Hyrtl wurde, da es damals modisch war, in Anatomie zu dilettieren, der Mentor in Anatomicis für die jungen Herren des Hochadels. Dem Armeleutbuben erschloß sich die gute Gesellschaft.

Schon zwei Jahre nach seiner Promotion wurde er 1837 als Professor für Anatomie und Chirurgie nach Prag berufen. Dort bewährte er sich in für ihn recht glücklichen Jahren so sehr, daß man ihn 1845 nach Wien zurückholte. Hyrtl rechtfertigte das Vertrauen: Innerhalb von drei Jahren bereicherte er die anatomische Sammlung, gab 1842 sein *Lehrbuch der Anatomie,* bereits im folgenden Jahr sein *Handbuch der topographischen* (also der praktischen) *Anatomie* heraus. Beide fanden Anerkennung, wie sie vorher keinem anatomischen Autor beschieden war. Später folgte noch das *Handbuch der Zergliederungskunst.* Dennoch war Hyrtl nicht glücklich: »Was ich auch in Wien im Jahre 1845 gefunden habe, war träger Widerstand gegen jede Neuerung.«

Die Revolutionstage 1848, richtiger, die der siegreichen Gegenrevolution, waren für Hyrtl katastrophal; Wohnung, Bibliothek und Sammlung verbrannten, sein Hörsaal wurde von der Soldateska zertrümmert, die Universität geschlossen und jahrelang als Kaserne verwendet. Einem Kollegen klagte er 1849: »Kein Wort des Trostes, keine Freundeshand dargereicht, kein Ersatz von Seiten der Regierung — was kann der Kram eines Anatomen wert sein in Zeiten, wo es sich um Königreiche handelt. Bajonette und Galgen sind wichtigere Dinge.« Hyrtl dachte sogar ans Auswandern.

Sein Erfolg als Lehrer wurde immer größer und international anerkannt, vom Gründungstag an gehörte er der Akademie der Wissenschaften an, seine Eröffnungsrede *Einst und Jetzt der Naturwissenschaft in Österreich* bei der Versammlung deutscher Naturforscher und Ärzte im September 1856 fand größtes Aufsehen und begeisterte Zustimmung, seiner Eitelkeit wurde durch die Ernennung zum Regierungsrat, schließlich zum wirklichen K. u. K. Hofrath, Genüge getan. Die Kluft aber zwischen ihm und den anderen Professoren wurde immer tiefer. 1855 schrieb er: »Mir geht es schlecht. Meine Gemütsheftigkeit hat mich in eine Stellung zu meinen Kollegen gebracht, die mir unerträglich ist.«

Hyrtl hatte die Berufung des Norddeutschen *Ernst W. von Brücke* auf den Lehrstuhl der Physiologie beantragt und durchgesetzt. Bald aber kam es zwischen ihnen zu Unstimmigkeiten. Als beide Professoren 1854 aus dem Josephinum binnen einer Woche in die Ställe und Werkstatträume der benachbarten barackenähnlichen, aufgelassenen »alten Gewehrfabrik« eingewiesen wurden und dort auch wohnten, wuchs die Erbitterung Hyrtls, den die Versuchshunde Brückes dauerten, aufs Äußerste. Auch in der akademischen Diskussion gegen Brücke wurde er maßlos ausfällig und schuf sich noch mehr Gegner; nie ist er als Dekan an die Spitze der Fakultät berufen worden. Trotzdem wurde er Rektor der Universität, als sie 1864/1865 ihren 500jährigen Bestand feierte. Seine weltmännische Gewandtheit bewies er bei der offiziellen Feier, aber bei der Amtsübernahme vergriff er sich in seiner Inaugurationsrede in Thema und Ton. Weil der Anatom in der Materie, am Material, nach der Struktur forscht, glaubte sich Hyrtl legitimiert, gegen *Die materialistische Weltanschauung unserer Zeit* zu polemisieren. Liest man diese Rede heute (gegen alle Gepflogenheit ließ er sie nicht veröffentlichen, ihre Drucklegung ist erst nach seinem Tode von der Leo-Gesellschaft veranlaßt worden), so wird klar, daß er seine 1848 erlittenen Verluste nie verwunden hatte, die Revolution als Greuel empfand und daher auch unsagbarer Greuel für fähig hielt. Die Kritiker dieser Rede überhörten allerdings ein recht eindeutiges Bekenntnis zu jenem »Fortschritt der Aufklärung, der im Gefolge der sittlichen Veredlung des Menschen kommt — auf die in solchem Boden wurzelnde staatliche Wohlfahrt, die den Bürger frei, das Volk groß und mächtig, die Menschen glücklich werden heißt«. Hier kündeten sich bereits die guten Werke des Philanthropen Hyrtl an, die seiner Anatomentätigkeit folgen sollten. Noch aber vermehrte er seine Sammlungen und verkaufte schöne Stücke in alle Welt. Von überall her wurden ihm Kadaver seltener Tiere geschickt, aus denen seine Hände noch nie gesehene anatomische Objekte schufen. Hyrtl wurde reich und angesehen.

Umso mehr traf ihn vermeintliche, aber auch echte Zurücksetzung. Plötzlich, er berief sich auf schlechte Gesundheit, legte er 1874 sein Lehramt nieder. Abschiedsvorlesung und Festkommers wurden zu triumphalen Sympathiekundgebungen der Studenten, er wurde Ehrenbürger Wiens — aber er zog sich mit seiner Frau Auguste, die Ehe blieb kinderlos, in sein neuerworbenes Tuskulum nach Perchtoldsdorf zurück.

Er blieb nicht untätig; wohl griff er nicht mehr zum Skalpell (Sehkraft und Fingergeschicklichkeit hatten ihn verlassen, auch *Mozarts* Schädel hat er, ungeschickt hantierend, mit der Säge verstümmelt), aber er, der eigentlich keine große, bedeutende anatomische Entdeckung gemacht hatte, den daher seine Kritiker nur als »anatomischen Journalisten« ansahen, schuf noch einige bedeutende Werke, die sich mit der Herkunft der anatomischen Nomenklatur beschäftigten, wozu ihn seine profunden Kenntnisse der klassischen und der modernen Sprachen, aber auch des Arabischen und Hebräischen befähigten.

In Kleidung und Gehaben wirkte er nun als Sonderling. Oft wurde er, einst als akademischer Lehrer einer der elegantesten Männer Wiens, auf seinen Spaziergängen für einen Bettler gehalten. Für eine milde Gabe, die er nie zurückwies, revanchierte er sich mit Delikatessen und Champagner.

In diesen Jahren wurde ihm Mödlings Bürgermeister, *Joseph Schöffel*, vertraut. Als er ihn als Ehrenmann durch und durch, als beredten Anwalt jeder guten Sache kennengelernt hatte, betraute er ihn mit der Anlage seines stattlichen Vermögens von mehreren hunderttausend Gulden für humanitäre Zwecke. Hyrtl bedachte seine Geburtsstadt, natürlich auch seine Wohngemeinde, errichtete eine Stiftung für unbemittelte Studenten, unterstützte Musiker und Schriftsteller und schuf schließlich das große, später nach ihm benannte Waisenhaus in Mödling. Mißstände, auf die er stieß, daß zum Beispiel die Staatskasse bei einer Stiftung Gebühren einhebt und so bedeutende Summen dem Stiftungszweck entzieht, weckten nochmals seinen leidenschaftlichen Protest. Wieder trug er sich mit dem Gedanken, Österreich zu verlassen; er wollte nicht länger in einem Staat leben, »der den seinen Armen gereichten Bissen Brot vom Munde wegreißt, um ihn selbst zu fressen ...« Schöffel mußte auch hier Hyrtl zu seinem Recht verhelfen.

Billroth selbst kam nach Perchtoldsdorf, um dem alten Mann zum 80. Geburtstag zu gratulieren; weitere Auszeichnungen folgten. Als größte Ehrung empfand Hyrtl noch die Enthüllung seines Ehrenmals in den Arkaden der Neuen Universität (1889). Halb blind und gehbehindert, gestützt auf den Rektor und den Prorektor, lauschte er ergriffen der Lobrede, die ihm sein einstiger Schüler, nun Professor der Chirurgie, *Albert*, hielt. Dieser pries das Schicksal, das den einstigen Sängerknaben »zu einem akademischen Rhetor« werden ließ. Und weiter: »Die Hand, die das anatomische Messer mit Virtuosität führt, greift auch zur Feder, und was sie schreibt, zeigt den Duft der Classizität. Was der Mann anrührt, begründet seinen rasch zunehmenden Ruhm ...« Hyrtls Dank war ergreifend, wiederum in klassischem (er bezeichnete es als Jesuiten-) Latein vorgetragen. Es war seine letzte in der Öffentlichkeit gehaltene Rede.

Zurückgezogen, fast erblindet, betreute Hyrtl bis zuletzt seinen Garten. Eine Erkältung verbannte ihn ins Zimmer. Am 17. Juli 1894 nahm ihn der Tod schmerzlos hinweg.

Hyrtl hat, und das ist seine bis heute nachwirkende Leistung, das Lehrfach »Anatomie« gleichsam lebendig gemacht. Er vernachlässigte im Unterricht bewußt das Detail um der Anschaulichkeit willen (der ihm auch hierin folgende Enkelschüler *Tandler* hielt es ähnlich: »Wer die Körner eines Sandhaufens zählt, leistet Genauigkeit, fördert er auch die Wissenschaft?«). Hyrtl wies, klinische Probleme aufrollend, den Wert anatomischen Wissens und Könnens nach.

Eine Fülle anatomischer Befunde veröffentlichte Hyrtl in den Sitzungsberichten der Akademie der Wissenschaften, darunter auch solche, die für die praktische Medizin von großer Bedeutung sind. Zumindest einige der österreichischen Anatomen fügen daher noch heute derartigen Bildungen Hyrtls Namen bei (Plica nervi laryngei Hyrtl, Canalis musculoperoneus Hyrtl).

Tausende anatomische Präparate hat er uns hinterlassen, fast alle sind in dem nach Bombentreffer entstandenen Brand des Wiener Anatomischen Instituts am 7. Februar 1945 zugrunde gegangen, darunter auch seine berühmte Skelettgruppe nach dem Laokoon, die von Kritikern als effektvoll-makabre Spielerei angesehen wurde. Hyrtl war eben auch ein »technischer« Anatom.

In seiner Festrede zur fünften Säkularfeier der Wiener Universität am 2. August 1865 findet sich seine Analyse der Hohen Schule: »Nicht das System, welches der Staat der Universität vorschreibt, und sei es noch so liberal, nicht die Summen, die er auf dem Altar der Wissenschaft opfert, und seien sie noch so groß, nicht die Menge der Vorlesungen, nicht die Zahl der Studenten, nicht das neue Haus der Universität, und sei es ein Palast mit goldenen Pforten; alles dieses nicht; nur *eine* Macht gibt es, welche den Ruhm und Glanz einer Universität begründen kann, und sie heißt: geistige Individualität der Lehrer.« Ein großer Lehrer solcher Art war Joseph Hyrtl.

## *Ignaz Semmelweis*

VON HEINZ FIDELSBERGER

Die naturwissenschaftliche Medizin nahm ihren Anfang in den fünfziger Jahren des vorigen Jahrhunderts. Man bediente sich anfänglich physikalischer, später chemischer Methoden, um Krankheiten zu diagnostizieren und Heilverfahren zu entwickeln. Die ganze Medizin wurde von Grund auf verändert und nach strengen naturwissenschaftlichen Gesichtspunkten ausgebaut. Innerhalb weniger Jahrzehnte wurden fast alle Infektionskrankheiten dieser Erde ausgerottet, die Lebenserwartung der Menschen nahezu verdoppelt, und damit wurden die Weichen gestellt für die heutige moderne Medizin, die scheinbar keine Grenzen mehr kennt.

*Ignaz Semmelweis* nahm, einsam und auf sich gestellt, in dunklem Drang nach Wahrheit den Kampf für eine naturwissenschaftliche Medizin vorzeitig auf. In einer Zeit, die noch nicht bereit war, die außerordentlichen Veränderungen, die nun einmal Reformen mit sich bringen, zu akzeptieren, kämpfte dieser junge Arzt auf verlorenem Posten. Sein Kampf war unbegreiflich schwer, seine Niederlage muß jeden Menschen zutiefst erschüttern. Als er an einer Wundinfektion in der Wiener Irrenanstalt starb, stellten seine Kollegen, die den Leichnam zu obduzieren hatten, am ausgemergelten Körper die typischen Merkmale schwerster körperlicher Mißhandlungen fest. Der Mann, den das Schicksal bestimmt hatte, Millionen Müttern das Leben zu retten, und der für alle Zeiten den Frauen die Angst vor einer Entbindung genommen hatte, starb in hoffnungslosem Elend, Demütigungen und brutalen Schlägen ausgesetzt. Er starb, ohne die Morgenröte des neuen Zeitalters der Medizin gesehen zu haben.

Bei seiner Geburt am 1. Juli 1818 in Buda (Ungarn) hatte sein Vater, ein Spezereihändler namens Semmelweis, Tokajerwein in Strömen fließen lassen. Und schon bei der Geburt stand es fest, daß dieser außerordentlich kräftige Knabe, dem man bei der Taufe den Namen Ignaz gab, der in seiner Wiege Tag und Nacht schrie, einmal studieren müsse und ein berühmter Mann werden sollte.

Ignaz Semmelweis studierte zunächst im Gymnasium zu Pest, kam dann nach Wien und ließ sich an der juridischen Fakultät einschreiben. Dabei besuchte er aus purer Neugierde auch ein paar Anatomievorlesungen und sattelte schließlich um, weil ihn dieses Studium wesentlich mehr interessierte. Er ging dann wieder für einige Zeit nach Pest, um die ungarische Sprache nicht zu verlernen, und vollendete schließlich das medizinische Studium in Wien. Sechsundzwanzig Jahre war er alt, als er sich für die Geburtshilfe als Spezialfach entschied und als Aspirant in der Klinik von Professor *Klein* aufgenommen wurde.

Klein ließ seine Hebammenschülerinnen an Leichen üben, dann aber an den Gebärenden ihre Arbeit verrichten. Schon vor ihm war man davon abgekommen. Aber dieser seltsame Mann wollte alles, was sein Vorgänger geschaffen hatte, einfach nicht zur Kenntnis nehmen. Und so stieg die Sterblichkeit immer wieder an: 1822 starb von hundert Frauen nur eine Gebärende an Kindbettfieber, nun aber stieg dieser Prozentsatz dauernd an, und in manchen Jahren ging jede zehnte Frau elend zugrunde.

Semmelweis arbeitete mit Fleiß und Ausdauer, wurde bereits 1846 Assistent und machte in diesem Jahr die erste entscheidende Entdeckung: Auf der Klinik Klein starben viele Frauen am Kindbettfieber, auf der eng benachbarten Klinik *Bartsch* aber wesentlich weniger! Also konnte das Kindbettfieber keine Epidemie sein. Man konnte sich dies nicht erklären, da Verpflegung und Wäsche überall gleich waren und alle Untersuchungen keine Resultate brachten. Semmelweis war tief bedrückt, dieses scheinbar unlösbare Geheimnis lastete schwer auf seinem an sich weichen Gemüt.

Als Klein die Rührigkeit und Emsigkeit des Assistenten Semmelweis erkannte, degradierte er ihn zum provisorischen Assistenten. Und der junge Arzt fuhr auf Urlaub, um sein verdüstertes Gemüt aufzuheitern. Am 20. März 1847 nahm Semmelweis seine Tätigkeit wieder auf und erfuhr, daß sein Freund Professor *Kolletschka* an Leichenvergiftung gestorben war. Er hatte sich beim Sezieren mit dem Messer geringfügig verletzt.

Semmelweis nahm Einsicht in das Protokoll über die Leichenöffnung und fand die lang gesuchten Zusammenhänge. Professor Kolletschka war, so sah es aus, gleichsam am Kindbettfieber gestorben. An derselben Krankheit, die täglich junge Frauen das Leben kostete. Leichengift war die Ursache, man übertrug es auf die Wöchnerinnen, man starb, wenn man damit in Berührung kam. Alles war mit einem Male klar: Professor Bartsch ging höchst selten zu Leichenöffnungen, seine Schülerinnen durften nicht an Leichen üben. Semmelweis selbst aber hatte oft den Tod in das Gebärzimmer getragen. Die Erkenntnis war niederschmetternd.

Semmelweis folgerte logisch: Die Hände müßten besser gewaschen werden, das Wasser mit Chlorkalk vermischt — der Apotheker nennt es Chlorina liquida —, und mit dem Eintauchen der Hände in diese Lösung wurde die Antiseptik geboren; der aktive Kampf gegen die Bakterien, gegen das Leichengift war im Gange.

Semmelweis ordnete an, daß alle Personen, die mit den Wöchnerinnen in Berührung kommen, sich die Hände mit der Chlorkalklösung zu waschen haben. Im Mai 1847 starben 12,24 Prozent aller Wöchnerinnen auf der Klinik Klein, im Juni 1847 aber nur mehr 2,58 Prozent. Ein überzeugender Beweis für die Richtigkeit der Erkenntnis des jungen Arztes.

Klein wollte die Entdeckung seines Assistenten nicht zur Kenntnis nehmen, obwohl sich die großen Wiener Ärzte von damals, *Hebra, Skoda* und andere, für Semmelweis entschieden. Viele, die ihre Karriere im Auge hatten, nahmen gegen Semmelweis Stellung; er sprach nicht fehlerfrei deutsch und war lebenslang im Schreiben des Deutschen unsicher. Schließlich war Ungarn seine Heimat. Trotz aller Hemmungen kämpfte er mit größter Energie weiter; im März und im April 1848 starb keine einzige Frau mehr auf der Gebärklinik.

*Skoda* regte eine genaue Untersuchung an, um die Entdeckungen Semmelweis' präzise festzuhalten. Aber Klein hatte seine Verbindungen, und das Unterrichtsministerium — also eine nichtmedizinische Instanz — entschied, daß diese Untersuchung zu unterbleiben habe. Das Professorenkollegium war besiegt, die Unvernunft triumphierte. Klein verlängerte den Dienstvertrag für Semmelweis nicht mehr, und dieser mußte die Klinik verlassen. Sein Protest wurde abgelehnt.

Semmelweis unternahm nun Tierversuche, um seine Erkenntnisse zu beweisen, er hielt Vorträge, setzte sich in vielen Briefen mit Fachleuten auf diesem Gebiet auseinander, sprach in der Gesellschaft der Ärzte und konnte es schließlich doch durchsetzen, daß man seine Waschungen mit Chlorkalklösungen als zweckmäßig ansah.

Semmelweis verließ Wien, da man ihm keine entsprechende Tätigkeit zuweisen wollte, und ging nach Pest. 1855 wurde er Professor an der dortigen geburtshilflichen Klinik, und in seinem ersten Klinikjahr sank die Zahl der Fieberfälle auf 0,19 Prozent. Im selben Jahr starb sein Gegner, Klein in Wien, und überall wurde Semmelweis' Lehre anerkannt. Aber der tägliche Kampf gegen den Unverstand blieb: gegen begriffsstützige Hebammen oder die Verwendung von schmutziger Wäsche. Immer mußte er als Chef selbst um jede Kleinigkeit bemüht sein. Auch war für die Maßnahmen, die er forderte — viel Wäsche, häufiges Waschen — oft zu wenig Geld vorhanden.

1860 erschien sein großes Buch über das Kindbettfieber. 1864 war das Jahr des Triumphes: sein damaliger Hauptgegner, *Spaeth*, anerkannte restlos sein Verdienst, und alles, was Rang und Namen hatte, schloß sich der antiseptischen Lehre an.

Für Ignaz Semmelweis, der einen Heldenkampf geführt hatte, kam der Triumph zu spät. Er war ausgebrannt, innerlich leer, verbraucht und unfähig, an etwas anderes zu denken als an das Kindbettfieber. Er wurde sonderbar, zerstreut und schwankte zwischen Reizbarkeit und Melancholie. Man brachte ihn nach Wien, sperrte ihn in die Irrenanstalt, wo er am 13. August 1865 starb. Todesursache: Er hatte sich am rechten Mittelfinger verletzt, es war zu einer Eiterung gekommen, zur Pyämie — die man damals noch das Kindbettfieber nannte.

## *Theodor Billroth*

VON JÖRN OREMUS

Obwohl *Theodor Billroth* erst in seiner zweiten Lebenshälfte, mit 38 Jahren, nach Wien kam, hat sich hier sein Wirken im Gesamtbereich der Medizin und vor allem als Chirurg voll entfaltet. Geboren wurde er am 26. April 1829 auf der Insel Rügen als erster Sohn des evangelischen Pfarrers von Rheinberg, dessen Familie aus Schweden stammte. Von der Familie seiner Mutter her floß französisches Blut in seinen Adern, eine Mischung, über die er selbst später manche ironische Bemerkung machte. An seinen Vater hatte er keinerlei Erinnerung; dieser war an Lungentuberkulose gestorben, als Billroth erst fünf Jahre alt war. Seine Mutter hatte noch weiteren vier Knaben das Leben geschenkt, die später alle wie sein Vater und dann auch noch seine Mutter an der Lungentuberkulose starben. In Greifswald, wohin die verwaiste Familie übersiedelt war, fand sie Unterstützung des der Familie befreundeten Chirurgen *Wilhelm Baum.* Das Gymnasium interessierte Billroth nicht sonderlich, er neigte zur Musik, und es war sein größter Wunsch, sich ihr ganz widmen zu können. Es ist seiner Mutter zu danken, daß er sich der Medizin zuwandte. In späteren Lebensjahren wußte er den Weitblick seiner Mutter zu schätzen, wie aus seinen Briefen hervorgeht. Die Liebe zur Musik hat er sich bis zu seinem Tod erhalten.

Das Studium der Medizin in Greifswald begann er ohne jede Ambition, er widmete sich mehr der Musik; er komponierte, spielte selbst und besuchte musikalische Veranstaltungen. 1840 wurde Wilhelm Baum, der Freund der Familie, als Professor der Chirurgie an die Universität Göttingen berufen und nahm seinen Schüler mit. Unter dem Einfluß Baums vollzog sich ein allmählicher Wandel zur Wissenschaft und zur Chirurgie. Die Musik vergaß er aber auch hier nicht: voll Freude und Stolz schrieb er seiner Mutter einen schwärmerischen Brief, als die berühmte Sängerin *Jenny Lind* in Göttingen ein Konzert gegeben und er selbst im Orchester mitgespielt hatte.

Der Physiologe *Wagner*, bei dem er ebenfalls arbeitete, nahm ihn 1851 auf eine Studienreise nach Triest mit. Auf dem Weg dahin kam Billroth das erste Mal nach Wien, wo er die Universität besuchte und großen Respekt vor den hier wirkenden Professoren äußerte. In Triest erhielt er die Nachricht vom Tode seiner Mutter. Im Herbst 1851 ging er nach Berlin, um sein Studium zu vollenden. Unter dem Einfluß seines neuen Lehrers *von Langenbeck* wandte sich sein Interesse nun endgültig der Chirurgie zu. Seinem alten Lehrer Baum berichtete er von Langenbeck als einem ausgezeichneten Chirurgen. Insgesamt zeigte er sich jedoch von den Berliner Kliniken nicht sehr beeindruckt. Im Herbst 1852 promovierte er, und im Anschluß daran absolvierte er seinen Militärdienst. Im Frühjahr 1853 beendete er sein Staatsexamen und machte sich auf eine größere Studienreise, die ihn zunächst nach Wien und dann nach Paris führte. Da der Versuch, eine eigene Praxis zu eröffnen, fehlschlug, bewarb er sich an der Klinik Langenbecks, an der gerade eine Assistentenstelle freigeworden war, und wurde aufgenommen. Sein höchster Wunsch war damit, wie er selbst schrieb, in Erfüllung gegangen.

Bevor sein Lehrer Langenbeck an die Chirurgie berufen wurde, war er Dozent für Physiologie und mikroskopische Anatomie; er führte auf der Grundlage dieser beiden Fächer die Chirurgie in Deutschland aus ihrer, international gesehen, unbedeutenden Rolle zu erster Blüte. Es genügte Langenbeck keineswegs, nur zu operieren, sondern er forschte nach den Ursachen der Erkrankungen und nach neuen Möglichkeiten der Heilung. Nach diesen Grundsätzen beschäftigte er auch Billroth damit, die Geschwülste und operativ gewonnenen Präparate genauestens unter dem Mikroskop zu erforschen, um die Ursache ihres Entstehens (eine Frage, die bis heute noch nicht geklärt ist) und vor allem die Herkunft dem Gewebe nach zu klären (was bis heute vollkommen gelungen ist). Die gewonnenen Erkenntnisse veröffentlichte Billroth. Im Jahr 1856 wurde ihm die Anerkennung für seine Arbeiten mit dem Erwerb der Dozentur für Chirurgie und pathologische Anatomie zuteil. Seine *Geschichte der Behandlung von Schußwunden* fand über Fachkreise hinaus Anklang.

Neben dem großen Anatomen und Pathologen *Virchow* aus Würzburg wurde Billroth als zweiter Kandidat für die Berufung nach Berlin nominiert, dann aber abgelehnt, als man die politischen Bedenken gegen Virchow an höchster Stelle fallenließ. Billroth faßte dies als Bestätigung dafür auf, daß er doch lieber bei der Tätigkeit als Chirurg bleiben sollte. Eine Berufung 1858 als Professor für Pathologie nach Greifswald lehnte er aus diesem Grunde ab.

Billroth heiratete am 20. August 1857 *Christel Michaelis*, die Tochter des damals schon verstorbenen Hofarztes. In der Folge erhielt er seinen Vertrag als Assistent Jahr um Jahr verlängert, bis ihn im Frühjahr 1860 die Berufung als Professor für Chirurgie nach Zürich erreichte, wo er am 1. April zu arbeiten begann.

Die Unterteilung der Fächer der Medizin, die auf die Berufung der holländischen Ärzte *van Swieten* und *de Haen* durch *Kaiserin Maria Theresia* nach Wien zurückgeht, war in Zürich praktisch noch nicht durchgeführt. Deshalb setzte sich Billroth dafür ein, daß *Horner*, der die Augenkrankheiten bis dahin schon betreut hatte, eine eigene Lehrkanzel für dieses Fach erhielt, und separierte es somit von der Chirurgie. Ebenso wurde auf seine Anregung eine Lehrkanzel für pathologische Anatomie errichtet und der Pathologe *Rindfleisch* damit betraut. An seiner eigenen Abteilung führte er zahlreiche bauliche Veränderungen durch, die in ihrer Art der Zeit weit voraus waren und heute noch Geltung im Spitalsbau besitzen. Er vereinigte konsequent die bis dahin noch immer weitläufig getrennte Methode von Theorie und Praxis, in deren getrenntem Bestehen er nur Wege zu »unfruchtbarer Spekulation« und zu »handwerksmäßiger Routine« sah.

In Zürich beschäftigte sich Billroth zunächst mit dem Charakter des Fiebers, welches nach Operationen häufig auftrat. Er kam zu dem Ergebnis, daß eine normale Wundheilung kein Fieber verursacht, eher von außen wirkende Entzündungserreger organischer Natur als Ursache anzunehmen seien. Als Konsequenz daraus wurde zunächst bei jedem Kranken und erst recht bei jedem Operierten täglich mehrmals die Körpertemperatur gemessen; ein Verfahren, das heute jedem Laien selbstverständlich erscheint. Da er die Träger jener Erreger in äußeren Umständen, mit denen die Kranken in Berührung kamen, vermutete, sorgte er für peinlichste Reinlichkeit und Lüftung der Zimmer; er ließ die Kalkwände mit Ölfarbe bestreichen, um sie abwaschbar zu machen. *Semmelweis*, der ähnliche Gedanken in Wien entwickelte, konnte sich damit nicht durchsetzen. Auch Billroth begegnete dem Widerstand in Gestalt des Professors *Henle*, der selbst als Histologe sich große Verdienste in der Erforschung der Niere erworben hatte, der aber Billroths Arbeiten auf histologischem Gebiet glatt und ohne jede wissenschaftliche Begründung ablehnte. Billroth selbst verhielt sich in ähnlichen Situationen wesentlich aufgeschlossener und prüfte die Erkenntnisse anderer sorgfältig. Er hat später die antiseptische Wundbehandlung des Engländers *Lister*, die seiner eigenen offenen Wundbehandlung weit überlegen war, übernommen. Seine Ansichten über Chirurgie sammelte Billroth in dem Werk *Allgemeine chirurgische Pathologie* in 50 Vorlesungen, was bei weitem mehr war als eine Studienhilfe für seine Studenten; es sollte vielmehr, nach seinem eigenen Willen,

»Freude und Teilnahme für die herrliche Kunst und Wissenschaft der Chirurgie« erwecken. Es wurde in zahlreiche Sprachen übersetzt und gibt beredte Auskunft über die geistige Größe Billroths. Ein weiteres Werk scheint aber wegen des für die damalige Zeit revolutionären Charakters noch erwähnenswerter: *Chirurgische Erfahrungen.* Es ist eine Sammlung aller Fälle der Jahre 1860 bis 1867 (insgesamt etwa 4000), die er auch nach der Entlassung von seiner Abteilung zumindest bis zum Jahre 1876 weiter verfolgte. Die damalige Praxis beschränkte sich meist darauf, mit Erfolgen an die Öffentlichkeit zu treten, die Mißerfolge aber ängstlich zu verschweigen. Anders Billroth, dem daran gelegen war, Mißerfolge zu benützen, um auch andere anzuregen, weiter zu suchen und zu forschen. Nach diesem Werk Billroths trat eine Änderung der Gesinnung bei vielen seiner Zeitgenossen und ihrer Schüler ein, und es wurden und werden heute noch alle Fälle wahrheitsgemäß statistisch der Öffentlichkeit zugänglich gemacht.

Billroth musikalisch nicht zu gefallen, bedeutete, in Zürich nicht anzukommen, da er mit gefürchteter Feder Kritiken für die »Neue Züricher Zeitung« verfaßte. Dieses Steckenpferd pflegte er dann auch noch in Wien. Im Winter 1866 erkrankten seine drei Kinder — ein Bub und zwei Mädchen — an Scharlach, dem der Bub erlag. Mitten in seiner Quarantänezeit wegen des Scharlachs erreichte ihn zum erstenmal die Frage der Professur in Wien. Für Billroth war es zunächst unvorstellbar, daß man in Wien nach dem preußisch-österreichischen Krieg gerade einen Preußen an die Chirurgische Klinik holen wollte. Doch am 12. Mai 1867 erreichte ihn die offizielle kaiserliche Ernennung zum Professor der Chirurgie und Direktor des Operateurinstitutes in Wien.

Überglücklich fuhr Billroth nach Wien, die Stadt, in der er die Hochburg der Wissenschaften und der Musik sah, die Stadt *Beethovens* und seiner Freunde *Brahms* und *Hanslicks.* Auch auf dem Gebiet der Chirurgie hatte Billroth bereits Freunde, allerdings auch Gegner, wie er gleich zu Beginn und dann immer wieder erfahren sollte. Als Billroth eintraf, gab es zwei chirurgische Kliniken an der Unversität. 1842 hatte man neben der I. Chirurgischen Klinik auf Grund der Verdienste *Franz Schuhs* die zweite Klinik provisorisch gegründet und ihr ebenso wie der ersten ein Operateurinstitut zur praktischen Ausbildung der Chirurgen angeschlossen. Schuh war der erste, der die Gesamtausbildung der Medizin absolviert hatte und sich dann erst der Chirurgie zuwandte, wodurch es ihm gelang, die Chirurgie in den Rang einer Wissenschaft zu erheben, die von der übrigen medizinischen Welt geachtet und respektiert wurde. Bis dahin und zuweilen auch noch später, wurden die Chirurgen einzig in theoretischer und praktischer Chirurgie und am Operateurinstitut unterrichtet und zu Doctores chirurgie ausgebildet, denen die übrige Fachwelt nicht viel Vertrauen entgegenbrachte. Schuh starb 1865, und Billroth, der seine Nachfolge antrat, vergaß nicht, seine Verdienste in seiner Antrittsrede zu würdigen. An der I. Chirurgischen Klinik war *Dumreicher*

Professor, der noch mehr der alten Tradition anhing. Dann gab es noch eine dritte Lehrkanzel, und zwar an der Josephinischen Akademie mit hauptsächlich militärchirurgischem Aspekt, die damals von *Pitha* geführt wurde, der 1857 von Prag nach Wien berufen worden war. Mit Pitha verband Billroth eine enge kollegiale Freundschaft. Pitha hatte in Prag, ganz wie Billroth in Zürich, Reformen durchgeführt, etwa die pathologische Anatomie als Grundlage für die Chirurgie verlangt, ebenso wie die neuesten chemischen und mikroskopischen Untersuchungsmethoden.

Gemeinsam gaben *Billroth* und *Pitha* 1870 ein *Handbuch der allgemeinen und spezifischen Chirurgie* heraus, welches die Grundlage für die später erscheinende *Deutsche Chirurgie* wurde. Dumreicher aber war von Anfang an gegen den Schüler Langenbecks eingestellt, nicht zuletzt deshalb, weil er eine heftige Kontroverse mit Langenbeck über die Behandlungsmethode von Kriegsverletzungen gehabt hatte. Mit den »neuen Methoden«, wie der Narkose (mit Äther, die Schuh in Wien eingeführt hatte) und mit der von Lister (England) propagierten Methode der antiseptischen Wundbehandlung mit Karbolsäure, wußte er nicht viel anzufangen.

Billroth fand hier jedenfalls nicht jene ihn mit offenen Armen empfangende Kollegenschaft vor, wie er sie von Zürich her kannte. Zuerst versuchte er, die Klinik baulich zu verändern und sie auf den neuesten Stand bringen zu lassen; er schmiedete Pläne mit *Gottfried Semper* und später mit *Gruber*, es wurden ihm sogar Zusagen vom Unterrichtsministerium gemacht, aber die Durchführung wurde immer wieder hintertrieben.

Intern führte er sofort die ständige routinemäßige Kontrolle der Körpertemperatur ein und setzte seine Forschungen über die Wundinfektion fort. Mit der Listerschen Antisepsis setzte er sich kritisch auseinander; als Anhänger der offenen Wundbehandlung stand er ihr zunächst skeptisch, aber keineswegs ablehnend gegenüber. Dann aber führte er sie doch an seiner Klinik ein und gab gleichzeitig seine Beobachtungen in *Versuch einer wissenschaftlichen Kritik der verschiedenen Methoden der antiseptischen Wundbehandlung* heraus. Die Feststellung von Vergiftungen durch Karbolsäure ließen ihn nach anderen Chemikalien suchen. Als ein Patient, dem er nach einer Kniegelenkspunktion Karbolsäure in das Gelenk injizierte, kurz darauf starb, verbot er die weitere Verwendung dieses Mittels an seiner Klinik. Er fand in Thymol zunächst einen vielversprechenden Ersatz, auch hatte er bei der Öffnung der Bauchhöhle unter Thymolspray (früher Karbolspray) gute Erfolge, später führte er noch das Jodoform in der antiseptischen Behandlung ein, die Methode der Asepsis hatte aber bereits ihren Siegeszug angetreten und beendete die weitere Suche (1890).

Als 1870 der Krieg Preußens gegen Frankreich ausbrach, bat er um Freistellung von der Universität, um sich auf eigene Kosten zusammen mit seinem Schüler *Czerny* der Verwundetenbetreuung widmen zu können. Seine Berichte erschienen ein Jahr später in den *Chirurgischen Briefen.*

Die Professores medicinae kritisierte Billroth äußerst scharf, er hielt sie für »Egoisten und Epikuräer, die die Klinik so lassen wie vor hundert Jahren und nur um sich selbst und ihren Verdienst besorgt sind, ohne Ehrgeiz und Idealismus«. Sicher meinte er damit auch seinen Nachbarn *Dumreicher*, dessen Schüler *Albert* und *Stifter* 1871, wohl auf dessen Antreiben und ganz in seinem Sinne, die *Untersuchungen über das Wundfieber* herausgaben, in denen sie Billroths Theorie widersprechen. 1872 erwiderte Billroth ihnen mit den *Neuen Beobachtungsstudien über das Wundfieber*, in denen er sie wiederum widerlegen konnte.

Auf dem Gebiet der Chirurgie begaben sich nun er und seine Schüler auf absolutes Neuland und bereiteten in zahlreichen tierexperimentellen Versuchen und exakten Studien der anatomischen Verhältnisse und der physiologischen Bedingungen neue Operationsmethoden vor, um die von bösartigen Tumoren verschlossenen Passagen des Magen-Darm-Traktes wieder freizubekommen. So entfernte Billroth am Hund ein eineinhalb Zoll langes Stück der Speiseröhre und bewies, daß eine Einheilung durchaus möglich war, ohne daß es im Bereich der Narbe zu einem Verschluß kommen mußte, wie man allgemein angenommen hatte. Am Menschen hat Billroth diese Operation allerdings nicht ausgeführt; es war sein Schüler *Czerny*, dem diese Operation 1877 gelang.

1872 erreichte Billroth der Ruf an die neue Deutsche Universität in Straßburg, und obwohl er dort vollkommen neue Verhältnisse und damit die Möglichkeit vorgefunden hätte, a priori alles nach seinem Gutdünken zu gestalten, lehnte er ab. Er war trotz aller Schwierigkeiten in Wien längst ein Wiener geworden, er hatte Wurzeln geschlagen und fühlte sich bei diesem den Musen so überaus aufgeschlossenen Volk glücklich und zu Hause. Auch als ihn zehn Jahre später, nach dem Abgang seines Lehrers Langenbeck, die Berufung nach Berlin erreichte, lehnte er nach langer Überlegung ab, obwohl er noch in Zürich in wissenschaftlicher Hinsicht Berlin etwas vor Wien eingeschätzt hatte.

1873 konnte er als Ergebnis umfangreicher Vorarbeiten den ganzen Kehlkopf entfernen, eine Tat, die die gesamte medizinische Fachwelt aufhorchen ließ. 1876 versuchte er, wie in Zürich, erneut das Unterrichtswesen überhaupt zu verändern, und gab sein Buch *Über das Lehren und Lernen der medizinischen Wissenschaften* heraus, worüber heftige Auseinandersetzungen bis hinauf in Regierungskreise geführt wurden, und nicht zuletzt wetterte natürlich Dumreicher dagegen. 1878 erschien das Sammelwerk *Chirurgische Klinik*, in dem er die *Chirurgischen Erfahrungen* der Jahre 1860 bis 1867 in Zürich, bis zum Jahre 1876 in Wien erweitert, herausgab. Er führte in diesem Jahr auch die erste partielle Kehlkopfresektion durch, doch fand er dabei keine guten Möglichkeiten einer Prothesenbildung, um dem Patienten weiterhin das Sprechen zu ermöglichen. Als nächstes Ziel bereitete Billroth die Resektion des Magens vor. Er hatte nie die Absicht, durch irgendwelche chirurgischen Glanzstücke auf sich aufmerksam zu machen, sondern er wollte methodisch Wege zu Standardoperationen finden, die nach ihm auch alle anderen Chirurgen durchzuführen imstande sein sollten.

Nach Leistung der von ihm geforderten Vorarbeiten, die wieder größtenteils von seinen Schülern gemacht worden waren, führte er am 29. Jänner 1881 die erste Magenresektion aus, entfernte dabei eine krebsige Geschwulst am Magenausgang und ermöglichte so der Patientin, die die Operation glänzend überstand, wieder Nahrung zu sich zu nehmen. In weiterer Folge wurden dann an seiner Klinik bis 1890 noch 124 Resektionen durchgeführt. Diese Operation und die von ihm selbst durchgeführte Variante 1885 machten ihn weltbekannt und sind als B I und B II in die Geschichte eingegangen. Vor allem der B II wird als Standardoperation an den chirurgischen Abteilungen bis heute noch durchgeführt; der Indikationsbereich ist allerdings viel größer geworden.

1881 widmete er der Ausbildung des Krankenpflegepersonals das Buch *Krankenpflege im Hause und im Hospitale.* Es sollte zur Aufbesserung der finanziellen Mittel des von ihm gegründeten »Rudolfinervereins« beitragen, der den Zweck verfolgte, ein eigenes Spital als Ausbildungsstätte für Schwestern und Pfleger zu errichten. Dank großzügiger Unterstützung seiner Kollegen und des Kronprinzen Rudolf konnte Billroth 1882 das erste Haus eröffnen.

1888 wurde Billroth auf Grund seiner Verdienste zum Abgeordneten des Herrenhauses ernannt, war aber von dem dort gesprochenen »Blech« nicht sehr erbaut. Zur damals von offizieller Seite ins Auge gefaßten Studienreform meinte er, daß tüchtige Ärzte nur an den Kliniken selbst ausgebildet werden könnten, an anderen Spitälern würden sie sich nur verschlechtern. Interessant war sein Vorschlag für eine Art Gesundheitsdienst, in dem Ärzte, als Beamte eingesetzt, auch in entlegenen Gebieten tätig sein könnten, in die sie ohne fixe Bezahlung nie gehen würden. Als Vorbild nannte er die französische Einrichtung des officier de santé. 1892 feierte er sein 25jähriges Jubiläum in Wien und sein 40jähriges als Arzt und begann sich von der klinischen Arbeit immer mehr zurückzuziehen, was ihn aber nicht abhielt, auf anderen Gebieten weiterzuwirken. Im Jahre 1893 konnte er ein eigenes Haus für die Gesellschaft der Ärzte eröffnen, deren Präsident er war. Die Errichtung von Ärztekammern als Vertretung aller Ärzte regte er an.

Seit 1887 litt er an einem Herzschaden. Er reiste zur Erholung nach Abbazia, wo er am 6. Februar 1894 starb. Zurück ließ er eine Schule hervorragender Chirurgen, die sein Werk fortsetzten und den Ruhm der österreichischen Chirurgie in die ganze Welt trugen.

## *Ernst Mach*

VON ULRICH SCHÖNDORFER

*Ernst Mach* verdankt die Physik eine Fülle neuer Erkenntnisse auf den Gebieten der Mechanik, der Thermodynamik, der Akustik und Optik, aber auch weiterführende wissenschaftstheoretische Arbeiten über die Grundbegriffe dieser Wissenschaften. Auf dem Gebiet der Philosophie bezeichnete sich Mach selbst als einen Spaziergänger, einen Sonntagsjäger und betonte immer wieder, daß es keine Machsche Philosophie gebe, »sondern höchstens eine naturwissenschaftliche Methoden- und Erkenntnislehre Machs, und daß beide nur vorläufige, unvollkommene Versuche seien«.

Man mag dieser Machs Bescheidenheit kennzeichnenden Beurteilung seines philosophischen Bemühens zustimmen oder nicht, Tatsache aber ist, daß manche der erkenntnis- und wissenschaftstheoretischen Anschauungen Machs auf die Philosophie unseres Jahrhunderts bis zur Gegenwart bedeutenden Einfluß ausübten.

Ernst Mach, der am 18. Februar 1838 in Turas in Mähren als Kind hochbegabter und ideal veranlagter Eltern zur Welt kam, habilitierte sich schon 1861 an der Universität Wien für Physik und erhielt bereits 1864 eine ordentliche Professur für Mathematik an der Universität Graz, die er aber 1865 mit der dortigen Lehrkanzel für Physik vertauschte. In den Jahren von 1859 bis 1865 hatte er schon zwanzig Spezialuntersuchungen auf dem Gebiet der Elektrodynamik, der Akustik und Optik in den Sitzungsberichten der Österreichischen Akademie der Wissenschaften und in führenden wissenschaftlichen Zeitschriften veröffentlicht. 1867 wurde er an die Lehrkanzel für Experimentalphysik an der Universität Prag berufen, an der er bis 1895 lehrte. Unter den fast hundert bedeutsamen wissenschaftlichen Arbeiten der Prager Zeit befinden sich auch bereits grundlegende physiologische Untersuchungen und die beiden Hauptwerke: *Die Mechanik, in ihrer Entwicklung historisch-kritisch dargestellt* (Leipzig 1883) und die *Analyse der Empfindungen und das Verhältnis vom Physischen zum Psychischen* (Jena 1885). In dieser Zeit begann sich Mach der Kritik der physikalischen Grundbegriffe und erkenntnistheoretischen Problemen zuzuwenden.

Er folgte daher 1895 gerne der Berufung an die neugeschaffene Lehrkanzel für Philosophie mit besonderer Berücksichtigung der Geschichte und Theorie der induktiven Wissenschaften an der Universität Wien, an der er bis 1901 wirkte. In diesem Jahr zwangen ihn die Folgen eines 1898 erlittenen Schlaganfalles, in den Ruhestand zu treten. Von den in diesen Jahren erschienenen Arbeiten sei nur noch das grundlegende Werk *Die Prinzipien der Wärmelehre, historisch-kritisch entwickelt* (Leipzig 1896) erwähnt.

*Theodor Billroth gemeinsam mit Friedrich Salzer, Leopold von Dittel, Anton Eiselsberg u. a. bei einer Operation im Hörsaal; Gemälde von Adalbert Franz Seligmann, 1890*

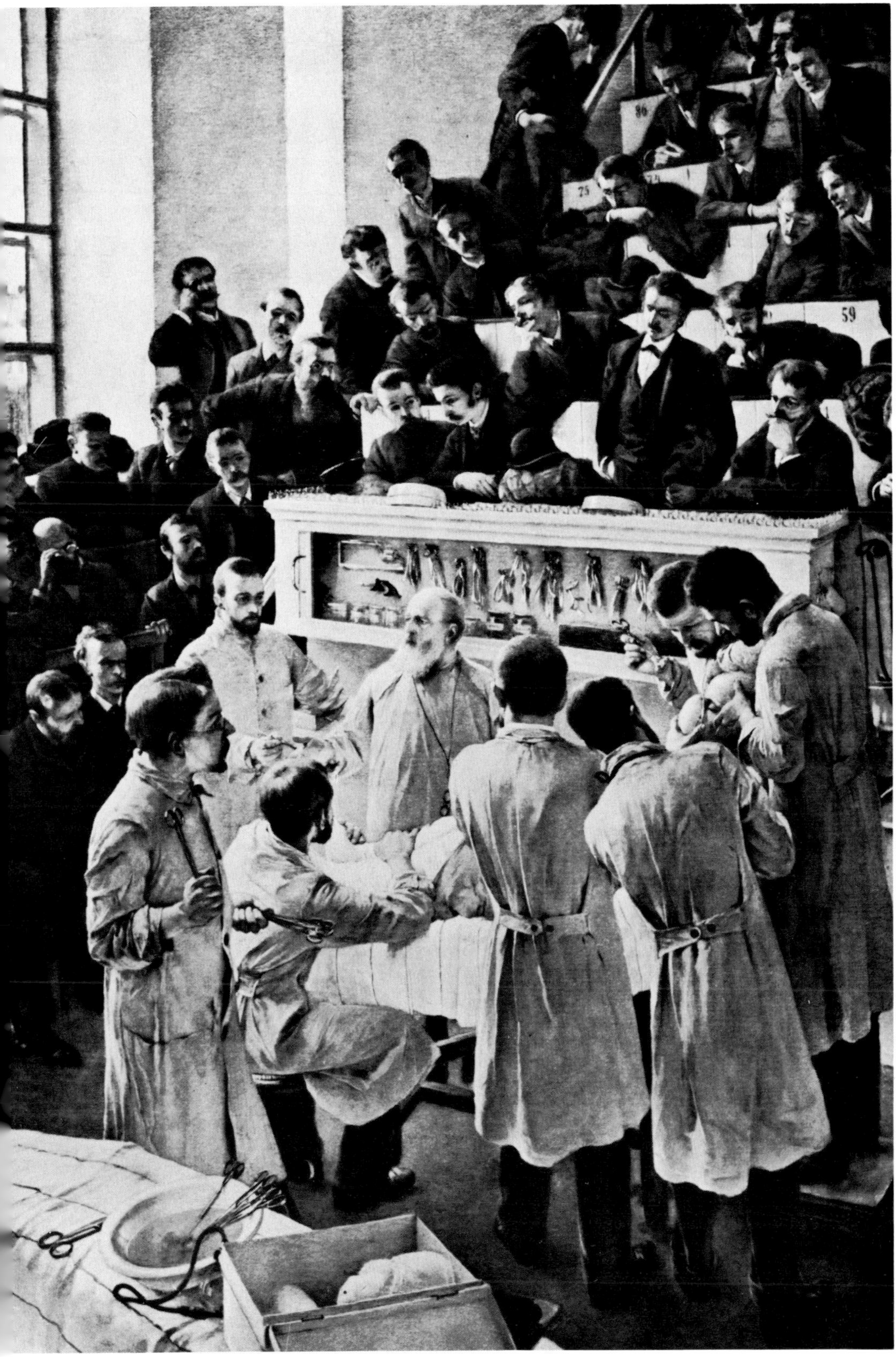
86
75
59

*Ignaz Semmelweis;*
*anonyme Lithographie*

*Theodor Billroth;*
*Lithographie nach eigener Zeichnung von Rudolf Fe*

*Karl von Rokitansky; Ölgemälde von Hans Schachinger nach einem Bild von Heinrich G. Mayer*

*Joseph Hyrtl*

*odor von Oppolzer; Foto Engel*

*Josef Skoda; Foto E. Schultz*

*mann Nothnagel*

*Ludwig Boltzmann;*
*Lithographie von Rudolf Fenzl, 1898*

Von 1901 an lebte der Forscher, immer noch arbeitend, zurückgezogen, zuerst in der Umgebung Wiens, später im Heim seines Sohnes in Vaterstetten bei München, wo er am 19. Februar 1916, einen Tag nach seinem 78. Geburtstag, nach einer Zeit schweren Leidens, das er mit bewundernswerter Tapferkeit ertragen hatte, gestorben ist.

Früh stellte sich Mach die Frage nach Eigenart und Voraussetzungen der physikalischen Erkenntnis, schon seine Notizen und Aufzeichnungen aus der Zeit vor 1883 berichten von seinem Ringen um die Klärung dieser grundlegenden erkenntnistheoretischen Fragen. Physik war Mach die Wissenschaft der denkenden Bearbeitung unserer Erkenntnis der Außenwelt. Ihr Bemühen entsprang nach seiner Überzeugung der notwendigen Anpassung des Menschen an seine Umwelt.

Die Außenwelt aber wird dem Menschen nach Mach durch seine Sinnesempfindungen vermittelt, ihre Gegebenheiten erlebt der Mensch als Verbindungen und Beziehungen dieser Empfindungen.

Mit der Psychologie seiner Zeit hielt Mach die Sinnesempfindungen für die Grundelemente unseres Erlebens der Welt. Auch der eigene Körper war ihm nur ein besonderer Komplex dieser Empfindungen. Die spätere psychologische Entwicklung erwies sehr bald die Unhaltbarkeit dieser Anschauungen.

Aus dem Aspekt der Anpassung hat Mach auch die grundlegenden Prinzipien seiner Erkenntnislehre abgeleitet: das Ökonomieprinzip und die Zurückführung aller Erkenntnisse auf Sinnesempfindungen. Aber er hielt nicht dogmatisch an diesen Prinzipien fest, schon im Jänner 1881 schrieb er: »Keines (von diesen Prinzipien) hat Garantie ewigen Bestandes. Jedes kann einem neuen weichen. Keines ist absolut.«

Machs Erkenntnisauffassung war primär vom Entwicklungsgedanken bestimmt. Die Entfaltung des menschlichen Denkens hielt er für eine bestimmte Phase der Entwicklung des Lebens. Denken und wissenschaftliches Erkennen betrachtet er als Lebensprozesse. Daher sind seiner Meinung nach auch für wissenschaftliches Erkennen instinktive im Dienst des Lebens gefundene Einsichten grundlegend. Sie allein besitzen zwingende Überzeugungskraft.

Auch die grundlegenden Denkformen und die einzelwissenschaftlichen Axiome entspringen nach Mach instinktivem Erkennen, das er manchmal erste Erfahrung nannte. Auch unser kausales Denken ruht seiner Meinung nach auf solch instinktiver Erfahrung. Die eigene Erfahrung des einzelnen Menschen könnte gar nicht die überwältigende Kraft besitzen, die uns zwingt, alles Geschehene in kausalen Zusammenhängen zu sehen.

Mit *Spencer* und *Haeckel* war Mach überzeugt, daß unsere Denkformen, daß die Axiome der Wissenschaften Ergebnis der Erfahrungen unzähliger Generationen der menschlichen Entwicklung seien.

*Georg Coch, Herme vor dem Gebäude der Österreichischen Postsparkasse, Wien, Hans Scherpe, 1913*

Auch die Ökonomie unseres Denkens, die Tendenz, mit einem Minimum an Voraussetzungen ein Maximum an Erkenntnis zu gewinnen, ist Mach ein Ergebnis der Erkenntnisentwicklung der Menschheit, ein Produkt höherer biologischer Anpassung an die an den Menschen gestellten Anforderungen.

Wissenschaftliche Erkenntnis hielt Mach, wie sein philosophischer Freund, *Richard Avenarius,* für durch Erfahrung und Denken gewonnene Einsicht in die Ordnung der Wirklichkeit.

Neben seiner empirischen Grundhaltung war die biologisch-ökonomische Erkenntnisauffassung das stärkste Motiv für Machs Ablehnung aller Metaphysik. Er hielt alles, was sich direkter Beobachtung entzieht, für überflüssige, unkontrollierbare Spekulation, die schon um der Ökonomie der Erkenntnis willen aus dem Bereich der Wissenschaft verbannt werden müsse. Diese Ökonomie verlangt nach ihm auch die Überwindung des Substanzdenkens und die Ergänzung der kausalen durch die funktionale Betrachtung.

Die Hauptaufgabe aller Wissenschaft sah Mach in der sachentsprechenden Beschreibung der in der Erfahrung gegebenen Tatsachen und Ordnungszüge ihrer Bereiche.

Die Forderung, daß Wissenschaft auch die Tatsachen und ihre Zusammenhänge zu erklären habe, lehnte Mach ab. Erklärung hielt er nur als eine besonders klare Form von Beschreibung für zulässig. Auch in den Naturgesetzen sah er nur Beschreibungen von hoher zusammenfassender Ökonomie. Den Wert wissenschaftlicher Theorie maß er an der ökonomischen Zusammenfassung von Tatsachen und ihren Zusammenhängen und in ihrer Fruchtbarkeit für die Erweiterung des Wissens. Doch war ihm diese Funktion mit der Gefahr verbunden, daß Theorien leicht über die Erfahrung hinausgreifen und sich in unsicheren Annahmen verlieren.

Mach wußte aber auch um die Problematik wissenschaftlicher Tatsachenerfassung und Beschreibung, wußte, daß die in ihr verwendeten Begriffe zeitbedingt und veränderlich sind. Er erkannte, daß in der wissenschaftlichen Entwicklung eine ständige Umbildung von Begriffen, Hypothesen, Modellen und Theorien stattfindet, durch die sich seiner Meinung nach eine immer bessere Anpassung der Beschreibung an die Tatsachen ergibt. Er glaubte, daß auch die wissenschaftliche Entwicklung ähnlichen Gesetzen unterliege, wie sie *Darwin* für die Entwicklung der Lebensformen gefunden hatte. Auch wissenschaftliche Erkenntnisse keimen, reifen, entfalten und wandeln sich. Auch sie kämpfen wie Lebewesen miteinander, wenige bleiben siegreich, breiten sich aus und bringen eine Fülle neuer Einsichten hervor.

Als besonders einprägsames Beispiel der Entwicklung wissenschaftlichen Denkens führte Mach oft die sich wandelnden Lichttheorien an. Neue Entdeckungen zwangen die Physiker immer wieder, ihre Anschauungen und Theorien über das Licht zu verändern und zu verbessern.

Die grundlegenden Axiome aller Wissenschaften ruhen nach Mach auf letzten Grunderfahrungen. Aber auch diese sind nach ihm der Entwicklung unterworfen; mit ihnen ändern sich auch die Systeme der einzelwissenschaftlichen Axiome. Auch Mathematik und Geometrie waren für Mach Erfahrungswissenschaften, Physik der Größen und des Raumes. Auch ihre Axiome entstammen der Erfahrung.

Was aber hielt Mach für die letzten Elemente aller Wirklichkeit? Es waren die Erlebnisse, die die damalige Psychologie Sinnesempfindungen nannte und aus denen sie die Wahrnehmungen, ja alles Erleben aufbauen zu können glaubte. Diese Empfindungen und ihre Eigenschaften waren ihm letzte Gegebenheiten. Auch die Körper aller materiellen Gebilde waren ihm letztlich nur Empfindungskomplexe von gewisser Beständigkeit.

Auf die Problematik dieser Erkenntnisauffassung und ihrer Voraussetzungen braucht heute nicht mehr hingewiesen werden. Ihre Unhaltbarkeit trat schon um die Jahrhundertwende zutage.

Mach hatte seine einseitig biologisch-evolutionistische Erkenntnisauffassung zu einer Hypostasierung zeitbedingter psychologischer Anschauungen geführt, obwohl er ansonsten Hypostasierungen mit Recht als unwissenschaftlich immer bekämpfte.

Aber all das war nicht sein eigentliches Anliegen. Er wollte nicht systematischer Philosoph sein, er wollte nur induktiv die Grundlagen physikalischer Erkenntnis bestimmen. Er sah deutlich die Aufgaben einer Theorie naturwissenschaftlicher Erkenntnis, aber er wollte sie von einseitig biologisch-evolutionistischen Voraussetzungen aus, die er unkritisch übernahm, bewältigen. Das mußte mißlingen. Das mindert aber nicht die Größe seines Strebens, die Fülle der fruchtbaren Anregungen, die von ihm ausgingen und die bis in die Gegenwart weiterwirken.

Diese Größe, diese Gesinnung, die unserer Zeit primitiver Dogmatisierung wissenschaftlicher Erkenntnis so bitter not tut, spricht zu uns aus seinen großen physikalischen Werken. Ihre wissenschaftstheoretischen Überlegungen harren auch heute noch vielfach der Auswertung. Sie weisen in die Tiefe seines Denkens und viel weiter in die Zukunft als die zeitbedingten Anschauungen seiner philosophischen Schriften.

## *Ludwig Boltzmann*

VON LEO JAHN-DIETRICHSTEIN

Unter den theoretischen Physikern des 19. Jahrhunderts kommt nur *James Clerk Maxwell* an die Bedeutung *Ludwig Boltzmanns* heran, der dessen Theorie der Elektrizität und des Lichtes in Mitteleuropa bekanntmachte, ausbaute und verallgemeinerte. Alle deutschsprachigen Physiker der Jahrhundertwende lernten Maxwells Theorie durch Boltzmanns Schriften kennen. Die Krönung seines Werkes aber war die *Einführung der statistischen Mechanik* auf dem Boden der Atomistik und die damit verbundene *Erklärung der Entropie.* Seine Theorie wurde zu einem Hauptpfeiler der modernen Physik.

Ludwig Boltzmann wurde am 20. Februar 1844 in Wien als Sohn eines k. u. k. Finanzbeamten geboren. Sein Großvater, ein Uhrenfabrikant, war aus Berlin zugezogen. Die Mutter stammte aus Salzburg. Das äußere Leben Boltzmanns verlief sehr ruhig, er hatte das Glück, aus gesicherten materiellen Verhältnissen zu stammen, im Elternhaus Verständnis und Rückhalt zu finden, so konnte er sich von Jugend an der Wissenschaft widmen.

Die Familie übersiedelte bald nach Wels und später nach Linz, wo Ludwig die Mittelschule besuchte. Er war ein sehr ehrgeiziger und fleißiger Schüler, in seiner Klasse immer der Erste. Später beklagte er diesen Ehrgeiz. Er schrieb seine starke Kurzsichtigkeit, die ihn arg behinderte, dem vielen Arbeiten bei Kerzenlicht zu. Schon im Gymnasium traten sein besonderer Hang und seine Vorliebe für die Naturwissenschaft hervor. 1863 maturierte er am Linzer Gymnasium und begann mit dem Studium der Mathematik und der Physik an der Wiener Universität bei *Petzval, von Ettinghausen* und vor allem bei dem von ihm sehr geliebten und verehrten *Josef Stefan* (1835 bis 1894), der ihn ganz besonders förderte.

Das Physikalische Institut war damals in Erdberg, und unter seinem Direktor Stefan beschäftigten sich die Physiker mit den neuen Theorien des Schotten James Clerk Maxwell. In Wien war nach 1848 das erste physikalische Hochschullaboratorium durch *Christian Doppler* (1803—1853) gegründet worden, das unter Stefan zu einer bedeutenden Forschungsstätte wurde. Damit war Österreich anderen Ländern weit voraus. Erst viel später, 1871 bis 1877, hat Maxwell das Cavendish-Laboratorium als erstes physikalisches Laboratorium einer britischen Hochschule geplant und errichtet.

Boltzmanns Studium fiel also in eine erregende Arbeitsatmosphäre. Er selbst sagt über Stefans Verhalten: »Als ich in vertrauten Umgang mit Stefan trat, war sein erstes, daß er mir Maxwells Abhandlungen in die Hand gab, und da ich damals kein Wort Englisch verstand, noch eine englische Grammatik dazu; ein Lexikon hatte ich von meinem Vater überkommen.«

1866 wurde Boltzmann zum Doktor der Philosophie promoviert, ein Jahr später habilitierte er sich als Privatdozent und wurde Assistent Stefans.

Vom Institut in Erdberg schreibt er später: »... ja, Erdberg blieb mir mein ganzes Leben hindurch das Symbol ernster, durchsichtiger experimenteller Tätigkeit. Als es mir in Graz gelungen war, in das dortige physikalische Institut einiges Leben zu bringen, nannte ich dasselbe scherzweise Klein-Erdberg ... Noch in München, als die jungen Doktoranden zu mir kamen und gern gearbeitet hätten, nur wußten sie nicht, was?, dachte ich: da waren wir in Erdberg doch andere Leute. Heute stehen die schönsten Apparate herum, und man denkt nach, was man damit anfangen könne. Wir hatten immer genug Ideen; unsere Sorge war nur, woher die Apparate nehmen.«

1869, im Alter von 25 Jahren, wurde Boltzmann ordentlicher Professor für mathematische Physik in Graz. Seine Urlaube in den Jahren 1870 und 1871 benutzte er, um bei *Bunsen* und dem Mathematiker *Königsberger* in Heidelberg und bei *Kirchhoff* und *Helmholtz* in Berlin zu arbeiten. 1873 ging er als Ordinarius für Mathematik nach Wien, drei Jahre später wieder nach Graz zurück, diesmal als Professor für Experimentalphysik. In Graz blieb er 14 Jahre, eine für ihn sehr glückliche Zeit. Kurz nach seiner Berufung heiratete er die Studentin der Mathematik *Henriette Edle von Aigentler.* Der Ehe entsprossen fünf Kinder, zwei Söhne und drei Töchter. Auf der »Platte« in Oberkroisbach bei Graz erwarb er ein kleines Bauerngut mit einer herrlichen Aussicht.

In Graz war Boltzmann bereits ein weltbekannter Physiker. Viele Studierende kamen aus dem Ausland, darunter *Svante Arrhenius* und *Walter Nernst,* mit dem ihn später aufrichtige Freundschaft verband. Im Studienjahr 1878/1879 war er Dekan der philosophischen Fakultät, 1887/1888 Rektor der Universität. Nach dem Tode Kirchhoffs im Jahre 1887 bemühte man sich in Berlin, Boltzmann als Nachfolger zu bekommen. Er ersuchte, die Berufung zurückzunehmen. Später bedauerte er, auf den großen Wirkungskreis verzichtet zu haben.

1889 erhielt er Titel und Charakter eines Hofrates, damals eine sehr hohe Auszeichnung für einen Universitätsprofessor. 1890 nahm er eine Berufung nach München an, diesmal als Ordinarius für theoretische Physik. Das war die seinem Wesen und seiner Begabung nach einzig entsprechende Stellung.

Die Universität Graz gab ihm ein großes Abschiedsfest. An der Antwort, die er auf die Abschiedsrede von Professor *Streintz* gab, erkennt man seine Bescheidenheit. Er sagte, daß er eigentlich bitten wollte, von einer Feier abzusehen: »... denn, frage ich mich, wie kann ein einzelner solche Ehrung verdienen? Wir sind doch alle nur Mitarbeiter an einem großen Werk, und jedem, der an seinem Posten seine Pflicht tut, gebührt gleiches Lob. Wenn daher ein einzelner aus der Allgemeinheit hervorgehoben wird, so kann dies nach meiner Auffassung niemals seiner Persönlichkeit gelten, sondern nur der Idee, die er vertritt; nur dadurch, daß der einzelne sich ganz einer Idee hingibt, kann er erhöhte Bedeutung gewinnen.«

In den vier Jahren in München hatte er Schüler aus der ganzen Welt, wurde überall gewürdigt, zu vielen Gastvorträgen eingeladen, auch nach Amerika, und war Mitglied vieler wissenschaftlicher Akademien. 1894 starb sein Freund und Lehrer Stefan, und Boltzmann wurde sein Nachfolger als Professor für theoretische Physik in Wien. Hier blieb er, mit einer Unterbrechung von zwei Jahren, die er in Leipzig verbrachte, bis zu seinem Tode. 1903 übernahm er in Wien auch einen Lehrauftrag über *Methode und allgemeine Theorie der Naturwissenschaften.* Als Nachfolger *Ernst Machs* las er wöchentlich ein dreistündiges Kolleg über philosophische Fragen.

Zu seinem 60. Geburtstag gaben 117 hervorragende Fachgenossen aus vielen Ländern, darunter aus Amerika, Australien, Japan und Rußland, eine

Festschrift unter der Redaktion *Stefan Meyers* heraus, die ein umfang- und inhaltsreiches Dokument des damaligen Standes der gesamten Physik ist.

Boltzmann war ein hervorragender Lehrer und ein ausgezeichneter Vortragender. Nach seinem Schüler *L. Flamm* war sein Vortrag lebhaft, klar und fesselnd, witzig und humorvoll und häufig auch von anregenden Anekdoten begleitet. Oft war er schalkhaft, manchmal auch derb — bissig. *Lise Meitner,* die seine Vorlesungen von 1902 bis 1905 hörte, berichtet: »... er war von allem, was er uns lehrte, so begeistert, daß man aus jeder Vorlesung mit dem Gefühl wegging, es werde einem eine ganz neue und wunderbare Welt eröffnet.«

Sein Aussehen beschreibt sein Freund, der Komponist *Wilhelm Kienzl:* »... Ein großgewachsener, starker Mann mit kräftigem Schädelbau, sehr kurzsichtig, daher bebrillt, mit kleingelocktem braunen Haupthaar, das von einem Vollbart umrahmte breite Gesicht stark gerötet, stets in etwas gebückter Körperhaltung.«

Musik spielte in seinem Leben eine große Rolle. In Wien gab es im Hause Boltzmann allwöchentlich Kammermusik, er selbst spielte sehr gut Klavier und war auch ein regelmäßiger Besucher der Oper.

Bei aller Kraft war Boltzmann ein sehr empfindsamer Mensch. Obwohl seine Arbeit weltweite Anerkennung fand, er mit Natur und Kunst eng verbunden war und zu Humor und Optimismus neigte, litt er sehr oft an schweren Depressionen. Nicht alle Zeitgenossen würdigten seine Leistungen. Seine atomistische Auffassung stand im krassen Gegensatz zur damals weitverbreiteten Energetik *Wilhelm Ostwalds* und zur Naturphilosophie *Ernst Machs.* Die schweren Angriffe von dieser Seite können viel zu seinen Depressionen beigetragen haben. In späteren Jahren hatte er schweres, qualvolles Asthma und litt arge Schmerzen. Auch fürchtete er eine Abnahme seiner geistigen Schaffenskraft. In einem schweren Anfall von Depression ging er während eines Sommeraufenthaltes in Duino bei Triest am 5. September 1906 freiwillig in den Tod.

Boltzmann begann seine wissenschaftliche Tätigkeit als Experimentalphysiker. Seine große Begabung lag aber auf dem Gebiete der Theorie: »... die Idee, welche mein Sinnen und Wirken erfüllt ... den Ausbau der Theorie. Ihr zum Preis ist mir kein Opfer zu groß, sie, die den Inhalt meines ganzen Lebens ausmacht ...« Auch seine Schriften befassen sich mit der Theorie: *Vorlesungen über Maxwells Theorie der Elektrizität und des Lichtes, Vorlesungen über kinetische Gastheorie* und *Vorlesungen über die Prinzipe der Mechanik.* Die kürzeren Originalarbeiten, 139 an der Zahl, wurden von seinem Nachfolger *F. Hasenöhrl* gesammelt und unter dem Titel *Wissenschaftliche Abhandlungen von Ludwig Boltzmann* herausgegeben.

Um Boltzmanns Ideen verstehen zu können, müssen einige physikalische Prinzipien vorgestellt werden. In der Mitte des vorigen Jahrhunderts entstand ein neuer Zweig der physikalischen Wissenschaft, die *Thermodynamik.*

Sie befaßt sich mit den Zusammenhängen zwischen mechanischer Arbeit und Wärme. *Maier, Joule* und *Helmholtz* hatten das Prinzip von der Erhaltung der Energie gefunden, das durch den ersten Hauptsatz der Wärmelehre ausgedrückt wird und aussagt, daß die Gesamtenergie in einem nach außen abgeschlossenen System konstant ist und weder vermehrt noch vermindert werden kann. Bei der Untersuchung der Wärmevorgänge stand die neue Wissenschaft aber bald vor einer Reihe schwieriger Fragen. Während sich mechanische Arbeit restlos in Wärme umsetzen läßt, ist das bei der Umsetzung von Wärme in mechanische Arbeit nicht der Fall. Es gibt dabei immer einen scheinbaren Verlust. Auch ist es nicht möglich, einem Körper die Wärme zu entziehen und diese einem Körper mit höherer Temperatur zuzuführen; es kann zwar ein Ofen die Luft in einem Zimmer erwärmen, es ist aber unmöglich, daß sich die Luft in einem Zimmer abkühlt und die dabei abgegebene Wärme einem Ofen zugeführt werden kann, der sich dabei aufheizt. Es gibt also in der Natur Vorgänge, die auf keinerlei Weise rückgängig zu machen sind. Solche irreversible Prozesse scheinen im Widerspruch mit dem Energieprinzip des ersten Hauptsatzes zu stehen. Der deutsche Physiker *Rudolf Emanuel Clausius* hat die Zusammenhänge erkannt und durch die Aufstellung eines zweiten Hauptsatzes der Thermodynamik die scheinbaren Widersprüche aufgelöst. Clausius prägte in diesem Zusammenhang den Begriff der *Entropie,* die den Inhalt des zweiten Hauptsatzes bildet.

Die Entropie ist eine unanschauliche, aber sehr wichtige Größe, die man nur mathematisch ganz verstehen kann, die aber populär als Maß der Unordnung, der Zerstreuung, der Nichtausnutzbarkeit bezeichnet werden kann. Clausius formulierte den ersten und den zweiten Hauptsatz der Thermodynamik präzis: »1. Die Energie der Welt ist konstant, und 2. Die Entropie strebt einem Maximum zu.«

Sowohl der erste als auch der zweite Hauptsatz sind Erfahrungssätze. Aus dem zweiten Hauptsatz geht hervor, daß ein isoliertes System Ordnung und Regelmäßigkeit zwar spontan verlieren, aber niemals gewinnen kann. Man könnte sagen, ein solches System strebe nach einem Zustand größtmöglicher Unordnung oder, mit anderen Worten, zu größtmöglicher Ausgeglichenheit. Ein solches System wird in dem enden, was man den Wärmetod genannt hat — die Gesamtenergie wird in einigen Milliarden Jahren noch immer so groß sein wie am Anfang, aber sie wird entwertet, aus hochwertigen Formen in eine gleichförmige, unausnützbare Wärme einheitlicher, sehr niederer Temperatur nahe dem absoluten Nullpunkt übergegangen sein. Voraussetzung dabei ist allerdings, daß das Universum ein abgeschlossenes System ist, was keineswegs feststeht.

Die Erklärung des zweiten Hauptsatzes machte große Schwierigkeiten. Erst Ludwig Boltzmann konnte durch Einführung der atomistischen Betrachtungsweise das Rätsel lösen. *Max Planck* schreibt dazu: »Vor allem aber machte die Irreversibilität der natürlichen Vorgänge der mechanistischen Naturauffassung viel zu schaffen, denn in der Mechanik sind alle Vorgänge reversibel, und es bedurfte der tiefgehenden Analyse und nicht minder des unbeugsamen wissenschaftlichen Optimismus eines Ludwig Boltzmann, um die Atomistik mit dem zweiten Hauptsatz der Wärmetheorie nicht nur zu versöhnen, sondern sogar die Grundidee des zweiten Hauptsatzes durch die Atomistik erst verständlich zu machen.«

Nach der atomistischen Hypothese ist die Wärmeenergie eines Körpers nichts anderes als die Gesamtheit der äußerst feinen, schnellen, unregelmäßigen Bewegungen seiner einzelnen Moleküle; die Temperatur des Körpers entspricht der mittleren Bewegungsenergie seiner kleinsten Teilchen. Die Wiener Forscher Stefan, *Loschmidt* und Boltzmann untersuchten diese Vorgänge an Gasen. Alle Eigenschaften der Gase konnten mit Hilfe der »kinetischen Gastheorie« dargestellt und berechnet werden: die Geschwindigkeit der Moleküle, ihre mittlere Weglänge, die Stoßzahl; sogar die Größe der Moleküle wurde bestimmt. Der zweite Hauptsatz, die Irreversibilität thermischer Prozesse, schien immer noch unerklärbar.

Hier setzte Boltzmanns großer Gedanke ein. Er zeigte, welche Rolle die Wahrscheinlichkeit bei der Aufdeckung von Vorgängen spielt, bei denen eine sehr große Anzahl von Einzelteilchen beteiligt ist. Ein Beispiel möge das zeigen: werden 1 Kilogramm weißes und 1 Kilogramm schwarzes Farbpulver in einem Zylinderglas übereinandergeschichtet und dann geschüttelt, so werden sich die beiden Farbpulver vermischen; die Wahrscheinlichkeit, daß sie sich, auch durch noch so langes Schütteln wieder entmischen und wie ursprünglich übereinanderliegen, ist außerordentlich gering. Der Vorgang ist irreversibel. Nun wird aber eine Wahrscheinlichkeit umso genauer, je größer die Zahl der Einzelteilchen ist, die beteiligt sind. Die Größe der Farbteilchen ist im Vergleich zu der Größe der Moleküle riesig, ihre Anzahl gegenüber der Anzahl der Moleküle in einem Kubikzentimeter Gas verschwindend gering. Boltzmanns älterer Freund Josef Loschmidt hat 1865 die Anzahl der Moleküle berechnet. Nach ihm ist die »Loschmidtsche Zahl« benannt. $L = 6{,}023 \cdot 10^{23}$. Das ist eine Zahl mit dreiundzwanzig Nullen! Würden pro Sekunde eine Million Wassertropfen an uns vorbeifließen, so würde es 3,2 Milliarden Jahre dauern bis $10^{23}$ Wassertropfen vorbei wären. Diese große Anzahl der Moleküle erlaubt die Anwendung der Wahrscheinlichkeitsrechnung. Der Wärmeübergang von einem wärmeren zu einem kälteren Körper kommt dadurch zustande, daß sich die Geschwindigkeiten der beiderseitigen Moleküle durch die häufigen Zusammenstöße gegenseitig im Mittel ausgleichen. Dieser Ausgleich erfolgt nach dem Gesetz der Wahrscheinlichkeit: die Geschwindigkeiten der Moleküle streben einem Durchschnitt zu, und das führt zu einem Temperaturausgleich. Dieser Vorgang ist nicht umkehrbar, die Wahrscheinlichkeit einer gleichmäßigen Verteilung nimmt zu. Die Analogie zur Zunahme der Entropie ist deutlich sichtbar.

Mit der Anwendung der Wahrscheinlichkeit fand Boltzmann eine neue mathematische Methode und schuf für die theoretische Physik ein neues Werkzeug, die *statistische Mechanik*. Er verbindet logisch und quantitativ die Thermodynamik mit der statistischen Mechanik und stellt eine eindeutige Beziehung zwischen der Entropie der Makrowelt und der Mikrowelt der Moleküle her. Damit hat er das Entropieprinzip von der menschlichen Experimentierkunst befreit und es zu einem realen Prinzip gemacht. Er schreibt: »... es ergab sich das überraschende Resultat, daß die Entropie proportional dem Logarithmus der Wahrscheinlichkeit ist. Der Entropiesatz sagt also aus, daß das ganze Geschehen in der anorganischen Welt zu immer wahrscheinlicheren Zuständen führt.« Die Entropie ist also ein Maß für die thermodynamische Wahrscheinlichkeit.

Das ist das berühmte *Boltzmannsche Prinzip*. Max Plank hat es später in die Formel $S = k \log W$ gekleidet; dabei entspricht S dem Zahlenwert der Entropie, W dem der Wahrscheinlichkeit und k ist eine universelle Konstante, die man *Boltzmann-Konstante* nennt.

Die *Klärung und Darstellung des Entropieprinzips* war Boltzmanns Lebenswerk. Doch ist das nur ein Teil seiner Leistungen. Er hat die *kinetische Gastheorie* in jeder Beziehung bereichert und zu einem geschlossenen Ganzen gemacht, die Theorie der *Dissotiation der Gase* gefunden, er hat die *Van der Waal'sche Zustandsgleichung* in allen Konsequenzen untersucht und im 2. Band seiner Gastheorie niedergelegt, er war der begeisterte Vorkämpfer der *Faraday-Maxwellschen Elektrizitäts- und elektromagnetischen Lichttheorie* und er verband das von Stefan 1879 gefundene *Strahlungsgesetz* mit dem zweiten Hauptsatz der Wärmetheorie und dem aus Maxwells Gleichungen folgenden Strahlungsdruck zu dem wichtigen *Stefan-Boltzmannschen Gesetz*. Er war der überzeugteste Vertreter der Atomistik seiner Zeit.

Die Ideen und Theorien Boltzmanns haben die Entwicklung der Physik, aber auch der Chemie entscheidend beeinflußt. Die von ihm entwickelte statistische Mechanik war für die weitere Entwicklung der theoretischen Physik ungemein fruchtbar (Bose-Einstein und Fermi-Dirac-Statistik). Obwohl er selbst immer ein Vertreter der klassischen Physik blieb, ein Forscher des 19. Jahrhunderts, ist sein Einfluß auf die Entwicklung der Atom- und Quantentheorie unschätzbar groß. Aus der Biographie *Albert Einsteins* erkennt man die große Wirkung, die Boltzmann auf ihn hatte. Plancks Quantenphysik, ihrem Wesen nach statistische Physik, nahm ihren Ausgang von Boltzmanns Statistik. Besonders ausgeprägt ist die geistige Verbindung *Erwin Schrödingers* mit Boltzmann.

Natürlich haben alle Zweige der neuen theoretischen Physik sich in dem Maß von Boltzmann entfernt, als sie sich von der klassischen Physik entfernten. Relativitätstheorie, Quantenmechanik und Kernphysik geben auf wichtige Fragen andere Antworten als die klassische Physik, aber erst Boltzmanns Überlegungen haben die Bahn freigemacht für die Entwicklung dieser neuen Gebiete.

## *Theodor von Oppolzer*

VON KONRADIN FERRARI D'OCCHIEPPO

*Theodor Ritter von Oppolzer* ist zweifellos der bedeutendste Vertreter der *theoretischen Astronomie* in Österreich in den drei Jahrhunderten seit *Kepler.* Vor allem mit seinem letzten großen Werk, dem *Canon der Finsternisse,* hat er nicht nur der Astronomie, sondern zugleich der Geschichtswissenschaft einen höchst wertvollen Dienst erwiesen. Darüber hinaus hat er als Leiter des Gradmessungsbüros entscheidend dazu beigetragen, daß Österreich in der internationalen Vermessung der Erde den ihm nach seiner zentralen Lage gebührenden Platz einnehmen konnte.

Theodors Vater, *Johann von Oppolzer,* war ein hervorragender Arzt. Kurz vor der Geburt seines berühmten Sohnes am 26. Oktober 1841 hatte er eine Professur an der Karls-Universität in Prag erhalten. Anschließend wirkte er zwei Jahre lang (1848—1850) in Leipzig und dann bis an sein Lebensende in Wien. Er galt als einer der führenden Köpfe der weltberühmten Wiener Medizinischen Schule.

Der junge Theodor erhielt, wie es damals in wohlhabenden Familien Sitte war, zuerst Privatunterricht. Nach der Übersiedlung seiner Eltern nach Wien trat er 1851 in das Piaristengymnasium ein, wo er 1859 maturierte. Schon sehr früh zeigte sich seine ungewöhnliche Begabung für Mathematik und Naturwissenschaften, die von verständnisvollen Lehrern gefördert wurde. Dem Wunsche seines Vaters folgend, widmete er sich nach der Matura dem Studium der Heilkunde an der Wiener Universität und wurde nach einem glänzend bestandenen Examen im Jänner 1865 zum Doktor der Medizin promoviert.

Aber seine Neigung zog ihn zur Astronomie. Daß dies bei ihm nicht bloß eine belanglose Liebhaberei blieb, war seiner staunenswert raschen Auffassungsgabe und ungeheuren Arbeitskraft zu verdanken. Neben der Medizin studierte er nicht nur gründlich das Fach seiner Wahl, sondern konnte es alsbald durch viele eigene Beobachtungen und neue Berechnungen bereichern. Von seinem Vater großzügig gefördert, errichtete er auf einem massiven viereckigen Turm, der an sein Wohnhaus angebaut war, eine stattliche Privatsternwarte an der Alserstraße. Sein Hauptfernrohr war ein sogenannter Dialyt der Wiener optischen Firma Plößl. Mit einem Objektiv von 7 Zoll (rund 18 cm) Öffnung war es lichtstärker als das größte Fernrohr der damals noch in der Innenstadt auf dem heutigen Akademiegebäude befindlichen alten Universitätssternwarte. Ja bis zur Errichtung der neuen großen Sternwarte auf der Türkenschanze in Wien-Währing um 1878 war Oppolzers Instrument wahrscheinlich das größte in der ganzen österreichisch-ungarischen Monarchie.

Ein Jahr nach Oppolzers Promotion war die Zahl der von ihm veröffentlichten astronomischen Arbeiten schon auf über siebzig angewachsen. So konnte der auch unter damaligen Verhältnissen außerordentliche, nach den heutigen starren Gesetzen aber völlig undenkbare Fall eintreten, daß der erst 24jährige geniale junge Gelehrte im März 1866, nur 14 Monate nach seiner Promotion zum Doktor der Medizin, in der philosophischen Fakultät als Dozent für Astronomie sich habilitieren durfte.

Außer den Erscheinungen großer Schweifsterne wurden im 19. Jahrhundert in rasch steigender Zahl auch kleinere, doch aus mancherlei Gründen höchst bemerkenswerte Kometen entdeckt, und ebenso häuften sich seit der Jahrhundertmitte die Entdeckungen kleiner Planeten oder Planetoiden. Wollte man sichergehen, sie nicht wieder zu verlieren oder untereinander zu verwechseln, dann mußte die räumliche Bahn eines jeden möglichst rasch aus den wenigen Entdeckungsbeobachtungen unter Beachtung der allgemeinen mechanischen Bewegungsgesetze berechnet werden. Das ist die Aufgabe der astronomischen Bahnbestimmung im engeren Sinn. Umgekehrt ist es dann weiter notwendig, wenigstens für die Zeiten günstigster Sichtbarkeit gleichsam punktweise auf einzelne Tage den scheinbaren Lauf eines solchen Himmelskörpers zu berechnen, wie man ihn von der selbst ebenfalls bewegten Erde aus am Himmel sieht. Dies nennt man eine Ephemeride. Solche Berechnungen, teilweise gestützt auf eigene Beobachtungen, hat Oppolzer in sehr großer Zahl (rund 165) ausgeführt und veröffentlicht.

Freilich begnügte er sich nicht mit dieser rein mechanischen Tätigkeit, die heutzutage elektronische Rechenmaschinen nach feststehendem Programm in wenigen Minuten bewältigen würden. Vielmehr entdeckte er, zum erstenmal schon als Student 1864 und später noch öfters, wesentliche Verbesserungsmöglichkeiten in den benutzten Methoden und Hilfstabellen. So wurde aus dem Studierenden bald ein vorzüglicher Lehrmeister für andere. 1870 erschien der erste Band seines groß angelegten *Lehrbuches der Bahnbestimmung der Kometen und Planeten*, auf Grund dessen er zum Professor der Astronomie an der Universität Wien ernannt wurde. Es enthielt nicht nur abstrakte Theorie, sondern auch alle Hilfsmittel für die praktische Anwendung mit Beispielen aus der reichen Erfahrung des Verfassers.

Schon vor Vollendung dieses Werkes war ein anderes Problem in den Gesichtskreis Oppolzers getreten, das ihn bis ans Ende seines kurzen Lebens beschäftigen sollte: die schwierige Theorie der Bewegung des Mondes und damit zusammenhängend die Sonnen- und Mondesfinsternisse. Den Anstoß dazu mag seine Teilnahme an der österreichischen Expedition nach Aden (Südarabien) zwecks Beobachtung der Sonnenfinsternis vom 18. August 1868 gegeben haben. Damit eine astronomische Finsternis zustande kommen kann, müssen ja Sonne, Mond und Erde ziemlich genau in einer Linie stehen. Daher ergeben namentlich die Sonnenfinsternisse in ihren von Ort zu Ort verschiedenen Verläufen sehr empfindliche Kontrollen der genauen Bewegung des Mondes. Man war damals daraufgekommen, daß letztere im Laufe der Jahrhunderte sich ein wenig beschleunigt zu haben schien. Aber um dies mit größerer Sicherheit zu erfassen, hätte man möglichst alle alten und neuen Finsternisbeobachtungen mit Berechnungen nach einer einheitlichen Theorie vergleichen müssen. Oppolzer begann mit der Ausführung dieser Riesenaufgabe; doch kam er bald zu der Einsicht, daß sie mit den besten damals vorhandenen Hilfsmitteln, den Tafeln von *Hansen,* auch innerhalb von Jahrzehnten nicht vollbracht werden konnte. Aber statt seinen Plan einfach aufzugeben, ruhte Oppolzer nicht, bis er eine zweckmäßigere Form für solche Tafeln gefunden hatte. Diese berechnete er dann von neuem so, daß sie trotz erheblich bequemerer Handhabung die Ergebnisse um eine Dezimale genauer lieferten als die früheren. Er fand einige freiwillige Helfer, die ehrenamtlich aus Idealismus mitzuarbeiten bereit waren, und andere, die er aus eigener Tasche besoldete. Insgesamt haben zehn durch sein Beispiel angespornte Rechner innerhalb von ungefähr vier Jahren, zwecks wechselseitiger Kontrolle in unabhängiger zweimaliger Rechnung, das Riesenwerk, den *Canon der Finsternisse,* zum Abschluß gebracht. Allein die Ergebnisse in Form von Tabellen aller wesentlichen Bestimmungsstücke für rund 8000 Sonnen- und 5200 Mondesfinsternisse im Zeitraum von 1207 vor Chr. bis 2163 nach Chr. sowie Karten mit dem Verlauf der Zentralzonen der Sonnenfinsternisse füllen einen stattlichen Folioband. Wie wertvoll dieses Denkmal österreichischen Gelehrtenfleißes auch für die Gegenwart noch ist, beweist die Herausgabe eines unveränderten Nachdruckes mit beigegebener Übersetzung durch einen amerikanischen Verlag im Jahre 1962.

Neben seiner Professur an der Universität, die 1875 zu einem Ordinariat erhoben wurde, übernahm Oppolzer noch eine weitere wichtige Aufgabe: 1872 wurde er zum Kommissär und ein Jahr später zum Direktor des Österreichischen Gradmessungsbüros bestellt. Landesvermessungen waren schon von den alten Ägyptern ausgeführt worden, und um 220 v. Chr. benutzte der griechische Gelehrte *Eratosthenes* ihre Ergebnisse zu einer Berechnung des Erdumfanges, die der Wahrheit auf etwa zehn Prozent nahekam. Aber die Neuzeit stellte immer höhere Ansprüche an die Genauigkeit. Denn einerseits verlangten praktische Bedürfnisse der Staatsverwaltung, des Straßen- und Bahnbaues immer bessere Landkarten, andererseits waren die Erdwissenschaften als solche an genauester Kenntnis der Erdgestalt und an der Untersuchung kleinster wechselseitiger Verschiebungen der Kontinente interessiert. Der österreichischen Monarchie kam als Zwischenglied zwischen Süd und Nord, Ost und West des europäischen Festlandes eine wichtige Schlüsselstellung zu. Es war eine große Aufgabe, die Oppolzer in diesem Zusammenhang mit nur wenigen wissenschaftlichen Mitarbeitern und bescheidenen Geldmitteln zu bewältigen hatte. Aber er bewies, daß er nicht nur auf dem stillen Turm der Sternwarte und in der ruhigen Studierstube, sondern auch als Organisator seinen Mann stellen konnte und daß er einen sicheren Blick für die Verbesserung der technischen Hilfsmittel hatte. Waren beispielsweise in den ersten zehn Jahren des Bestehens der österreichischen Gradmessung nur sechs Längenbestimmungen ausgeführt worden, so gelangten in den knapp vier Jahren von 1873 bis 1876 genau vierzig weitere zum Abschluß, darunter auch solche in bezug auf so weit entlegene Stationen wie Greenwich, Paris, Mailand, Jassy (Rumänien) und Pulkowo bei St. Petersburg (heute Leningrad).

Die Gelehrten, die an den Aufgaben der internationalen Erdmessung mitwirkten, fühlten sich als Diener an einem völkerverbindenden Werk. Oppolzer, der in ungewöhnlich jungen Jahren als Repräsentant eines großen Reiches in diesen Kreis eingetreten war, erwarb sich durch vollkommene Sachkenntnis wie durch seinen vornehmen Charakter bald höchstes Ansehen. Nachdem ihn schon 1869 die Akademie der Wissenschaften zu Wien unter ihre Mitglieder aufgenommen hatte, folgten allmählich ihrem Beispiel fast alle europäischen und sogar amerikanische Akademien. Die angesehene Universität in Leiden verlieh ihm das Ehrendoktorat der Naturwissenschaften. Staatsoberhäupter der europäischen Mächte zeichneten ihn mit hohen Orden aus.

Oppolzers Bild wäre unvollständig ohne eine Würdigung seiner menschlichen Vorzüge. So schonungslos er seine eigenen Kräfte einsetzte und schließlich vorzeitig aufrieb, war ihm jene brutale Härte gegen andere fremd, die so manchen arbeitswütigen Erfolgsmenschen abstoßend erscheinen läßt. Nicht nur war er seit 1865 in glücklicher Ehe mit *Coelestine von Mautner-Markhof* verheiratet und mit sechs Kindern gesegnet, sondern er hatte ein gütiges Herz und eine offene Hand auch gegen viele andere. Seine Schüler und späteren Mitarbeiter rühmten seine Geduld als Lehrer und Vorgesetzter, und seine tätige Fürsorge auch für ihre materiellen Nöte. Insbesondere nahm er sich unbemittelter Studenten im allgemeinen an, indem er sie aus eigener Tasche in taktvoller Weise unterstützte. So war es weit mehr als eine zufällige edle Geste, daß er sich als schon vom Tod Gezeichneter vom Krankenbett aufraffte, um beim 25jährigen Jubiläum des von seinem Vater gegründeten Vereins zur Pflege kranker Studierender seine letzte öffentliche Rede zu halten. Vier Wochen später, am Morgen des zweiten Weihnachtstages 1886, wurde er, nur 45 Jahre alt, in die Ewigkeit abberufen.

Sein Sohn *Egon von Oppolzer* widmete sich ebenfalls der Astronomie und begründete aus eigenen Mitteln die Innsbrucker Universitätssternwarte.

# *Johann Palisa*

VON KONRADIN FERRARI D'OCCHIEPPO

*Johann Palisa* kann ohne Übertreibung als der erfolgreichste beobachtende Astronom, den Österreich je hervorgebracht hat, bezeichnet werden. Frühzeitig hat er sich auf ein bestimmtes Teilgebiet, die Entdeckung und planmäßige Verfolgung kleiner Planeten (Planetoiden) verlegt. Auf diesem Sondergebiet aber hat er, wie es in der Begründung für die Verleihung eines Preises der Pariser Akademie an ihn mit Recht hieß, »mehr geleistet als alle anderen Astronomen seiner Zeit zusammen«. Die Einseitigkeit in der Ausübung seines Berufes war jedoch keineswegs ein Zeichen geistiger Enge. Vielmehr hat er als kenntnisreicher und fesselnder Vortragender und Verfasser allgemeinverständlicher Aufsätze auch für die Verbreitung astronomischen Wissens in weiteren Kreisen Vorbildliches geleistet.

Johann Palisa wurde am 6. Dezember 1848 in Troppau (ehemaliges Österreichisch-Schlesien) als ältester Sohn eines kleinen Salzhändlers geboren. Unter großen Opfern ermöglichten die Eltern ihm den Besuch des Gymnasiums. Bereits in der Schule fiel seine große Gewandtheit im Rechnen auf, während er im deutschen Aufsatz nur mit Mühe den Anforderungen genügen konnte. Nach der Matura ging er im Herbst 1866 an die Universität Wien mit der Absicht, Mathematik zu studieren. Da die Astronomie im damaligen Hochschulunterricht noch weitgehend als Zweig der angewandten Mathematik behandelt wurde, besuchte er nebenbei auch astronomische Vorlesungen und fand bald Gefallen an diesem Fach. Es wurde damals in Wien durch den Ordinarius *Carl von Littrow* sowie durch *Edmund Weiß* und den eben erst habilitierten *Theodor von Oppolzer* vertreten. Zum Letztgenannten fühlte sich Palisa besonders hingezogen und genoß seinerseits die beinahe väterliche Fürsorge des nur um sieben Jahre älteren Dozenten.

Palisa wurde neben seinem Studium schon bald als Hilfskraft zu Beobachtungs- und Rechenarbeiten an der Sternwarte herangezogen. Da er sich dabei hervorragend bewährte, wurde er nach Ableistung der einjährigen Militärdienstpflicht im Jahre 1870 als Assistent angestellt. Seine Obliegenheiten bestanden vor allem in genauen Messungen der Örter von Sternen und Planeten mit dem Meridiankreis sowie in Zeichnungen der jeweils sichtbaren Sonnenflecken. Die Beobachtungsbedingungen an der Wiener Sternwarte, die damals noch inmitten der dicht bebauten Altstadt lag, waren allerdings wenig günstig.

Deshalb bewarb sich Palisa bei erster Gelegenheit um eine für seinen Beobachtungseifer vorteilhaftere Anstellung und wurde im Frühjahr 1871 Adjunkt (wissenschaftlicher Beamter) an der Sternwarte in Genf. Schon wenige Monate später wurde der eben erst 23 Jahre alte Palisa Leiter der österreichischen Marinesternwarte in Pola. Hauptaufgabe dieses Instituts war der Zeitdienst. Es mußten einerseits möglichst regelmäßig, soweit es das Wetter erlaubte, Sterne entweder beim Durchgang durch den Meridian oder auf- und absteigend im

Osten und Westen beobachtet werden, um darnach die Hauptuhren der Sternwarte zu kontrollieren. Andererseits wurden die transportablen Chronometer der im Hafen stationierten Schiffe vor und nach jeder Seereise mit Hilfe der ortsfesten Uhren geprüft. Das war damals, als es noch keine drahtlose Übertragung von Zeitsignalen gab, noch viel wichtiger als heute. Denn nur in dem Maße, wie die mitgeführten Chronometer zuverlässig waren, ergaben die astronomischen Beobachtungen auf hoher See den Standort der Schiffe richtig nach geographischer Länge und Breite. So ist es verständlich, daß der Leiter der Marinesternwarte trotz seiner jungen Jahre sogleich den Rang eines Fregattenkapitäns erhielt.

Dazu stand freilich die sehr bescheidene Ausstattung des Instituts mit Instrumenten und Personal in ziemlichem Mißverhältnis. Zeitdienst mußte größtenteils er selbst besorgen. Übrigens erfand er für die zu diesem Zwecke dienlichen Messungen gleicher Gestirnshöhen ein handliches kleines Instrument, das er »Chronodeik« (wörtlich: Zeitanzeiger) nannte. Äußerlich betrachtet einem Mikroskop nicht unähnlich, besteht es aus einem um seine optische Achse drehbaren, lotrecht stehenden Fernrohr, dessen Einblicköffnung sich oben befindet, während unten vor dem Objektiv ein schräg gestellter Spiegel das Sternlicht auffängt und in das Fernrohr wirft.

Auf Oppolzers Anregung begann er, in den nach dem Zeitdienst noch freien Nachtstunden mit dem bescheidenen Hauptfernrohr seiner Sternwarte planmäßig Planetoiden zu beobachten. Daß er dabei in den Jahren von 1874 bis 1880 bereits 28 vordem unbekannte kleine Planeten entdeckt hat, war nur das äußerlich eindrucksvollste Ergebnis seiner Tätigkeit auf diesem Gebiet.

Mittlerweile war die Wiener Universitätssternwarte auf Betreiben Carl Ludwig von Littrows auf die verkehrsmäßig noch kaum erschlossene »Türkenschanze« am Rand der Vorstadt Währing verlegt und zugleich sehr großzügig erweitert worden. In der Mittelkuppe des prächtig angelegten Gebäudes wurde ein Fernrohr von 68 Zentimeter Objektivöffnung und 10$^{1}/_{2}$ Meter Länge montiert, zur Zeit seiner Errichtung das größte Linsenfernrohr der Erde und übrigens von vorzüglicher optischer Qualität.

Edmund Weiß, der nach Littrows Tod 1878 die Leitung des noch im Bau befindlichen Instituts übernommen hatte, suchte bald nach seinem Amtsantritt Palisa als Mitarbeiter zu gewinnen. Gegen die Zusicherung, mit dem neuen Riesenfernrohr arbeiten zu dürfen und keine Gehaltseinbuße zu erleiden, vertauschte dieser gern seine selbständige Stellung in Pola mit der eines Adjunkten der Wiener Sternwarte. Mehr als vierzig Jahre lang hat er hier kaum eine sternklare Nacht vorübergehen lassen, ohne bis zu zwölf Stunden im Winter und bis zum Morgengrauen im Sommer mit nur kurzen Pausen zu beobachten. Er schätzte sich glücklich, diese Tätigkeit auch nach seiner Pensionierung (1919) fortsetzen zu dürfen. Selbst in diesen letzten Jahren seines Lebens hat er noch sechs neue Planetoiden entdeckt und so die runde Gesamtzahl von 120 solcher von ihm erstmals gefundener Himmelskörper erreicht. Diese Leistung des über

Siebzigjährigen war umso erstaunlicher, als damals noch alle Bewegungen des schwerfälligen Riesenfernrohres, die Drehung der Kuppel und das Verschieben des fünf Meter hohen Beobachtungsgerüstes mit der Hand ausgeführt werden mußten und Palisa die zu seiner Hilfe eingeteilten Laboranten stets lange vor Mitternacht zur Ruhe gehen ließ. Erst im Jahre 1924 nahmen seine Kräfte sichtlich ab und sein Gesundheitszustand verschlechterte sich rasch, sodaß er ab November seine Beobachtungen gänzlich einstellen mußte. Eine Herzschwäche beendete sein Leben am 2. Mai 1925.

Die Planetoiden, auf deren Beobachtung Palisa sich fast ausschließlich verlegt hatte, sind mit sehr wenigen Ausnahmen so klein, daß sie trotz starker Vergrößerung nur als Lichtpunkte im Fernrohr erscheinen und auf den ersten Anblick durchaus der Unzahl schwacher Fixsterne gleichen. Das einzige sichere Unterscheidungsmerkmal, ihre Bewegung, ist nicht ohne weiteres wahrnehmbar, weil sie in der Regel nur Bruchteile eines Grades in 24 Stunden ausmacht. Man braucht also genaue Sternkarten der betreffenden Himmelsgegend, die bis zu einer gewissen Helligkeitsgrenze herunter alle vorhandenen Sterne verzeichnen. Als Palisa seine Arbeit in Pola begann, lagen die Karten der »Bonner Durchmusterung« nur für die Nordhälfte des Himmels vor. Aber auch dort enthielten sie bei weitem nicht alle Sterne, die Palisa trotz seines kleinen Fernrohres unter dem klaren Mittelmeerhimmel sehen konnte. Vollends gab es kein Kartenwerk, das für den angestrebten Zweck für Arbeiten an dem großen Instrument der Wiener Universitätssternwarte einigermaßen ausreichend gewesen wäre. So mußte Palisa als erstes felderweise neue Sternkarten für seine Zwecke anlegen. Das durfte nicht einfach nach Augenmaß geschehen, sondern unter Verwendung einfacher Meßvorrichtungen im Gesichtsfeld des Fernrohres mußten Stern für Stern die Himmelskoordinaten mit genügender Genauigkeit bestimmt werden. Solcherart hat Palisa mehrere Hunderte von Sternfeldern in einheitlichem Maßstab gezeichnet, bis gegen Ende des 19. Jahrhunderts die allmählich vervollkommnete Fotografie ihm diese mühsame Arbeit abnehmen konnte.

Bei der ersten Aufzeichnung war natürlich kein Unterschied zwischen Fixsternen und zufällig darunter befindlichen Planetoiden zu bemerken. Aber wenn dieselbe Karte am folgenden Abend wieder Stern für Stern mit dem Himmel verglichen wurde, zeigte es sich sofort, ob irgendeines der Sternchen seinen Ort verändert hatte und daher als Planetoid anzusprechen war. Ebenso konnte es aber auch vorkommen, daß an einer früher leer gelassenen Stelle der Karte zu anderer Zeit ein Stern sich zeigte. Hier brachte schon eine zweimalige Messung seiner Lage mit etwa einstündiger Zwischenzeit die Entscheidung, ob er sich bewegt hatte oder nicht. Im ersten Fall war es ein Planetoid, im anderen konnte es sich, wenn nicht bei der ersten Kartierung ein Versehen unterlaufen war, nur um einen stark helligkeitsveränderlichen Stern handeln.

Mit der bloßen Feststellung, einen Planetoiden irgendwo gesehen zu haben, wäre aber der Wissenschaft nicht gedient; ja es wäre nicht einmal entschieden, ob eine Neuentdeckung oder die Wiederbeobachtung eines schon bekannten

Planetoiden vorlag. Palisa zog daher in jedem solchen Fall die vorhandenen Sternkataloge zu Rate und entnahm ihnen die genauen Himmelskoordinaten einiger dem Auffindungsort des Planetoiden benachbarter Sterne. Im Anschluß an diese maß er dann mikrometrisch die Lage des beweglichen Himmelskörpers in mehreren, nahe aufeinander folgenden Nächten. Denn mindestens drei vollständige Ortsangaben samt der genauen Zeit sind notwendig, um die Bahn eines Planetoiden zu bestimmen und ihn später wieder zu finden. Begreiflicherweise nur ungenau erhält man aus nahe zusammenliegenden Beobachtungen die Umlaufsdauer. Deshalb müssen die schon bekannten Planeten immer wieder nach Jahren aufgesucht werden, wobei man oft ein beträchtliches Stück der Bahn entlang vorwärts und rückwärts gehen muß, bis man das Objekt wiederfindet. Jedesmal müssen dann im Anschluß an Nachbarsterne genaue Himmelskoordinaten gemessen werden. Außer seinen eigenen Neuentdeckungen hat Palisa mindestens ebenso viele Planetoidenfunde anderer Astronomen erst durch seine systematische Arbeit wirklich gesichert. Er selbst pflegte dieser Aufgabe in der Regel die erste Stelle in seinem Arbeitsprogramm einzuräumen, während er die Suche nach neuen Planetoiden sich selbst gleichsam nur als Belohnung nach getaner Pflicht gestattete.

Etwa seit 1893 erwuchs ihm mächtige Konkurrenz durch *Max Wolf* in Heidelberg, der mit einem weitwinkeligen Objektiv fotografische Himmelsaufnahmen machte, auf denen etwa vorhandene Planetoiden sofort erkennbar waren, weil sie zum Unterschied von den punktförmig abgebildeten Sternen infolge ihrer Bewegung kurze Strichspuren aufzeichneten. Da Palisas Bemühungen, für Wien ein ähnliches Instrument zu erhalten, an der Kostenfrage scheiterten, einigte er sich mit Wolf auf eine sich wechselseitig ergänzende Zusammenarbeit: Palisa verlegte sich vorzüglich auf die *Sicherung* der frisch entdeckten Planetoiden, die er mit seinem mächtigen Fernrohr bis in große Entfernungen von der Erde verfolgen konnte. Wolf dagegen überließ ihm die besten seiner Himmelsaufnahmen, damit Palisa in diese das von Fall zu Fall verschieden stark gekrümmte Gradnetz des Himmels eintragen könne. Als *Palisa-Wolf-Karten* (insgesamt 210 Blätter) wurden die mit höchster Präzision bearbeiteten und dann auf Papierabzüge vergrößerten Aufnahmen zu einem sehr geschätzten Hilfsmittel für verschiedene Zwecke der beobachtenden Astronomie und zum Vorbild für spätere, den ganzen Himmel umfassende Arbeiten. Endlich veröffentlichte Palisa neben der sehr großen Zahl kurzer Beobachtungsmitteilungen zwei Sternkataloge mit zusammen 4696 genauen Sternpositionen.

Palisas stille Hoffnung, nach Weiß' Emeritierung (1909) als dessen Nachfolger berufen zu werden, wurde zwar enttäuscht. Aber sonst hat es ihm an ehrender Anerkennung nicht gefehlt. Schon 1874 wurde dem jungen Gelehrten der Franz-Joseph-Orden verliehen, zweimal erkannte ihm die Pariser Akademie wissenschaftliche Preise zu (1876 und 1906), schließlich wurde er Ehrenbürger von Wien und anläßlich seiner Pensionierung (1919) noch Hofrat.

## *Anton Kerner von Marilaun*

VON HARALD RIEDL

*Anton Kerner von Marilaun* wurde am 12. November 1831 in Mautern, Niederösterreich, geboren. Als Direktor des Botanischen Institutes und Gartens der Universität Wien hat er sich seinen dauernden Platz in der Reihe genialer Botaniker als der große Anreger geschaffen, dessen Werk voll ist von zukunftsträchtigen Gedanken. Besonders die Ökologie, die Lehre von den Wechselwirkungen zwischen Umwelt und Organismen, hat durch ihn entscheidende Impulse empfangen, und er kann als einer der Hauptvertreter der ökologischen Pflanzengeographie betrachtet werden. Kerner war der Typus des musischen Menschen, bei dem sich künstlerische und wissenschaftliche Neigung wechselseitig ergänzten und befruchteten.

Seine Kindheit verbrachte Kerner in seinem Heimatstädtchen und besuchte anschließend das Gymnasium und die »philosophischen Studien« an der k. k. Lehranstalt in Krems. Im Jahre 1848 begab er sich nach Wien, um hier das Studium der Medizin aufzunehmen, das er 1854 mit dem Doktorat abschloß. Zu seinen Lehrern zählte unter anderen der berühmte Anatom *Hyrtl.* 1855 erwarb er überdies das Magisterium für Geburtshilfe. Jedoch zeigte Kerner wenig Neigung, den Beruf eines Arztes auszuüben, weshalb er die Lehrbefähigungsprüfung für Naturgeschichte und Chemie an Mittelschulen ablegte. Noch 1855 wurde er Lehrer an der k. k. Oberrealschule in Ofen. In seiner ungarischen Zeit hatte Kerner reichlich Gelegenheit, sich mit der pannonischen Flora vertraut zu machen. Er bewarb sich auch um die Professur für Zoologie an der Universität zu Pest, wurde aber statt dessen 1857 zum Professor für Botanik und Zoologie am k. k. Josefs-Polytechnikum in Ofen ernannt. 1860 erreichte ihn die Berufung als Professor der Naturgeschichte nach Innsbruck. Diese Stelle kam seiner großen Liebe zu den Alpen entgegen, die er nun aus unmittelbarster Nähe kennenlernen konnte und deren Erforschung er zahlreiche Exkursionen widmete. 18 Jahre hatte er diese Stellung inne, bis er 1878 als Nachfolger *Eduard Fenzls* auf dessen eigenen Wunsch nach Wien berufen wurde, nachdem er vorher im letzten Augenblick die Professur in Prag abgelehnt hatte. Fenzl, der seit 1849 dem Botanischen Institut und Garten vorgestanden hatte, war ein gründlicher und gewissenhafter Organisator, aber niemals ein Neuerer gewesen. So oblag nun Kerner die Neugestaltung des Gartens auf pflanzengeographischer Grundlage, die bis heute beibehalten worden ist. Die Pflanzen wurden darin nach ihrer Herkunft angeordnet. Ein anderes Werk Kerners ist das dem Institut angeschlossene botanische Museum, das wertvolle Proben von Hölzern und Früchten, aber auch zahlreiche Alkoholpräparate umfaßt. Aus seiner Ehe mit *Marie Ebner von Rofenstein* entsprossen eine Tochter *Adele,* Gattin seines Nachfolgers *Richard v. Wettstein,* und zwei Söhne, von denen der ältere, *Fritz Kerner von Marilaun,* als Geologe bedeutend war. Als akademischer Lehrer bildete Kerner eine große Zahl angesehener Botaniker aus, unter denen sein Schwiegersohn Wettstein wohl der berühmteste ist. Mitten aus seiner vielseitigen Tätigkeit, die ihm in ihrer Fülle allmählich zur Last zu werden begann, wurde er im 67. Lebensjahr am 21. Juni 1898 durch den Tod gerissen.

Wenn Kerner pflanzengeographische und ökologische Probleme behandelte, hatte er eine ungemein glückliche Hand und erkannte tausendfältige Zusammenhänge und Beziehungen, wo andere achtlos vorbeigingen. Unter seinen zahlreichen Publikationen sind es aber vor allem das *Pflanzenleben der Donauländer* (1863), an das sich noch heute sein wissenschaftlicher Ruhm knüpft, und das zweibändige *Pflanzenleben* (1890 ff.), das ihn in weitesten Kreisen auch bei Laien bekanntmachte. Die erstgenannte Schrift ist leider Fragment geblieben. Berühmt wurde daraus auch wegen des dichterischen Schwunges der Darstellung vor allem die Schilderung der ungarischen Pußta. Außerdem enthält sie Beschreibungen der Vegetation in den Karpaten und Alpen sowie im Bihár-Gebirge, wobei das Vorkommen bestimmter Pflanzenarten und der höheren von ihnen gebildeten Formationen in seiner Abhängigkeit von Klima und Boden erklärt wird.

Zugleich aber erkannte Kerner, daß die Außenbedingungen allein nicht für die Verbreitung der Pflanzen maßgebend sein können, sondern auch ihre historische Entwicklung in Betracht zu ziehen ist. Folgerichtig wandte er sich dem Studium der Pflanzenwelt während der Eiszeit zu, da er in jener Periode mit Recht nach der Ursache der späteren Verteilung in Europa suchte. So entstanden die *Studien über die Flora der Diluvialzeit in den östlichen Alpen*. Es wurde zwischen rein alpinen Elementen, solchen, die Alpen und hohem Norden gemeinsam sind, und schließlich solchen, die einen Rest wärmerer, voreiszeitlicher Perioden darstellen, unterschieden, was bis heute grundlegend ist.

Die Anfänge der pflanzengeographischen Gliederung des ehemaligen Österreich-Ungarn gehen ebenfalls auf Kerner zurück, der feststellte, daß das baltische, das pontische, das mediterrane und das alpine Florenreich an der Vegetationsdecke dieses Gebiets Anteil haben.

Einem speziellen Zweig der Ökologie, nämlich der Bestäubung der Blüten durch Insekten und den damit verbundenen Anpassungen, schenkte Kerner besondere Beachtung, wie zahlreiche Artikel in wissenschaftlichen Zeitschriften bezeugen. Vor allem auf Kerners Anregungen gehen eigene wissenschaftliche Teildisziplinen, wie die Mikroklimatologie und die Phänologie, zurück. Kerners Publikationen über die Stammesgeschichte der Pflanzen können nur mehr historisches Interesse beanspruchen. Nach Kerner ist der einzige Weg zur Entstehung neuer Arten die Bastardierung. Es müssen daher alle Pflanzenstämme bereits mit dem ersten Auftreten pflanzlichen Lebens vorhanden gewesen sein, und nur durch Zufall haben sich als Fossilien aus älteren Erdperioden ausschließlich primitivere Gruppen erhalten. Die Möglichkeit einer Urzeugung für die Entstehung der ersten Lebewesen lehnte er prinzipiell ab.

Sein *Herbarium österreichischer Weiden* (1863—1870) vermittelt wertvolles Material zur Kenntnis der besonders durch das häufige Auftreten von Hybriden schwierigen Gattung Salix (Weide). Monographisch wurde die Gattung Pulmonaria (Lungenkraut) behandelt. Da Kerner der Bastardierung so große Bedeutung beimaß, darf es nicht verwundern, daß er sich auch mit Kulturpflanzen und ihren Wildformen befaßte, bei denen der unmittelbare Einfluß dieser Erscheinung nachweisbar ist.

In den späteren Lebensjahren wurde die Zahl eigener Untersuchungen immer geringer, und Kerner widmete seine ganze Schaffenskraft dem *Pflanzenleben,* das ein Gegenstück zu *Brehms* berühmtem *Tierleben* bilden sollte. Während aber Brehm Gattung für Gattung von Tieren in systematischer Reihung besprach, ging Kerner von den Lebenserscheinungen der Pflanzen und der damit verbundenen Vielfalt ihrer Gestaltungsmöglichkeiten aus, wobei die Einzelform nur als Beispiel zu dienen hatte. Im zweiten Band wurde dann die Geschichte der Pflanzenwelt behandelt. Der Erfolg des von ersten Künstlern illustrierten Werkes war so groß, daß bereits fünf Jahre nach Abschluß der ersten eine zweite Auflage in völliger Neubearbeitung erscheinen mußte.

Eine Würdigung Kerners wäre nicht vollständig, wollte man seine künstlerischen Fähigkeiten vergessen. Kerners Zeichnungen beweisen eine weit überdurchschnittliche Begabung. Am deutlichsten zeigt sich sein dichterisches Talent in den prachtvollen Naturschilderungen, die auch seine umfangreichen wissenschaftlichen Publikationen, wie vor allem das *Pflanzenleben der Donauländer,* nicht nur zu einer unerschöpflichen Quelle grundlegender Beobachtungen, sondern auch zu einer genußreichen Lektüre machen.

## *Franz Freiherr von Uchatius*

VON GERHARD MARESCH

*Franz Uchatius* wurde am 24. Oktober 1811 in Theresienfeld in Niederösterreich geboren. Nach Besuch der Schule in Wiener Neustadt und Abschluß einer kaufmännischen Lehre in Wien trat er als Freiwilliger in den Heeresdienst ein. In der Schule des Bombardierkorps erwarb er sich durch Absolvierung der dort abgehaltenen Kurse ein gediegenes artilleristisches Wissen. Bis 1841 blieb er als Hilfslehrer an der Schule und beschäftigte sich in dieser Zeit mit fotografischen Versuchen, zunächst nach dem Verfahren von *Talbot,* gleich nach deren Bekanntwerden auch mit der Daguerrotypie.

1841 wurde Uchatius der Geschützgießerei zugeteilt. Von nun an war die

Metallurgie des Gusses sein eigentliches Arbeitsgebiet, auf dem er unentwegt forschte und dem er schließlich auch seine Berühmtheit verdankte. Da für Geschützrohre größerer Wirksamkeit Gußeisen und Gußbronze nicht verwendbar waren, Stahl aber nur mühsam im Frischfeuer oder im Puddelofen hergestellt werden konnte, ging Uchatius daran, ein einfacheres Verfahren zur *Stahlerzeugung* zu suchen. Durch elf Jahre beschäftigte er sich mit diesem Problem, bis er endlich im Jahre 1855 ein französisches Patent auf sein Verfahren erhielt. Er gewann Gußstahl dadurch, daß er granuliertes Gußeisen, mit pulverisierten oxydischen Eisenerzen vermengt, in Graphittiegel füllte und in einem Tiegelofen schmolz. Den so gewonnenen Stahl nannte man *Erzstahl* oder, nach seinem Erfinder, *Uchatius-Stahl.* Da im selben Jahre das *Bessemer*-Verfahren bekanntgemacht wurde, das eine billige Massenerzeugung von Stahl ermöglichte, war dem Verfahren von Uchatius kein Erfolg beschieden.

Eine andere Pionierleistung vollbrachte Uchatius 1849 zusammen mit seinem Bruder *Josef* auf militärischem Gebiet. Bei der Belagerung von Venedig ließen sie an Heißluftballons befestigte Bomben über die Stadt fliegen, wo die Bomben dann, durch Zeitzünder ausgelöst, explodierten. Es war dies der erste Luftangriff der Kriegsgeschichte.

Bei dem im selben Jahr begonnenen Bau des Wiener Arsenals wurde Uchatius die *Planung der Artilleriewerkstätte* übertragen, die er vorbildlich löste.

Noch einmal begab sich Uchatius auf das Gebiet der Kinematographie, als er 1853 der Akademie der Wissenschaften in Wien eine Abhandlung über *Geräte zur Darstellung bewegter Bilder* an der Wand vorlegte. Da aber damals die Objektive zu lichtschwach und auch die für die Projektion zur Verfügung stehenden Lichtquellen zu schwach waren und die benötigten Bilder auf fotografischem Wege noch nicht hergestellt werden konnten, war die Erfindung nicht weiter ausgebaut worden.

An der Beendigung des Streites um die Verwendung von Schießbaumwolle war eine andere Erfindung von Uchatius maßgeblich beteiligt, die 1862 zur Untersuchung von Treibmitteln erfundene *Pulverprobe.* Auf Grund von Untersuchungen mit diesem Gerät, mit dessen Hilfe die Brisanz eines Sprengmittels an kleinen Proben gemessen werden konnte, wurde gegen die Schießbaumwolle entschieden. Das Gerät erregte im In- und Ausland großes Aufsehen. In Anerkennung dieser großen wissenschaftlichen Leistung wurde Uchatius 1865 zum korrespondierenden Mitglied der Wiener Akademie der Wissenschaften ernannt.

Inzwischen war eine Umwandlung des Feldgeschützmaterials der Österreichisch-ungarischen Armee unaufschiebbar notwendig geworden. Man suchte dazu nach einem Geschützwerkstoff, der der normalen Geschützbronze und dem Gußeisen überlegen war. Gußstahl konnte damals nur *Krupp* in Essen herstellen, mit der Annahme von Kruppschen Erzeugnissen hätte man sich aber völlig in die Abhängigkeit eines ausländischen Werkes begeben. Auch Uchatius beschäftigte sich mehrere Jahre mit Versuchen zur Herstellung eines brauchbaren Geschützwerkstoffes. Durch ein besonderes Gießverfahren und durch Einpressen eines Stahlkolbens in das ausgebohrte Rohr gelang es ihm schließlich, Geschützrohre aus Bronze herzustellen, die den damaligen Stahlrohren überlegen waren. 1874 konnte er der Heeresverwaltung vom erfolgreichen Abschluß seiner Versuche berichten. Als auch die Erprobung von Probegeschützen zur vollsten Zufriedenheit verlief, erteilte der Kaiser 1875 die Genehmigung zur Herstellung der neuen Geschütze aus Stahlbronze oder *Uchatius-Bronze*, wie dieser Werkstoff nach seinem Erfinder genannt wurde. Nun wurde in rascher Folge in der von Uchatius geleiteten Arsenalwerkstätte die Neubewaffnung der gesamten Feldartillerie durchgeführt und dann mit der Erneuerung des Festungs- und Küstengeschützmaterials begonnen.

Uchatius stand jetzt am Höhepunkt seines Lebens. Eine Fülle von Auszeichnungen und Ehrungen wurde ihm zuteil, er wurde zum Generalmajor ernannt, erhielt die »Würde eines geheimen Rathes« und den Freiherrnstand. Da setzte Uchatius mitten in den Vorarbeiten zur Herstellung des 28-cm-Küstenverteidigungsgeschützes, bei dem sich Schwierigkeiten ergaben, am 4. Juni 1881 völlig unerwartet seinem Leben selbst ein Ende.

Die Stahlbronze überlebte den Erfinder noch lange Zeit, denn noch im Ersten Weltkrieg standen Geschütze mit Rohren aus Uchatius-Bronze im Einsatz.

## *Josef Werndl*

VON HANS SEPER

Nach dem Tode seines Vaters, der am 1. Dezember 1855 an der damals herrschenden Cholera starb, übernahm *Josef Werndl*, der am 26. Februar 1831 in Steyr geboren worden war, im Alter von 24 Jahren den väterlichen Betrieb in Steyr, in dem zeitweise 400 bis 500 Arbeiter Infanteriegewehr- und Stutzenläufe, stählerne Ladestöcke, Lanzenspitzen, Gewehrringe, Griffe, Bajonette, Faschinenmesser, Kolbenkappen und andere Gewehrbestandteile herstellten.

Josef Werndl schaffte neue Maschinen an, die für die verlangte Herstellung von Gewehrläufen aus massiven Gußstahlbarren zweckmäßig waren. Und damit begann ein neuer Abschnitt in der Geschichte von Steyr, vorbereitet von Josef Werndl Vater, eingeleitet und aufgebaut von ihm selbst. Steyr gewann den Vorrang über alle der Waffenerzeugung gewidmeten Betriebe des Landes und sicherte sich dadurch die Stellung in der das Kleingewerbe immer mehr ersetzenden Industrie für spätere Zeiten.

Durch die Bewaffnung Preußens mit dem Hinterladergewehr, System

Dreyse, im Jahre 1841 gewann die Frage der Hinterladergewehre auch in Österreich, wo die Perkussions-Vorderladergewehre, System Lorenz, in Verwendung standen, wieder an Bedeutung. Damals war in der österreichischen Armee versuchsweise das Hinterladergewehr, System Crespi, in Verwendung, bei dem das bei Hinterladern offene Problem der Schaffung eines gasdichten Abschlusses halbwegs behoben war, das jedoch waffentechnische und preisliche Schwierigkeiten bereitete. Gemeinsam mit seinem Werkmeister *Karl Holub* war Werndl bemüht, ein System zu finden, das an Leistungsfähigkeit, Zuverlässigkeit und Einfachheit der Konstruktion den anderen Systemen überlegen war. Nach zweijähriger gemeinsamer Tätigkeit lag Anfang 1863 der erste Entwurf eines wirklich brauchbaren Verschlusses für Hinterladergewehre — der Tabanakelverschluß — in den Grundzügen vor, der alle bisherigen Systeme übertraf.

Bei den zu dieser Zeit herrschenden Verhältnissen, die Josef Werndl zwangen, auch die letzten Arbeiter mangels jeden Auftrages zu entlassen, nahm Josef Werndl durch die am 16. April 1864 erfolgte Gründung der Handelsgesellschaft *Josef und Franz Werndl & Comp., Waffenfabrik und Sägemühle* der Mutter die ungeheure Last der Verantwortung für den Erbbetrieb ab und führte das Unternehmen erfolgreich weiter.

Der Feldzug des Jahres 1866 gegen Preußen und Italien brachte Werndl die notwendigen Aufträge, wohl nicht auf sein neues Hinterladergewehr, sondern nur auf das veraltete Vorderladergewehr. Erst der für Österreich unglückliche Ausgang des Feldzuges 1866 brachte die Erkenntnis, daß das schneller schießende, in jeder Lage brauchbare Hinterladergewehr den langsameren Vorderladern taktisch überlegen ist. Diese Erfahrung veranlaßte die Heeresleitungen aller Staaten — auch jene von Österreich — zur raschesten Einführung von Hinterladergewehren.

Österreich setzte eine eigene »Hinterladungskommission« ein; obwohl über hundert Konkurrenzangebote eingelangt waren, wurde mit kaiserlicher Entschließung vom 28. Juli 1867 die »Genehmigung zur Einführung des Werndlschen Hinterladungsgewehrmodelles bei allen neu zu erzeugenden Handfeuerwaffen in der Armee« erteilt.

Bis zum Jahresende 1872 verließen 622 000 Infanteriegewehre, 8500 Karabiner, 2600 Repetiergewehre, 1800 Jagdstutzen und 114 Mitrailleusen das Werndlsche Unternehmen.

Der Geschäftsverkehr erstreckte sich bald auf den ganzen Erdball. In unmittelbarer Folge traten Deutschland (Mauser-Gewehr 1871), Frankreich und Griechenland (Gewehrmodell System Gras 1874), Rumänien (Henry-Martninie), Persien und Montenegro (System Werndl 1873/77), China (System Mauser 1871), Chile (System Gras und Kropatschek 1878) als Auftraggeber auf.

Mit stolzer Genugtuung konnte Josef Werndl am 23. August 1880 bei der 900-Jahr-Feier der Stadt Steyr sagen: »Durch unsere technische Leistung stehen wir in der Qualität der Waffen unerreicht da und haben dort, wo die Qualität entscheidet, keine Konkurrenz zu befürchten.«

Um 1882 war ein Großteil der europäischen Heere mit Hinterladergewehren ausgerüstet. Die Produktion in der Waffenfabrik ging allmählich zurück und erreichte 1884 ihren Tiefstand. Um diese Geschäftskrise zu überbrücken, nahm Josef Werndl, der die Tragweite der elektrischen Energie frühzeitig erkannt hatte, die Erzeugung elektrischer Beleuchtungskörper und Dynamos in das Produktionsprogramm der Waffenfabrik auf. So aussichtsreich und entwicklungsfähig die elektrische Abteilung und die mit *Johann Siegmund Schuckert* in Nürnberg angebahnte Verbindung auch sein mochten, Steyr war zur Waffenschmiede bestimmt und mußte sie bleiben. Die Waffenerzeugung trat wieder in den Vordergrund, und die Herstellung elektrischer Dynamos, Bogen- und Glühlampen wurde auf den Eigenbedarf beschränkt.

Denn schon im Frühjahr 1885 wurde dem Unternehmen mit »Allerhöchster Sanktion« die Erzeugung und Erprobung von 5500 Mannlicher-Gewehren mit Geradzugverschluß übertragen.

*Ferdinand Mannlicher*, am 30. Jänner 1848 in Mainz geboren, stand als Ingenieur in den Diensten der Kaiser-Ferdinand-Nordbahn in Wien und hatte sich schon in den siebziger Jahren mit Gewehrtechnik befaßt. Er erfand das weltberühmt gewordene *Mannlicher-Repetiergewehr*, einen Mehrlader mit Geradezugverschluß. Ursprünglich mit 11 mm, später mit 8 mm Kaliber ausgeführt, war dieses Repetiergewehr an Treffsicherheit und Feuergeschwindigkeit allen zeitgenössischen Gewehren überlegen. Der *Mannlicher-Geradzug-Verschluß* fand bei dem österreichischen Gewehrmodell, Muster 1886, Anwendung. Das Gewehr fand ab dem Jahre 1888 auch Eingang in Deutschland, Bulgarien, Italien, Rumänien, der Schweiz und in verschiedenen außereuropäischen Ländern.

Im Verein mit dem Direktor der »Österreichischen Waffenfabriks-Gesellschaft« in Steyr, *Josef Schönauer*, entwarf Mannlicher den *Mannlicher-Schönauer-Gewehrverschluß*, der hauptsächlich bei den von der Waffenfabrik in Steyr erzeugten *Mannlicher-Schönauer-Jagdgewehrstutzen* benutzt wurde.

Die in Steyr nun folgende Massenproduktion von Repetiergewehren nach dem System Mannlicher bildete eine neue Epoche in der Waffenindustrie, in ihrem Mittelpunkt stand die Österreichische Waffenfabriks-Gesellschaft als das erste einschlägige Unternehmen sowohl in bezug auf die Produktionsfähigkeit wie auch hinsichtlich der Präzision ihrer Erzeugnisse. Der Austauschbau, das heißt die unbedingte Auswechselbarkeit der gleichen Teile, von Werndl erstmalig in Österreich eingeführt, wurde zur höchsten Vollendung gebracht.

Die umfangreichen Bestellungen des Mannlicher-Repetiergewehres gaben der Waffenfabrik reichlichste Beschäftigung. Anfang des Jahres 1889 reichte die Arbeiterzahl nahe an 10 000 heran und schnellte die Wochenleistung an Gewehren auf 13 000 Stück hinauf.

Inmitten seines Strebens nach Mehrleistung, seiner Sorge um das Werk, ereilte Generaldirektor Josef Werndl nach kaum viertägigem Krankenlager am 29. April 1889 im Alter von 58 Jahren der Tod.

## *Peter Mitterhofer*

VON ERICH DOLEZAL

Bis heute ist es ein Geheimnis geblieben, was den Tischler und Zimmermann aus dem Dorf Partschins bei Meran auf die bei seinem Beruf etwas ungewöhnliche Idee brachte, sich an die Konstruktion einer Schreibmaschine zu wagen. Der einzige von ihm selbst stammende Hinweis, er wurde 1911 gefunden, führt nicht viel weiter. Bei der Auffindung des Modells vom Jahre 1866 kam ein Zettel zum Vorschein, auf dem der folgende Vers stand: »Der Gramsegger und der Wenter Hund waren der Grund, daß ich die Maschin erfund.«

*Peter Mitterhofer* wurde am 20. September 1822 in der Sägemühle auf der Töll als Sohn des Tischlers gleichen Namens geboren. Seine Eltern, die Mutter stammte aus Sterzing, dachten wohl kaum, daß der Bub einmal in die Geschichte eingehen würde. Oft zeigen Kinder aus einfachen, dörflichen Verhältnissen einen ungewöhnlich lebhaften Geist; Mitterhofer, der das Tischler- und Zimmermannshandwerk erlernt hatte, trieb es schon in jungen Jahren in die weite Welt, wobei er Talente entwickelte, die für seine Vielseitigkeit sprechen. Er produzierte sich als Stegreifdichter, Gstanzlsänger und Bauchredner, die Instrumente für seine Darbietungen fertigte er sich selbst.

1862 heiratete er, und seither war er in Partschins seßhaft. In diesen Jahren muß er sich mit dem Gedanken befaßt haben, ein mechanisches Schreibgerät zu konstruieren. Was lag bei einem Tischler näher, als daß er sein erstes Modell aus Holz fertigte. Es fiel aber nicht zu seiner Zufriedenheit aus, denn in seiner Selbstbiographie heißt es: »1864 ... Doch die erste ihm mißlang. Und die zweite ließ schon hoffen, daß die Sache ehestens geht ...«

Mitterhofer war von dem Wert und der Bedeutung seiner Erfindung so fest überzeugt, daß er beschloß, seine Schreibmaschine dem Kaiser zu zeigen. Die in einer Truhe verpackte Maschine, zum Teil auf dem Rücken tragend, zum Teil mit einer Art Schubkarre transportierend, machte er sich zu Fuß auf den Weg nach Wien, wo er Ende 1866 eintraf. Entgegen der vielfach verbreiteten Legende vom verkannten Erfinder fand Mitterhofer verständnisvolle Aufnahme und wurde an das Polytechnische Institut in Wien verwiesen, wo sein Modell von Fachleuten begutachtet wurde. Das Hindernis, das einem Durchbruch seiner Erfindung im Wege stand, war die Tatsache, daß damals niemand maschinschreiben konnte und die Kommission daher zu dem Ergebnis kam, »daß eine eigentliche Anwendung dieses Apparates nicht wohl zu erwarten stehe«. Der Grund für diese pessimistische Voraussage war die Annahme, daß es niemals möglich sein werde, mit einer solchen Maschine schneller zu schreiben als mit der Hand. In einer weiteren Erklärung wird indes eine günstigere Prognose ausgesprochen: »... daß ein tadelloses Funktionieren derselben bei einer entsprechenden präzisen Ausführung der einzelnen Bestandteile und Anbringung einiger vom Erfinder angegebenen, die leichtere Handhabung bezweckenden Änderungen außer Zweifel stehe.«

Trotz der Meinung der Fachleute, daß eine eigentliche Anwendung nicht zu erwarten sei, wies der Kaiser dem Erfinder 200 Gulden an, eine für die damalige Zeit beachtliche Summe, mit der Mitterhofer, die Maschine am Rücken, wieder zu Fuß nach Hause wanderte.

In Partschins angekommen, arbeitete er an einem weiteren, verbesserten Modell, das er ganz aus Metall fertigte und mit dem bereits Groß- und Kleinbuchstaben, Ziffern und Unterscheidungszeichen geschrieben werden konnten. Auch eine Einfärbung der Lettern war vorgesehen. Auch mit diesem verbesserten Modell wanderte Mitterhofer nach Wien, wo es der Kaiser um 150 Gulden für das Kabinett des Polytechnischen Institutes erwarb. Danach wurde es um Mitterhofer still.

Es existieren vier von Mitterhofer gebaute Exemplare seiner Schreibmaschinen. Das erste Modell aus dem Jahre 1864, von dem er sagte, daß es mißlang, befindet sich im Technischen Museum in Wien. Das zweite Modell, ebenfalls aus dem Jahre 1864, wird in Dresden aufbewahrt, ein Modell aus dem Jahre 1866 (?) befindet sich in Meran, und das aus dem Jahre 1869 ist ein kostbares Stück des Technischen Museums in Wien.

Bis vor kurzem wurde angenommen, daß das in Meran befindliche Modell von Mitterhofer 1866 in Wien vorgeführt wurde. *Richard Krcal* hat nachgewiesen, daß nach neuesten Forschungen das Meraner Modell keinesfalls das im Jahre 1866 in Wien gezeigte sein kann. Letzteres muß als verschollen gelten, sodaß entgegen den bisherigen Annahmen fünf von der Hand Mitterhofers gefertigte Modelle existierten.

Mitterhofers erster brauchbarer Schreibapparat nahm in seiner Gesamtanordnung die charakteristischen Merkmale der späteren Remington-Schreibmaschine vorweg: den hohlkugelig aufgebauten Typenhebelkorb und die mehrzeilige Tastatur, ferner die Walze zur Befestigung des zu beschreibenden Papierbogens. In einem am 3. August 1869 auf seiner Schreibmaschine an *Franz von Goldegg* geschriebenen Brief entschuldigte sich Mitterhofer, daß sein Schreibapparat noch sehr schlecht schreibt, er aber nicht verzagt ist, weil er noch manches zu verbessern weiß. Daß es nicht dazu kam, war nicht seine Schuld. Der Schlußpunkt seines Bestrebens wurde mit einer wohl gutgemeinten, aber wenig ermunternden Empfehlung gesetzt: »Jedenfalls ist aber das Resultat, welches der schlichte, aller Vorbildung entbehrende Landmann durch richtige Kombination und staunenswerte Ausdauer erzielt hat, anerkennenswert, und das vorliegende, in allen seinen Details musterhaft ausgeführte Modell würde für die Sammlung einer technischen Lehranstalt eine willkommene Bereicherung sein und strebsamen Schülern zum anregenden Beispiel dienen können, wie weit es der denkende und fleißige Mensch bringen kann.«

Mitterhofer muß als genialer Erfinder gewertet werden, denn er konnte auf keine Vorläufer zurückgreifen, nichts hatte seiner Erfindung auch nur im entferntesten zum Vorbild gedient. Mitterhofer starb am 27. August 1893 in seinem Geburtsort, bescheiden, wie er gelebt hatte. Die Früchte seiner Erfindung haben andere geerntet.

## *Georg Coch*

VON WALTER FREMUTH

Die schöpferisch-dynamische Persönlichkeit des Wahlösterreichers *Dr. Georg Coch* tritt uns in einem Augenblick entgegen, in dem die werdende Industriegesellschaft der zweiten Hälfte des 19. Jahrhunderts nicht nur von größten sozialen Spannungen, sondern auch von Krisen der monetären Seite der Volkswirtschaft begleitet ist. In den letzten Jahrzehnten des 19. Jahrhunderts kommt es zu schweren Erschütterungen des Geldsystems. Jahrhunderte hindurch lag die Relation zwischen den beiden Währungsmetallen Gold und Silber zwischen 1 : 14 bis etwa 1 : 20, und nun sank der Silberwert innerhalb einer kurzen Zeitspanne auf 1 : 30 und weniger ab. Mitteleuropa und somit auch Österreich-Ungarn hielten aus Tradition sehr lange an ihren Silberwährungen fest: der Nährboden für eine Erschütterung des Vertrauens in diese Metallwährung war in diesem Raum dementsprechend groß.

So scheint es nur zu natürlich, daß Wissenschafter mehrerer Länder, nicht zuletzt auch österreichische, dem Wunschtraum eines vom Metallpreis losgelösten, den riskenbeladenen Weg einer Papierwährung jedoch vermeidenden Geldsystems mit stabilem Geldwert nachhingen. Eine dieser Ideen war die vom »gesellschaftlichen Comptabilismus« *(Sovay, Denis* u. a.), die darin gipfelte, jedermanns Leistungsentgelte in einem »Kreditabrechnungsheft« gutschreiben und seine Ausgaben in demselben abbuchen zu lassen. Eine Zentralbank sollte zum Abrechnungsinstitut erklärt und der Barzahlungsverkehr nach umfassender Einführung dieses »comptabilistischen Systems« abgeschafft werden. Als Georg Coch 1884 im Rahmen des *Österreichischen Postsparkassenamtes* den Grundstein für ein umfassendes bargeldloses Zahlungsverkehrssystem legte, erschien diesen Comptabilisten dasselbe als eines der »genialsten, festesten und vollkommensten Organe der modernen Zirkulation«.

*Georg Theodor Coch* wurde am 11. Feber 1842 im hessischen Dorf Hesselrode bei Kassel als Sohn einer Familie geboren, in der das Wahlösterreichertum mit Unterbrechungen schon Tradition hatte. Vater und Großvater hatten jahrelang in der Donaumonarchie gelebt und gewirkt. Wegen verwandtschaftlicher Bindungen sollte die kaufmännische Laufbahn eingeschlagen werden. Der Grundstein zu Cochs umfassender Bildung und der schließlichen Beherrschung von etwa zehn Sprachen wurde durch humanistische Studien in Kassel und Lausanne sowie durch philosophische und nationalökonomische Studien an der Universität Marburg gelegt, wo er auch den Doktorgrad erwarb.

Die profunde Kenntnis des Finanzwesens und der wirtschaftlichen Zusammenhänge seiner Zeit erlangte Coch in Bankhäusern in Paris und London, im Großhandelshaus seines Onkels in Konstantinopel sowie auf zahlreichen Geschäftsreisen, die ihn nach Rumänien, Anatolien, Georgien, Persien, Syrien und Ägypten führten. Sein Interesse war dabei keineswes auf ein Fachgebiet allein gerichtet: sein Denken konzentrierte sich auf das Erfassen der Zusammenhänge, und sein Bildungsdrang führte ihn in geschichtliche, soziale und philosophische Wissensgebiete ebenso wie in die der Volks- und der Betriebswirtschaft.

Aus persönlicher Neigung nahm Coch 1869 seinen Wohnsitz in Österreich, dessen Staatsbürger er 1881 wurde. In Diensten des oberösterreichischen Großgrundbesitzers und Reichsratsabgeordneten *Graf Dürkheim* höchst erfolgreich, fand er Kontakt zu maßgeblichen österreichischen Politikern und gewann insbesondere das Vertrauen des Landesstatthalters und späteren Handelsministers *Felix Freiherr von Pino-Friedenthal.*

Die Idee einer Staatssparkasse kam in Österreich schon um 1870 auf, wurde jedoch erst während der Regierung *Taaffe* von Handelsminister Pino nachdrücklich vertreten. In dessen Auftrag studierte Coch vor allem in England, Belgien, Holland und Frankreich die dort bereits eingerichteten Postsparkassen und arbeitete auf der Grundlage dieser Studien den Entwurf eines *Postsparkassengesetzes* für den Bereich der im Reichsrat vertretenen Königreiche und Länder aus. Am 28. Mai 1882 wurde diese Vorlage ohne wesentliche Änderungen Gesetz.

Georg Coch wurde in österreichischen Diensten Ministerialrat und der erste Direktor des Österreichischen Postsparkassenamtes, das am 12. Jänner 1883 mit den als Sammelstellen angeschlossenen rund 4000 Postämtern für Cisleithanien den Dienst aufnahm. Ziel und Grundsätze des Instituts waren von Anbeginn an: große Konzentration des Dienstes, Übersichtlichkeit der Gebarung, Sicherung der Einlagen, Leichtigkeit der Benützung und Kostenfreiheit für die Einleger; eine überall für jedermann erreichbare Sparkasse, die der Sparförderung auf breitester Basis dienen und deren Kapitalansammlung dem Staatskredit zugute kommen sollte. Dem organisatorischen Talent und dem unermüdlichen Fleiß Cochs, auf dem persönlich zunächst die gesamte schöpferische Arbeit — bis zur Formulargestaltung — lastete, verdankte die

Österreichische Postsparkasse ihre mustergültige Organisation, die von vielen Staaten Europas übernommen wurde. Erreichte England mit seinem auf dem cross-entry-system (überall Einzahlungen, überall Auszahlungen auf dasselbe Sparbuch) beruhenden Postsparverkehr zur Zeit der Gründung des österreichischen Instituts rund 50 Prozent aller Spareinlagen (1895 sogar 75 Prozent), so gelang es der Österreichischen Postsparkasse immerhin, schon einige Jahre nach ihrer Gründung ein Viertel aller Sparer ihres Einzugsgebietes auf sich zu vereinigen. Das österreichische Postsparsystem wurde dank seiner jahrzehntelangen Bewährung schließlich im Jahre 1938 auf das gesamte damalige deutsche Reichsgebiet ausgedehnt.

Die geniale Idee Cochs, deren Verwirklichung von Österreich aus bald auf die Nachbarstaaten übergriff und Weltbedeutung erlangte, bestand in der Einführung des Postscheckverkehrs. Ohne Zweifel stand dieser unermüdliche Direktor des Postsparkassenamtes staatssozialistischen Ideen eines *Adolph Wagner* ebenso nahe, wie er wohl auch von den Vorstellungen der »Comptabilisten« angetan war: für Georg Coch war eine juristisch selbständige, in der Geschäftsführung völlig autonome Staatsbank im umfassenden Sinne unverkennbar das Endziel, auf das die Österreichische Postsparkasse ausgerichtet werden sollte. Einen wesentlichen Schritt zur Verwirklichung dieses Endzieles sah Coch sichtlich darin, das von ihm geführte Institut zur zentralen Schaltstelle des Zahlungsverkehrs seiner Wahlheimat auszugestalten. Hiefür konnte Coch auf kein Vorbild zurückgreifen, denn die älteste — die englische — Postsparkasse war von Anbeginn an — und blieb bis in unsere Zeit — ein reines Sparinstitut. Das Depositen- und Girogeschäft wurde und wird in England im wesentlichen auch heute noch von den Privatbanken besorgt, als deren zentrale Clearingstelle die Bank von England fungiert. In Österreich war dem Bedürfnis nach einem billigen, unkomplizierten und schnellen Zahlungsverkehr auf breitester Basis bis zur Gründung der Postsparkasse nicht Rechnung getragen: so war dem Konzept Georg Cochs von Anbeginn an im Interesse von Staat und Wirtschaft voller Erfolg beschieden; der unbare Zahlungsverkehr hielt in Österreich schnellen Einzug, und bis in die Gegenwart herein ist die Gründung Georg Cochs, die Österreichische Postsparkasse, der wesentliche Faktor im österreichischen Zahlungsverkehr geblieben.

Mit dem deutlich erkennbaren Erfolg Cochs wuchs die Zahl seiner Gegner in Finanz- und Beamtenkreisen. Sie nutzten den Umstand, daß die umwälzende Neueinführung zunächst ohne gesetzliche Basis war, zum Sturz des Ministers Pino und des Postsparkassendirektors Georg Coch. Die Legalisierung seiner nicht wieder rückgängig zu machenden Idee vom bargeldlosen Zahlungsverkehr für alle, dessen sich Staat, Wirtschaft und Private gleichermaßen bedienten, konnte der gestürzte Coch im Jahre 1887 — wenngleich außer Landes — noch miterleben. Die internationale Anerkennung und die Übernahme seines bewährten Systems durch die Schweiz und Japan (1906), durch das Deutsche Reich (1909), Luxemburg und Belgien (1911 und 1913) und durch viele andere europäische und außereuropäische Staaten erlebte Georg Coch nicht mehr; im Alter von 48 Jahren erlag er 1890 im Vorderen Orient, wohin ihn seine Beratertätigkeit geführt hatte, einem Herzschlag. Viele Jahre nach seinem Tode fand er auch in seiner Wahlheimat, der er sich uneingeschränkt verschrieben hatte, die Rehabilitierung: sein Denkmal steht in Wien vor dem Postsparkassengebäude.

Der Entwicklung des Postwesens hat Österreich auch anderes beigesteuert. Ist die Verwendung der ersten Briefmarke der Welt in Österreich, ersonnen von einem Kärntner Postmeister, nicht unbestritten, so hat jedenfalls der Professor für Nationalökonomie und Enzyklopädie an der Wiener Neustädter Militärakademie, *Dr. Emanuel Herrmann* — von Überlegungen der Materialkostenersparnis und einer möglichen Portosenkung ausgehend —, 1869 die *Correspondenz-Carte* ersonnen, für die er von Anbeginn an die Bezeichnung »Postkarte« vorgeschlagen hatte. Die Österreichische Post reagierte prompt und führte diesen neuen Mitteilungsträger noch im selben Jahr in Österreich-Ungarn ein. Von der österreichischen Postpraxis ausgehend, wo noch heute jährlich rund 100 Millionen Postkarten befördert werden, eroberte sich dieser leicht zu handhabende und billige Mitteilungsträger rasch das gesamte internationale Postgebiet.

# *Namenregister*

*Abkürzungen:* Ö = Österreich; Bgd = Burgenland; K = Kärnten; NÖ = Niederösterreich; OÖ = Oberösterreich; Sbg = Salzburg; St = Steiermark; T = Tirol; Vbg = Vorarlberg; W = Wien; S-T = Südtirol; MIÖG = Mitteilungen des Instituts für österreichische Geschichtsforschung; SJ = Jesuitenorden; OSB = Benediktinerorden.
Bei den Literaturangaben sind die Namen der Persönlichkeiten nur mit den Anfangsbuchstaben angeführt; bei Personen, die bereits im ersten Band erwähnt wurden, sind die Literaturangaben hier unterblieben.

## *Verzeichnis der Abbildungen*